# 결정판 아르센 뤼팽 전집

## 3

Arsène Lupin gentleman-cambrioleur
reviendra quand les meubles seront
authentique.

괴도신사 아르센 뤼팽,
"진품이 제대로 갖춰지면
다시 방문하겠음."

# 결정판 아르센 뤼팽 전집

모리스 르블랑 지음 | 성귀수 옮김

## 3

수정마개

아르센 뤼팽의 고백

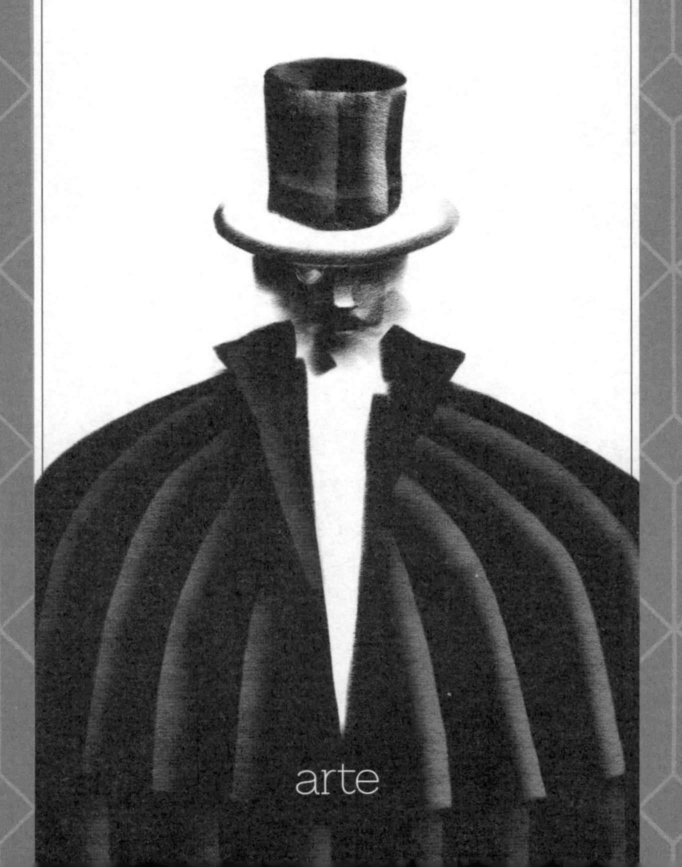

arte

ARSÈNE LUPIN

Contents

**【 일러두기 】**

1. 번역에 사용한 저본은 다음과 같다.
   - 『모리스 르블랑(Maurice Leblanc)』 I-IV, 르 마스크(Le Mask) 출판사, 1998~1999년
   - 「이 여자는 내꺼야(Cette femme est à moi)」, 1930년 타자원고
   - 「아르센 뤼팽, 4막극(Arsène Lupin, 4 actes)」, 피에르 라피트(Pierre Lafitte) 출판사, 1931년
   - 「아르센 뤼팽과 함께한 15분(Un quart d'heure avec Arsène Lupin)」, 1932년 타자원고
   - 『아르센 뤼팽의 마지막 사랑(Le Dernier Amour d'Arsène Lupin)』, 1937년 타자원고
   - 『아르센 뤼팽의 수십억 달러(Les Milliards d'Arsène Lupin)』, 아셰트(Hachette) 출판사 1941년 판본과 거기서 누락된 에피소드의 1939년 『로토』 연재원고 편집본
   - 「아르센 뤼팽의 귀환(Le Retour d'Arsène Lupin)」, 로베르 라퐁(Robert Laffont) 출판사의 1986년 판본 '아르센 뤼팽 전집' 제1권 수록
   - 「아르센 뤼팽의 외투(Le Paredessus d'Arsène Lupin)」, 마누치우스(MANUCIUS) 출판사, 2016년
   - 「부서진 다리(The Bridge that Broke)」, 인디펜던틀리 퍼블리쉬드(Independently published) 출판사, 2017년
2. 고유명사의 한글 표기는 국립국어원 외래어표기법을 따르는 것을 원칙으로 하되, 몇몇 예외를 두었다.
3. 모든 주석은 옮긴이의 것이다.

ARSÈNE LUPIN

# 수정마개

Le Bouchon de Cristal

1912년

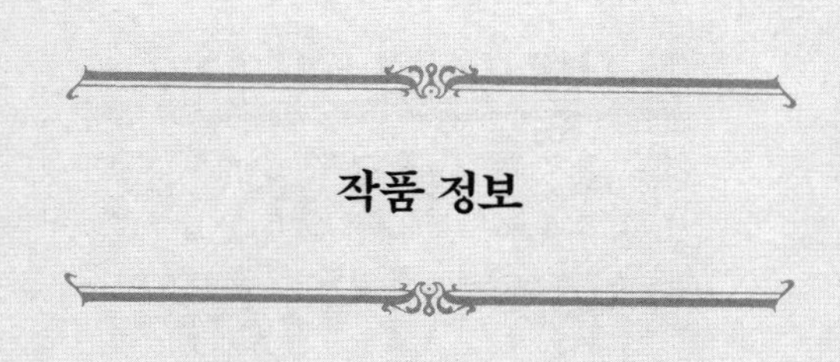

## 작품 정보

『수정마개(Le Bouchon de Cristal)』(1912. 9. 25~11. 9)는 『르 주르날』지에서 『813』의 성공 이후 첫 연재소설인 만큼, 엄청난 광고와 물량공세가 동원된 기대작이었다. 당시 자료를 보면, 9월 25일 작품 연재를 시작하면서 르블랑이 받기로 한 원고료가 한 줄당 무려 2프랑에 달했음을 알 수 있다. 이후, 세 편의 소설을 계속 이런 호조건 속에 연재하기로 했으며, 원고를 넘기는 시점에는 최소 6,000프랑을 받는 걸로 계약이 되어 있다. 연재를 마친 뒤, 라피트 사가 단행본으로 출간하면서 초판만 7,000부를 찍었고, 얼마 지나지 않아 21,500부의 판매고를 달성했다. 1917년에는 M. 네메체크(M. Nemecek)의 삽화와 역시 레오 퐁탕의 표지로 개정판이 나오는데, 유리의안을 관찰하는 아르센 뤼팽의 유명한 표지 이미지가 오늘날까지 뤼팽의 카리스마 넘치는 트레이드마크로 명성을 누리고 있다.

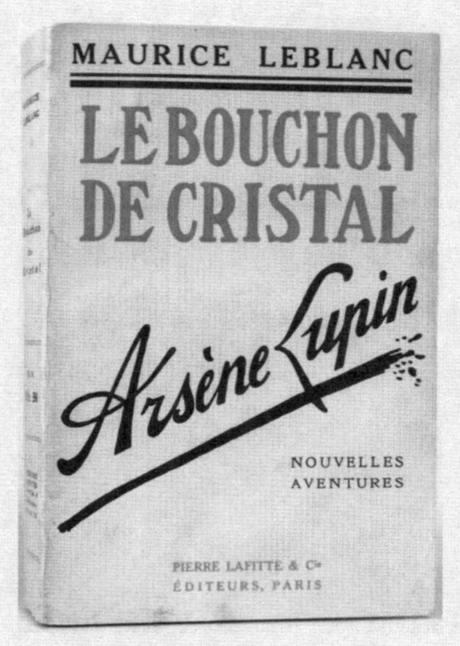


『수정마개』 초판본. 라피트 사. 1912년 11월

이 작품을 집필할 당시 르블랑의 동서지간 중에 상하 양의원은 물론 장관까지 역임한 인물이 있었는데, 그를 통해 르블랑은 클레망소를 비롯한 정계인사와 돈독한 친분을 맺었다. 『수정마개』의 소재가 된 프랑스 국회의원 비리사건은 바로 이때 접한 정가분위기와 실제 정보들이 자료로서 큰 도움이 된 것이었다. 즉, 실제로 생생하게 경험한 천태만상 정치인들의 면면과 세기 초 불거진 파나마운하 스캔들을 절묘하게 버무림으로써, 자신의 장기인 현실과 허구의 혼합창작 기법을 이 작품에서도 유감없이 보여줄 수 있었던 셈이다.

레오 퐁탕이 표지작업을 맡은 『수정마개』. 1918년

# 1
## 체포

두 대의 소형 보트가 유원지 밖으로 비죽이 돌출한 선창(船艙)에 붙들어 매어진 채 어둠 속에서 흔들리고 있었다. 짙은 안개 너머로 호숫가 여기저기 환하게 밝혀진 창문들이 눈에 띄었다. 그런가 하면 바로 정면으로는 앙기앵 카지노(그 당시 파리에서 기차로 12분밖에 걸리지 않는 곳에 위치한 앙기앵 온천장은 질 좋은 유황 온천과 호수, 화려한 카지노로 명성이 자자했는데, 현재까지도 뤼팽 팬이 즐겨 찾는 명소임—옮긴이)가 이미 9월의 막바지로 치닫고 있는 시기임에도 불구하고 불야성을 이루고 있었다. 구름 사이로 별들이 드문드문 얼굴을 내밀었고, 은은한 산들바람이 수면을 살그머니 쓰다듬고 있었다.

아르센 뤼팽은 담배를 한 대 피우던 정자(亭子)에서 걸어나와 선창 너머로 고개를 내밀었다.

"그로냐르? 르발뤼? 거기들 있는가?"

각각의 보트 안으로부터 사람이 하나씩 고개를 내밀더니 그중 하나가 대답했다.

"네, 두목."

"준비들 하고 있게. 질베르하고 보슈레를 태운 자동차가 지금쯤 도착해 있을 거야."

뤼팽은 유원지를 가로질러 건너가 골조 공사가 한창인 건물을 한 바퀴 둘러보더니, 생퀴르 가도(街道)로 향해 난 문을 조심스레 열어보았다. 역시 예상은 적중했다. 저만치 모퉁이를 막 돌아드는 강렬한 불빛과 함께 큼직한 무개(無蓋) 차량 한 대가 도착하자마자, 챙 달린 모자를 쓰고 깃을 바짝 치켜세운 외투 차림의 사내 둘이 훌쩍 뛰어내리는 것이었다.

다름 아닌 질베르와 보슈레였다. 질베르는 스물에서 스물두 살가량 되는 청년으로, 호감이 가는 인상에 유연하면서도 박력 있는 태도를 갖추었고, 보슈레는 그보다 체격이 좀 작으면서 회색빛 머리칼에 창백하고 병색이 완연한 얼굴이었다.

"그래, 의원은 봤는가?"

뤼팽이 묻자 질베르가 얼른 대답했다.

"네, 두목. 예상했던 그대로 파리행 7시 40분 기차를 잡아타는 걸 보고 오는 길입니다."

"그럼 이제 마음껏 행동을 개시해도 된다는 얘기지?"

"여부가 있겠습니까! 마리테레즈 별장은 이제 완전히 우리 수중에 떨어진 겁니다."

뤼팽은 운전석에 앉아 있는 기사를 향해 말했다.

"여기 세워두진 말게. 사람들 시선을 끌지도 모르니까. 이따가 차에 짐 실을 시간까지 감안해서 정각 9시 반에 다시 돌아오게. 그것도 물론 일이 그르치지 않는다면 말이지만."

"왜 그르칠 생각을 하십니까?"

질베르가 대뜸 반문했다.

뤼팽은 일단 차부터 보낸 다음, 새로 합류한 두 명과 함께 호숫가 길로 접어들면서 대답했다.

"왜냐고? 이번 일을 내가 직접 준비한 게 아니라서 그러네. 난 내가 처음부터 직접 나서지 않은 일에 대해선 절반 정도밖에 믿지를 못하거든."

"세상에나! 지금까지 3년을 함께 모시고 일해왔지만, 두목께서 그러신 줄은 이제야 알았습니다!"

"그래……. 그랬을 테지. 내가 실수를 용납지 않는 것도 다 그 때문일세. 자, 어서 배에 오르게. 그리고 보슈레, 자네는 다른 배를 타게나. 그렇지. 좋아, 이제 다들 노를 젓게. 가능한 한 소리 나지 않게."

그로냐르와 르발뤼는 맞은편 카지노 바로 왼편 기슭을 향해 기를 쓰고 노를 저어 나아가기 시작했다.

처음 마주친 배 안에는 남녀 한 쌍이 서로 부둥켜안은 채 제멋대로 둥둥 떠다니고 있었고, 그다음으로 지나친 배에는 사람들 몇몇이 한데 어울려 목이 터져라 노래를 부르고 있었다. 얼마나 지났을까, 더 이상 아무 배도 눈에 띄지 않았다.

뤼팽은 부하에게 다가가 나지막한 목소리로 이렇게 말했다.

"이보게, 질베르. 이번 작전을 생각해낸 게 자네인가, 아니면 보슈레인가?"

"웬걸요, 전 그리 많이 알지도 못합니다. 둘이서 이 문제에 관해 얘기한 것도 벌써 몇 주 전 일인걸요."

"바로 그래서 난 보슈레를 믿지 못하겠다는 걸세. 속이 시커먼 녀석이야. 진작 내가 왜 녀석을 떨쳐버리지 못했을까 이상할 정도라니까."

"아니, 두목!"

"정말일세! 아무래도 좀 위험한 놈이야. 굳이 뭔가 마음에 걸릴 만한 짓까지는 저지르지 않는다 해도 말이야."

뤼팽은 잠시 생각에 잠기더니 불쑥 물었다.

"그러니까 도브레크 의원을 직접 보긴 봤다 이거지?"

"제 두 눈으로 똑똑히 봤습니다, 두목."

"분명 파리에 약속이 있다 이건가?"

"극장에 가기로 되어 있습니다."

"좋아, 하지만 별장에 남아 있는 하인들은……."

"요리사는 해고되었고요, 도브레크 의원이 철석같이 믿는 집사 레오나르는 파리에서 주인이 오기만을 기다리고 있습니다. 따라서 두 사람 다 빨라야 새벽 1시경에나 돌아올 수 있을 겁니다. 다만……."

"다만?"

"도브레크가 워낙 변덕이 심한 인물이라, 혹시 기분이 변해 불시에 돌아올지도 모른다는 점을 고려해야 합니다. 결국 모든 일을 한 시간 안에 처리하는 게 좋다는 얘기지요."

"자넨 그 모든 정보를 언제 안 건가?"

"오늘 아침에 알았습니다. 보슈레와 저는 즉각 더없이 좋은 기회라고 생각했죠. 저는 방금 우리가 빠져나온 건축 중인 건물의 정원을 출발 지점으로 선택했지요. 밤에는 아무도 신경을 안 쓰는 곳이거든요. 그다음 동료 두 명에게 배를 조종하도록 한 뒤, 두목에게 전화를 건 겁니다. 그게 전부이지요."

"열쇠는 가지고 있겠지?"

"네, 계단 열쇠입니다."

"저기 저 정원으로 둘러싸인 별장 맞는가?"

"그렇습니다. 마리테레즈라는 별장이죠. 다른 두 별장 정원이 에워싸고 있는데, 일주일 전부터 아무도 살지 않습니다. 그곳들이야말로 실컷 여유를 부리면서 원하는 만큼 털어도 상관없을 정도입니다. 두목, 정말이지 이건 일도 아니에요."

질베르의 호언장담에 오히려 뤼팽은 이렇게 중얼거렸다.

"너무 손쉬워. 그러면 묘미가 없지."

일행이 탄 배가 접근한 지점은, 낡아빠진 차양이 설치된 아래로 돌계단이 잇닿아 있는 호젓하고 오목한 기슭이었다. 뤼팽은 첫눈에도 가구들을 배에 옮겨 싣기가 쉬워 보인다고 생각했다. 한데 문득 이렇게 내뱉는 것이었다.

"별장에 사람이 있다. 저기…… 전등 빛을 봐."

"깜박거리는 걸로 봐서…… 전등보다는 가스 불꽃 같습니다만……."

그로냐르는 망을 보기 위해 보트 옆에 머물러 있었고, 르발뤼는 생튀르 가도로 통하는 철책 문 앞까지, 뤼팽과 나머지 둘은 거기서 다시 어둠 속을 기다시피 해, 결국 현관 앞 계단 아래까지 다가갔다.

첫발을 내디딘 것은 질베르였다. 그는 손으로 더듬어 자물쇠에 열쇠를 꽂았고, 이어서 안전장치의 빗장을 푸는 열쇠마저 꽂아 넣었다. 다행히 둘 다 손쉽게 작동되었고, 이내 세 명이 드나들 수 있을 만큼 문짝을 빠끔히 여는 데 성공했다.

현관 안에는 가스등 불꽃이 가녀리게 타오르고 있었다.

"보세요, 두목."

질베르의 말에 뤼팽도 낮은 목소리로 화답했다.

"그래, 그렇군. 하지만 아까 본 불빛은 여기서 나온 것 같지가 않네."

"여기가 아니라면 어디란 말입니까?"

"세상에, 내가 그걸 어찌 알겠나. 거실이 이쪽인가?"

질베르는 겁도 없이 목소리를 다소 높이며 대답했다.

"아닙니다. 그는 조심하느라 모든 걸 2층 자기 방과 그 옆방들에다 모조리 모아두었습니다."

"그럼 계단은?"

"오른쪽, 휘장 뒤입니다."

뤼팽은 서슴없이 휘장 쪽으로 가 활짝 열어젖혔다. 한데 바로 그 순간, 왼편으로 한 네 발짝 떨어진 곳의 문이 살그머니 열리더니 웬 창백한 남자 얼굴이 놀란 눈을 하고 쏙 튀어나오는 것이었다.

"사람 살려!"

다짜고짜 비명부터 내지르며 다시 안으로 내빼는 그자를 향해, 질베르가 냅다 소리쳤다.

"레오나르예요! 하인입니다!"

"허튼짓만 해봐라. 내 손에 요절을 내줄 테니까!"

보슈레가 으르렁대자, 오히려 뤼팽은 곧장 하인을 뒤쫓으며 이렇게 윽박질렀다.

"자넨 좀 조용히 하고 있지 못하겠나, 보슈레?"

그는 램프 옆에 아직도 접시들과 병이 그대로 놓인 식당을 가로질러 찬방(饌房)으로 들이닥쳤고, 거기서 창문을 열려고 낑낑대는 레오나르를 발견했다.

"꼼짝 마라! 허튼짓은 하지 않는 게 좋아! 아니, 이놈이!"

레오나르의 한쪽 팔이 자신을 향해 뻗치는 게 눈에 들어왔고, 그 즉시 뤼팽은 날렵하게 몸을 엎드렸다. 그와 거의 동시에 찬방의 어둠을 찢으며 터져나오는 세 발의 총성! 뤼팽은 레오나르의 하체를 파고들었고, 비틀거리는 그의 손에서 권총을 낚아챔과 동시에 목을 와락 움켜쥐었다.

"겁 없는 녀석 같으니라고! 하마터면 이놈 손에 골로 갈 뻔했잖아. 이봐, 보슈레, 신사분을 단단히 묶어라!"

그는 회중전등을 꺼내 하인의 얼굴을 비추며 빈정거렸다.

"쳇, 잘생긴 편도 못 되는군. 도브레크 의원의 종 녀석으로 일하기엔 정신이 어딘가 좀 모자란 것 아닌가, 레오나르? 다 끝났나, 보슈레? 여기서 언제까지 죽치고 있을 수는 없는 일이야!"

"이제 걱정 없습니다, 두목."

질베르가 보슈레 대신 대답했다.

"아, 그래……. 아까 총소리를 누가 듣진 않았을까?"

"그럴 리는 절대로 없을 겁니다."

"하긴 어차피 서둘러야 할 일이니. 보슈레, 램프를 들고 그만 올라가세."

뤼팽은 그렇게 말하고 나서, 얼른 질베르의 팔을 붙들고 2층으로 끌고 올라가며 중얼거렸다.

"이런 멍청한 친구 같으니! 대체 무슨 놈의 정보가 그런가? 내 이럴 줄 알고 반신반의한 것 아닌가?"

"두목, 정말이지, 저로선 그자가 생각을 바꿔 저녁을 먹으러 돌아올 줄은 생각지 못했습니다."

"남의 물건을 터는 영광을 누리려면 모든 것을 빠짐없이 알고 있어야지! 이번 실수는 잊지 않을 것이네. 보슈레하고 자네는 재주는 있지만……."

바로 그때였다. 2층에 화려하게 펼쳐진 가구들을 보자 뤼팽은 마음이 가라앉으면서, 이제 막 대단한 예술품들을 손에 넣은 호사가의 뿌듯해진 마음으로 전리품 목록부터 챙기는 것이었다.

"맙소사! 양은 얼마 안 되지만 꽤 쓸 만은 한걸그래! 국민의 대리인께서 취향이 제법이시군. 오뷔송산(産)(오뷔송은 크뢰즈의 작은 도시로, 16세기 이후부터 태피스트리 공방으로 유명함—옮긴이) 안락의자가 네 개에다……. 그리고 이건, 단언하건대, 페르시에 · 퐁텐(샤를 페르시에와 피에르 퐁텐은 둘 다 18세기 중엽에서 19세기 중엽까지 주로 궁정 건축과 장식 분야에서 명성을 드높인 장인들로서, 공조하여 수많은 명품을 창조해냈음. 대표작은 파리의 개선문—옮긴이)의 서명이 분명한 책상이고……. 구티에르(데지레 구티에르는 18세기와 19세기 초까지 황동 및 금은 세공사로 유명함—옮긴이)의 벽걸이용 등잔 받침 두 점에다……. 프라고나르(18세기 프랑스의 대표적인 풍속화가—옮긴이) 진품 한 점하고, 미국 억만장자라면 생각도 않고 눈독을 들일 만한 가짜 나티에(루이 15세 시절의 궁정화가로 로코코풍 초상화의 대가—옮긴이) 한 점……. 한마디로 대단한 재산이로군! 세상엔 여차하면 진품 타령만 해대는 까다로운 인간도 많지만, 전부 나처럼만 노력하라고 해! 나처럼 열심히 찾아다니라고 하란 말이야!"

질베르와 보슈레는 뤼팽의 지시에 따라 가장 큼직한 물건들부터 체계적으로 나르기 시작했다. 한 30분이 지났을까. 첫 배가 가득 찼고, 그로냐르와 르발뤼는 먼저 출발해 자동차에 옮겨 싣는 작업에 착수하기로 했다.

뤼팽은 직접 나가서 그들의 배가 떠나는 것을 꼼꼼히 지켜보았다. 한데 다시 집으로 돌아와 현관을 막 들어서려는데, 찬방 쪽으로부터 사람 말소리가 들리는 것이었다. 얼른 들어가 보니 레오나르가 손이 등 뒤로 묶인 채 완전히 배를 깔고 엎드린 자세로 혼자 있었다.

"우리 충복(忠僕)께서 혼자 구시렁대고 있었는가? 공연히 발버둥 칠 것 없네. 이제 거의 끝나가니까. 그래도 혹시 너무 시끄럽게 굴면 이보다 더 혹독한 대접을 받게 될지도 몰라. 자네 배 좋아하나? 정 뭐하면 떫은 거 하나 입에 처박아주고……."

그렇게 내뱉고는 다시 발길을 돌려 계단을 오르는데, 또다시 같은 말소리가 들려오는 것이었다. 뤼팽은 잠시 그 자리에서 귀를 기울였고, 분명히 같은 찬방 쪽에서 이렇게 새어나오는 거칠고 헐떡이는 듯한 목소리를 감지했다.

"도와줘요! 사람 살려요! 도와주세요! 날 죽이려고 해요. 제발 경찰서에 신고 좀 해주세요!"

뤼팽은 나직이 중얼거렸다.

"완전히 돈 녀석이로군! 빌어먹을! 밤 9시에 곤하신 경찰들을 성가시게 하다니, 칠칠치 못하긴!"

그는 다시 작업을 재개했다. 한데 이번에는 생각보다 시간이 훨씬 오래 걸렸다. 장롱 속에서 도저히 그냥 지나칠 수 없을 만큼 값비싼 골동품들이 무더기로 쏟아져 나왔을 뿐만 아니라, 보슈레와 질베르가 당혹스러울 정도로 꼼꼼하게 조사를 진행했기 때문이다.

급기야는 오히려 안달이 난 뤼팽이 참지 못하고 이렇게 소리칠 정도였다.

"이제 그만 좀 하게! 그깟 팔리지도 않을 잡동사니 때문에 자동차를 저렇게 세워두고 일을 망치게 할 순 없어! 자, 그만 배를 탄다!"

그렇게 해서 결국 일행은 물가에 다다랐고, 뤼팽이 제일 먼저 돌계단을 내려섰다. 그런데 문득 질베르가 덥석 붙들더니 이러는 것이었다.

"잠깐만요, 두목. 아직 손볼 데가 좀 더 있습니다. 5분 이상 걸리지 않을 거예요."

"이런 제기랄, 또 뭔가?"

"그게 저……. 기가 막힌 고대 유물에 관해 얘기하는 걸 들었습니다."

"그래서?"

"여간해서 찾기가 어려운 곳에 놔두었다고 하는데……. 아까부터 찬방이 머릿속에서 떠나지 않는 거예요. 보니까 묵직한 자물쇠가 달린 벽장이 있던데……. 아무래도 그냥 지나칠 수는 없지 않겠습니까?"

그는 말을 마치기가 무섭게 이미 현관 앞 계단 쪽으로 발길을 돌리고 있었다. 물론 보슈레도 덩달아 달려갔다.

하는 수 없이 뤼팽은 뒤통수에다 대고 이렇게 외쳤다.

"10분이다. 더는 안 돼! 10분 후에 난 떠난다!"

하지만 10분이 지나도록 뤼팽은 기다리고 서 있었다.

'9시 15분이라……. 이거 미치겠군.'

그는 얼핏 시계를 보며 생각했다.

그러고 보니, 물건을 나르는 동안도 질베르와 보슈레의 행동이 여간 수상쩍은 게 아니었다. 마치 서로를 감시해야만 하는 것처럼, 한순간도 떨어지지 않으려고 했던 것이다. 대체 무슨 일이 일어나고 있었던 것일까?

마침내 뤼팽은 정체를 알 수 없는 불안감에 떠밀리다시피 하며 별장 쪽으로 발길을 돌렸다. 그때였다. 저만치 앙기앵 카지노 쪽에서 어렴풋한 소음이 점점 가까이 접근해오는 것이 느껴졌다. 분명 이쪽으로 산책하러 나오는 사람들이 틀림없었다.

그는 얼른 휘파람부터 한 차례 부른 뒤, 대로 주변을 둘러보기 위해 중앙 철책 문 쪽으로 잽싸게 달려갔다. 한데 문에 다다른 바로 그 순간, 한 발의 난데없는 총성과 함께 고통에 찬 비명 소리가 들리는 것이 아닌가! 그는 후닥닥 발길을 돌려 별장으로 향했고, 건물을 한 번 휘둘러본 뒤, 계단을 올라 곧장 식당으로 들이닥쳤다.

"이런 제기랄! 대체 둘이서 뭣들 하는 건가?"

질베르와 보슈레는 둘이 씩씩대면서 한데 뒤엉킨 채 바닥을 이리저리 구르고 있었다. 보아하니 옷이 모두 피투성이였다. 뤼팽이 득달같이 달려들었을 땐, 이미 상대를 패대기친 질베르가, 두목이 미처 분간하지 못한 무엇을 그 손에서 낚아채고 난 뒤였다. 게다가 보슈레는 어깨에 입은 총상으로 인해 피를 너무 많이 흘려, 그만 기절하고 말았다.

"누구 짓인가? 질베르, 자네인가?"

뤼팽은 버럭 화를 내며 물었다.

"아, 아닙니다. 레오나르가……."

"레오나르라니! 그는 묶여 있지 않나?"

"스스로 끈을 풀고 권총을 되찾았습니다."

"이런 한심한! 대체 놈은 어디 있나?"

뤼팽은 대답도 기다릴 것 없이 얼른 램프를 들고 찬방으로 건너갔다.

그런데 하인은 납빛이 된 얼굴로 목에는 칼이 꽂힌 상태에서 두 팔을 가지런히 포갠 채 똑바로 뻗어 있는 것이었다. 핏줄기 하나가 그의 입가로 새어나오고 있었다.

"이런…… 죽었어!"

찬찬히 살펴보던 뤼팽이 더듬거리자, 질베르도 떨리는 목소리로 반문했다.

"정말입니까? 정말이에요?"

"죽었다고 했지 않은가!"

질베르는 얼른 허겁지겁 대꾸했다.

"보슈레 짓입니다. 그가 찔렀어요."

마침내 뤼팽은 안색이 파랗게 질릴 정도로 화를 버럭 내며 질베르의 멱살을 움켜잡고 소리쳤다.

"보슈레 짓이라니……. 네놈도 마찬가지다! 너도 현장에 있었으면서 그대로 방치한 것 아니냐! 피! 피! 내가 그토록 싫어하는 걸 잘 알면서……. 살인을 하느니 차라리 목숨을 내주는 편이 낫단 말이다. 아! 낭패로고. 한심한 녀석들……. 너희는 아주 비싼 대가를 치르게 될 거야. 몸조심하는 게 좋을 거라고!"

그러더니 시체를 다시 보자 아무래도 울화통이 터지는지, 질베르를 마구 흔들어대며 다그치는 것이었다.

"도대체 왜? 무엇 땜에 보슈레가 이자를 죽였단 말이냐?"

"원래는 녀석의 옷을 뒤져서 벽장 열쇠를 빼앗으려고 했을 뿐입니다. 한데 막상 몸을 숙여 언뜻 보니 녀석의 팔이 풀려 있는 거예요. 해서 더럭 겁이 난 나머지 엉겁결에 찔렀지 뭡니까."

"그럼 아까 총성은 어떻게 된 건가?"

"레오나르 짓입니다. 손에 권총을 쥐고 있었던 겁니다. 죽기 전에 총겨눌 힘은 남아 있었는지……."

"그럼 벽장 열쇠는?"

"보슈레가 빼앗았죠."

"그래, 열어보았는가?"

"네."

"그래, 뭐가 있긴 있던가?"

"네."

"그래서 바로 그걸 가지고 둘이 다퉜던 거로군! 뭔가, 성(聖)유물함이라도 되나? 아니지, 그거보단 좀 작았어. 그래, 대체 뭔가? 어서 대답을……."

그러나 입을 꼭 다문 질베르의 고집스러운 표정을 보자 대답이 쉽게 튀어나오기는 힘들 거라는 생각이 뇌리를 스쳤다. 뤼팽은 위협적인 동작을 하며 으르렁댔다.

"뱉어내게 될걸. 이 뤼팽이 장담하건대, 네놈 입에서 반드시 자백을 받아내고야 말 테다. 하지만 일단은 여기를 벗어나는 게 급선무지. 자, 어서 거들기나 해라. 보슈레부터 배에 태워야 할 테니."

둘은 그렇게 식당으로 돌아왔고 질베르는 곧장 부상당한 동료에게 몸을 기울였다. 바로 그때였다.

"잠깐!"

뤼팽이 문득 질베르를 만류하면서, 둘 사이엔 똑같이 불안한 시선이 오갔다. 찬방 쪽에서 웬 사람의 말소리가 들리는 것이었다. 아주 나지막하고, 생소하면서, 어렴풋하게 들리는 목소리……. 그와 동시에, 그 방에는 음산한 실루엣을 드리운 채 뻗어 있는 시체 외에 그 누구도 없다는 사실이 두 사람의 이마를 후려쳤다.

또다시 목소리가 들려왔다. 날카롭다가, 숨죽인 듯하다가, 파르르 떨리다가는 귀에 거슬리게 찢어지는 듯한 저 소리……. 무슨 말인지 알아들을 수도 없는 말을 그렇게 쉴 새 없이 뱉어내고 있었다.

뤼팽은 머리가 땀으로 흥건히 젖는 느낌이 들었다. 마치 저승에서 들려오기라도 하듯, 횡설수설 불가해한 저 목소리는 대체 무엇일까?

혹시나 하는 심정에서 죽은 하인에게 바짝 몸을 수그려보았다. 순간, 목소리가 뚝 그치더니, 곧 다시 시작되는 것이었다.

"이쪽으로 불빛 좀 잘 비춰봐!"

뤼팽은 질베르에게 다급히 지시했다.

그는 곧바로 주체할 수 없는 공포감에 사로잡혀 몸을 부르르 떨었다. 이젠 의심의 여지가 없었다. 질베르가 전등갓마저 거둬내자, 피 묻은 입술이든 축 늘어진 몸뚱어리든 전혀 꿈쩍도 않는 시체로부터 목소리가 새어나오고 있는 것이 아닌가!

"두, 두목…… 으스스합니다."

질베르가 더듬거렸다.

여전히 코맹맹이처럼 똑같은 속삭임이 이어졌다.

순간, 느닷없이 웃음을 터뜨리는 뤼팽! 그는 시체를 붙잡더니 훌쩍 옮기며 소리쳤다.

"맙소사! 이제야 알겠군. 공연히 시간만 낭비했잖아!"

시체를 제친 자리에는 금속 수화기(受話器)가 반짝거리고 있었고, 거기서 빠져나온 선이 벽의 일상적인 높이에 매달린 전화기까지 이어져 있었다.

뤼팽은 얼른 수화기를 들어 귀에 갖다 댔다. 아닌 게 아니라 곧바로 아까의 그 어지러운 소리가 다시 시작되었다. 아마도 몇몇 사람이 한꺼번에 이야기를 하면서 저희끼리 떠들어대거나 이쪽을 부르는 소리가 고스란히 전화선에 실려 들려오는 모양이었다.

"거기 있는 거요? 대답을 안 하는데. 걱정이로군. 아무래도 살해당한 것 같아. 거기 있느냐고요? 대체 무슨 일일까? 힘을 내야 합니다. 곧 도움이 갈 겁니다. 경찰들하고…… 군인들하고…….”

“빌어먹을!”

뤼팽은 수화기를 내던지며 내뱉었다.

문득 섬뜩한 생각 하나가 뇌리를 스치면서, 자초지종이 눈앞에 환하게 떠올랐다. 애당초 물건들을 옮겼을 때부터 결박이 느슨하게 된 레오나르가 간신히 일어서서 벽에 매달린 전화기를 입으로 물어 든 다음, 앙기앵 전화국에다 구조 요청을 한 것이 틀림없었다.

첫 번째 배를 출발시킨 다음 다시 별장으로 들어서다가 얼핏 들었던 말소리도 다름 아닌 바로 그 전화 통화 소리였던 것이다. “도와주세요. 사람 살려요! 날 죽이려고 해요” 하고 말이다.

이제 저쪽 전화국으로부터 계속되는 응답이 들려오고 있었다. 물론 이미 경찰들은 출동했을 터. 뤼팽은 기껏해야 4~5분쯤 전에 저만치 앙기앵 카지노 방향으로부터 들려왔던 어렴풋한 소음이 퍼뜩 생각났다.

“경찰이다. 어서 튀어라!”

후닥닥 식당을 가로지르며 뤼팽이 소리치자, 질베르가 발끈했다.

“아니, 보슈레는 어떡하고요?”

“하는 수 없다.”

한데 서서히 정신이 들기 시작한 보슈레가 지나치려는 뤼팽을 붙들며 하소연하는 것이었다.

“두목, 절 이렇게 버려두실 순 없습니다!”

바깥에선 어느새 사람들 몰려드는 소리가 가까워졌고, 그만큼 코앞에 닥친 위협이 느껴졌다. 뤼팽은 부랴부랴 질베르의 손을 빌려 부상자를 일으켜 세웠다.

그러면서 그의 잇새로 짧게 비어져 나온 말은 이랬다.

“젠장, 너무 늦었어!”

순간 집 뒤편으로 통하는 문을 누군가 거세게 두드렸다. 뤼팽은 얼른 앞쪽 계단 문으로 달려갔다. 하지만 이미 집 전체를 에워싸다시피 한 사람들이 무서운 기세로 몰려들고 있었다. 잘하면 저들보다 한발 앞서서, 질베르와 함께 물가에 다다를 수는 있을지도 몰랐다. 하지만 적의 쏟아지는 탄환까지 피해가며 과연 배에 무사히 올라 노를 저어 갈 수 있을까?

뤼팽은 차라리 문을 닫고 빗장을 걸었다.

"포위되었군요. 제기랄……."

질베르가 투덜대자 뤼팽이 대뜸 내쏘았다.

"조용히 해!"

"하지만 이미 놈들 눈에 띄었습니다, 두목. 저 문 두드리는 것 좀 보세요."

"글쎄, 닥치라니까. 꼼짝하지 말고. 한마디도 하지 마."

그렇게 속삭이는 뤼팽의 침착한 얼굴과 신중한 태도는, 마치 눈앞에 닥친 상황을 모든 각도에서 충분한 여유를 두고 심사숙고하겠다는 사람의 모습과도 같았다. 보아하니 지금 이 순간이야말로 흔히들 인생에 있어 절체절명의 순간, 즉 삶의 진가(眞價)가 극대화되어 발휘될 수 있을 그런 순간인 듯했다. 이럴 때마다 그는 아무리 위험한 가운데에서도 속으로 천천히 수를 세면서 일단 심장박동이 정상으로 안정되기를 기다리곤 했다.

'하나, 둘, 셋, 넷, 다섯, 여섯…….'

그러고 나서야 그는 차분히 사고를 진행시켜갔는데, 어찌나 날카롭고도 깊은 직관력을 발휘하는지, 가능한 모든 경우를 빈틈없이 가늠하는 것이었다! 이번에도 역시 주어진 상황과 관련한 일체의 판단 자료가 그의 눈앞에 환히 펼쳐지고 있었다. 그는 모든 것을 내다봤고, 전부를 이해했다. 완벽한 확신과 논리 속에서 어떻게 처신해야 할 것인가 최종 결정을 내렸다.

밖에서 문을 두드리고 자물쇠를 비트는 30~40초의 떠들썩한 시간이 흐른 다음, 그는 질베르에게 속삭였다.

"나를 따라오너라."

그는 거실로 들어가 집 옆쪽으로 향한 창문과 발 모양의 겉창을 조용히 밀어 열었다. 탈출로를 봉쇄하느라 저마다 동분서주하는 광경이 살짝 보였다. 순간, 뤼팽의 입에서 숨 막힌 듯한 고함 소리가 고래고래 터져나오는 것이 아닌가!

"여기요! 도와주시오! 내가 놈들을 붙잡았소. 이쪽입니다!"

아울러 냅다 권총을 겨눠 나뭇가지를 향해 두 발을 발사한 다음, 곧장 보슈레에게 돌아와 상처에서 배어나온 피를 자기 손과 얼굴에 마구 묻히는 것이었다. 마지막으로 그는 질베르에게 달려들어 다짜고짜 어깨를 부여잡고는 바닥에 동댕이쳤다.

"아니, 대체 왜 이러십니까, 두목?"

화들짝 놀라는 질베르에게 뤼팽은 단호한 어조로 속삭였다.

"잠자코 따라라. 내가 모든 책임을 질 것이다. 자네들 둘 다 나만 믿고 있어, 그냥 그대로……. 내가 반드시 감옥에서 빼내줄 테니까. 그러려면 일단 나부터 자유로워야 한다."

그는 다시 호들갑을 떨며 열린 창문 아래를 향해 냅다 소리쳤다.

"여깁니다. 놈들을 잡았어요! 도와주시오!"

또다시 침착하면서 나지막한 목소리로는 이렇게 말했다.

"잘 생각해봐. 나한테 무슨 할 말은? 우리가 사용할 수 있을 적당한 통신수단 같은 것 말이야."

하지만 뤼팽의 계획을 이해하기에는 너무도 당혹스러울 뿐인 질베르는 발버둥을 쳐대며 길길이 날뛸 뿐이었다. 반면 어차피 부상당한 몸을 이끌고 도망치기가 도저히 어렵다는 걸 알고 있는 보슈레는 좀 더 침착한 태도로 이러는 것이었다.

"멍청아, 그냥 가만히 있어. 두목이라도 위험에서 벗어나야 할 것 아니냐. 그게 일단 중요한 것 아니냐고!"

불현듯 뤼팽의 머릿속엔 아까 질베르가 보슈레로부터 낚아챈 무엇이 있다는 생각이 들었다. 그가 몸을 뒤지려고 하자 질베르는 얼른 뿌리치면서 내뱉었다.

"안 돼요! 이건 절대로!"

하는 수 없이 뤼팽은 다시 한번 부하를 바닥에 동댕이쳤고, 마침 창문가에 두 사람이 머리를 내미는 것을 언뜻 본 질베르는 어쩔 수 없이 물건을 두목에게 넘겼다. 뤼팽은 자세히 보지도 않고 일단 호주머니 속에 쑤셔 넣었다.

"그럼 일단 받아두세요, 두목. 나중에 설명할게요."

질베르의 말이 채 끝나기도 전에 창가로 들이닥친 경찰관 둘과 나머지 인원들, 그리고 별장의 모든 출입구를 밀고 들어온 군인들이 뤼팽을 돕기 위해 나타났다.

질베르는 현장에서 붙잡혀 단단히 결박되었고, 그제야 뤼팽은 유유히 몸을 추스르며 이렇게 뇌까렸다.

"그나마 다행이오. 이 녀석 때문에 좀 고생은 했지만……. 다른 놈은 쉽게 제압했는데, 이 녀석은……."

한데 경찰서장은 다짜고짜 이렇게 다그쳐 묻는 것이었다.

"하인은 혹시 못 봤습니까? 이자들이 살해했나요?"

"그건 모르겠는데요."

"아니, 모르다니요?"

"맙소사! 나도 살인이 일어났다는 소식을 듣고, 당신들과 마찬가지로 막 달려온 입장이란 말이오! 단지 당신들이 건물 왼쪽으로 돌아드는 동안, 난 오른쪽으로 돌아서 들어왔을 뿐이오. 마침 창문이 하나 열려 있기에, 손쉽게 들어왔고요. 때마침 이 두 녀석이 막 내려가려고 하더군요. 그래서 여기 쓰러져 있는 이자에게 먼저 한 방을 쏘고, 다른 녀석을 덮쳤죠."

그러면서 뤼팽은 총상을 입은 보슈레를 가리켰다.

그러고 보니 그 자신, 얼굴과 손이 온통 피범벅이 되어 씩씩거리고 있는 뤼팽의 말을 의심할 여지는 없어 보였다. 하인의 살해범을 붙잡아 경찰에 인도한 용기 있는 시민의 모습 그대로가 아닌가 말이다! 그곳에 모여든 열 명의 사람은 고스란히 뤼팽이 뛰어들어 해치운 영웅적인 싸움의 믿음직한 증인이 되어버린 꼴이었다.

게다가 현장 자체가 워낙 소란스러운지라, 뭐든 차근차근 따져보고 의심을 해볼 만한 분위기가 아니었다. 대번에 인근 지역 사람들이 별장에 꾸역꾸역 몰려들었고, 저마다 끔찍한 사건 앞에서 기겁을 했다. 사람들은 끼리끼리 호들갑을 떨며 위층, 아래층, 심지어는 지하실 할 것 없이 오르락내리락했다. 그 와중에 뤼팽의 진술은 능히 그럴 수 있는 사실로 자리를 잡았고, 아무도 진위를 검토해볼 생각을 하지 못했다.

한편 구석진 찬방에서 시체를 발견한 경찰서장은 비로소 뭔가 체계적인 조치를 취해야 한다는 책임감을 느꼈다. 그래서 부랴부랴 철책 문에다 아무나 들이거나 내보내지 말 것을 지시했고, 더 늦기 전에 현장 조사와 더불어 용의자에 대한 꼼꼼한 신문(訊問)을 진행하기 시작했다.

먼저 보슈레가 이름을 진술했다. 반면 질베르는 변호사의 입회하에서만 입을 열겠다면서, 끝내 이름 밝히기를 거부했다. 하지만 살해 혐의가 문제가 되자, 질베르는 대뜸 입을 열어 보슈레를 고발했고 보슈레 역시 적극적으로 반격에 나서는 가운데, 두 사람 다 경찰서장의 주의를 끌어당기려는 의도가 빤히 보이게 질세라 장광설을 늘어놓는 것이었다. 물론 뤼팽의 증언도 들어볼까 하여 경찰서장이 돌아섰을 땐, 아니나 다를까 정작 주인공은 이미 온데간데없이 자취를 감춘 뒤였다.

그럼에도 아직은 이렇다 할 의심 없이 경찰서장은 경찰관 한 명에게 지시를 내렸다.

"아까 그 신사한테 질문할 게 몇 가지 있다고 알리게."

그 신사라면, 현관 앞 계단에서 담배를 피우고 있었다는 얘기에, 지시를 받은 경찰관이 곧장 찾아 나섰다. 그러나 미지의 신사는 주위의 군인들과 더불어 담배를 나눠 피운 뒤, 필요하면 언제든 부르라는 말을 남긴 채, 저쪽 호숫가로 걸어가더라는 것이었다.

즉시 손을 모아 소리쳐 불렀지만 대답은 돌아오지 않았다.

병사 하나가 득달같이 달려가보았지만, 이미 배에 오른 신사는 저만치 힘차게 노를 저어 가고 있었다.

그 모든 사실을 전해 들은 경찰서장은 문득 질베르의 표정을 보고, 그제야 일이 꼬였음을 깨달았다.

"놈을 붙잡아와! 총이라도 쏘란 말이야! 그놈도 한패라고."

경찰서장은 버럭 고함을 지르면서 경찰관 둘과 함께 뛰쳐나갔고, 다른 사람들은 이미 붙잡힌 두 명을 더더욱 바짝 에워쌌다. 기슭에 이르자, 한 100여 미터는 떨어진 어둑한 수면 위에서 모자를 벗어 인사를 보내는 그림자가 어렴풋이 보였다.

소용없는 줄 알면서도 경찰관 한 명이 총을 쏴댔다.

하지만 그에 대한 대답이라는 듯, 노를 저으며 신사가 흘리는 다음과 같은 노랫말만이 산들바람에 실려 오는 것이었다.

가거라 어린 사공아
바람이 네 등을 떠미누나

문득 경찰서장의 시야에 이웃 소유지의 선창가에 묶여 있는 보트 한 대가 들어왔다. 훌쩍 중간 울타리를 건너뛴 경찰서장은 군인들에게 기슭을 철저히 감시하다가 도망자의 배가 닿으려고 하는 대로 가차 없이 체포하라고 당부한 뒤, 일행 두 명과 함께 배에 뛰어올랐다. 마침 이따금 구름 사이로 달빛이 비쳐 드는지라, 앞선 배의 진로를 파악하는 것은 어렵지 않았다. 그 배는 오른쪽으로 잔뜩 휘어지면서 생그라티앵 마을 쪽을 향해 다가가고 있었던 것이다. 경찰서장이 탄 보트는 두 명이 동시에 노를 저을 뿐 아니라 선체 자체도 다소 가벼운지, 앞선 배보다 속력이 더 빠른 것 같았다. 결국 채 10분도 안 되어 반 이상을 따라잡고 있었다.

"이거 아무래도 군인들은 필요도 없을 것 같군그래. 대체 어떤 놈인지 궁금한걸. 보통 배짱이 아니던데."

그렇게 중얼거리면서도 경찰서장은, 마치 도망자가 싸움을 포기하기라도 한 듯, 두 보트의 간격이 급격하게 줄어든다는 사실이 못내 의아했다. 아무튼 경찰관 두 명은 더더욱 기를 쓰고 노를 저었고, 보트는 놀랄 만한 속력으로 수면을 가르고 나아갔다. 급기야 100여 미터를 더 전진한 끝에 도망자의 모습이 눈에 들어올 정도가 되자, 경찰서장이 고함을 내질렀다.

"멈춰라!"

웅크리고 있는 적의 실루엣은 꼼짝 않고 있었다. 보아하니 노(櫓)도 물결에 휩쓸려 제멋대로 떠나가고 있었다. 문득 꼼짝 않는 실루엣이 수상하다고 느껴졌다. 원래 이런 종류의 불한당은 그 어떠한 공격에도 쉽사리 자기 목숨을 내주는 일이 없으며, 늘 만반의 준비를 갖추고 있다가 오히려 권총 따위로 선공(先攻)을 가해 상대를 무력화시키기 마련인 것이다.

"항복해라!"

경찰서장은 불안한 마음에 더욱 요란하게 소리쳤다.

하필 때맞춰서 밤은 온통 칠흑 같은 어둠이었다. 문득 도망자의 배 쪽에서 뭔가 위협적인 움직임이 감지되었다고 느낀 이쪽 배 안의 세 사람은 한쪽 구석으로 일제히 주춤했다.

그래도 여전한 관성(慣性)에 힘입어 뱃머리는 적을 향해 접근하고 있었다.

경찰서장은 잇새로 중얼거렸다.

"놈이 불시에 저격을 하게 놔둬선 안 돼. 우리 쪽에서 먼저 사격을 가하자. 다들 준비는 됐겠지?"

그는 다시 버럭 소리 질렀다.

"항복해라! 그렇지 않으면……."

역시 대답은 없었고, 아예 죽은 듯 미동도 없었다.

"항복해라. 무기를 내려놓으란 말이다. 싫다 이건가? 정 그렇다면 할 수 없지. 자, 센다. 하나, 둘……."

한데 경찰관들은 마지막까지 기다리지도 않았다. 결국 몇 발의 총성이 어둠을 갈랐고, 또다시 득달같이 달려들어 몇 차례 노를 젓자 마침내 목표물에 바싹 다가들게 되었다.

경찰서장은 한 손에 권총을 잔뜩 그러쥔 채 적의 미세한 움직임도 놓치지 않으려고 눈을 부라렸다.

그는 서서히 손을 내뻗으며 중얼거렸다.

"조금이라도 꼼짝하면 대갈통을 부숴버리겠다."

과연 일말의 움직임조차 없었다. 그런데 부하 둘이 노를 내려놓고 최후의 일격을 준비하는 동안, 경찰서장의 눈에는 적이 그처럼 고분고분한 진짜 이유가 서서히 드러나고 있었다. 정작 배 안에는 아무도 없었던 것이다! 적은 이미 수영으로 도망친 후였고, 추격자들의 손에 남겨진 것은 도둑질하다 만 몇몇 잡동사니 위에 앙증맞게 올라앉은 옷가지하고 중절모 하나뿐이었다. 이 정도 어스름한 어둠 속에서는 영락없이 '웅크린 사람' 꼴 그대로였다.

경찰서장은 성냥불에 의지한 채 적이 남긴 잘난 껍데기를 훑어보았다. 우선 모자 안감 어디에도 이름 이니셜이라고는 찾아볼 수 없었다. 웃옷에서도 신분증은 물론, 지갑 하나 발견되지 않았다. 그런데 문득 호주머니 저 구석에서 이번 사건에 엄청난 파장을 몰고 올, 그리고 특히 질베르와 보슈레의 운명에 지대한 변화를 가져올 단서 하나가 튀어나오는 것이었다. 아마도 그것만은 깜빡 잊고 내뺀 듯한데, 다름 아닌 아르센 뤼팽의 명함이었다!

그와 거의 같은 시각, 그러니까 경찰들이 노획한 배를 견인하면서 계속 모호한 조사를 진행하고, 기슭에서는 일정하게 배치된 군인들이 수상 추격전의 결말을 확인하려고 눈을 까뒤집고 있는 동안, 아르센 뤼팽은 두 시간 전에 떠났던 바로 그 지점으로 유유히 접근하고 있었다.

대기하고 있던 그로냐르와 르발뤼의 마중을 받으며 그는 빠르게 자초지종을 설명했다. 도브레크 하원 의원의 안락의자와 골동품들이 쌓여 있는 자동차에 올라탄 그는 모피로 몸을 데우면서 인적 없는 길을 따라 뇌일리에 소재한 자신의 전용 창고 앞까지 달렸다. 거기서부터는 미리 준비시켜둔 택시로 갈아타고 파리로 직행해, 생필리프뒤룰 근처에서 차를 세웠다.

거기에서 그리 멀지 않은 마티뇽 가(街)의 한 건물에는 전용 비밀 출입구까지 갖춘 그만의 2층짜리 숙소가 있었는데, 질베르를 제외한 부하 그 누구도 모르는 곳이었다.

뤼팽은 한시름 놓은 기분으로 젖은 옷을 벗어 던지고 온몸을 마사지했다. 비록 강건한 몸과 마음을 타고났지만, 장시간 헤엄을 치다 보니 몸이 여간 얼어 있는 게 아니었던 것이다. 매일 밤 잠자리에 들 때처럼 그는 호주머니의 내용물을 벽난로 위에 털어놓았다. 그리고 그제야 아까 질베르가 손에 쥐여준 물건이 지갑과 열쇠에 딸려 나와 그의 주의를 끌게 되었다.

그는 화들짝 놀랐다. 다름 아닌 수정으로 된 자그마한 병마개였는데, 보통 술병용으로 제작된 것이었다. 다시 말해 그다지 특별할 것도 없는 수정마개였던 것이다. 굳이 눈길을 끌 만한 점을 들라면, 여러 각도의 단면들로 커팅 처리된 대가리로부터 병의 입구를 틀어막는 목 부분까지, 마치 심지처럼 금박이 박혔다는 것뿐이었다.

하지만 아무리 봐도 특별하게 느껴지는 병마개는 아니었다.

"아니, 질베르와 보슈레가 그토록 집착하던 게 겨우 요 병마개란 말인가? 이것 때문에 하인을 죽이고, 둘이 치고받으며 싸웠단 말인가? 이것 하나 때문에 감옥행에다…… 중죄 재판에다…… 급기야는 단두대까지 불사하며 그토록 시간 낭비를 했단 말인가? 빌어먹을, 참 얄궂은 일도 다 보겠군!"

하지만 제아무리 야릇해 보이는 사건이라 해도 워낙 곤죽이 다 된 몸 상태라, 뤼팽은 더 이상 생각하기를 멈추고는 수정마개를 벽난로 위에 놔둔 채 잠자리에 들었다.

곧장 악몽이 그를 사로잡았다. 감방 안 바닥 위에 무릎을 꿇은 질베르와 보슈레가 두 팔을 안타깝게 벌린 채 끔찍한 비명을 지르고 있는 것이었다.

"도와주세요! 도와주세요!"

그렇게 둘은 소리치고 있었다.

한데도 뤼팽은 왠지 꼼짝달싹할 수가 없었다. 그 자신 역시 보이지 않는 끈으로 어딘가에 꽁꽁 묶여 있었던 것이다. 그러면서 섬뜩한 환영에 사로잡힌 채, 사형수를 위한 세면과 그 밖의 준비 과정, 급기야는 끔찍스러운 파국의 음산한 광경이 펼쳐지는 것을 두 눈 똑바로 뜨고 바라볼 수밖에 없었다.

얼마나 시달렸을까. 뤼팽은 후닥닥 몸을 일으키며 소리쳤다.

"맙소사! 이건 매우 좋지 않은 징조야. 그나마 우리 같은 사람들은 기(氣)가 약하지 않아서 다행이지! 그렇지 않았다면……."

그는 곧 목소리를 가다듬고 이렇게 중얼거렸다.

"가만있자, 질베르와 보슈레의 행동거지로 미루어보건대, 분명 저 보잘것없는 부적은 이 뤼팽이 어떻게 하느냐에 따라 대단한 물건이 될 수도 있지 않을까? 어쩜 이 악운을 떨쳐버리고 통쾌한 반전(反轉)을 노려볼 수도 있을 것 같긴 한데……. 어디 다시 좀 살펴볼까."

그는 자리에서 벌떡 일어나 본격적으로 조사를 하기 위해 물건 있는 데로 걸어갔다. 그의 입에서 비명이 터져나온 것은 바로 그때였다. 벽난로 위에 얌전히 놓아둔 수정마개가 사라지고 없는 것이었다.

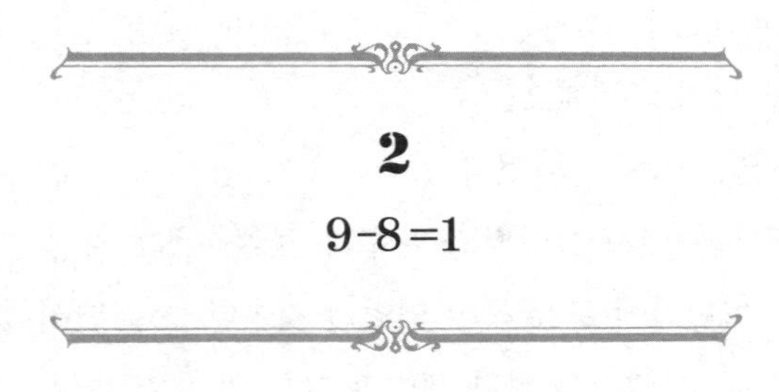

# 2
## 9-8=1

비록 뤼팽과 나 사이의 관계가 아주 원만하고, 나에 대한 그의 신뢰가 상당한 수준이긴 하지만, 아직도 나로선 속속들이 파악이 안 되는 부분이 있다. 다름 아닌 그가 어떻게 자신의 조직을 만들어왔느냐 하는 점이다.

분명 한패라고 부를 수 있는 조직이 있다는 사실엔 의심의 여지가 없다. 그가 선보인 어떤 모험들의 경우, 든든한 공모 관계와 막강한 다수의 힘이 어느 한 강력한 의지 앞에 절대적으로 복종했을 거라는 사실을 가정하지 않고는 도저히 설명이 안 되는 것이다. 과연 그 의지는 어떤 식으로 영향력을 행사해온 것일까? 어떤 중개를 통해서, 어떤 지시 체계를 통해서 그것이 가능하단 말인가? 그것을 당최 모르겠다. 그에 대해서만큼은 뤼팽 역시 철저히 비밀에 부쳤고, 뤼팽이 비밀로 하려는 일은, 이를테면 그 자체로 불가해(不可解)한 일이 되고 마는 것이다.

딱 하나 내가 내세울 수 있는 가설은 이런 것이다. 아마도 극히 제한

되면서 막강한 위력을 갖춘 정예 그룹의 활동은, 베일에 가려진 상부의 지시를 직접적으로 수행하는 수많은 일시적 동맹자나 개별적인 단체의 전 국가적이고 전 세계적인 활동을 통해 보완되고 있을 것이다. 그들과 주인 사이에는 소위 입문식을 거친 측근들, 심복들이 포진하고 있어, 뤼팽의 직접 지시를 제때제때 하달하는 일차적 임무를 수행하고 말이다.

질베르와 보슈레가 바로 그러한 부류의 요원(要員)에 해당할 것이다. 사법당국이 그들 문제에 잔뜩 촉각을 세우는 것도 다 그 때문이었다. 사상 최초로 정체가 드러난 뤼팽의 공범들, 그것도 살인 사건에 연루된 뤼팽 도당을 붙잡았으니 왜 안 그렇겠는가! 살인이 사전에 모의되었고, 그에 대한 기소가 충분한 증거에 기초하기만 하면, 사형은 불 보듯 뻔한 일이다. 그런데 확실하다고 할 수 있는 증거가 최소한 하나는 확보된 것이나 다름없으니, 죽기 직전 레오나르로부터 직접 걸려온 전화 한 통……. "도와주세요. 사람 살려요! 날 죽이려고 해요"라는 그 말 말이다. 그 절망적인 울부짖음은 직접 통화를 한 전화국 직원과 그 동료에 의해 움직일 수 없는 살인 사건의 증거로 제시되었다. 바로 그 전화 한 통으로 경찰서장을 위시한 부하 몇 명, 게다가 휴가를 즐기던 일부 군인들까지 가세해 마리테레즈 별장으로 벌 떼처럼 몰려가지 않았던가!

결국 이번 모험은 초기 단계에서부터 심상치 않은 위험이 도사리고 있다는 사실을 뤼팽은 정확히 직감했다. 전 사회를 상대로 그가 벌여온 격렬한 싸움은 이제 아주 새롭고도 끔찍한 단계로 들어서는 느낌이었다. 글쎄, 운세가 바뀌고 있다고나 할까? 무엇보다도 이번에는 그 자신이 극도로 거부하는 살인 사건이라는 점. 뒤가 구린 호화 생활자나 부패한 재정가를 혼내줌으로써 사람들의 가려운 곳을 긁어주어 결국 여론의 지지를 받아온, 그간의 유쾌하고 통쾌한 도둑질이 더 이상 아니라는 점이 문제이다. 게다가 이번에는 누구를 공략하는 것이 아니라, 스스로를 방어하고, 심복 두 명의 목숨을 구해야만 하는 일이다.

뤼팽이 자주 꺼내, 자신이 처한 그때그때의 상황을 요약해 넣곤 하던 수첩에서 나는 이상의 사태와 관련한 대목 하나를 베껴놓은 적이 있는데, 그 내용을 이 자리를 빌려 공개할까 한다.

우선 확실한 사실은 이것이다. 질베르와 보슈레는 서로 작당해서 나를 속였다. 이번 앙기앵 원정은, 마리테레즈 별장을 턴다는 명목하에, 사실은 숨은 진짜 목적이 따로 있었던 것이다. 작업을 하는 도중에도 그들은 바로 그 진짜 목적만을 염두에 두고 있었고, 모든 가구 속이나 벽장 속을 뒤질 때도 오로지 찾는 건 단 하나, 그 수정마개였다. 자, 그렇다면 이제 이 애매한 문제를 차근차근 풀어나가기 위해, 일단 이 사건의 어떤 점에 내 생각을 집중해야 할 것인지 분명히 해두는 게 절실하다. 필시 그 수수께끼 같은 수정 조각은, 알 수 없는 이유로 인해, 그들 눈에 엄청난 가치를 지닌 물건으로 비쳤음에 틀림없다. 한데 간밤에 감히 누군가 이곳까지 교묘하게 침입해 그것을 훔쳐간 걸 보면, 비단 그들 눈에만 가치가 있는 것 같지도 않다.

뤼팽은 자기 스스로가 희생이 된 간밤의 도난 사건에 특히 신경이 쓰였다.

두 가지 불가해하게 보이는 문제가 그의 정신 속을 파고들었다. 먼저 누가 이곳에 침입했던 것일까? 자신의 막료나 다름없고 개인 비서로 활동하는 질베르 말고는 마티뇽 가의 이 후미진 구석을 아는 사람이 없을 텐데……. 물론 질베르는 지금 감옥에 있다. 과연 그 질베르가 자신을 배신하고 경찰로 하여금 이곳에 난입하게 했다고 가정해야 할까? 하지만 만약 그랬다면 경찰이 뤼팽을 그대로 놔둔 채 수정마개만 집어 들고 갔을 리는 없지 않겠는가?

따지고 보면 그보다 훨씬 더 괴이한 일이 따로 있었다. 아무튼 누가 건물 안으로 난입했다고 치자. 비록 뚜렷한 증거가 있는 것은 아니지만, 얼마든지 그럴 수는 있을 터, 단 뤼팽이 잠을 자는 이 방까지 어떻게 잠입해 들어올 수 있었을까? 매일 밤마다 늘 하던 버릇 그대로, 뤼팽은 문의 자물쇠는 물론 빗장까지 단단히 걸어둔 다음에야 잠자리에 들었다. 이 모든 풀리지 않는 수수께끼에도 불구하고 분명한 것은, 자물쇠와 빗장에 누구 하나 손댄 흔적 없이 수정마개만 감쪽같이 사라졌다는 사실이다. 누구보다 예민한 청각의 소유자라고 자부하는 뤼팽이지만, 밤새 그 어떤 소음도 들리지 않았고 말이다!

그렇다고 그 문제에 지나치게 집착하지는 않았다. 이러한 종류의 수수께끼는 뤼팽의 전문 분야나 다름없는 바, 일련의 사건들을 직접 체험하는 가운데에야 비로소 해결의 실마리를 얻을 수 있다는 것을 그는 너무도 잘 알고 있었던 것이다. 다만 워낙 당혹스럽고 불안한지라, 마티뇽 가의 이곳을 다시는 발길도 들여놓지 않겠다고 다짐하며 아예 폐쇄해버렸다.

그는 즉시 질베르 및 보슈레와의 교신을 시도했다.

한데 여기서도 새로운 착오가 그를 기다리고 있었다. 비록 뤼팽이 직접 개입되었다는 확고한 물증이 뒷받침된 것은 아니나, 사법당국은 사건 현장 구역인 센 에 우아즈가 아닌 파리로 아예 이번 사건을 송치해, 뤼팽에 대한 대대적인 수사에 착수하기로 결정한 것이었다. 따라서 질베르와 보슈레도 상테 감옥으로 수감되었음은 물론이다. 아울러 상테 감옥이라 하면, 파리 지법 건물과 마찬가지로, 이미 뤼팽의 물밑 교신에 대해 철저한 경계를 요하는 곳임을 누구나 알고 있었던지라, 파리 경시청 차원에서는 물론 일개 하급 직원까지 철저한 주의와 경계 태세를 갖추도록 이미 만반의 조치가 취해져 있는 것이었다. 그 결과, 경험 많은 경찰관들이 밤낮 가리지 않고 질베르와 보슈레로부터 눈을 떼지 않았다.

당시만 해도—그의 경력상 대단한 자랑거리 중 하나인—치안국장의 자리에 오르기 전이었고(『813』에서 르노르망으로 분한 뤼팽을 말하고 있음—옮긴이), 따라서 법원에 대해 모종의 수단을 강구할 입장도 못 되었기에, 뤼팽은 보름 동안이나 별 소득 없이 이런저런 시도를 해보다가 그만 단념하지 않을 수 없었다. 물론 끓어오르는 울분과 치미는 안타까움을 억지로 달래면서 말이다.

"매사에 가장 힘든 점은, 목표를 달성하는 게 아니라 일에 착수하는 것 자체이지. 아, 이번 일은 어디서부터 시작해야 하는 걸까? 어느 길을 골라 가야만 하는가?"

그렇게 중얼거리며 뤼팽의 머리는 어느새 도브레크 하원 의원 쪽을 향하고 있었다. 그자야말로 수정마개의 원소유자이며, 분명 그 중요성을 알고 있는 장본인일 터이니 말이다. 한데 질베르는 대체 어떻게 도브레크 하원 의원의 행적과 주변 정황에 대해 그토록 상세히 알게 되었을까? 그를 밀착 감시할 묘책이라도 있었던 것일까? 사건 당일 밤 도브레크가 어디에 있을 것인지는 누가 알려준 것일까? 풀어야 할 흥미로운 문제가 하나둘이 아니었다.

한편 마리테레즈 별장에 도둑이 든 직후, 도브레크는 파리에서 동절기 휴가에 들어갔다. 그는 빅토르 위고 가도(街道) 끄트머리로 열려 있는 라마르틴 소(小)광장 왼편, 개인 소유의 호텔에 체류하기로 했다.

그런가 하면 뤼팽은 지팡이를 짚으며 인근 지역을 어슬렁대는 나이 든 금리생활자로 변장하고서, 광장이나 가도의 벤치에 진을 치다시피

하고 있었다.

그러던 첫째 날, 벌써부터 의외의 사실을 발견하고 그는 적잖이 놀랐다. 겉차림으로 봐선 그저 평범한 노동자인 것 같지만 행동거지가 정체를 빤히 폭로하고 있는 두 사내가 언제부턴가 하원 의원의 호텔 건물을 감시하고 있었던 것이다. 도브레크가 외출하면 곧장 따라붙고, 귀가하는 길에도 영락없이 약간의 거리를 둔 채 뒤를 밟는 식이었다. 그러다가 건물 안 불이 꺼지는 밤이 되어서야 자리를 뜨는 것이었다.

그런 그들을 이번에는 뤼팽이 미행했다. 보아하니 치안국 소속 요원들이 분명했다.

'저런, 저런, 이거야말로 뜻밖의 일이로군! 도브레크께서 무슨 혐의를 뒤집어쓰셨다 이건가?'

뤼팽은 그렇게 속으로 중얼거렸다.

한데 나흘째 되던 날, 마찬가지로 어둠이 내리자 그때의 두 사내는 또 다른 여섯 사내와 더불어, 라마르틴 광장 중에서도 아주 음침한 구석에서 회동을 하는 것이었다. 문제는 그 새로운 가담자들 중 하나의 인상착의와 행동거지가 저 유명한 프라스빌과 너무도 흡사하다는 점이었다. 전직 변호사이자 운동선수였고, 탐험가이기도 했으며, 현재는 엘리제 궁(宮)(대통령 관저—옮긴이)의 총아(寵兒)이면서, 수상쩍은 명목으로 파리 경시청 사무국장의 자리를 맡게 된 그를 알아보고 뤼팽은 무척 놀라지 않을 수 없었다.

불현듯 머릿속에 떠오른 기억 때문에 더 그랬다. 다름 아니라 2년 전 팔레 부르봉 광장에서 프라스빌과 도브레크 하원 의원 간에 대단한 주먹다짐이 벌어졌던 것이다. 비록 그 원인에 대해서는 잊혔지만, 좌우간 사건 당일, 프라스빌이 정식으로 결투 입회인까지 보냈지만 도브레크는 더 이상의 싸움을 거절했다.

프라스빌이 사무국장으로 부임한 것은 그로부터 얼마 후였다.

'괴이한 일이야. 괴이한 일이고말고.'

뤼팽은 프라스빌의 행동을 주시하면서 깊은 생각에 잠겨 들었다.

7시쯤 프라스빌 일당은 앙리마르탱 가도 방향으로 약간 물러났다. 그러자 이내 호텔 건물의 우측에 붙은 자그마한 정원 문으로 도브레크가 나섰고, 형사 둘이 곧장 뒤를 밟기 시작했다. 셋은 연달아 태부 가(街)의 전철을 잡아탔다.

바로 그즈음, 물러나 있던 프라스빌은 기다렸다는 듯 광장을 가로질러 호텔의 관리인 숙소로 연결된 철책 문 벨을 울리는 것이었다. 관리인은 곧장 달려와 문을 열었고, 잠깐의 밀담이 있더니, 프라스빌 일행은 아무 제지 없이 안으로 들어갔다.

"불법적인 데다 비밀스러운 가정방문이로군. 그렇다면 의당 나 같은 사람을 불러주는 게 예의가 아닐까. 저런 행사에 내가 빠질 순 없으니까."

뤼팽은 자리를 박차고 달려가 일말의 망설임도 없이, 아직 문이 미처 닫히지 않은 호텔 안으로 들이닥쳤다. 그리고 연신 주변을 살피는 관리인을 지나치며, 마치 오기로 되어 있는 사람처럼 후딱 이렇게 내뱉었다.

"그 양반들은 와 있겠지?"

"네, 서재에 있습니다."

뤼팽의 계획은 간단했다. 누구와 마주치면 그저 잡상인이라고 하면 될 터. 지금의 이 행색에 달리 무슨 구실이 필요하겠는가! 그는 텅 빈 현관을 지나쳐 역시 아무도 없는 식당으로 건너갔다. 거기서 서재 쪽으로 난 유리 격자창을 통해 프라스빌과 그 일당 다섯 명이 고스란히 보였다.

프라스빌은 위조 열쇠로 서랍이란 서랍은 몽땅 열어보고 있었다. 그렇게 온갖 군데의 서류 더미를 헤쳐보는 가운데, 다른 네 명은 서가에서 책들을 꺼내 제본에서부터 책장 하나하나까지 이 잡듯 뒤지는 것이었다.

'뭔가 종이를 찾고 있는 거야. 은행권 다발이라도…….'

뤼팽이 그렇게 생각하고 있는데, 별안간 프라스빌이 버럭 소리쳤다.

"이런 멍청한……. 아무것도 없잖은가!"

물론 그렇다고 찾기를 포기한 것은 아니었다. 이번엔 느닷없이 오래 묵은 리큐어 캐비닛에서 술병 네 개를 꺼내더니, 그 마개 네 개를 몽땅 뽑아 면밀히 관찰하는 것이었다.

뤼팽은 정신이 번쩍 들었다.

'옳지! 놈도 병마개에 관심이 있었어! 그렇다면 종이를 찾던 게 아니

었나? 이거 슬슬 어려워지기 시작하는걸!'

프라스빌은 이어서 이것저것 잡동사니들을 들춰보고 살펴보더니, 이렇게 말했다.

"이곳에 몇 번 와보았는가?"

"작년 겨울에만 모두 여섯 번이었습니다."

"샅샅이 살펴보았나?"

"매번 하루 종일 각방마다 샅샅이 살펴보았습니다. 그가 선거 유세 중이었거든요."

"그런데……. 그런데 왜……."

프라스빌은 안달이 나는지 더듬거리다가, 대뜸 물었다.

"그나저나 하인도 두지 않는가?"

"네, 현재 물색 중인 모양입니다. 식사는 일단 레스토랑에 가서 하는데, 나머지 청소나 그 밖의 가사(家事)는 관리인이 그럭저럭 꾸려나가고 있지요. 물론 그 여편네는 완전히 우리 편이고요."

그러고도 한 시간 반 동안 프라스빌은 수색을 고집했다. 이런저런 골동품들까지 일일이 들었다 놨다 만지작거리면서도 끝끝내 원래 있던 자리에 정확하게 갖다 놓으면서 말이다. 9시, 도브레크를 미행했던 두 형사가 불쑥 들이닥쳤다.

"지금 돌아오고 있습니다!"

"걸어서 오는가?"

"네."

"그럼 아직 여유가 있겠군?"

"오, 그럼요!"

프라스빌과 경시청 요원들은 서두르지 않고 방을 한 번 쭉 훑어보았다. 그리고 자신들이 왔다 간 흔적이 없음을 확인한 후에야 천천히 물러났다.

반면, 뤼팽의 입장은 그보다 긴박한 편이었다. 만약 무작정 그곳을 벗어나려고 하다가는 도브레크와 마주칠 우려가 있고, 그냥 머물다가는 언제 그곳을 빠져나갈 수 있을지 장담할 수 없는 것이었다. 그러다 문득 식당 창문들을 통해서 곧장 광장 쪽으로 나갈 수 있다는 것을 눈치채고는 잠시 그대로 있기로 작정했다. 하긴 도브레크는 어디선가 저녁을 때우고 오는 길일 테니 이곳 식당으로 들어설 가능성도 거의 없는데다, 이렇게 가까운 곳에서 그의 얼굴을 살펴볼 좋은 기회를 그냥 흘려버리기도 아까웠던 것이다.

결국 뤼팽은 유리 격자창에 필요에 따라 드리울 수 있는 커튼 뒤로 여차하면 숨을 태세를 한 채 기다렸다.

문이 열리는 소리가 들렸고, 누군가 서재로 들어와 전등불을 켜는 것이 느껴졌다. 역시 도브레크였다.

퉁퉁한 체격에다 목이 짧고, 얼굴을 빙 둘러가며 회색빛 턱수염을 길렀는가 하면, 머리숱은 거의 없고, 안경 위에다 항상 검은색 코안경을 덧걸친 모습이었다. 눈이 쉬 피로해지는 타입이었던 것이다.

뤼팽은 특히 그의 강인해 뵈는 얼굴과 각진 턱 선, 돌출한 골격을 유심히 관찰했다. 털투성이의 큼직한 주먹과 완강하게 굽은 안짱다리, 약간 굽은 듯한 등 때문에, 그는 양쪽 엉덩이에 번갈아 무게중심을 두면서 한 발 한 발 걸을 때마다 영락없는 유인원(類人猿)의 몰골을 연상시켰다. 그런가 하면 울퉁불퉁하고 주름이 깊게 파인 널찍한 이마는 얼굴의 대부분을 차지하는 것처럼 보였다.

한마디로 얼굴 전체가 다소 역겨운, 야생동물 같은 느낌을 주었다. 뤼팽은 문득 내각(內閣) 안에서도 도브레크를 사람들이 '오랑우탄(숲의 사람)'이라 부른다는 사실을 떠올렸다. 그것은 그가 동료 의원들과 어울리지 않고 주로 혼자 다니는 타입이라서뿐만 아니라, 그 야만적인 골격과 용모, 걸음걸이 때문이기도 했던 것이다.

그는 책상 앞에 앉더니 호주머니에서 해포석(海泡石)으로 만든 파이프를 꺼냈다. 그리고 단지 안에서 건조된 몇 가지 담뱃갑 중 메릴랜드(미국에서 수입된 담배 상표—옮긴이)를 골라 파이프를 채운 다음, 불을 붙인 채 편지를 쓰기 시작했다.

잠시 후, 편지 쓰기를 멈춘 그는 깊은 생각에 잠겨 책상의 어느 한 부분을 물끄러미 바라보고 있었다.

그러더니 갑자기 도장 갑을 집어 들고 꼼꼼히 살피는 것이었다. 그뿐만 아니라 좀 전에 프라스빌이 집었다 놓은 몇몇 물건들 위치를 눈길로 더듬으면서 손으로 만지작거렸다. 마치 그에게만 보이는 어떤 흔적들이 뭔가 얘기라도 해주는 듯, 잔뜩 그것들에 얼굴을 갖다 대고 요모조모 뜯어보고 있었다.

급기야 그는 동그스름한 전기 벨 장치를 움켜잡고 단추를 냅다 눌렀다.

1분 후, 관리인이 대령하자, 그가 말했다.

"그들이 왔어요, 그렇죠?"

여자가 머뭇거리자, 그는 좀 더 강한 어조로 다그쳤다.

"이보시오, 클레망스, 이 자그마한 도장 갑을 연 사람이 당신이오?"

"아닙니다, 므슈."

"내가 고무 입힌 좁다란 밴드로 뚜껑을 봉해두었는데, 보다시피 이렇게 끊어졌지 않소?"

"하지만 제가 장담하건대……."

여자는 잔뜩 떠벌릴 태세였다.

"당신한테, 그들이 하는 대로 내버려두라고 내 입으로 직접 말했거늘, 뭐하러 거짓말을 하는 거요?"

"그건 저……."

"양다리를 철저히 걸치겠다 이건가? 좋소!"

남자는 50프랑짜리 지폐를 내밀며 다시 질문했다.

"그들이 왔지요?"

"네, 므슈."

"지난봄과 같은 놈들이오?"

"네, 똑같이 다섯 명에다가……. 지시를 내리는 다른 한 사람이 또 있었어요."

"키가 큽디까? 갈색 머리?"

"네."

바짝 긴장하는 도브레크의 어금니 쪽 턱뼈가 뤼팽의 눈에 띄었다. 그는 계속해서 질문을 던졌다.

"그게 다였나요?"

"그들 뒤로 또 한 명이 와서 합류했습니다만……. 그리고 조금 더 있다가 두 명이 더 왔답니다. 보통 땐 호텔 앞에서 늘 망을 보던 자들이었어요."

"그들이 전부 이 서재 안에 머물러 있었단 말이죠?"

"네, 므슈."

"내가 도착하자 전부 떠났고요? 아마 간발의 차이였을 테고?"

"그렇습니다, 므슈."

"알겠소."

여자가 나가자 도브레크는 다시금 편지 쓰는 일에 착수했다. 그러다가 느닷없이 팔을 쭉 뻗어서 책상 저 끄트머리에 있는 하얀 공책 위에다 뭔가 끄적인 뒤, 눈에 잘 들어오게 하려는 듯 세워두는 것이었다.

그것은 숫자였다. 뺄셈이 적용된 그 수식은 뤼팽이 있는 곳에서도 잘 보였다.

9－8＝1

도브레크는 잔뜩 열중한 가운데 숫자 하나하나를 앙다문 잇새로 되뇌었다.

그러다가 갑자기 큰 소리로 외쳤다.

"의심의 여지가 없어!"

그는 다시 아주 짤막한 편지 한 장을 더 쓰고 봉투 위에다 주소를 적었는데, 공책 바로 옆에 놔두는 바람에 뤼팽의 눈에도 환히 들어왔다.

경시청 사무국장

므슈 프라스빌

도브레크는 다시금 호출 벨을 눌렀다.

"클레망스, 당신 어렸을 때 초등학교에 다녔소?"

"그럼요, 므슈!"

"그럼 산수는 배웠겠군?"

"무슨 말씀인지……."

"뺄셈이 하도 형편없기에 물어보는 거요."

"도대체 왜요?"

"9 빼기 8이 1이라는 것도 모르니 말이오. 한데 바로 거기에 제일 중요한 사실이 숨겨져 있거든. 이런 기초적인 진리도 깨치지 못한다면 살아갈 방도가 없지."

그렇게 내뱉은 다음, 그는 자리에서 일어나 뒷짐을 진 채 연신 기우뚱거리며 방 안을 한 바퀴 돌았다. 그리고 또다시 한 바퀴……. 문득 식당 앞에서 멈춰 선 그는 난데없이 문짝을 활짝 열어젖히며 이러는 것이었다.

"한데 문제를 다른 식으로 풀어낼 수도 있단 말씀이야. 즉, 아홉에서 여덟을 덜어내면 장본인은 곧 하나로 남는다고 말이지. 결국 남아 있는 자라면……. 여기 이자가 아닐까? 셈은 정확하니, 이분께서 그걸 눈부시게 증명해줄 게 아닌가 말이야?"

그러면서 그는 뤼팽이 부리나케 숨어 들어간 커튼의 벨벳 주름 위를 가볍게 톡톡 치는 것이었다.

"이보시오, 선생. 그 속이 갑갑하지도 않으시오? 뭐 굳이 단검으로 쿡 찌를까 봐 걱정되는 건 차치(且置)하더라도 말이오. 설마 햄릿의 광기와 그 때문에 비명횡사한 폴로니어스의 일화(『햄릿』 3막 4장 '왕비의 내실' 장면—옮긴이)를 모르시는 건 아니겠지. '이건 뭐냐? 쥐새끼다! 죽어 싸다. 죽어라.' 자, 므슈 폴로니어스, 그러니 이제 그만 구멍에서 나오시지."

사실, 지금 뤼팽이 처한 형세야말로 그 자신 전혀 익숙하지도 않을뿐더러 지극히 혐오하는 바이기도 했다. 물론 타인들을 그렇게 코너로 몰아넣고 이리저리 희롱할 경우에야 다른 문제이나, 그 자신이 곤경에 처해 이렇게 남의 웃음거리가 되는 상황은 생각지도 못할 일인 것이다. 그렇다고 과연 되받아칠 수나 있을까?

"하긴 좀 질리셨겠지, 므슈 폴로니어스. 좋소, 벌써 며칠 전부터 광장에 진을 치고 어슬렁대던 바로 그 신사분 같은데……. 아울러 경찰이기도 할 테고. 그렇죠, 므슈 폴로니어스? 자, 너무 불안해할 건 없소, 당신을 해칠 생각은 없으니. 그나저나 클레망스, 내 계산이 정확한 건 이제 알았겠죠? 당신 말대로라면 이곳에 염탐꾼 아홉 명이 들어왔는데, 내가 귀가하면서 멀찌감치 보니, 여덟 명이 가도로 빠져나가는 게 보이더라 이거요. 그러니 모두 아홉에서 여덟을 뺀 나머지 하나는 이곳에 남아 계속 감시를 하고 있을 터……. 이 사람을 보라(Ecce Homo. 가시관을 쓴 채 처참한 모습을 하고 있는 예수를 유대인에게 보여주며 빌라도가 한 말. 「요한복음」 19장 6절—옮긴이)!"

순간, 뤼팽은 당장에 상대를 덮쳐 더는 찍소리도 못하게 만들고 싶은 마음을 가까스로 억누르며 내뱉었다.

"그래서 어쩔 텐가?"

"어쩌느냐고? 뭐, 별것 없소이다, 친구. 뭘 어떻게 해주길 바라오? 희극은 끝났는걸. 단지 당신의 우두머리 되시는 프라스빌 선생에게 방금 내가 작성한 전갈을 좀 전해주기만을 바랄 뿐이오. 자, 클레망스, 므슈 폴로니어스께 이만 나가는 길을 안내해주시겠소? 그리고 앞으로도 만약 이곳을 찾아주시면 언제든 활짝 문을 열어주고 말이오. 므슈 폴로니어스, 보다시피, 당신은 언제든 환영이라오! 그럼 난 이만……."

뤼팽은 당황하지 않을 수 없었다. 마음 같아선 한껏 뻔대는 자세로, 이를테면 연극의 극적인 장면이 끝날 때쯤 멋진 퇴장을 하거나 최소한 전쟁 중에 명예롭게 전사하면서 내던질 만한 근사한 작별의 말을 내뱉고 싶었다. 하지만 워낙 비참한 패배에 직면한지라, 그는 그저 단숨에 모자를 푹 눌러쓴 채, 관리인이 인도하는 대로 발이나 쿵쿵 구르며 따라나가는 수밖에 없었다. 물론 그나마 안쓰러운 화풀이에 불과할 따름이었다.

뤼팽은 밖으로 나오자마자 도브레크가 있을 방 창문을 돌아보며 탄식을 내뱉었다.

"이런 빌어먹을 녀석! 비열한 자식! 불한당 같은 놈! 의원 나부랭이가 감히! 어디 두고 보자. 반드시 대가를 치르게 해주겠어! 아! 뻔뻔스럽게도 얻다 감히……. 맹세컨대 조만간 네놈을 그냥……."

그는 입에 거품을 물면서 울분을 토했지만, 내심 이 새롭게 등장한 적수의 위력과 그 대단한 솜씨를 인정하지 않을 수 없었다.

경시청 요원들을 제멋대로 가지고 노는 그 뱃심, 자신의 거처를 무단 침입한 데 대해 조소로 일관하고, 무엇보다 마지막까지 남아 자신을 염탐한 낯선 자까지 더없이 의연하고 냉정하게 요리해버린 그 모든 태도를 볼 때, 도브레크라는 인물은 분명 침착 명민하고 강인한 성격의 소유자일 뿐만 아니라, 대단히 유리한 입장을 향유하고 있음에 틀림없다.

유리한 입장? 과연 그가 손에 쥐고 있는 패는 무엇일까? 무슨 게임을 하고 있는 걸까? 판돈은 누가 흔들고 있으며, 어디까지 진행 중인 걸까? 뤼팽으로선 도무지 오리무중이었다. 전혀 아는 것도 없이 가장 치열한 싸움 한복판에 곤두박질친 셈이었다. 어떤 입장들인지, 어떤 무기를 가지고 있으며, 어떤 음모를 꾸미고 있는지 캄캄할 뿐인 진영들 사이에 저도 모르게 난데없이 끼어든 꼴이나 다름없었다. 무엇보다도 분명한 것은, 이 심상치 않은 대결의 목적이 고작 그 수정 병마개를 차지하려는 것이라고는 도저히 생각할 수가 없다는 점이다!

그나마 한 가지 다행스러운 일은, 도브레크가 이 아르센 뤼팽의 정체를 간파하지 못했다는 사실이다. 단지 경찰의 끄나풀 정도로 생각하는 눈치였다. 결국 도브레크도 경찰도 저들의 사건에 제3의 도둑이 끼어들었다는 사실을 전혀 모르고 있는 셈이다. 뤼팽에게도 상수패가 쥐여 있다면 오로지 그 사실뿐. 그가 무엇보다 중요시하는 행동의 자유가 주어진 것이나 다름없는 상황이다.

뤼팽은 도브레크가 경시청 사무국장에게 전해달라고 맡긴 편지를 주저 없이 뜯어보았다. 내용은 다음과 같았다.

프라스빌, 이 딱한 친구 같으니라고. 자네 손 닿는 곳에 있었는데! 아니, 거의 만진 셈이지! 조금만 더 신경을 썼으면 아주 손에 넣을 수 있었을 텐데……. 물론 그러기엔 자넨 너무 어리석어. 한데도 날 망하게 할 적수로 그나마 자네 이상 가는 인물 하나 없다니! 가엾은 프랑스여! 잘 있게나, 프라스빌. 하여튼 부디 내 손에 걸리지만 말아주게나. 그럼 자네 신세도 끝장일 테니.

도브레크

"손 닿는 곳이라……. 저 괴짜 녀석은 헛소리나 끄적일 놈은 아니야. 자고로 가장 단순한 은닉처야말로 가장 확실한 법이지. 어쨌든 우리가 그곳을 보긴 본 모양이야. 일단 왜 모두들 저 도브레크라는 인물에 대해 저토록 철저히 감시하는지 알아야겠어. 놈에 대한 자료 조사도 좀 해놔야겠고."

그 후, 특별 흥신소를 통해 뤼팽이 수집한 정보는 대충 이런 것이었다.

알렉시스 도브레크는 2년 전 부슈 뒤 론에서 출마한 무소속 국회의원이다. 애당초 지명도가 그다지 있는 축은 아니었지만, 입후보 과정에서 퍼부은 엄청난 재력으로 인해 무척 단단한 표밭을 일군 인물이다. 그 후 이렇다 할 재산이 남아 있지 않은 것으로 추정되었으나, 파리에 호텔을, 앙기앵과 니스에 각각 별장을 소유하면서 노름에서 돈을 펑펑 잃는 것을 보면, 대체 어느 구멍에서 돈이 나오는지 모를 일이다. 정치적 영향력은 꽤 있는 편이라, 내각에 그리 얼굴을 들이밀지 않음에도 원하는 바를 속속 얻어내고 있으며, 정치권에서 친분 관계라든지 일정한 인간관계는 전무한 듯 보인다.

뤼팽은 다시 한번 보고서를 읽으며 속으로 뇌까렸다.

'그저 그런 자료야. 이 양반의 사생활을 속속들이 들여다보려면 뭔가 내밀한 장부(帳簿)라든가, 호텔 숙박부 같은 게 필요해. 그래야 이 어두컴컴한 요지경 싸움판에서 제대로 운신을 하는 데다, 과연 도브레크와 상대해서 제대로 배겨낼 수 있을지를 알 수 있겠어. 젠장! 이거 빨리 서둘러야겠는데!'

그 당시 뤼팽이 머물던 숙소들 중 한 곳이자 가장 빈번히 드나든 곳은 개선문 근처의 샤토브리앙 가(街)에 위치해 있었다. 거기서 그는 미셸 보몽이라는 이름으로 통했다. 꽤 안락한 주거지인 데에다가 아실이라는 이름의 하인도 한 명 있었는데, 심복들로부터 쇄도하는 숱한 전화를 취합해서 보고하는 임무를 맡고 있었다.

그날 숙소로 돌아온 뤼팽은 웬 노동자 차림의 여자가 최소한 한 시간 전부터 기다리고 있다는 말에 자못 놀랐다.

"무슨 소린가? 날 보러 이곳을 찾을 만한 사람이 없을 텐데! 젊던가?"

"아뇨, 그런 것 같지는 않던데요."

"그런 것 같지는 않다니?"

"모자 대신 만틸라(에스파냐 여자들이 흔히 쓰는 머릿수건—옮긴이)를 쓰고 있어서 얼굴을 자세히 볼 수는 없었거든요. 허름한 상점에서 일하는 종업원 같은 인상이었습니다."

"그래, 누굴 찾던가?"

"므슈 미셸 보몽을 뵙고 싶다고 했습니다."

"거참 이상하군. 무슨 일로 보자던가?"

"그냥 앙기앵 사건에 관한 일이라고만 했습니다! 그래서 제가 생각하기엔……."

"뭐? 앙기앵 사건? 그럼 내가 그 일에 연루된 걸 안다는 얘기 아닌가! 결국 여기까지 날 찾아온 걸 보면…….”

“그 여자에게서 이렇다 할 얘기를 끌어낸 건 없습니다만, 제가 생각하기엔 만나보시는 게…….”

“잘했네. 지금 어디 있나?”

“거실에 있습니다. 불은 켜놓았습니다.”

뤼팽은 부랴부랴 건넌방을 지나 거실 문을 활짝 열었다.

“아니 이게 어떻게 된 건가? 아무도 없질 않은가?”

뤼팽의 질타에 아실 역시 허겁지겁 들이닥치며 말했다.

“아무도 없다니요?”

진짜였다. 거실은 텅텅 비어 있었다.

“아니, 이럴 수가! 혹시나 해서 다시 들여다본 게 불과 20분 전이었는데! 그때도 있었거든요. 착각했을 리가 없어요.”

호들갑을 떠는 아실에게 뤼팽은 짜증 섞인 투로 내뱉었다.

“자, 진정하고……. 그 여자가 기다리는 동안 자넨 어디 있었나?”

“현관에 있었습니다. 한순간도 자릴 벗어나지 않았어요! 그 여자가 거실에서 나왔다면 제 눈에 띄지 않았을 리가 없어요!”

“하지만 거실엔 없지 않은가.”

“그래요, 분명 그렇습니다. 기다리기 지쳐서 가버렸다 해도……. 대체 어디로 나갔느냔 말입니다!”

한데 황당해하는 표정의 하인을 바라보며 뤼팽은 이렇게 말하는 것이었다.

“어디로 나갔느냐고? 그야 조금만 생각하면 그리 모를 일도 아니지.”

“네?”

“창문이 있지 않은가! 자, 보게나. 아직도 반쯤 열려 있군그래. 여긴 1층이고, 밤에는 거리도 한산한 편이니……. 틀림없을 걸세.”

재빨리 주위를 둘러보았지만, 뭐 하나 없어지거나 어지럽혀진 물건은 없었다. 게다가 수상쩍은 여자가 불시에 방문해 그렇게 홀연히 사라진 것을 설명할 만큼 값진 골동품이나 중요한 서류가 있는 것도 아니었다. 그렇다면 대체 무슨 이유로 그렇게 황망히 달아났단 말인가?

"오늘 전화 온 곳은 없었나?"

뤼팽이 불쑥 물었다.

"없습니다."

"편지도 없고?"

"배달 막바지 시간쯤에 한 장 온 게 있습니다."

"어디 있나?"

"언제나처럼 주인님 방 벽난로 위에 놓아두었습니다."

뤼팽의 방은 거실과 맞붙어 있었으나 서로 통하는 문을 일부러 폐쇄한지라, 건너가려면 현관을 거쳐야만 했다.

그런데 방에 들어선 뤼팽은 전등을 켜자마자 더듬거렸다.

"어디……. 안 보이는데……."

"웬걸요, 장식 컵 옆에다 두었는걸요."

"아무것도 없네."

"잘 찾아보세요."

하지만 아실 역시 아무리 컵을 옮겨보고 탁상용 추시계를 들춰보면서, 혹시 아래로 떨어졌을까 허리를 숙여 이리저리 살펴보는데도 도통 찾을 수가 없었다.

급기야 그는 이렇게 중얼거렸다.

"아! 빌어먹을……. 이를 어쩐다지. 바로 그 여자 짓입니다. 그 여자가 슬쩍한 거예요. 편지를 손에 넣자마자 뒤도 안 돌아보고 줄행랑을 친 겁니다. 이런, 망할 년이 있나."

그러자 뤼팽이 발끈했다.

"자네 제정신인가! 두 방 사이가 막혀 있는 것도 안 보여?"

"그럼 대체 누구 짓이란 말입니까, 주인님?"

두 사람 다 갑작스레 말문이 막혔다. 뤼팽은 되도록 흥분을 가라앉히고 생각을 가다듬으려고 애쓴 뒤, 이렇게 물었다.

"그래 편지는 살펴보았는가?"

"네!"

"뭐 특별한 점이라도 있었나?"

"그런 건 아니었습니다. 봉투도 그저 평범했고, 주소는 연필로 쓰여 있었고요."

"뭐? 연필로?"

"네, 매우 서두른 듯 엉망으로 휘갈겨 썼더군요."

"수신인 서명은…… 어떤 식으로 썼는지 기억하나?"

뤼팽은 다소 불안한 표정으로 물었다.

"사실 그 부분은 좀 이상해서 분명히 기억하고 있습니다."

"어서 말해보게, 어서!"

"**므슈 드 보몽 미셸**(Monsieur de Beaumont Michel)이라고 되어 있더군요."

순간 뤼팽은 하인의 어깨를 부여잡고 마구 흔들어대며 다그쳤다.

"분명 '**드**(de)'라고 되어 있었나(프랑스어에서 이름에 붙는 'de'는 귀족 신분을 표시함—옮긴이)? 확실해? '**미셸**'이 '**보몽**' 다음에 따라나와 있더라 이거지?"

"분명히 그랬습니다."

"아……. 질베르한테서 온 편지야!"

뤼팽은 거의 목이 멘 음성으로 중얼거렸다.

그는 금세 일그러진 얼굴이 창백하게 질린 채, 꼼짝 않고 붙박인 듯 서 있었다. 그렇다, 그것은 의심의 여지 없는 질베르의 편지였던 것이다! 뤼팽 자신의 지시에 의해 벌써 수년 전부터 질베르는 두목과의 교신에서 그런 식의 표기를 해왔던 것이다. 이제 감옥 속에 내동댕이쳐진 상태에서, 편지를 외부로 유출시킬 방법을 겨우 찾아내자마자—얼마나 암중모색하고 마음을 졸인 끝에 발견했을꼬—질베르는 허겁지겁 그 편지를 작성했을 것이다! 대체 어떤 내용이었을까? 난데없이 감옥에 갇힌 딱한 처지에서 이 두목에게 무슨 정보를 주려고 한 것일까? 무슨 도움을 청한 것일까? 어떤 계략을 제안하려고 했던 걸까?

거실과는 달리 중요한 서류들이 빼곡히 들어찬 방 안을 뤼팽은 황망히 둘러보았다. 한데 어떤 수납공간도 잠금장치에 손을 댄 흔적이 없는 것으로 보아, 애당초 침입자가 노린 목표는 질베르로부터 온 편지 한 장임이 틀림없었다. 뤼팽은 애써 침착을 유지한 채 이렇게 물었다.

"여자가 있을 때 편지가 도착했겠지?"

"여자와 거의 동시에 도착했지요. 때맞춰서 관리인의 벨 소리가 울렸으니까요."

"그녀가 봉투를 볼 수 있었을까?"

"그랬을 겁니다."

결국 결론은 저절로 도출된 것이나 다름없었다. 남은 것은 그 여자가 어떤 식으로 도둑질을 실행에 옮겼는지 구체적으로 파악하는 일이다. 일단 거실 창문을 통해 나갔다가 다시 이 방 창문으로 들어왔을까? 그것은 불가능하다. 보다시피 이 방 창문은 굳게 잠겨 있으니까. 양쪽을 잇는 문을 억지로 열었을까? 그것도 가능성이 희박하긴 마찬가지. 역시 닫힌 것은 물론, 빗장 두 개로 더없이 단단히 잠겨 있는 것이다.

제아무리 뜻이 있다 해서 버젓한 벽을 통과해 당장에 길이 뚫릴 수는 없을 터. 순식간에 일이 벌어진 것을 감안하면, 사전에 어딘가 적당한 통로가 마련되어 있었고, 그것을 여자는 훤히 꿰뚫고 있었던 것이 틀림없다. 이 같은 가설이 일단 자리 잡자, 초점은 문짝 자체로 자연스레 모아졌다. 그도 그럴 것이, 벽장이라든가 벽난로, 심지어는 간단한 벽걸이용 천이라도 있어서 무슨 비밀 통로를 위장할 만하면 모르되, 거실과 이 방을 나누는 벽은 있는 그대로의 벽면만을 훤히 드러내고 있는 것이었다.

뤼팽은 다시 거실로 건너가 그쪽 문짝을 면밀하게 조사하기 시작했다. 그러던 그가 몸서리를 친 것은 얼마 안 되어서였다. 문짝의 틀을 이루는 가로대들 사이를 메운 모두 여섯 짝의 판자 중에서 왼쪽 제일 밑의 판자가 약간 어긋나 있는 것이 아닌가! 반사된 빛이 이웃하는 판자들처럼 고르지 않은 것을 보면 대번에 알 수 있었다. 상체를 잔뜩 수그리고 들여다보자, 마치 액자 틀 뒤에 부착된 나무판자처럼, 두 개의 자그마한 쇠가 가장자리에 돌출해 있는 것이 눈에 들어왔다. 그리고 그것들을 벌리자, 판자는 어렵지 않게 떨어져 나갔다.

아실이 기겁하며 탄식을 내뱉자, 뤼팽은 아직 멀었다는 듯 내뱉었다.

"놀라기는 이르네. 뭐 제대로 해명된 것도 아니니까. 이래봤자 가로 15~18센티미터에다 세로 40센티미터 정도 되는 직사각형 구멍이 뚫렸을 뿐이야. 열 살짜리 비쩍 마른 아이도 빠져나가기 힘든 이런 비좁은 구멍을 통해서 설마 다 큰 여자가 드나들었다고 생각하는 건 아니겠지!"

"하지만 팔은 집어넣었을 수 있지 않겠어요? 일단 그렇게 해서 빗장을 풀었겠죠."

"아래 것은 가능했겠지. 하지만 위의 것은 불가능해. 너무 거리가 멀다고. 자네도 한번 해보면 알 수 있을 걸세."

실제로 아실은 곧 포기해야 했다.

"그럼 어떻게 된 거죠?"

뤼팽은 대답 없이 한참 동안 생각에만 몰두했다.

그러더니 갑자기 이러는 것이었다.

"모자하고 외투를 준비해주게."

그는 뭔가 다급한 생각에 쫓기는 듯 보였다. 밖으로 뛰쳐나가자마자 후닥닥 택시에 올라타고는 이렇게 소리쳤다.

"마티뇽 가로! 빨리……."

문제의 수정마개를 도둑맞았던 바로 그 숙소 입구에 다다르자 그는 얼른 뛰어내렸다. 그리고 전용 출입구를 박차고 계단을 뛰어 올라가 거실로 들이닥치자마자 방으로 통하는 문짝 앞에 납죽 엎드렸다.

아니나 다를까, 자그마한 판자들 중 하나가 마찬가지 방식으로 떨어져 나가는 것이었다.

물론 샤토브리앙 가의 숙소와 똑같이, 구멍은 겨우 팔 한 짝이 빠져나갈 정도여서, 도저히 위의 빗장을 벗겨내기는 불가능했다.

"이런 제기랄!"

벌써 두 시간 전부터 속에서 부글거리던 울화통을 더는 통제하기 어려웠는지 그는 버럭 소리를 질렀다.

"환장하겠네! 결론을 내려면 한도 끝도 없겠어!"

사실 그의 집요한 성격이라든가 상황 돌아가는 것으로 보면 얼마든지 자신만의 것으로 누릴 수 있었던 조건들을 도저히 용납할 수 없는 불운으로 인해 놓친 뒤 이렇게 그 흔적만 더듬고 있는 것이나 다름없으니 그 심정이 오죽하겠는가! 생각해보라. 질베르가 고스란히 넘겨준 수정마개와 어렵사리 보내온 편지가 둘 다 단 한순간 신기루처럼 사라져 버리지 않았는가 말이다.

더구나 이제야 보니, 지금까지 지레짐작해온 것과는 영 딴판으로, 모든 상황은 서로 밀접한 연관 속에서 벌어졌던 것이다. 그렇다. 이것은 틀림없이 엄청난 수완과 믿기 어려운 간교함 속에서 지극히 명확한 목표를 추구하는 어떤 적대적인 의지가 조장한 사건들이다. 그것도 천하의 이 뤼팽을, 그 가장 안전하다는 은거지까지 들쑤셔가면서, 혼비백산하게 만듦으로써 당최 누구를 상대하고 어떻게 방어해야 할지조차 알 수 없게 만들었으니……. 여태껏 걸어온 숱한 모험의 길 어디에서도 이처럼 강력한 도전과 장애에 직면한 적이 없는 것 같았다.

문득 뤼팽의 마음 깊숙한 곳에서 미래에 대한 불안감이 고개를 들기 시작했다. 어떤 날짜, 사법당국을 대상으로 복수극을 펼치기 위해 무심코 정해놓은 무시무시한 날짜 하나가 그의 뇌리를 퍼뜩 스치고 지나간 것이다. 때는 4월 어느 아침, 그의 곁을 함께해오던 두 친구가 이제는 끔찍한 징벌을 앞두고 단두대 위에 오르도록 되어 있는 바로 그날이 코앞에 닥쳐와 있었던 것이다.

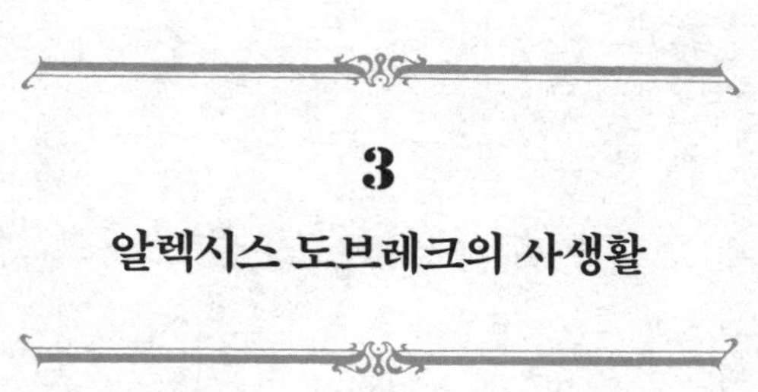

# 3
## 알렉시스 도브레크의 사생활

경찰의 가택수색이 있던 바로 다음 날, 밖에서 점심 식사를 하고 돌아오던 도브레크 하원 의원을 관리인 클레망스가 붙들어 세웠다. 그녀 말이, 드디어 완전히 신뢰할 만한 요리사를 구했다는 것이다.

잠시 후 모습을 드러낸 여자 요리사는 언제라도 조회가 가능한 내로라하는 사람들의 보증이 담긴 일류 자격증을 척 내보이며 자신을 소개했다. 나이는 지긋한 편인데도 대단히 적극적인 성격인 듯한 그녀는, 다른 하인의 도움 따윈 전혀 필요 없고 자기 혼자 모든 일을 너끈히 처리할 수 있다며 호언장담했다. 되도록 염탐의 기회를 없애고자 미리부터 요리사를 물색할 때 제일 먼저 그런 조건을 내건 도브레크로선 더없이 환영할 만한 태도였다.

마침 그녀가 마지막으로 일했던 곳이 같은 하원 의원 출신인 솔르바 백작 댁이었기에, 도브레크는 지체 없이 그에게 전화를 걸어보았다.

솔르바 백작 대신 전화를 받은 백작의 집사는 그녀에 관해 최고의 찬

사를 줄줄이 늘어놓았고, 새 요리사는 그 즉시 채용되었다.

그녀는 가져온 짐을 풀자마자 즉각 청소부터 시작해서 하루 종일 법석을 피운 다음, 식사 준비에 들어갔다.

그 덕에 도브레크는 모처럼 집에서 저녁을 들고 외출할 수 있었다.

그리고 밤 11시……. 관리인이 잠자리에 들자, 요리사는 조심스럽게 정원의 철책 문을 빠끔히 열었다. 한 남자가 다가오고 있었다.

"너니?"

그녀의 물음에 대답이 돌아왔다.

"네, 뤼팽입니다."

그녀는 정원에 면한 4층 자기 방으로 사내를 데리고 가자마자 곧장 하소연부터 늘어놓기 시작했다.

"아직도 속임수야. 여전히 속임수뿐이라고. 제발 나 좀 이런 일에 끌어들이지 말고 가만히 내버려두면 안 되겠니?"

"난들 어쩔 수가 없어요, 빅투아르. 점잖으신 외모에다 올곧은 심성을 가진 분이 필요할 때면 늘 당신 생각부터 나는 걸 어쩌겠어요. 오히려 반가워하셔야 할 겁니다."

여자는 한숨을 내쉬었다.

"거봐라, 넌 늘 그런 식이야! 나를 또다시 이런 위험한 지경에 빠뜨리고선 농담이나 하고 말이다."

"뭐가 위험합니까?"

"뭐가 위험하냐고? 내 자격증이 모두 가짜 아니냐!"

"원래 자격증이란 늘 그런 겁니다."

"만약 므슈 도브레크가 눈치라도 챘다면 어쩔 셈이니? 어디 따로 알아보기라도 하면 말이다!"

"이미 따로 알아봤습니다."

"뭐? 지금 무슨 말을 하는 거니?"

"당신이 예전에 일한 바 있다고 되어 있는 솔르바 백작 집에 전화를 했더군요."

"거봐라, 이제 난 망했어!"

"백작의 집사는 당신에 관해 입에 침이 마르게 칭찬을 아끼지 않았습니다."

"날 알지도 못할 텐데?"

"하지만 내가 그 집사를 잘 알지요. 솔르바 백작 집에 취직시켜준 것이 바로 나거든요. 이제 알겠습니까?"

그제야 빅투아르는 다소 안심이 되는 눈치였다.

"정 그렇다면 이제 하느님의 뜻대로 되길 바라는 수밖에……. 아니 참, 네 뜻대로라고 말해야겠구나. 그래 이 모든 일에서 내 역할이 대체 무엇이니?"

"우선 여기에 나 좀 재워주는 겁니다. 옛날에 내게 젖을 먹여주었듯이 말이죠. 당신 방의 절반 정도만 할애해주면 됩니다. 난 의자에서 잘 테니까요."

"그런 다음엔?"

"그다음요? 그야 먹을 것도 좀 가져다주어야죠."

"그러고 나서는?"

"내 지시에 따라 협력을 아끼지 않고 모든 수색 작전에 동참하는 겁니다. 오로지 하나의 목표를 향해……."

"하나의 목표라면?"

"일전에 얘기했듯이 아주 소중한 물건을 찾기 위해 말입니다."

"그게 뭔데?"

"수정마개입니다."

"수정마개라……. 하느님 맙소사! 거참 대단한 일이겠구나! 한데 만약 너의 그 잘난 수정마개를 찾아내지 못한다면 어쩔 셈이니?"

뤼팽은 빅투아르의 팔을 지그시 붙잡고 진지한 목소리로 이렇게 말했다.

"만약 그걸 찾아내지 못하면…… 당신도 잘 알고 아끼는 우리의 질베르가 보슈레와 더불어 목을 내놓게 된답니다."

"아, 보슈레 그 멍청한 녀석이야 내 알 바 아니지만, 질베르는……."

"오늘 석간신문 읽어보셨나요? 사태가 점점 악화되고 있어요. 보슈레가 언제나 그렇듯, 질베르를 물고 늘어졌나 봅니다. 그가 하인을 찌른 장본인이라고 말이죠. 공교롭게도 보슈레가 사용한 단검이 사실 질베르 것이었거든요. 결국 오늘 아침에 정식으로 증거가 채택되었다는군요. 이에 대해 똑똑하긴 하지만 뱃심이 부족한 질베르는 자기에게 오히려 해가 될 만한 횡설수설을 늘어놓기 바빴다고 해요. 일이 이렇게 된 겁니다. 어쩌실래요. 날 돕겠습니까, 아닙니까?"

자정이 되자 하원 의원이 귀가했다.

그 후 수일에 걸쳐 뤼팽은 자신의 생활 패턴을 도브레크의 스케줄에 맞추었다. 즉, 그가 호텔을 나서자마자 집 안 조사에 착수하는 것이었다.

그것도 지극히 체계적으로 진행했는데, 모든 방을 여러 구획으로 세분한 다음, 가장 후미진 구석까지 샅샅이 훑고 나서야 다음 구획으로 옮겨가는 식이었다. 결국 모든 가능한 조사의 방법과 범위가 그로써 총망라되는 셈이었다.

그뿐만 아니라 빅투아르도 나름대로 가세했다. 한마디로 털끝만큼도 그냥 지나치는 부분이 없었다. 탁자와 의자의 다리들, 마루의 널빤지 사이사이, 기둥이나 문살의 쇠시리, 거울과 그림의 액자 틀, 탁상용 추시계와 조각상의 받침 부분, 커튼의 장식 단, 전화기와 온갖 전기기기……. 말하자면 교묘한 상상력으로 물건을 숨겨둘 만한 모든 곳을 하나도 빠짐없이 짚어간 셈이다.

또한 의원의 행동거지를 항상 관찰하면서, 특히 무의식적으로 내비치는 행동이나 시선, 주로 들춰보는 책과 끄적이는 편지들에 촉각을 곤두세웠다.

하긴 그리 어려운 일도 아니었다. 도브레크는 아무것도 거리낄 것 없다는 듯, 모든 것을 드러내며 사는 사람 같았다. 문은 잠긴 적이 없었지만, 누구를 집으로 초대하는 것도 아니었다. 그의 생활 전체가 하나의 규칙적인 기계장치처럼 돌아가는 듯했으며, 그에 따라 오후에는 의회에, 끝나고 나서 저녁에는 클럽에 드나들었다.

"아무리 그래도 뭔가 비뚤어진 구석이 있을 거야."

뤼팽이 중얼거리자 빅투아르는 한숨을 내쉬며 대꾸했다.

"애당초 내가 뭐랬니. 지금 넌 시간만 낭비하고 있는 거야. 이러다 공연히 발각만 당할 거라고."

아닌 게 아니라, 빅투아르는 시도 때도 없이 창문 아래를 지나다니는 치안국 형사들 때문에 찔끔찔끔 놀라는 게 한두 번이 아니었다. 그들이 그곳에 출몰하는 이유가 바로 자신을 잡아넣기 위해서라고 생각할 수밖에 없었던 것이다. 그러니 매번 시장에 들를 때마다 형사들 중 누구도 자신을 붙들지 않는 것이 오히려 놀라울 따름이었다.

그러던 어느 날 그녀는 혼비백산한 상태로 뛰어 들어왔다. 식료품이 그득한 바구니가 팔에 걸린 채 부들부들 떨 정도였다.

"대체 또 무슨 일입니까, 빅투아르? 얼굴이 파랗게 질렸어요!"

뤼팽의 말에 빅투아르는 허둥대기만 했다.

"그, 그렇지? 파, 파랗게 질렸지? 아, 그럴 만도 해."

일단 어디라도 앉아야만 했다. 그리고 한참을 애쓴 끝에야 겨우 차근차근 얘기를 할 수 있었다.

"누가 말이다, 누가 과일 가게에서 내게 다가오더니……."

"그래서요? 납치라도 하려고 하던가요?"

"아니……. 글쎄 웬 편지 하나를 쥐여주더구나."

"허허, 근데 뭐가 불만입니까? 분명 연애편지일 텐데!"

"그게 아니다. 그가 이랬단 말이야. '이건 당신 주인에게 보내는 겁니다.' 그래서 '아, 네, 주인요!' 했더니, '그렇소, 당신 방에 함께 기거하는 신사 말이오' 하더란 말이다!"

"네?"

그제야 뤼팽은 화들짝 놀라는 기색이었다.

"어디 줘보세요."

그러면서 얼른 편지 봉투를 낚아챘다.

겉봉에는 수신인이 쓰여 있지 않았지만, 안을 보니 또 다른 봉투에 이렇게 적혀 있었다.

므슈 아르센 뤼팽

빅투아르 전교(轉交)

"빌어먹을! 어이가 없군그래."

그렇게 중얼거리며 그는 두 번째 봉투를 뜯고, 굵은 고딕체로 쓰인 편지 한 장을 꺼내 읽었다.

당신이 지금 하는 짓은 쓸데없을 뿐만 아니라, 매우 위험하기까지 하오.

그만 포기하시지.

빅투아르는 크게 한숨을 내쉬며 기절하고 말았다. 그런가 하면 뤼팽은 엄청난 모욕을 정면으로 당한 사람답게, 귓불까지 새빨갛게 물드는 것이었다. 마치 결투에 임한 남자로서, 상대방의 빈정대는 입을 통해 자신의 의도가 적나라하게 까발려졌을 때나 느낄 법한 수치심이, 지금 뤼팽의 가슴팍을 후끈 달아오르게 하고 있었다.

그는 아무 말도 하지 않았고, 잠시 후 정신을 차린 빅투아르도 자기 할 일로 돌아갔다. 뤼팽은 방 안에 틀어박혀 깊은 생각에 잠겼다.

날이 저문 뒤에도 그는 잠자리에 들 생각이 없는 듯했다.

그리고 계속해서 이렇게 뇌까리는 것이었다.

"이렇게 생각만 하면 무엇하나? 아무래도 생각한다고 해결될 문제가 아니야. 분명한 건 이 사건에 끼어든 게 나 혼자만은 아니라는 사실이야. 일단 도브레크와 경찰 사이에 내가 제3자로서 개입해 있다면, 또한 제4자로서 끼어든 도둑이 있는 게 확실해. 자기 나름대로 계산이 선 데다 나를 잘 알고 내 속내를 훤히 꿰뚫고 있는 누군가 말이야. 대체 어떤 놈일까? 혹시 내가 지금 실수하고 있는 건 아닐까? 혹시……. 아, 제기랄! 잠이나 자자!"

하지만 좀처럼 잠은 안 오고 속절없는 밤 시간만 그렇게 축내고 있었다.

그러던 중, 새벽 4시, 집 안에서 무슨 소음이 들리는 듯했다. 자리에서 벌떡 일어나 층계 꼭대기에서 살짝 내려다보자, 2층에서 계단을 내려가 곧장 정원으로 향하는 도브레크가 눈에 들어왔다.

한 1분쯤 지나자 하원 의원은 철책 문을 열고 넉넉한 모피 칼라 깊숙이 얼굴을 파묻은 어떤 사람과 함께 들어와, 서재 쪽으로 안내했다.

사실 이런 경우를 대비해 미리 만반의 준비를 갖춰둔 뤼팽이었다. 자기가 쓰는 방이나 서재 모두가 건물의 뒤쪽에 위치한 데다 창문들이 일제히 정원 쪽을 향하고 있는지라, 우선 줄사다리를 발코니에 단단히 고정시킨 뒤 천천히 펼쳐서 서재 창문 바로 상단까지 내려갔다.

창문은 덧창들로 모두 가려져 있었다. 하지만 창문 위가 아치형으로 둥글게 마무리되어 있고 그 부분만큼은 덧창으로 가려지지 않아서, 비록 소리는 들리지 않았지만 안에서 일어나는 일은 거의 파악할 수 있었다.

일단 남자인 줄 알았던 낯선 방문객은 알고 보니 여자였다. 검은빛에다 회색빛이 군데군데 섞인 머리 색깔에도 불구하고 사실은 꽤 젊은 여성이었는데, 늘씬한 체형에 매우 청순한 우아함을 풍기는 용모에다 고통에 익숙한 나른하고 울적한 표정이 얼굴 가득 고여 있는 미인이었다.

'어디서 봤더라? 저 눈빛과 저 표정……. 분명 아는 인상인데…….'

그런 막연한 생각이 뤼팽의 머릿속을 맴돌았다.

그녀는 책상에 기대선 채 덤덤한 얼굴로, 뭔가 열에 들떠 입을 놀리는 도브레크의 말을 듣고 있었다. 도브레크는 뤼팽에게 등지고 서 있었지만, 약간 몸을 수그리자 맞은편 거울에 비친 그의 얼굴이 눈에 들어왔다. 뤼팽은 손님을 바라보는 도브레크의 시선 속에서 거칠고 야만적이며 어딘지 수상쩍은 빛을 보고 깜짝 놀랐다.

여자 역시 그 점이 몹시 거북스러운지, 이내 의자에 쓰러지듯 앉으며 눈을 내리깔았다. 도브레크는 그녀에게 몸을 기울이며 당장이라도 그 무지막지한 주먹이 달린 기다란 팔을 상대의 몸에 두를 태세였다. 순간, 뤼팽의 눈엔 서글픈 여자의 얼굴에 흘러내리는 큼직한 눈물방울이 반짝하고 들어왔다.

그 눈물 때문이었을까? 도브레크는 일순 이성을 잃는 듯했다. 갑작스러운 동작으로 그는 여자를 자기 쪽으로 바짝 끌어안는 것이었다. 물론 여자는 격렬한 증오심을 내비치며 남자를 떠다밀었다. 뤼팽이 어렴풋이 보기에도 흉하게 경직된 남자의 얼굴이 더더욱 일그러지는 가운데, 두 사람은 벌떡 일어서서 잠깐 실랑이를 벌이며 마치 원수 대하듯 서로에게 거친 말을 내뱉었다.

그러고는 침묵……. 도브레크는 의자에 털썩 주저앉으며 고집스럽고 심술궂은, 어딘지 빈정대는 투까지 서린 표정을 지었다. 마치 무슨 조건이라도 제시하는 듯, 그는 책상을 가볍게 두드리며 다시금 뭔가 뇌까리기 시작했다.

그녀는 가슴 위로 팔짱을 낀 채 멍한 눈빛으로 상대를 굽어보며 꼼짝도 하지 않았다. 그런 그녀의 강렬하면서도 고뇌 어린 얼굴 표정에서 뤼팽은 단 한순간도 시선을 떼지 않았다. 그리고 그녀가 고개를 살짝 외면하면서 알게 모르게 팔을 움직거리는 것을 놓치지 않고 바라보는 가운데, 그 모든 인상을 연상시키는 기억의 어렴풋한 끝자락을 붙들려고 애썼다.

그녀는 슬그머니 팔을 풀었는데, 그와 동시에 뤼팽의 시선은 책상 끝에 놓인 물병으로 옮겨가, 머리 부분이 금색으로 처리된 병마개에 꽂혔다. 아니나 다를까, 여자의 손은 천천히 그 물병에 가 닿자마자 은근히 더듬더니 병마개를 집어 드는 것이었다. 순간적으로 고개를 움직여 힐끗 바라보기가 무섭게 여자는 병마개를 제자리에 내려놓았다. 필시 기대하던 물건은 아닌 듯했다.

'빌어먹을! 저 여자 역시 수정마개를 찾고 있다는 건가? 이거 갈수록 첩첩산중이로군.'

그렇게 생각하며 다시 여자의 얼굴을 살피는데, 문득 예기치 않게도 사악하면서 무시무시한 표정이 얼핏 스치는 것을 보고 뤼팽은 화들짝 놀랐다. 여전히 책상 위를 더듬거리던 여자의 손끝이, 은밀한 동작으로 책들을 밀쳐냄과 동시에, 어지러이 쌓인 종잇장들 사이 매서운 날을 내밀고 있는 단도 쪽으로 접근한 것은 바로 그때였다!

마침내 발작적으로 단도의 손잡이를 그러쥐는 그녀.

그것을 아는지 모르는지 도브레크는 연신 입을 놀리고만 있었다. 그런 그의 등 위로 천천히 올라가는 여자의 손. 칼끝을 내리꽂을 지점으로 선택한 남자의 목덜미 어느 한 점에 시선을 고정시킨 광기 가득한 여자의 눈동자를 뤼팽은 똑똑히 보았다.

'저런……. 큰 실수를 저지르는 거요, 마담.'

뤼팽은 속으로 중얼거렸다.

그러면서 어서 자리를 피해 빅투아르를 데리고 올 방법을 궁리하는 것이었다.

한데 여자는 웬일인지 팔만 치켜든 채 좀처럼 결행하려 들지 않는 눈치였다. 그러나 그도 잠시뿐, 그녀는 다시금 이를 악다물었다. 오로지 증오심으로 잔뜩 찌푸려진 얼굴이 또다시 부르르 떨리는가 싶더니, 기어이 끔찍한 장면이 벌어지려는 찰나!

바짝 자세를 낮춘 도브레크는 의자에서 펄쩍 뛰어 일어나면서 홱 몸을 돌려 여자의 연약한 손목을 낚아채는 것이었다.

이상한 것은, 여자가 방금 저지르려던 행위가 전혀 놀랍지 않다는 듯, 도브레크는 조금도 윽박지르거나 하지를 않는다는 점이었다. 마치 그 같은 위협엔 이력이라도 난 것처럼, 그는 그저 어깨를 한 번 으쓱했을 뿐, 입을 다문 채 방 안을 이리저리 서성대기 시작했다.

반면 여자는 힘없이 무기를 떨어뜨린 채, 두 손에 얼굴을 파묻고 온몸을 들썩이며 흐느껴 우는 것이었다.

남자는 여자 곁으로 와 다시금 책상을 두드리며 몇 마디 내뱉었다.

연신 거부의 제스처를 취하던 여자는 더는 못 참겠다는 듯, 발을 구르면서 냅다 소리를 질렀는데, 어찌나 컸던지 밖에 있던 뤼팽의 귀에까지 들렸다.

"절대로! 절대로 안 돼!"

그러자 남자는 여자가 걸치고 온 모피 망토를 가져다가 어깨에 걸쳐주었고, 그녀는 레이스로 짠 베일로 얼굴을 가렸다.

그는 손님을 문까지 배웅했다.

그로부터 2분 뒤, 정원의 철책 문이 다시 닫혔고 뤼팽은 속으로 중얼거렸다.

'저 이상한 여자를 따라가서 함께 도브레크에 관해 얘기라도 좀 나누어야 하는 건데……. 왠지 둘이 잘만 하면 일을 좀 더 수월하게 풀 수도

있어 보여.'

아무튼 한 가지 밝혀내야 할 의문점이 생긴 셈이었다. 겉에서 보면 그토록 정돈되고 모범적이기만 한 도브레크 하원 의원이 방금 경찰의 감시가 부재한 야심한 시각을 틈타 영 석연치 않은 방문객을 집 안에 끌어들이지 않았는가 말이다!

뤼팽은 빅투아르를 시켜서, 부하 두 명에게 며칠간 건물 주위를 감시하게끔 조치를 취했다. 그리고 자신은 다음 날 밤 뜬눈으로 대기하고 있었다.

아니나 다를까 전날과 마찬가지로 새벽 4시가 되자, 어김없이 소음이 들려왔다. 역시 하원 의원은 누구를 집 안에 들이고 있었다.

뤼팽은 잽싸게 줄사다리를 타고 아치형 창틀까지 내려왔고, 이번에는 웬 사내가 아예 도브레크의 발치에 엎드린 채 무릎을 끌어안고 절망적으로 흐느끼는 모습을 목격했다.

몇 번에 걸쳐서 도브레크는 히죽거리며 사내를 떼어놓았고, 그럴수록 사내는 안쓰럽게 달라붙었다. 어쩐지 제정신이 아닌 듯 보일 정도였는데, 사내는 갑자기 발작적으로 몸을 반쯤 일으키더니 하원 의원의 목언저리를 주먹으로 냅다 가격했다. 안락의자에 벌렁 나자빠진 도브레크는 워낙 불시에 당한 터라 잠시 무기력하게 버둥대는가 싶더니, 역시 핏대를 잔뜩 세우며 믿을 수 없는 완력으로 잽싸게 전세를 만회해 상대를 덮쳐눌렀다.

한 손으로 그렇게 내리누른 채, 도브레크는 나머지 한 손으로 상대의 따귀를 두어 차례 거세게 후려갈겼다.

마침내 사내는 창백해진 얼굴로 비틀거리며 몸을 일으켰다. 잠시 냉정을 되찾으려고 숨을 고르는가 싶더니, 그는 더없이 침착하게 호주머니에서 권총을 꺼내 도브레크를 겨누었다.

하지만 도브레크는 눈 하나 깜짝하지 않았다. 심지어는 잔뜩 경멸 어린 미소마저 입가에 띄우고는, 마치 어린애 장난감 총 앞에 서 있기라도 하듯, 동요의 기색이라고는 눈곱만큼도 보이지 않았다.

그렇게 한 15~20여 초 동안, 사내는 총을 든 손을 똑바로 뻗고 상대를 노려보았다. 그러더니 놀랄 만한 자제력이 묻어나는 느긋한 동작으로 권총을 집어넣고 다른 호주머니에서 지갑을 빼 드는 것이었다.

그럴 줄 알았다는 듯, 도브레크는 천천히 다가갔다.

지갑이 펼쳐졌고, 그 틈으로 두둑한 은행권 다발이 보였다.

도브레크는 그것을 냉큼 낚아채고는 곧장 세어보았다.

1000프랑짜리 지폐로, 모두 해서 서른 장이었다.

사내는 그저 물끄러미 바라볼 뿐, 어떤 반항이나 항의의 몸짓도 없었다. 말은 해봤자 소용없다는 것을 이해하는 것이 뻔했다. 도브레크는 전혀 얘기를 들어먹는 타입이 아니었던 것이다. 하소연을 한다거나 위협이나 폭력을 사용해봤자 공연히 시간만 낭비할 것을, 어차피 거머쥘 수 없는 적(敵)을 붙잡으려고 손을 뻗을 이유가 무엇이겠는가? 설사 도브레크가 죽는다손 치더라도 그것이 도브레크로부터의 해방을 의미하지는 않을 터.

사내는 모자를 눌러쓰고 그대로 사라졌다.

오전 11시, 시장에서 돌아온 빅투아르는 부하들이 건네준 쪽지를 뤼팽에게 전했다.

간밤에 도브레크의 집을 방문한 사내는 독립좌파(左派)의 수장인 랑즈루 하원 의원임.

대가족에다 재산은 빈약함.

'그러니까 결국 도브레크는 상습 공갈범에 불과하다는 얘기로군! 한데 놈의 수법은 왠지 엄청 효과적이란 말이야!'

그와 같은 뤼팽의 생각은 이후 연속적으로 일어난 일련의 사건들로 더더욱 확고해졌다. 즉, 사흘 뒤, 도브레크를 찾아온 또 다른 방문객 역시 어마어마한 액수를 넘기고 가버린 것이다. 그런가 하면 그다음다음 날 찾아온 또 다른 방문객은 진주 목걸이를 풀어놓고 갔다.

그중 전자(前者)는 전직 장관을 지낸 상원 의원 드쇼몽이며, 후자(後者)는 나폴레옹 대군(大君)(1822~1891. 나폴레옹 3세의 사촌. 코르시카의 국회의원에서 시작해 사촌인 나폴레옹 3세 치하에서 프랑스 상원 의원까지 역임함. 보나파르트 정파의 좌장 역할을 담당함—옮긴이) 진영의 정치사무소장을 맡아오다가 현재는 보나파르트 정파(政派)(나폴레옹 1세와 3세의 제정(帝政) 이념을 추구하는 정파—옮긴이) 소속 하원 의원으로 있는 알뷔펙스 후작인데, 두 사람 다 랑즈루 하원 의원의 경우와 별반 다르지 않게 격렬하고 비장한 장면만 연출하다가 급기야는 도브레크의 승리 앞에 무릎을 꿇었음은 물론이다.

이상의 신상 명세를 입수한 뤼팽은 곰곰이 생각했다.

'항상 이런 식이로군. 지금까지 네 명이 모두 똑같았어. 앞으로 열 명 스무 명, 아니 서른 명을 더 본다 해도 결과는 마찬가지일 거야. 이제부터는 감시조를 가동해서 방문객의 이름만 챙기면 되겠어. 그들을 일일이 만나볼까? 아니야, 그래봤자일 거야. 내게 솔직한 사연을 털어놓을 리도 없으니까. 하면 이렇듯 진척도 없는 조사를 여기 남아 계속해야 하는 걸까? 빅투아르 혼자서도 능히 할 수 있는 걸 말이야.'

실은 보통 초조한 것이 아니었다. 다름 아닌 질베르와 보슈레의 예심 관련 소식이 점점 나쁜 방향으로만 치달으며 시간만 흐르고 있었고, 이러다가는 설사 현재의 모든 노력이 성공한다고 해도, 당초 목표한 바와는 별 상관 없는 미미한 성과만 얻는 게 아닌가 하는 걱정이 앞섰던 것이다. 비록 지금 도브레크의 은밀한 작태를 알아냈다고는 하지만, 과연 이것이 질베르와 보슈레를 구하는 수단이 될 수 있을지…….

한데 그러던 중 어느 날, 하나의 사건이 그 모든 고민에 종지부를 찍었다. 점심 식사를 마친 다음, 도브레크가 전화에다 대고 하는 말 중 일부가 빅투아르의 귀에 우연히 들어왔던 것이다.

빅투아르의 보고를 가만히 듣고 있던 뤼팽은 하원 의원께서 저녁 8시 반에 어느 귀부인과 만나 극장에 데려가기로 했다는 결론을 내릴 수 있었다.

"6주 전처럼, 1층 칸막이 좌석을 잡아야지."

도브레크는 그렇게 말하고는 히죽거리며 이렇게 덧붙였다고 한다.

"그동안 또 도둑이나 들지 않으면 좋으련만."

뤼팽이 보기에 상황은 확실했다. 정확히 6주 전, 앙기앵 별장이 털렸을 때와 똑같은 저녁 시간을 보내려는 계획임에 틀림없는 것이다. 이제 중요한 것은 그가 만나려는 사람이 누구이며, 도브레크가 저녁 8시부터 새벽 1시까지 부재할 거라는 정확한 사실을 질베르와 보슈레가 어떻게 알아냈는지를 밝히는 일!

도브레크가 평소보다 좀 더 일찍 저녁을 들기 위해 귀가한다는 말을 빅투아르로부터 전해 들은 뤼팽은 그날 오후 호텔을 벗어났다.

그는 샤토브리앙 가의 숙소에 들러 전화로 동료 셋을 호출한 뒤, 연미복으로 갈아입고, 그가 흔히 말하는 러시아 공작의 풍모, 즉 금발에다 짧게 다듬은 구레나룻으로 정성껏 변장을 했다.

일행은 자동차로 도착했다.

한데 바로 그때, 하인인 아실이 샤토브리앙 가 므슈 미셸 보몽 앞으로 날아온 전보 한 장을 들이미는 것이었다.

오늘 저녁 극장에 오지 마시오.

개입하면 낭패를 볼지도 모르오.

뤼팽은 바로 옆 벽난로 위에 있던 꽃병을 내동댕이쳐서 박살을 냈다.

"오냐! 알겠다, 알겠어. 늘 내가 남들을 가지고 놀았듯, 이젠 날 가지고 놀겠다 이거지. 똑같은 방식, 똑같은 술수를 써가며 말이야. 하지만 다 같지는 않을걸."

다 같지는 않다? 사실은 그 자신도 괜히 해본 소리였다. 실상은, 뤼팽 자신도 남들과 다를 바 없이 혼비백산한 가운데 여간 당혹스러운 것이 아니었으며, 오로지 오기(傲氣) 하나로 버티는 것뿐이다. 평상시의 활기라든가 통쾌한 기백 없이 그저 의무감에 떠밀리듯이 말이다.

"자, 가자!"

그는 대기하고 있는 부하들에게 소리쳤다.

그의 지시대로 운전기사는 라마르틴 광장에서 그리 멀지 않은 지점에 차를 세운 채, 엔진은 그대로 켜두었다. 치안국 형사들의 감시망을 따돌리기 위해 도브레크가 택시로 호텔을 벗어날 것에 대비해, 처음부터 거리를 허용치 않겠다는 계산이었다.

하지만 그것은 이 교활한 하원 의원을 과소평가한 계산이었다.

저녁 7시 반, 느닷없이 정원 철책 문이 활짝 열리더니 날카로운 불빛과 함께 오토바이가 한 대 후닥닥 뛰쳐나오는 것이 아닌가! 그것은 보도(步道)를 가볍게 뛰어넘은 다음, 자동차 앞을 보란 듯이 에둘러, 도저히 추격이 불가능한 속도로 불로뉴 숲을 향해 내달리는 것이었다.

"봉 부아야주(Bon voyage) 므슈 뒤몰레(원래는 'Bon voyage, cher Dumollet!'로 '즐거운 여행이 되길, 친애하는 뒤몰레여!'라는 뜻임. 모리스 르블랑이 소설을 쓰던 당시 흔히 통용되던 일종의 유행어로서, 닭 쫓던 개 지붕 쳐다보는 경우에 흔히 쓰였음. 원래는 1809년 바리에테 극장에서 초연된 연극「생 말로로의 출발」(데조지에 작)에 나오는 노래의 첫 소절 가사임—옮긴이)!"

뤼팽은 애써 그렇게 농담을 내뱉었으나, 속으로는 부글부글 끓어오르고 있었다.

그러면서 은근히 부하 중 누구라도 비웃는 듯한 기색을 보이길 바라며 힐끔거렸다. 차라리 이 참기 힘든 울분을 누구에게 화풀이라도 했으면 하는 심정으로 말이다.

"돌아가자."

마침내 툭 내던진 말이었다.

그는 우선 부하들의 배부터 채워준 다음, 시가를 피워 물었다. 일행은 다시 자동차로 출발해서, 일단 도브레크와 여자가 좋아할 만한 오페레타와 보드빌(18세기경의 노래와 춤이 섞인 무대극—옮긴이)을 공연하는 극장을 시작으로, 시내 극장 순회에 들어갔다. 즉, 한 좌석을 차지하고 1층 칸막이석을 휘 훑어본 다음 곧장 자리를 뜨는 식으로 말이다.

그런 다음 르네상스(파리 생마르탱 대로 20번지에 위치한 극장—옮긴이)나 짐나즈(파리 본 누벨 대로 38번지에 위치한 극장—옮긴이) 등의 다소 진지한 극장들로 점점 수색 범위를 옮겨갔다.

그러다가 급기야는 밤 10시, 보드빌(쇼세 당탱 가 모퉁이와 만나는 카퓌신 대로 2번지에 있었던 유명한 극장으로, 현재는 파라마운트 사(社) 영화관이 그 자리를 차지하고 있음—옮긴이)에서 양쪽 칸막이가 철저히 가리고 있는 칸막이석 하나를 발견했다. 아니나 다를까, 여자 안내원을 매수해서 알아낸 바로는, 그 안에 키 작고 통통한 중년 남자 한 명과 두꺼운 레이스 베일로 얼굴을 가린 부인이 들어 있다는 것이었다.

마침 바로 이웃한 칸막이석이 비어 있는지라, 일단 부하들에게 필요한 지시를 내린 뒤, 얼른 자리를 잡고 앉았다.

막간 동안 불이 환하게 켜지자 바로 옆, 도브레크의 옆얼굴은 언뜻 보였지만, 구석에 앉은 여자는 보이지가 않았다.

둘은 연신 나지막한 목소리로 이야기를 나누고 있었고, 다시 막이 오른 뒤에도, 뤼팽이 전혀 알아들을 수 없을 만큼 작은 소리로 얘기를 계속했다.

그렇게 10여 분이 흘러갔다. 문득 그쪽 출입문에서 노크 소리가 들리는가 싶더니, 극장 감독관이 불쑥 들어서며 물었다.

"도브레크 의원님, 맞으시죠?"

도브레크의 다소 놀란 목소리가 따라나왔다.

"그렇소만, 내 이름을 어떻게 알았소?"

"어느 분이 전화를 걸어서 여기 22번 칸막이 좌석으로 대달라고 했습니다."

"누가 말이오?"

"알뷔펙스 후작님입니다."

"네? 아니, 어떻게?"

"뭐라고 할까요?"

"가죠. 가서 받겠습니다."

도브레크는 즉시 자리에서 일어나 감독관을 따라나섰다.

물론 그와 동시에 뤼팽은 자기 쪽 칸막이석에서 나오자마자, 옆 칸으로 비집고 들어가 여자 곁에 털썩 앉았다.

여자는 냅다 비명을 질렀다.

"조용히 하시오. 드릴 말씀이 있어서 그러오. 무척 중요한 얘기요."

뤼팽이 속삭이자 여자는 잇새로 중얼거렸다.

"아, 아르센 뤼팽……."

순간 뤼팽은 입이 떡 벌어져 다물어지지 않을 정도로 기겁을 하지 않을 수 없었다. 도대체 이 여자가 어떻게 자기를 알아본다는 말인가! 아르센 뤼팽을 아는 것도 아는 것이지만, 이렇듯 변장한 얼굴을 단번에 알아보다니! 제아무리 예상치 못한 일들에 익숙한 처지라지만, 뤼팽은 도무지 정신을 차릴 수가 없을 정도로 당혹스러웠다.

차마 뭐라고 부인할 엄두도 내지 못한 채, 더듬댈 뿐이었다.

"저, 저를…… 저를 아십니까?"

그러면서 뤼팽은 여자가 뿌리칠 틈도 없이 갑작스레 베일을 젖혀버렸다.

"아니! 이럴 수가!"

충격은 더욱 커졌다.

다름 아닌, 며칠 전 도브레크의 집에서 본 바로 그 여자였던 것이다! 하원 의원을 향해 단도를 치켜들고 그토록 증오심을 드러내며 찌르고 싶어 하던 바로 그 여자…….

그녀 역시 당혹스러워하기는 마찬가지였다.

"아니, 그럼 당신도 날 안단 말입니까?"

"그렇소, 언젠가 밤에 그자의 호텔에서…… 당신이 하는 행동을 지켜보았소."

그녀는 다짜고짜 도망을 치려고 했다. 뤼팽은 얼른 붙잡아 앉히며 다그치듯 말했다.

"나는 당신이 누구인지를 알아내야만 합니다. 도브레크를 전화로 불러낸 것도 다 내가 꾸민 일이오. 당신과 이렇게 얘기를 나눠야 하겠기에……."

여자는 다시 한번 질겁했다.

"어머나! 그럼 알뷔펙스 후작한테서 온 게 아니었단 말인가요?"

"아니었소. 내 부하의 전화였소."

"그럼 곧 도브레크가 돌아올 텐데……."

"그럴 거요. 하지만 얘기할 시간은 있소. 내 말 잘 들으시오. 우린 다시 만나야 할 거요. 그자는 당신의 적이오. 내가 당신을 구해주겠소."

"왜요? 목적이 뭔가요?"

"오, 날 의심할 필요는 없어요. 분명 우리는 같은 이해관계를 가지고 있어요. 자, 어디서 다시 만날까요? 내일 어떻습니까? 시간은요? 장소는?"

"정 그러시다면……."

여자는 망설이는 것이 빤히 보이는 시선으로 뤼팽을 응시했다. 어떻게 해야 할지 갈피를 못 잡고 불안과 의혹에 가득 찬 마음으로 뭔가 입을 열 듯 말 듯하고 있었다.

"오, 제발 부탁이오! 딱 한마디만……. 어서요. 이러다 내가 여기 있는 게 발각이라도 나면 좋을 것 없단 말이오. 제발 부탁이오."

이윽고 그녀의 입에서 또렷한 목소리로 튀어나온 대답은 이런 것이었다.

"내 이름은……. 말해봤자 소용없고…… 우선 만나요. 그러고 나서 얘기를 들어봅시다. 좋아요, 만나기로 해요. 내일 오후 3시, 장소는……."

바로 그때였다. 칸막이 좌석의 출입구가 활짝 열리면서 도브레크가 불쑥 나타나는 것이었다.

"이런 제기랄!"

이토록 절실한 순간에 들킨 것이 뤼팽은 못내 약이 올랐다.

도브레크는 잔뜩 빈정대기 시작했다.

"내가 이럴 줄 알았지. 안 그래도 뭔가 미심쩍더니만. 이보시오, 므슈. 그깟 전화 속임수는 좀 구식 아니오? 반도 안 가서 되돌아오는 길이외다."

그는 뤼팽을 앞쪽으로 밀어젖히면서 아무렇지도 않게 여자 옆 자기 자리에 앉아 이렇게 말했다.

"자, 나리, 그럼 슬슬 서로 정체부터 밝혀보실까? 아마도 경시청 머슴 정도시겠지? 누구나 다 뭐를 하는 사람인지 낯짝에 써갖고 다닌다니깐!"

그러면서 눈 하나 끔벅하지 않는 뤼팽을 똑바로 쏘아보는 것이었다. 하지만 자신이 이전에 폴로니어스로 비꼬아 부르던 바로 그 사람의 얼굴은 전혀 못 알아보는 눈치였다.

그런 그에게서 뤼팽 역시 눈을 떼지 않은 채, 부지런히 머리를 굴리고 있었다. 무슨 일이 있어도 여기까지 끌어온 싸움을 이제 와서 포기할 순 없었으며, 도브레크의 원수와 만날 더없이 좋은 기회를 단념할 마음은 들지 않았다.

여자는 구석에 가만히 앉아 두 사내를 잠자코 바라보고 있었다.

마침내 뤼팽이 입을 열었다.

"나갑시다, 선생. 밖이 얘기하긴 더 쉬울 것이오."

"여기서 합시다. 조금 있으면 또다시 막간이 있을 것이니 이곳에서 하는 게 나아요. 아무한테도 방해되지 않게 말이오."

"하지만……."

"허어, 안 되지. 꼼짝할 생각일랑 관두는 게 나아."

그러면서 막간 전에는 놔주지 않으려는 의도가 분명하게 뤼팽의 옷깃을 와락 움켜쥐는 것이었다.

정말이지 발칙한 짓이 아닌가! 어찌 뤼팽이 그와 같은 짓을 용인할 수 있겠는가! 더구나 한 여인, 그것도—사실 처음 보았을 때부터 느낀 것이지만—혹할 정도의 진지한 아름다움을 갖춘 데에다가 사나이로서 방금 도와주겠노라고 약속까지 한 바로 그 여인이 빤히 보는 앞에서 말이다. 순간적으로 뤼팽의 내면에서 남자의 오기가 발끈하는 것은 당연했다.

하나 그럼에도 불구하고 그는 입도 뻥긋하지 않고 어깨를 내리누르는 상대의 손길을 그대로 받아들이는 것이었다. 심지어는 겁에 질려 무기력하게 굴복하는 인상마저 줄 정도였다.

"아! 이거 놀랐는걸! 더 이상 허세 부릴 생각은 접은 모양이로군."

의원은 더더욱 빈정댔다.

한편 무대 위에선 배우들이 우르르 몰려나와 서로 요란하게 다투는 장면을 연출하고 있었다.

순간적으로 도브레크의 완력이 조금 누그러졌는데, 뤼팽은 그 틈을 놓치지 않았다.

반짝하는 사이 손날로 마치 도끼질을 하듯 상대의 팔 안쪽을 냅다 가격하는 것이었다.

순간적으로 치미는 극심한 통증은 도브레크를 소스라치게 하기에 충분했다. 운신이 자유로워진 뤼팽은 상대의 목을 향해 가차 없이 몸을 날렸다. 그러나 어느새 방어 태세에 들어간 도브레크는 흠칫 물러서는가 싶더니 팔을 뻗어, 결국 두 사람이 서로의 두 손을 각각 그러쥐는 형국이 되었다.

서로가 잔뜩 움켜쥔 양손에는 그야말로 초인적인 괴력이 한꺼번에 집중되었다. 특히 도브레크의 손에서 느껴지는 악력(握力)은 가히 괴물과도 같았다. 무쇠 바이스와도 같은 상대의 손힘을 고스란히 느끼면서 뤼팽은 지금 인간이 아닌 엄청난 덩치의 고릴라와 대적하고 있는 것이 아닌가 하는 의구심마저 들었다.

두 사람은 문에 기댄 채, 언제든 결정타를 먹이기 위한 빈틈만을 노리며 잔뜩 몸을 도사리고 있었다. 각자의 뼈마디에서 우두둑하는 소리가 들렸다. 어느 쪽이든 먼저 물러서는 자의 목이 그대로 졸리게 되어 있었다. 때마침 무대 위의 배우들은 한 명이 나지막한 대사를 외우는 것을 지켜보는 중이라, 갑작스레 사방이 조용해진 상황이었다.

한편 간이 벽에 바짝 물러선 채 여자는 벌벌 떨면서 둘의 힘겨운 싸움을 지켜보고 있었다. 둘 중 누구든 여자가 조금만 거든다면 그대로 승리를 거머쥘 것이 분명했다.

하지만 과연 누구의 편을 들어야 하는 걸까? 그녀의 눈에 뤼팽이 진정 어떤 존재로 비친 것일까? 친구? 아니면 적?

불현듯 여자는 칸막이석 앞쪽으로 다가가 몸을 쑥 내밀어 뭔가 신호를 보내는 듯하더니, 슬그머니 문 쪽으로 접근하려고 눈치를 살폈다.

애당초 그녀를 도울 심산이었던 뤼팽이 다급하게 내뱉었다.

"이 의자 좀 치워주시오!"

아닌 게 아니라 도브레크와 자신을 중간에서 가로막은 채 팽개쳐져 있는 무거운 의자 하나가 싸움에 약간 방해가 되고 있었다. 여자는 허리를 숙여 의자를 빼냈고, 뤼팽은 기다렸던 기회를 그냥 지나치지 않았다.

방해물이 치워지자마자 뤼팽은 반장화의 구두코를 세워 도브레크의 다리통을 날쌔게 가격했다. 성과는 아까 팔을 후려쳤을 때와 유사했다. 격심한 고통은 영락없이 하원 의원을 움찔하게 만들었고, 잠깐 주춤하는 사이, 쭉 뻗은 두 팔의 방어벽마저 거세게 떨군 뤼팽은 손가락을 곧추세우면서 상대의 목을 향해 파고들 수 있었다.

하지만 도브레크는 저항을 포기하지 않았다. 숨통을 조여오는 적의 두 손을 어떻게든 떼어내려고 발버둥 치는 것이었다. 하지만 이미 숨이 막히기 시작한 터라, 기운이 서서히 빠져나가는 것은 어쩔 수가 없었다.

뤼팽은 상대를 거꾸러뜨리면서 으르렁댔다.

"아, 이 늙은 원숭이 같은 놈! 왜 도움이라도 요청하지 그러나? 소란이 이는 건 질색인가 보지?"

한편 도브레크의 몸뚱어리가 쓰러지면서 쿵 하는 소리를 내자, 좀 조용히 하라는 뜻으로 옆 칸에서 간이 벽을 두드렸다.

"이봐, 연극은 연극이고, 여긴 여기대로 따로 볼일이 있는 법! 이 고릴라를 완전히 깔아뭉개 버릴 때까지는 말이야."

뤼팽은 목소리를 낮춰 이죽거렸다.

그리 오래 걸리지는 않았다. 숨이 턱에까지 찬 의원은 아래턱에 한 방 얻어맞자 그대로 뻗어버렸다. 이제 경보 벨이라도 울려 시끄러워지기 전에 여자를 데리고 빠져나가는 일만 남은 셈.

하지만 고개를 돌려 휘둘러보았을 땐 이미 여자는 사라지고 없었다.

멀리 가지는 못했으리라 생각한 뤼팽은 칸막이 좌석을 박차고 나와, 여자 안내원이나 검표원 등은 아랑곳하지 않고 내달리기 시작했다.

그렇게 1층 홀까지 내려온 뤼팽의 눈에 쇼세 당탱 가(街) 보도를 가로지르는 여자의 모습이 열린 문 새로 보였다.

뤼팽이 득달같이 달려갔을 때는 이미 여자가 자동차에 오른 뒤였고, 곧장 문까지 닫는 것이었다.

뤼팽은 얼른 문손잡이를 붙잡았다.

한데 바로 그 순간 안으로부터 누군가의 손이 쑥 튀어나오는가 싶더니, 아까 도브레크에게 한 방 먹인 것만큼 능숙한 솜씨는 아니었지만, 그런대로 매서운 주먹이 얼굴로 날아드는 것이었다.

갑작스러운 충격에 다소 멍하긴 했으나, 뤼팽은 얼떨떨한 가운데에서도, 주먹의 장본인은 물론 변장을 한 채 운전석에 앉아 있는 인물을 알아보았다.

그들은 다름 아닌 그로냐르와 르발뤼. 앙기앵의 그 저녁, 배를 책임졌던 두 친구로서, 질베르와 보슈레의 친구이자 자연 뤼팽의 공범들이 아닌가!

샤토브리앙 가의 숙소로 돌아온 뤼팽은, 피 묻은 얼굴을 씻고 안락의자에 앉아, 기진맥진한 사람처럼 한 시간 이상을 꼼짝 않고 있었다. 이런 배신감을 느껴본 적은 처음이었다. 함께 싸워나가던 패거리가 두목에게 등을 돌리는 일은 이번이 처음이었던 것이다.

기분 전환이라도 할 겸, 그는 기계적인 동작으로 우편물을 끌어와 그중 신문 한 장을 펼쳐 들었다. 끄트머리쯤 실린 어느 기사에서 다음과 같은 내용이 눈에 들어왔다.

마리테레즈 별장 사건에 관한 소식이다. 그간 하인 레오나르의 살해범들 중 하나로 추정되고 있는 보슈레의 실체가 드디어 밝혀졌다. 그는 죄질이 아주 나쁜 상습 절도범으로서, 또 다른 이름으로 두 번씩이나 이미 결석재판상 살인죄가 언도된 바 있는 인물이다.

의심할 여지 없이 그의 동료인 질베르의 진짜 이름 또한 조만간 밝혀질 것이다. 어찌 되었건 간에, 수사판사는 현재 본 사건을 하루빨리 기소하여 법정에 회부할 작정으로 있다.

아마도 최대한 신속한 재판이 이루어질 전망이다.

그런가 하면 여타 신문들과 전단들 틈바구니에서 웬 편지 한 통이 툭 떨어져 나왔다.

뤼팽은 흠칫 놀라며 얼른 집어 들었다.

수신인이 므슈 드 보몽(미셸)으로 되어 있었던 것이다.

"아! 질베르로부터 온 편지구나!"

뤼팽은 반가운 마음에 더듬거리며 겉봉을 뜯었다.

안에는 간단히 이렇게 적혀 있었다.

> 두목, 도와주세요!
>
> 두렵습니다.
>
> 두려워요.

그날 밤 역시 뤼팽에게는 악몽과 불면의 지옥이나 다름없었다. 끔찍하고 무시무시한 환영들이 마구 뒤섞이며 난리를 피우는 것이었다.

# 4
## 적의 우두머리

뤼팽은 다음 날에도 질베르로부터 온 편지를 다시 읽으며 중얼거렸다.

"가엾은 녀석! 얼마나 괴롭겠는가!"

사실 처음 만난 당시부터, 삶의 즐거움과 천진함에 흠뻑 빠져 있는 이 덩치 큰 젊은이에게 뤼팽은 남다른 애정을 품고 있었다. 질베르 또한 주인의 손짓 하나에 죽고 살 만큼 충성을 다해왔음은 물론이다. 그 유쾌한 성격과 순박한 품성, 솔직하고 담백하고 호감 어린 표정 모두를 뤼팽은 정말로 아끼고 사랑했다.

그에게 뤼팽은 늘 이렇게 말해주곤 했다.

"질베르, 자넨 정직한 사람일세. 내가 만약 자네라면 이 일에서 깨끗이 손을 떼고 진심으로 올바른 삶을 살려고 할 것이네."

그러면 질베르는 씩 웃으면서 이러곤 하는 것이었다.

"두목이 먼저 그렇게 한 다음에 하죠, 뭐."

"왜, 그러는 게 싫은가?"

"네, 싫습니다, 두목. 정직한 사람이란 고된 겁니다. 뼈 빠지게 일만 해야 하고요. 사실 어려서는 그런 경향도 없진 않았는데, 다신 그럴 엄두도 나지 못하게 되어버렸어요."

"누가 자넬 그렇게 만들었나?"

거기서 질베르는 으레 입을 다물었다. 그는 인생의 초년에 관한 질문만 나오면 그런 식으로 함구하기 일쑤였고, 뤼팽은 고작해야 그가 고아로 자랐으며 일찍이 가장 변덕스러운 종류의 일들에만 매달려오면서 좌충우돌 살아왔다는 것만을 넘겨짚을 뿐이었다. 젊은이의 내면에는 그 누구도 범접 못할 수수께끼 같은 사연이 가득했고, 이제 와서 사법당국이 그것을 파헤친다는 것은 불가능해 보였다.

물론 그렇다고 해서 사법당국이 사건 처리를 미룰 이유는 없었다. 이름이 질베르이건 다른 이름이건 정의의 심판은 젊은이를 보슈레의 공범으로서 법정에 세울 것이며, 똑같이 가혹한 방식으로 요절을 내고야 말 것이다.

뤼팽은 다시금 탄식을 내뱉었다.

"가엾은 녀석 같으니라고! 저런 궁지에 몰린 것도 모두 다 나 때문이야. 저들은 탈옥이 두려운 나머지 급히 서두르는 거야. 우선 재판부터 치르게 한 후…… 부랴부랴 제거하려고 들겠지. 고작 나이 스물밖에 안 된 젊은이가 아닌가! 더구나 사람을 죽인 적도 없고, 살인을 도운 적도 없는 친구를 말이다."

아뿔싸! 아무리 안타까워해도 그 사실을 증명할 방도가 없다는 것을 뤼팽은 모르지 않았다. 차라리 다른 각도로 노력을 경주해야만 할 처지였다. 하지만 어떻게 말인가? 이제 와서 수정마개를 찾는 일을 단념해야 할까?

뤼팽은 도무지 마음을 정할 수가 없었다. 지금으로선 유일한 방향 전환이라고 해봤자, 그로냐르와 르발뤼가 머물던 앙기앵에 가서, 살인 사건 이후 썰렁하게 방치된 마리테레즈 별장을 확인하는 것뿐이었다. 그게 아니라면 오로지 도브레크만 물고 늘어질 수밖에 없는 실정이었다.

특히 당장 직면한 수수께끼, 즉 그로냐르와 르발뤼가 자신을 배반한 이유와 그들이 회색빛 머리의 여인과 어떤 관계인가 하는 점, 자신을 목표로 하고 있는 기분 나쁜 염탐 등등에는 도저히 머리를 쓰고 싶지가 않은 심정이었다.

뤼팽은 혼잣말로 연신 이렇게 중얼거렸다.

"침잠(沈潛)하자. 침잠해. 열에 들떠 있으면 엉터리 생각만 떠오를 뿐이야. 그러니 방정 떨지 말고…… 특히 무어든 섣불리 추론하려 들면 안 돼! 세상에 확실한 출발점도 찾지 못한 상태에서 이런저런 사실들만 짜 맞추어 추론하는 것만큼 어리석은 짓은 없지. 다들 그런 식으로 자기 생각 속에 틀어박히는 법이거든. 어디까지나 본능적인 감각에 귀를 기울여야만 해. 직관이 명하는 대로 나아가야 한단 말이야. 여하한 논리나 추론을 다 떠나서도, 이를테면 이번 사건은 그 망할 놈의 병마개를 둘러싸고 벌어지는 것만은 틀림없으니, 어디 한번 달려드는 수밖에! 도브레크와 놈의 수정 덩어리를 향해서 말이야!"

그럼에도 불구하고 뤼팽은 당장에 뭘 어떻게 하자는 뜻으로 그러한 결론을 내린 것은 아니었다. 혼잣말처럼 그렇게 중얼거리고 있으면서도, 정작 그는 낡은 외투와 목도리 속에 잔뜩 파묻힌 채 쥐꼬리만 한 연금을 받아 생활하는 노인으로서, 라마르틴 광장에서 멀찌감치 떨어진 빅토르 위고 가도 상의 한 벤치 위에 우두커니 앉아 있을 뿐이었다. 보드빌에서의 난투극이 벌어진 지 어언 사흘째가 되어가는데도 말이다. 그런가 하면 빅투아르는 뤼팽의 지시대로 매일 아침 같은 시각에 그 벤치 앞을 꼬박꼬박 지나치는 것이었다.

"그래, 맞아. 모든 게 바로 그 수정마개에 달려 있어. 그걸 손에 넣기만 하면……."

그날도 그렇게 중얼거리고 있는데, 빅투아르가 식료품 바구니를 팔에 걸고 나타났다. 문득 올려다본 노파의 얼굴엔 심상치 않은 흥분과 창백함이 드러나 있었다.

"무슨 일입니까?"

뤼팽은 자연스럽게 이 늙은 유모 곁을 걸으며 물었다.

노파는 사람이 많은 잡화 시장에 들어서고 나서야 뤼팽을 돌아보며 떨리는 목소리로 이렇게 말했다.

"자, 네가 찾는 게 여기 있다."

그러면서 바구니 속에서 뭔가 꺼내 내미는 것이었다. 뤼팽은 엉겁결에 수정마개를 손에 쥔 채 멍하니 서 있었다.

그러더니 결국 너무도 쉽게 일이 풀리는 것 자체가 당혹스러운 듯 중얼거렸다.

"아니, 이럴 수가? 이럴 수가 있나?"

하지만 엄연히 눈에 보이고, 또 손으로 만질 수 있는 현실이었다. 형태나 크기, 단면 속으로 잦아드는 금빛 심지 모두가 언젠가 보았던 바로 그 수정마개가 틀림없었다. 다만 분명히 기억하건대, 당시엔 보지 못했던 꼭지 부분의 미세하게 긁힌 자국까지는 아니지만 말이다.

하긴 물건의 모든 특징이 거의 똑같은 면모를 보일 뿐, 뭐 하나 새로운 요소는 눈에 띄지 않았다. 그저 흔히 나도는 수정마개일 뿐, 다른 보통 병마개와 차별화될 만한 진짜 특별한 점이 있는 것은 아니었다. 예컨대 어떤 기호랄지 숫자가 새겨진 것도 아니었고, 그저 단순한 수정 덩어리인 것이다.

"이게 뭐야?"

뤼팽은 자신이 뭔가 크게 착각하고 있다는 생각이 퍼뜩 들었다. 정작 어떤 가치가 있는지도 모르면서 그저 수정마개를 손에 넣었다 한들, 무슨 의미가 있단 말인가! 이 수정 덩어리는 그 자체로 존재한다기보다는, 그것과 연관된 어떤 의미를 통해서만 중요할 터. 물건을 손에 넣기 전에 뭔가 밝혀내야 할 비밀이 있을 것이다. 자, 그렇다면 과연 누가 있어, 이토록 집착한 나머지 도브레크에게서 물건을 훔쳐내기까지 한 것이 결코 어리석은 짓이 아니라는 것을 입증해준단 말인가?

해결 불가능해 보이는 문제이면서, 당최 놔줄 기미가 보이지 않는 수수께끼임에 틀림없었다.

뤼팽은 물건을 주머니에 쑤셔 넣으며 속으로 중얼거렸다.

'정신 바짝 차려야겠는걸! 아무래도 이번 일에선 자칫 발을 헛디뎠다간 아주 경치겠어.'

그러면서 그는 빅투아르에게서 눈을 떼지 않고 있었다. 노파는 점원 한 명을 대동하고 이 판매대에서 저 판매대로 인파를 헤치며 돌아다녔다. 그러고는 계산대 앞에서 한참을 지체한 뒤 뤼팽 곁을 스쳐 지나갔다.

그 순간을 놓치지 않고 뤼팽은 나지막한 목소리로 지시했다.

"장송 고등학교 뒤로 오세요."

그렇게 해서 노파는 인적이 드문 거리에서 뤼팽과 만났다.

"누가 날 미행하면 어쩌려고?"

걱정스러운 표정으로 빅투아르가 말하자, 뤼팽은 확신에 찬 어조로 대답했다.

"아니에요. 내가 미리 샅샅이 훑어보았어요. 그나저나 이 수정마개는 어디서 찾았습니까?"

"그의 침대 머리맡 탁자 서랍 속에 있더구나."

"하지만 거긴 우리가 벌써 뒤진 곳 아닙니까?"

"그렇지. 나도 어제 아침에 한 번 더 살펴본걸. 아마도 간밤에 그가 거기 놔둔 모양이야."

"그렇다면 분명 거기서 또 찾겠군요."

"그야 그렇겠지."

"한데 없다면?"

그제야 빅투아르의 얼굴에 기겁을 한 안색이 퍼졌다.

뤼팽이 다그쳐 물었다.

"대답해봐요. 만약 거기서 찾지 못한다면 그가 당신을 의심할까요?"

"분명 그럴 거야."

"그럼 어서 이걸 제자리에 갖다 놓으세요, 어서요!"

"세상에, 맙소사! 제발 눈치채지 말아야 할 텐데. 어서 물건 이리 다오!"

"자, 여기요."

노파가 안절부절 어쩔 줄 몰라 하는 동안 뤼팽은 외투 호주머니를 뒤지기 시작했다.

"어서 주지 않고 뭐하는 거니?"

손을 내밀고 보채는 빅투아르. 한데 잠시 후 뤼팽이 이러는 것이었다.

"어렵쇼, 어디 갔는지 없네!"

"뭐라고?"

"제길, 없다니까요! 누가 슬쩍한 모양입니다."

그러면서 뤼팽은 느닷없이 웃음보를 터뜨렸는데, 조금도 구김살이 없는 호쾌한 웃음이었다.

빅투아르는 놀라다 못해 바짝 약이 오른 눈치였다.

"너는 그래도 웃음이 나온단 말이냐? 이런 상황에서도?"

"그럼 어쩝니까? 정말이지 웃기는 일이긴 하잖아요. 이건 그야말로 보통 드라마가 아니에요. 아예 동화라고나 할까? 「악마의 환약」(1839년에 만들어진 5막짜리 유명한 요정극으로, 공연될 때마다 대단한 성공을 거둠—옮긴이)이나 「양의 발굽」(1807년에 만들어진 유명한 요정극으로, 마찬가지로 대성공을 거둠—옮긴이)과도 같은 황당무계한 요정극 말입니다! 이러다가 한 몇 주만 푹 쉬고 나면 나도 그럴듯한 작품 한둘 정도는 써낼 수 있겠는걸요. 「마법의 병마개」라든가 「딱한 아르센의 실패담」 같은 제목으로 말이죠."

"그나저나……. 대체 누구 짓일까?"

"무슨 말씀이세요? 누구 짓이긴요! 그냥 저 혼자 사라져버린걸요. 내 호주머니 속에서 거짓말처럼 훅 하고 사라져버렸단 말입니다! '수리수리마수리' 하고 말입니다."

그는 노파를 부드럽게 한쪽으로 밀고 가서 다소 진지해진 음성으로 이렇게 속삭였다.

"이만 돌아가세요, 빅투아르. 아무런 걱정 말고요. 틀림없이 누군가 당신이 내게 그걸 건네는 것까지 다 본 겁니다. 내 호주머니를 슬쩍하기 위해 일부러 혼잡한 상점 분위기를 이용한 거고요. 이 모든 게, 어떤 일류급 적수에 의해 우리가 훤히 감시당하고 있다는 반증이지요. 그렇다고 호들갑 떨 건 없어요. 착한 사람들은 언제나 최후의 승자가 되는 법이랍니다. 그건 그렇고, 또 내게 할 말은 없나요?"

"어젯밤에 도브레크 씨가 출타 중일 때 누가 왔단다. 정원 나무에 빛이 비치는 걸 내 두 눈으로 똑똑히 봤거든."

"관리인 여자는요?"

"글쎄다, 자고 있진 않은 것 같던데……."

"그렇다면 틀림없이 경시청 친구들일 겁니다. 그때까지 감시를 풀지 않고 있었던 거지요. 좌우간 곧 또 봐요, 빅투아르. 조금 이따 날 집에 들여보내 줘야 합니다."

"뭐라고? 그럼……."

"위험할 것 없잖아요? 당신 방은 4층에 있으니 도브레크가 알아차릴 리는 없을 테니까요."

"하지만 다른 사람들 눈은 어떡하고?"

"다른 사람들이라니요? 그들이 만약 날 못살게 굴 생각이 조금이라도 있었다면, 벌써 그랬을 겁니다. 그들은 날 크게 염려하지 않아요. 기껏해야 조금 귀찮아할까. 하여튼 이따 5시 정각에 봐요, 빅투아르."

한데 또 하나 놀라운 소식이 뤼팽을 기다리고 있었다. 그날 저녁 빅투아르의 얘기가, 혹시나 해서 도브레크의 침대 머리맡 탁자 서랍을 열어보았더니 수정마개가 덩그러니 있더라는 것이다.

한데 이처럼 기적 같은 일에 대해 뤼팽은 왠지 그리 흔들리지 않는 눈치였다. 그저 단순히 이렇게 말했을 뿐.

"그럼 누군가 가져다 놓았나 보죠. 호텔 안으로 귀신같이 파고들어서 그걸 제자리에 갖다 놓은 사람은 아마 나처럼 그 마개가 이런 식으로 없어져선 곤란하다고 본 모양입니다. 한편 누군가 자신의 침실까지 뒤지고 다녔다는 걸 이미 눈치챘을 도브레크는, 별로 대수롭지 않다는 듯, 또다시 그 마개를 같은 장소에 그대로 두었단 말입니다. 그러니 한번 머리를 굴려보세요!"

한편 뤼팽 자신 역시, 제아무리 골치를 썩이지 않으려고 해도, 일말의 추론이나 연상마저 끊어버릴 수는 없었고, 그러다 보니 마치 터널 출구를 저만치 앞두고 비쳐 드는 어렴풋한 빛 같은 것을 예감하는 것이었다.

그는 이렇게 속으로 중얼거렸다.

'만약 내 예상이 옳다면, 조만간 빅투아르가 얘기한 그 '다른 사람들'과 내가 맞닥뜨리는 게 불가피할 것이다. 그땐 내가 상황을 완벽하게 장악해야만 해.'

그 후, 아무런 구체적 성과 없이 닷새가 흘러갔다. 그리고 엿새째, 도브레크에게 또 다른 아침 방문객이 찾아왔는데, 동료 하원 의원인 래바흐였다. 역시 절망적으로 상대의 발 앞에 엎드려 애걸복걸하다가, 마침내 2만 프랑이라는 거액을 내놓고 가는 것은 다른 방문객들과 다름이 없었다.

다시 이틀이 지난 밤, 새벽 2시쯤 되었을까, 3층 층계참에 서 있던 뤼팽의 귀에 저 아래 현관과 정원을 이어주는 문이 삐걱거리는 소리가 들려왔다. 어둠 속에서도 괴한 둘이 계단을 걸어 올라와 2층 도브레크의 방문 앞에 멈춰 서는 것이 보였다.

대체 저기서 무얼 하는 걸까? 도브레크가 밤마다 빗장을 단단히 걸어 잠그는 저곳을 들어갈 리도 만무하고. 대체 무얼 바라는 것일까?

일단 문에서 어렴풋이 들리는 소음으로 볼 때 뭔가 공작이 진행 중임을 알 수 있었다. 그리고 문득 새어나오는 저 속삭이는 목소리…….

"어때, 먹혀드나?"

"응, 완벽해. 근데 내일까지 연기하는 게 나을 것 같아, 왜냐면……."

애석하게도 마지막 몇 마디는 뤼팽의 귀에까지 와 닿지 않았다. 이미 괴한들이 더듬대며 계단을 내려가고 있었던 것이다. 현관문이 조용히 닫혔고, 정원의 철책 문 역시 마찬가지였다.

뤼팽은 생각했다.

'도브레크가 경찰의 감시를 비웃으면서 몰래 파렴치한 행각을 벌이는 이 집 안을, 실은 온갖 사람이 제멋대로 드나들고 있다니, 거참 이상한 일이로군. 빅투아르는 나를 들여보내고, 관리인은 경시청 끄나풀들을 마음대로 들여보내고 말이야. 좋아, 그건 그렇다 치고, 지금 저 작자들은 대체 누굴 믿고 저리 휘젓고 다니는 거야? 단독으로 저러는 것일까? 어쨌든 대단한 배짱 아닌가! 장소를 속속들이 알고 있는 것도 그렇고!'

오후에 도브레크가 출타 중임을 틈타, 뤼팽은 간밤의 그 2층 문을 조사해보았다. 그리고 첫눈에 상황을 파악할 수 있었다. 문짝 아래쪽 판자들 중 하나가 교묘하게 분리된 채, 눈에 잘 띄지 않는 몇 군데 지점에서만 지탱되어 있는 것이었다. 결국 간밤의 그 괴한들은 마티뇽 가와 샤토브리앙 가의 숙소 문에다 같은 짓을 저지른 동일 인물들임이 확실해졌다.

아울러 이 같은 공사는 지금보다 훨씬 이전 시기에 이미 이루어진 것이 틀림없었다. 뤼팽의 숙소 문에서도 보았듯이, 절박하게 필요할 때나 적당한 호기(好期)에 대비해 누군가 미리 구멍을 만들어놓은 것이었다.

그러고 보니 뤼팽에게는 하루가 너무 짧았다. 알아내야 할 게 너무도 많은 것이다. 아무리 해도 문 상단의 빗장까지는 손이 닿지 않기에 별로 소용이 없을 것 같은 구멍을 대체 놈들이 어떻게 이용하는지, 그리고 이제는 정면 대결이 불가피하게 된 이 교활하고 적극적인 상대의 정체가 대체 무엇인지 이제는 밝혀내야만 한다.

한데 예기치 못한 사태로 인해 그나마 쉽지 않게 되어버렸다. 저녁 식사 때부터 피로를 호소하던 도브레크가 밤 10시에 귀가하더니, 유별나게도 현관문까지 빗장을 채워가며 단단히 걸어 잠그는 것이 아닌가! 이제 어떻게 저 미지의 괴한들이 계획대로 도브레크의 방까지 접근할 수 있단 말인가!

뤼팽은 도브레크가 소등(消燈)하고 나서도 한 시간을 더 참은 뒤, 혹시나 하는 마음에 줄사다리를 장치하고 3층 층계참에다 진을 쳤다.

그리 오래 기다릴 필요는 없었다. 전날보다 한 시간 일찍 누군가 현관문을 열려는 시도가 있었고, 여의치 않자 몇 분간의 적막이 흘렀다. 그렇게 끝나고 마는구나 하는 생각을 하는 찰나, 뤼팽은 그만 흠칫 놀랐다. 그야말로 약간의 소음조차 들리지 않는 가운데, 누군가 현관을 슬그머니 통과한 듯했다. 그리고 계단 양탄자 위로 소리 없는 발걸음을 옮기는지, 뤼팽 자신의 손이 얹힌 난간이 미세하게 진동하지 않았더라면, 누군가 계단을 오르고 있다는 것도 전혀 눈치채지 못했을 것이다.

아울러 대단히 거북한 느낌이 뤼팽의 가슴속을 치밀고 올라왔다. 전혀 아무 소리도 들리지 않으면서, 오로지 계단의 난간 하나만이 접근해 오는 누군가의 존재를 알려주고 있었으니 말이다. 계단을 한 단 한 단 오를 때마다 느껴지는 진동 덕분에 어느 정도 올라왔을까 어림짐작을 할 뿐, 보이지 않는 동작과 들리지 않는 소리를 판별하게 해서 어둠 속의 존재를 주지시킬 만한 그 밖의 어떤 단서도 주어지지 않았다. 그렇지 않아도 캄캄한 어둠 속, 그보다 더 짙은 그림자가 눈에 걸릴 법도 하고, 뭔가 적막 속에서도 알 수 없는 변화가 있음 직도 하건만……. 아니었다. 아무도 없는 것이 아닐까 생각이 들 정도였다.

사실, 난간조차 더 이상의 진동을 멈추자, 뤼팽은 이성적인 판단과는 다르게 자기도 모르는 사이 그런 생각이 들기 시작했다. 하긴 워낙 긴장한 터라, 엉뚱한 환각에 시달린 것인지도 모른다.

그 같은 상태는 제법 오래 지속되었다. 그는 무슨 생각을 해야 할지, 어떤 행동을 해야 할지 도무지 판단이 서지 않았다. 그러던 중 매우 괴이한 일 하나가 정신을 번쩍 들게 했다. 추시계에서 방금 2시를 알리는 종소리가 울린 것이다. 소리로 봐서 도브레크의 방에 있는 추시계임이 틀림없었다. 아울러 그 소리는 문짝에 가로막혀 어렴풋이 들린다고는 생각할 수 없이 또렷했다.

뤼팽은 부랴부랴 계단을 달려 내려가 문 쪽으로 다가갔다. 아니나 다를까, 문은 그대로 닫힌 상태였지만 하단 좌측 판자 하나가 떨어져 나가 구멍을 드러내고 있었다.

그는 바짝 귀를 기울였다. 순간 도브레크가 침대에서 몸을 뒤척이며 약간 거친 호흡을 내쉬었다. 아울러 누군가 옷깃을 스치는 소리가 똑똑히 들려왔다. 이것은 분명 침대 옆에 벗어놓은 도브레크의 옷가지들을 누군가 샅샅이 뒤지는 바로 그 소리였다.

'이제야말로 사건의 진상이 서서히 윤곽을 드러낼 모양이로군. 그나저나 대체 어떻게 저놈이 집 안에 들어온 걸까? 도브레크가 빗장을 채워놓았을 텐데, 어떻게 열고 들어온 거냐고? 그리고 뭐하러 굳이 빗장까지 걸어가며 또다시 문을 잠근 걸까?'

뤼팽 같은 인물에게는 극히 이례적인 일이지만, 조만간 드러나게 될 너무도 간단한 진실을 이번엔 단 한 치도 내다보지 못하고 있었다. 그야말로 지금 이 모험이 마음속에 불러일으킨 일종의 거북함 때문으로 설명할 수밖에 없는 일이었다. 그는 몸을 잔뜩 웅크리고 계단을 밟아 내려가 도브레크의 방문과 현관문 사이, 그러니까 도브레크의 적이 자신의 패거리와 합류하기 위해선 반드시 거쳐야 하는 길목쯤에 자리를 잡았다.

얼마나 마음을 졸이며 어둠 속을 응시하고 있었던가! 도브레크의 적이자, 필시 자신의 적이기도 할 장본인의 정체를 이제 조금 있으면 낱낱이 까발리게 될 것이다! 뭔지 모르겠으나, 이제 그자의 음모를 정식으로 가로막고 나서게 되는 셈! 그자가 도브레크에게서 탈취한 전리품은 주인이 고이 잠자는 사이 모두 뤼팽의 차지가 될 것이며, 현관문 뒤에 웅크리고 있거나 정원의 철책 문 뒤에서 진을 치고 있을 그자의 공범들은 아무것도 모르는 채 우두머리가 돌아오기만을 속절없이 기다리게 될 것이다.

드디어 그자가 방을 빠져나오는 모양이었다. 이번에도 역시 계단의 난간에 전해오는 진동으로 그것을 알 수 있었다. 또다시 신경이 곤두섰고, 오감이 활짝 열렸다. 뤼팽은 자신에게 한 발 한 발 가까워지고 있는 미지의 괴한을 어둠 속에서 분간하기 위해 잔뜩 정신을 집중했다. 주변보다 한층 어둡침침한 구석에 도사리고 있는 뤼팽의 모습을 상대가 먼저 눈치챌 가능성은 거의 없었다. 그러나 그의 시야로는—그나마 얼마나 어렴풋이 보이는지!—한 걸음 한 걸음 극도의 조심성을 가지고 매달리듯 난간을 부여잡으면서 무언가 차츰차츰 모습을 드러내고 있었다.

'대체 웬 도깨비 같은 녀석이 걸린 거야?'

뤼팽은 가슴을 졸이며 속으로 중얼거렸다.

파국은 생각보다 급작스럽게 들이닥쳤다. 뤼팽이 무심코 움직인 것이 괴한의 더듬이에 포착되었는지, 문득 걸음을 멈춘 것이다. 순간 적이 뒷걸음질을 치거나 아예 후닥닥 내뺄까 봐 가장 걱정되었다. 뤼팽은 상대가 있음 직한 곳으로 훌쩍 몸을 날렸다. 한데 분명 눈에 들어왔던 어둠의 형체를 덮치는 대신, 허공만을 가르다가 계단 난간에 부닥치고 마는 것이 아닌가! 엄청나게 민첩한 놈이 분명했다. 뤼팽은 조금도 지체하지 않고 다시 몸을 추슬러 현관으로 쇄도해, 문에 다다르기 직전 도망치는 상대를 덮치는 데 성공했다.

찢어질 듯한 비명 소리가 솟구쳤고, 문의 반대편에서도 법석을 떠는 소리가 이에 호응하듯 들려왔다.

'아니, 이런 맙소사! 이게 대체 뭐야?'

뤼팽은 벌벌 떨면서 신음을 흘리는 자그마한 먹잇감에 더없이 강력한 팔을 두른 채 중얼거렸다.

이윽고 상황이 분명해지자, 그는 도무지 어찌할 바를 모른 채 어안이 벙벙할 따름이었다. 반면 문 반대편에서는 점점 더 극성스러운 호들갑이 이어지고 있었다. 이러다간 도브레크가 깰지도 모른다고 판단한 뤼팽은 자그마한 덩치의 포로 입을 손수건으로 틀어막은 채 윗도리로 감싸듯 가슴에 끌어안고는 세 개 층을 부리나케 거슬러 올라갔다.

그는 잠이 깨 침대에서 펄쩍 일어난 빅투아르에게 다짜고짜 이랬다.

“여길 보세요. 우리 적의 막강한 우두머리께서 납시셨습니다. 젖병이나 있으면 하나 던져주시구려!”

그러더니 기껏해야 예닐곱 살 정도 되었을까 하는 어린아이를 안락의자 위에 털썩 내려놓는 것이었다. 회색빛 저지(jersey) 재킷 차림에 양모로 뜨개질한 빵모자를 쓰고, 예쁘장하고도 창백한 얼굴에 놀란 눈가로 두 줄기 눈물을 처량하게 흘리는 철부지 아이였다.

기겁을 한 빅투아르가 말을 더듬거렸다.

“아니, 대체 이 아이는 또 어디서 데려온 거니?”

“도브레크의 방에서 빠져나오는 걸 계단 아래서 잡았지 뭡니까.”

뤼팽은 방에서 가지고 나온 전리품이 감춰져 있을까 봐 아이가 입은 옷을 여기저기 더듬으며 대답했다.

빅투아르의 표정은 금세 측은해하는 마음으로 가득 찼다.

“가엾은 천사 같으니라고! 얘 좀 봐. 울음도 억지로 참고 있잖아. 세상에, 하느님! 손이 어쩜 이리도 차가울꼬! 무서워하지 마라, 얘야. 아무도 널 해치지 않을 거란다. 이 아저씨도 나쁜 사람 아니야.”

뤼팽도 맞장구를 쳤다.

“아니고말고! 눈곱만큼도 나쁘지 않지. 하지만 말이다, 저렇게 현관문 앞에서 계속 법석을 떨면 잠이 깰지도 모를 어떤 아저씨는 굉장히 나쁜 사람이란다. 들려요, 빅투아르?”

"저건 또 무슨 소리니?"

"우리의 어린 대장부께서 데리고 온 졸개들이에요."

"그럼 이를 어쩌지?"

빅투아르는 벌써부터 안절부절못했다.

"어쩌긴요, 이대로 붙잡힐 수는 없는 노릇이니 그대로 튀어야죠. 같이 갈 거지, 대장부?"

뤼팽은 얼굴만 내놓게 하고 아이를 담요로 둘둘 만 다음 조심스레 재갈부터 물렸다. 그리고 빅투아르의 손을 빌려 어깨에 단단히 비끄러매게 했다.

"어이, 대장부, 이제 한번 신나게 놀아보는 거다! 새벽 3시에 아저씨들이 정신없이 뛰어노는 거 한번 보고 싶지 않니? 자, 어서 날아보는 거야! 너 혹시 어지럼증 있는 건 아니지?"

그러면서 뤼팽은 창턱에 한쪽 다리를 걸친 채 미리 설치해놓은 줄사다리에 발을 디뎠고, 눈 깜짝할 사이에 정원에 안전하게 착지(着地)했다.

그러는 와중에도 귀를 바짝 기울이고 있었는데, 갈수록 현관문 두드리는 소리가 커져만 가는 것이었다. 그런 소란 속에서도 도브레크가 잠을 깨지 않는 게 여간 놀랍지 않았다.

'아무래도 내가 정리하지 않으면 놈들이 모든 걸 망쳐놓겠는걸!'

그렇게 생각하며 뤼팽은 호텔 모퉁이 어둠 속에 몸을 숨긴 채, 철책문까지의 거리를 가늠해보았다. 문은 열린 채 그대로였다. 오른편으로 보이는 현관 앞 낮은 층계 위에는 사람들이 모여서 법석을 떨고 있었고, 왼편으로는 관리인 여자가 머무는 별채가 있었다.

벌써부터 숙소에서 나온 그녀는 층계 앞에 서서 어쩔 줄 몰라 하고 있었다.

"조용히들 해요! 조용히들 하라니까! 그가 나온단 말이에요!"

그걸 보고 뤼팽은 속으로 중얼거렸다.

'아, 그럼 그렇지! 여자도 역시 한패였어. 빌어먹을, 완전히 양다리 걸친 셈이로군!'

그는 냅다 여자를 덮쳐 목덜미를 휘어잡고는 내뱉었다.

"가서 네 패거리에게 말해, 내가 아이를 데리고 있다고. 언제든 샤토브리앙 가의 내 집으로 아이를 데리러 오라고 이르란 말이다!"

가도로 나가 그리 멀지 않은 지점에, 괴한들이 세워둔 것으로 추정되는 택시 한 대가 눈에 들어왔다. 뤼팽은 마치 자신도 패거리 중 하나인 것처럼 스스럼없이 차에 올라 숙소로 돌아갔다.

"어떠니 아가야, 생각보단 그리 거칠지 않았지? 이제 아저씨 침대에서 코하는 게 어떠니?"

하인인 아실은 곯아떨어져 있었다. 하는 수 없이 뤼팽이 손수 아이의 잠자리를 챙겼고, 부드럽게 토닥여주었다.

아이는 아예 몸이 마비가 된 듯했다. 자그마한 얼굴에는 두려움과 두려워하지 않으려는 의지, 소리를 지르고 싶은 마음과 꾹 참으려는 노력이 동시에 드러나면서, 잔뜩 경직된 것이 여간 안쓰러워 보이지 않았다.

"아가야, 차라리 울어라. 때론 우는 것도 몸에 좋단다."

하지만 아이는 울지 않았다. 그 대신 뤼팽의 부드럽고 자상한 목소리에 차츰 긴장이 풀리는지, 눈빛도 차분해지고 바짝 일그러진 입술도 서서히 누그러지고 있었다. 한데 유심히 바라보던 뤼팽은 거기서 뭔가 낯익은 인상, 틀림없이 누구와 닮았다는 생각이 드는 것이었다.

그동안 꼬리에 꼬리를 물고 그의 정신 속에서 이어져 왔고, 이제 어렴풋이 짐작을 할까 말까 하는 어떤 사실들이 별안간 확연해지는 순간이었다.

그의 생각이 틀리지만 않다면, 이제 상황이 완전히 반전하는 셈이며 사태를 주도할 단계가 멀지 않은 형국이었다. 일단 그렇게만 된다면…….

바로 그때였다. 초인종이 한 차례 울렸고, 이어서 연거푸 두 차례가 더 울렸다.

"자, 엄마가 널 찾으러 온 모양이다. 꼼짝 말고 얌전히 있어야 한다."

뤼팽은 아이에게 그렇게 말하고는, 달려가 문을 열었다.

아니나 다를까, 혼비백산한 여인이 들어서자마자 소리쳤다.

"오, 내 아들! 내 아들, 어디 있어요?"

"내 방에 있습니다."

그녀는 더 이상 묻지도 않고, 마치 길은 이미 알고 있는 것처럼, 후닥닥 방으로 들이닥쳤다.

"회색빛 머리의 여인이 도브레크의 여자 친구이자 적이었군그래. 역시 예상했던 대로야."

뤼팽은 조용히 중얼거렸다.

그는 창가로 다가가 커튼을 젖혀보았다. 역시 맞은편 보도에 두 남자, 즉 그로냐르와 르발뤼가 어슬렁거리고 있었다.

"어디 숨지도 않네. 좋은 징조야. 이제야 진짜 두목을 알아보는 모양이지. 이제 남은 건 저 회색빛 머리의 아리따운 여자인데……. 그건 좀 더 어렵겠지. 이봐요, 아기 엄마, 우리끼리 얘기나 나눠봅시다!"

언뜻 보니 모자(母子)는 서로 떨어질세라 부둥켜안고 있었다. 엄마는 눈물범벅이 된 얼굴로 안절부절못하고 이렇게 말했다.

"어디 아픈 데는 없니? 정말이야? 오! 얼마나 무서웠니, 우리 자크!"

듣고 있던 뤼팽이 끼어들었다.

"웬걸, 아주 야무진 꼬마더군."

여자는 아무런 대답 없이 한 손으로 아이의 저지 재킷을 여기저기 더듬었다. 뤼팽이 그랬던 것처럼, 야밤의 심부름을 제대로 완수했는지 알아보려는 것이었다. 이윽고 그녀가 나지막한 소리로 뭔가 묻자 아이는 덤덤하게 대꾸했다.

"아뇨, 엄마. 정말 아니라니까요."

그녀는 아이를 부드럽게 끌어안고는 자상하게 어르기 시작했다. 워낙 놀란 데다 피로도 겹친 상태라 아이는 곧바로 잠에 빠져들었다. 그 후로도 오랫동안 여자는 아이를 굽어보고 있었는데, 그런 그녀야말로 무척 피곤하고 휴식이 필요해 보였다.

뤼팽은 잠시 그냥 그대로 여자를 가만히 내버려두었다. 그러면서 그녀가 전혀 눈치채지 못할 만큼 조심스럽게 얼굴을 뜯어보고 있었다. 눈자위를 에두른 거무스레한 기운과 이곳저곳의 주름살이 처음 보았을 때보다 훨씬 두드러지게 느껴졌다. 그럼에도 생각했던 것보다 훨씬 아름답다는 것을 새삼 깨닫게 되었는데, 뭐랄까, 보통 사람들보다 다소 예민하고 인간적인 사람이 고통에 익숙해지다 보면 흔히 얼굴에 드리워지기 마련인 그런 아름다움이었다.

그녀가 짓고 있는 표정이 어찌나 애처롭던지, 뤼팽은 본능적인 동정심을 견디다 못해 천천히 다가가며 이렇게 말했다.

"머릿속 계획이 무엇인지는 모르지만, 어찌 됐든 당신에겐 지금 도움이 필요합니다. 혼자서는 성공하기가 어려울 테니까요."

"난 혼자가 아니랍니다."

"저 밖에 있는 두 사람 말입니까? 저들은 나도 알고 있는 자들입니다. 별로 알맹이는 없는 치들이에요. 부탁인데 내 힘을 써보십시오. 지난밤, 극장 칸막이석에서 있었던 일을 기억하십니까? 그때 뭔가 발설하려고 했지요. 오늘은 조금도 망설일 필요가 없습니다.”

그제야 여자는 시선을 돌리면서 한참을 물끄러미 바라보았다. 한데 여간해서 적의가 수그러들지 않는지 이렇게 말하는 것이었다.

“당신이 정확히 아는 게 뭐죠? 나에 대해서 뭘 아십니까?”

“아직은 많은 것을 모르지요. 당신의 이름도 모릅니다. 하지만…….”

여자는 손짓으로 말을 막더니, 오히려 말을 붙인 사람을 압도하는 태도로 대뜸 이러는 것이었다.

“소용없습니다. 당신이 무엇을 알 수 있건 결국 별것 아니에요. 하등 중요하지가 않단 말입니다. 한데도 당신 나름대로 무슨 계획이 있는 모양인데……. 나를 돕겠다는 목적이 대체 뭐죠? 이런 일에 그처럼 무턱대고 뛰어들었고, 또 사사건건 내 앞길에 나서고 있는 걸 보면, 아마도 당신 나름대로 단단히 맘먹은 바가 있긴 한 것 같은데……. 대체 그게 뭐냔 말입니다!”

“맙소사, 내 그간의 행동은 그저…….”

“그만두세요!”

그녀의 목소리엔 힘이 넘쳤다.

“둘러댈 생각은 마시라고요. 우리 사이에는 확신이 있어야 하고, 그러려면 우선 완전히 솔직해져야 합니다. 한 가지 예를 들죠. 도브레크 씨는 어마어마한 가치가 있는 물건을 소유하고 있습니다. 그 자체로 가치 있는 물건이라기보다는 쓰임새에 따라 그런 셈이죠. 당신은 바로 그 물건이 뭔지를 알고 있습니다. 두 번이나 손아귀에 가져보았으니까요. 그리고 그 두 번 다 내가 도로 빼앗았지요. 그러니 당신이 그것에 눈독을 들인다면 뭔가 개인적인 이득을 위해 그 힘을 사용해보겠다는 심보 아니겠습니까?”

“지금 무슨 소리를 하는 거요?”

"틀림없어요. 당신 개인의 이득을 위해, 뭔가 꿍꿍이속을 갖고 악용하려는 거예요. 당신의 입장에 따라서…….”

"입장이래야 도둑질과 절도에 불과할 뿐이라오.”

웬일인지 이번에는 여자가 가만히 있었다. 뤼팽은 그런 그녀의 깊은 눈동자 속에서 무슨 생각이 돌아가고 있는지 읽어내려고 애를 썼다. 대체 무슨 대답이 듣고 싶어서 저러는 걸까? 무엇을 두려워하고 있는 걸까? 그녀가 이쪽을 의심한다면, 이쪽에서야말로 도브레크에게 돌려주려고 수정마개를 두 번씩이나 빼앗아간 저 여자를 의심해야 하는 것 아닌가? 정녕 도브레크와 원수지간이라면서, 대체 그자의 의지 안에 어느 정도까지 예속되어 있는 것인가? 그녀에게 마음을 열고 모든 것을 맡기면, 혹시 그대로 도브레크에게 모든 것을 맡기는 셈은 아닐까? 하지만 그녀의 눈동자보다 더 진중하고 그녀의 표정보다 더 진실해 뵈는 얼굴을 여태껏 본 적이 없는 것은 사실이었다.

뤼팽은 지체 없이 이렇게 선언했다.

"나의 목적은 간단합니다. 질베르와 보슈레를 구해내는 겁니다.”

그러자 여자는 갑자기 불안한 시선으로 바라보며 움찔하는 것이었다.

"아니……. 그게 정말입니까? 진정이세요?”

"당신은 나라는 사람을 잘 모르시는군요.”

"알아요. 당신이 누구인지 잘 압니다. 당신은 모르고 있었겠지만, 벌써 몇 달 전부터 나는 당신 인생에 연루되어 왔습니다. 하지만 몇 가지 이유로 나는 의심을…….”

뤼팽은 한층 단호한 어조로 말했다.

"그러니까 당신은 나를 잘 모른다는 겁니다. 만약 나를 잘 안다면, 당신은 내 두 동료……. 아니 비겁한 보슈레는 아니라 해도 최소한 질베르, 그 친구만이라도 끔찍한 운명을 모면하기 전에는 내가 쉴 수 없다는 사실을 알았을 거외다."

순간 여자는 난데없이 뤼팽에게 다가가 어깨를 부여잡으며 당황하는 것이었다.

"뭐라고요? 지금 뭐라고 하셨습니까? 끔찍한 운명이라고 했나요? 그렇다면 당신은 정녕…… 정녕 그렇게 생각한단 말입니까?"

뤼팽은 내심 이제 막 내뱉을 위협적인 말이 그녀를 얼마나 흥분시킬지 가늠하며 조용히 말했다.

"진정 내가 보기에는, 제때에 시간을 맞춰 목적을 달성하지 못하면 질베르는 죽을 것이오."

"그만! 그만해요."

역시 여자는 뤼팽을 잔뜩 붙잡은 채 마구 흔들어대며 소리쳤다.

"그만하란 말이에요. 제발 더 이상 그런 말은 하지 마요. 그럴 이유가 없어요. 오로지 당신만 그렇게 생각하는……."

"그건 내 생각이 아니오. 질베르 본인의 생각이 그렇소."

"네? 질베르가! 그걸 당신이 어떻게 압니까?"

"자신 입으로 그랬소."

"그가 말입니까?"

"그렇소. 나밖에는 믿을 사람이 없고, 이 세상에 오로지 단 한 사람만이 자신을 구할 수 있을 거라 생각하는 그가 말이오. 이미 며칠 전부터 그는 감옥에 처박힌 채 애타게 나를 부르고 있소. 이게 바로 그가 쓴 편지요."

여자는 뤼팽이 내민 종이를 와락 낚아채고는 허겁지겁 읽었다.

두목, 도와주세요!

두렵습니다.

두려워요.

그만 스르르 종이를 떨어뜨린 여자의 손이 허공에서 부르르 떨었다. 그녀의 황망한 눈동자는 필시, 그동안 수차례 뤼팽을 시달리게 한 바로 그 끔찍스러운 환영을 보고 있는 눈치였다. 마침내 무시무시한 비명을 내지르더니 여자는 그 자리에 쓰러지고 말았다.

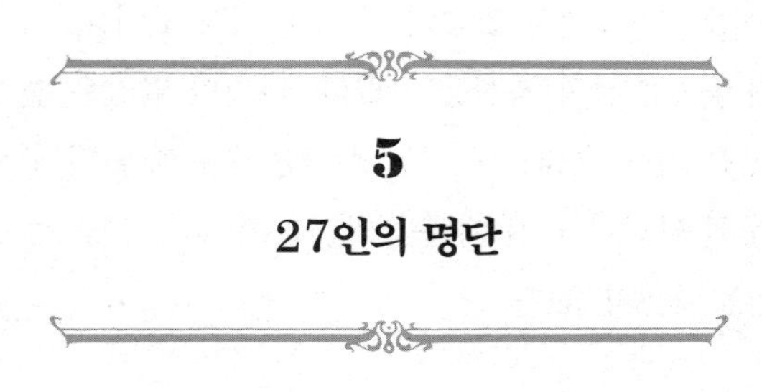

# 5
# 27인의 명단

아이는 침대 위에서 곤히 잠들어 있었다. 엄마는 뤼팽이 뉘어놓은 긴 의자 위에 축 늘어져 있었지만, 차분해진 호흡과 제 혈색을 찾아가는 얼굴로 봐선 조만간 깨어날 참이었다.

뤼팽은 여자가 결혼반지를 끼고 있다는 것을 처음 알았다. 또한 몸을 기울여 블라우스 위로 늘어져 있는 메달을 뒤집어 보자, 자그마한 사진이 끼워져 있는 것이었다. 40대의 남자와 초등학교 복장을 한 아이의 모습이 담겨 있었다. 뤼팽은 고수머리가 가지런한 해맑은 아이의 얼굴을 유심히 들여다보았다.

"그랬던 거로군. 아, 가엾은 여자 같으니라고!"

그렇게 중얼거리는데, 쥐고 있던 여자의 손에 서서히 온기가 감돌았다. 그러더니 여자의 눈꺼풀이 잠시 열렸다가 다시금 닫혔다. 그녀는 이렇게 중얼거리기 시작했다.

"자크……. 자크……."

"걱정 마시오. 지금 자고 있습니다. 아무 이상 없어요."

마침내 여자는 완전히 정신을 차렸다. 하지만 입만은 철저히 다물고 있기에, 뤼팽은 차츰 속내를 털어놓게 만들기 위해 이런저런 질문을 던져보았다. 우선 사진이 담긴 메달을 가리키며 물었다.

"그 아이, 질베르 맞죠?"

"네."

그녀의 대답이었다.

"질베르가 당신 아들입니까?"

여자는 일순 멈칫하더니 이렇게 속삭였다.

"네, 질베르는 내 아들입니다. 맏아들이지요."

그랬다! 지금 상테 감옥의 수감자로 있으면서 살인 혐의를 뒤집어쓴 채 신랄한 법의 심판을 기다리고 있는 질베르가 바로 그녀의 아들인 것이다!

뤼팽은 계속 몰아붙였다.

"그럼 다른 남자는 누구입니까?"

"내 남편이에요."

"당신 남편?"

"그래요. 3년 전에 세상을 떠났지요."

여자는 몸을 일으켜 앉았다. 그녀 안에서 또다시 삶이, 삶의 공포가 몸서리를 쳤고, 자신을 위협하는 모든 끔찍한 사건에 대한 두려움이 기지개를 켜기 시작했다. 뤼팽의 질문이 이어졌다.

"남편 성함은요?"

그녀는 잠시 주저하더니 이내 대답했다.

"메르지라고 해요."

순간, 뤼팽은 자기도 모르게 버럭 소리를 질렀다.

"빅토리앵 메르지 하원 의원 말입니까?"

"네."

기나긴 침묵이 뒤를 이었다. 뤼팽은 너무도 유명한 자살 사건과 그로 인한 엄청난 파장을 아직도 잊지 않고 있었다. 지금으로부터 3년 전, 그것도 의회 복도에서, 메르지 하원 의원은 자기 머리에다 총을 들이대고 방아쇠를 당겼다. 본인 자신으로부터도 하등의 설명이 없었지만, 다른 누구도 그 갑작스러운 자살 원인에 대해 종잡을 수가 없었다.

뤼팽은 일단 생각을 덮듯이 큰 소리로 말했다.

"물론 아직도 정확한 이유는 모르시겠죠?"

"모릅니다."

"질베르는 어떨까요?"

"마찬가지일 겁니다. 질베르는 벌써 몇 해 전에 제 아빠한테 욕을 얻어먹고 쫓겨난 상태였으니까요. 물론 그때 남편의 심적 고통도 대단했지만, 다른 이유도 없진 않았을 거예요."

"그게 뭡니까?"

이번에는 뤼팽 쪽에서 다그쳐 물을 필요도 없었다. 마담 메르지는 지난 과거를 되새겨야만 한다는 것이 못내 괴로우면서도 더 이상 입을 다물고 있기가 어려웠던지, 천천히 얘기를 시작하는 것이었다.

"지금으로부터 25년 전이었답니다. 내 처녀 적 이름은 클라리스 다르셀이었고 부모님도 모두 살아 계셨죠. 한번은 니스의 어느 사교 모임에서 지금 이 사건에 연루된 세 젊은이를 만나게 되었습니다. 그중 한 명이 알렉시스 도브레크였고, 나머지가 각각 빅토리앵 메르지와 루이 프라스빌이었지요. 그 셋은 함께 학교를 다녔고 군대도 동기인 사이였어요. 당시 프라스빌은 니스 오페라극장에서 노래를 부르는 어느 여배우를 사랑하고 있었죠. 반면 나머지 두 명, 메르지와 도브레크는 나를 마음에 두고 있었답니다. 하여튼 그 당시 이런저런 일들에 관해서는 간략하게 넘어가기로 하겠습니다. 그냥 그저 그런 일들이 있었다는 정도로만요. 아무튼 나는 첫눈에 빅토리앵 메르지를 택했지요. 아마도 그때 솔직하게 드러내놓고 내 마음을 밝히지 않은 게 화근이었던 것 같습니다. 자고로 진정한 사랑일수록 어딘지 수줍고 주저하는 경향이 있기 마련이지요. 나 역시 완전한 확신이 서고 나서, 지극히 자연스러운 분위기 속에서만 내 마음을 밝혔답니다. 한데 진정 서로를 흠모하는 이들에게는 그 자체가 감미롭기 그지없는 바로 그 기다림의 시간이 도브레크에게 공연한 희망만을 불어넣은 모양입니다. 결국 나중에 그의 분노는 대단했지요."

클라리스 메르지는 그쯤에서 잠시 숨을 돌린 다음, 어조를 달리하여 이렇게 말을 이었다.

"어쨌든 나는 그 일을 결코 잊지 못할 겁니다. 우리 셋은 함께 살롱에 있었지요. 아! 그가 내뱉었던 증오와 끔찍한 협박의 말이 아직도 내 귓가에 맴돕니다. 빅토리앵도 어안이 벙벙한 상태였어요. 친구가 그런 모습을 한 걸 전에는 본 적이 없었거든요. 그 역겨운 얼굴과 야수 같은 표정하며……. 네, 완전히 야수나 다름없었어요. 이를 부득부득 가는가 하면 발을 마구 굴렀으니까요. 그의 두 눈동자는—당시는 아직 안경을 쓰지 않았어요—잔뜩 핏발을 세운 채 금방이라도 튀어나올 듯이 부라리고 있었죠. 그러면서 연신 이러는 거였어요. '복수하고 말겠어. 복수하고 말 거야. 아! 너희는 내 능력이 어떤지 아직 몰라! 필요하면 10년도, 20년도 기다릴 테다. 하지만 언젠가는 벼락이 치듯 때가 오고야 말 것이다. 아! 너희는 몰라. 복수를 한다는 것, 악행을 저지른다는 것을……. 맹목적인 악을 저지른다는 것을 말이야. 얼마나 신나는 일인데! 나는 악을 저지르기 위해서 태어났어. 너희는 언젠가는 그런 내 앞에 무릎을 꿇고 머리를 조아리게 될 거다. 그래, 무릎을 바짝 꿇고 말이야.' 때마침 살롱에 들어온 우리 아빠와 하인의 도움으로 빅토리앵은 그 혐오스러운 존재를 겨우 내쫓을 수가 있었답니다. 그로부터 정확히 6주 후, 나는 빅토리앵과 결혼을 했지요."

"도브레크는 어떻게 됐습니까? 별다른 짓은 않던가요?"

뤼팽은 바짝 다가서서 물었다.

"네……. 다만 도브레크의 만류에도 불구하고 우리 결혼의 증인이 되어준 루이 프라스빌이 귀가해보니 자신이 그토록 사랑하던 오페라 여배우가 그만 목이 졸린 채 죽어 있는 거예요."

뤼팽은 흠칫 놀랐다.

"그래요? 그럼 도브레크가 결국?"

"알고 보니 도브레크는 며칠 동안 그 여배우를 끈질기게 쫓아다녔다고 하는데, 그 이상은 전혀 알려진 바가 없었답니다. 당시로선 프라스빌이 집에 없을 때 과연 누가 들어왔다 나갔는지부터가 완전 오리무중이었습니다. 전혀 흔적이 남아 있지 않았으니까요, 전혀요."

"하지만 프라스빌의 생각은……."

"물론 프라스빌에게나 우리 부부에게나 진실은 의심의 여지가 없었지요. 도브레크는 아마도 아가씨를 거칠게 다루면서 납치하려고 했을 겁니다. 한데 제대로 말을 듣지 않자, 그만 실랑이를 벌이다가 이성을 잃고 목을 졸랐을 거예요. 물론 자신도 모르게 말이죠. 하지만 증거가 없으니 어쩌겠어요? 도브레크는 용의 선상에 오르지도 않았답니다."

"그래서 그 후에 어떻게 되었답니까?"

"몇 년 동안 그의 소문은 못 듣고 지냈어요. 그저 노름에서 파산한 뒤, 미국으로 떠났다는 것밖에는요. 그러다 보니 나도 모르는 사이, 그의 분노와 협박에 대해서는 까마득히 잊고 지내게 되었죠. 그가 나를 향한 마음을 접었고 복수 계획도 버렸을 거라고 자연스레 여기게 된 거랍니다. 게다가 워낙 행복에 겨워 지내느라 우리 부부의 사랑과 내 남편의 정치적 상황, 우리 아들 앙투안의 건강 이외에는 신경 쓸 겨를도 없었지요."

"앙투안이라고요?"

"네, 질베르의 진짜 이름이지요. 가엾은 그 애는 가까스로 자신의 정체를 숨기며 살아왔답니다."

뤼팽은 잠시 뜸을 들이다가 내처 물었다.

"그럼 언제부터……. 질베르라는 이름을 사용한 건가요?"

"정확히는 말씀 못 드리겠네요. 사실 난 그 애의 진짜 이름보다 질베르라는 이름으로 부르는 게 더 좋지만, 어쨌든 그 애는 어렸을 때도 지금하고 똑같았어요. 매사에 다정다감하고 서글서글했지요. 다만 좀 나태하고 제멋대로인 점은 있었지만요. 열다섯 살이 되었을 때 우리는 파리 외곽 지역에 있는 중학교에 그 앨 집어넣었어요. 부모로부터 좀 떨어져 지내게 하는 게 좋겠다고 본 거죠. 한데 2년이 지나자마자 학교에서도 다시 돌려보내더군요."

"왜죠?"

"행실이 좋지 못했나 봐요. 난데없이 야반도주를 해서 몇 주씩이나 돌아오지 않았다고 하는데, 그럴 때마다 자기 말로는 집에 갔다는 거예요. 사실은 저 혼자 어디로 사라졌으면서요."

"그래, 그동안 뭐하고 지냈답니까?"

"그저 놀러 다녔죠. 경마를 하거나 카페에 어슬렁거리고, 때로는 공공 무도장이나 기웃거리면서 말이죠."

"돈은 있었나 보죠?"

"네."

"누가 줬나요?"

"글쎄요, 그 애한테 사악한 정령이 따라다녔다고나 할까요? 부모 몰래 그 애를 꼬드겨서 학교를 빠져나오게 하고, 나쁜 길로 빠지게 해서, 결국엔 부모 곁을 아예 떠나게 만든 누군가 있었습니다. 그가 바로 우리 애에게 거짓말하는 법을 가르치고 온갖 방탕과 절도에 맛을 들이게 한 셈이죠."

"물론 도브레크겠죠?"

"도브레크지요."

클라리스 메르지는 깍지 낀 두 손으로 발갛게 달아오른 이마를 짚어서 안 보이게 가렸다. 그녀는 축 늘어진 목소리로 이렇게 덧붙였다.

"결국 도브레크가 복수를 한 셈이지요. 내 남편이 아이를 집에서 내쫓은 바로 다음 날, 더없이 냉소적인 편지 한 장이 도착했는데, 거기서 도브레크는 자기가 어떻게 해서 우리 아들을 망쳐놨는지, 어떤 치밀한 계획하에 용의주도하게 그런 짓을 저질렀는지를 낱낱이 밝혔습니다. 그는 이렇게 썼어요. '우선은 조만간 경범 재판소 신세를 질 테고……. 좀 더 나중에는 중죄 재판소에……. 그리고 급기야는 단두대 신세를 면하기 어려울 거야'라고 말입니다."

뤼팽은 탄식을 내뱉듯 말했다.

"아뿔싸! 그렇다면 지금 벌어지는 이 사건도 도브레크 그자의 농간에 전적으로 따른 거란 말이오?"

"오, 그건 아닙니다. 이번에는 단순한 우연의 일치였어요. 그때 그 말은 단순히 자기 나름대로 다짐을 하듯 내뱉은 저주에 불과했습니다. 하지만 어찌나 끔찍하던지! 병이 다 날 지경이었으니까요. 그러던 중 우리 막내 자크가 태어나게 되었지요. 물론 질베르가 저지르고 다니는 온갖 비행에 관한 소식은 여전했고요. 남의 사인을 위조했다든가, 사기를 쳤다든가 말입니다. 그럼에도 불구하고 우린 이웃 사람들에게 그 애가 실은 외국에 나갔으며 얼마 안 가 죽었노라고 둘러대기 바빴답니다. 사는 게 처참한 지경이었어요. 더구나 우리 남편을 몰락시키고야 말 정치적 폭풍이 일어나자 더 그랬죠."

"그게 무슨 말입니까?"

"아마 이렇게 얘기하면 단박에 이해하실 거예요. 남편 이름이 '27인의 명단'에 올랐거든요."

"아!"

순간 뤼팽은 눈앞에서 일대 장막이 단번에 찢겨나가는 기분이었다. 여태껏 캄캄한 암흑 속에 숨겨져 있던 영역이 섬광과도 같은 빛과 더불어 적나라하게 드러나는 그런 기분…….

클라리스 메르지는 좀 더 야무진 목소리로 말을 이었다.

"네, 그랬어요. 남편 이름이 그 명단에 올라 있답니다. 하지만 그건 완전히 착오예요. 터무니없는 불운으로 희생양이 되고 만 거죠. 빅토리앙 메르지는 되메르(Deux-Mers. '두 바다'라는 뜻으로, 태평양과 대서양을 말함—옮긴이)의 프랑스 운하를 탐사하기 위한 위원회에 소속되어 있었답니다(이 대목에선 부득이 얼마간 사전 지식이 필요하다. 여기서 얘기하는 되메르 운하의 실제 모델은 파나마 운하이며, 이와 관련된 '사건'은 19세기 말 실제로 프랑스 전역을 떠들썩하게 했던 '파나마 운하 스캔들'을 일컫는다. 당시 프랑스의 '파나마 운하 건설 회사'에 의해 추진된 이 대규모 사업은 자금난 때문에 1888년 중도 하차했으나, 자금난을 돌파하기 위해 유대인 금융자본가를 내세워 무수한 의원을 매수한 사실이 훗날(1892년) 어느 반유대계 신문에 폭로됨으로써 일파만파의 파장을 불러온다. 내용인즉슨 회사가 도산하기 전 건설 자금 확보를 위해 복권부사채의 부당한 입법화를 추진하는 과정에서 국회의원들을 매수했다는 것. 결국 이 사건은 회사 책임자의 자살과 회계 관리인의 증발, 그리고 다섯 명의 전직 장관을 포함한 무수한 상 · 하의원이 퇴진함으로써 프랑스 정계에 엄청난 타격을 몰고 왔으며, 전반적인 정치 불신에 단초를 제공한다. 여기서 언급되는 '27인의 명단'은 바로 그 해당 의원들의 블랙리스트인 셈인데, 실제로는 무려 104명이나 이 명단에 올라 있었다고 한다—옮긴이). 그는 건설 회사가 내놓은 계획에 찬성하는 다른 의원들과 함께 표를 던졌지요. 그래요, 솔직히 말하지요. 액수까지 정확히 말할 수 있어요. 그도 물론 돈을 만졌는데, 모두 1만 5000프랑이었어요. 하지만 그건 어디까지나 다른 사람을 위해 만진 거였어요. 전적으로 믿고 지내던 정치적 동료를 위한 행동이었는데, 결국엔 감쪽같이 그자의 도구 역할을 한 셈이었죠. 그저 좋은 일 하나 보다 했다가 그만 망하게 된 거라고요. 어쨌든 회사 사주가 자살하고 회계 관리인마저 잠적하고 나서 이 사건은 온갖 치부를 드러내며 백일하에 공개되었는데, 남편은 그제야 동료 의원 다수가 매수되었다는 사실을 알았을 정도였죠. 게다가 그즈음 부쩍 소문이 무성했던 수수께끼 같은 명단 속에, 내로라하는 정계 인사들, 동료 의원들과 더불어 자신의 이름도 올랐다는 걸 뒤늦게 깨닫게 된 거랍니다. 아! 그때는 시간이 지나가는 게 어찌 그리 끔찍스러운지! 과연 그 명단이 공개될 것인지, 그의 이름도 언급될 것인지, 전전긍긍하는 가운데, 하루하루가 고문의 연속이었답니다! 하긴 내 남편만 그런 게 아니었지요. 기억하시죠? 당시 근거 없는 밀고와 그에 대한 공포로 의회 전체가 얼마나 만신창이였는지 말입니다. 대체 명단을 가지고 있는 자가 누구인지 아무도 알 수가 없었죠. 다만 그런 괴문서가 있다는 사실만은 모두가 알고 있었고요. 정작 확실한 건 그게 전부였어요. 일단 맛보기로 두 명이 휩쓸려 가버렸는데도, 누구 손에서 고발이 이루어졌는지, 어디서 말이 터져나오는지 짐작조차 못하는 지경이었답니다."

"도브레크의 소행이었겠지요."

뤼팽이 은근히 넘겨짚자, 마담 메르지는 펄쩍 뛰었다.

"아뇨! 천만에요! 당시만 해도 도브레크는 아무것도 아니었어요. 전혀 등장할 계제가 못 되었다고나 할까요? 기억을 한번 더듬어보세요. 진실은 그걸 틀어쥐고 있었던 전직 대법원장이자 건설 회사 사주의 사촌인 제르미노에 의해 어느 한순간 알려지게 된 거였습니다. 폐결핵으로 병석에 누워 오늘내일하던 그가 파리 경시청장에게 편지를 보냈는데, 거기서 자기가 죽거든 방 구석의 금고 안에 있는 문제의 명단을 가져가라고 했다는 겁니다. 즉각 형사대가 급파됐고, 집은 겹겹이 포위되었지요. 경시청장은 아예 환자 옆에서 날밤을 지새웠고, 결국 숨이 끊어지자 지체 없이 금고를 열었다는데, 글쎄 안이 텅 비어 있더라는 겁니다."

"이번에야말로 도브레크의 소행이었겠군그래."

뤼팽이 단언하자, 갈수록 흥분을 감추지 못하던 마담 메르지가 드디어 맞장구를 쳤다.

"맞습니다! 도브레크였어요. 알렉시스 도브레크 그자는 대범하게도 무려 6개월 전부터 못 알아보게 변장한 채 제르미노의 비서로 일하고 있었답니다. 제르미노가 괴문서를 소지하고 있다는 걸 그가 어떻게 알았느냐고요? 한데 그건 별로 중요하지 않답니다. 어쨌든 제르미노가 죽기 바로 전날 그가 금고를 억지로 열었다는 것만은 사실이니까요. 물론 조사를 통해 그 점이 입증되었고, 도브레크의 정체도 곧 밝혀졌지요."

"그런데도 체포하지 않았단 말입니까?"

"그래서 득 될 게 없으니까요! 그가 이미 명단을 안전한 장소에 은닉했을 거라고 생각한 겁니다. 그러니 그를 체포한다면 곧 추문만 불거지게 될 테고, 모든 사건이 처음부터 다시 되풀이될 뿐이지요. 모두가 이젠 지겨워하고 어떻게든 덮어두려고 하는 그 몹쓸 사건을 말입니다."

"그래서 어떻게 했습니까?"

"홍정을 시작했죠."

뤼팽은 느닷없이 웃음을 터뜨렸다.

"허허, 그것참……. 도브레크와 홍정을 하다니, 어리석은 짓입니다!"

"그래요, 정말 어리석죠!"

마담 메르지는 신랄한 어조로 또박또박 말했다.

"홍정을 하는 척하면서 그는 파렴치하게도 자신의 목적을 향해 차근차근 일을 진행했으니까요. 명단을 훔친 뒤 여드레 후, 그는 곧장 의회로 가서 남편과의 면담을 요청했답니다. 그리고 노골적으로 24시간 내에 3만 프랑을 내놓을 것을 요구했다지 뭡니까. 만약 거부하면 스캔들이 일어나고 치부가 공개될 거라고 협박하면서요. 남편은 그자가 어떤 인간인지 잘 알고 있었죠. 양심일랑은 눈을 씻고 찾아도 없고 가혹하기가 이를 데 없는 존재라는 걸 말입니다. 결국 남편은 이성을 잃고 자살을 택했지요."

"저런, 한심한지고!"

뤼팽은 도저히 그렇게 내뱉지 않을 수가 없었다.

"도브레크가 가지고 있는 건 어디까지나 27인 전원의 명단이오. 그중 한 명의 이름을 공개해야 한다면 신뢰할 만한 정보라는 걸 입증하기 위해서라도 명단 전체를 공개하지 않으면 안 되었을 것이오. 결국 문서 자체를 내놓든가 최소한 그 사본이라도 제시했어야 했겠죠. 그렇게 되면 비록 스캔들은 일어나겠지만, 그로서도 더 이상의 공갈 · 협박 수단은 포기해야만 할 처지였던 겁니다."

"그건 그렇기도 하고 아니기도 해요."

여자의 대답이었다.

"그건 또 무슨 소리입니까?"

"도브레크가 그랬어요. 어느 날 도브레크, 그 비열한 자가 나를 직접 찾아와서 남편과의 면담과 그때 오간 얘기를 빈정대며 모두 털어놓는 거예요. 그러면서 하는 말이, 단지 그 명단 하나만 달랑 있는 게 아니랬어요. 즉, 회계 관리인이 이름과 액수를 적어놓고 회사 사주가 죽기 전에 피맺힌 서명을 한 그 괴문서만 있는 게 아니라는 겁니다. 그것 말고도 관계자들이 아직 잘 모르고 있는 좀 더 모호한 증거가 다수 있다고 했어요. 사주와 회계 관리인, 그리고 사주와 고문 변호사 간에 주고받은 편지 등등이 있다는 거였어요. 물론 중요한 건 명단 자체이지요. 워낙 그것만이 유일하고도 부정할 수 없는 증거라서, 그걸 필사한다거나 사본을 만들어봤자 아무 소용이 없을 정도로요. 명단의 진실성은 가장 엄격하게 검증을 받아야 할 대상이니까요. 문제는, 그럼에도 불구하고, 다른 단서들 역시 위험하긴 마찬가지라는 겁니다. 이미 하원 의원 두 명을 몰락시킨 것만 봐도 충분히 증명된 셈이지요. 도브레크는 그 점을 기막히게 활용할 줄 아는 인간이었습니다. 그는 미리 선택한 희생자를 집중적으로 공략하고 겁을 주어서 스캔들을 피할 수 없다고 믿도록 만들었어요. 그러면 누구든 그에게 요구한 만큼의 액수를 던져주지 않을 수 없었고, 그게 아니면 내 남편처럼 자살할 수밖에 없는 처지가 되고 마는 겁니다. 아시겠어요?"

"알겠소."

뤼팽은 짧게 대답했다.

잠시 침묵이 흐르는 동안 뤼팽은 도브레크라는 존재의 삶을 머릿속에서 되짚어보았다. 별것 아니었던 존재가 희대(稀代)의 명단을 손에 넣고 난 다음부터 그 힘을 적절히 사용함으로써 어둠 속에서 점차 모습을 드러내는, 그리하여 희생자들로부터 갈취한 막대한 돈을 물 쓰듯 뿌림으로써 스스로 상 · 하의원 자리를 독식한 자. 오로지 상대에 대한 협박과 공갈을 통해 무소불위의 권력을 휘두르는 막후 실력자. 그와의 전쟁을 선포하느니 차라리 적당히 고개를 숙이는 정부(政府)엔 두려움의 대상이며, 공권력엔 경외의 대상인 존재. 심지어 순전히 개인적 동기로 그를 증오한다는 점 하나 때문에, 기득권 후보자들을 제쳐가면서까지 전혀 새로운 인물인 프라스빌을 파리 경시청 사무국장 자리에 발탁했을 정도로, 도브레크는 기존 권력층 모두에게 증오와 공포의 대상이었다.

"그래서 그와는 나중에 만난 적이 있습니까?"

마침내 뤼팽의 질문이 계속되었다.

"네, 그래야만 했어요. 남편은 죽었지만, 아직 명예만큼은 손상되지 않은 채 그대로였으니까요. 아무도 진실을 눈치채지 못했죠. 이제 남은 그의 이름만이라도 사수하기 위해서 도브레크와의 첫 번째 만남을 받아들여야 했습니다."

"첫 번째 만남이라면……. 그 외에도 여러 차례 만났단 말인가요?"

여자는 다소 목소리가 달라지며 대답했다.

"여러 번 만났죠. 네, 꽤 여러 차례 만났어요. 극장에서……. 때로는 저녁때 앙기앵에서요. 파리에서도 몇 번 봤어요. 주로 야심한 시각에요. 그자를 만나는 게 창피하고, 남들 눈에 띄는 것도 싫었기 때문이죠. 하지만 만나긴 만나야 했어요. 그 어떤 것보다도 절실한 의무감이 내게 그러라고 명령을 내렸답니다. 남편의 복수를 해야 한다는 의무감 말이에요."

그녀는 뤼팽에게 바짝 다가서며 힘주어 말을 이었다.

"네……. 오로지 복수만이 내 행동의 동기였고, 내 전 인생의 유일한 관심사였습니다. 남편의 복수, 내 잃은 아들의 복수, 나 자신의 복수, 그가 내게 저지른 모든 악행에 대한 복수 말입니다. 내겐 그 외에 다른 꿈도, 다른 목표도 없답니다. 내가 원하는 건 그자의 완전한 몰락이고, 파탄이며, 눈물입니다. 아, 그런 자에게 눈물이라는 게 남아 있을지! 하여튼 절망에 사로잡혀 통곡하는 꼴을 꼭 보고 싶어요."

"그자의 죽음도겠죠."

뤼팽은 도브레크의 서재에서 둘 사이에 벌어졌던 장면을 언뜻 떠올리고는 툭 던지듯 말했다.

"천만에요. 죽음을 원하진 않습니다. 물론 그것도 여러 번 생각은 했죠. 심지어는 직접 시도도 해봤으니까요. 하지만 그래봤자 부질없는 짓입니다! 그는 이미 그럴 경우를 대비해 만반의 조치를 취해놨을 테니까요. 설사 그가 죽더라도 괴문서는 여전히 존속할 겁니다. 게다가 죽이는 건 엄밀히 말해 복수가 못 됩니다. 나의 증오심은 그보다 더 많은 걸 원해요. 나의 증오심은 그가 파산하고 반신불수가 되는 걸 원해요. 그러기 위해서는 단 한 가지 방법뿐이죠. 그자의 발톱을 제거하는 것 말이에요! 지금 그자의 힘이 되어주고 있는 괴문서를 빼앗으면 도브레크는 더 이상 존재하지 않는 거나 다름없답니다. 그건 곧 그자의 완전 파멸을 의미하며, 더 이상 발붙일 데 없이 처량한 꼴로 전락함을 뜻하지요! 나는 바로 그걸 노리고 있어요!"

"하지만 도브레크가 그런 당신의 의도를 모를 리 없지 않겠습니까?"

"그야 물론이죠. 그래서 우리 둘의 만남은 기이하기 이를 데 없는 셈입니다. 나는 어디까지나 그자의 말 한마디 한마디에서 그가 감추고 있는 비밀을 간파하려고 촉각을 곤두세우고, 그자는 그자 나름대로 또……."

머뭇거리는 클라리스 메르지의 생각을 이미 내다본 뤼팽이 대신해서 말을 이었다.

"그자는 자신이 갈망하는 먹이를 호시탐탐 노렸겠죠. 아직도 여전히 미련을 못 버리는 대상, 여전히 사랑하는 여인을 앞에 두고 말이죠. 혼신을 다해 원해왔고, 격정에 사로잡혀 갈망하는 존재를 말입니다."
여자는 고개를 숙이며 조용히 대답했다.
"네."
돌이킬 수 없는 일들로 서로 맞설 수밖에 없는 두 존재 간의 대결치고는 참으로 기이한 대결이었다. 흠모하는 여인을 향한 열정이 과도해질수록 자신이 파멸시킨 바로 그 여성을 비로소 자기 곁에 둘 수 있을 뿐만 아니라, 그와 동시에 그 여성의 손에 언제 죽을지 모르는 운명을 항상 감수해야만 하는 도브레크……. 그러면서도 실상은 지극히 안전한 입장에 있는 거나 다름없으니 말이다!
"그래, 당신이 추구하는 바는 어느 정도까지 달성되었습니까?"
"오랫동안 끈질기게 그자의 주변을 탐색해왔지만 별로 소득은 없었습니다. 당신이 해왔던 수색이나 경찰이 펴고 있는 작전은 이미 수년 전에 내가 다 해본 것들입니다. 하지만 소용없었어요. 한데 말입니다, 급기야 거의 절망 상태에 빠지려던 어느 날, 앙기앵의 도브레크 숙소를 방문했을 때, 그자의 서재 책상 밑에 잔뜩 구겨진 채, 쓰레기통 속에 처박힌 편지 조각을 우연히 손에 넣게 되었답니다. 그자의 아주 서툰 영어 친필이 휘갈겨져 있었는데, 이런 내용이었어요."

누구도 알아차릴 수 없도록 수정의 내부를 파놓으시오.

"만약 그때 정원에 있던 도브레크가 허겁지겁 달려 들어와 범상치 않은 표정으로 쓰레기통 속을 마구 뒤지지만 않았다면, 나도 그 편지 조각에 별반 신경을 쓰지 않았을 겁니다. 한데 그가 나를 의심스러운 눈초리로 쳐다보더니 이러는 거예요. '여기 있었는데……. 편지 말이오.' 나는 물론 무슨 뜻인지 못 알아듣는 척했지요. 그는 더 이상 추궁하지 않았지만 당혹스러움을 영 감추지 못하는 눈치였어요. 그래서 나는 같은 식으로 더욱 촉각을 곤두세우기로 작정했지요. 아니나 다를까, 그로부터 한 달 뒤, 나는 또 그곳 거실의 벽난로 속 잿더미를 뒤지다가 영어로 쓰인 송장(送狀) 반쪽을 찾아냈답니다. 스타워브리지(유리 세공술로 유명한 영국의 도시—옮긴이)의 유리 세공사 존 하워드가 견본과 일치하는 수정 병을 도브레크 하원 의원에게 공급했다는 내용이더군요. 순간 나는 '수정'이라는 단어에 퍼뜩 정신이 드는 느낌이었습니다. 그 길로 부랴부랴 스타워브리지로 달려간 나는 그곳 유리 세공 공방의 감독관을 매수해서 문제의 병마개가 주문장의 내용에 의거해 만들어졌다는 사실을 확인할 수 있었지요. '누구도 알아차릴 수 없도록 수정의 내부를 파놓으시오'라는 주문 말입니다."

뤼팽은 고개를 끄덕거리며 말했다.

"일단 그 같은 정보만으로도 의심의 여지는 없을 것 같군요. 하지만 내가 보기엔 아무래도 그 정도 금판 아래에는…… 어쨌든 공간이 너무 협소해서……."

"협소하지만 충분해요."

여자의 단호한 대답이었다.

"그걸 당신이 어떻게 압니까?"

"프라스빌이 언질을 주었거든요."

"그럼 그를 만나보았다는 겁니까?"

"그때 이후로 만나보았지요. 그 전에는 남편과 내가 몇몇 애매한 사건도 있고 해서 그와의 모든 관계를 단절하고 있었습니다. 프라스빌은 도덕적으로 좀 의심스러운 구석이 많은 인물이었거든요. 늘 양심보다는 야심이 먼저였고 되메르 운하 사건에서도 얼마간 악역을 맡아 했고요. 돈요? 아마도 꽤나 만졌을 겁니다. 하지만 그게 다 무슨 상관이겠어요. 어쨌든 도움이 필요한 건 나였으니까요. 당시 그는 경시청 사무국장으로 임명된 지 얼마 안 되었을 때였어요. 사실 그래서 그 사람을 선택해 만나보기로 했던 거고요."

"그가 당신 아들 질베르의 행실에 관해 알고 있지는 않던가요?"

"아뇨, 나도 그의 입장 때문에, 지극히 조심했답니다. 당연히 주위 사람들에게 그랬듯이, 질베르는 가출해서 객사했다고만 말했죠. 그 밖에는 모든 걸 사실 그대로 털어놓았어요. 남편이 자살한 이유와 내가 추진하고 있는 복수극 말입니다. 한데 그렇게 모든 걸 털어놓자, 펄쩍 뛰며 반색을 하더라고요. 도브레크를 향한 그의 증오심이 전혀 식지 않았다는 생각이 퍼뜩 들더군요. 우리는 오랜 시간 얘기를 나눴습니다. 근데 그가 하는 말이, 명단은 지극히 얇은 타이프 용지에 적혀 있으며, 마치 작은 공처럼 돌돌 말려서 아무리 비좁은 공간 안에도 능히 들어갈 수가 있다는 거예요. 일이 일단 그렇게 되자 그나 나나 망설일 이유가 없었지요. 보물이 어디에 숨겨져 있는지 알아낸 겁니다! 우린 서로 각자의 방식대로 일을 추진하되, 늘 비밀리에 연락을 주고받기로 합의했지요. 그와의 전담 연락책으로 라마르틴 광장의 여자 관리인이자, 내게는 언제나 헌신적으로 대해주었던 클레망스를 내세우기로 하고요."

"하지만 프라스빌한테는 별로 헌신적이지 못한 것 같더군요. 그녀가 배신했다는 증거가 있어요."

"지금은 몰라도 처음엔 안 그랬어요. 경찰의 가택수색도 지금보다 훨씬 빈번했답니다. 사실 질베르가 나의 삶 속에 다시 등장한 건 그보다 한 열 달쯤 전이었어요. 어미라는 것은 자식이 무슨 짓을 하고 돌아다녔건 애정을 끊을 수는 없는가 봅니다. 얼마나 아름답게 장성했던지! 당신도 그 아일 잘 알지요. 참 많이 울더군요. 동생 자크를 껴안고도 울고…… 나는 모든 걸 용서했답니다."

여자는 바닥에 시선을 고정시킨 채 나지막한 목소리로 덧붙였다.

"아, 차라리 그때 용서를 하지 말았어야 하는 건데! 제발 그때로 다시 돌아갈 수만 있다면! 그때 그 애를 다시 내쫓을 수 있는 용기가 필요했던 건데! 아, 내 가엾은 자식…… 이번엔 내가 그 아이를 망쳐버린 겁니다."

그러곤 깊은 시름에 잠겨서 계속 얘기를 이어가는 것이었다.

"그때 그 아이가 내가 상상했던 대로였다면, 그 아이 말대로 오랜 세월 방탕과 악덕으로 타락하고 거친 인간이 되어 돌아왔다면, 아마 나도 용기를 낼 수 있었을지 몰라요. 한데 외모는 많이 변했지만, 적어도, 뭐랄까, 정신적으로는 제법 나아진 면이 보이더라고요. 당신이 그 아이를 거두고 키워와서 그런지, 비록 그 생활 방식 자체는 끔찍했지만, 어딘지 심지가 느껴지고, 뭔가 정직한 품성이 눈에 보이더란 말입니다. 아주 명랑하고 그늘이 없이 행복한 사람이 되어 왔더란 말이에요. 그 아이는 당신에 대해서 더없는 애정을 갖고 얘기하곤 했어요!"

여자는 뤼팽을 앞에 두고 차마 질베르가 선택한 생활 방식을 심하게 질타할 엄두도 못 내고, 그렇다고 칭찬하지도 못하면서 적당한 표현을 고르려 고심하는 눈치였다.

뤼팽은 개의치 않는다는 듯 말했다.

"그래서요?"

"그래서 우린 자주 만났어요. 그 애가 몰래 날 보러 오거나 내가 그 애를 만나러 가서 함께 들판을 거닐곤 했답니다. 그렇게 해서 차츰차츰 나는 그간 있었던 얘기를 털어놓게 되었죠. 아니나 다를까, 그 애는 곧장 길길이 날뛰더군요. 그 애도 역시 아버지의 원수를 갚겠다고 했고, 수정마개를 기필코 빼앗아서 자신을 나쁜 길로 인도한 도브레크에게 복수를 하겠다는 것이었습니다. 그때 그 애한테 처음으로 떠오른 생각이—내가 단연코 얘기할 수 있는 건 그 생각을 그 애는 끝까지 고수하려고 했다는 겁니다—당신에게 모든 걸 의논하겠다는 거였어요."

뤼팽은 버럭 소리쳤다.

"아무렴 그래야 했겠죠!"

"네, 내 생각도 그렇습니다. 그러나 불행히도 가엾은 질베르는—그 애한테 연약한 면이 있다는 건 잘 아시죠?—자기 동료들 중 한 명의 꾐에 넘어가 버렸지 뭡니까?"

"보슈레 말이군요?"

"네, 보슈레요. 아주 정신이 불안하고 불만투성이인 데다 욕심이 많은 녀석이죠. 음험한 야심에 사로잡히기 일쑤고, 교활하며 어두운 구석이 많은 친구예요. 그자가 하필 내 아들에게 꽤나 영향력을 끼치는 편이었던가 봐요. 애당초 질베르가 그자한테 얘기를 털어놓고 조언을 구한 게 잘못이었어요. 모든 게 그로부터 비롯된 셈이니까요. 보슈레는 그 애를 설득하고 나서 나까지 혹하게 만들었답니다. 이 일만큼은 우리끼리 해결하는 게 낫겠다고 말이죠. 그는 일의 모든 면을 샅샅이 연구했고, 자진해서 주도하고 나섰어요. 그러고는 결국 당신을 앞세워 앙기앵의 마리테레즈 별장을 털기로 계획을 세운 겁니다. 거긴 하인인 레오나르의 물샐틈없는 방비로 프라스빌과 그의 요원들이 감히 가택수색 같은 걸 할 엄두도 못 내고 있었으니까요. 한마디로 미친 짓이었죠. 차라리 당신의 경륜에 모든 걸 맡겨버리든가, 아니면 아예 석연찮은 오해를 사거나 서툴러서 위험을 감수하는 한이 있더라도 당신을 이번 모의(謀議)에서 완전히 배제하든가 했어야만 했어요. 하지만 어쩌겠어요? 이미 모든 주도권은 보슈레가 장악했는걸요. 나는 도브레크와 극장에서 만나기로 약속을 했죠. 물론 그러는 동안, 일을 벌이려는 거였습니다. 결국 집에 돌아왔을 땐, 끔찍한 소식이 기다리고 있더군요. 레오나르가 살해되었고 내 아들이 체포되었다고 말입니다. 즉각 미래에 대한 불길한 직관이 뇌리를 파고들더군요. 도브레크의 지독한 예언이 실현될 거라는 사실 말이에요. 중죄 재판소와 유죄판결 등등……. 그것도 바로 내 잘못 때문에, 이 어미의 미련함 때문에 내 아들이 그 누구도 꺼내줄 수 없는 심연 속에 처박혀버린 꼴이란 말입니다!"

클라리스는 두 손을 배배 꼬면서 신열에 들떠 몸을 부르르 떨었다. 과연 제 자식의 목이 달아나는 것을 속절없이 두고 보는 어미의 심정에 비할 만한 고통이 이 세상 또 어디 있단 말인가! 뤼팽은 가슴이 미어지는 것을 느끼며 이렇게 말을 건넸다.

"우린 그 애를 반드시 구해낼 겁니다. 그건 조금도 의혹의 여지가 없는 일이에요. 다만 그러기 위해선 먼저 내가 모든 사실을 속속들이 꿰차고 있어야만 합니다. 그러니 부디 얘기를 마무리해주세요. 당신은 사건 당일 어떻게 해서 앙기앵에서 벌어진 일을 샅샅이 알 수가 있었나요?"

여자는 이내 마음을 가라앉히고 나서, 고뇌에 찬 표정으로 대답했다.

"당신 동료들, 아니 이제는 보슈레의 부하라고 해야 옳겠군요. 보슈레 그자에게 충성을 다하는 두 사람이 제게 알려주었답니다. 왜 있잖아요, 보트를 책임졌던 사람들……."

"지금 저 밖에 있는 그로냐르와 르발뤼 얘기군요?"

"네, 당신이 별장에서 벗어나자마자 배를 타고 뒤쫓아오는 경찰서장을 가까스로 따돌린 뒤, 호숫가에 당도해서는 자기들한테 간략하게 상황을 설명해주고 당신 자동차 쪽으로 가더라는 겁니다. 기겁을 한 그들은 그 길로, 전에도 한 번 와본 적이 있는 내 집까지 줄달음질해 와서 그 끔찍한 소식을 전해주는 거라고 했어요. 세상에, 질베르가 감옥엘 가다니! 아! 얼마나 무시무시한 밤이었는지! 대체 어찌해야 할까? 당신을 찾아가야 할까? 네, 전 그러기로 했어요. 도움을 청해야 했으니까요. 하지만 어디서 당신을 찾는단 말입니까? 바로 그때, 그로냐르와 르발뤼는 궁지에 몰린 나머지 친구인 보슈레가 자기들 가운데 어떤 위치에 있으며, 그자의 야심과 오랫동안 준비해온 계획이 무엇이었는지 내게 차근차근 설명해주는 것이었어요."

"나를 제거해버린다는 거겠죠?"

뤼팽은 빈정대듯 말했다.

"네, 그자는 질베르에 대한 당신의 신임이 돈독하다는 것을 간파하고 그 애를 꼼꼼히 감시한 끝에, 당신이 사용하는 모든 숙소를 샅샅이 알게 되었답니다. 그래서 며칠만 지나면 수정마개도 손에 들어올 것이고, 그러면 27인의 명단의 주인이 되어 도브레크의 막강한 권력을 몽땅 계승하게 되니, 그때 가서 당신을 고스란히 경찰에 넘긴다는 생각을 하고 있었던 겁니다. 물론 당신의 부하들은 그때부턴 자기 차지가 될 터이니 굳이 연루시킬 필요가 없고 말이죠."

"어리석은 자식! 천하의 졸장부 같은 녀석이 감히!"

뤼팽은 잇새로 중얼거리더니, 이렇게 덧붙였다.

"그건 그렇고, 문짝의 판자는 어떻게 된 겁니까?"

"역시 그자의 고안물이지요. 당신과 도브레크를 상대로 벌이게 될 싸움에 대비해서 만든 거였어요. 그만한 구멍도 충분할 정도의 아주 비쩍 마른 난쟁이 곡예사를 따로 부리고 있었거든요. 그곳을 통해 넘나들면서, 당신에게 배달되는 모든 편지와 그 밖의 비밀 사항을 죄다 꿰차겠다는 속셈이었죠. 물론 이 얘기도 그 두 친구가 내게 털어놓은 것입니다. 난 곧장 이런 생각을 했죠. 그렇다면 내가 그 구멍을 이용해보자! 당신도 봐서 알겠지만 용감하고 똑똑한 자크를 그리로 들여보내서 그 애 형을 구해보자고 말입니다. 우린 밤에 출발했습니다. 그 친구들이 가르쳐주는 대로 나는 일단 질베르가 머무는 숙소를 찾아가 마티뇽 가에 위치한 당신의 숙소 열쇠를 확보했지요. 가는 길에 그로냐르와 르발뤼가 나의 결심을 더더욱 확고하게 북돋아주었는데, 그러다 보니 나는 나대로 당신에게서 수정마개를 훔칠 생각은 해도, 툭 터놓고 도움을 구할 생각은 덜 하게 되더군요. 실로 앙기앵에 수정마개가 있었다면, 분명 그때쯤엔 당신 손에 그것이 들어갔으리라고 확신하면서요. 역시 내 예상은 틀리지 않았더군요. 자크가 당신 방으로 들어가서 그것을 가지고 나온 건 잠깐 동안이었어요. 나는 희망에 부푼 가슴을 안고 부리나케 당신 숙소를 빠져나왔죠. 이제 그 행운의 부적을 프라스빌에게도 알리지 않고 나 혼자 독차지하게 되었으니, 바야흐로 도브레크를 마음대로 요리할 수 있게 되었구나 싶더라고요. 즉, 그자를 내 마음대로 부려먹어서 완전히 내 의지의 노예가 되게 한다면, 질베르의 구명(救命)을 위해 다각도로 교섭을 벌여줄 테고, 마침내 내 아이를 탈출시키든지, 적어도 유죄판결은 막을 수 있을 거라고 생각했던 겁니다. 한마디로 구원이 이루어지는 셈이죠."

"그래서 어떻게 됐습니까?"

순간 클라리스는 자리에서 벌떡 일어서더니 뤼팽에게 잔뜩 몸을 숙인 채 나지막한 목소리로 이러는 것이었다.

"그 수정 덩어리 속에는 아무것도 없었어요! 알겠습니까? 아무 종잇장도 없더라 이겁니다! 뭘 숨길 만한 공간도 없고 말이에요! 앙기앵 공략은 모두가 허사였어요! 레오나르도 공연히 죽인 거고요! 내 아들도 쓸데없이 체포당한 거란 말입니다! 내가 애쓴 것도 다 소용없는 짓이었어요!"

"아니, 대체 왜 그런 거죠? 어찌 된 일입니까?"

"왜 그러느냐고요? 당신이 도브레크에게서 훔쳐낸 수정마개는 그자의 주문에 의해 만들어진 물건이 아니라, 스타워브리지의 존 하워드 유리 세공사에게 견본으로 보내진 물건이었어요!"

만약 앞에 있는 여자가 극심한 고통으로 괴로워하는 중만 아니었다면 뤼팽은, 운명의 심술궂은 장난에 맞닥뜨릴 때면 으레 그렇듯, 또 그 특유의 빈정대는 허풍을 대차게 토해놓을 참이었다.

하지만 때가 때인지라 그는 잇새로 그저 이렇게 중얼거렸을 뿐이다.

"웃기게 되어버렸군요! 공연히 도브레크의 경계심만 부추겼으니 더더욱 우스운 꼴이에요."

하지만 그녀는 이렇게 대꾸했다.

"그건 아니에요. 내가 바로 그날로 앙기앵에 가봤는데, 그 모든 난리통에도 불구하고 도브레크는 그저 단순 절도 행위로만 알고 있는 거예요. 그건 지금까지도 마찬가지인데, 자신의 수집품들에 손대려고 한 거였다고만 생각하고 있답니다. 무엇보다 당신이 개입했기 때문에 그렇게만 여기게 된 거죠."

"하지만 없어진 수정마개에 대해서는……."

"일단 그는 견본에 대해서는 부차적으로밖엔 신경을 쓰지 않고 있었어요."

"그나저나 그게 문제의 수정마개 견본이라는 건 어떻게 알죠?"

"영국에 찾아갔을 때부터 알고 있던 거지만, 견본에는 목 부위에 긁힌 자국이 있거든요."

"좋아요, 그건 그렇다 치고……. 그럼 왜 견본이 사라진 벽장 열쇠를 하인이 그토록 챙겼단 말입니까? 그리고 파리의 도브레크 집 탁자 서랍 속에 왜 그 견본이 떡하니 있었던 거죠?"

"그야 일반적으로 무척 중요한 물건의 견본에는 어느 정도 애착을 갖기 마련이듯, 그도 그 수정마개에 대해 전혀 무관심한 건 아니었던 거죠. 바로 그런 연유로 나는 부랴부랴 그것을 도로 벽장 속에 넣어두었던 겁니다. 그가 없어진 걸 알아차리기 전에요. 마찬가지로 두 번째도 자크로 하여금 당신 호주머니 속에 있는 수정마개를 훔쳐다가 관리인 여자를 시켜 제자리에 놓아두도록 한 거고요."

"그래, 그자가 아무것도 눈치채지 못하던가요?"

"전혀요. 물론 사람들이 명단을 찾으려고 혈안이 되어 있는 건 알지만, 설마 프라스빌이나 내가 그것을 감춰둔 곳까지 알고 있다고는 생각지 못하고 있으니까요."

뤼팽은 자리에서 일어나 생각에 잠긴 채 방 안을 이리저리 서성댔다. 잠시 후 클라리스 메르지 곁에 멈춰 선 그가 이렇게 물었다.

"그럼 결국 앙기앵 사건 이후로 단 한 발짝도 전진하지 못한 셈입니까?"

"단 한 발짝도요. 요즘도 그 두 친구와 더불어 서로 밀고 당기며 부지런은 떨고 있지만 무슨 정확한 계산을 갖고 이러는 건 아니에요."

"오로지 도브레크에게서 그 27인의 명단을 빼앗겠다는 막연한 생각뿐이겠군요?"

"그런 셈입니다. 하지만 어떻게 해야 할지 모르겠어요. 게다가 당신의 행동이 여간 맘에 걸리는 게 아니었어요. 도브레크가 새로 고용한 늙은 요리사가 당신의 옛날 유모 빅투아르라는 사실은 어렵지 않게 알아냈답니다. 그리고 빅투아르가 당신에게 잠자리를 제공하고 있다는 사실도 관리인 여자를 통해서 알아냈지요. 그래서 난 당신이 무슨 꿍꿍이속을 가지고 있는지 걱정하고 있었어요."

"그럼 나더러 싸움에서 빠지라는 편지를 보낸 것도 바로 당신이었군요?"

"네."

“그날 저녁 나더러 보드빌 극장에 가지 말라고 부탁한 것도 당신이고요?”

“네, 도브레크와 내가 통화하는 걸 엿듣던 빅투아르를 관리인 여자가 발견했거든요. 그런데 아니나 다를까, 그 집을 내내 감시하던 르발뤼 얘기가 당신이 허겁지겁 집을 나서더라는 겁니다. 난 생각했죠. 분명 당신은 그날 저녁 도브레크를 미행할 작정으로 나선 거라고요.”

“결국 어느 날 오후 늦은 시각에 내 집에 찾아온 노동자 차림의 여자도 당신이었겠군요?”

“바로 나였어요. 완전히 의기소침해져서 당신을 만나보려고 왔던 거랍니다.”

“그러다가 질베르의 편지를 가로챘고요?”

“네, 겉봉을 보니 그 애의 필체더군요.”

“하지만 그때는 자크와 함께 오지 않았잖습니까?”

“네, 애는 르발뤼와 함께 자동차 안에 있었어요. 나중에 자크를 거실 창문으로 들여보내서 이 방 문짝 구멍으로 잠입하게 한 거지요.”

“그래, 그 편지에 뭐라고 되어 있었습니까?”

“안타깝게도 당신을 비난하는 내용 일색이었어요. 자기를 버렸고, 당신 자신 일만 돌본다고요. 요컨대 당신에 대한 내 의심만 증폭시키는 내용이었습니다. 나는 마음을 접고 그대로 도망쳤지요.”

뤼팽은 안타까운 마음에 어깨를 으쓱하며 내뱉었다.

“시간만 낭비한 꼴이군요! 좀 더 일찍 서로를 이해하지 못한 걸 보면, 참 더럽게 운도 없는가 봅니다! 우리 둘 다 서로서로 숨바꼭질만 한 꼴이니……. 서로에게 어리석은 함정만 만들어놓고 말이오. 그러는 동안 돌이킬 수 없는 귀한 시간만 흘러가 버렸어요.”

여자도 몸서리를 쳐대며 중얼거렸다.

"그렇게 생각하시는군요. 결국 그렇게 생각하고 있어요. 당신도 미래를 두려워하고 있어요!"

뤼팽은 버럭 소리쳤다.

"천만의 말씀이오! 나는 두렵지 않습니다! 다만 일찍이 함께 힘을 합했더라면 유용한 성과를 거둘 수 있었다는 생각을 할 뿐이오. 그동안의 실수에 대해서, 우리가 서로 합의했더라면 피할 수 있었을 모든 불찰에 대해서 생각할 따름이란 말이오. 간밤에 당신이 도브레크의 옷을 뒤진 것 역시 다른 경우들처럼 쓸데없는 짓이었고, 이제는 우리의 어리석은 경쟁과 그의 호텔에서 부린 소란 덕분에 도브레크가 이전보다 더더욱 경계할 거라는 생각이 들어, 속이 타는 거란 말입니다."

하지만 클라리스 메르지는 고개를 저으며 중얼거렸다.

"아니에요, 난 그렇게 생각하지 않아요. 우리가 부린 소란 때문에 그의 잠이 방해받지는 않았을 거예요. 사실 관리인이 그가 마실 포도주에 강력한 수면제를 타는 걸 기다리느라 하루 늦춰 시도한 거였거든요."

그녀는 조용한 음성으로 이렇게 덧붙였다.

"게다가 당신이 알아야 할 것은, 그 어떤 돌발적인 사건이 일어나도 도브레크는 더 이상의 경계 태세를 갖출 필요가 없다는 점이에요. 그의 인생 자체가 워낙 있을지 모를 위험에 대비한 경계 태세의 연속이랍니다. 여태껏 아무것도 그저 넘어가거나 무방비로 놔둔 예가 없었지요. 게다가 지금 그에게는 온갖 상수패란 상수패가 모조리 쥐어진 거나 다름없지 않겠어요?"

뤼팽은 여자에게 바짝 다가서며 다그쳐 물었다.

"대체 무슨 말을 하는 겁니까? 당신 말대로라면 앞으로도 전혀 희망이 없다는 얘기인데……. 목표를 달성할 아무런 방법도 없다는 말씀입니까?"

"있긴 있어요. 딱 하나…… 방법이 있지요."

그렇게 중얼거리며 또다시 손에다 얼굴을 파묻기 직전, 그녀의 창백해진 표정을 뤼팽은 놓치지 않았다. 이내 아까와 같은 신열이 그녀의 전신을 훑고 지나갔다.

그녀가 괴로워하는 이유를 알 수 있을 것 같았다. 뤼팽은 안타까운 마음에 몸을 수그리며 말했다.

"부탁입니다. 제발 솔직하게 털어놔 보세요. 질베르 때문이지요? 다행히 사법당국이 그 애의 과거 비밀까지 파헤치진 못했고, 지금까지도 보슈레의 공범이 실제로 어떤 이름을 가지고 있는지 전혀 모르지만, 누군가 그걸 알고 있는 사람이 있죠? 그렇지 않습니까? 바로 도브레크 말입니다. 그는 질베르의 가면 뒤에 있는 당신 아들 앙투안을 알아본 거 아니냐고요?"

"네……. 맞아요."

"그래서 그자가 아들을 구해주겠노라고 약속했지요? 석방을 시키든 탈옥을 시키든 어떻게 해주겠다고 말입니다. 당신이 그를 찌르려고 했던 날 밤, 그가 당신에게 제시한 게 바로 그거였지 않습니까?"

"네……. 네, 바로 그거였어요."

"단 조건이 하나 붙었겠죠? 그런 비열한 인간만이 상상할 수 있는 끔찍한 조건 말입니다. 어떻습니까, 내 말이 맞지요?"

클라리스는 차마 대답을 할 수가 없었다. 그녀는 매일같이 강해지기만 하고, 이제는 더 이상 어떻게 해볼 도리가 없는 적과의 기나긴 싸움에 그만 지친 듯했다.

그녀의 모습 속에서 뤼팽은 애당초 사로잡힌 거나 다름없는 먹잇감, 정복자의 변덕에 내맡겨진 가엾은 패배자의 모습을 보고 있었다. 클라리스 메르지라는 이 여성은 도브레크가 살해한 것이나 진배없는 메르지 씨의 사랑스러운 아내였고, 도브레크가 타락시킨 질베르의 가슴 아픈 어미이면서, 이제는 아들을 단두대로부터 구하기 위해 바로 그 도브레크의 더러운 욕망에 자신을 내맡겨야만 하는 가련하기 이를 데 없는 존재였다. 요컨대, 뤼팽으로선 극심한 반발심과 혐오감이 없이는 상상조차 할 수 없는 비열한 인간의 말 잘 듣는 노예이자 아내이자 정부(情婦)가 되어야만 하는 처지인 것이다.

뤼팽은 그녀 곁에 다정하게 앉아, 동정 어린 태도로 고개를 들게 한 다음 눈동자를 들여다보며 이렇게 속삭였다.

"내 말 잘 들으세요. 맹세컨대 내가 당신 아들을 구해내겠습니다. 맹세할게요. 당신의 아들은 죽지 않습니다. 명심하세요. 이 내가 살아 있는 한, 이 세상에 당신 아들의 목을 앗아갈 만큼 막강한 힘은 없을 겁니다."

"당신을 믿어요. 당신 말을 믿겠어요."

"그래요. 믿어야 합니다. 결코 패배를 모르는 사내가 하는 말입니다. 나는 해낼 겁니다. 다만 당신이 철두철미한 약속을 하나 해주셔야겠습니다."

"뭐죠?"

"더 이상 도브레크를 만나지 마십시오."

"아, 맹세할게요!"

"제아무리 희미한 생각이라 해도, 당신의 정신 속에서 그와 관련한 어떤 두려움도 생각도 떨쳐내 버려야만 합니다. 그 어떤 거래도 해서는 안 됩니다."

"맹세하겠어요."

여자는 편안함과 절대적인 믿음이 가득 담긴 표정으로 그를 바라보고 있었다. 그 시선 속에서 뤼팽은 이 여인을 행복하게 해주고 싶은 강렬한 열망과 함께 헌신의 즐거움, 아니 최소한 모든 상처를 덮어주는 평화와 망각의 감정을 느꼈다.

그는 천천히 자리에서 일어서며 다소 쾌활한 어조로 이렇게 말했다.

"자, 이제 모든 게 잘될 겁니다. 앞으로 두세 달은 시간이 있어요. 그 정도면 넉넉한 편입니다. 물론 내 운신이 자유로워야 한다는 조건하에서만요. 그러기 위해선 아시다시피 당신이 이 싸움에서 완전히 물러나 있어야만 합니다."

"어떻게 하면 되죠?"

"당분간 완전히 무대에서 사라지는 겁니다. 어디 시골에 처박혀 있으세요. 더구나 지금 자크가 불쌍하지도 않습니까? 언제까지나 이런 식으로 하다가는 저 아이의 신경이 황폐화될 게 뻔합니다. 저 가엾은 꼬마 녀석의 연약한 신경이 말입니다. 저런, 이제 쉴 만큼 푹 쉰 모양이군요. 안 그러니, 꼬마 대장부?"

다음 날, 숱한 사건을 치르느라 피폐할 대로 피폐해진 클라리스 메르지는 혹시 몸져눕지 않기 위해서라도 사실상 휴식이 필요한 터라, 아들과 함께, 생제르맹 숲 언저리에 위치한 친구 집에 여장을 풀었다. 워낙 약해진 체력에다 그간 악몽에 시달릴 대로 시달린 정신과 약간의 감정적 동요로도 뒤집힐 것같이 예민해진 신경 때문에, 그녀는 며칠 동안 육체적으로나 정신적으로 완전 무기력 상태에서 지냈다. 더 이상 아무것도 생각하지 않았고, 신문을 읽는 것조차 당분간 통제되었다.

그러던 어느 날 오후—전략을 대폭 수정한 뤼팽은 도브레크 하원 의원을 납치해 감금할 방법을 모색하고 있었고, 성공할 경우에 뤼팽의 용서를 약속받은 그로냐르와 르발뤼가 적의 동향을 감시하는가 하면, 모든 신문마다 아르센 뤼팽의 공범 둘이 살인 혐의로 기소되어 조만간 법정에 출두할 거라는 기사가 연일 대서특필되고 있었다—4시쯤 되었을까, 샤토브리앙 가의 아파트에 벨 소리가 요란하게 울렸다.

다름 아닌 전화벨 소리였다.

뤼팽은 얼른 수화기를 들었다.

"여보세요?"

숨이 턱에까지 찬 듯 헐떡거리는 웬 여자의 음성이었다.

"므슈 미셸 보몽이십니까?"

"접니다만……. 누구신지?"

"빨리요, 선생님! 빨리 와주세요! 마담 메르지가 방금 스스로 독을 삼켰습니다!"

뤼팽은 더 이상 묻지도 않았다. 그는 후닥닥 자리를 털고 뛰쳐나가자마자 자동차를 타고 생제르맹으로 향했다.

클라리스의 여자 친구가 방문 앞에서 기다리고 있었다.

"죽었습니까?"

"아니에요. 치사량은 아닌 것 같아요. 방금 의사가 다녀갔는데, 생명엔 지장이 없댔어요."

"대체 왜 그랬답니까?"

"자크가 그만 사라졌어요."

"유괴되었나요?"

"네. 숲 어귀에서 놀고 있었는데, 웬 자동차 한 대가 근처에 멈춰 서더니 나이 든 여자 둘이 내리더라는 거예요. 그리고 바로 비명 소리가 들렸대요. 클라리스도 소리를 지르려고 했는데, 그만 기력을 잃고 쓰러져서는 이렇게 중얼거리기만 하는 거예요. '그자야. 그 사람이란 말이야. 이젠 망했어'라고 말입니다. 마치 정신 나간 사람 같았어요. 그러다가 갑자기 병을 하나 가져와서는 꿀꺽 삼키지 뭡니까!"

"그래서요?"

"남편과 함께 개 방으로 옮겼죠. 죽을 고비를 넘기느라 굉장히 고생했어요."

"내 전화번호하고 이름은 어떻게 알았습니까?"

"의사가 돌보는 동안 클라리스가 내게 말해주더군요. 그래서 곧장 전화를 걸었죠."

"이 일을 다른 누구에게도 말하지 않았겠죠?"

"네, 워낙 걱정이 많았던 애라 조용히 넘어가길 원할 거라고 생각했거든요."

"좀 볼 수 있을까요?"

"지금은 잠들었어요. 게다가 의사 선생이 절대안정이 필요하다고 했습니다."

"다른 걱정할 일은 없다고 하던가요?"

"신경이 과도하게 흥분한다거나 무슨 자극이 가해지면 또다시 그런 시도를 할 수도 있다고 했어요. 한 번만 더 이런 일이 생기면 그땐 장담 못한다고요."

"그래, 처방은 뭐라고 합디까?"

"한 1~2주는 절대적으로 평온을 유지해야 한다는데, 자크 때문에 그게 참……."

뤼팽은 얼른 말을 잘랐다.

"아들만 제자리에 돌아온다면 괜찮다는 말씀이죠?"

"아! 당연히 아무 문제도 없겠죠!"

"확실한 거죠? 틀림없어요? 좋습니다. 그렇다면 마담 메르지가 깨거든 내 말이라고 하면서 반드시 전해주세요. 오늘 밤, 자정 전까지, 내가 아들을 데리고 오겠다고 말입니다. 오늘 밤, 자정 전까지입니다. 내 약속은 확고부동한 것이라고 말하세요."

그렇게 내뱉기가 무섭게 뤼팽은 집을 뛰쳐나와 자동차에 오른 다음, 운전기사를 향해 소리쳤다.

"파리 라마르틴 광장으로 가자. 도브레크 하원 의원 댁으로 쳐들어가는 거다!"

# 6
# 사형선고

뤼팽의 자동차는 책과 종이들, 잉크와 펜이 갖춰진 서재는 아니지만, 일종의 배우 대기실을 방불케 했다. 각종 화장용품들이 빼곡히 들어차 있는 상자와 다양하기 그지없는 의상들이 구비된 궤짝, 그 밖에도 우산이랄지 지팡이, 목도리, 코안경 등등, 요컨대 도로를 질주하는 동안 머리끝에서 발끝까지 완전 탈바꿈을 가능하게 할 만한 소품들이 완비되어 있는 것이었다.

그렇게 해서 저녁 6시, 도브레크 하원 의원 집의 철책 문 초인종을 누르는 것은, 약간 통통한 체구에다 검은 프록코트와 실크해트 차림에, 코 위로 안경을 걸치고 구레나룻을 기른 어느 신사였다.

관리인이 나타나 신사를 현관 앞 계단으로 안내했고, 그사이 초인종 소리를 듣고 달려나온 빅투아르가 문간에서 손님을 맞았다.

신사는 그녀에게 던지듯 말했다.

"므슈 도브레크께 베른 박사가 왔다고 좀 전해주십시오."

"선생님은 방에 계신데, 지금 시각엔……."

"제 명함을 전해주시기 바랍니다."

그는 명함 여백에다 '마담 메르지로부터'라고 휘갈겨 쓴 뒤, 다시 한 번 다그치듯 내밀었다.

"여기요. 절 내치지는 않으실 겁니다."

"하지만……."

빅투아르는 여전히 난색을 표했다.

"아! 이 할망구야, 좀 작작 좀 해주지 않겠소? 뭘 그리 깐깐하게 나오시나!"

순간 빅투아르는 화들짝 놀라며 더듬거렸다.

"아니……. 너로구나!"

"천만에! 루이 14세올시다!"

그와 동시에 뤼팽은 현관 구석으로 밀치듯 데리고 들어가서 노파에게 이렇게 속삭였다.

"잘 들어요. 내가 그자와 단둘이 남게 되는 즉시 방으로 올라가 되는 대로 짐을 꾸려서 빨리 이곳을 뜨세요."

"뭐라고?"

"내가 말한 대로만 해요. 길가로 좀 나가면 내 차가 세워져 있을 겁니다. 자, 어서요! 손님이 왔다고 알려야죠. 난 서재에서 기다리고 있겠습니다."

"뭐가 뭔지 모르겠구나."

"어서 서둘러요."

빅투아르는 전기 스위치를 돌리고 나서 뤼팽을 혼자 남겨두었다.

'바로 여기야. 수정마개가 있는 곳이 바로 여기라고. 도브레크가 항상 소지하고 다니지 않는다면 말이지만. 아무렴, 확실하게 숨길 만한 장소가 있으면 당연히 그걸 이용하는 게 순리지. 한데 이곳이야말로 훌륭하거든. 여태껏 아무도 성공한 적이 없으니까.'

뤼팽은 천천히 의자에 앉으며 방 안의 사물들을 유심히 훑어보았다. 그러자 문득 일전에 도브레크가 프라스빌에게 적어 보내려 했던 전갈이 머릿속에 떠올랐다.

> 자네 손 닿는 곳에 있었는데! 아니, 거의 만진 셈이지! 조금만 더 신경을 썼으면 아주 손에 넣을 수 있었을 텐데…….

그날 이후로 뭐 하나 자리를 옮긴 물건은 없는 듯했다. 책상 위에는 책들이며 이런저런 장부들, 잉크병, 도장 갑, 담뱃갑, 각종 파이프들 등등, 숱하게 뒤지고 만지작거렸을 물건들이 그때와 다름없이 자리를 차지하고 있었다.

'아, 빌어먹을 녀석! 놈의 사업은 그야말로 순풍에 돛 단 격이었겠지! 마치 한 편의 잘 짜인 각본처럼 말이야.'

자신이 무엇을 하러 이곳까지 왔으며 앞으로 어떻게 대처할 것인지를 분명히 의식하고 있는 뤼팽은, 지금처럼 막강한 상대가 보기에 이러한 급작스러운 방문이 무척 애매하고 엉뚱해 보이리라는 것 역시 충분히 알고 있었다. 어쩌면 도브레크가 상황을 장악할지도, 그래서 대화 자체가 뤼팽이 예상했던 것과는 완전히 다른 양상으로 전개될 가능성도 있는 것이다.

이러한 생각은 당연히 뤼팽의 마음을 다소간 조여들게 했다.

문득 발소리가 들리면서 흠칫 경직되는 것도 어쩔 수 없었다.

마침내 도브레크가 모습을 드러냈다.

그는 아무 말 없이, 의자에서 벌떡 일어선 뤼팽에게 다시 앉으라는 신호를 한 뒤, 자기도 책상 맞은편에 앉아 들고 온 명함을 찬찬히 들여다봤다.

"베른 박사라고요?"

"네, 의원님. 베른 박사라고 합니다. 생제르맹에서 오는 길이지요."

"마담 메르지한테서 오시는 길이라고 했는데……. 당신의 고객이겠죠, 물론?"

"그냥 임시로 보는 환자일 따름입니다. 무척 심각한 상황에서 급하게 걸려온 전화를 받기 전까지는 모르는 분이었으니까요."

"왜, 어디가 아프답디까?"

"마담 메르지는 음독자살을 시도했습니다."

"뭐요!"

도브레크는 펄쩍 뛰어 일어났고, 흥분을 감추지 못한 채 말했다.

"아니, 방금 뭐라고 하셨소? 음독자살이라니! 그럼 죽었단 말이오?"

"그건 아닙니다. 치사량엔 미치지 않았거든요. 약간의 동반 증상만 제외한다면, 마담 메르지는 무사한 거나 다름없습니다."

도브레크는 입을 꾹 다문 채 뤼팽 쪽으로 고개를 돌리고 꼼짝 않고 있었다.

'뭐야, 지금 날 보고 있는 거야? 대체 눈을 뜨고 있는 거야, 감고 있는 거야?'

뤼팽은 속으로 중얼거리고 있었다.

상대의 눈동자를 보지 못한다는 것은 여간 신경 쓰이는 일이 아니었다. 지금처럼 안경에다 검은 코안경까지 겹으로 걸치고 있는 저 눈……. 마담 메르지가 얘기한 핏발이 보기 흉하게 일어선 저 병든 눈동자……. 눈의 표정을 보지 않고서 어떻게 그 너머 은밀한 생각의 움직임을 읽을 수 있단 말인가? 이것은 마치 보이지 않는 검을 휘두르는 적과 맞서는 기분이다.

잠시 후 도브레크는 다시 말문을 열었다.

"그럼 마담 메르지의 목숨은 건진 셈이로군. 그런데 뭐하러 당신을 내게 보낸 걸까? 이해가 안 되는구려. 그 부인은 나도 잘 알지 못하는데."

'음……. 미묘한 순간이다. 자, 해보는 거야!'

속으로 그렇게 중얼거리면서 뤼팽은 숫기 없는 사람에게서 흔히 볼 수 있는 당혹감을 일부러 내비치며 우직스러운 말투로 말했다.

"맙소사, 의원님! 자고로 의사의 직분이란 경우에 따라서 꽤 복잡한 거랍니다. 아주 애매모호하죠. 글쎄요, 제가 이런 말씀을 올리면 선생께서 어찌 생각하실지 모르지만……. 그래요, 간단히 얘기하죠. 제가 치료를 하는 동안에 마담 메르지는 그만 두 번째로 음독을 시도했습니다. 네, 그래요. 유감스럽게도 독약이 든 병이 손에 닿는 데 있었거든요. 물론 나는 얼른 병을 빼앗았죠. 둘이서 실랑이까지 벌였답니다. 한데 부인이 열에 들떠서 이렇게 더듬대는 거예요. '그자예요. 그 사람입니다. 도브레크……. 하원 의원……. 그에게 내 아들을 돌려달라고 해주세요. 그렇지 않으면 난 죽을 거예요. 지금 당장…… 오늘 밤에…… 난 죽을 거예요'라고 말입니다. 그렇게 된 겁니다, 의원님. 그래서 나는 선생께 한시바삐 이 사실을 알려야겠다고 생각했죠. 지금 부인이 처해 있는 격정 상태에서는 기필코 무슨 일이 일어날지도……. 물론 저로선 부인의 말뜻이 뭘 의미하는지 알 턱이 없죠. 아무한테도 물어보지 못하고 내처 이리로 달려왔으니까요. 거의 본능적으로 달려왔다고나 할까……."

도브레크는 한참 동안 생각에 잠겼다가, 이렇게 말했다.

"그러니까 결국……. 부인이 잃어버린 그 아이가 어디 있는지 혹시 내가 아나 해서, 그걸 물으려고 왔다 이 말씀이오, 박사?"

"그런 셈입니다."

"만약 내가 그걸 알면 당신이 아이를 제 어미에게 데려다주게?"

"그렇습니다."

또다시 기나긴 침묵이 이어졌다. 뤼팽은 열심히 머리를 굴렸다.

'혹시 내 얘기를 홀딱 믿어버리는 건 아닐까? 여자가 죽어버린다니까 의외로 손쉽게 먹혀드는 거 아냐? 글쎄……. 그럴 리가 없지. 저것 봐. 뭔가 망설이는 눈치인걸.'

"실례 좀 할까요?"

별안간 도브레크는 책상 위에 있는 전화기를 끌어당기며 툭 내뱉었다. 긴급 통화용 전화기였다.

"얼마든지요, 의원님."

도브레크는 송화기를 들었다.

"여보세요, 마드무아젤, 822-19번 좀 대주시겠습니까?"

그는 번호만 다시 불러준 뒤, 꼼짝 않고 기다리기 시작했다.

뤼팽은 빙그레 웃으며 말했다.

"파리 경시청 번호 아닙니까? 아마 총무과죠?"

"그렇소이다, 박사. 잘, 아시는군요."

"그럼요, 한때 법의학자로 일했거든요. 종종 전화할 일이 있었죠."

그러고는 속으로 뇌까렸다.

'뭐하러 거긴 쑤셔대는 걸까? 사무국장한테 거는 거라면, 프라스빌하고 통화하겠다는 얘긴데……. 뭐야, 대체?'

도브레크는 수화기 두 대를 모두 양쪽 귀에다 대고 누른 채, 또박또박 말했다.

"822-19번이죠? 사무국장 므슈 프라스빌 좀 부탁합니다. 안 계신다고요? 아, 네, 그렇죠, 지금 시각엔 늘 집무실에 계시지요. 므슈 도브레크한테서 전화 왔다고 전해주십시오. 하원 의원 도브레크입니다. 무척 중대한 용건이라고요."

"제가 자리를 비켜드릴까요?"

뤼팽이 우물쭈물 말하자, 도브레크가 손사래를 치며 대꾸했다.

"천만에요! 천만의 말씀이오! 게다가 지금 이 통화는 당신 일과도 무관하지 않으……."

그는 말을 뚝 끊고 통화를 계속했다.

"여보세요, 므슈 프라스빌? 아! 자네로군, 프라스빌 이 친구야! 허어, 왜 그렇게 놀라는가? 그래, 그렇지. 서로 안 본 지 꽤 오래되었어. 하지만 늘 서로를 마음에는 두고 있었지. 게다가 자네와 자네 밑의 기술자들이 심심찮게 찾아와 주지 않았는가. 그렇지. 여보세요, 뭐라고? 바쁘다고? 아! 미안하이. 나 역시 바쁜 사람일세. 좋아, 본론만 얘기하지. 실은 자네한테 작은 도움을 하나 줄까 해서……. 글쎄 잘 들어보게, 이 친구야. 결코 실망하지 않을 것이네. 자네의 이름을 날릴 수 있는 기회야. 여보세요, 듣고 있는 건가? 좋아, 지금 당장 대여섯 명쯤 인원부터 확보하게. 그래, 치안국 요원들로, 당직 근무 중인 인원들이 있을 것 아닌가? 그래. 잽싸게 자동차에 나눠 타고 전속력으로 이리로 달려와. 내가 자네에게 최상급 사냥감 하나 제공함세. 고위급 인사일세. 한마디로 나폴레옹 그 자체라고나 할까. 그래, 아르센 뤼팽 말이네!"

순간 벌떡 일어서는 뤼팽. 사실 이것만 빼고 그 어떤 상황도 다 머릿속에서 점검한 터였다. 그는 일단 소스라치게 놀란 감정부터 제치면서, 천성적으로 불쑥 치솟고 올라오는 오기를 드러내며 이렇게 내뱉었다.

"아하! 브라보! 브라보!"

도브레크는 찬사에 대한 답례의 표시로 고개를 살짝 숙여 보인 뒤,

중얼거렸다.

"아직 끝나지 않았소. 조금만 더 참아주시겠소?"

그는 계속 통화를 이어갔다.

"여보세요, 뭐라고? 이것 보게나, 이건 허풍이 아닐세. 와서 보면 알지만, 여기 내 서재 바로 코앞에 뤼팽이 와 있단 말일세. 뤼팽 때문에 골치 썩는 건 나도 다른 사람과 같단 말이야. 오! 조금만 더하거나 덜했더라도 웃고 넘어가겠는데, 지금 이자는 지나치게 경솔했어. 그래서 자네의 우정에 호소하는 것이네. 제발 이 작자를 내게서 떼어내 주게나. 자네의 그 악덕 경찰관 대여섯 명과 내 집 앞에서 붙박여 있곤 하던 그 두 친구만 오면 족할 것이네. 아 참, 그리고 자네가 와 있는 동안 부하들을 4층에 올려 보내게. 거기 내 요리사가 있을 텐데……. 그 유명한 빅투아르일세. 자네도 알고 있지? 뤼팽 선생의 늙은 유모 말이네. 아, 그리고 또 한 가지, 자네에게 줄 정보가 있네. 자네 어디가 예쁘다고 내가 이러는지 나 원 참! 지금 당장 발자크 가(街) 한쪽 귀퉁이, 샤토브리앙 가에 형사대를 급파하게. 거기가 바로 우리의 국가적 영웅이신 뤼팽 선생께서 미셸 보몽이라는 얄궂은 이름으로 거하시는 곳이라네. 내 말 알겠나, 친구? 자, 그럼 수고하게! 분발 좀 해봐, 이 친구야."

마침내 도브레크가 전화를 끊고 돌아보자, 똑바로 선 채 주먹을 불끈 쥐고 있는 뤼팽이 눈에 들어왔다. 처음에 호기 있게 내뱉은 배짱 가득한 찬사는 그 후 도브레크의 입에서 연속적으로 튀어나온, 빅투아르와 샤토브리앙 가에 관한 폭로 앞에서 그만 꼬리를 감추고 말았다. 엄청난 모멸감이 몰려왔고, 당연히 더 이상 소도시의 의사 역할을 고집한다는 것은 생각할 수조차 없었다. 오로지 머릿속에는 당장 성난 황소처럼 도브레크를 들이받고 싶은 과격한 충동에 몸을 내맡기지 말아야겠다는 생각 하나뿐이었다.

반면 도브레크는 자기로서는 웃음이나 마찬가지인 낄낄거리는 소리를 흘리고 있었다. 그는 양손을 바지 호주머니에 찔러 넣고 건들건들 걸어나오면서 또박또박 말했다.

"어떻소? 이게 훨씬 낫지 않소? 이제 사전 준비도 다 갖춰놓았겠다, 상황은 더없이 간결하게 되었소. 최소한 뭐가 뭔지 똑똑히 알게 되었으니까. 이른바 뤼팽 대(對) 도브레크의 대결! 시간도 훨씬 절약되었지 않소? 하마터면 두 시간 동안이나 법의학자이신 베른 박사의 입만 아프게 해드릴 뻔하지 않았는가 말이오! 그런데 이렇게 하고 나니 뤼팽 선생께서도 그 시시껄렁한 사연을 딱 30분만 지껄이면 되게 되었소. 물론 뒷덜미가 붙들린 채, 패거리까지 줄줄이 붙들려 들어가게 하기 싫다면 말이지만……. 그거야말로 돌멩이 하나가 잘못 날아들어 개구리들 우글거리는 늪이 눈 깜짝할 사이에 풍비박산 나는 꼴이겠지! 더도 덜도 말고 딱 30분이외다! 지금으로부터 30분 후에는 허겁지겁 꽁무니를 빼지 않으면 안 될 것이오. 허허, 거참 우스꽝스러운 광경이 벌어지겠군그래! 자, 어떠시오, 폴로니어스, 이 도브레크 앞에선 도저히 운이 안 따르나 봅니다그려! 일전에 커튼 뒤에서 웅크리고 있던 것도 바로 당신, 불운한 폴로니어스 아니었소?"

뤼팽은 꿈쩍도 하지 않았다. 지금 그의 마음을 진정시킬 수 있을 유일한 해결책, 즉 당장 달려들어 상대의 목을 분질러놓는 것은 너무도 엉뚱하고 불합리하게 느껴졌다. 그보다는 말채찍처럼 폐부를 파고드는 저 신랄한 빈정거림을 아무런 대꾸 없이 견디는 것이 차라리 낫겠다는 생각이었다. 이번이 두 번째다. 그것도 같은 방, 비슷한 상황에서, 저 재수 없는 도브레크 앞에 고개를 숙인 채, 생각할 수 있는 가장 어색한 자세로 입 다물고 있어야 하는 것이 말이다. 뤼팽의 가슴 깊은 곳에서는, 자칫 입을 뻥긋하면 곧장 저 가증스러운 승리자의 면상에다 분노의 외침과 더러운 욕설을 뱉어내고 말 거라는 생각이 불끈불끈 치밀었다. 하지만 그래봤자 무엇 하나 득이 될 것이 없는 상황이다. 중요한 것은 어디까지나 냉정을 잃지 않으면서 새로운 상황에 적합한 행동을 취하는 것이 아니겠는가?

하원 의원이 다시 입을 열었다.

"이봐요, 이봐, 므슈 뤼팽. 이거 완전히 낭패라도 당한 표정이군그래. 이것 보세요, 그러고 멍하니 있을 게 아니라, 어서어서 정신 차려요. 때로는 자기 앞길에 동시대인들보다 좀 뛰어난 친구와 맞닥뜨릴 수도 있다는 걸 신속히 받아들이는 게 낫지 않겠소? 혹시 내가 이렇게 안경을 겹으로 쓰고 있는 걸 보고, 장님이 아닌가 오해라도 한 거요? 제기랄! 폴로니어스 뒤에 뤼팽이 있고, 전번 보드빌 극장 칸막이 좌석에까지 따라와 나를 귀찮게 군 신사 뒤에 바로 그 폴로니어스가 있다는 걸 즉석에서 간파했다고는 내 굳이 얘기하지 않겠소. 오, 정녕 그런 건 아니라오. 다만 그 모든 일이 내 골치를 적잖이 들볶은 것만은 사실이오. 하긴 마담 메르지와 경찰 사이에 자꾸만 끼어들려고 버둥대는 제3의 좀도둑이 하나 있다는 생각은 벌써부터 들었지. 그러던 중 조금씩, 조금씩 관리인 여자 입에서 흘러나오는 말을 귀담아듣고, 요리사가 이리저리 돌아다니는 꼴을 유심히 살피고, 믿을 만한 정보통으로부터 그녀에 관해 수소문을 해보고 나서야, 뭐가 어떻게 돌아가고 있는 건지 감이 오더군. 그리고 결정적으로는 언젠가 밤에 일어난 사건이 계시처럼 모든 걸 확인시켜준 것이외다. 한참 곯아떨어져 있었는데도 호텔에서 떠들썩한 소란이 이는 걸 들을 수 있었죠. 나는 곧 사태를 재빨리 머릿속에서 재구성할 수 있었고, 그 즉시 마담 메르지의 발자취를 따라 샤토브리앙 가까지, 그리고 내처 생제르맹까지 추적해볼 수 있었던 것이오. 그러고 나서……. 그래요, 그러고 나서야 비로소 지난 모든 사실을 한꺼번에 대조해보게 된 겁니다. 앙기앵의 절도 사건과 질베르의 체포. 눈물에 젖은 가엾은 어미와 깡패 조직 우두머리 사이의 불가피한 동맹 협정. 내 집에 요리사로 자리를 잡은 재수 없는 노파. 남의 집을 제 집처럼 드나들었던 경시청의 그 모든 조무래기. 그러고는 급기야 결정을 보게 된 거외다. 오호라! 우리의 뤼팽 선생께서 달콤한 꿀단지 주위를 킁킁거리고 계시누먼! 필시 27인의 명단에서 풍겨나는 향기가 그를 살살 꼬드기고 있을 터……. 이제 그가 직접 방문해주기를 기다리고 있기만 하면 될 일. 결국 이렇게 때가 온 것이 아니겠소? 봉주르, 뤼팽 선생!"

도브레크는 잠시 말을 멈추었다. 그야말로 가장 까다로운 호사가들의 찬탄마저 독차지할 권리라도 가진 사람처럼 기고만장한 태도로 자기 할 말을 대차게 지껄여대는 중이었다. 뤼팽은 여전히 침묵 속에 처박혀 있었고, 도브레크는 시계를 슬쩍 꺼내 보았다.

"이런, 이런! 벌써 7분 가까이 지났네그려! 시간 한번 빨리도 지나가는구먼! 이런 식으로 계속 떠들다간, 당신이 해명할 기회는 얼마 남지도 않겠어."

그는 천천히 뤼팽에게 다가가 더더욱 몰아붙였다.

"아무튼 마음이 그리 편치가 않구려. 나는 적어도 뤼팽은 좀 다른 인물이라고 생각했소. 뭔가 좀 더 진지한 일급 적수라고 믿었지. 한데 거인께서 넘어지시려는 건가? 가엾은 젊은이 같으니라고. 어때요, 물 한 잔이라도 드리면 기운을 차리실까?"

뤼팽은 한마디 말도 없었고, 안달하는 듯한 자세도 아니었다. 다만 완전히 냉담한 표정과 더불어, 절대적으로 자신을 통제하고 있다는 것과 간명한 행동 지침이 이미 세워져 있다는 것을 내비치는 절제된 동작으로 조용히 도브레크를 한쪽으로 밀친 뒤, 책상 쪽으로 몸을 숙여 이번엔 자기가 전화기를 집어 드는 것이었다.

"마드무아젤, 565-34번 좀 부탁합니다."

통화가 연결되자 뤼팽의 입에선 한마디, 한마디 절제된 음성이 튀어나왔다.

"여보세요. 네, 샤토브리앙 가 말이오. 아, 자넨가, 아실? 그래, 날세. 두목이야. 내 말 잘 듣게, 아실. 아무래도 그곳을 떠나야 할 것 같네. 여보세요? 그래, 지금 당장……. 앞으로 몇 분 후면 경찰이 그곳에 들이닥칠 걸세. 아니, 아니, 호들갑 떨 일은 아니고……. 침착하게나. 단지 내가 하라는 대로 정확하게 이행해야만 하네. 자네 가방은 늘 준비해 둔 상태겠지? 좋았어. 그 속에 정리함 중 하나는 내가 이른 대로 비워두었겠고? 좋아. 자, 그럼 내 방으로 가서 벽난로를 마주하고 서보게. 왼손을 들어서 정면 한가운데 대리석 판을 장식하고 있는 장미 문양을 꾹 눌러보게. 그리고 오른손은 벽난로 위에 올려놓게. 아마 서랍이 하나 나올 걸세. 그 안에 자그마한 상자가 두 개 들어 있지. 정신 바짝 차리게. 그중 하나에는 우리와 관련한 모든 서류가 있고, 다른 하나에는 은행권 다발과 보석이 있을 걸세. 그 두 상자를 모두 자네 가방의 빈 정리함에 옮겨 넣게. 이제 가방을 들고 빠른 걸음으로 빅토르 위고 가도와 몽테스팡 가도가 만나는 지점으로 서둘러 가게. 거기 자동차가 서 있을 텐데, 아마 빅투아르가 타고 있을 걸세. 나는 나중에 합류하겠네. 뭐라고? 내 옷가지들? 골동품들하고? 그런 건 그냥 놔두고 빨리 거길 벗어나게. 그럼 나중에 봄세."

뤼팽은 침착하게 전화기를 내려놓았다. 그는 도브레크의 팔을 지그시 끌어당겨 옆의 의자에 앉힌 뒤, 이렇게 말했다.

"자, 이제 내 말을 잘 듣게."

"어럽쇼, 이제 막 반말이네?"

빈정대는 하원 의원에게 뤼팽은 단호한 어조로 잘라 말했다.

"그래, 자네한테도 허락하지."

한쪽 팔이 붙들린 도브레크가 다소 불안한 듯 꿈지럭대자, 뤼팽은 나지막이 속삭였다.

"아니야, 겁낼 필요는 없어. 싸울 생각은 없으니까. 우린 서로를 해쳐봤자 좋을 게 하나도 없거든. 왜, 칼부림이라도 할까 봐? 그거 해서 뭐하게? 아니야. 그저 말만 몇 마디 할 것이네. 하지만 꽤 중요한 말이지. 우선 나부터 하지. 아주 간단명료하게 말일세. 머리 굴리지 말고 대답만 해주게. 그러는 게 좋을 거야. 자, 아이는?"

"내가 데리고 있다."

"내놓게."

"안 될 말씀."

"마담 메르지가 자살할 것이다."

"그러지 않을걸."

"분명히 말하지만, 그럴 거야."

"단언컨대 그럴 리가 없다."

"하지만 이미 한 번 시도했는걸."

"바로 그렇기 때문에 또다시 그런 짓은 못한다는 걸세."

"그렇다면 정녕……."

"아이를 못 내놓겠다는 거지."

뤼팽은 잠시 숨을 고른 뒤, 말을 이었다.

"역시 예상했던 대로군. 마찬가지로 이곳에 오면서 난 생각했지. 자네가 결코 베른 박사의 이야기를 곧이곧대로 믿지는 않을 거라고 말이네. 아울러 다른 수단을 강구해야 할 거라고 짐작은 했지."

"이를테면 뤼팽 특유의 수단들 말이겠지."

"바로 맞혔네. 난 이제 가면을 벗기로 작정했어. 자네가 그렇게 만든 셈이지. 브라보! 하지만 그렇다고 해서 내 계획에서 달라질 건 아무것도 없다네."

"어디 풀어놔 보시지."

뤼팽은 수첩에서 최고급 재질의 공문(公文) 용지를 꺼내 도브레크에게 펼쳐 보이며 말했다.

"여기 번호까지 매겨져 있는 자세한 물품 목록이 있다. 앙기앵 호숫가에 위치한 자네의 마리테레즈 별장에서 나와 내 동료들이 훔친 물건들이지. 보면 알겠지만 모두 해서 130개 물품이다. 그중에서 옆에 붉은 가위표가 되어 있는 예순여덟 개 품목은 미국으로 팔려 나간 것이다. 나머지 품목들은 내 별도의 지시가 있을 때까지 보관하기로 되어 있다. 훔친 물건들 중에서 최고의 가치가 있는 것들만 모아놨지. 지금 당장 아이를 인도하는 조건으로 그 모든 걸 돌려주겠다."

도브레크는 흠칫 놀라지 않을 수 없었다.

"오, 이제 보니 자네 아주 대단히 집착하는군그래!"

"이루 다 말로 표현할 수 없을 정도이지. 왜냐면 아들의 귀환이 조금만 더 늦어도 마담 메르지의 목숨이 위태로우니까."

"돈 후안께서 바로 그 점이 맘에 걸리신다?"

"뭐가 어쩌고 어째?"

뤼팽은 똑바로 버티고 서서 내뱉었다.

"지금 무슨 소릴 하려는 건가?"

"아……. 아닐세. 아니야. 그저 문득 생각난 게 하나 있어서……. 하긴 클라리스 메르지가 아직 젊고 예쁘긴 하지."

뤼팽은 어이가 없다는 듯 어깨를 으쓱하며 으르렁거렸다.

"이 짐승 같은 놈아! 네놈은 이 세상 모든 인간이 너처럼 양심도 동정심도 없는 줄 아느냐? 너 같은 놈이 보기에는, 나처럼 일개 도적이 돈키호테처럼 구느라 시간을 물 쓰듯 하는 게 기막힐 노릇이겠지. 그래서 뭔가 구린 구석을 가지고 이런 행동을 한다고 생각하는 거야. 꿈 깨라! 너 같은 미물이 가늠할 만한 행동이 아니니까. 어서 대답이나 해. 나의 제안을 받아들이겠나?"

하지만 뤼팽의 신랄한 질타 정도는 아랑곳하지 않는다는 듯, 도브레크는 덤덤하게 반문했다.

"그럼 진심으로 얘기하는 건가?"

"당연하지. 마흔다섯 개의 품목은 현재 모처 창고에 고이 보관 중이네. 주소를 불러주지. 자네가 아이와 함께 오늘 밤 9시까지 나타나면 즉시 물건이 인도될 것이네."

도브레크가 어떻게 나올지는 사실 뻔했다. 자크를 납치한 것은 그에게 단지 클라리스 메르지에게 자신의 의지를 시위하기 위한 수단에 불과했으며, 지금까지 끌어온 전쟁을 단념하라는 메시지에 지나지 않았던 것이다. 게다가 여자가 자살까지 시도하는 것을 보고, 그렇지 않아도 도브레크는 자신이 뭔가 잘못 짚었다는 생각을 하던 차였다. 그럴진대 아르센 뤼팽이 내놓은 그럴듯한 타협안에 대해 무슨 이유로 거절을 한단 말인가?

"받아들이기로 하지."

"내 창고 주소는 뇌일리, 샤를 라피트 가(街) 95번지이네. 와서 초인종만 누르면 돼."

"나 대신 프라스빌 사무국장을 보내면 어떻겠나?"

뤼팽은 단호하게 쏘아붙였다.

"분명히 말하지만 그곳의 구조는 누가 어느 방향에서 접근하든 훤히 알 수 있도록 되어 있네. 다시 말해 내가 도망칠 수 있는 시간이 얼마든지 확보되어 있다는 뜻이지. 아, 물론 그냥은 아니고, 자네의 콘솔 테이블과 추시계, 고딕식 성모상 등등을 뒤덮고 있는 짚단에 불을 놓고 나서 말이지."

"그렇게 되면 자네의 창고도 불타버릴 텐데?"

"그건 아무래도 상관없어. 이미 경찰에 노출된 곳이니 어찌 됐든 내 손에서 떠난 거나 다름없으니까."

"함정이 아니라는 보장이 있나?"

"먼저 물품부터 인도받고 나서 아이를 돌려주면 될 게 아닌가? 나는 자넬 믿네."

"좋아, 아주 준비가 철저했군그래. 그만하면 됐어. 아이는 자네한테 넘겨질 것이고, 클라리스는 목숨을 부지할 것이고, 모두가 만족할 것이야. 자, 이제 내가 자네에게 충고할 차례인 것 같은데. 빨리 여길 벗어나게, 빨리!"

"아직은 아니야."

"뭐?"

"아직 아니라고 했다."

"미쳤군! 프라스빌이 오고 있는 중이네."

"기다리라지. 난 아직 안 끝났어."

"이런 환장하겠군! 대체 뭐가 또 남았나? 클라리스가 꼬마 녀석을 되찾게 되었는데, 그걸로 다가 아니었던가?"

"아니지."

"어째서?"

"또 다른 아들이 있거든."

"질베르 말인가?"

"그렇다."

"그래, 어쩌라고?"

"질베르를 구해놓을 것을 자네에게 요청한다!"

"지금 무슨 소릴 하는 건가? 나더러 질베르를 구해놓으라니!"

"넌 할 수 있어. 몇 가지 손만 쓰면 된다."

지금까지 냉정을 견지하던 도브레크가 갑자기 흥분하며 주먹으로 탁자를 내리쳤다.

"안 돼! 그건 절대 안 돼! 내게 기대하지 마라. 아! 천만의 말씀! 그건 너무 무모한 짓이다!"

그는 벌떡 일어서서 극도의 흥분 상태에 휩싸인 채 방 안을 이리저리 서성대기 시작했다. 양쪽 다리에 번갈아가며 체중을 싣느라 기우뚱거리는 그 괴상한 걸음걸이는 흡사 어설프고 둔하게 걷는 곰과 같은 짐승을 연상시켰다.

그는 경직된 표정에다 쉰 목소리로 고래고래 고함을 질러댔다.

"그 여자더러 직접 오라고 하게! 직접 내 앞에 와 싹싹 빌면서 아들을 선처해달라고 해! 단 지난번처럼 무기나 음흉한 속셈을 품을 생각은 아예 말고 말이야! 오로지 간절한 마음으로 탄원하라고 해! 완전히 복종하고 다소곳한 여자로서 모든 걸 받아들이는 자세로 말일세. 그럼 어디 한번 고려해보지. 질베르라고? 유죄판결? 단두대? 다 내 입김 안에 들어가 있어! 왜, 뭐가 잘못됐나? 무려 20년 동안이나 때를 기다려온 몸일세. 그녀가 내 집 초인종을 누르고, 예기치 않은 행운이 내게 찾아와, 바야흐로 나도 완벽한 복수의 기쁨을 맛보게 될 순간을 말일세. 아, 얼마나 고대해온 복수인데! 한데 이제 와서 내가 그걸 포기하라고? 무려 20년 동안을 기다려온 그걸? 나더러 거저 질베르를 구해놓으라? 그냥 공짜로? 내가? 이 도브레크가? 아, 안 될 말씀…… 천만의 말씀이지. 자넨 날 영 잘못 보았네."

그는 끔찍할 정도로 잔인한 웃음을 느닷없이 터뜨렸다. 필시 그토록 오랜 세월 물고 늘어진 먹이가 바로 손에 닿을 정도로 가깝게 놓여 있다고 느끼는 모양이었다. 그런가 하면 뤼팽의 눈앞에는, 며칠 전 완전히 허물어지고 굴복당한 클라리스의 참혹한 모습이, 모든 사악한 힘에 겹겹이 둘러싸인 채 쩔쩔매는 한 가련한 여인의 모습이 선하게 떠오르는 것이었다.

뤼팽은 끓어오르는 울분을 가까스로 다독이며 말했다.

"내 말 잘 듣게."

한데 이미 안달이 난 도브레크가 슬그머니 외면하려 하자, 보드빌 극장 칸막이 좌석에서 호되게 선보인 바 있는 초인적인 완력으로 그의 양 어깨를 지그시 내리누르며 나지막이 속삭이는 것이었다.

"마지막 말이네."

"지금 헛수고하는 거야."

하원 의원은 여전히 퉁명스레 나왔다.

"마지막 하는 말이니 잘 들어, 도브레크. 마담 메르지를 잊게나. 그리고 이 모든 어리석은 짓거리를 관두게. 자네의 빗나간 열정과 애정 때문에 저지르고 있는 모든 난행(亂行)을 그만 집어치우란 말일세. 다 깨끗이 털어버리고 자네의 이익에만 전념하게."

"나의 이익이라! 한데 그 이익이라는 것이 항상 내 상처 받은 자존심과 자네가 내 '빗나간' 열정이라고 부르는 것에 기막히게 부합하는걸!"

도브레크는 역시 농담조로 받아넘겼다.

"지금까지는 그랬을 테지. 하지만 내가 이 일에 뛰어든 이상 이제는 아니야. 자넨 지금 새롭게 첨가된 요소를 전혀 등한시하고 있네. 그건 명백한 잘못이야. 질베르는 내 부하이자 친구이네. 따라서 질베르는 단두대를 면해야만 해. 그렇게 만들게. 자네의 영향력을 행사해봐. 그렇게만 하면, 내 맹세컨대, 자넬 가만히 내버려두지. 알겠나? 이건 내 입으로 맹세하는 거네. 질베르만 무사하면 돼. 더 이상 나나 마담 메르지를 상대로 싸울 필요도 없어져. 더 이상 함정도 덫도 걱정할 필요가 없지. 자넨 완전히 자유롭게 자네 마음대로 휘젓고 다니라고. 다만 질베르만 구해내, 도브레크. 그렇지 않으면…….”

“그렇지 않으면?”

“전쟁이야. 돌이킬 수 없는 전쟁……. 다시 말해서 자네의 확실한 파멸만이 기다리고 있을 뿐이지.”

“무슨 뜻인가?”

“내가 직접 나서서 그 27인의 명단을 빼앗겠다는 말일세.”

“아, 그러셔요? 그거 진심인가?”

“맹세하지.”

“프라스빌과 그 패거리도, 클라리스 메르지도, 그 누구도 하지 못한 일을 자네가 해내겠다?”

“내가 해낼 것이네.”

“그걸 무슨 수로 장담하는 건가? 모든 이가 실패한 걸 자네만이 성공할 수 있도록 천지신명이라도 밀어준다던가? 무슨 근거라도 있는 얘기야?”

“있지.”

“어디 들어나 볼까?”

“나는 아르센 뤼팽이기 때문이네.”

도브레크의 어깨에서 손은 떼었지만, 뤼팽은 그 위압적인 시선과 압도적인 기세 아래 한동안 상대를 꼼짝 못하게 제압하고 있었다. 얼마나 지났을까. 도브레크는 슬그머니 일어서서 뤼팽의 어깨를 가볍게 툭 건드리고는, 변함없는 침착성과 고집스러운 오기를 한껏 드러내며 이렇게 말했다.

"그렇다면 나 역시 도브레크일세. 나라는 사람의 인생 전체가 바로 악착같은 싸움의 연속이었네. 무수한 재앙과 파멸을 겪으면서 엄청난 힘을 쏟아부은 끝에 부여잡은 승리의 기회야. 그것도 완벽하고도 결정적인, 확고부동한 승리이지. 난 이미 전 경찰력과 정부 전체, 아니 프랑스와 전 세계를 상대로 싸우고 있어. 이런 나에게 그 이상의 무엇으로 대항할 생각인가, 므슈 아르센 뤼팽? 난 계속해서 전진할 것이네. 나의 적이 더 많아지고 더 교활해질수록 난 그 이상으로 더더욱 치열하게 싸워나갈 것이야. 이보시오, 잘난 양반, 바로 그렇기 때문에, 당신을 지극히 손쉽게 체포해버릴 수 있음에도 불구하고 이렇게 놓아주려는 것이라오. 친절하게도 지금부터 3분 내에 줄행랑을 치시는 게 좋다고 일러주는 거란 말이오."

"그렇다면 정녕 거부한다 이거로군?"

"거부하는 거지."

"질베르를 위해선 아무것도 하지 않겠다?"

"그건 아니지. 그가 체포된 이후 줄기차게 진행해온 그대로 더욱 박차를 가할 생각이네. 즉, 법무장관에게 직접 영향력을 미쳐서라도 가능한 한 재판이 내가 원하는 방향대로 적극적으로 이루어지도록 조치한다는 거지."

순간 뤼팽은 펄쩍 뛰며 소리쳤다.

"뭐라고? 오로지 너 때문에, 너 하나를 위해서 그런 짓을……."

"아무렴, 바로 나, 이 도브레크를 위해서지. 내겐 확실한 상수패가 있는 셈이야. 바로 그 아들놈의 모가지! 그걸 가지고 확실히 이기는 게임을 하는 꼴이지. 일단 질베르의 유죄판결이 멋들어지게 떨어지겠지. 그리고 시간이 더 흘러서 결국 그 젊은 친구의 사면 요구마저 내 효과적인 농간으로 기각되고 나면, 그때 가서야 뤼팽 선생, 자네는 깨닫게 될 거야. 그 어미가 더 이상 스스로를 마담 알렉시스 도브레크라고 부르지 않고는 못 배길 거라는 것을. 이제는 철저하게 고분고분하리라는 움직일 수 없는 증표를 내게 내놓지 않을 수 없다는 것을 말이야. 이건 자네가 원하든 원치 않든 운명적으로 정해진 결말이네. 가보지 않아도 뻔한 결론이지. 그러니 내가 자네를 위해서 해줄 수 있는 일이라고는, 자넬 내 결혼식의 증인으로 초청해서, 조촐한 식사나 한 끼 대접하는 것이네. 어때, 그 정도면 괜찮은 편 아닌가? 아니라고? 그럼 여전히 그 시커먼 속내를 고집하겠다 이건가? 좋아, 그럼 잘해보게. 자네의 그 함정과 그물을 마음대로 쳐놔봐! 열심히 전쟁 준비를 하고 완벽한 도둑질 교본이나 달달 외우고 있으라고! 자네에겐 꼭 필요한 일일 테니까. 자, 이제 그만 작별 인사나 나눌까? 스코틀랜드식의 따뜻한 손님 접대 강령이 나로 하여금 자네를 저 문 앞까지 배웅하도록 부추기고 있네. 자, 꺼져."

뤼팽은 한참 동안을 꼼짝 않고 있었다. 도브레크를 똑바로 쏘아보면서 그는 마치 상대의 체구를 재고 무게를 달며 체력을 가늠하는 듯했다. 말하자면 신체 중 어느 곳을 가격하는 것이 가장 효율적인지를 살피는 눈치였다. 도브레크 역시 두 주먹을 단단히 그러쥔 채, 적의 공격을 막아내기 위한 방어 태세를 갖추느라 바짝 긴장한 상태였다.

그렇게 해서 30분이 모두 흘러갔다. 뤼팽은 천천히 조끼 주머니에다 손을 갖다 댔고, 도브레크도 마찬가지로 호주머니 속 권총 손잡이에 슬그머니 손을 가져갔다. 몇 초가 더 흘렀다. 순간, 뤼팽은 느닷없이 금으로 된 봉봉 상자(사탕 상자—옮긴이)를 후닥닥 꺼내더니 뚜껑을 열고 도브레크에게 쑥 내밀며 말했다.

"하나 들 텐가?"

화들짝 놀란 도브레크가 더듬댔다.

"이, 이건 또 뭔가?"

"제로델 드롭스일세('제로델 드롭스'는 당시 신문광고에 수없이 실렸던 일종의 기침 해소용 사탕임—옮긴이)."

"이건 또 뭐하러?"

"자네가 감기 들릴 걸 미리 예방하는 걸세."

이처럼 엉뚱한 너스레가 도브레크를 잠시 멍하게 한 틈을 타, 뤼팽은 얼른 모자를 집어 들고 방을 빠져나왔다.

그는 현관을 지나치며 속으로 중얼거렸다.

'내가 완전히 당했어. 하지만 아까 그 외판원처럼 시답잖은 농담은 이 경우엔 참신한 면이 있었지. 총이라도 쏠 줄 알았겠지만, 터무니없이 웬 제로델 드롭스가 튀어나왔을 테니. 가슴이 일순 철렁했겠지. 늙은 침팬지 같은 놈, 어안이 벙벙한 꼴이라니!'

뤼팽이 철책 문을 나설 때쯤 자동차가 한 대 서더니 한 남자가 허겁지겁 내렸고, 이어서 장정들이 우르르 따라 내렸다. 그중 프라스빌을 뤼팽은 단번에 알아보았다.

그는 혼잣말처럼 몰래 중얼거렸다.

"사무국장 나리, 여전하신가 보군. 내 생각에, 언젠가는 우리 두 사람도 운명적으로 마주할 날이 있을 것 같으이. 물론 당신에겐 안 된 일이겠지만. 보아하니 한주먹 거리도 안 되는 것 같은데, 아무래도 잠깐 만에 처리가 되겠어! 오늘 내가 바쁘지만 않다면 당신이 떠나는 것까지 기다렸다가, 저 도브레크를 미행해서 놈이 아이를 누구한테 맡겨놨는지 알아낼 수 있을 텐데 말이야. 하지만 지금은 바쁜 몸이지. 게다가 도브레크가 전화상으로 모든 일을 처리할지도 모르는 일. 그러니 공연히 힘쓸 필요 없지. 어서 빅투아르하고 아실한테나 가봐야겠어. 아 참, 우리의 소중한 가방도 있지."

그로부터 정확히 두 시간 후, 모든 준비를 갖추고 뇌일리의 전용 창고에 진을 친 뤼팽은, 이웃하는 거리를 방금 벗어나 잔뜩 경계하며 다가오는 도브레크를 주시하고 있었다.

뤼팽이 직접 나서서 창고 대문을 활짝 열어주었다.

"하원 의원 나리, 여기 당신 물건들이 있소이다! 아마 확실할 거요. 저쪽 옆에는 미리 자동차 임대업자까지 와서 기다리고 있소. 그저 트럭 한 대하고 인부 몇 사람만 부탁하면 될 거요. 자, 아이는 어디 있소?"

도브레크는 우선 물건들부터 하나하나 훑어보더니 뤼팽을 뇌일리 가도로 안내했다. 거기엔 베일로 얼굴을 가린, 나이 든 여자 둘이 어린 자크를 데리고 서 있었다.

뤼팽은 아이의 손을 잡고 빅투아르가 타고 있는 자신의 자동차까지 걸어갔다.

이 모든 일이, 마치 역할과 움직임이 미리 정해진 배우들이 무대 위에 등장하고 퇴장하는 것처럼, 불필요한 말 한마디 없이 일사천리로 이루어졌다.

그렇게 해서 밤 10시, 약속한 대로 뤼팽은 자크를 엄마 품으로 돌려주었다. 하지만 또 의사를 불러야만 했다. 그동안의 일들로 충격을 받은 아이가 경기(驚起)를 일으키기 시작했던 것이다.

아이가 원기를 회복해서, 뤼팽이 권한 대로 이사를 할 수 있을 만큼 건강해질 때까진 2주 이상의 시간이 지나야 했다. 한데 뤼팽의 주도하에 최대한 조심조심, 그것도 야간에 이사 작전이 진행될 때까지도 마담 메르지의 기력은 거의 회복되지 않은 상태였다.

그는 모자(母子)를 브르타뉴 해변에 정착시키고 빅투아르의 세심한 보살핌을 받도록 했다.

모든 일을 마무리하면서 뤼팽은 생각했다.

'이제 도브레크와 나 사이엔 아무도 개입되지 않는다! 마담 메르지와 꼬마 녀석에게 놈이 마수(魔手)를 뻗칠 가능성도 이젠 없고, 여자 역시 공연히 끼어들어서 싸움만 엉뚱한 방향으로 빗나가게 할 일도 없을 거야. 빌어먹을! 여태까지 얼마나 어리석게 일을 처리해왔는가 말이야! 첫째, 나는 도브레크와 애당초 일대일로 정면 대결을 모색해야 했어. 둘째, 앙기앵에서 훔친 물건들 중 내 몫은 벌써부터 내놓아야만 했어. 그것들이야 언제든 또다시 취하면 그뿐이니까. 어쨌든 하나도 진전된 바가 없군그래. 이제 일주일 후면 질베르와 보슈레가 중죄 재판소에 서게 될 텐데 말이야.'

사실 뤼팽의 마음에 당장 걸리는 것이 있다면, 그것은 샤토브리앙 가의 집에 대해서 도브레크가 신고를 해놓았다는 사실이다. 물론 그곳은 이미 경찰에 의해 쑥대밭이 된 상태. 뤼팽과 미셸 보몽이 동일 인물임은 벌써 탄로가 났을 테고, 그와 관련한 모든 신분증명서와 서류도 발각되었을 것이다. 요컨대, 아직 목적지가 저만치 있고 이미 시작해놓은 여러 사업도 부지기수인데, 이제는 훨씬 더 치밀해졌을 경찰의 수사망까지 교묘히 피해가면서, 완전히 새로운 기반을 토대로 모든 일을 재정비해야만 할 처지였다.

그런가 하면 도브레크를 향한 증오심은, 바로 그자가 안겨다 준 모멸감에 비례해서 갈수록 증가하는 것이었다. 지금 뤼팽의 마음속에서 펄펄 끓고 있는 욕망이라면 단 하나, 놈을 어떻게든 손아귀에 휘어잡아 수중에 넣은 다음, 힘으로든 회유를 통해서든 문제의 비밀을 빼내는 것이었다. 그러면서 더없이 음흉한 놈의 입을 열게 만들 수 있을 온갖 고문 방식을 머릿속에 그려보는 것이었다. 차꼬, 고문대, 시뻘겋게 불에 달군 집게, 못이 빽빽이 박힌 판자 등등……. 그 모든 것이 하나같이 놈이 당해야 마땅한 고문처럼 보였고, 목적을 위해서는 그 어떠한 수단도

가능하게 여겨졌다.

뤼팽은 속으로 중얼거렸다.

'아! 화형 재판소에다 놈을 끌어넣고 눈 하나 끔벅하지 않는 사형집행인들에게 둘러싸이게 만들 수만 있다면……. 정말 그럴듯하게 해낼 텐데!'

매일 오후마다 그로냐르와 르발뤼는 라마르틴 광장에서 하원 의회, 그리고 클럽에까지 도브레크가 날마다 다니는 경로를 미행했다. 가장 인적이 드문 거리와 적당한 때를 골라 자동차에 그를 밀어 넣으면 될 것 같았다.

뤼팽도 나름대로 파리에서 그리 멀지 않은 곳에 적당한 아지트를 마련했다. 드넓은 정원 한가운데에 낡은 건물 한 채였는데, 주변으로부터 고립되어 있고 안전해야 한다는 조건을 더없이 충족시키고 있었다. 뤼팽은 그곳을 '원숭이 우리'라고 이름 짓기까지 했다.

그러나 유감스럽게도 도브레크는 대단히 주변을 경계하는 눈치였다. 즉, 매번 외출할 때마다 경로를 바꿨는데, 한 번은 지하철을, 한 번은 전차를 타고 제멋대로 이동했던 것이다. 따라서 '우리'는 썰렁하게 비어 있기만 했다.

마침내 뤼팽은 또 다른 계략을 짜기에 이르렀다. 그는 마르세유로부터 심복(心腹) 중의 심복인 브랭드부아 영감을 불러들였다. 지금은 은퇴했지만, 한때 지역 내에서 꽤나 명망 있는 식료품 상점 주인이었던 영감은 마침 도브레크의 선거구에 살면서 정치에 뜻을 둔 처지였다.

마르세유를 출발하면서 브랭드부아 영감은 도브레크에게 방문 의사를 편지로 띄웠고, 하원 의원은 이 막강한 유권자를 환심을 다해 맞이했다. 그렇게 해서 돌아오는 주중에 만찬 약속이 잡혔다.

영감은 센 강 좌안에 위치한 어느 아담한 레스토랑을 장소로 제안했는데, 거기 음식 맛이 그만이라는 것이었다. 도브레크는 별다른 기색 없이 제안을 수락했다.

뤼팽이 바라던 대로 착착 진행되는 셈이었다. 레스토랑의 주인이 다름 아닌 그의 동료 중 하나였던 것이다. 이제 돌아오는 목요일에 있게 될 작전의 성공에는 의심의 여지가 없었다.

한편 그 주 월요일은 질베르와 보슈레의 재판이 시작되는 날이었다.

워낙 얼마 되지 않은 일이라 아직도 생생하게 기억하는 사람이 많을 텐데, 나 역시 재판장이 질베르에 대해 진행하던 이해할 수 없을 정도로 편파적인 심리(審理) 과정을 훤하게 떠올릴 수 있다. 가혹하기 이를 데 없이 몰아붙이는 판결 양상을 지켜보면서, 뤼팽은 도브레크의 검은 입김이 상당 부분 작용하고 있음을 간파했다.

그런가 하면 두 피의자의 태도는 서로 사뭇 달랐다. 우선 보슈레는 음울하고 과묵한 데다 가끔 입을 열 때마다 지극히 신랄하면서도 냉소적인 표현을 써가며 짤막짤막 과거에 저지른 죄목을 털어놓았다. 한데 유독 하인 레오나르의 살인에 관해서 만큼은 적극적으로 자신을 변호하면서 격렬하게 질베르를 몰아붙였는데, 그 태도가 뤼팽을 제외한 모든 사람의 눈에 이해할 수 없는 모순으로만 비치는 것이었다. 아마도 그렇게 함으로써 자신의 운명을 질베르와 함께 어떻게든 엮어서, 뤼팽으로 하여금 구출 노력을 두 부하에게 똑같이 적용할 수밖에 없도록 하려는 모양이었다.

반면, 질베르의 경우는 지극히 솔직한 표정에다 우울한 몽상에 젖은 눈빛부터가 모든 이의 동정을 사기에 충분했다. 그는 재판장이 쳐놓은 함정으로부터 자신을 지킬 줄도 몰랐고, 보슈레의 거짓말에 적절히 반박할 생각도 없는 듯했다. 심지어는 훌쩍거리며 흐느끼는가 하면, 말이 너무 많다가도 정작 말을 해야 할 때엔 침묵으로 일관하기도 했다. 게

다가 그의 변론을 맡았던 변호사 협회 최고급에 해당하는 인사는 최종 단계에서 와병 중임을 이유로(여기서도 뤼팽은 역시 도브레크의 입김을 의심하지 않을 수 없었는데) 일개 비서관으로 교체된 형편. 아니나 다를까, 수준 미달의 변론에다 사건 자체도 틀리게 파악하고 있었고, 배심원단에겐 거부감만을 불어넣는 것이었다. 그런 변론으로는, 차장검사의 논고와 보슈레 측 변호사의 발언이 조장해놓은 왜곡된 인상을 무마하기엔 역부족일 수밖에 없었다.

심리가 있는 마지막 날, 놀랍게도 재판정에 직접 나와 참관한 뤼팽의 눈에 결과는 뻔해 보였다. 둘 다 유죄판결이 내려질 것이 불 보듯 확실한 것이었다.

그도 그럴 것이 사법당국의 모든 기도는, 마치 보슈레의 전략에 일부러 부응하듯이, 두 피의자를 한 묶음으로 처리하는 쪽으로만 모아지고 있었다. 더구나 두 사람 다 뤼팽의 부하가 아닌가! 그러고 보니 처음 예심에서부터 판결 단계에 이르기까지, 증거도 불충분한 데다 논점을 분산시키지 않기 위해 굳이 뤼팽까지 이 사건에 끌어들이지 않는 것이 정작 수사 당국의 입장이었음에도 불구하고, 모든 소송 과정이 뤼팽에게 초점을 맞춘 채 추진되는 것이었다. 뭐니 뭐니 해도 최종적으로 타격을 가할 상대는 바로 뤼팽인 것처럼 말이다. 이른바 모든 도당의 우두머리로서 그를 벌하고, 평판 좋고 유명한 대도(大盜)의 대중적 인기를 이 기회에 여지없이 깔아뭉개 버리려는 계산이 분명했다. 그런 뜻에서 그의 심복인 질베르와 보슈레를 처형하면 뤼팽의 후광은 자연스레 퇴색하기 마련! 전설은 그 종말을 고할 수밖에 없는 셈이다.

뤼팽, 뤼팽, 아르센 뤼팽……. 나흘 동안 사람들은 오로지 그 이름만 귀에 들려왔다고 느낄 정도였다. 차장검사나 재판장, 배심원들, 변호사와 증인들 모두의 입에서 약속이나 한 듯 그 이름만 연속적으로 튀어나왔다. 매 순간 기회 있을 때마다 저주와 조롱과 모함의 대상이 되기 위해 뤼팽의 이름이 거론되었으며, 모든 범죄행위의 책임이 그에게만 전가되었다. 심지어 정작 재판을 받는 질베르와 보슈레는 단역에 불과할 뿐이며, 소송 자체가 대도 뤼팽을 타깃으로 이루어지는 느낌이었다. 화려한 전과자이자 선동가, 만능 위조범인 저 유명한 아르센 뤼팽 선생을 향해서 말이다! 이제 뤼팽은 살인자였으며, 피해자의 피로 뒤범벅된 야수이자, 자기 동료들을 단두대 앞에 떠다밀고 자신은 어둠 속에 숨어버린 비겁자가 되어 있었다!

그러다 보니 뤼팽 자신도 어느새 이렇게 중얼거리는 것이었다.

"저들이 지금 무슨 짓을 하고 있는지 깨달을 수만 있다면! 내 가엾은 질베르는 지금 내가 지은 빚을 갚고 있는 거야. 나야말로 진짜 죄인이라고."

마침내 재판은 놀랄 만한 파국을 향해 치닫기 시작했다.

저녁 7시, 오랜 토의를 마친 후, 배심원들이 법정으로 입장했다. 그리고 배심원단의 대표가 재판부가 던진 질의에 대한 소견을 제출했다. 모든 사안에 대해서 "동의합니다"가 그 내용이었다. 결론은 유죄이며 모든 정상참작의 여지는 무시되고 말았다.

이윽고 두 피의자가 입장했다.

둘은 창백한 얼굴로 비틀비틀 일어서서 사형선고가 낭독되는 것을 경청했다.

좌중의 동정과 우려가 뒤섞인 엄숙한 침묵 한가운데에서 재판장의 질문이 떨어졌다.

"피고 보슈레는 더 할 말이 없는가?"

"없습니다, 재판장님. 내 동료가 나와 마찬가지로 유죄판결을 받고 보니 마음이 좀 진정됩니다. 이제 우리 둘은 똑같은 입장에 섰습니다.

이제 두목이 우리 둘 다 구해주기 위해 모종의 기술을 발휘해주기만을 바랄 뿐입니다."

"두목이라면?"

"네, 아르센 뤼팽 말입니다."

순간 재판정 전체가 떠나갈 정도의 웃음이 폭발했다.

재판장은 같은 질문을 이번에는 질베르에게 던졌다.

가엾은 청년의 눈에서는 하염없는 눈물이 흘러내리고 있었다. 입에서는 뭔가 알아들을 수 없는 말이 새어나왔다. 재판장의 질문이 반복되었고, 그제야 마음을 가다듬은 듯 더듬더듬 제대로 된 말문을 열었다.

"재판장님, 지금껏 수많은 잘못을 저질러왔다는 것만큼은 고백하겠습니다. 사실입니다. 많은 죄를 저질렀고, 지금 가슴속 깊이 뉘우치고 있습니다. 하지만 이번 일만은 아닙니다. 아니에요, 전 죽이지 않았습니다. 저는 사람을 죽인 적이 없습니다. 그리고 전 죽고 싶지 않습니다. 너무 무서워요."

그는 비틀거리는 몸을 경비원들한테 겨우 의지한 채, 어린애처럼 애처롭게 구원을 부르짖었다.

"두목, 날 구해주세요! 날 구해주세요! 죽고 싶지 않습니다."

바로 그때였다, 웅성대는 좌중의 소란을 일시에 잠재울 만한 목소리가 홀연히 들려온 것은.

"두려워하지 마라, 얘야. 두목이 여기 있다!"

일대 혼란이 재판정을 휩쓸었다. 경비원들과 경찰들이 사람들을 헤치며 일거에 안으로 밀고 들어왔고, 목소리의 주인공으로 지목된 한 남자를 격투 끝에 붙들었다. 혈색이 불그스레하고 살집이 퉁퉁한 덩치 큰 사내였다.

즉석에서 신문을 받은 그는 자신을 파리 시 장례청(프랑스의 모든 국민은 빈부의 격차 없이 공동묘지에 묻히며, 이를 국가적인 기관에서 주관하고 있다. 파리 장례청은 1801년에 세워졌으며 필리프 바넬은 20세기 초 그곳 직원이었던 실존 인물의 이름이다. 파리 시내에만도 20여 개의 공원묘지가 조성되어 있고, 너무도 유명한 페르 라셰즈 같은 묘지는 그 자체만 200년의 역사를 가지고 있다—옮긴이) 필리프 바넬이라고 소개한 뒤, 옆에 앉아 있던 어느 신사가 100프랑짜리 지폐를 건네면서 수첩에 적어준 문장을 제때에 소리쳐 달라고 주문했다는 것이다. 하긴 거절할 이유가 뭐겠는가?

증거로 그는 100프랑짜리 지폐 한 장과 수첩에서 뜯어낸 종이를 보여주었다.

필리프 바넬이 즉시 훈방 조치되었음은 물론이다.

그런 와중에, 부하의 체포에 결정적인 역할을 한 장본인인 뤼팽은, 저미는 가슴을 안고 법원 건물을 빠져나가고 있었다. 오르페브르 제방 위에 자동차가 대기하고 있었다. 차 안에 뛰어들다시피 올라탄 그는 어찌나 고통이 심했던지 솟구치는 눈물을 참느라 잠시 이를 악물고 있어야 했다. 질베르의 절망에 몸부림치는 모습, 그 안타까운 목소리와 일그러진 표정은 뤼팽의 뇌리에서 좀처럼 떠나지 않았으며, 앞으로도 매 순간 잊지 못할 것 같았다.

그는 클리시 광장 한 귀퉁이를 차지하고 있는 새로운 숙소로 힘없이 돌아왔다. 거기서, 같은 날 밤 함께 도브레크를 납치하기로 한 그로냐르와 르발뤼를 기다리기로 했던 것이다.

한데 문을 열기가 무섭게 그의 입에서 난데없는 외마디 비명이 터져나오는 것이었다. 클라리스가 바로 코앞에 서 있었던 것이다. 알고 보니 평결문이 낭독되던 바로 그즈음, 브르타뉴에서 막 돌아온 모양이었다.

뤼팽은 그녀의 불안정한 태도와 창백한 안색에서 이미 모든 사실을 알고 있다는 것을 눈치챘다. 여자의 얼굴을 대면하자 즉각 용기가 되살아난 그는 상대에게 말할 틈을 주지 않고 이렇게 외쳤다.

"네, 네……. 그래요. 하지만 그런 건 전혀 상관이 없습니다. 이미 예견된 일이었으니까요. 아무튼 어쩔 수 없는 일이었어요. 다만 더 이상의 악운이 없도록 기도할 수밖에요. 중요한 건 오늘 밤…… 바로 오늘 밤에 거사를 한다는 사실입니다!"

여자는 고통으로 이미 질겁한 상태에서 꼼짝 않고 이렇게 더듬거렸다.

"오, 오늘 밤이라니요?"

"그렇습니다. 만반의 준비가 되어 있어요. 앞으로 두 시간 후면 도브레크는 내 수중에 떨어집니다. 바로 오늘 밤, 수단과 방법을 가리지 않고 그의 입을 열겠습니다."

벌써부터 희망의 빛으로 어렴풋하게 표정이 밝아지면서 여자는 희미하게 중얼거렸다.

"정말이세요?"

"입을 열지 않고는 못 배길 겁니다. 반드시 비밀을 끌어낼 거예요. 놈에게서 27인의 명단을 기필코 빼앗아내겠습니다. 당신 아들을 구해낼 바로 그 명단 말입니다!"

"아……. 하지만 너무 늦었어요."

클라리스가 중얼거렸다.

"너무 늦다니요! 무슨 소리입니까? 그 정도의 문서를 교환하겠다는 조건인데, 내가 질베르 하나 탈옥시키지 못할 것 같습니까? 두고 보십시오. 사흘 후에는 질베르가 자유의 몸이 되어 있을 겁니다! 사흘이에요."

순간 초인종 소리가 요란하게 울렸다.

"보세요, 우리 편입니다. 신념을 가지세요. 내가 언제나 약속을 지킨다는 사실을 명심하세요. 이미 자크도 당신 품으로 되돌려드리지 않았습니까? 질베르도 곧 그렇게 할 거예요."

뤼팽은 그로냐르와 르발뤼에게 다가가 이렇게 말했다.

"모두 준비되었겠지? 브랭드부아 영감은 레스토랑에 왔을 테고? 자, 어서, 서두르자!"

순간 르발뤼가 대꾸했다.

"소용없습니다, 두목."

"뭐? 무슨 말이냐?"

"새로운 소식이 생겼어요."

"소식이라니? 말해보아라."

"도브레크가 증발해버렸어요."

"엉! 지금 무슨 헛소리를 하는 거야? 도브레크가, 증발해버리다니?"

"네, 대낮에 호텔에서 납치당했어요."

"맙소사! 누구한테 말이냐?"

"그건 모릅니다. 네 명이었다는데……. 총성도 몇 발 울렸답니다. 즉각 경찰이 출동했고, 현재 프라스빌이 수사를 진행하고 있습니다."

뤼팽은 그 자리에서 꼼짝도 하지 않았다. 그는 안락의자 위에 무너지듯 주저앉는 클라리스를 속수무책으로 바라보고 있었다.

실은 자신도 쓰러지지 않기 위해 무언가에 의지해야만 했다. 도브레크가 사라지다니. 그것은 마지막 희망이 날아가 버렸음을 의미했다.

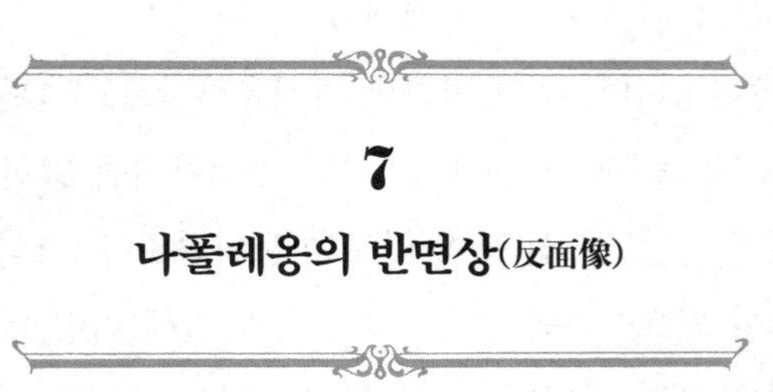

# 7
## 나폴레옹의 반면상(反面像)

파리 경시청장과 치안국장, 그리고 여러 명의 수사판사가 다소 회의적인 결론밖에 못 얻은 초동수사를 막 끝내고 우르르 도브레크의 호텔을 빠져나간 다음, 프라스빌은 개인적으로 조사를 재개했다.

서재를 뒤지면서 현장에서 벌어진 것으로 추정되는 몸싸움 흔적을 유심히 살피는데, 관리인 여자가 연필로 글자를 휘갈겨 쓴 명함 한 장을 가지고 들어왔다.

"부인을 들여보내시오."

"근데 혼자 온 게 아닌데요?"

"네? 그럼 같이 온 사람도 함께 들여보내요."

클라리스 메르지는 안으로 들어서자마자, 함께 온 남자를 소개했다. 지나치게 짧고 지저분한 프록코트 차림에 주춤주춤 걸어 들어오는 사내는 낡은 중산모와 면포로 만든 우산, 그리고 외짝 장갑 등등 후줄근한 행색에 걸맞게 다소 어색한 기색이 역력했다.

여자는 자상하게 동행인을 소개했다.

"므슈 니콜이십니다. 우리 자크의 가정교사이시죠. 1년 전부터는 내게 많은 자문도 해주시고 계세요. 특히 수정마개에 얽힌 모든 사연을 차근차근 제게 설명해주신 분이 바로 이분이랍니다. 그러니 내게 말씀해주실 의향이 있으시다면, 이분 역시 나와 함께 이번 납치 사건의 전말을 훤히 아셨으면 합니다. 이번 사건은 내 계획에도 그렇지만 당신 계획에도 상당히 많은 차질을 빚게 만드는 것 아닌가요?"

도브레크를 향한 여자의 증오심을 잘 아는 데다, 그녀의 협조를 매우 중요시하는 프라스빌로서는 클라리스 메르지의 말 한마디 한마디를 신뢰하지 않을 이유가 없었다. 그는 관리인 여자의 얘기와 몇 가지 단서를 종합해서 자신이 알고 있는 사실을 거리낌 없이 몽땅 털어놓았다.

따지고 보니 사건은 의외로 간단했다.

질베르와 보슈레의 재판에 증인으로 출석한 뒤, 변론이 한창 진행될 때 법원을 빠져나가는 것이 목격된 바 있는 도브레크는 저녁 6시쯤 집에 돌아왔다. 관리인 여자 말로는, 혼자 귀가했으며, 당시 호텔 안에는 아무도 없었다고 한다. 그런데 몇 분이나 지났을까, 별안간 비명 소리가 들렸고, 사람들이 싸우는 소리와 총소리도 두 번이나 들려서 내다보니, 복면을 한 괴한 넷이 도브레크를 거칠게 데리고 현관 계단을 달려 내려와 곧장 철책 문 쪽으로 부랴부랴 도망치더라는 것이다. 그리고 거의 동시에 자동차 한 대가 호텔 문 앞에 나타나서 후닥닥 그 모두를 태우고는 전속력으로 사라졌다고 한다.

클라리스는 의아한 표정으로 물었다.

"늘 감시를 하고 있던 경찰관 두 명은 뭐하고 있었나요?"

"있긴 있었는데, 글쎄 한 150여 미터는 떨어져 있었다는 거예요. 워낙 눈 깜짝할 사이에 일이 벌어져서 헐레벌떡 달려왔을 땐 이미 상황이 종료된 뒤였다네요."

"그럼 단서가 될 만한 건 아무것도 발견 못했다는 겁니까?"

"아무것도요, 거의……. 딱 하나, 이것만 빼고요."

"그게 뭔데요?"

"땅바닥에서 자그마한 상아 조각 하나를 주웠다고 하는군요. 실은 관리인 여자가 창문으로 보니, 자동차에 원래부터 타고 있던 제5의 인물이 도브레크가 강제로 실리는 동안 차에서 내리더라는 겁니다. 그러곤 곧장 다시 올라타려는 순간, 뭔가 떨어뜨렸다가 다시 줍더라는 거예요. 아마 이 상아 조각은 그 무엇이 떨어졌을 때 포석 위에 부닥쳐 깨져나간 파편이 아닌가 합니다. 그걸 주웠나 봐요."

클라리스는 내처 궁금한 점을 캐물었다.

"한데 그 괴한들이 집 안으로 어떻게 침입했을까요?"

"틀림없이 위조 열쇠로 따고 들었겠죠. 관리인 여자가 장을 보러 간 사이에 말입니다. 그런 다음 오후 내내 집 안 어딘가 숨어 있었을 거랍니다. 하긴 하인이 전혀 없는 집이니 그리 어려운 일도 아니었겠죠. 모든 정황으로 미루어볼 때, 내 생각에는 저기 옆방인 식당에 숨어 있다가 도브레크가 서재로 들어서자 곧장 덮친 모양입니다. 가구들이랑 집기들이 어지럽게 흩어져 있는 것만 봐도 몸싸움이 얼마나 대단했는지 짐작이 가요. 그리고 이건 양탄자 위에 굴러다니던 걸 주운 건데, 도브레크가 지니고 다니는 대구경(大口徑) 권총입니다. 여기서 발사된 총알 하나가 저기 벽난로 거울을 깨뜨린 걸로 확인되었고요."

그제야 클라리스는 동행인을 바라보며 뭔가 설명을 구하는 표정을 지었다. 한데 므슈 니콜은 눈을 고집스럽게 내리깐 채 의자에 앉아 꼼짝도 않는 것이었다. 그는 아직도 어디다 얹어놓아야 할지 쩔쩔매는 것처럼 모자챙만 연신 만지작거리고 있었다.

그 모습을 바라보며 프라스빌은 어이없다는 듯 웃음을 흘리고 있었다. 클라리스의 조언자라고 나선 인물이 그의 눈에는 별로 신통치가 않아 보였던 것이다.

"사건이 꽤 복잡한 것 같지 않습니까, 선생?"

프라스빌이 은근히 떠보자 므슈 니콜은 더듬더듬 중얼거렸다.

"아, 네……. 그래요. 아주 복잡하군요."

"그럼 이 문제에 관한 당신 나름대로의 이렇다 할 소견이 없단 말인가요?"

"맙소사! 사무국장님, 내 생각엔 도브레크에게 적이 참 많다고 보이는군요."

"아하! 훌륭한 추론이십니다!"

"아울러 그들 중 몇몇이 도브레크가 사라짐으로써 얻게 될 어떤 이득을 노리고 서로 힘을 합했을 것 같아요."

"굉장하군요. 굉장해! 모든 게 갑자기 환하게 밝혀지는 느낌입니다그려!"

프라스빌은 여전히 빈정대는 듯한 칭찬을 늘어놓으며 호들갑을 떨었다.

"그럼 이제 남은 건 수사를 어떤 식으로 진행할지 약간의 지적만 해주시면 되겠어요!"

"사무국장님, 혹시 땅바닥에서 주웠다는 그 상아 조각 말입니다."

"저런, 저런……. 이보시오, 므슈 니콜. 그게 아니지요. 파편 조각은 뭔지 모를 어떤 물건에서 떨어져 나온 겁니다. 그 임자는 서둘러 물건을 주워 담았고요. 그러니 그자의 정체를 파악하기 위해서는 그깟 파편 조각이 아니라 그게 떨어져 나온 물건 자체를 파고들어야 하지 않겠습니까?"

므슈 니콜은 잠시 생각에 잠기더니 이렇게 말했다.

"사무국장님, 나폴레옹 1세가 권좌에서 몰락했을 당시 말입니다."

"오, 저런……. 므슈 니콜, 지금 프랑스 역사 강의를 하려는 거요?"

"사무국장님, 제발 한마디, 아주 간단한 한마디만 끝내게 해주시겠습니까? 나폴레옹 1세가 권좌에서 몰락했을 당시, 왕정복고 체제(1814~1830—옮긴이)에서는 황제의 추억에 사로잡혀 있고 집권 세력에 회의적인 지난날의 숱한 장교들을 경찰의 감시하에 두면서 휴직급 군인(급료를 받는 일종의 전역 군인—옮긴이)으로 강등시켰지요. 그 후, 자신들의 우상을 자기들이 사용하는 온갖 생활용품마다 고집스레 새겨 넣는 게 그들 사이에 하나의 유행이었다고 합니다. 이를테면 담뱃갑이랄지, 반지, 넥타이핀, 칼 등등에 말이죠."

"그래서요?"

"그래서 그 파편 조각도 지팡이나 혹은 호신용 등나무 단장(短杖) 끄트머리 같은 데 흔히 달려 있는 상아 머리 장식에서 떨어져 나온 게 아닌가 생각합니다. 지금 그 파편 조각도 가만히 들여다보면, 그 '키 작은 코르시카의 우두머리'(코르시카 태생이었던 나폴레옹 황제의 별명임—옮긴이)의 옆얼굴 윤곽선 일부가 드러나는 걸 알 수 있지요. 요컨대 사무국장님 손에 있는 그것은 바로 그 휴직급 장교의 호신용 단장 끄트머리에 달린 상아 머리에서 떨어져 나온 거라고 할 수 있단 말입니다."

유일한 증거품을 빛에 이리저리 비춰 보면서 프라스빌이 중얼거렸다.

"음……. 과연……. 옆얼굴 모습인 것 같군요. 하지만 그렇다고 결론이 나는 건 아니잖습니까?"

"결론이야 간단하지요. 저 유명한 명단에 이름이 실림으로써 도브레크의 희생 제물이 된 사람들 중에는 나폴레옹 밑에서 출세했다가 왕정복고와 함께 몰락하고 만 장교의 후손이 있을 겁니다. 십중팔구 자동차에 숨어 있었다던 그 제5의 인물이 바로 그 후손이자, 수년 전 보나파르트 정파의 좌장(座長)쯤 되는 자리를 차지하던 자일 겁니다. 이제 그 이름까지 거명해드려야 감이 잡히시겠습니까?"

"그렇다면 알뷔펙스 후작?"

프라스빌이 중얼거리자, 므슈 니콜이 곧장 대꾸했다.

"알뷔펙스 후작, 바로 그 사람이죠."

어느새 어색한 기색도 떨쳐버리고, 낡은 모자나 우산, 장갑 등에도 더는 신경을 쓰지 않게 된 므슈 니콜은 벌떡 자리에서 일어서며 프라스빌에게 말했다.

"사무국장님, 실은 내가 알아낸 이러한 사실을 나 혼자만 간직하고, 정작 선생께는, 결정적인 승리, 다시 말해서 27인의 명단을 가져다드리기 전까지 발설하지 않을 수도 있었답니다. 하지만 사건이 워낙 긴박하게 돌아가는 터라……. 도브레크가 이렇게 사라진 것은, 납치 당사자들이 기대한 것과는 정반대로, 오히려 위기를 급증하게 만들 소지가 다분합니다. 따라서 서둘러 모종의 조치를 강구해야만 할 거예요. 요컨대, 사무국장님, 지금부터 선생의 효율적이고 즉각적인 도움을 요청하는 바입니다."

"대체 내가 어떻게 도우면 좋겠소?"

프라스빌은 이미 이 괴이한 사내에게 상당히 경도된 눈치였다.

"당장 내일까지 알뷔펙스 후작과 관련한 모든 정보를 제공해주십시오. 내가 혼자 조사하려면 앞으로도 며칠은 걸릴 테니까 말입니다."

프라스빌은 잠시 난처한 표정을 짓다가 문득 클라리스 쪽을 바라보았고, 클라리스는 곧장 이렇게 말했다.

"나도 간청합니다. 므슈 니콜의 제의를 받아들이세요. 대단히 소중하고도 충실한 조언자가 되어줄 겁니다. 내가 보증하겠어요."

"좋습니다. 어떤 점들에 관한 정보가 필요합니까?"

마침내 프라스빌이 진지한 눈빛으로 사내를 바라보며 물었다.

"가족 상황이라든지, 주요 활동, 인척 관계, 파리와 지방에 보유하고 있는 부동산 등등, 알뷔펙스 후작과 관련한 모든 것이 필요합니다."

프라스빌은 난색을 표했다.

"한데 말이오, 이게 후작의 소행이든 다른 누구의 짓이든, 도브레크를 납치한 자들은 결국 우리에게도 이로운 일을 한 건 아닐까요? 누가 됐든 명단을 빼앗으면 도브레크는 무용지물이 되는 셈이니까 말이오."

"하지만 그걸 빼앗아서 이번엔 자신들을 위해 써먹는다면 어떻겠습니까?"

"그건 생각할 수 없는 일입니다. 명단에 자기의 이름도 올라 있질 않습니까?"

"그걸 지운다면요? 게다가 제2의 강탈자가 먼저 경우보다 더 악랄하고 강력한 자라면 어떻게 되겠어요? 예컨대 도브레크의 현재 위치보다 정치적으로 더 호전적이고 안정된 입지를 가진 적수라면 말입니다."

과연 정곡을 찌르는 논리였다. 프라스빌은 한동안 생각에 잠기더니 이렇게 외쳤다.

"내일 오후 4시에 경시청 내 집무실로 와주십시오. 필요한 모든 정보를 건네드리겠습니다. 혹시 필요할지 모르니 당신 주소라도 좀?"

"클리시 광장 25번지, 므슈 니콜이라고 하면 됩니다. 친구가 부재중에 빌려준 집에서 기거하고 있지요."

면담은 그것으로 끝났다. 므슈 니콜은 매우 정중하게 허리를 숙여 사무국장에게 인사를 한 뒤, 마담 메르지를 동반하고 자리를 물러났다.

밖으로 나오자마자 그가 손바닥을 문지르며 말했다.

"정말 잘됐소. 이제 경시청에까지 자유자재로 드나들게 되었으니. 조만간 거기 사람들도 몽땅 전투에 돌입하게 될 것이오!"

하지만 약간은 회의적인 마담 메르지는 이렇게 대꾸했다.

"아……. 하지만 과연 우리가 제때에 일을 해낼 수 있을까요? 정말 걱정되는 건, 명단 자체가 폐기 처분되는 건 아닐까 하는 점이에요."

"세상에, 누가 그런답니까? 도브레크가요?"

"아뇨, 후작이 그걸 손에 넣자마자 말이에요."

"그러려면 아직 멀었습니다! 도브레크가 순순히 내놓지는 않을 거예요. 적어도 우리가 손을 뻗칠 때까지는 버틸 겁니다! 생각해보세요! 내가 프라스빌까지 구워삶는 거 못 보셨나요?"

"그러다 만약 당신 정체를 눈치채면 어떡해요? 조금만 조사를 해봐도 니콜 선생 따위는 존재하지 않는다는 걸 알아챌 텐데 말이에요."

"설사 그렇다 해도 니콜 선생이 곧 아르센 뤼팽이라고는 꿈도 꾸지 못할 겁니다. 안심하세요. 더구나 경찰 내에서는 빈약하기 그지없는 프라스빌의 처지로 볼 때, 그의 머릿속은 오로지 하나의 목표에만 사로잡혀 있을 겁니다. 즉, 자기를 그렇게 만든 오랜 원수 도브레크를 처단하는 것 말입니다. 그걸 위해서라면 무슨 수단인들 그에겐 아쉬울 따름이죠. 므슈 니콜이든 누구든 도브레크의 목을 내놓겠다는 사람 뒤나 캐고 다닐 여유가 있을 리 없어요. 게다가 나를 소개한 사람이 당신 아닙니까? 만에 하나 내 보잘것없는 솜씨가 그를 탄복하게 만들지 못했다면 모르되……. 그러니 우리 씩씩하게 앞만 보며 달려봅시다!"

클라리스는 이 뤼팽이라는 인간에게 자기도 모르게 자꾸만 신뢰가 더해가는 것을 느꼈다. 미래가 왠지 덜 끔찍하게 다가왔고, 무시무시한 사형 언도가 이미 내려졌음에도 불구하고 질베르를 구할 가능성은 전혀 줄어들지 않았다고 자꾸만 믿어버리는 것이었다. 하지만 그렇다고 해서, 이제 그만 브르타뉴로 돌아가라는 뤼팽의 요청에 클라리스가 선뜻 응하는 것도 아니었다. 그녀는 머물기를 원했고, 모든 희망뿐만 아니라 고난 역시 함께하고 싶어 했다.

다음 날, 경시청에서 제공한 정보는 뤼팽과 프라스빌이 짐작하고 있던 사실을 더욱 공고하게 확인시켜주었다. 알뷔펙스 후작은 운하 사건에 너무 깊숙이 연루되다가 나폴레옹 대군(大君)의 프랑스 내 정치사무소장직을 박탈당한 바 있고, 온갖 궁여지책과 빚을 져가면서까지 집 안의 많은 시종을 거느리고 있는 인물이었다. 도브레크 납치 사건에 관련해서는, 매일 하던 습관과는 달리 후작이 저녁 6시에서 7시 사이에 단골 클럽에도 나타나지 않았고, 저녁 식사도 집에서 들지 않았다는 사실이 확인되었다. 아울러 사건이 일어난 당일 자정이 되어서야 걸어서 귀가했다는 것이었다.

이로써 므슈 니콜이 지적했던 내용은, 초보적인 수준이나마, 적절한 정황증거로 뒷받침이 된 셈이었다. 하지만 유감스럽게도—사실 개인적인 수단만으로는 더 이상 얻어낼 그 무엇도 없다는 것을 뤼팽은 알고 있었다—자동차와 운전기사, 그리고 도브레크의 호텔로 난입한 나머지 네 명에 대해서는 일말의 단서도 얻어낼 수가 없었다. 예컨대 그 괴한들 모두가 후작과 마찬가지로 사건에 연루되어 같은 처지에 처한 사람들인지, 아니면 단순히 돈으로 동원된 인력인지, 도무지 알 수가 없는 것이다.

결국 모든 수사의 초점을 후작 자신과 더불어 파리에서 다소 떨어진 곳에 그가 소유하고 있는 이런저런 성채들, 주거지들에 집중시킬 수밖에 없었다. 필요에 따라 중간중간 정차해가면서 평균 속도로 자동차를 타고 달리자, 문제의 부동산까지의 거리는 대충 150킬로미터 정도 되어 보였다.

그런데 정작 알고 보니 알뷔펙스 후작은 이미 모든 재산을 처분해서 그 어떤 성채도, 주거지도 지방에 남아 있는 것이 없었다.

하는 수 없이 후작의 인척 및 가장 가까운 친지들에게 눈길을 돌리게 되었는데, 과연 그들 중 누가 선뜻 나서서 후작에게 안전한 아지트를 제공해, 도브레크를 숨겨주었을지는 미지수였다.

아니나 다를까 여기저기를 쑤셔본 결과는 회의적이기만 했다.

그렇게 속절없는 나날만 지나갔다. 말은 쉽지만 사실 클라리스에게는 얼마나 가슴 저미는 나날이었겠는가! 지나가는 하루하루가 질베르를 처참한 종말로 점점 다가가게 만드는 셈 아닌가! 그 하루하루가 클라리스의 머릿속에선, 자기도 모르게 어렴풋이 정한 어느 한 날짜 이전의 여유를 24시간씩 좀먹어 들어가는 것에 지나지 않았다. 그녀는 마찬가지로 고민에 빠져 있는 뤼팽에게 마침내 이렇게 말했다.

"이제 쉰닷새……. 아니 쉰 날 정도밖에 안 남았어요. 겨우 그 안에 뭘 어떻게 하겠어요? 오! 제발……. 제발 어떻게 좀 해봐요."

사실 뾰족한 묘안이 있는 것은 아니었다. 뤼팽은 후작의 일거수일투족을 자신이 직접 챙기느라, 잠도 제대로 못 이루는 형편이었다. 반면 후작 자신은 다시금 규칙적인 생활 패턴으로 돌아갔고, 내심 주변을 잔뜩 경계하며 추호도 방심의 여지를 보이지 않는 것이었다.

딱 한 번, 그는 대낮에 몽모르 공작 집에 갔다가 일행과 어울려 뒤를렌 숲 속으로 멧돼지 사냥을 나갔다. 하지만 어디까지나 스포츠의 테두리 안에서 어울렸을 뿐 별다른 점은 포착되지 않았다.

프라스빌은 이를 두고 이렇게 말했다.

"늘 자기 영지와 사냥 놀이에만 매달릴 뿐 정치에는 전혀 관심을 두지 않는 몽모르 공작 같은 갑부가 도브레크 하원 의원을 불법 감금하는 데 자기 성채를 빌려주었을 거라고는 생각하기 어렵소이다."

물론 뤼팽도 같은 생각이었으나 그래도 혹시나 하는 마음에, 그다음 주 어느 날 아침, 기수(騎手) 복장을 하고 나서는 알뷔펙스의 뒤를 따라 나서기로 했다. 그는 노르 역으로 가서 기차에 올랐고, 뤼팽 역시 같은 기차를 잡아탔다.

둘이 내린 곳은 오말 역이었는데, 알뷔펙스는 곧장 마차에 올라 몽모르 성으로 향하는 것이었다.

뤼팽은 일단 느긋하게 점심부터 챙겼다. 그는 자전거를 한 대 빌려 타고 성채가 바라보이는 곳까지 이르렀다. 때마침 성의 정원으로는 손님들이 한꺼번에 쏟아져 나와 제각각 말이나 자동차에 나눠 타느라 부산을 떨고 있었다. 알뷔펙스 후작은 어느 조마사(調馬師)가 이끄는 말을 골라 탔다.

한데 바로 그것이야말로 결정적인 증거였다. 전혀 의심의 여지가 없을 정도였다. 그럼에도 불구하고 뤼팽은 왜 눈에 보이는 그대로를 받아들이려 하지 않았을까? 다음 날 르발뤼로 하여금 몽모르의 주변에 대해 캐보라고 시킨 이유는 대체 또 뭘까? 다름이 아니라, 어떤 추리에도 결코 안주하지 않으면서, 동시에 자기 고유의 치밀하고 체계적인 행동 양식에 부합하는 그만의 조심성이 그렇게 하라고 부추겼기 때문이다.

다음다음 날, 르발뤼가 취합해 보내온 정보들 중 별것 아닌 것들을 제하자, 몽모르의 모든 호위병과 하인, 손님의 명단이 눈에 띄었다.

아니나 다를까, 그중에서도 조마사들의 이름 가운데 하나가 유독 그의 시선을 붙드는 것이 아닌가! 뤼팽은 곧장 이렇게 전보를 쳤다.

조마사 세바스티아니에 대해서 알아보아라.

얼마 기다리지 않아 르발뤼의 대답이 날아왔다.

코르시카 출신인 세바스티아니는 알뷔펙스 후작이 몽모르 공작에게 천거한 인물임.
성에서 약 4킬로미터 정도 떨어져서,
몽모르가(家)의 요람이기도 했던 옛 영주의 폐허화된 요새 안,
사냥용 별장에서 현재 기거하고 있음.

뤼팽은 곧장 클라리스에게 르발뤼의 답신을 보여주며 말했다.

"이것 보십시오. 세바스티아니라는 이름을 보자마자 알뷔펙스가 코르시카 출신이라는 사실이 떠오르더군요. 둘 사이에 모종의 긴밀한 관계가 있을 겁니다."

"그래, 어떡하실 생각이세요?"

"만약 도브레크가 그 폐허 안 어딘가에 감금되어 있다면 들어가서 접촉을 시도해봐야지요."

"하지만 그는 당신을 믿지 않을 텐데요?"

"그렇진 않을 겁니다. 사실 요즘 경찰의 도움을 받아 나는, 생제르맹에서 당신 아들 자크를 납치했다가 같은 날 밤 다시 뇌일리로 데리고 나왔던 아줌마 두 명을 만날 수 있었습니다. 알고 보니 둘 다 노처녀였는데, 도브레크의 사촌 동생으로 매달 그에게서 약간의 생활비를 지원받고 있었다는군요. 나는 루슬로라는 성(姓)을 가진 이 자매를 숙소—바크 가(街) 134-2번지였지요!—까지 찾아갔습니다. 결국 그들을 적당히 구슬려서 그토록 인자한 사촌 오빠를 찾아주겠다고 약속했지요. 그러자 둘 중 언니인 외프라지 루슬로가, 므슈 니콜에게 모든 걸 맡기라고 도브레크를 타이르는 내용의 편지를 선뜻 한 장 써주는 게 아니겠습니까! 이 정도면 만반의 준비는 갖춘 셈입니다. 오늘 밤, 난 출발할 겁니다."

"나도 함께 가요."

클라리스가 불쑥 내뱉자, 뤼팽은 깜짝 놀랐다.

"당신이?"

"내가 이렇게 꼼짝 않고 열에 들뜬 채 살아갈 수 있다고 보세요?"

여자는 발끈하는가 싶더니, 이내 이렇게 중얼거렸다.

"기껏해야 남은 날은 서른여덟이나 마흔 날이 될까 말까 해요. 내겐 지금 하루하루가 중요한 게 아니라 일분일초를 견딜 수가 없단 말이에요."

무작정 뜯어말리기에는 여자의 결심이 너무도 확고하다는 것을 느낄 수 있었다. 하는 수 없이 새벽 5시, 두 사람은 그로냐르를 대동하고 함께 자동차를 탔다.

사람들의 의심을 되도록 차단하기 위해 뤼팽은 일부러 인근 대도시를 작전 본부로 삼았다. 그렇게 해서 몽모르로부터 불과 30여 킬로미터 밖에 떨어져 있지 않은 아미앵에 클라리스의 여장을 풀게 했다.

아침 8시, 그 지역에서는 모르트피에르라는 이름으로 알려진 낡은 요새 근처에서 르발뤼를 만난 뤼팽은 그의 안내를 따라 주변을 샅샅이 훑었다.

숲의 가장자리, 깊은 골짜기를 집요하게 파고들며 만곡을 그리는 리지에라는 작은 하천을 모르트피에르의 깎아지른 절벽이 처연하게 굽어보고 있었다.

뤼팽은 유심히 주변을 살펴보더니 말했다.

"이쪽으론 아무래도 볼일이 없겠군. 높이만 해도 60~70미터에 이르는 절벽이 너무 가파른 데다 사방에서 강물이 조여드는 형국이니……."

멀리 오솔길 초입(初入)에 이르는 다리가 하나 보였는데, 그 길을 따라 전나무와 참나무를 헤치고 줄줄이 올라가다 보니, 작은 평지 앞에 양쪽으로 두 개의 거대한 탑이 세워진 가운데 쇠창살이 삐죽삐죽 솟은 거창한 철갑문 하나가 떡하니 버티고 서 있는 것이었다.

"흐음……. 이곳이 바로 조마사 세바스티아니가 사는 곳이라 이거지?"

뤼팽이 내뱉듯 말하자, 르발뤼가 곧장 대답했다.

"그렇습니다. 이 폐허 한복판에 자리 잡은 별장에서 아내와 함께 살고 있습니다. 제가 알아본 바로는 장성한 아들도 셋이나 있는데, 저들 얘기로는 셋 모두 여행을 떠났다고 합니다. 한데 마침 도브레크가 납치된 바로 그날 떠났다는 거예요."

"오호라! 그거 예사롭지 않은 우연의 일치로군그래. 그러니까 필시 아비와 자식들이 총동원돼서 일을 치른 모양이야."

오후가 막바지로 치달을 즈음, 뤼팽은 성벽에 난 틈새를 이용해서 오른쪽 탑신까지 기어오르는 데 성공했다. 언뜻 보니 과연 별장이 하나 있고, 그 주위로 낡은 요새의 잔해가 여기저기 널려 있었다. 이를테면 바로 코앞으로는 맨틀피스의 일부였음 직한 평평한 벽면이 세워져 있고 좀 더 저쪽으로는 저수조(貯水槽)가 덩그러니 버려져 있는가 하면, 왼쪽에는 예배당의 다 쓰러져가는 아치가, 오른쪽에는 무너져 내린 폐석 더미가 아무렇게나 방치된 식이다.

절벽을 에두르며 요새의 순찰로가 펼쳐져 있었고, 그 한쪽 끄트머리에는 어마어마했을 망루 하나가 이제는 거의 허물어진 상태로 버려져 있었다.

날이 어둑해져서야 뤼팽은 클라리스 메르지 곁으로 돌아왔다. 그로냐르와 르발뤼는 감시조로 현장에 남겨둔 채, 그때부터 그는 아미앵과 모르트피에르 사이를 왔다 갔다 하기로 했던 것이다.

그렇게 엿새가 흘렀다. 가만히 보아하니 세바스티아니라는 작자는 자신의 직업적 요구에 완전히 길들여진 생활 패턴을 가진 듯했다. 즉, 몽모르 성으로 가서, 숲을 돌아다니며 짐승들의 이동 경로를 점검하고, 야간에는 순찰을 도는 식으로 말이다.

그러다가 7일째 되던 날, 사냥이 있을 예정이며 아침부터 마차 한 대가 오말 역으로 향했다는 사실이 부하들로부터 전해지자, 뤼팽은 성문 앞 작은 평지를 둘러싸고 우거진 회양목과 월계수 숲 속에 진을 친 채 기다리기로 했다.

오후 2시, 마침내 사냥개 무리가 떼 지어 짖어대는 소리가 들려왔다. 뒤로는 고함을 쳐대는 사냥꾼들을 이끌고 요란스레 몰려왔다가는 이내 저만치 멀어져 가는 것이 느껴졌다. 그러다가 한 두어 시간이 지났을 무렵, 또다시 이번에는 좀 더 희미하게 아우성 소리가 들렸고 그것이 끝이었다. 한데 조용한 가운데 돌연 말발굽 소리가 접근해오는가 싶더니, 잠시 후 기수 둘이 말을 달려 오솔길을 거슬러 오르는 것이 보였다.

알뷔펙스와 세바스티아니였다. 평지에 도착한 두 사람은 거의 동시에 말에서 내렸고, 조마사의 아내임이 틀림없는 한 아낙네가 문을 열어주었다. 세바스티아니는 뤼팽이 숨어 있는 곳으로부터 세 발짝 정도밖에 떨어지지 않은 말뚝의 고리에다 일단 말고삐를 매어둔 다음, 부리나케 달려가 후작을 안내했다. 그 뒤로 다시금 육중한 문이 닫혔다.

뤼팽은 조금도 지체하지 않았다. 아직은 날이 훤했지만, 장소가 워낙 한적했기에 그는 망설이지 않고 곧장 벽의 틈새를 딛고 기어오르기 시작했다. 급기야 벽 너머로 고개를 내밀자, 두 남자와 세바스티아니의 아내가 부랴부랴 무너진 망루 쪽으로 달려가는 것이 보였다.

조마사가 소나무 가지들을 거둬내자 웬 계단 입구가 나타났고, 여자만 보초 삼아 밖에 남겨둔 채, 두 사내는 허겁지겁 그 아래로 내려가는 것이었다.

당장 그들의 뒤를 밟을 수는 없는 노릇. 뤼팽은 일단 은신처로 후퇴할 수밖에 없었고, 별로 오래지 않아 다시 문이 열렸다.

알뷔펙스 후작은 몹시 흥분한 기색이었다. 그는 승마용 채찍으로 자신의 장화 목을 연신 후려치며 뭔가 울분의 말을 중얼거렸는데, 거리가 다소 가까워지자 뤼팽의 귀에도 그 내용이 스며드는 것이었다.

"아! 파렴치한 녀석! 반드시 저놈을 굴복시키고야 말겠어. 이보게 세바스티아니, 오늘 밤……. 오늘 밤 10시에 다시 돌아오겠네. 그때 해보는 거야. 아! 짐승 같은 놈!"

세바스티아니가 말고삐를 푸는 동안 알뷔펙스는 아낙네를 돌아보며 이렇게 말했다.

"아드님들더러 잘 지키고 있으라고 해주시오. 누구든 감히 그를 빼내려 한다면 톡톡히 대가를 치르게 될 것입니다. 함정을 쳐놓았으니까요. 어때요, 믿어도 되겠죠?"

말을 데리고 온 조마사가 아낙네 대신 대답했다.

"이 아비를 믿으시는 것처럼요, 후작님! 녀석들은 후작님께서 제게 어떤 은혜를 베푸셨는지 잘 알고 있습니다. 저들에게 무엇을 원하시는지도 물론 알고요. 녀석들, 결코 어영부영 할 아이들이 아니랍니다."

알뷔펙스는 만족한 표정으로 외쳤다.

"자, 어서 말에 오르세! 사냥에 합류해야지!"

결국 뤼팽이 예상했던 그대로 일이 이루어지고 있었던 것이다. 사냥이 일단 시작되고 나면 알뷔펙스는 자기 나름대로 힘차게 말을 달리다가, 은근슬쩍 이곳 모르트피에르에 들러서 가곤 하는 것이었다. 아무도 자신의 간교한 속셈을 눈치채지 못하도록 말이다. 한편 뭔지는 중요하지 않지만, 어쨌든 후작이 베풀어준 옛 은혜를 잊지 못해 늘 성심을 다하는 조마사 세바스티아니는, 이처럼 사냥 때마다 기회를 잡아, 세 아들과 아내가 철통같이 지키고 있는 포로에게 옛 주인을 모시고 가는 것이다.

'작전 본부'에서 클라리스 메르지와 재회한 뤼팽은 다짜고짜 입을 열었다.

"그렇게 된 겁니다. 오늘 밤 10시에 후작은 도브레크에 대한 신문을 시작할 겁니다. 아마 다소 거칠게 진행되겠지만 어쩔 수가 없지요. 나라도 그렇게 할 참이니까요."

그러자 벌써부터 흥분을 감추지 못하는 클라리스는 대뜸 이렇게 대꾸했다.

"그럼 도브레크가 비밀을 불겠네요."

"그게 걱정입니다."

"어떡하죠?"

뤼팽은 매우 침착한 표정으로 대답했다.

"현재로선 두 가지 계획을 놓고 고민 중에 있습니다. 신문 자체를 방해할 것이냐……."

"어떻게 말입니까?"

"알뷔펙스를 한발 앞지르는 거죠. 한 9시쯤 그로냐르와 르발뤼, 그리고 내가 먼저 방책을 넘는 겁니다. 요새 내로 침투해서 망루를 습격하고, 수비대를 무장해제 시키는 거죠. 그럼 일단 작전 성공입니다! 도브레크는 물론 우리 손에 떨어지는 거죠."

"하지만 후작 말은, 세바스티아니의 세 아들이 함정을 쳐놓은 상태라면서요?"

"그래서 나도 이 계획은 최후의 수단으로 제쳐둘까 하고 있습니다. 나의 또 다른 계획이 먹혀들지 않을 때를 대비해서 말이지요."

"또 다른 계획이라면?"

"신문 현장에 입회하는 겁니다. 그때 만약 도브레크가 입을 열지 않는다면, 좀 더 적당한 기회를 기다렸다가 납치를 모색할 여유가 생기는 셈이죠. 반면 만약 입을 열면, 즉 어떻게든 27인의 명단이 어디에 숨겨져 있는지가 놈의 입에서 끌어내어진다면, 그 순간 진실은 알뷔펙스뿐만 아니라 나 역시 아는 셈이니까, 그자보다 먼저 선수를 치면 되는 셈이죠."

"알겠어요. 정말 그렇군요. 하지만 무슨 수로 그 현장에 입회한단 말입니까?"

"그건 아직 모르겠습니다. 사실 르발뤼가 어떤 정보를 가져오느냐에 달려 있지요. 내가 직접 조사해야 할 내용도 좀 있고요."

뤼팽은 그 말을 끝으로 여인숙을 나갔다가 한 시간이 지나, 어둠이 깔리고서야 돌아왔다.

르발뤼도 그때쯤 돌아와 있었다.

"책은 구해왔는가?"

뤼팽이 다짜고짜 물었다.

"네, 두목. 오말의 신문 가게에서 제가 봤던 바로 그 책입니다. 10수에 손에 넣었지요."

"어디 보세."

르발뤼는 가제본 상태의 낡고 지저분한 소책자 하나를 불쑥 내밀었다.

『그림과 지도를 통한 모르트피에르 안내, 1824』

표지에 쓰인 제목을 쓱 훑어본 다음 뤼팽은 곧장 망루 설계도를 찾았다.

"그래, 바로 이거야! 지면 위로 세 개 층이 있었는데 지금은 몽땅 허물어진 상태이고, 그 아래 암반을 뚫고 두 개 층이 더 있는데, 하나는 잔해 더미로 그득한 반면, 나머지 층은……. 그래, 바로 여기에 우리의 도브레크 선생께서 갇혀 있는 거야! 이름도 그럴듯하게 붙여졌군. '고문실'이라……. 가엾은 친구! 계단에서 방에 이르는 길목에 문이 두 개 있고, 그 두 문 사이 어디쯤엔가 세 아들놈이 권총으로 무장한 채 도사리고 있겠지."

클라리스가 끼어들었다.

"그렇다면 들키지 않고서 거길 통과하기란 불가능하겠군요?"

"그런 셈이죠. 다만 이미 무너져 내린 위층을 통해서라면 어떨까요? 즉, 천장을 통해서 말입니다. 물론 아슬아슬한 모험이겠지만……."

그러면서 계속 책장을 뒤적이는 뤼팽에게 클라리스는 또다시 조르듯 물었다.

"혹시 갱도(坑道)처럼 바깥에서 직접 통하는 통로는 없을까요?"

"있습니다. 저 아래 강 쪽에 자그마한 입구가 하나 뚫려 있지요. 여기 지도에도 표시는 되어 있지만, 그리로 통해 거슬러 오르는 높이만 수직으로 50미터가 넘습니다. 게다가 입구가 뚫린 암벽도 물 위로 불쑥 돌출해 있으니, 마찬가지로 불가능한 셈이지요."

여전히 책장을 뒤지던 뤼팽의 눈에 다음과 같은 제목의 장(章)이 번쩍 띈 것은 바로 그때였다.

「두 연인의 탑(塔)」

그는 부랴부랴 읽어 내려가기 시작했다.

옛날에 이 망루는 현지 주민들 사이에서 '두 연인의 탑'이라는 이름으로 불렸다. 이는 중세에 피비린내 나던 한 사건을 기리기 위함이었다. 모르트피에르 백작은 아내의 부정함을 눈치채고, 여자를 고문실에 감금해놓았다. 여자는 아마도 그 안에서만 20년을 지냈던 것 같다. 그러던 어느 밤 그녀의 애인인 탕카르빌의 영주는 무모하게도 저 아래 강에서 시작해 사다리를 세운 뒤, 구멍까지 다다른 다음, 깎아지른 절벽을 내처 기어 올라갔다. 각고의 고생 끝에 방에까지 도달한 그는 가로막힌 창살을 톱으로 자르고 사랑하는 여인을 빼내는 데 성공한다. 둘은 이제 밧줄을 몸에 감고 온 길을 되돌아 내려가기 시작했다. 절벽을 다 통과해 마침내, 친구들이 봐주고 있던 사다리 꼭대기까지 다다랐을 때였다. 순찰로로부터 들린 한 발의 총성과 함께 그만 남자의 어깨가 관통당했고, 두 연인은 허공으로 곤두박질치고 말았다.

거기까지 읽고 나자 갑자기 모두가 조용해졌다. 모두들 침묵 속에서 당시의 비극적인 탈출 시도를 머릿속에 떠올려보고 있었다. 그렇다! 지금으로부터 300~400년 전, 한 여인을 구하기 위해 한 남자가 그처럼 무모한 계획을 실행에 옮겼고, 불행히도 약간의 소음에 주의가 쏠린 초병만 아니었더라면 감격적인 성공을 거머쥐었을 운명이었다. 한 남자가 그 일을 실행에 옮겼던 것이다! 한 사내가 그것을 해냈다!

뤼팽은 조용히 고개를 들어 클라리스를 바라보았다. 그녀 역시 뤼팽을 마주 보았는데, 그 눈동자 속에는 간절한 애원의 빛이 가득 담겨 있는 것이었다! 불가능을 요구하는 어미의 눈빛, 아들을 위해 모든 걸 바칠 각오가 되어 있는 모성(母性)의 시선이 거기에 있었다.

마침내 뤼팽의 입에서 단호한 음성이 새어나왔다.

"르발뤼, 밧줄을 준비해라. 내가 허리에 감고 지탱할 수 있을 정도로 유연하고도 단단한 걸로. 매우 길어야 한다. 한 50~60미터 정도 길이로. 그리고 자네 그로냐르, 서로 이어 붙일 사다리 서너 개를 구해보아라."

순간 두 부하가 각기 질세라 소리쳤다.

"네? 아니 지금 무슨 말씀을 하시는 겁니까, 두목? 그럼 기어코……. 그건 미친 짓입니다!"

"미친 짓? 왜? 누군가 해낸 일이라면 나 또한 할 수 있다."

"하지만 거의 백이면 아흔아홉은 황천길이 뻔한 일이란 말입니다!"

"르발뤼 자네도 잘 알고 있군그래. 백에서 한 번은 그 길을 피할 수도 있다는 걸 말일세."

"하지만 두목……."

"잡담은 그만하자. 둘 다 한 시간 후 강가에서 만나기로 한다."

준비를 하는 데만도 시간이 꽤 걸렸다. 일단 절벽의 돌출부까지 가 닿도록 15미터가 넘는 대형 사다리를 이어 만들 재료들을 구하는 것도 문제였지만, 각각의 서로 다른 크기의 사다리들을 확실히 연결하는 데에도 세심하면서 끈질긴 노력이 필요했다.

마침내 밤 9시가 훨씬 넘어서야 사다리가 설치될 수 있었다. 즉, 배의 선두(船頭)는 사다리의 두 말뚝 사이에 끼우고 선미(船尾)를 기슭에 아예 깊숙이 박아 넣어서 흔들리지 않도록 고정하는 식으로 말이다.

골짜기를 따라 구불구불 이어진 길은 워낙 인적이 드문 편이라, 작업은 이렇다 할 방해 없이 이루어졌다. 사방은 칠흑같이 어두웠고 하늘은 꾸물거리는 구름으로 무겁기만 했다.

뤼팽은 르발뤼와 그로냐르에게 마지막 당부를 내린 뒤, 히죽 웃으며 말했다.

"도브레크 그자의 머리 가죽을 벗기고 살갗을 갈가리 찢어낼 때의 그 얼굴을 내가 얼마나 보고 싶어 하는지 자네들은 아마 모를 것이네. 그래! 그걸 보기 위해서라도 이 여행은 한번 해볼 만하지!"

배 위에는 클라리스도 자리를 잡고 있었다. 뤼팽은 여자에게도 한마디 했다.

"곧 또 봅시다. 그리고 꼼짝 말고 기다려요. 무슨 일이 어떻게 일어나도 움직이거나 소리를 지르면 안 됩니다."

"그럼 일이 잘 안 될 수도 있단 말인가요?"

"맙소사! 탕카르빌의 영주를 머릿속에 그려보세요. 행운이 그에게서 고개를 돌린 건, 그가 연인을 품에 안고 목표에 거의 도달했던 바로 그 순간이었습니다. 하지만 안심하고 기다리세요. 모든 게 잘될 겁니다."

여자는 아무 대답도 하지 못했다. 다만 남자의 손을 두 손으로 꼭 부여잡을 뿐…….

뤼팽은 사다리 맨 아래 단에 발을 올려놓고 많이 흔들리지는 않는지 마지막으로 검사한 다음, 곧장 오르기 시작했다.

무척 빠른 속도로 그는 사다리 끄트머리까지 이르렀다.

정작 위험천만한 오르막길은 거기서부터 시작되는 셈이었다. 일단은 깎아지른 듯한 경사 때문에 어려울 뿐만 아니라, 중간쯤 높이에서는 진짜 암벽 타기를 해야만 하는 것이다.

다행히 여기저기 발을 디딜 만한 움푹 파인 곳들이 있었고, 툭 튀어나온 바위 부분들도 손으로 매달리는 데 유용했다. 하지만 두 번씩이나 돌무더기가 부서져 내려 미끄러질 때는 그만 모든 것이 끝나버리는 듯한 느낌에 가슴이 철렁하기도 했다.

도중에 좀 넉넉하게 파인 암벽 부분에 이르러서 뤼팽은 잠시 한숨을 돌렸다. 이미 기진맥진한 데다 마음도 시작 같지 않은 상태에서, 저도 모르게 이런 의문이 머릿속을 파고들었다. 과연 이 일이 죽음을 무릅쓸 정도로 가치가 있는 것일까?

뤼팽은 고개를 거세게 가로저으며 생각을 추슬렀다.

'빌어먹을! 뤼팽, 이 친구야, 너 마음이 참 약해졌구나! 왜, 이제 와서 포기하려고? 그럼 도브레크가 너 없는 가운데 비밀을 속삭일 테고, 그걸 들은 후작은 고스란히 명단의 주인이 될 터인데……. 그럼 뤼팽은 말짱 헛수고만 한 채 돌아서야 하고 질베르는 또…….'

한편 기나긴 밧줄을 허리에 친친 감고 있자니 공연히 무겁기만 하고 여기저기 걸리는 것이 여간 불편하지가 않았다. 뤼팽은 생각다 못해, 그 한쪽 끄트머리만 바지 고리에 걸고 나머지는 길게 아래로 축 늘어지도록 했다. 나중에 그것을 그대로 붙잡고 내려가면 되도록 말이다.

그는 다시금 암벽의 거친 부위를 움켜잡고 등반을 재개했다. 손톱이 뭉개졌고, 손가락에서 피가 배어나왔다. 매 순간이 추락의 공포 그 자체나 다름없었다. 그럴 때마다 가슴을 졸이게 하는 것은, 오히려 저 아래 배로부터 들려오는 말소리……. 너무나 선명해서, 저 아래 동료들과 이곳 암벽까지의 거리가 조금씩 늘어난다는 사실이 도무지 믿어지지 않을 정도인, 바로 그 소리였다.

순간 뤼팽의 머릿속에 떠오른 것은, 마찬가지로 암벽의 돌멩이가 요란하게 굴러떨어질 때마다 몸서리를 치면서도 혼자서 캄캄한 어둠을 거슬러 올랐을 탕카르빌의 영주였다. 깊은 침묵의 심연 속에서는 무릇 극미한 소음조차 크게만 들리는 법! 만에 하나 저 아래에서 중얼대는 소리 때문에, 도브레크를 지키는 자들 중 누구 하나라도 '두 연인의 탑'을 기어오르는 이 검은 그림자를 눈치챈다면……. 그것은 곧 한 발의 총성과 함께 죽음을 의미할 터!

등골이 오싹해진 뤼팽은 부랴부랴 기어오르고, 또 기어올랐다. 너무 오랜 시간 오르고, 또 오르다 보니 언뜻 목표 지점을 지나친 느낌이 들었다. 아마도 정신이 없다 보니 오른쪽이나 왼쪽으로 길을 비껴간 듯도 한데, 이러다간 순찰로 쪽으로 빠져나가는 것이 아닐까 하는 우려마저 덜컥 드는 것이었다. 그렇게 된다면 정말이지 어처구니없는 일이 아닌가! 사실 지금의 이 모험이 모든 사태를 하나하나 차분히 점검하고 침착하게 결정해서 시도한 것이었다면, 이렇게 난처한 지경에는 이르지 않았을 일이다.

문득 울화가 치민 뤼팽은 더더욱 악을 쓰고 절벽을 기어올랐는데, 몇 미터를 오르다가는 그만 미끄러지면서 아무렇게나 손에 붙잡히는 나무뿌리를 움켜쥐었다. 하지만 그것도 잠시뿐, 또다시 주르륵 미끄러졌고, 이젠 기력도 오기(傲氣)도 거의 다 떨어져 그만 모든 것을 포기할까 하던 차에……. 별안간 모든 근육과 의지를 포함한 전 존재가 마치 발작이 일어나듯 경직되면서 꼼짝달싹할 수가 없는 것이 아닌가! 단단히 붙든 채 매달려 있는 바윗덩어리 어딘가로부터 웬 사람 목소리가 슬금슬금 새어나오는 것이었다.

뤼팽은 바짝 귀를 기울였다. 현 위치에서 약간 우측으로부터 들리는 소리 같았다. 고개를 한껏 뒤로 젖혀 바라보자 어둠을 가르며 웬 빛줄기가 새어나오는 것이 느껴졌다. 바로 그곳까지 과연 어떤 힘이 솟구쳐서, 어떤 기발한 동작으로 옮겨갔는지, 뤼팽은 자신도 정확히 의식하지 못했다. 다만 불현듯 정신을 차려보니, 그가 매달린 바윗덩어리 바로 위 암벽에 꽤 널찍한 구멍이 파여 있는데, 깊이가 최소 3미터 정도는 될 것 같고, 마치 통로처럼 휑하니 뚫린 저쪽 끝은 세 개의 쇠창살로 가로막혀 있는 것이 눈에 들어오는 것이었다.

뤼팽은 살금살금 그곳으로 기어갔다. 마침내 얼굴을 쇠창살에 바짝 갖다 대고서 그는 들여다보았다.

# 8
## 두 연인의 탑

뤼팽의 눈 아래 펼쳐진 고문실은 둥그스름한 모양을 하고 있었다. 널찍하면서 약간 찌그러진 원형의 공간은, 서로 크기가 다른 투박한 기둥 네 개가 지붕을 받치면서 불규칙한 구역들로 나뉘어 있었다. 바닥과 벽으로부터 스며드는 습기와 곰팡이의 퀴퀴한 냄새가 코를 찔렀다. 보나마나 어느 시대를 막론하고 이곳 제일의 음산한 장소였을 것임에 틀림없었다. 더구나 지금은, 기둥들에 비스듬히 비치는 불빛과 세바스티아니와 아들들의 길게 늘어진 그림자, 그리고 야영용 침상에 쇠사슬로 친친 묶인 포로의 모습이 신비스럽고도 비정(非情)한 분위기를 방 안 가득 더해주고 있었다.

도브레크가 누워 있는 곳은 뤼팽이 잔뜩 웅크리고 있는 채광창에서 5~6미터쯤 바로 아래였다. 사내를 침대에 묶어두고, 또 그 침대를 벽에 돌출한 고리에 고정시킨 낡은 쇠사슬 외에도, 가죽끈이 그의 발목과 손목을 결박하고 있었고, 이와 더불어 포로가 약간만 수상쩍은 움직임을 보여도 이웃한 기둥에 매달린 종이 요란하게 울리도록 교묘한 장치가 고안되어 있었다.

등받이가 없는 나무 걸상 위에 놓여 있는 등불이 그의 얼굴을 환히 비추고 있었다.

언뜻 보니 한쪽에 알뷔펙스 후작이 서 있었는데, 그 창백한 얼굴과 회색빛 콧수염, 훤칠하고도 야윈 몸매가 뤼팽의 눈에 고스란히 들어왔다. 후작은 자신의 포로를 뿌듯한 표정으로 내려다보고 있었다.

잠시 깊고 깊은 적막이 흘렀다. 마침내 후작이 말문을 열었다.

"세바스티아니, 저기 횃불 세 개에 불을 붙이게나. 좀 더 잘 보아야겠어."

불이 환하게 밝혀지자, 그는 잔뜩 몸을 숙인 채 도브레크의 얼굴을 뚫어져라 들여다보며, 거의 점잖다 할 어투로 이렇게 말하는 것이었다.

"우리 사이에 어떤 일이 일어날지 나도 잘 모른다네. 다만 이 방 안에서 나는 환희로 가득 찬 신성한 순간을 만끽할 것만은 틀림없어. 도브레크, 자네는 내게 너무 많은 해를 끼쳤다네! 자네 때문에 내가 얼마나 울었는지! 그래……. 진정 뜨거운 눈물을 많이도 흘렸지. 절망에 몸부림치며 참 많이도 흐느껴 울었어. 내게서 돈도 상당히 빼앗아갔지, 아마? 게다가 자네가 입을 뻥긋할까 봐 두려움에 떨었던 걸 생각하면! 이름이 발설되는 바로 그날로 나의 운명은 끝장나는 셈이니까 말이야. 아! 죽일 놈!"

도브레크는 눈 하나 깜짝하지 않았다. 검은색 코안경은 온데간데없었지만, 여전히 걸치고 있는 안경알에는 불빛만이 하나 가득 반사되고 있었다. 보아하니 놀랄 만큼 야위어 있었고, 푹 꺼진 볼 위로는 광대뼈가 보기 흉하게 튀어나와 있었다.

알뷔펙스 후작이 말을 이었다.

"자, 이제 그 모든 걸 청산할 때가 되었어. 요즘 이 지역에서 어슬렁대는 놈들이 있는 것 같아. 부디 그게 자네 뜻과는 상관없는 일이길 비네. 놈들이 누구이든 간에 자넬 여기서 빼낼 의향이라면, 알다시피 그건 자네의 즉각적인 종말을 의미하니까! 세바스티아니, 함정은 제대로 작동하는 거겠지?"

세바스티아니는 천천히 다가오더니 바닥에 무릎을 꿇고, 뤼팽이 미처 보지 못한 침대 발치의 고리를 부여잡고 돌렸다. 그러자 바닥의 포석 중 하나가 움직이면서 시커먼 구멍을 휑하니 열어놓는 것이었다.

후작은 기분 나쁜 웃음을 지어 보이며 중얼거렸다.

"보게나. 만반의 준비가 돼 있지? 필요한 건 무엇이든 완벽히 갖춰진 셈이라고나 할까. 이렇게 바닥 모를 지하 함정까지 말이야. 성에 전해 내려오는 전설 속의 바로 그 함정이지. 그러니 희망은 버리는 게 좋아. 그 누구도 자넬 구해줄 순 없을 테니까. 자, 이제 입을 열 텐가?"

도브레크가 아무 대답도 하지 않자, 후작은 계속 말을 이었다.

"이번이 네 번째 신문하는 거다, 도브레크. 자네 수중에 있는 그 문서에 관해서 참고 질문하는 것도 네 번째고, 자네의 그 지긋지긋한 협박에서 벗어나려고 발버둥을 쳐대는 것도 지금이 벌써 네 번째란 말이다. 그래……. 네 번째이자 마지막이지. 어때, 입을 열 텐가?"

여전히 대답은 침묵이었다. 알뷔펙스는 세바스티아니에게 눈짓으로 신호를 했다. 그는 아들 둘을 거느리고 천천히 앞으로 나섰고, 그들 중 하나는 손에 막대기를 들고 있었다.

잠시 더 기다리다가 알뷔펙스가 내뱉듯 말했다.

"시작하게."

세바스티아니는 양 손목을 묶고 있던 가죽끈을 조금 느슨하게 푼 뒤, 그 안에 막대기를 삽입하고 단단히 고정시켰다.

“돌릴까요, 후작님?”

잠시 침묵이 흘렀다. 후작은 기다렸으나 도브레크는 여전히 꿀 먹은 벙어리였다.

“말하라니까! 공연한 고통을 당해서 대체 뭘 어쩌자는 건가?”

그래도 마찬가지였다.

“돌리게, 세바스티아니.”

세바스티아니는 즉각 막대기를 완전하게 한 바퀴 돌렸다. 가죽끈은 그만큼 팽팽하게 당겨졌고, 도브레크의 입에서는 한 줄기 신음이 새어 나왔다.

“그래도 말하지 않을 텐가? 자넨 내가 결코 포기하지 않으리라는 걸 잘 알고 있어. 아니 포기하고 싶어도 그럴 수가 없다는 걸 말이야. 필요하다면 자네 숨통이 끊어질 때까지 으깨버릴 수도 있다는 걸 잘 알고 있을 거야. 그런데도 입을 열지 못하겠다는 건가? 그래? 세바스티아니, 좀 더 돌리게.”

지시는 즉각 이행되었고, 도브레크는 고통으로 몸을 들썩이더니 가쁜 숨을 헐떡이면서 축 늘어졌다.

후작은 몸서리를 치면서 소리쳤다.

“바보 같은 자식! 말하란 말이다! 혹시 그 명단으로 아직 재미를 덜 봐서 이러는 거냐? 하지만 이제 그 재미는 다른 사람 몫으로 넘겨야 할 거다. 그러니 어서 말해! 대체 어디다 둔 거냐? 한마디만 해. 딱 한마디만……. 그럼 가만히 놔주겠다. 그리고 내일 내 손에 명단이 들어오는 즉시 널 내보내 주겠어. 널 내보내 주겠단 말이다, 알겠나? 그러니 제발, 어서 말해라! 아! 지독한 놈! 세바스티아니, 한 번 더 돌려줘라!”

세바스티아니가 한 번 더 달려들자, 이번엔 뼈마디에서 우두둑 소리가 났다.

"사, 살려주시오! 살려줘."

마침내 발버둥을 쳐대는 도브레크의 입에서 거친 목소리가 비어져 나왔다.

"제발……. 제발……."

정말이지 참혹한 광경이었다! 세 아들도 일그러진 표정이었고, 자신이라면 도저히 저렇게까지는 못할 것을 실감한 뤼팽도 역겨움에 치를 떨었다. 그러면서도 뤼팽은 절실한 말 한마디에 잔뜩 귀를 기울이고 있었다. 고통을 견디다 못한 도브레크의 입에서 조만간 결정적인 비밀이 튀어나올 것을, 그는 짐작하고 있었다. 그래서 이미 머릿속에선, 이 끔찍한 장소에서 신속히 철수해 자동차를 타고 파리로 질주하는 생각, 다시 말해 통쾌한 승리의 순간이 몽실몽실 피어오르는 것이었다!

"말해라! 말해! 그럼 모든 게 끝날 것이다!"

알뷔펙스가 중얼대자, 도브레크가 더듬거렸다.

"아, 알았소. 알았다고요."

"그래 어서!"

"좀 나중에요. 내일쯤……."

"아! 아무래도 정신 나간 놈이로구나! 내일이라니! 지금 무슨 헛소리를 하는 건가? 세바스티아니, 한 번 더 돌려라!"

"아니요! 아닙니다! 그만해요!"

도브레크가 울부짖었다.

"그럼 어서 말하랄 수밖에!"

"좋소이다. 문서를 숨긴 곳은……."

고통이 너무 심했던 걸까, 도브레크는 고개를 가까스로 쳐들면서 횡설수설하다가, 단 두 마디, "메리…… 메리……" 하며 내뱉고는, 그만 축 늘어져서 꼼짝도 않는 것이었다.

알뷔펙스는 세바스티아니를 돌아보며 지시했다.

"일단 풀어주게. 젠장! 강도(强度)가 좀 심했나?"

하지만 언뜻 보아도 도브레크는 그저 기절했을 뿐임을 알 수 있었다. 하긴 어찌나 긴장했던지 후작 역시 맥이 빠진 채, 침대 발치에 털썩 주저앉아 이마에 흥건한 땀을 닦아내는 것이었다.

"아! 정말 역겨운 짓이야."

후작이 몸서리를 치며 중얼대자, 세바스티아니 역시 거부감을 숨기지 않으며 이렇게 대꾸했다.

"오늘은 이 정도로 충분한 것 같습니다. 내일 다시 시작해도 될 것 같아요. 모레도 있고 말입니다."

후작은 아무 대꾸도 하지 않았다. 아들 중 한 명이 코냑이 든 작은 수통(水桶)을 내밀었다. 후작은 얼른 반 잔을 따라 단숨에 들이켠 다음, 던지듯 말했다.

"내일은 안 돼! 당장 해결을 봐야만 해! 조금만, 조금만 더 애써보자고. 지금 추세라면 그리 어렵지는 않을 걸세."

그는 세바스티아니를 따로 불러서 이렇게 중얼거렸다.

"자네도 들었지? 놈이 내뱉은 '메리'라는 말 말이야. 두 번이나 그랬단 말이거든."

"네, 정확히 두 번 그랬지요. 아마도 메리라는 성을 가진 어느 여자한테 문제의 괴문서를 맡긴 모양입니다."

하지만 알뷔펙스는 즉시 발끈했다.

"그럴 리는 없어! 그는 절대로 누구한테 그걸 맡길 사람이 아니야. 아마 아까 그 말은 다른 뜻일 거야."

"그럼 대체 뭘까요, 후작님?"

"바로 그걸 지금 알아내자는 거 아닌가? 이제 조만간 밝혀질 것이네.

내가 장담하지!"

바로 그 순간, 도브레크는 길게 숨을 몰아쉬면서 몸을 들썩였다.

아울러 다시금 냉정을 되찾은 알뷔펙스 후작은 상대에게서 시선을 떼지 않고 천천히 다가가 말했다.

"이제 알겠는가, 도브레크? 저항하는 건 정신 나간 짓일세. 한번 패했으면 패한 자의 법도를 따라야지, 어리석게 공연한 고통만 자처해서야 되겠는가? 자, 우리 피차 현명하게 처신하자고."

그는 세바스티아니를 돌아보며 외쳤다.

"줄을 도로 좀 팽팽하게 당겨놓게. 이 친구가 느낄 수 있도록 말이야. 그래야 정신도 빨리 들 테니까. 도무지 자꾸만 죽은 척을 하는 통에……."

세바스티아니는 다시 막대기를 부여잡고 퉁퉁 부어오른 살갗에 가죽끈이 밀착될 정도까지 돌렸다. 아니나 다를까 도브레크는 펄쩍 정신이 드는 모양이었다.

후작은 부리나케 소리쳤다.

"그만하게, 세바스티아니! 우리 친구분께선 세상에 둘도 없이 좋은 성격을 타고난 모양일세. 그러니 타협의 필요성도 어렵지 않게 공감하시겠지. 안 그런가, 도브레크? 오, 그래, 빨리 끝내고 싶다고? 정말 옳은 생각일세!"

두 사내는 이제 포로이자 환자가 된 사람 위로 잔뜩 몸을 수그린 채 들여다보고 있었다. 한 사람은 손목을 비끄러매는 막대기를 부여잡고, 또 다른 한 사람은 등불을 치켜들어 누워 있는 얼굴을 환하게 비추면서…….

"잘 봐. 입술이 움직이고 있어. 말을 하려는가 보네. 약간 늦춰보게나, 세바스티아니. 더 이상 고통을 줄 필요는 없을 듯하이. 음……. 안 되겠군, 조금만 더 조여보게. 아무래도 아직은 망설여지는 모양이야. 다시 한 바퀴 더 돌려봐. 멈춰! 이제 다 된 것 같군. 아! 이보게 도브레크, 자네가 그 이상으로 분명히 말을 못하겠다면, 이 모든 게 그저 시간 낭비일 뿐일세. 뭐라고? 지금 뭐라고 한 건가?"

순간 아르센 뤼팽은 입안으로 낭패감에 젖은 탄식을 억지로 삼켰다. 분명 도브레크가 뭐라고 말을 하는 것 같은데, 도통 들리지가 않았던 것이다! 아무리 귀를 쫑긋 세우고 심장의 박동 소리를 잠재우며, 펄펄 뛰는 관자놀이를 달래보아도 도무지 아무 소리도 와 닿지가 않았다.

'빌어먹을! 이런 건 전혀 예상치 못했는걸! 이를 어쩐다?'

뤼팽은 속으로 중얼거리면서, 도브레크가 모든 걸 털어놓지 못하도록 문득 권총이라도 뽑아 들고 막 겨눌 참이었다. 하지만 그럴 경우, 그 역시 비밀을 영영 알 수 없게 된다는 데 생각이 미치자, 차라리 사태의 추이에 맡겨버리는 것이 상책이라는 판단이 들었다.

그러는 동안에도 저 밑에서는 모종의 고백이 약간의 신음 소리에 뒤섞인 채, 짤막짤막 끊어질 듯 이어지고 있었다. 알뷔펙스는 여전히 먹잇감을 다그치고 있었다.

"조금만 더…… 마무리를 해야지."

그러더니 이내 탄성을 어지러이 동원해가며 이렇게 소리치는 것이었다.

"좋았어! 완벽해! 설마! 다시 말해보게, 도브레크. 아! 거참, 기가 찰 노릇이로군. 아무도 생각 못하더라 이거지? 프라스빌조차도? 저런, 멍청한! 세바스티아니, 좀 느슨하게 해주게. 우리의 친구분께서 숨이 넘어가려고 하지 않는가. 진정하게, 도브레크. 너무 무리하지 말고. 그러니까 자네 말은……."

거기가 끝이었다. 알뷔펙스가 꼼짝 않고 귀 기울여 듣던 속삭임이 이

후에도 꽤 길게 이어졌지만, 아르센 뤼팽에게는 그중 단 한 마디도 들려오지 않았다. 그러더니 마침내 후작은 벌떡 일어서며 기쁨의 환호성을 내지르는 것이었다.

"이제야 됐다! 고맙네, 도브레크! 방금 자네의 결단을 결코 잊지 않겠네! 언제든 필요하면 나를 찾아주게나. 항상 자네를 위해 빵 한 조각하고 맑은 물 한 잔쯤은 대접해주겠네. 세바스티아니, 하원 의원 나리를 자네 친자식 돌보듯 잘 돌봐드리게나. 그리고 우선 이 끈들부터 좀 풀어드리게. 세상에 어찌 사람의 탈을 쓰고 같은 인간을 이 꼴로 묶어놓을 수 있단 말인가! 꼭 무슨 꼬챙이에 꿰인 통닭 같지 않은가 말이네!"

"마실 것을 좀 줄까요?"

세바스티아니가 묻자 알뷔펙스는 더더욱 시침을 떼고 소리쳤다.

"아, 바로 그걸세! 어서 마실 것을 좀 드리게나!"

세바스티아니 부자(父子)들은 서둘러 가죽띠를 풀었고, 상처 입은 손목을 마사지하는가 하면 고약을 바른 붕대로 정성스레 감아주기까지 하는 것이었다. 그리고 나서야 도브레크에게 브랜디 몇 모금이 허락되었다.

그 모습을 바라보며 후작이 말했다.

"훨씬 낫군. 까짓, 별일 없을 걸세. 몇 시간만 지나고 나면 표도 안 날 거야. 자넨 옛날 이단 재판소 시절에나 있을 법한 고문도 너끈히 견뎠노라고 사람들 앞에서 자랑하게 될 걸세. 참 운 좋은 사람이야!"

그는 슬쩍 시계를 살폈다.

"자, 잡담은 이제 그만하고. 세바스티아니, 아들들에게 이자를 교대로 지키도록 지시하게. 자네는 내가 막차를 탈 수 있도록 지금 당장 역까지 날 안내해주게."

"후작님, 그럼 이자를 이렇게 행동이 자유롭도록 놔둔단 말입니까?"

"왜, 안 될 것도 없질 않은가? 그럼 이자를 죽을 때까지 우리가 이곳에 데리고 있을 거라고 생각했나? 그건 아닐세. 도브레크, 안심하게나. 내일 오후 난 자네 집에 가 있을 것이네. 만약 자네가 말한 그대로 문서가 그곳에 있다면 거기서 즉각 전보를 칠 것이고, 그럼 자네는 자유의 몸이 되는 것이야. 그러니 거짓말은 안 했겠지?"

그는 다시금 도브레크에게 다가가 바짝 몸을 기울이며 속삭였다.

"헛소리는 아니었겠지? 만약 그랬다면 정말 바보 같은 짓이네. 나야 하루 정도 낭비한 꼴이지만, 자네의 경우는 여생 전부를 잃는 게 돼. 아니지, 아니야. 그럴 리는 없을 거야. 일단 은닉처가 너무도 기발하거든! 그냥 농담으로 보기에는 너무나 그럴듯해! 자, 가자, 세바스티아니! 내일 내가 전보를 칠 것이야."

"하지만 후작님, 그 집에 발을 들여놓지 못하게 하면 어쩌시렵니까?"

"그건 또 무슨 소린가?"

"라마르틴 광장의 그 건물은 프라스빌의 부하들이 쫙 깔려 있거든요."

"그건 걱정 말게, 세바스티아니. 난 들어갈 수 있어. 만약 문을 안 열어준다면 창문이 있을 테고, 창문도 열리지 않는다면, 그땐 프라스빌의 부하 중 누구든 구워삶으면 그뿐이야. 문제는 돈이니까. 다행히도 이제부터 난 그거라면 아무 걱정을 안 해도 되질 않은가! 자, 그럼, 잘 자게나, 도브레크."

후작은 세바스티아니와 함께 밖으로 나갔고, 그 뒤로 육중한 문이 닫혔다.

머릿속에서 이런저런 계획을 꼼꼼히 마련하던 뤼팽도 그와 더불어 슬그머니 물러났다.

계획은 간단했다. 일단 밧줄을 타고 쏜살같이 절벽 아래로 내려간 다음, 일행과 함께 자동차로 한적한 도로를 질주해, 오말 역으로 가자마자 알뷔펙스와 세바스티아니를 덮친다. 싸움의 결과야 불 보듯 뻔한 것. 알뷔펙스와 세바스티아니를 포로로 붙잡고 나서는 어떻게든 둘 중 하나라도 입을 열게 하는 것이 급선무이다. 알뷔펙스 본인이 이런 일을 어떻게 처리해야 하는지 모범을 보여준 거나 같으니, 이쪽에서도 아들을 구원하려고 혈안이 된 클라리스 메르지의 입장으로 볼 때, 그보다 더하면 더했지, 결코 덜하지는 않을 것이다.

뤼팽은 가지고 온 밧줄을 끌어당겨 적당히 걸 만한 바윗덩어리를 더듬어 찾았다. 그런데 막상 안성맞춤인 지점을 발견했는데도, 그는 서두르기는커녕 조급한 처지에도 불구하고 꼼짝 않고 생각에만 잠기는 것이었다. 마지막 순간에 자신의 계획이 어딘지 불만족스럽게 생각되었던 것이다.

'말도 안 돼. 지금의 이 계획은 정말 터무니없고, 또 지극히 비합리적이야! 알뷔펙스와 세바스티아니가 순순히 잡혀주리라고 어떻게 장담하지? 설사 붙잡히기는 한다 해도, 또 순순히 입을 열리라고는 장담할 수 없는 일 아닌가? 아니야. 일단 이곳에 남아서 뭔가 모색해보는 게 더 낫겠어. 그러는 편이 훨씬 성공할 가능성이 큰 것 같아. 내가 노려야 할 상대는 저 둘이 아니라 도브레크야. 놈은 지금 완전히 기진맥진한 상태이겠지. 게다가 이미 한번 내뱉은 비밀을 굳이 고수할 이유가 없을 게 아닌가! 더구나 나와 클라리스도 같은 방식으로 놈을 다룬다면 말이야. 좋았어! 도브레크를 납치하는 거야!'

뤼팽은 거기까지 생각한 다음, 내처 이렇게 속으로 중얼거렸다.

'게다가 만에 하나 일에 실패한다고 해도, 클라리스 메르지와 함께 부리나케 파리로 달려가, 프라스빌의 협력하에 라마르틴 광장의 집에 대한 세밀한 감시를 펼치면 될 거야. 알뷔펙스가 적어도 도브레크가 알려준 대로 마음 놓고 집 안 수색을 못하도록 말이지. 문제는 프라스빌이 사전에 위험을 인지하느냐인데, 틀림없이 그렇게 해야겠지.'

이웃 마을로부터 자정을 알리는 종소리가 들려왔다. 뤼팽에게는 그 소리가 새로운 계획을 실행에 옮기기까지 이제 예닐곱 시간 정도 남았음을 알리는 소리로 들렸다. 그는 곧장 작전에 착수했다.

뤼팽은 일단 고문실 창문으로 통하는 구멍을 벗어나서, 이번엔 작은 관목들이 돋아난 움푹한 암벽에 착지(着地)했다. 거기서 10여 개의 야무진 나뭇가지를 단도로 잘라내 같은 길이로 다듬은 다음, 밧줄 일부를 잘라내 같은 길이의 두 줄로 만들어서 미리 만들어놓은 열두어 개의 막대기 양쪽에 나란히 비끄러맸다. 이렇게 해서 길이가 한 6미터 정도는 되는 줄사다리가 너끈히 만들어진 것이다.

다시 고문실 어귀로 돌아왔을 때는, 도브레크가 누워 있는 침상 옆에 세 아들 중 한 명밖에 남아 있지 않았다. 그는 램프 옆에서 파이프 담배를 느긋하게 피우고 있었고, 도브레크는 잠들어 있었다.

'빌어먹을! 저 녀석, 밤새도록 저러고 있을 참인가? 만약 그럴 거라면 난 그저 얌전히 자리를 피해주는 수밖에…….'

그렇게 속으로 중얼거리는 뤼팽은 알뷔펙스가 비밀을 독차지할지도 모른다는 생각에 속이 쓰렸다. 아까 목격한 바로 미루어볼 때, 후작은 분명 '자신의 잇속을 챙기느라' 이 일을 벌인 것이 틀림없으며, 명단을 빼앗음으로써 단순히 도브레크의 농간에서 벗어남은 물론, 그의 권력을 자기 것으로 삼아 똑같은 방식으로 온 세상을 유린하려는 속셈임이 분명했다.

만약 그것이 성사된다면 뤼팽은 완전히 새로운 적을 상대로 또다시 힘겨운 전투를 치러야 하는 셈이다. 하지만 워낙 사태가 급박하게 돌아가는지라, 그러한 가설에 대해서까지 적절한 대비책을 세울 여유는 도저히 없었다. 일단은 어떻게 해서든 파리의 프라스빌에게 모든 사실을 경고해서 알뷔펙스의 앞길을 막는 방법밖에는…….

한데 그럼에도 불구하고 뤼팽은, 뭔가 새로운 변수가 상황을 변화시켜주기를 끈질기게 고대하며 그 자리에서 꼼짝 않고 있는 것이었다.

시계 종은 자정에서도 30분이 지났다는 사실을 알려왔다. 어느덧 새벽 1시. 골짜기로부터 얼음처럼 차가운 안개가 뼛골까지 스며듦에 따라, 이렇게 무작정 기다리는 것이 점점 끔찍하게만 여겨졌다.

순간, 뤼팽의 귀에 저 멀리 난데없는 말발굽 소리가 어렴풋이 들려왔다.

'세바스티아니가 역에서 돌아오는 모양이군.'

한편 고문실을 지키며 담뱃갑 하나를 몽땅 비운 아들 녀석은 문을 열더니 형제들에게 마지막 얻어 피울 담배 가루가 있는지 소리쳐 물었다. 한데 뭔가 대답을 듣자, 그는 별장에 가기 위해 홀연히 방을 나가는 것이 아닌가!

순간 뤼팽은 소스라치게 놀라지 않을 수 없었다. 문이 제대로 닫히지 않은 채 방치된 것을 어떻게 알았는지, 깊이 잠든 것으로 여겨지던 도브레크가 별안간 벌떡 몸을 일으키더니, 한 발 한 발 조심스레 바닥을 딛고 비틀비틀 일어서는 것이었다. 그러더니 조금 아까의 모습과는 도저히 비교도 할 수 없을 만큼 당당한 기색으로, 여기저기 몸을 만지작거리며 체내의 남은 기력을 점검하는 것이었다.

'저런, 이제 서서히 기력을 회복하는 모양이군. 그렇다면 납치하기도 한결 수월하겠어. 다만 딱 한 가지 문제가 걸리는걸. 과연 내게 설득당할까? 나를 순순히 따라나설까? 혹시 이처럼 난데없이 날아든 천우신조(天佑神助)의 손길이 후작이 쳐놓은 함정이라고 의심하는 건 아닐까?'

그 순간 뤼팽의 뇌리를 스치고 지나는 것은 바로 편지 생각이었다.

도브레크의 사촌인 루슬로가 외프라지라는 이름을 직접 서명하면서까지 이 뤼팽을 적극 믿으라고 추천하는 내용의 편지 말이다.

뤼팽은 호주머니 속에서 얌전히 때가 되기만을 기다리고 있던 편지를 움켜쥔 채, 귀를 바짝 기울였다. 도브레크가 주춤주춤 방 안 포석 위를 서성이는 희미한 소리 말고는 어떤 소음도 들리지 않았다. 뤼팽은 가장 적절한 순간을 기다렸다. 그리고 눈 깜짝할 사이, 창살 사이로 팔을 집어넣어 편지를 냅다 던져 넣는 것이었다.

봉투는 나선을 그리며 방 안으로 날아들더니 도브레크로부터 서너 발짝 떨어진 곳에 사뿐히 내려앉았다. 대체 어디서 날아온 편지란 말인가? 화들짝 놀란 그는 얼른 고개를 치켜들고, 방의 윗부분 거의 전부를 점유하고 있는 캄캄한 어둠 속을 뚫어지게 응시했다. 그러고 나서 봉투를 내려다보았는데, 마치 그 안에 뭔가 덫이라도 감춰져 있다는 듯 선뜻 손을 내밀지 못했다. 그러나 마침내 겉봉의 어느 글씨에 눈길이 가닿자, 별안간 허리를 숙여 집어 들고는 냉큼 봉투를 뜯는 것이었다.

"아!"

겉봉에 적힌 서명이 그의 얼굴을 환하게 하고 있었다.

그는 약간 소리를 낮춰 내용을 읽기 시작했다.

> 이 편지를 소지한 사람을 철석같이 믿어야 해요.
>
> 우리가 그에게 돈을 대서, 후작의 약점을 캐게 했고, 탈출할 수 있는 방법도 마련하게 했으니, 이제 만반의 준비는 갖춘 거나 같아요.
>
> 외프라지 루슬로로부터

도브레크는 편지를 읽고 또 읽더니, 혼잣말로 중얼거렸다.

"외프라지…… 외프라지……."

그는 다시금 고개를 쳐들었다.

뤼팽은 때를 놓치지 않고 이렇게 속삭였다.

"이 창살을 자르려면 두세 시간은 족히 걸릴 거요. 세바스티아니와 그 아들들이 곧 돌아오겠죠?"

난데없는 구원의 목소리에 도브레크도 부드러운 음성으로 대답했다.

"틀림없이 그럴 거요. 하지만 결국에는 날 혼자 놔둘 겁니다."

"그래도 바로 옆방에서 잘 것 아니오?"

"그렇습니다."

"그럼 소리가 들리겠군요?"

"아닙니다. 문이 워낙 두꺼워서."

"좋소. 그렇다면 별로 오래 걸리지는 않겠군. 내게 줄사다리가 있소이다. 어떻게, 혼자서 올라올 수 있겠소? 내가 도와주지 않아도 괜찮겠소?"

"할 수 있을 거외다. 한번 해보지요. 놈들이 내 손목을 분질러놨어요. 아, 경칠 놈들! 손을 움직일 수만 있어도……. 기력도 많이 떨어진 상태요. 하지만 한번 시도해보겠습니다. 그래야만 할 테니까."

한데 문득 말을 끊고 귀를 기울이는가 싶더니, 손가락을 입술에 갖다 대는 것이었다.

"쉿!"

세바스티아니와 그의 아들들이 방 안으로 들어서자, 이미 편지를 감추고 침대 위에 벌렁 누워 있던 도브레크는 때맞춰 정신이 든 것처럼 벌떡 일어나는 시늉을 했다. 세바스티아니는 포도주 한 병과 잔, 그리고 음식 몇 가지를 가져와 내려놓으며 이렇게 말했다.

"괜찮으시오, 하원 의원 나리? 좀 과하게 조인 감이 없지 않소만……. 워낙 그 나무 막대 돌리기가 좀 거칩니다. 대혁명 시대와 보나파르트 통치하에서 흔히 행해지던 방식이었다고 하더군요. 하긴 '쇼퍼르'(chauffeurs. 발바닥을 불로 지지는 따위의 고문 방법을 애용하는 산적을 일컬음—옮긴이)도 숱하게 활보하던 시대였으니 말 다 했죠. 따지고 보면 그만큼 멋진 발명품도 없을 겁니다! 우선 뒤끝이 깨끗하잖아요. 피도 안 나고요. 아, 그리 오랫동안 고문한 건 아닙니다! 한 20분 했을까? 그만 비밀을 뱉어내시더라고요."

그러고는 너털웃음을 터뜨리는 세바스티아니.

"하여튼 하원 의원 나리, 정말 감탄했소이다! 대단히 기발한 은닉처였어요. 누가 감히 상상이나 했겠습니까? 후작님과 내가 처음에 헷갈린 게 무엇 때문인지 아십니까? 바로 당신이 처음에 되는대로 내뱉은 '메리'라는 단어 때문이었습니다. 그렇다고 완전히 헛말이라는 얘긴 아닙니다. 다만……. 그 말 하나 가지고는 좀……. 뭔가 뒤따르는 어구(語句)가 있겠다 싶었던 거죠. 어쨌든 재미있는 발상입니다! 결국 당신 서재의 책상 위였다니! 장난칠 만도 하지요."

세바스티아니는 벌떡 일어나 손바닥을 문지르면서 방 안을 이리저리 서성거렸다.

"후작님이 어찌나 흡족해하시는지, 아마 내일 밤에 직접 돌아오셔서 손수 당신에게 자유를 부여해주실 겁니다. 하긴 생각을 많이 하셨으니, 약간의 절차가 따르긴 할 겁니다. 아마 당신은 수표에 얼마간 서명을 하셔야 할 거예요. 이를테면 지금까지 삼켜온 모든 걸 토해내는 셈이죠! 그동안 후작님께 저지른 경제적 · 정신적 고충을 보상해주어야 합니다. 결국 당신에게 남은 건 이제 비참한 운명뿐이라고나 할까? 이제부터는 쇠사슬이나 가죽끈으로 손목이 묶인 채 곤욕을 치르는 것 따윈 아예 양반이죠! 자, 그건 그렇고, 일단 당신한테 오래된 포도주 한 병과 코냑 한 병을 베풀라는 지시를 받았소이다."

세바스티아니는 계속해서 몇 마디 더 농담을 던졌고, 마침내 램프를 들고 방 안을 한 번 더 훑어본 뒤 자식들에게 이렇게 말하는 것이었다.

"잠이나 자게 내버려두자꾸나. 너희 셋도 좀 쉬어야 할 거야. 그렇다고 아주 푹 늘어지면 곤란해. 혹 모르는 일이니……."

부자(父子) 일행은 그렇게 방에서 나갔다.

꾹 참고 있던 뤼팽이 그제야 나지막이 속삭였다.

"시작해도 되겠소?"

"네, 하지만 조심하세요. 지금부터 두 시간까지는 언제 어느 때 순찰을 돌지 모르는 일이니까."

뤼팽은 작업을 시작했다. 이럴 때를 대비해서 줄칼을 가지고 왔는데, 쇠로 된 창살이 워낙 오랜 세월 지나는 동안 녹이 슬고 헐어서 군데군데 거의 부러지기 직전이나 다름없었다. 일을 하는 동안에도 두 번이나 손을 멈추고 잔뜩 긴장한 채 귀를 기울여야 했다. 하지만 바로 위층의 잔해 더미를 지나다니는 쥐이거나 밤새가 후닥닥 비상하는 소리였을 뿐, 뤼팽은 대부분 별다른 장애 없이 작업에 몰두할 수 있었다. 게다가 도브레크가 문가에 귀를 바짝 갖다 댄 채, 조금이라도 미심쩍은 소리가 들릴 때마다 미리 주의를 주었기 때문에 그리 큰 걱정은 하지 않아도 되었다.

마침내 뤼팽은 마지막 줄질을 하면서 속으로 중얼거렸다.

'휴우……. 그나마 이 끔찍한 구석이 다소 비좁은 덕에 추위가 덜 느껴져서 다행이군.'

그는 밑부분에다 줄질을 집중적으로 해댄 쇠창살들을 충분히 벌려서 사람 하나가 지나다닐 수 있을 공간을 가까스로 만들었다. 이어서 좀 더 넓은 구멍 초입으로 다시 나가, 거기 놓아둔 줄사다리를 가지고 돌아와 남은 쇠창살에다 단단히 고정시킨 뒤, 고문실을 향해 불렀다.

"어이……. 다 됐소이다. 준비 됐습니까?"
"네, 잠깐만요. 조금만 더 들어보고요. 됐습니다. 다들 자고 있어요. 사다리를 내려주십시오."
뤼팽은 줄사다리를 내리면서 말했다.
"내가 내려가서 도와줄까요?"
"아닙니다. 기력은 좀 쇠했지만……. 괜찮을 겁니다."
실제로 도브레크는 놀라운 속도로 쇠창살까지 올라왔고, 구원자의 부축을 받으며 구멍 밖으로 빠져나왔다. 한데 갑자기 대기를 쐬자 돌연 현기증이 이는 모양이었다. 게다가 기운을 차린답시고 포도주를 반 병이나 들이켠 연후라, 그는 그만 정신이 혼미해져서 반 시간 정도를 통로의 차가운 돌바닥에 누워 있어야 했다. 참다 못한 뤼팽은 더 이상 기다리지 못하고 밧줄로 도브레크의 몸뚱어리를 묶은 뒤, 다른 끝을 쇠창살에 비끄러매고 마치 물건을 옮기듯 암벽을 따라 내려갈 채비를 했다. 그제야 이내 기운을 차렸는지 도브레크가 눈을 뜨며 이렇게 중얼거렸다.
"이제 됐습니다. 기분이 한결 나아진 것 같아요. 오래 걸립니까?"
"아주 오래 걸릴 거요. 높이가 50미터나 되는 곳이오."
"알뷔펙스가 이런 탈출 방법이 있다는 걸 어떻게 예상하지 못했을까요?"
"절벽이 워낙 깎아지른 듯해서 그랬을 거요."
"한데도 당신은 어째서?"
"나 원 참! 당신 사촌들 편지 안 읽으셨소? 우선 사람 목숨이 중요한 것 아니겠소? 게다가 그분들이 워낙 사례도 두둑이 하셨고……."
"고맙기도 하지. 지금 그들은 어디 있습니까?"
"저 아래 배 위에 있소."

"그럼 저 아래가 강이란 말이오?"

"그렇소. 자, 이제 잡담은 그만 좀 할 수 없소? 자칫 위험할 수가 있어요."

"한마디만 더 합시다. 당신이 편지를 던졌을 때, 오랫동안 거기 있던 참이었습니까?"

"천만에요, 기껏해야 한 15분쯤……. 나중에 자세히 얘기해드리지. 지금은 서둘러야 할 때요."

뤼팽은 도브레크에게, 밧줄을 단단히 그러쥔 채 뒷걸음질로 암벽을 밟아 내려가라고 주의를 주었다. 다소 험난한 구역에 이르면 자신이 직접 도울 거라면서 말이다.

절벽의 돌출부가 이뤄내는 다소 평평한 지역에 두 사람 다 도착할 때까지는 40여 분 이상이 소요되었다. 그동안에도 뤼팽은, 아직 고문으로 인한 손목 상처 때문에 근력도 유연성도 부족한 사내를 몇 차례나 위험한 지경에서 낑낑대며 부축해야만 했다.

도브레크는 연신 잇새로 신음을 내뱉었다.

"아! 우라질 놈들! 날 이 모양으로 만들어놓다니. 우라질 놈들! 아! 알뷔펙스 이놈……. 이 빚은 반드시 갚아주고야 말 테다, 반드시."

"조용히 하시오!"

순간, 뤼팽이 입을 막았다.

"뭡니까?"

"저 위……. 무슨 소리가……."

둘은 꼼짝 않고 귀를 기울였다. 뤼팽은 탕카르빌의 영주와 화승총 한 방으로 그의 목숨을 앗아간 초병을 머릿속에 떠올렸다. 그러자 어둠과 적막 자체가 두려워지면서 등골이 오싹해지는 것이었다.

"아니지. 내가 착각한 거야. 쳇, 어리석긴……."

"뭐가 말입니까?"

"아무것도……. 아무것도 아니오. 그냥 부질없는 잡념이……."

뤼팽은 더듬더듬 찾은 끝에 마침내 사다리 끝에 손이 닿았다.

"자, 저 아래 강바닥으로부터 올라온 사다리가 여기 있소. 당신의 사촌들하고 내 친구 한 명이 지탱하고 있어요."

그는 아래를 향해 휘파람을 불어 신호하고는, 나지막이 소리를 죽여 외쳤다.

"나 여기 있소. 사다리를 단단히 붙드시오!"

뤼팽은 도브레크를 돌아보며 던지듯 말했다.

"내가 먼저 갑니다."

하지만 도브레크의 생각은 다른 모양이었다.

"내가 당신보다 먼저 앞장서는 게 나을 것 같습니다."

"그건 왜죠?"

"지금 힘이 몹시 빠진 상태입니다. 당신이 내 허리에 밧줄을 감아쥐고 위에서 좀 잡아주었으면 합니다. 그렇지 않으면 혹시라도……."

"아, 알겠소. 그러고 보니 당신 말이 옳군요."

도브레크는 무릎을 꿇었고, 뤼팽은 그의 허리에 밧줄을 새로 묶어 틀어쥔 뒤, 바짝 웅크린 채 흔들리지 않게 사다리 끝을 부여잡고 말했다.

"자, 내려가시오."

바로 그때였다. 극심한 통증이 정확히 어깨 부위를 파고든 것은!

"이런 빌어먹을!"

뤼팽은 아찔하면서 외마디 소리를 내질렀다.

목덜미 약간 오른쪽에 도브레크가 내리찍은 단도의 차가운 느낌이 더없이 예리하게 느껴졌다.

"아……. 이런, 비열한 놈……."

컴컴한 어둠 속에서 뤼팽은 밧줄을 훌렁 벗어 던지는 도브레크의 모습을 어렴풋이 더듬었다. 그가 이렇게 중얼거리는 소리가 음산하게 귓가를 스쳤다.

"역시 자네는 너무 어리석어! 자네가 던져준 내 사촌 루슬로 자매의 편지를 보는 순간, 벌써 난 모든 걸 눈치챘지. 필체가 언니인 아델라이드의 것임에도 불구하고, 그 교활한 여성께선 워낙 의심이 많은지라 내게 경계하라는 뜻으로 서명만큼은 동생인 외프라지 루슬로의 이름을 적었더라 이 말이야! 그걸 보고 내가 얼마나 질겁했는지……. 그래서 잠시 머리를 굴려보았지. 그랬더니 자네가 다름 아닌 아르센 뤼팽 선생이라는 결론이 나오더군! 클라리스의 보호자이자 질베르의 구원자 말이네. 가엾은 뤼팽……. 아무래도 자네 일은 그른 것 같네그려. 난 여간해선 칼질을 안 하지만 한번 했다 하면 확실하게 해주거든."

그는 허리를 숙여 고통으로 허덕이는 뤼팽의 호주머니를 뒤졌다.

"자, 어서 권총이나 내놓으시지. 저 아래 있는 자네의 부하들이 내가 자기들 두목이 아니라는 걸 깨닫고 나면 무작정 덮치려 들 것이 아닌가? 현재 나로선 그들을 일일이 상대할 여력이 없으니 권총 한두 방으로 해결할 수밖에……. 잘 있게나, 뤼팽! 이다음에 저승에서나 다시 봄세! 먼저 가서 나를 위해 현대식 시설이 갖춰진 아파트나 한 채 마련해 두게. 잘 가게, 뤼팽! 그동안 정말 고마웠네. 특히 이번엔 자네가 아니었던들, 내 꼴이 어찌 되었을지 생각만 해도 아찔하거든. 우라질! 알뷔펙스 그 자식, 사람을 정말 호되게도 다루던걸! 불한당 같은 녀석, 어디 한번 마주치기만 해봐라!"

도브레크는 결전에 임할 채비를 차렸다. 그가 휘파람을 다시 불자, 저 아래 배에서 곧장 화답이 들려왔다.

"이제 내려간다!"

그는 천연덕스럽게 내뱉었다.

뤼팽은 죽을힘을 다해 손을 뻗어 놈을 붙들려고 했지만, 허공만 휘저을 뿐이었다. 소리를 쳐서 부하들에게 경고하려고도 했으나, 이미 목이 잠긴 터라 소용없었다.

전신(全身)이 무섭도록 무감각해지는 것이 느껴졌다. 관자놀이가 팔딱거리며 맹렬히 뛰고 있었다.

갑자기 아래쪽에서 소란이 이는가 싶더니, 요란하게 울리는 총성 한 방! 그리고 승리감에 도취한 웃음소리가 기분 나쁘게 솟구쳐 올라왔다. 아울러 연이어 들려오는 여자의 신음 소리와 잠시 후 또다시 총성 두 방…….

뤼팽의 열에 들뜬 머릿속에선, 상처를 입고, 어쩌면 죽어가고 있을 클라리스의 모습이 아련하게 떠올랐다. 그뿐만 아니라 신나게 도망치는 도브레크와 기고만장해 있을 알뷔펙스, 그리고 이제 아무의 방해도 받지 않고 둘 중 누군가 차지하게 될 수정마개가 눈앞에서 어지러이 아른거리는 것이었다. 그러자 불현듯 애인과 함께 추락하는 탕카르빌의 영주가 멀리 자신에게 손짓을 하는 듯했다. 그의 입가로 어느새 이런 신음 소리가 덧없이 새어나오고 있었다.

"클라리스…… 클라리스……. 아…… 질베르……."

거대한 적막이 몸 안으로 밀려들면서 무한한 평온이 전 존재를 관통하고 있었다. 더 이상 아무것도 지탱해주지 않는 탈진한 몸뚱어리가 거치적거리는 것 없이 바위 끄트머리로 떼굴떼굴 구르는가 싶더니, 끝없는 심연 속으로 빠져드는 것이 느껴졌다.

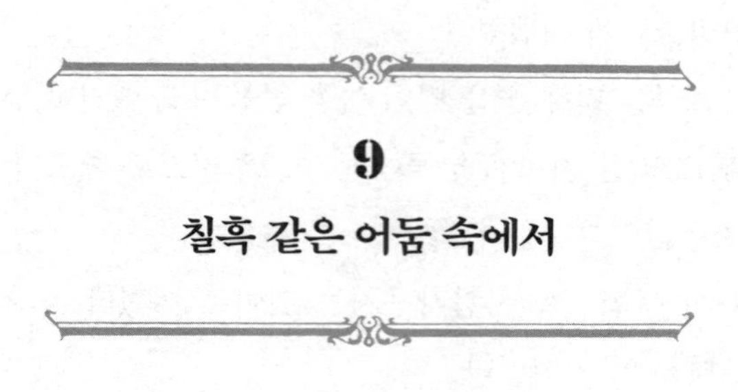

# 9
# 칠흑 같은 어둠 속에서

아미앵의 호텔 방. 아르센 뤼팽은 처음으로 의식이 돌아왔다. 클라리스와 르발뤼가 침대 머리맡에 앉아 있었다.

둘은 뭔가 얘기를 나누고 있었고, 뤼팽은 눈을 감은 채 듣고 있었다. 보아하니 뤼팽의 생명이 위태로울까 봐 꽤나 걱정했던 모양인데, 이제는 한고비 넘긴 듯했다. 대화 도중 들리는 말로 미루어볼 때, 모르트피에르의 비극적인 밤에 벌어진 사건은 대충 이랬다. 도브레크가 사다리를 타고 내려왔고, 두목이 보이지 않아 당황한 부하들이 허둥대는 가운데 약간의 몸싸움이 벌어졌으며, 도브레크에게 무작정 달려든 클라리스의 어깨 부위에 총알 한 방이 스쳐 지나갔고, 강물로 뛰어든 도브레크를 향해 이번에는 그로냐르가 총알 두 발을 날리면서 뒤따라 뛰어들었는가 하면, 르발뤼는 사다리를 기어 올라와 기절해 있는 두목을 발견했다.

르발뤼의 설명이 이어졌다.

"정말이에요! 지금도 두목이 어떻게 거기서 굴러 떨어지지 않았는지 궁금하다니까요! 그 지점에 움푹 파인 곳이 있긴 했지만, 틈새가 꽤 벌어져 있었거든요. 그야말로 반쯤 죽어가는 상태임에도, 두목이 열 손가락을 다 동원해 어딘가 움켜쥐지 않았더라면 무사할 수 없었을 겁니다! 맙소사, 정말이지 제때에 손이 걸린 거죠!"

뤼팽은 가물거리는 정신을 부여잡고 악착같이 귀를 기울였다. 그러던 중, 어떤 말 한마디가 가슴을 철렁하게 만들었다. 훌쩍거리던 클라리스의 입에서, 이미 그날 이후 열여드레가 지났으며, 질베르를 구할 시간도 그만큼 줄어들었다는 얘기가 맥없이 새어나오는 것이었다.

세상에, 열흘하고도 여드레나 지나다니! 뤼팽은 기겁을 했다. 모든 것이 끝났다는 생각이 들었다. 이젠 더 이상 전열을 가다듬어 싸움을 벌일 거리도 없고, 질베르와 보슈레는 그만 죽음의 길목을 넘고야 말 것이다. 또다시 혼미해지는 의식. 신열과 발작…….

시간은 계속 흘러오고 흘러갔다. 아마 그 시점이야말로 뤼팽이 자기 인생 중, 가장 끔찍스러운 기억으로 되뇌는 시절일 것이다. 가끔 의식이 돌아오기도 했고, 잠깐 동안이나마 상황을 정확히 파악할 만큼의 명징함도 보이긴 했다. 그러나 도무지 이런저런 생각을 일관되게 규합할 수가 없었고, 추리를 지속하기도 불가능했으며, 동료들에게 일정한 행동 노선을 지시하거나 금할 수도 없었다.

언제든 의식이 돌아올 때면, 뤼팽은 늘 클라리스의 손을 붙들고 있는 자신을 발견했다. 흔히 극심한 발열에 시달릴 때 빠져들기 마련인 몽롱한 상태에서, 그녀야말로 이 칠흑 같은 어둠 속으로 광명과 환희를 가져다주는 존재라는 둥, 그는 여자에 대한 온갖 애정 어린 찬사의 말을 횡설수설 뱉어내는 것이었다.

그러고 나서는, 물론 자신이 방금 한 말을 몽땅 잊은 채, 다소 차분해진 어조로 애써 농담을 던지곤 했다.

"내가 또 발작을 일으킨 거죠? 분명 멍청한 소리를 지껄였을 겁니다."

그러면 클라리스는 으레 침묵을 지키고 있었고, 뤼팽은, 이번에도 역시 열에 들뜬 나머지 엉뚱한 헛소리를 떠벌렸겠거니 하는 것이었다. 하지만 정작 그녀는 뤼팽의 그런 헛소리엔 조금도 개의치 않고 있었다. 환자에게 물 쓰듯 퍼붓는 정성과 보살핌, 조금만 이상이 보여도 불안해하는 그 애틋한 심정 속에는, 뤼팽이라는 한 남자가 아니라 오로지 질베르를 구해줄 수 있을 유일한 인간에 대한 헌신(獻身)이 담겨 있을 뿐이었다. 그녀는 회복의 경과를 예의 주시하고 있었다. 언제 다시 이 사내가 툴툴 털고 일어나 열화와 같은 전의(戰意)를 불태울 수 있을까? 하루하루가 희망을 앗아가고 있는 이때, 이 사람 곁에만 지키고 앉아 있는 것이 혹시 미친 짓은 아닐까?

한편 뤼팽은, 자신의 상태를 의지력 하나로 너끈히 극복할 수 있다는 특유의 신념을 내보이며, 연신 이렇게 뇌까리곤 했다.

"나는 나을 것이다. 나을 것이다."

그러는 가운데, 상처를 휘감은 붕대를 헝클지 않으려고, 또 혹시라도 신경이 과민하게 자극받을까 봐, 하루 종일 꼼짝도 않는 나날이 몇 날 며칠 이어졌다.

심지어는 도브레크를 더는 생각지도 않으려고 애쓸 정도였다. 물론 그럼에도 불구하고 그 흉악무도한 원수의 이미지는 늘 뇌리를 헤집고 다니지만 말이다.

하루는, 다른 때보다 좀 더 원기를 회복한 상태에서 아침에 눈을 떴다. 상처는 아물어 있었고, 체온도 거의 정상을 회복했다. 파리에서 매일 왕진을 오고 있던 의사 친구가 다음다음 날이면 자리를 털고 일어설

수 있을 거라고 진단했다. 때마침 두 부하와 마담 메르지가 이틀 전부터 뭔가 정보를 수집하러 자리를 비운 사이, 의사가 진단한 그날은 왔고, 뤼팽은 일어서서 활짝 열린 창문가로 다가갔다.

어느새 화사한 햇살과 다소 온화해진 공기가 봄의 도래를 알리는 가운데, 그는 생명의 기운이 다시금 몸속에 차오르는 것을 느꼈다. 사고의 편린들이 제자리를 찾아 서로 이어지며, 온갖 사실이 때론 저들만의 비밀스러운 규칙에 따라, 때론 더없이 명징한 논리에 따라, 머릿속에서 차곡차곡 자리를 잡아가는 느낌도 들었다.

그날 저녁, 클라리스에게서 전보 한 장이 날아왔다. 상황이 악화 일로에 있으며 부득이 그로냐르와 르발뤼와 더불어 자신도 파리에 남아 있어야 할 것 같다는 내용이었다. 전보 내용이 아무래도 마음에 걸리는지 그날 밤은 여간 뒤숭숭한 것이 아니었다. 클라리스가 전보를 직접 쳤을 정도이니, 대체 무슨 일이 일어나고 있는 걸까?

그런데 다음 날, 뜻하지 않게도 클라리스가 방 안에 불쑥 나타난 것이 아닌가! 얼굴은 백지장처럼 하얗게 질리고 두 눈은 하도 울어서 시뻘겋게 충혈된 채, 그만 방에 들어서자마자 그 자리에 주저앉는 것이었다.

"상고가……. 기각되고 말았어요."

더듬거리는 그녀의 말을 듣고, 뤼팽은 일단 흥분을 자제한 뒤, 말했다.

"그럼 기대하셨단 말입니까?"

"아니에요. 그건 아니지만……. 그래도 왠지……. 나도 모르게 그만……."

"어제 기각된 건가요?"

"일주일 전에요. 르발뤼가 내게 숨기고 있었고, 나 역시 겁이 나서 신문은 들여다볼 엄두도 내지 못했어요."

뤼팽은 은근한 말투로 중얼거렸다.

"아직 사면이 남아 있습니다."

"사면이라니요? 아르센 뤼팽의 한패를 사면하리라고 기대하시는 거예요?"

꽤나 신랄한 어조로 발끈하듯 내뱉은 말이었으나, 미처 눈치채지 못한 듯 뤼팽은 덤덤하게 대꾸했다.

"보슈레는 아닐지 모르죠. 하지만 질베르는 동정의 여지가 있어요. 나이도 아직 어리고……."

"아무도 그 아이를 동정하는 사람은 없을 거예요!"

"그걸 어찌 장담하십니까?"

"그 애 변호사를 만나보았어요."

"변호사를요? 그래서 뭐라고 했나요?"

"우선 내가 질베르의 어미라고 얘기했죠. 그리고 그 아이의 정체를 정확히 밝히면 혹시 파국을 돌리거나…… 적어도 잠시 늦출 수 있지 않겠느냐고 물어보았어요."

"정녕 그러실 생각입니까? 모든 걸 밝힐 생각이에요?"

"우선은 질베르의 목숨이 먼저니까요. 나나 내 남편의 명예야 뭐가 중요하겠어요?"

뤼팽은 난색을 표했다.

"당신의 막내아들 자크는 어떻게 하고요? 자크의 앞날을 망치고, 평생 사형수의 동생이라는 굴레를 그 아이에게 씌울 권리가 당신에게 있다고 생각하십니까?"

여자는 고개를 떨구었고, 뤼팽은 말을 이었다.

"그래, 변호사는 뭐라고 하던가요?"

"그 같은 행위는 질베르한테 하등의 도움이 안 된다고 했어요. 변호사도 아무리 이의를 제기한다지만, 내가 보기에 그 역시 별다른 기대는 하지 않는 것 같았어요. 사면위원회는 결국 형 집행 쪽으로 결론을 내릴 겁니다."

"사면위원회는 그렇다 치고, 공화국 대통령은요?"

"대통령은 대개 사면위원회의 뜻을 존중하잖아요."

"이번은 다를 겁니다."

"아니, 어째서요?"

"그에게 영향력을 행사할 테니까요."

"어떻게 말입니까?"

"27인의 명단을 조건부로 제시하는 거죠."

"그럼 그걸 가지고 있단 말인가요?"

"아니죠."

"그러면요?"

"곧 손에 넣을 겁니다."

그랬다. 그 모든 일을 당했으면서도 아르센 뤼팽의 신념은 조금도 수그러들지 않았던 것이다. 그는 지금 무한한 의지력을 드러내면서 더없는 확신과 침착함 속에서 단언하고 있었다.

여자는 그 정도까지 믿지는 못하겠다는 듯 어깨를 가볍게 으쓱했다.

"알뷔펙스가 명단을 빼앗지 못했을 경우, 대통령에게 영향력을 행사할 사람은 오로지 딱 하나, 도브레크 그자밖에 없어요."

그녀가 왠지 나지막한 목소리에다 덤덤하게 내뱉는지라, 뤼팽은 가슴이 철렁했다. 종종 우려했던 것처럼, 혹시 저 여자가 또다시 도브레크를 만나서 질베르를 구원하는 대가를 치르려는 생각은 아닐까?

"다시 상기해드리지만, 당신은 분명 맹세했습니다. 도브레크에게 대항하는 싸움은 오로지 나의 몫이라는 데에 서로 합의를 본 거라고요.

당신과 그자 사이에는 아무런 타협도 있을 수 없는 겁니다."

뤼팽의 불안한 추궁에 여자가 신경질적으로 대꾸했다.

"난 그가 어디 있는지조차 모르고 있어요. 당신도 모르는 걸 내가 어찌 알고 있겠느냐고요!"

다소 회피하는 듯한 대답이었다. 하지만 뤼팽은 더 이상 몰아치지 않았다. 그보다는 적절한 때를 골라 그녀를 감시하는 것이 낫다고 생각한 것이다. 일단은 그간 있었던 자세한 사항이 더욱 궁금하기도 했다.

"그럼 도브레크가 어찌 되었는지는 아무도 모르고 있습니까?"

"전혀요. 한 가지 분명한 건, 그로냐르가 쏜 총알 중 하나는 명중했을 거라는 점입니다. 그다음 날 덤불숲에서 피에 흥건히 젖은 손수건을 발견했거든요. 게다가 오말 역에서는 웬 낯선 남자 하나가 잔뜩 힘들어하며 비틀비틀 걸어가는 게 목격되었답니다. 그는 파리행 기차표를 끊어서 일등칸에 올라타고는 곧장 사라졌다는군요. 거기까지가 우리가 아는 모든 것이에요."

"음……. 그렇다면 필시 중상을 입었을 텐데. 지금쯤은 어딘가 안전한 곳에 숨어서 요양이라도 하고 있겠군요. 아마도 한 몇 주 동안은 경찰과 알뷔펙스, 그리고 당신과 나를 포함한 모든 적이 혹시 쳐놓았을지도 모르는 덫을 피하기 위해 두문불출하고 있을 겁니다."

뤼팽은 잠시 생각을 한 후, 이어서 말했다.

"탈출에 성공한 다음 모르트피에르는 어떻게 되었나요? 현지에서는 잠잠하던가요?"

"네, 조용히 넘어갔다고 하네요. 밧줄이 거두어진 걸로 봐서는 바로 당일 밤 세바스티아니와 그 아들들이 도브레크의 탈출을 눈치채고 서둘러 치운 것 같아요. 그날 하루 종일 세바스티아니는 집에 없었고요."

"그랬겠죠. 후작에게 모든 사실을 보고해야 했을 테니까. 근데 후작은 지금 어디 있답니까?"

"집에 있다고 해요. 그로냐르가 조사한 바로는 틀림없는 것 같대요."

"그자가 라마르틴 광장의 호텔로 침입하지 않았다는 것도 확실합니까?"

"더없이 확실하다고 해요."

"도브레크도 마찬가지고요?"

"네, 마찬가지예요."

"프라스빌은 만나보았습니까?"

"그는 지금 휴가 중이라 어디 여행을 떠났대요. 그 대신 블랑숑 형사반장이 이 사건을 맡고 있는데, 호텔을 지키는 경찰들 얘기가, 프라스빌이 워낙 엄명을 떨어뜨려놔서 단 한순간도 감시를 게을리하지 않는다고 하네요. 밤에도 서재 안에 교대 근무를 서기 때문에, 누구든 침입해 들어올 수가 없다고요."

"그렇다면 원칙적으로 수정마개는 아직 도브레크의 서재 어딘가에 있다는 결론이 나오는군요."

"도브레크가 납치되기 전에 그곳에 있었다면, 아직도 그곳에 있는 셈이죠."

"물론 그 책상 위에 있을 거고요."

"책상 위라고요? 무슨 근거로 그렇게 말씀하시는 거죠?"

세바스티아니가 한 말을 똑똑히 기억하고 있는 뤼팽이 조용히 중얼거렸다.

"그냥 아는 겁니다."

"하지만 당신은 그 병마개가 책상 어디에 감춰져 있는지는 모르잖아요?"

"모르지요. 하지만 책상이라는 것은 어디까지나 한정된 공간입니다.

기껏해야 20분이면 샅샅이 훑지요. 필요하면 10분 안에도 끝장낼 수 있을 겁니다."

대화를 나누다 보니 아르센 뤼팽은 피곤함이 엄습해오는 것을 느꼈다. 혹시라도 경솔한 얘기를 내뱉지 않기 위해 뤼팽은 서둘러 이렇게 마무리했다.

"아무튼 한 2~3일만 더 기다려주십시오. 오늘은 3월 4일 월요일입니다. 그러니 모레 수요일, 늦어도 목요일에는 나도 완전히 회복될 수 있을 겁니다. 우리가 결국엔 이길 거라는 확신을 가지십시오."

"하지만 그때까지는?"

"그때까지는 일단 파리로 돌아가 계세요. 트로카데로 근처에 위치한 프랑클랭 호텔에서 그로냐르와 르발뤼와 함께 있으세요. 거기서 도브레크의 집을 감시하는 겁니다. 경찰관들 독려도 가끔 하고 말이죠."

"그러다 만약 도브레크가 집으로 돌아오면 어떡하죠?"

"그래만 준다면 더 잘된 거죠. 그땐 우리가 나서서 놈을 덮칠 테니까."

"잠깐 들르기만 하면요?"

"그럼 당연히 그로냐르와 르발뤼가 뒤를 밟아야겠죠."

"그러다 놓치기라도 하면?"

뤼팽은 더 이상 아무 대꾸도 하지 않았다. 세상 그 누구도 이처럼 호텔 방에 처박힌 채 속수무책으로 있다는 것이 얼마나 불안한 일인지 뤼팽보다 당장 더 절실히 느끼는 사람은 없을 것이었다. 그의 존재가 이 전쟁터에서 얼마나 간절하게 요구되고 있는지를 말이다! 심지어는 그 같은 어지러운 고민 때문에 회복이 일반적인 경우보다 훨씬 더딘 감도 없지 않은 실정이다.

그는 중얼거렸다.

"이만 가보십시오. 어서요."

사실, 생각만 해도 끔찍한 '그날'이 점점 더 다가옴에 따라 두 사람 사이에는 알 수 없는 난기류가 증가하고 있었다. 마담 메르지는, 아들을 앙기앵 사건에 뛰어들게 만든 결정적인 책임이 자신에게 있다는 것은 까마득히 잊거나 의식하지 않으려 하면서도 유독 사법부가 그를 단순한 죄인이라기보다는 뤼팽의 공범으로서 강력하게 처벌하려는 것만큼은 집요하게 되새기는 것이었다. 여태껏 노력을 해왔다고는 하지만, 그렇게 대단하다던 뤼팽이 이루어놓은 것이 대체 뭐란 말인가? 그가 개입함으로 해서 질베르의 신변에 좀 더 나아진 점이 도대체 뭐란 말인가?

잠시 어색한 침묵이 흐른 뒤, 여자는 소리 없이 일어나 밖으로 나갔다.

다음 날 뤼팽의 몸 상태는 별로 나아진 것이 없었다. 그리고 수요일인 그다음 날, 주말까지는 이대로 쉬는 것이 좋다고 하는 의사의 진단에도 불구하고 뤼팽은 이렇게 반문했다.

"만약 그러지 않으면 어떻게 되나요?"

"열이 가시지 않을 겁니다."

"고작 그겁니까?"

"그렇습니다. 상처는 이미 딱지가 졌으니 괜찮고요."

"그렇다면 나중 일이야 어떻게 되든, 당신 차를 함께 좀 타고 가야겠습니다. 정오에는 파리에 도착해야 하니까요."

사실 뤼팽을 그토록 서둘러 떠나게 부추긴 것은 클라리스로부터 온 한 장의 편지였다. "도브레크의 발자취를 찾아냈어요"로 시작하는 그 편지 말고도, 하긴 운하 사건에 연루된 알뷔펙스 후작의 체포 소식을 아미앵 지역신문에서 읽은 점도 크게 작용했지만 말이다.

바야흐로 도브레크의 복수극이 시작된 것인가?

한데 정녕 이것이 도브레크의 복수를 알리는 거라면, 서재 책상 위에 있다는 그 괴문서를 후작이 아직 손에 넣지 못했다는 얘기인데……. 아울러 라마르틴 광장의 호텔 내에 진을 친 블랑숑 형사반장과 경찰들이, 맡은 바 감시 임무를 성공적으로 수행했음을 증명하는 것일 터. 요컨대 문제의 수정마개는 아직도 그곳에 얌전히 있다는 얘기가 아닌가!

수정마개가 아직도 거기에 있다는 사실은, 한편으론 도브레크가 철저한 감시망을 뚫고 감히 집에 접근하지 못하고 있다는 것, 다른 한편으론 아직은 건강 상태가 밖에 나다닐 정도가 못 된다는 것, 그것도 아니라면 워낙 은닉처에 대해 안심해서 굳이 손대지 않아도 된다는 것을 의미한다.

그 모든 경우를 막론하고 이제부터 취해야 할 노선은 단 하나뿐, 가능한 한 서둘러 행동에 나서야 한다는 바로 그것! 도브레크를 앞질러서 그 수정마개를 어떻게든 손에 넣어야만 한다!

불로뉴 숲을 지나자마자 자동차는 라마르틴 광장 근처에 도달했고, 거기서 뤼팽은 의사에게 고맙다는 말과 함께 차에서 내렸다. 미리 약속한 그로냐르와 르발뤼가 두목을 반갑게 맞았다.

"마담 메르지는?"

"어제부터 집에 들어오지 않고 있습니다. 보내온 전보에 의하면, 사촌 여동생들 집을 나와 마차에 오르는 도브레크를 목격했답니다. 마차 번호를 알아두었다면서 계속해서 소식을 전하겠다고 했습니다."

"그래, 그 뒤로는?"

"그 뒤론 아무 연락도 아직 없습니다."

"그 밖에 다른 소식은?"

"『파리 미디』지(紙)에 실린 기사인데, 상테 감옥에 수감 중인 알뷔펙스가 그만 유리 조각으로 손목을 그었다고 합니다. 그는 죽기 전에 아마 장문의 글을 남긴 것 같은데, 자신의 죄를 고백함과 동시에, 자살의 책임을 도브레크에게 돌리면서, 운하 사건에 그가 어떤 역할을 담당했는지를 낱낱이 고발하는 내용이라고 하더군요."

"그게 전부인가?"

"아직 더 있습니다. 이것도 같은 신문에 나온 기사입니다만, 예상했던 대로 사면위원회에서는 보슈레와 질베르의 사면 요청을 기각했다고 합니다. 그래서 오는 금요일쯤 그들의 변호인단이 대통령을 직접 알현할 거라는군요."

뤼팽은 몸서리가 쳐지는지 부르르 떨면서 말했다.

"그래봤자, 그리 오래 버티지는 못할 걸세. 도브레크는 처음부터 케케묵은 사법 체계 전체에다 이미 강력한 충동질을 가해놓은 상태야. 기껏해야 일주일 정도 갈까? 이내 단두대의 칼날은 떨어지고 말 걸세. 아! 가엾은 질베르……. 모레 변호사가 대통령에게 무조건적인 27인의 명단 반납을 제의하지 못한다면, 가엾은 질베르, 자네는 끝장난 거나 다름없어."

"아니, 이것 보세요, 두목! 두목 입에서 그런 용기 없는 말씀이 나오다니요!"

"내가 말인가? 천만에, 그런 어리석은 걱정일랑 말게나! 앞으로 한 시간 후, 내 손아귀엔 수정마개가 쥐어져 있을 걸세. 두 시간 후면 질베르의 변호사를 내가 직접 만날 것이고. 그럼 모든 악몽이 거기서 끝나게 될 거야."

"브라보! 역시 두목이십니다! 이제야 제 모습을 찾으시는군요. 여기서 기다릴까요?"

"아니, 자네들 호텔로 돌아가 있게. 거기서 보도록 하지."

일행은 그렇게 찢어졌다. 뤼팽은 그 길로 곧장 도브레크의 호텔 철책문으로 가 초인종을 눌렀다.

경찰이 문을 열어줬고, 금세 상대를 알아보았다.

"므슈 니콜 아니십니까?"

"그렇소. 납니다. 블랑숑 형사반장 계십니까?"

"계십니다."

"얘기 좀 나눠도 될까요?"

뤼팽은 서재로 안내되었고, 블랑숑 형사반장은 반가운 얼굴로 손님을 맞이했다.

"므슈 니콜, 그렇지 않아도 선생의 편의를 충분히 봐드리라는 지시를 받아놓고 있습니다. 특히 오늘 이렇게 만나 뵙게 되다니 대단히 기쁩니다."

"무슨 특별한 일이라도 생겼습니까, 반장님?"

"새로운 소식이 있어서요."

"심각한 일입니까?"

"매우 심각한 일입니다."

"어서 말씀해보시죠."

"도브레크가 돌아왔습니다."

순간 뤼팽은 소스라치듯 놀라며 말했다.

"네? 그래요? 도브레크가 돌아왔다고요? 여기 있습니까?"

"아뇨, 도로 떠났습니다."

"여기 이 서재에 들어왔습니까?"

"네."

"언제 말입니까?"

"오늘 아침에요."

"그런데 순순히 들여보냈단 말입니까?"

"달리 어쩔 도리가 있겠습니까?"

"그래, 혼자 내버려두었습니까?"

"워낙 강력히 요청하는 터라, 그렇게 했지요."

뤼팽은 눈앞이 핑 도는 느낌이었다.

도브레크는 수정마개를 찾으러 돌아왔던 것이다!

그는 한참 동안을 입을 다문 채, 속으로 이런 생각을 되뇌고 있었다.

'그걸 찾아가려 온 거야. 누가 이미 발견했을까 봐 두려웠는데, 막상 와보니 그대로여서 옳다구나 하고 가져갔겠지. 빌어먹을! 필연적인 수순이었어. 알뷔펙스가 체포되고 기소당하자마자 입을 놀리는 바람에, 도브레크로서도 스스로를 방어할 필요가 시급해졌겠지. 게임이 치열해지고 있다는 판단이었을 테고. 지난 수개월 동안 오리무중이었던 사건의 내막이 알뷔펙스에 의해 까발려지자, 대중은 27인의 명단을 둘러싼 스캔들의 배후에 모든 것을 주무르면서 살인까지 저지른 지독한 존재가 버티고 있다는 걸 비로소 알게 된 셈이니까. 이런 상태에서 자신의 그 부적이 보호를 안 해준다면 그의 입장이 어떻게 되겠어! 그래서 부랴부랴 물건을 챙긴 거라고.'

마침내 뤼팽은 가능한 한 차분한 목소리로 입을 열었다.

"오랫동안 머물렀습니까?"

"아마 20초 정도 있었을 겁니다."

"20초라고요? 고작 그 정도였습니까?"

"그렇습니다."

"그때가 몇 시쯤이었죠?"

"오전 10시였습니다."

"그때 혹시 알뷔펙스 후작의 자살 소식을 알고 있는 눈치였나요?"

"네, 그렇지 않아도 그에 관해 보도가 된 『파리 미디』 특별판을 호주머니에 꽂고 있더라고요."

"그랬군요. 바로 그렇게 된 거예요."

뤼팽은 내처 물었다.

"프라스빌 씨가 혹시 도브레크가 돌아올 경우에 대비해서 특별한 지시를 내리지는 않았습니까?"

"아뇨, 그렇지 않아도 프라스빌 씨가 부재중이라, 우리 나름대로 경시청에 전화를 해놓고 지시를 기다리는 중입니다. 아시다시피 도브레크 하원 의원의 실종 때문에 대단한 물의가 빚어졌고, 그 바람에 우리 경찰이 이곳에 진을 치고 있는 게 당연시됐지요. 한데 이제 그가 무사히 돌아왔으니, 더 이상 이 집에 터를 잡고 있을 이유가 없어진 셈 아닙니까?"

뤼팽은 답답한 심정에, 대놓고 건성으로 대꾸했다.

"맘대로 하시구려! 이따위 집이야 감시를 하건 말건 이제 맘대로 하란 말이오! 도브레크가 돌아왔고, 이제는 수정마개도 사라졌을 테니……."

순간 어떤 의문점 하나가 뇌리를 스치는 바람에 그는 하던 말을 끝맺지 못했다. 정녕 수정마개가 있던 곳에서 사라졌다면, 뭔가 그에 수반하는 물리적인 징후가 드러나 있지 않겠는가? 틀림없이 다른 어딘가의 속에 들어 있을 그 수정마개가 사라졌다면 당연히 그만큼의 빈 흔적이 남아 있을 것이 아니냐는 말이다.

확인 작업은 비교적 쉬워 보였다. 세바스티아니가 던진 농담으로 미루어볼 때, 은닉처가 분명한 책상 위만을 샅샅이 살펴보면 될 것이기 때문이다. 아울러 그 은닉처라는 것도, 도브레크가 머문 시간이 20초 정도밖에 안 된 것을 감안하면, 전혀 흐트러져 있지 않을 것이다. 기껏해야 방에 들어왔다가 물건만 살짝 집어 들고 나갔을 시간일 테니까 말이다.

뤼팽은 유심히 시선을 굴렸다. 아니나 다를까, 즉각적으로 와 닿는 것이 있었다. 물건들이 얹혀 있는 상태 그대로의 책상이 그의 뇌리 속에 워낙 선명하게 각인된지라, 그중 어느 하나가 없어진 것이 금세 눈에 들어오는 것이었다. 마치 사라져버린 그 물건 하나야말로 다른 모든 책상과 이 책상을 구별할 수 있게 해주는 유일한 특징이기라도 했던 것처럼.

뤼팽은 기쁨으로 부르르 떠는 가슴을 진정시키며 속으로 중얼거렸다.

'오! 모든 게 맞아떨어지는군. 모든 게……. 모르트피에르의 탑 안에서 고문에 못 이겨 도브레크가 내뱉은 그 첫마디 말에 이르기까지 전부 다……. 드디어 수수께끼가 풀렸어! 이번에야말로 주저할 필요도, 더 듬댈 필요도 없어. 결국엔 이렇게 알아내다니!'

그러고는 형사가 질문하는 것엔 아랑곳하지 않고, 은닉처가 저리도 단순할 수 있을까 감탄에 젖어 멍하니 있는 것이었다. 그의 머릿속에는 문득 에드거 포의 저 유명한 이야기가 몽실몽실 떠오르고 있었다. 도둑맞은 편지……. 그토록 사람들이 달라붙어 찾아 헤매던 편지가 실은 모든 이의 시선이 닿는 곳에 있었다는 바로 그 이야기를(1845년 작 『The Purloined Letter』를 말한다. 보들레르의 번역으로 프랑스에 알려지기 시작한 에드거 앨런 포는 위대한 상징 시인이자 추리소설의 문을 연 작가로 유명하다. 모리스 르블랑도 『기암성』에 관한 글에서 그를 '저 천재적인 에드거 앨런 포'라며 극찬을 아끼지 않았다. 결정판 아르센 뤼팽 전집 1권의 「추리소설론」 참조—옮긴이)……. 자고로 숨겨진 듯하지 않은 것에 대해서는 별다른 주목을 하지 않는 법!

뤼팽은 방금 눈치챈 것으로 인해 몹시 흥분한 상태로 방을 나서면서 중얼거렸다.

"이번의 고약한 모험에서는 아무래도 끝까지 지독한 좌절만을 맛볼 것 같군그래. 애써 뭔가 쌓아 올려놓으면 곧바로 허물어지는 꼴이야. 뭐든 성공하는가 싶으면 금세 파국으로 치닫고 있단 말이거든."

하지만 이대로 무너질 그가 아니었다. 우선 그는 도브레크 하원 의원이 수정마개를 어떤 식으로 숨겨놓았는지를 알아냈다. 그런가 하면 클라리스 메르지를 통해 도브레크의 은신처가 어디인지 알아내는 일도 숙제로 남아 있다. 일단 거기까지만 달성되면, 다음은 그에게 그저 어린애 장난일 따름이다.

그로냐르와 르발뤼는 트로카데로 근처에 있는 자그마한 호텔 프랑클랭의 살롱에서 두목을 기다리고 있었다. 아직 마담 메르지로부터는 그 어떤 기별도 오지 않은 상태였다.

"상관없어! 난 그녀를 믿는다! 아마도 뭔가 확신을 얻기 전까지는 도브레크를 놔주지 않을 여자야."

뤼팽은 호기 있게 외쳤다.

하지만 오후가 거의 저물 무렵이 되자 그 역시 다소 불안하고 안달이 나는 모양이었다. 그가 지금 벌이는 전쟁은—제발 마지막이 되기를 바라지만—조금이라도 지체하다가는 모든 것을 망칠 수 있는, 그런 종류의 전쟁이었던 것이다. 만약 도브레크가 마담 메르지를 맘먹고 따돌릴 작정이라면, 여자의 몸으로 과연 어떻게 그를 따라잡겠는가! 한번 저지른 착오를 만회하기 위해 허용된 시간이래야 몇 날 몇 주가 아닌, 고작 몇 시간, 그것도 지독하게 제한된 몇 시간에 불과한 형편이다.

호텔 주인과 마주친 뤼팽이 대뜸 불러 세우고 물었다.

"내 두 친구 앞으로 온 전보문이 정녕 없단 말이오?"

"없습니다, 므슈."

"그럼 혹시 내 이름으로는요, 므슈 니콜 앞으로 말입니다."

"그것도 없는데요."

"정말 이상한 일이로군. 마담 오드랑에게서 기별이 오긴 올 텐데(클라리스는 바로 그 이름으로 이 호텔에 투숙하고 있었다)."

"그 부인이라면 아까 들어오셨는데요!"

주인이 의아한 표정으로 외쳤다.

"지금 뭐라고 하셨소?"

"그분은 벌써 들어오셨다고요. 한데 신사분들이 보이지 않자, 방에 편지 한 장을 남겨놓았더군요. 급사가 아무 말 안 하던가요?"

뤼팽과 부하들은 부리나케 방으로 뛰어 올라갔다.

과연 탁자 한가운데에 덩그러니 편지가 있었다.

"어럽쇼, 봉투가 뜯겨 있잖아! 대체 어찌 된 일이지? 이 가위질은 또 뭐고?"

편지의 내용은 이랬다.

> 도브레크는 상트랄 호텔에서 일주일간을 묵었습니다. 그리고 오늘 아침에 □ 역으로 가방을 보낸 다음, 어딘가로 전화를 걸어 □ 역에 도착하는 침대차에 자리 하나를 예약했습니다.
>
> 한데 몇 시 기차인지는 모르겠군요. 아무튼 오후 내내 역에 가서 지키고 있을 생각입니다. 가능하면 세 분 모두 와주시기 바랍니다. 납치 준비를 해야 할 테니까요.

"이게 뭐람! 대체 어느 역을 말하는 거야? 어디로 가는 침대차고? 글자 있는 데만 깡그리 오려냈잖아!"

르발뤼의 말에 그로냐르가 대뜸 맞장구를 쳤다.

"그러게 말이야. 각각 정작 중요한 말에다가 가위질을 했어. 이거야 원……. 이 여자 정신이 어떻게 된 거 아냐?"

뤼팽은 아무 말 없이 가만히 있었다. 들끓어 오르는 핏발이 잔뜩 일어선 관자놀이를 두 주먹으로 꾹 누른 채 그는 꼼짝도 하지 않았다. 안으로부터 신열이 부글부글 휘몰아쳐 오르고 있었고, 고통스러울 정도로 확장된 오기가 이 음험한 적을 향해 핏대를 세우고 있었다. 자신이 당하지 않으려거든 지금 당장 깨부숴야만 할 적의 존재가 피부로 와 닿는 느낌이었다.

마침내 그는 지극히 침착한 어투로 이렇게 말했다.

"도브레크가 이곳에 왔다."

"도브레크가요?"

"마담 메르지가 무슨 장난칠 게 있다고 두 단어를 정성스레 오려냈겠는가? 도브레크가 이곳에 온 거야. 마담 메르지는 자신이 그자를 감시하고 있다고 생각하겠지만, 실은 그자야말로 여자를 감시하고 있었어."

"아니, 어떻게 그런 일이……."

"틀림없이 그 급사라는 자가 중간에 나섰겠지. 마담 메르지가 호텔에 들른 걸 우리에게는 감쪽같이 감추고, 도브레크에게만 알려주었을 거야. 그래서 그자가 여기로 와, 이 편지를 먼저 읽은 거야. 놈은 일부러 편지는 그대로 놔둔 채, 실실 웃어가며 가장 중요한 두 대목만 가위로 오려낸 거라고."

"하여튼 어찌 된 건지 알아낼 수 있을 겁니다. 당장 호텔을 조사해서……."

"그래봤자 소용없어! 그가 왔다는 게 확실한 마당에, 어떻게 왔는지는 알아서 무슨 소용인가?"

뤼팽은 편지를 이리저리 뒤집어가며 오랫동안 살펴본 다음, 자리에서 벌떡 일어나 내뱉듯 말했다.

"자, 다들 가세나!"

"어디로 말입니까?"

"리옹 역으로."

"확실합니까?"

"도브레크에 관해서는 아무것도 확실한 건 없네. 다만 지금 이 편지의 문면(文面)으로 볼 때, 에스트 역과 리옹 역 중 하나를 선택하라면, 그자의 취향이나 건강 상태, 사건의 성격상, 프랑스 동부(에스트(Est)는 동쪽이라는 뜻—옮긴이)보다는 아무래도 마르세유나 코트다쥐르(모두 남프랑스 지방에 해당하며, 리옹 역은 남프랑스로 가는 기차가 출발하는 역—옮긴이) 쪽으로 방향을 잡았을 거라고 생각하네(이 대목을 이해하려면 약간의 프랑스어 지식이 필요하다. 왜 뤼팽은 하고많은 역 중에 리옹 역과 에스트 역을 꼽았을까? 파리 시내에 소재한 기차역은 모두 여섯 개로, 에스트 역(Gare de l'Est. 東驛), 노르 역(Gare du Nord. 北驛), 리옹 역(Gare de Lyon), 생라자르 역(Gare St. Lazare), 오스테를리츠 역(Gare d'Austerlitz), 그리고 몽파르나스 역(Gare Mont-Parnasse)이다. 보다시피 여기서 에스트 역과 리옹 역이 다른 역 이름과 구분되는 공통점은, 영어의 'of'와 같은 전치사 'de'가 고스란히 드러난다는 점이다. 그런데 마담 메르지가 남긴 편지에서는, 결정적인 역 이름이 오려지고 남은 부분에 바로 이처럼 전치사 'de'가 온전한 형태로 나타나 있다—옮긴이)."

그렇게 해서 뤼팽과 일행이 프랑클랭 호텔을 나선 시각은 저녁 7시가 지나서였다. 그들을 태운 자동차는 전속력으로 파리 시가지를 가로질러 달렸다. 하지만 정작 역에 도착해서는 단 몇 분 만에 클라리스 메르지가 역사(驛舍) 밖에도, 대합실 안에도, 플랫폼에도 없다는 사실을 확인해야만 했다.

점점 안달이 더해가는 뤼팽의 입에서 짜증스러운 중얼거림이 새어나오고 있었다.

"그런데 말이야, 그런데……. 생각 좀 해보자고. 만약 도브레크가 침대차를 잡았다면 그건 필시 밤에 출발하는 열차일 거야. 이제 막 7시 30분이니까."

마침 기차 한 대가 출발하고 있었는데, 야간 특급열차였다. 다행히 일행이 통로를 달려가며 칸칸이 확인해볼 시간은 있었다. 하지만 마담 메르지도, 도브레크도 보이지 않았다.

하는 수 없이 세 사람 모두 기차에서 내렸는데, 짐꾼 한 명이 구내식당 앞에서 그들과 맞닥뜨리더니 이러는 것이었다.

"혹시 므슈 르발뤼라는 분 계십니까?"

뤼팽은 화들짝 놀라며 더듬댔다.

"네? 아, 네, 네……. 왜 그러시죠?"

"오, 선생이시군요! 부인께서 그렇지 않아도 세 분이 함께 있을 거라고 하시더니만……. 아니, 두 분이었나? 하여간 그랬습니다."

"그래서요? 어서 용건부터 말해보시오!"

"웬 부인이 가방들을 잔뜩 놔두고 플랫폼에 선 채, 한나절을 기다리고 계시더라고요."

"그래서 어찌 되었나요? 기차를 탔습니까?"

"네, 6시 30분발 특별 칸을 잡으셨는데……. 출발하기 직전에 뭔가 결심하는 듯하더니, 내게 말 좀 전해달라는 겁니다. 선생이 혹시 저 열차에 있거든, 자신은 몬테카를로로 간다고 전해달라더군요."

순간, 뤼팽은 저도 모르게 중얼거렸다.

"아! 제기랄! 아까 저 특급열차를 그대로 탔어야 했어! 이젠 정말 밤차밖에 안 남았을 텐데. 출발 시간이 앞당겨질 리도 없고! 이거 세 시간도 더 허비하는 셈이야!"

기다리는 시간은 끝이 없을 것처럼 보였다. 일단 자리부터 잡고 난 뒤, 프랑클랭 호텔로 전화를 해서 그리로 오는 모든 우편물을 몬테카

블로로 다시 보내달라고 부탁했다. 그제야 일행은 저녁을 들고 신문을 이리저리 들췄다. 드디어 9시 30분. 기차가 덜컹거리며 움직이기 시작했다.

결국 최악의 상황이 겹치는 바람에, 뤼팽은 가장 중요한 순간, 전장에서 등을 돌린 꼴이 되었다. 아울러 지금까지 상대해온 중 가장 강력하고 힘겨운 적수에게 대항해서 어디서 어떻게 싸워야 할지도 모르는 채, 마냥 위험 속으로 뛰어들 수밖에 없는 처지가 되고 만 것이다.

문제는, 그러는 사이, 질베르와 보슈레의 피할 수 없는 처형 날짜에 4~5일을 더 접근해갔다는 사실이다.

열차에서 지낸 그날 밤은 뤼팽에게 정말이지 견디기 힘든 시간이었다. 현재 처한 상황을 분석하면 할수록 황당하기만 할 뿐이었다. 사방을 둘러보아도 무기력과 혼란, 어둠과 의혹만이 느껴질 따름이었다.

물론 이제는 수정마개의 비밀을 분명히 알고 있다. 하지만 도브레크가 전략을 이미 바꾸었거나, 앞으로도 바꾸지 않을지 어찌 안단 말인가? 27인의 명단도 여전히 그 수정마개 속에 있을 것인지, 수정마개를 원래 감추어두었던 물건 속에 여전히 그대로 방치할지도 전혀 모르는 일이 아닌가?

또 다른 불안의 원인은, 클라리스 메르지가 도브레크를 미행하며 감시한다고 믿고 있지만 실상은 정반대라는 사실에 있었다. 도브레크는 스스로 감시받고 미행당하는 것처럼 하면서 실제로는 교활하게도, 아무런 도움이나 희망도 허용치 않을 자신만의 선택된 장소로, 살금살금 여자를 유인해가고 있는 것이다!

아! 도브레크, 그자의 속셈은 뻔한 것이다! 그 불행한 여자의 주저하는 마음은 이미 뤼팽도 잘 알고 있지 않은가! 그로냐르와 르발뤼도 분명히 확인해주었다시피, 도브레크가 제안한 더러운 거래에 대해 클라리스가 다소간 전향적으로 바라보고 있다는 것은 이미 다 아는 사실이 아니던가! 그런 상황에서 과연 어떻게 승리를 장담할 수가 있겠는가! 도브레크가 강력하게 추진하고 있는 이 모든 사태의 논리는 이제 그 숙명적인 파국을 향해 무섭게 치달아가고 있다. 오로지 자식을 구하기 위해, 지금 어미는 모든 수치심과 거부감, 명예를 송두리째 내던져, 자신을 완전히 희생하려고 하는 것이다!

뤼팽은 분노로 몸을 들썩이며 으르렁거렸다.

"아, 천하의 불한당 같은 놈! 네놈의 멱살이 이 손안에 붙잡히는 그 순간, 뼈도 못 추릴 줄이나 알아라! 절대로 인정사정 봐주지 않을 테다!"

그들이 몬테카를로에 도착한 시각은 오후 3시였다. 뤼팽은 역의 플랫폼에서부터 클라리스의 모습이 눈에 띄지 않자, 여간 맥이 빠지는 것이 아니었다.

좀 기다려보았지만 어떤 심부름꾼도 곁에 다가오지 않았다.

역무원과 개찰원을 닥치는 대로 붙잡고 물어보았지만, 수많은 군중 틈에서 도브레크나 클라리스의 행색에 들어맞는 여행객은 당최 못 보았다는 것이다.

이제는 별수 없이 공국(公國. 몬테카를로는 모나코 공국의 대표적인 휴양도시—옮긴이)의 모든 숙박업소와 호텔을 죄다 뒤지고 다녀야 할 판이었다. 그러자면 얼마나 많은 시간을 또다시 허비해야만 하는가!

다음 날 저녁이 되어서야 뤼팽은 몬테카를로는 물론, 모나코(모나코 공국의 수도—옮긴이)에서도, 카프다일에서도, 라 튀르비에서도, 마르탱갑(岬)에서도(이상은 모두 지중해 연안의 유명 휴양지—옮긴이) 도브레크와 클라리스는 찾을 수 없다는 결론에 도달했다.

"그렇다면? 그렇다면 대체 어떻게 된 거야?"

그는 울분에 휩싸여 온몸을 부르르 떨며 중얼거렸다.

마침내 토요일, 프랑클랭 호텔 주인으로부터 재발송된 국유치전보로 다음과 같은 전보가 당도했다.

그자는 칸에 머물다가 다시 산레모로 떠났음.
정확한 행선지는 앰배서더 팔라스 호텔.

클라리스

전보 날짜는 하루 전날로 되어 있었다.

뤼팽은 버럭 소리를 질렀다.

"빌어먹을! 몬테카를로는 그냥 지나친 거였어! 우리 중 누가 역에서 진을 치고 있었어야 하는 건데! 사실 생각을 안 했던 건 아니었지만, 워낙 경황이 없다 보니……."

뤼팽과 일행은 가장 빨리 떠나는 이탈리아행 기차를 잡아탔다.

정오가 되자 국경을 넘어가고 있었다.

그리고 12시 40분, 드디어 산레모 역에 다다랐다.

제일 먼저 눈에 들어온 것은 요란하게 줄 장식이 달린 데다 '앰배서더 팔라스'라고 수놓아진 모자를 쓴 어느 짐꾼이었는데, 속속 도착하는 여행객들을 두리번거리며 누구를 찾는 눈치였다.

뤼팽은 대뜸 다가서서 물었다.

"혹시 르발뤼 씨를 찾는 거 아니오?"

"네, 르발뤼 씨하고 나머지 두 사람을 찾는데요."

"어느 부인 부탁을 받은 거죠?"

"그렇습니다. 마담 메르지요."

"그 여자 지금 당신네 호텔에 있습니까?"

"아뇨, 기차에서 내리지도 않았는걸요. 그저 저를 손짓으로 부르더니 세 신사분 인상착의를 설명한 뒤 이러더군요. '제노바, 콘티넨탈 호텔로 간다고 전해주세요'라고 말입니다."

"혼자였나요?"

"네."

뤼팽은 몇 푼 쥐여주고 짐꾼을 보낸 다음, 일행에게 돌아와 말했다.

"오늘이 토요일이다. 만약 월요일에 형이 집행된다면 이제 어쩔 도리가 없다. 하지만 월요일에 그렇게 될 가능성은 희박한 편이지. 따라서 오늘 밤 내로 도브레크 녀석을 요절내야만 한다. 그리고 월요일엔 문서를 들고 파리로 가는 거야. 이번이 마지막 기회나 다름없다. 자, 서둘러야 해!"

그로냐르는 즉각 매표소로 달려가 제노바행 기차표 세 장을 구입했다.

기적 소리가 요란하게 울렸다.

순간, 왠지 안절부절못하던 뤼팽의 입에서 이렇게 외치는 소리가 터져나왔다.

"아니야! 이렇게 어리석을 수가 있나! 대체 우리가 지금 뭘 하고 있는 건가! 정작 있어야 할 곳은 파리가 아닌가! 가만…… 가만있자, 생각을 좀 해보자."

그는 거의 객차 문을 열고 선로로 막 뛰어내릴 참이었다. 그로냐르와 르발뤼는 깜짝 놀라 허겁지겁 두목을 붙들었고, 기차는 그대로 출발했다. 뤼팽은 하는 수 없이 자리에 털썩 주저앉았다.

결국 미친 듯한 추적은 계속되었고, 뤼팽과 그 일행은 점점 더 알 수 없는 우연 속으로 빠져들고 있었다.

그러는 가운데 질베르와 보슈레의 처형 날짜는 이틀 후로 다가오고 있었다.

# 10
## 엑스트라 드라이?

더없이 아름다운 경관으로 니스를 에워싸고 있는 여러 구릉 가운데 한 곳, 만테가와 생실베스트르 계곡을 양편에 두고 우뚝 솟은 언덕 지대에, 도심과 경이로운 앙주 만(灣)을 굽어보는 한 거창한 호텔이 들어서 있다. 세계 각지로부터 다양한 계층의 관광객이 몰려드는 이곳은 언제나 인파로 북적대고 있다.

뤼팽과 그로냐르, 그리고 르발뤼가 이탈리아로 깊숙이 파고든 바로 그 토요일 저녁, 클라리스 메르지가 호텔로 들어서고 있었다. 그녀는 남쪽을 향한 방을 주문했고, 그중에서도 아침부터 빈 3층 130호를 선택했다.

그 방은 이웃하는 129호 방과 이중문으로 차단되어 있었다. 혼자가 되자, 클라리스는 즉시 문을 가린 휘장을 젖히고 살그머니 빗장을 푼 뒤, 두 번째 문짝에 귀를 바짝 갖다 댔다.

'바로 여기에 있어. 어제와 마찬가지로 클럽에 가려고 옷을 갈아입는

모양이군.'

여자는 속으로 중얼거렸다.

옆방 손님이 나가자, 그녀는 조심스레 복도로 나가 사람이 없는 틈을 타서 129호 방문에 바짝 다가섰다. 문은 열쇠로 잠긴 상태였다.

그날 저녁 내내 여자는 옆방 손님이 돌아오기만을 기다렸고, 새벽 2시가 되어서야 잠자리에 들었다. 일요일 아침, 그녀는 또다시 염탐을 시작했다.

11시, 옆방 손님은 또다시 외출했다. 이번에는 웬일인지 열쇠를 꽂아 둔 상태였다.

클라리스는 부리나케 옆방으로 들어가, 마찬가지로 중간 문을 가린 휘장을 살짝 젖히고 빗장을 푼 다음, 다시 제 방으로 돌아왔다.

몇 분 뒤, 하녀 두 명이 방 청소를 하는 소리가 들려왔다.

그들이 일을 끝내고 나갈 때까지 여자는 꾹 참고 기다렸다. 더 이상 훼방꾼이 나타나지 않을 거라는 확신이 들고서야 그녀는 다시금 옆방으로 스르르 미끄러져 들어갔다.

우선 복받쳐 오르는 흥분 때문에 잠시 안락의자에 기댈 수밖에 없었다. 숱한 밤과 낮을 악착같이 남의 꼬리를 물고 늘어지면서, 희망과 불안이 정신없이 교차한 끝에, 드디어 도브레크가 거하는 방에 이렇게 들어오게 되었으니……. 이제야말로 마음 놓고 수정마개를 찾을 수 있지 않겠는가! 만에 하나 그것을 못 찾는다 해도, 최소한 두 개의 중간 문 사이에 숨어서 도브레크의 일거수일투족을 좀 더 꼼꼼히 감시하다 보면, 결국엔 비밀을 알아낼 수 있지 않겠는가!

여자는 곧장 수색을 시작했다. 먼저 시선을 끈 여행용 가방을 운 좋게 열었지만 소득은 없었다.

이어서 트렁크의 정리함과 또 다른 가방의 수납 주머니들을 샅샅이 뒤졌다. 내친김에 옷장과 책상과 욕실과 벽장까지, 온갖 탁자와 가구를 닥치는 대로 헤집고 다녔는데도, 결과는 마찬가지였다.

그러던 중, 문득 발코니에 아무렇게나 내던진 듯한 종잇조각이 눈에 들어오자 클라리스는 흠칫했다.

'뭐야? 도브레크가 또 잔꾀를 부린 건가? 혹시 저 종이가?'

그런 생각으로 천천히 창문으로 다가가 손잡이에 손을 얹는 순간!

"아니지."

뒤에서 웬 남자 목소리가 들리는 것이었다.

홱 돌아보자, 아니나 다를까 도브레크였다.

하지만 왠지 저 남자와 이렇게 맞닥뜨려도 놀라거나 두렵거나, 심지어는 약간의 불편한 기분도 들지 않았다. 그만큼 지난 수개월 동안, 여자는 자신의 존재를 도브레크가 눈치채고 있을지도 모르며, 지금처럼 염탐하다 불시에 들킬 수도 있다는 불안감에 지겨울 정도로 시달리던 터였다.

그녀는 허물어지듯 의자에 주저앉았다.

남자는 능글맞게 웃으며 말했다.

"아니야. 자기, 착각한 거야. 요즘 애들 말로, '썰렁한 짓'에 불과하다고나 할까? 아, 천만에! 실은 아주 쉬운데 말이야! 내가 좀 도와드릴까? 당신 바로 옆에 그 자그마한 외발 원탁 말이야. 저런! 한데 그 위엔 별것 없잖아. 고작해야 읽을거리와 뭐 끄적일 것과 담배와 주전부리할 거, 그런 게 전부로군. 어디, 거기 그 설탕에 절인 과일 맛이라도 보겠소? 오, 아니지. 역시 내가 주문한 좀 더 푸짐한 음식이 낫겠군그래."

클라리스는 아무 대꾸도 하지 않았다. 마치 그가 하는 얘기를 전혀 듣지 않는 것 같았다. 그러면서도 틀림없이 그 역겨운 입이 토해낼 좀 더 중요한 말 한마디를 은근히 기대하는 눈치였다.

남자는 외발 원탁 위의 모든 잡동사니를 챙겨서 벽난로 위에 올려놓은 다음, 벨을 눌렀다.

호텔 급사장이 금세 대령했다.

"주문해둔 점심 식사 준비되었소?"

"네, 므슈."

"2인분이었죠?"

"그렇습니다, 므슈."

"물론 샴페인도?"

"네, 므슈."

"엑스트라 드라이(단맛이 배제된 담백한 맛의 샴페인—옮긴이)로?"

"물론입니다, 므슈."

사환이 한 명 더 들어와 외발 원탁 위에 찬 음식과 과일류, 얼음 통과 샴페인 한 병을 포함한 2인분의 요리를 늘어놓기 시작했다.

그렇게 식사 준비를 끝낸 후, 두 종업원은 깍듯하게 물러났다.

"자, 듭시다, 마담. 보시다시피 당신까지 배려해서 2인분으로 차렸소."

그는 클라리스가 전혀 초대에 응할 마음이 없음을 일부러 모르는 체하며, 혼자 자리를 잡고 앉아 먹기 시작했다. 그는 계속해서 입을 놀렸다.

"그럼 그렇지. 언젠가는 당신이 이렇게 나를 만나러 나타나실 줄 알았지. 지난 여드레, 당신이 나를 악착같이 따라다니는 동안, 난 줄곧 생각했소. '어디 보자, 그녀가 무얼 좋아할까? 부드러운 맛의 샴페인? 칼칼한 맛? 아니면 엑스트라 드라이?' 정말이지 고민되더군. 특히 우리가 함께 파리를 떠나온 이후, 난 당신의 발자취를 잠시 잃어버렸소. 다시 말해서 그때 나는 당신도 내 족적을 잃은 건 아닐까, 그래서 내겐 즐거울 뿐인 숨바꼭질을 당신이 중도에 포기하는 건 아닐까, 무척 걱정을 했다 이겁니다. 당신의 그 증오심으로 반짝이는 검은 눈동자, 그 위로 그윽하게 드리워진 회색빛 머리카락이 여행을 하는 내내 그렇게 눈에 밟힐 수가 없더군요. 그런데 드디어 오늘 아침, 이 옆방이 비어 있다는 걸 알고 나서부터는 틀림없이 내 연인인 클라리스가, 글쎄 뭐랄까, 나의 침대 머리맡에 곧 둥지를 틀겠거니 기대하게 된 것입니다. 그다음부터는 왠지 마음이 편해지더군요. 그래서 오늘 점심도 평소대로 레스토랑에서 할까 하다가, 혹시나 당신이 내 짐들을 당신 취향에 맡게 이리저리 옮기고 정돈해주고 있을지 모른다는 생각으로 이렇게 불쑥 들이닥친 거외다. 아, 물론 2인분의 점심 식사를 미리 주문해놓고 말이죠. 하나는 당신의 충실한 종을 위해, 다른 하나는 바로 그 종의 아리따운 애인, 바로 당신을 위해…….”

여자는 그야말로 끔찍한 표정을 지은 채, 이 모든 징그러운 독설을 듣고 있었다. 과연 도브레크는 자신이 감시당하고 있다는 것을 벌써부터 알고 있었던 것이다! 지난 여드레 동안 그토록 전전긍긍하던 자신을 이자는 느긋하게 가지고 놀았던 것!

여자는 불안한 시선을 상대에게 꽂은 채, 나지막한 목소리로 말했다.

“그러니까 결국 일부러 뒤를 밟힌 거라 이거로군요. 날 유인하기 위해서 파리를 떠난 거죠?”

“그렇소이다.”

“대체 왜, 이유가 뭡니까?”

“자기, 정말 알고 싶은 건가?”

도브레크는 기분 나쁘게 낄낄거리고 있었다.

여자는 자리에서 반쯤 일어선 채 남자 쪽으로 살짝 몸을 숙였다. 그녀의 머릿속에는, 늘 그렇듯, 이전에도 저지를 뻔했고 언젠가 저지를지도 모를 살인에 대한 생각이 남자의 얼굴과 집요하게 오버랩 되는 것이었다. 권총 한 방이면 저 짐승은 끝장이다. 이렇게 말이다!

여자의 손이 슬그머니 블라우스 속에 감춰진 권총 쪽으로 옮겨갔다.

순간 도브레크가 입을 열었다.

"잠깐……. 총은 좀 나중에 쏘기로 하고, 그 전에 일단 이 전보부터 좀 보시지. 방금 받은 거라오."

이것은 또 무슨 속임수일까 하는 생각에 여자는 잠시 망설였다. 하지만 도브레크는 호주머니 속에서 진짜로 푸른색 전보용지를 꺼내며 이렇게 내뱉는 것이었다.

"당신 아들에 관한 내용이오."

"질베르?"

여자의 매섭던 각오는 그 말 한마디에 단번에 뒤죽박죽되었다.

"그렇소, 질베르……. 자, 어서 읽어봐요."

전보용지에 시선이 꽂히자마자 여자의 입에선 끔찍한 비명 소리가 새어나왔다.

형(刑)은 화요일에 집행될 것임.

그와 동시에 도브레크를 향해 무작정 달려들면서 미친 듯이 울부짖는 클라리스.

"그렇지 않아! 사실이 아니라고! 날 겁주기 위해서야. 아! 난 당신을 잘 알아. 무슨 짓이든 할 인간이라고! 어서 사실대로 말해! 화요일은 아니지? 이틀밖에 안 남았잖아! 아니야, 아니라고. 그 앨 구하기 위해, 앞으로 4~5일은……! 어서 사실대로!"

갑작스레 치밀어 오른 격분에 그만 여자의 기력은 한꺼번에 소진되

다시피 했다. 그래서 그런지 그녀가 내뱉는 말은 그저 더듬대는 수준이었다.

남자는 그런 여자를 잠시 우두커니 바라보더니, 샴페인을 한 잔 따라 단숨에 들이켰다. 그리고 방 안을 이리저리 서성대다가 그녀 앞에 멈춰 서서 이렇게 말했다.

"내 말 잘 들어, 클라리스."

난데없이 튀어나온 모욕적인 반말 투에 클라리스는 부르르 몸을 떨며, 어디서 갑자기 그런 기운이 솟아나는지, 벌떡 일어나 소리쳤다.

"그만하세요. 내게 그런 식으로 말하지 말란 말이에요! 그따위 무례를 용납하겠다고 한 적 없습니다. 아, 더러운 인간 같으니라고."

남자는 그저 어깨를 한 차례 으쓱했을 뿐, 말을 이었다.

"좋아요, 보아하니 아직 문제의 초점을 전혀 못 짚은 모양인데……. 물론 도움의 손길에 대한 희망을 버리지 못했기 때문이겠지! 프라스빌인가? 당신이 오른팔 역할을 충실히 수행하고 있는 그 잘난 프라스빌? 저런, 이 친구야, 정말 잘못 짚어도 한참 잘못 짚고 계시군그래. 프라스빌 역시 운하 사건에 연루되어 있다는 걸 좀 아셔야지! 아, 물론 직접적으로는 아니고……. 말하자면 그자 이름 자체가 27인의 명단에 올라 있진 않지만, 친구 중 다른 누구의 이름으로 대신해서 올라 있는 셈이거든. 전직 하원 의원인 스타니슬라스 보랑글라드라고 말이야. 필시 프라스빌 그자의 꼭두각시로 보이는 녀석인데, 지금 내가 그냥 놔두고 있는 상태이지. 물론 이유가 없는 건 아니고. 사실 난 까마득히 모르고 있었는데 말이야, 아 글쎄, 오늘 아침 누군가 편지로, 우리의 잘난 프라스빌 선생의 직접적인 공모 관계를 밝힐 만한 서류 상자가 있긴 있다고 알려 온 게 아니겠소! 근데 그게 누구인지 알겠소? 보랑글라드 바로 그자였다오! 글자 그대로 비참하게 끌려다니느니, 차라리 함께 망할 걸 각오하고 프라스빌을 협박해서라도 나와 협상을 시도하겠다는 계산이겠죠. 프라스빌이 이를 알면 펄쩍 뛰겠지! 아, 이거 맛이 기막히군. 두고 보라고. 그 불한당 같은 놈이 얼마나 길길이 날뛸지! 우라질 녀석! 그동안 얼마나 짜증 나게 굴던지! 아하, 프라스빌, 이 친구야, 자넨 좀 당해봐야 싸다네."

그는 새롭게 예고된 복수의 기회를 기분 좋게 음미하며 두 손을 비벼댔다.

"이봐요, 내 사랑 클라리스. 그러니 그쪽으로는 기대를 안 하는 게 좋을 거야. 그럼 또 뭐가 있을까? 또 달리 매달릴 만한 뿌리가 어디 있느냐고? 아 참, 잊고 있었네! 므슈 아르센 뤼팽이 있었지! 므슈 그로냐르와 므슈 르발뤼도! 푸하! 사정을 알면 당신도 아마 그들이 별로 똑똑한 족속은 못 된다는 걸 인정하게 될걸! 그들이 제아무리 날고뛰어도 내가 착실하게 내 길을 가는 것을 어쩌지 못한다는 걸 말이야. 하기야 별수 있겠소? 자기들 생각엔 세상에 저들만큼 대단한 용사들이 없다고 하겠지만, 나처럼 그 앞에서 눈 하나 깜짝하지 않는 적수와 마주치게 되면, 사정이 영 달라질 수밖에. 제 딴에는 잘들 요리해간다고 하면서 실상은 어처구니없는 작태만 거듭하기 마련이지. 애송이 같은 놈들! 그럼에도 당신이 그 뤼팽이라는 작자한테 계속해서 환상을 품을 요량이라면, 다시 말해 그 가엾은 멍청이가 나를 깔아뭉개고 죄 없는 질베르에게 기적을 베풀어줄 거라고 여전히 기대한다면, 맘대로 해요! 당신의 그 환상에 실컷 도취해보라고! 아, 뤼팽! 하느님 아버지시여! 이 여인이 뤼팽을 믿고 있나이다! 뤼팽에게 마지막 희망을 걸고 있나이다! 뤼팽이여! 겉만 번지르르한 꼭두각시여! 조금만 기다리시라, 내가 자네 배꼽에 든 그 바람을 홀딱 빼놓을 때까지!"

도브레크는 거기까지 일사천리로 뇌까린 다음, 호텔 관리실로 연결된 전화기를 붙잡고 말했다.

"마드무아젤, 여긴 129호입니다. 지금 거기 사무실 바로 맞은편에 앉아 있는 사람 좀 올려 보내주시겠소? 여보세요? 네, 마드무아젤, 회색빛 중절모를 쓰고 있는 신사분입니다. 네, 그렇게 전하면 알 겁니다. 고맙습니다, 마드무아젤."

전화기를 내려놓고 그는 클라리스를 돌아보았다.

"겁낼 필요 없소. 이 신사분은 조심성 그 자체이니까. 아예 직업상 좌우명이 이런 거라오. '신속과 절제!' 전직 치안국 형사인 데다 지금까지 수차례에 걸쳐 내 일을 도왔지요. 그중에는 나를 미행하는 당신 뒤를 내내 밟아온 것도 포함되어 있고요. 단, 이곳 남프랑스 지방에 도착하면서부터 당신을 좀 소홀히 한 건, 다른 일에 신경을 좀 더 쓰느라 그런 거라오. 오, 들어오시오, 자콥!"

그 소리에 문을 열고 들어온 사람은, 붉은 콧수염이 덥수룩하고 자그마한 체구가 깡마른 남자였다.

"자콥, 수고스럽지만 이 부인에게 지난 수요일 저녁부터 당신이 한 일을 간략하게 설명해주시겠소? 그날, 남프랑스로 향하는 특급열차에 나와 함께 이 여자가 오른 뒤, 리옹 역 플랫폼에 그대로 남아서 치른 일부터 차근차근 말이오. 물론 이 부인에 관련된 것과 내가 당신께 의뢰한 임무 말고는 꼬치꼬치 얘기할 필요 없고 말입니다."

그러자 자콥이라는 신사는 윗옷 안주머니를 뒤져 수첩 하나를 꺼내더니, 마치 무슨 보고서라도 읽는 어조로, 다음과 같은 내용을 꼼꼼히 토해내는 것이었다.

수요일 저녁, 7시 15분. 리옹 역. 그로냐르와 르발뤼를 기다린다. 그들은, 내가 잘은 모르지만, 아마도 므슈 니콜이 분명한 제3의 인물과 함께 나타난다. 10프랑을 주고 나는 철도 작업원 복장과 모자를 잠시 빌린다. 그리고 그들에게 접근해 어느 부인의 부탁이라며 몬테카를로로 떠났다는 말을 전해준다. 그다음 즉시 프랑클랭 호텔 사환 앞으로 전화를 건다. 호텔 사장 앞으로 오는 모든 전보는 재발송되기 전에 반드시 사환이 먼저 읽거나, 필요할 경우 가로채도록 종용한다.

목요일. 몬테카를로. 그 세 남자가 호텔들을 뒤지고 다닌다.

금요일. 라 튀르비와 카프다일, 마르탱 갑(岬)을 훑고 지나다닌다. 도브레크 씨로부터 전화가 걸려온다. 그는 저들을 아예 이탈리아로 보내버리는 것이 현명할 거라 판단하고 있다. 따라서 프랑클랭 호텔 사환을 시켜 산레모에서의 약속을 내용으로 하는 전보를 저들에게 급송하도록 한다.

토요일. 산레모 역 플랫폼. 10프랑을 주고 이번엔 앰배서더 팔라스 호텔 짐꾼의 복장을 빌린다. 세 명이 도착한다. 자연스레 얘기가 오가고, 마담 메르지라는 여행객의 전갈이라며, 제노바까지 가서 그곳 콘티넨탈 호텔에 묵을 것임을 믿게 한다. 적잖은 망설임 끝에 므슈 니콜은 기차에서 내리려고 하지만, 일행이 붙잡는다. 기차는 출발하고, 저들에게 행운을 빌어준다. 한 시간 후 나는 프랑스로 돌아오는 기차를 탔고, 이곳 니스에 내려 새로운 지시를 기다린다.

자콥 씨는 수첩을 닫고 이렇게 마무리했다.

"이상입니다. 오늘 낮에 벌어질 일들은 저녁이 되어야 기록될 겁니다."

"아니요. 지금부터 적어도 괜찮겠습니다, 므슈 자콥. 이렇게 말이죠. '정오. 도브레크 씨는 침대차 상사(商社)(파리에서 코트다쥐르 지방 노선을 연결하는 침대차 운영 회사로 1903년에 설립됨. 우울증에 자주 시달렸던 모리스 르블랑은 날씨가 화창한 남프랑스 지방으로 종종 겨울 휴양을 다녔는데, 그때마다 이 회사를 많이 이용했음—옮긴이)로 나를 보내고, 나는 2시 48분발 파리행 열차 침대칸 표 두 장을 예약해, 도브레크 씨에게 급전으로 보낸다. 그 뒤 나는 12시 58분발 기차를 타고 국경 근처 뱅티밀 역에서 내려, 하루 종일 프랑스로 들어오는 모든 여행객을 면밀히 감시한다. 만약 니콜과 그로냐르, 르발뤼 씨가 이탈리아를 떠나 이곳 니스를 경유해 파리로 돌아갈 생각을 품었다고 판단되면, 즉시 파리 경시청으로 전보를 띄워, 아르센 뤼팽 선생과 그 두 부하가 몇 번 열차 칸에 타고 있을 거라는 정보를 제공한다.'"

그렇게 또박또박 읊으면서, 도브레크는 벌써 자콥 씨를 문가로 배웅하고 있었다. 기계적인 동작으로 심부름꾼을 내보내고 문을 닫은 뒤 열쇠와 빗장 모두를 동원해 단단히 걸어 잠근 도브레크는 천천히 클라리스에게 다가오며 중얼거렸다.

"자, 이제, 내 말을 듣는 거야, 클라리스."

이제는 더 이상 저항할 엄두가 나지 않았다. 하긴 이처럼 위력적이고 영악하기 그지없는 적을 상대로 뭘 어찌할 수 있겠는가! 그토록 세밀한 부분까지 정확히 내다보고, 그토록 거침없이 상대를 농락하는 막강한 존재를 두고 말이다! 설사 아직도 뤼팽에 대한 믿음이 식지 않고 있다 해도, 지금처럼 그가 허깨비나 쫓아다니며 이탈리아를 헤매고 있는 이 때 무얼 기대할 수 있단 말인가!

그제야 클라리스는 프랑클랭 호텔로 자신이 보낸 세 차례의 전보에 대해 왜 매번 답신이 없었는지를 깨달았다. 바로 도브레크가 그림자 속에 숨어서 철저히 감시하고, 그녀 주위로 일종의 진공상태를 만들어 전우(戰友)로부터 완벽히 차단해온 것이다. 그러고는 조금씩, 조금씩 바로 이 방, 사방이 벽으로 차단된 이 공간 안으로 완전히 무기력하고 패배한 여자 하나를 끌어들인 것이다.

클라리스는 더 이상 어떻게 해볼 도리가 없을 정도로 무력감에 사로잡혔다. 이젠 괴물의 자비에 모든 것을 맡길 수밖에 없는 처지. 그저 입을 다문 채 모든 것을 감수하는 길뿐이다.

반면 도브레크는 사악한 즐거움에 한층 복받친 듯, 되풀이해 뇌까리고 있었다.

"내 말을 들어, 클라리스. 내가 앞으로 하는 말은 전혀 돌이킬 수 없으니까 제대로 알아들으란 말이야. 내 말을 귀담아들으라고. 지금이 정오지. 그리고 2시 48분에 마지막 기차가 떠나게 되어 있어. 알겠어? 마지막 기차라고! 당신 아들을 때맞춰 구하기 위해 월요일 아침까지 파리로 날 데려다줄 수 있는 마지막 기차라 이거야. 특급열차는 이미 다 찼다고 하는군. 그러니 2시 48분 차를 반드시 잡아타야만 해. 어때, 내가 제대로 출발할 수 있을 것 같아?"

"네……."

"우리의 침대차를 예약해놨는데, 어때, 함께 갈 거지?"

"그러죠."

"물론 내가 힘을 쓰는 조건은 숙지하고 있겠지?"

"네!"

"그럼 받아들이는 건가?"

"네……."

"내 여자가 되어주는 거지?"

"네……."

아, 이 얼마나 끔찍한 대답이란 말인가! 가엾은 여인은, 자신이 무슨 말을 하는 것인지조차 알기를 거부하는 심정으로, 될수록 멍하게 그 대답을 토해내고야 말았다. 일단 그를 출발하게 해서, 밤낮으로 뇌리를 떠나지 않는 저 흉측한 살인 기계로부터 질베르를 떨어뜨려놓은 다음……. 아, 그다음엔 될 대로 되라지.

도브레크는 별안간 웃음을 터뜨렸다.

"으흐흐흐흐. 귀여운 것, 드디어 대답을 하셨구먼. 모든 걸 약속할 마음 자세가 마침내 갖춰진 건가? 우선 중요한 건 질베르를 구하는 거라 이거겠지? 일단 그러고 나면, 이 순진한 도브레크가 결혼반지를 건넬 테고, 그때 가서, 제기랄! 시침이나 떼면 그뿐이라 이거 아냐? 자, 이봐요, 그러니까 이렇게 애매한 잡담만 늘어놓을 게 아니라니까! 지키지도 않을 약속은 이제 질색이거든. 사실! 즉각적인 사실이 중요한 거지."

그는 여자 곁으로 바싹 다가앉으며 말했다.

"해서 말인데, 내가 제안하는 건 바로 이거야. 물론 반드시 그렇게 돼야만 하고. 또 그렇게 될 거지. 내가 질베르의 사면을 요청하는 게 아니라, 단지 한 3~4주 정도 형 집행의 유예를 요구하는 거야. 구실이야 뭐가 됐든 상관없어. 그래서 마담 메르지가 마담 도브레크로 정식으로 바뀌는 바로 그날, 질베르의 사면을, 즉 감형을 추진하도록 하자 이거지. 물론 결과는 안심해도 돼. 다 내 뜻에 따르도록 되어 있으니까."

"그러겠어요. 받아들이겠다고요."

중얼거리는 여자를 물끄러미 바라보며 그는 또다시 기분 나쁘게 웃었다.

"흐흐흐. 그래, 받아들이시겠다? 그래봤자 모든 게 정리되려면 한 달은 걸릴 테니까, 그때까지 어떻게든 술책을 궁리해보겠다? 무슨 도움이라도 있겠거니 하면서……. 이를테면 아르센 뤼팽 선생 말인가?"

"내 아들의 머리를 두고 맹세하지요."

"아들의 머리라! 딱하기도 하지. 당신은 그 머리가 떨어져 나가지만 않는다면 지옥에라도 능히 가겠군그래."

클라리스는 몸서리를 치며 울부짖었다.

"아, 물론이에요! 내 영혼을 기꺼이 바칠 거예요!"

도브레크는 여자에게 슬그머니 다가서며 나지막이 말했다.

"이봐요, 클라리스, 내가 원하는 건 당신의 영혼이 아니야. 지난 20년이 넘는 세월을 내 인생은 이 사랑을 두고 빙글빙글 맴돌기만 했어. 당신은 내가 사랑했던 유일한 여자야. 날 싫어해도 상관없어. 날 얼마든지 증오해. 그래봤자 내겐 매한가지야. 다만 날 거부하지만 말아줘. 기다린다고? 한 달을 더 기다려? 천만에, 클라리스, 이미 너무도 오랜 세월 동안 난 기다리기만 했는걸."

그는 이제 손까지 만지려 하고 있었다. 한데 클라리스가 질겁하며 손을 빼자, 별안간 벌컥 화를 내며 소리치는 것이었다.

"아! 내 장담컨대, 사형집행인이 당신 아들을 다룰 땐, 이 정도로 점잖지가 않을걸. 그런데도 당신은 끝까지 아니꼽게 굴고 있어! 잘 생각해봐. 기껏해야 48시간이면 모든 게 끝나! 더도 말로 딱 48시간이야. 그런데 당신은 주저하고 있다니! 아들의 목숨이 촌각을 다투는 이때 아직도 걸리는 게 있다 이건가? 자, 눈물이나 찔끔거릴 때가 아니잖아? 어리석은 감상일랑 빨리 치워버려야지. 현실을 직시하라고. 당신 입으로 맹세한 바에 따르면, 이제 당신은 내 여자야. 내 아내라고. 클라리스, 클라리스, 이젠 입술을 허락할 때도 됐어."

여자는 힘없이 남자를 밀치는 둥 마는 둥했다. 도브레크는 가증스러운 천성이 그대로 드러나는 미소와 함께, 욕정과 잔인성이 한데 뒤섞여 묻어나는 말투로 계속 몰아붙였다.

"아들을 구해야지. 최후의 날 아침을 한번 생각해봐. 죽음의 단장(丹粧)을 하고, 셔츠를 V 자(字)로 자른 뒤, 머리를 짧게 깎는 그 음산한 의식을 말이야. 클라리스, 클라리스, 내가 그런 처지에 빠진 아들을 구해주는 거야. 안심해도 돼. 내 인생은 자기 거야. 클라리스…….”

여자는 더 이상 저항하지 않았다. 모든 것이 끝난 것이다. 남자의 더러운 입술이 여자의 입술에 닿으려 하고 있었고, 모든 것이 정해진 대로 진행될 뿐, 달리 기대할 거라곤 없었다. 그저 운명의 지시에 따르는 것이 그녀가 해야 할 유일한 일이었다. 이자가 어떤 인간인지를 안 것이 어제오늘인가! 그녀는 자기 앞에 바짝 다가선 역겨운 얼굴을 보지 않으려고 눈을 감은 채, 속으로 이렇게 중얼거릴 따름이었다.

‘내 아들……. 내 가엾은 아들…….’

10초가 흐르고 20초가 흘렀다. 도브레크는 더 이상 말도 하지 않고, 꿈쩍도 하지 않았다. 문득 엄습한 침묵에 여자는 흠칫 놀랐다. 마지막 순간에나마 이 괴물이 뉘우치기라도 한 걸까?

여자는 살며시 눈을 떴다.

그리고 코앞에 맞닥뜨린 모습에 그만 소스라치게 놀라고 말았다. 미소나 짓고 있을 역겨운 얼굴을 예상했지만, 눈에 보이는 것은 극도로 질겁해서 알아볼 수 없을 정도로 경직된 얼굴이 아닌가! 눈동자를 알 수 없게 이중 안경으로 가린 시선은 여자가 힘없이 처박혀 있는 안락의자보다 조금 위쪽 어딘가에 붙박인 듯 고정되어 있었다.

클라리스는 천천히 뒤를 돌아보았다. 의자 등받이 바로 위, 약간 오른쪽으로 불쑥 튀어나온 두 개의 시커먼 총구가 정확히 도브레크를 겨누고 있었다. 그렇다, 잔뜩 움켜쥔 손아귀에 들린 두 자루의 무시무시한 권총. 그와 더불어 공포로 점점 납빛이 되어가는 도브레크의 얼굴. 그것 외에는 아무것도 눈에 들어오지 않았다. 순간, 도브레크의 등 뒤로 누군가 유령처럼 솟구치는가 싶더니, 한쪽 팔로 목을 휘감고 무서운 기세로 낚아채면서 얼굴에 두툼한 헝겊을 들이대는 것이 아닌가! 갑자기 클로로포름의 독한 냄새가 방 안 가득 진동했다.

그제야 클라리스는 므슈 니콜의 존재를 알아보았다.

"나다, 그로냐르! 르발뤼! 권총은 이제 치워라! 내가 놈을 잡았어! 이제 놈은 너덜너덜한 누더기에 불과해. 단단히 묶어라!"

실제로 도브레크는, 마치 줄이 끊어진 꼭두각시처럼, 무릎이 꺾인 채 그 자리에 허물어져 있었다. 클로로포름의 마취 효과 한 방으로 지독하기 이를 데 없던 짐승이 우스꽝스러운 몰골로 뻗어버린 것이다.

그로냐르와 르발뤼는 침대 시트로 몸뚱어리를 둘둘 말아 힘껏 동여맸다.

"됐다! 그만하면 됐어!"

뤼팽은 펄쩍 뛰어 일어나며 쾌재를 불렀다.

그는 갑작스러운 환희에 온통 사로잡힌 채, 방 한가운데서 캉캉과 마트시슈(mattchiche. 탱고와 유사한 브라질 춤. 20세기 초에 프랑스에 소개되어, 1906년에 큰 유행을 불러일으켰음—옮긴이)를 마구 섞어가며 요란스레 지그댄스(주로 선원들이 추는 빠른 템포의 춤—옮긴이)를 추는가 하면, 마치 무용수라도 되듯 제자리에서 핑그르르 돌거나 광대처럼 공중제비를 넘고, 술 취한 사람처럼 지그재그로 사방을 휘젓고 다녔다. 그뿐만 아니라 무슨 뮤직홀(예컨대 파리의 물랭루주 같은 곳이 대표적인 뮤직홀임—옮긴이)의 공연 넘버를 소개하듯 대차게 소리쳤다.

"다음은 죄수의 춤을 보시겠습니다! 그다음은 포로가 추는 샤위(일명 캉캉 춤—옮긴이)! 민중의 대표자의 싸늘하게 식은 시체 위에서 한번 대차게 흔들어볼까나! 다음으론 클로로포름에 취한 폴카가 있겠습니다! 안경 쓴 패배자의 보스턴 왈츠도 있습니다! 올레! 올레(Olé. 원래 에스파냐어로, 투우장 같은 데서 흥을 북돋거나 선수에게 용기를 불어넣을 때 쓰는 감탄사. '브라보'나 '영차! 영차!' 등과 비슷한 뉘앙스—옮긴이)! 공갈 상습범이 판당고를 춥니다! 다음 소개할 춤은 곰이 재주넘는 춤! 랄라랄라! 라라!

자, 흐드러지게 놀아보자꾸나. 쿵쾅쿵쾅…….”

그동안 연속되는 좌절과 불안에 억눌려 있던 그의 가브로슈 같은 천성(가브로슈(Gavroche)는 원래 빅토르 위고의 『레미제라블』에 등장하는 재치 있고 다소 반항적인 인물로, 파리 특유의 쾌활한 방랑아를 통칭하게 되었음—옮긴이)과 경쾌한 본능이 일순간 폭발하는 광경이었다. 그는 주체할 수 없는 통쾌한 심정을 자못 어린애 같은 과장과 익살을 섞어가며 한껏 분출하는 중이었다.

마지막으로 펄쩍 뛰어오르며 멋지게 앙트르샤(entrechat. 발레에서 도약함과 동시에 양발을 여러 차례 교차하는 동작—옮긴이)를 시도한 그는, 방 안을 빙글빙글 한 바퀴 돌고 나서, 두 주먹을 허리춤에 꽂으며, 척! 소리가 나게 허리를 곧추세우고 섰다. 한 발은 쭉 뻗은 도브레크의 가슴팍을 지그시 누른 채로 말이다.

“한 폭의 그림 같지 않소? 사악한 용을 짓밟고 선 대천사의 위풍당당한 이 모습!”

하긴 지금의 뤼팽은 꼬장꼬장하고 좀스러운 가정교사 니콜 선생으로 잔뜩 변장한 터라, 그 모습이 더없이 코믹하게 느껴지는 것이었다.

한편 마담 메르지의 입가에는 지난 수개월을 통틀어 처음으로 보이는 미소가, 왠지 서글픈 듯, 화사하게 번지고 있었다. 하지만 이내 현실로 돌아온 표정으로 이렇게 애원하기 시작했다.

“제발 부탁이에요. 질베르 생각 좀 해주세요.”

뤼팽은 후닥닥 달려가 두 팔로 여자를 안아 일으키고는, 순간적으로 양 볼에다 쪽 소리가 날 정도로 입을 맞추었는데, 어찌나 천진난만한 동작인지 클라리스는 그만 웃지 않을 수가 없었다.

“여인이여! 이거야말로 정직한 사람의 뽀뽀라네. 도브레크 따위와는 비교할 수 없는 이 아르센 뤼팽의 성심 어린 입맞춤이지. 아 참, 내 이 말버릇 좀 보게! 딱 한마디만 더 하고 다시 점잖게 돌아가지. 내게 화내도 어쩔 수 없어. 아! 내 기분이 지금 얼마나 뿌듯한지!"

그러고는 즉시 여자 앞에 무릎을 꿇고 지극히 공손한 태도로 이러는 것이었다.

"부디 너그럽게 봐주십시오, 마담. 주책없는 발작은 이제 끝났나이다."

뤼팽은 다시금 장난기 그지없는 표정으로 돌아와 벌떡 일어서더니, 그저 어리둥절할 뿐인 클라리스는 아랑곳하지 않고, 계속 말을 이었다.

"무얼 원하십니까, 마담? 아드님의 사면이겠죠? 낙찰됐습니다! 마담, 내가 기꺼이 나서서 당신 아들의 사면을 이뤄내겠습니다. 종신 노동형으로 감형시킴은 물론, 결정적으로는 탈옥을 시키고야 말겠습니다. 그로냐르, 르발뤼, 다들 알겠지? 그럼 이제, 꼬마보다 먼저 누메아(남태평양 멜라네시아 해역의 프랑스령 누벨칼레도니 섬의 도시. 뤼팽은 제아무리 먼 곳에 유배된다 해도 기필코 질베르를 구해내겠다는 각오를 사뭇 과장되게 표현하고 있음—옮긴이)로 출발해야겠지. 만반의 준비를 사전에 갖춰놓으려면 말이야! 아, 존경하올 도브레크 선생! 우리는 그대에게 대단한 은혜를 입었소이다! 그에 대한 보답은 비록 이렇게 엉망이지만 말이오. 그래도 이렇게 보니 그 꼴이 꽤나 편하신 모양입니다만……. 뭐가 어쩌고 어째? 이 뤼팽 선생더러 '애송이'라고? 더구나 문 뒤에서 다 엿듣고 있는데! 뭐, '겉만 번지르르한 꼭두각시?' 자, 그럼 어디 이제 말해보시지! 그 '겉만 번지르르한 꼭두각시'께서 제법 한 건을 건졌다고 말일세! 반면 국민의 대리자이신 그대는 어딘지 쩔쩔매고 있는 것 같은걸! 저런, 저 처참한 낯짝 좀 보라지! 뭐? 뭘 원한다고? 드롭스 한 알? 뭐, 아니라고? 그럼, 마지막으로 파이프 한 대 피우게 해줄까? 좋아, 그러지 뭐."

뤼팽은 별안간 벽난로 위에 즐비한 파이프들 중 호박으로 만든 것을 집어 들자마자 도브레크의 얼굴을 가린 클로로포름 천을 살짝 걷어 잇새로 쿡 쑤셔 박았다.

"어디 피워봐! 실컷 피우라고! 저런, 저 꼴사나운 얼굴을 좀 봐! 코는 축축한 헝겊에 덮인 주제에, 주둥이만은 곧 죽어도 파이프를 물고 있는 꼴이란……. 자, 어서 피우란 말이야! 아 참, 담배 가루를 재는 걸 잊었네! 자네 담배 어디 있나? 메릴랜드가 좋겠지? 아, 여기 있었군!"

두리번거리던 그는 마찬가지로 벽난로 위에 아직 개시도 안 한 노란색 새 담배 상자를 발견하자, 냉큼 봉인을 뜯었다.

"자, 여러분, 신사께서 담배를 피우십니다! 잘 보세요, 엄숙한 순간이올시다! 우선 담배 가루부터 재어 넣어야겠지요? 자, 내 동작을 잘 보셔야 합니다! 손에 아무것도 없죠? 주머니 역시 아무것도 없습니다."

그는 상자 뚜껑을 연 다음, 마치 넋을 잃은 구경꾼들을 앞에 놓고 소매를 걷어붙인 채 한바탕 묘기를 부리는 마술사처럼, 시커먼 담배 가루 속에서 엄지와 검지를 사용해 천천히, 그리고 우아하게 반짝이는 무엇을 끄집어내 보여주는 것이었다.

순간, 클라리스의 입에선 외마디 비명 소리가 터져나왔다.

수정마개였던 것이다!

여자는 뤼팽에게 와락 달려들다시피 하며 물건을 낚아챘다.

"이거예요! 바로 이거라고요! 주둥이에 긁힌 자국이 없어요! 그리고 여기 이 황금빛 단면 처리가 끝나는 지점에서 가운데를 나누는 선 좀 보세요! 바로 이곳이 돌아가는 거예요. 아, 난 힘이 빠져서……."

부들부들 떨기만 하는 여자의 손에서 얼른 수정마개를 건네받아, 이번엔 뤼팽이 돌려보았다.

아니나 다를까 내부엔 공간이 마련되어 있었고, 거기엔 돌돌 만 종이쪽지가 얌전히 들어 있는 것이었다.

"역시 타이프 용지로군."

그토록 찾아 헤매던 물건을 이렇게 눈앞에 대하자, 사실 뤼팽도 손이 떨리고 흥분되기는 마찬가지였다.

한동안 깊은 침묵이 자리 잡았다. 네 사람 모두 가슴이 터져나갈 것 같았으며, 앞으로 무슨 일이 벌어질지 불안한 마음이었다.

"아, 제발……. 제발……."

클라리스는 연신 혼잣말처럼 내뱉고 있었다.

드디어 뤼팽은 종이를 천천히 펼쳤다.

숱한 이름이 깨알같이 적혀 있었다.

모두 해서 정확히 스물일곱 명의 유명 인사 이름이 눈앞에 펼쳐졌다. 랑즈루, 드쇼몽, 보랑글라드, 알뷔펙스, 래바흐, 빅토리앵 메르지, 기타 등등…….

뒷장에는 되메르 프랑스 운하 이사회 회장의 사인이 시뻘건 핏빛으로 쓰여 있었다.

뤼팽은 문득 시계를 봤다.

"1시 15분 전이군. 앞으로 20분은 여유가 있어. 자, 식사나 합시다."

그러자 지레 겁먹은 표정으로 또다시 애원하는 클라리스.

"아……. 잊으면 안 돼요."

뤼팽은 덤덤하게 대꾸했다.

"배고파 죽을 지경입니다."

그는 외발 원탁을 앞에 두고 앉아서 큼직한 파이를 자르고는, 부하들을 향해 던지듯 외쳤다.

"그로냐르, 르발뤼! 식사 안 하나?"

"웬걸요, 두목!"

"그럼 어서 앉지 않고 뭐하나? 먼저 샴페인부터 한 잔씩! 저기 저 클로로포름 중독자께서 한턱내는 거라네! 건강을 위해서, 도브레크! 아 참, 자넨 뭘 좋아하지? 부드러운 맛? 칼칼한 맛? 아니면 엑스트라 드라이?"

# 11
## 로렌의 십자가

식사가 끝나자 뤼팽은 곧바로 평소의 자제력과 권위를 되찾았다. 농(弄)을 할 시간은 지났다. 사람들 앞에서 구경거리를 연출하고 마술이나 부려 즐겁게 해줄 때가 더 이상 아닌 것이다. 미리 확신을 가지고 예견했던 바로 그 장소에서 마침내 수정마개를 찾아냈고, 27인의 명단을 손에 넣었으니, 이젠 지체 없이 깔끔하게 마무리를 하는 것이 문제이다.

물론 어린애 장난이다. 앞으로 남은 일은 지금까지와 비교할 때 땅 짚고 헤엄치기와 별반 다르지 않은 것이다. 하지만 어디까지나 신속하고 단호하게, 일말의 흔들림 없는 정확성을 늦추지 않고 일을 결정지어야 한다. 조금의 실수도 돌이킬 수 없는 결과로 치닫는다. 뤼팽은 그 점을 직시하고 있었고, 기발할 정도로 명징한 그의 정신은 그렇지 않아도 모든 가능성을 고려해놓은 상태였다. 요컨대 지금부터는 충분한 숙고를 거친 언행만이 펼쳐질 뿐이다.

"그로냐르, 심부름꾼 하나가 지금 강베타 대로변에서, 우리가 구매한 여행용 대형 트렁크를 짐수레에 실은 채 기다리고 있다. 그자를 이리로 데리고 와서 트렁크를 올려 보내라. 혹시 호텔 측에서 뭐냐고 물으면 130호 부인께 배달된 거라고 해라. 그다음 르발뤼, 중고차 영업소에 가서 리무진 한 대를 접수해 오너라. 가격은 이미 만 프랑으로 흥정된 상태다. 운전기사용 챙 모자하고 가운도 사 입고 호텔 정문 앞에서 대기해라."

"돈은요, 두목?"

뤼팽이 아까 도브레크의 웃옷에서 빼내둔 지갑을 열자, 은행권 다발이 두둑이 들어 있었다. 거기서 열 장을 추려내 르발뤼에게 건네며 말했다.

"만 프랑이다. 우리 친구가 클럽에서 떼돈을 딴 모양이로군. 자, 서둘러라, 르발뤼!"

두 사내는 클라리스의 방을 통해 밖으로 나갔다. 뤼팽은 클라리스 메르지가 한눈을 파는 사이, 지갑을 얼른 자기 호주머니 속으로 쑤셔 넣었다. 물론 뿌듯한 기분으로 말이다.

'하긴 별로 어긋난 짓도 아니지. 그동안 들인 비용에 비하면 이 정도쯤이야 아무것도 아니라고. 아직 멀었어.'

그렇게 생각하며 이번엔 클라리스를 향해 대뜸 물었다.

"가방은 있겠죠?"

"네, 니스에 도착하자마자 사둔 게 있어요. 파리를 떠나올 때 워낙 경황이 없었던지라, 속옷 몇 벌하고 화장품 몇 가지도 여기 와서야 마련했지요."

"지금 몽땅 짐을 꾸리십시오. 그리고 카운터로 내려가, 심부름꾼이 수하물 보관소에서 트렁크 하나를 가져올 거라고 말하세요. 그걸 방으로 가져와 짐을 꾸려야 한다고요. 그리고 곧 방을 비울 거라고 해두세요."

뤼팽은 혼자 남자, 도브레크를 자세히 살펴본 다음, 호주머니를 샅샅이 뒤져 무어든 흥미를 끌 만한 것들을 죄다 챙겼다.

제일 먼저 그로냐르가 도착했다. 버들가지를 짜서 검은 모조 가죽으로 덮어 만든 커다란 트렁크는 클라리스의 방에 이미 넣어둔 상태. 클라리스와 그로냐르의 도움을 받아 뤼팽은 도브레크를 옮겨 그 트렁크 안에 집어넣었다. 뚜껑을 닫기 위해 머리를 잔뜩 수그리기는 했지만, 그래도 비교적 편하게 앉은 자세였다.

"침대차만큼 편할 거라고는 얘기 않겠네, 하원 의원. 하지만 아마 답답한 관(棺)보다는 훨씬 나을 거야. 적어도 양쪽에 세 개씩 뚫린 작은 구멍으로 숨은 쉴 수 있을 테니 말이야. 어디 한번 잘 버텨보게나!"

뤼팽은 약병 뚜껑을 열며 이렇게 덧붙였다.

"클로로포름을 좀 더 드시겠나? 아무래도 자네, 이거 너무 좋아하는 것 같아."

그는 코를 덮은 천 위에 약물을 다시 적셨고, 그동안 클라리스와 그로냐르는 안의 빈 공간에다 여행용 시트와 쿠션, 속옷 등등을 되는대로 쑤셔 넣어, 되도록 트렁크가 안정감 있게 가득 차도록 했다.

마침내 뤼팽이 소리쳤다.

"좋았어! 이만하면 세계 일주를 해도 괜찮겠어! 이제 뚜껑 닫고 버클을 채웁시다!"

르발뤼도 운전기사 복장으로 나타났다.

"자동차를 아래 대령했습니다, 두목."

"좋아. 둘이 이 트렁크를 가지고 내려가도록 해라. 호텔 사환한테 맡기면 아무래도 위험하니까."

"그러다 누구라도 마주치면 어쩌죠?"

"그게 뭐가 어때서? 르발뤼, 자넨 운전기사가 아닌가? 130호의 여주인 트렁크를 가지고 내려가는데 누가 뭐래? 부인 역시 함께 자동차에 올라탈 것이고. 일단 출발했다가, 여기서 200미터 떨어진 곳에서 나를 기다리는 거야. 그로냐르는 짐 싣는 거 도와주고. 아차, 그 전에 저 중간 문을 제대로 잠가놔야지."

뤼팽은 옆방으로 가 그쪽 문짝을 닫아 빗장을 걸어 잠근 뒤, 승강기를 탔다.

카운터에다 그는 이렇게 고했다.

"도브레크 씨는 급한 연락을 받고 몬테카를로로 떠나셨습니다. 모레까지는 호텔로 돌아올 수 없다고 전하라고 내게 당부하셨지요. 물론 방은 그대로 두라고 하셨습니다. 소지품도 모두 그대로 두고요. 자 여기 열쇠……."

그는 태연하게 호텔을 빠져나와, 잠시 후 자동차에 올라탔다. 클라리스는 그새 또 울상이 되어 있었다.

"하지만 내일 아침까지는 도저히 파리에 도착할 수가 없을 거예요! 미친 짓이라고요! 만에 하나 조금만 고장이 나도……."

"그래서 당신과 나는 기차를 탈 겁니다. 그게 훨씬 확실하니까요."

그렇게 타이르며 뤼팽은 여자 먼저 삯마차를 잡아 태운 다음, 부하들에게 마지막 지시를 내렸다.

"평균 시속 50킬로미터로 달리는 것 알지? 서로 번갈아 쉬어가며 함께 운전하는 거야. 그럴 경우 내일, 월요일 저녁 6시에서 7시엔 파리에 도착하는 게 가능할 것이다. 내가 도브레크를 데리고 가는 것은 반드시 계획에 필요해서라기보다는, 만에 하나 볼모로 삼을 수 있을까 해서야. 만사 조심하자는 거지. 앞으로 며칠 동안은 그를 붙잡아두는 게 편할 것이다. 그러니 잘 감시해야 해. 3~4일에 한 번씩은 클로로포름을 몇 방울 떨궈주는 게 좋을 거야. 놈으로선 견디기 힘들겠지만, 다 제 몫의 수난인 셈이지. 자, 출발해, 르발뤼. 아 참, 그리고 자네, 도브레크! 그 위에서 너무 불안해하진 말게나. 이 차 지붕은 꽤 튼튼한 편이거든. 혹시 구토증이라도 일어나면, 체면 생각지 말고 그 안에서 얼마든지 실례하게. 자, 출발이다, 르발뤼!"

뤼팽은 자동차가 멀어져 가는 것을 지켜본 뒤, 우체국에 들러 다음과 같은 전보문을 발송했다.

> 파리 경시청, 므슈 프라스빌 귀하.
>
> 그자를 붙잡았음.
>
> 내일 아침 11시까지 문서를 가지고 갈 것임.
>
> 급히 연락 바람.
>
> 클라리스.

오후 2시 반, 클라리스와 뤼팽은 역에 도착했다.

"제발 자리가 있어야 할 텐데!"

매사에 조바심을 내는 클라리스가 혼잣말처럼 중얼댔다.

"무슨 소리! 우리 침대칸은 이미 예약된 상태라오."

"예약을 하다니요, 누가요?"

"그야 자콥이죠. 도브레크가 지시한 대로 말이오."

"아니, 그걸 어떻게?"

"하아……. 그게 말입니다, 아까 호텔을 나오는데, 도브레크 앞으로 온 급전(急傳)이라며 카운터에서 내게 봉투 하나를 건네주더이다. 자콥이 보낸 침대칸 표더군요. 실은 내게 도브레크의 신분증이 있었거든요.

그러니 이제 우리는 도브레크 부부 이름으로 여행을 하는 겁니다. 물론 그에 걸맞은 대우가 있을 거고요. 이보시오, 마담, 이 모든 게 이미 예정된 거랍니다."

이번 여정만큼은 뤼팽에게 무척 짧게만 느껴졌다. 그의 질문에 대해, 클라리스는 지난 수일 동안 해온 일들을 상세하게 털어놓았다. 물론 뤼팽도, 적이 그를 이탈리아에 있을 것으로만 믿고 있던 바로 그 순간, 기적처럼 방 안에 나타나게 된 경위를 흥미진진하게 이야기해주었다.

"사실 기적은 아니랍니다. 다만 산레모에서 제노바로 출발하기 직전, 뭔가 매우 특별한 현상이 내 안에서 일어나기는 했죠. 뭐랄까, 일종의 신비스러운 직관이랄까? 아무튼 나는 일단 객차 문을 박차고 뛰어내리려고 했고, —르발뤼가 만류했지만— 여의치가 않자 창문을 내리고 나서, 당신 메시지를 전달해준 그 앰버서더 팔라스 호텔의 짐꾼을 유심히 지켜보게 되었지요. 한데 마침 그때 그자가 심히 만족스러운 표정을 띠며 손바닥을 이리저리 문질러대는 것이 아니겠습니까? 순간, 모든 진상이 신기할 정도로 내 머릿속에 훤히 드러나더군요. 즉, 속고 있다는 사실 말입니다. 당신도 나도 똑같이 도브레크의 농간에 휘말리고 있다는 생각이 든 겁니다. 그러자 그동안 무심코 지나쳐온 모든 세부적인 사안이 머릿속에 조목조목 떠오르더군요. 적의 계략이 완전한 모습으로 그려지는 것이었습니다. 그때 조금만 더 늦었어도 사태는 걷잡을 수 없는 파국으로 치달았을 겁니다. 솔직히 고백해서, 순간이나마 다소 절망적인 기분이 들더군요. 이미 저질러진 실수를 도무지 만회하기 어렵다는 생각이었습니다. 그런 상황에서 다시 산레모 역에 돌아올 경우, 도브레크의 밀정(密偵)을 목격하느냐 못하느냐는 전적으로 열차 시간표에 달린 문제였다고 할 수 있습니다. 한데 이번에는 아무래도 행운의 여신이 우리 쪽에 미소를 보냈던 모양입니다. 처음 기착 역에 내렸을 때, 때마침 프랑스로 향하는 기차가 막 지나가는 참이었거든요. 그 길로 산레모로 돌아오자, 아니나 다를까 바로 그 짐꾼이 아직 있더란 말입니다! 역시 예상했던 대로였습니다. 그 잘난 챙 모자와 유니폼은 온데간데없이, 버젓한 중절모하고 양복을 걸친 채 서 있지 않겠습니까! 그는 부랴부랴 이등칸에 올라타더군요. 그때부터 우리의 승리는 거의 기정사실이나 다름없게 된 겁니다."

여전히 여러 생각에 골치가 아프면서도 뤼팽의 이야기에 점점 흥미를 느끼기 시작한 클라리스가 이렇게 물었다.

"하지만……. 어떻게?"

"어떻게 당신이 있는 곳까지 올 수 있었느냐 이거죠? 그야, 자콥을 그대로 놓아두되 예의 주시하고만 있으면, 도브레크가 그에게 내린 지시 사항들을 낱낱이 파악할 수 있겠다 싶었죠. 아니나 다를까, 니스의 어느 허름한 호텔에서 밤을 보낸 그자가 오늘 아침 '영국인 산책로'(니스에 있는 해변 산책로. 겨울 휴양을 니스에서 자주 보내곤 하던 모리스 르블랑은 그곳 지리에 대해 상세히 알고 있었다. 지금은 거의 모든 장소가 멋없는 건물들로 들어차, 그곳을 찾는 뤼피니앵들(lupiniens)이 옛 흔적을 찾는 일은 불가능하게 되었다—옮긴이)에서 도브레크를 만나는 장면이 포착되는 것이었어요! 둘이 오랫동안 얘기를 나누더군요. 나는 조심스럽게 둘을 미행했습니다. 마침내 호텔이 나타났고, 도브레크는 1층 복도에 자콥을 남겨둔 채, 혼자 승강기를 타고 올라가는 것이었습니다. 그가 묵는 방 번호를 아는 데엔 10분이면 족했습니다. 게다가 전날부터 이웃하는 130호 객실에 어느 부인이 묵고 있다는 사실도 알아냈죠. 해서 그로냐르와 르발뤼에게 '드디어 꼬리가 밟힌 것 같다!'라고 하고는, 우선 당신 방문을 살짝 두드렸답니다. 아무 대답도 없더군요. 문도 열쇠로 잠긴 채 말입니다."

"그래서 어떻게 했나요?"

"어떻게 하긴요, 열었죠. 설마 어떤 자물통에 먹혀드는 열쇠가 세상에 딱 하나만 있다고 믿으시는 건 아니겠죠? 막상 방에 들어가 보니 역시 아무도 없었습니다. 한데 두 방을 연결하는 중간 문이 약간 열려 있는 거예요. 당연히 살그머니 들어가 봤죠. 아니나 다를까, 휘장 하나를 사이에 두고 당신과 도브레크의 말소리가 들리더라 이겁니다. 아울러 벽난로 대리석 판 위에 문제의 담뱃갑도 눈에 띄더군요."

"그럼 숨겨진 곳도 이미 알고 있었단 말인가요?"

"일전에 파리의 도브레크 서재를 조사했을 때, 유독 그 물건만 사라진 걸 확인해두었거든요. 그뿐만 아니라……."

"또 뭐가 더 있었나요?"

"지난번 두 연인의 탑에서 도브레크가 실토한 말 중, '메리'라는 단어에 뭔가 수수께끼의 열쇠가 있을 거라고 생각하던 참이었습니다. 한데 그 없어진 담뱃갑에 주목하자, '메리'라는 단어는 정작 중요한 문구의 처음 일부에 지나지 않는다는 게 퍼뜩 떠오르는 것이었습니다!"

"무슨 문구 말인가요?"

"메릴랜드(Maryland). 메릴랜드 담배 말입니다. 도브레크가 즐기는 유일한 담배이지요."

그러고는 느닷없이 웃음을 터뜨리는 뤼팽.

"하하하하, 웃기는 일 아닙니까? 아울러 도브레크의 장난기 어린 기지가 정말 돋보이더군요! 그것도 모르고 사방을 이 잡듯 뒤지고 다닌 걸 생각하면! 심지어 나는 혹시 안에 수정마개가 숨겨져 있지 않을까 해서, 전구의 구리 소켓까지 돌려보았을 정도니까요! 제아무리 머리가 잘 굴러간다 해도, 세상에 그 누가 메릴랜드 담뱃갑의 봉인을 뜯어볼 생각을 했겠습니까? 엄연히 간접세까지 물려서, 국가의 공식적인 인지(印紙)가 버젓이 찍히고, 깔끔하게 봉인 처리된 담뱃갑을 말입니다! 생각 좀 해보세요! 국가 자체가 이런 불상사의 공범 역할을 해왔다는 것을요! 수입 품목에 대한 간접 세무 행정이라는 것이 이번 사건에 대단한 활약을 한 꼴이 아니고 뭐겠냐고요! 안 되죠! 절대로 안 될 말입니다! 이 나라의 전매 공사(專賣公社. 현재의 연초 · 성냥 전매청(S.E.I.T.A.)의 전신—옮긴이)에도 오류는 있을 수 있습니다. 불이 잘 안 켜지는 성냥을 만들 수도 있고, 중간에서 훌쩍 타버리는 질 나쁜 담배를 만들 수도 있습니다. 하지만 그렇다고 해서 전매 공사가 정부의 합법적인 관심과 아르센 뤼팽의 사정권으로부터 27인의 명단을 빼돌리기 위해 도브레크 같은 자와 공모(共謀)를 했다고 가정한다면, 그건 곧 총체적인 괴멸을 뜻합니다! 따라서 우린 이 점을 주목해야만 합니다. 즉, 담뱃갑 안에 수정마개를 집어넣기 위해서는, 도브레크가 한 것처럼, 봉인된 띠에 조금만 힘을 가해 약간 느슨하게 한 뒤, 살짝 떼어냈다가 가루를 일부 비우고 나서 다시 원상태로 돌려놓기만 하면 만사형통이라 이겁니다. 아울러 애당초 파리에서부터 우리가 그 담뱃갑을 손에 들고 조금만 더 신경써서 조사했더라면 그리 어렵지 않게 비밀을 알아낼 수 있었을 겁니다. 하지만 어쩌겠습니까! 그럴듯하게 제조되어 국가와 간접세 행정 당국의 공식 인정까지 받은 천하의 메릴랜드 담뱃갑이야말로 누구도 감히 의심할 수 없는 '신성한' 물건인걸요! 아무도 그걸 열어볼 엄두를 내지 못한 게 당연하죠."

그는 이렇게 결론 내렸다.

"결국 교활하기 그지없는 도브레크는 자기 파이프들과 그 밖의 여러 손 안 댄 담뱃갑들과 함께 문제의 담뱃갑을 수개월 동안 아무렇게나 책상 위에 방치해두었던 겁니다. 제아무리 날고뛴다는 재치의 소유자라 해도 그처럼 아무 데나 굴러다니는 보잘것없는 상자에는 좀처럼 의문을 품기가 어려울 수밖에요. 나라도 만약 당신이 그런 의문을 품었다면 다른 쪽으로 생각을 돌려보라고 타일렀을 겁니다."

뤼팽은 메릴랜드 담뱃갑과 수정마개에 관한 이 같은 열변을 꽤나 오랫동안 늘어놓았다. 아무래도 결과적으론 자신이 승리한 만큼, 적의 총명함과 재주를 한껏 부풀리는 것이 그리 싫지만은 않은 모양이었다. 하지만 그런 문제들보다는 앞으로 아들을 구하기 위해 어떻게 해야 하느냐가 훨씬 더 중요한 클라리스로서는, 얘기가 그리 귀에 들어오지는 않는 것이었다.

그녀는 계속해서 같은 질문만 되풀이하고 있었다.

"정말 해낼 수 있을까요?"

"문제없습니다."

"하지만 프라스빌은 지금 파리에 없잖아요?"

"현재 르아브르에 있기 때문입니다. 어제 신문에서 봤지요. 어쨌거나 우리가 보낸 전보가 그를 즉각 파리로 불러들일 겁니다."

"과연 그가 충분한 영향력을 발휘할 수 있을 거라고 생각하세요?"

"보슈레와 질베르의 사면을 개인적으로 가능하게 하는 거라면 별 소용이 없을 겁니다. 만약에 그럴 수가 있었다면, 우리가 벌써 그를 부추겼겠지요. 하지만 우리가 지금 가져다주는 게 얼마나 가치가 있다는 걸 알 정도로는 똑똑한 사람입니다. 조금도 지체 없이 적절한 조치에 들어가 줄 겁니다."

"그나저나 그 가치라는 것도 말이에요, 정말 확실한 걸까요?"

"그럼 도브레크가 잘못 짚어왔다고 보십니까? 도브레크야말로 그 문서의 위력을 누구보다 정확히 파악할 수 있을 위치에 있지 않았습니까? 확실한 증거만 해도 어디 한두 가지였습니까? 다 제쳐두고, 사람들이 자신을 명단의 소유자로 본다는 사실 하나만 가지고도, 그가 얼마나 전횡을 일삼았는지 한번 생각해보세요. 명단을 공개하는 건 고사하고, 단지 그 사실 하나만으로 이미 모든 게 가능했습니다. 실제로 명단을 내돌린 게 아니라, 단지 가지고만 있었는데도 말입니다. 그것만으로도 그는 당신 남편의 목숨을 앗아갈 수 있었어요. 스물일곱 명의 불명예와 파멸 위에 자신의 영달을 차곡차곡 쌓아온 겁니다. 그나마 대담하다고 자처하던 알뷔펙스조차 바로 어제 감옥에서 스스로 목숨을 끊었을 정도입니다. 그러니 안심하십시오. 이 명단을 내놓겠다는 조건이라면 우리가 못 이룰 일은 아무것도 없습니다. 더구나 우리가 요구할 게 대체 뭐란 말입니까? 거의 아무것도 아닌 거나 다름없습니다. 정말로 하찮은 것이지요. 그저 스무 살 먹은 청년의 사면일 뿐입니다. 막말로 우리를 혹시 바보로 알까 봐 걱정해야 할 판이라고요. 그만큼 지금 우리 수중에 떨어진 물건은……."

문득 뤼팽은 하던 말을 멈췄다. 숱한 걱정에 지친 나머지, 어느새 여자가 눈앞에서 곯아떨어져 있었던 것이다.

아침 8시, 두 사람은 파리에 들어서고 있었다.

클리시 광장의 숙소에는 두 장의 전보가 뤼팽을 기다리고 있었다.

하나는 르발뤼한테서 온 것인데, 현재 아비뇽을 지나고 있으며 모든 것이 잘되어가서 저녁 약속 시간엔 정확히 당도할 것이라는 내용이었다. 다른 하나는 르아브르에서 프라스빌이 보내온 것인데, 수신자가 클라리스로 되어 있었다.

> 월요일 아침까지 돌아가기는 불가능함.
>
> 내 집무실로 5시까지 와주길 바람.
>
> 전적으로 당신을 믿겠음.

"5시라면, 이미 늦잖아요!"

클라리스가 탄식을 내뱉자, 뤼팽이 말을 막고 나섰다.

"웬걸요, 아주 괜찮은 시간입니다."

"하지만……."

"내일 아침에 형이 집행되면 어떡하느냐고요? 그게 걱정인 거죠? 떠도는 소문에 너무 겁먹을 것 없습니다. 형 집행은 없을 겁니다."

"하지만 신문에는……."

"당신이 직접 읽은 것도 아니잖습니까? 나라면 아예 신문 따윈 읽지 말라고 권하고 싶습니다. 신문에서 예측하는 건 하등의 의미도 없습니다. 단 한 가지, 프라스빌과의 면담이 지금으로선 유일하게 중요한 겁니다. 그리고……."

뤼팽은 찬장 속에서 자그마한 병을 꺼낸 다음, 클라리스의 어깨 위에 손을 얹으며 말했다.

"여기 이 소파 위에 편히 누우십시오. 그리고 이 약을 조금 들어봐요."

"이게 뭐죠?"

"몇 시간 정도 눈을 붙이게 해줄 겁니다. 그리고 쓸데없는 걱정일랑 깨끗이 쓸어버리지요."

"싫어요!"

클라리스는 대뜸 내뱉었다.

"안 마실래요. 질베르는 한숨도 못 잤을 텐데……. 한시도 맘이 편치가 않을 텐데……."

"마셔요."

뤼팽은 여전히 점잖게 권했다.

이미 지칠 대로 지친 데다 극심한 심적 고통에 시달리던 클라리스로선 굳이 버틸 여력도 사실 없었다. 그녀는 약을 한 모금 들이켜고는 얌전히 소파 위에 누워 눈을 감았고, 곧이어 깊은 잠에 빠져들었다.

뤼팽은 벨을 울려 하인을 불렀다.
"신문들 좀 가져오게. 빨리……. 모두 다 구해놨겠지?"
"여기 있습니다, 두목."
그중 하나를 펼치자 곧장 눈에 들어오는 기사가 있었다.

아르센 뤼팽의 공범들

확실한 소식통에 의하면, 아르센 뤼팽의 공범들인 질베르와 보슈레의 사형 집행이 화요일인 내일 아침에 이루어질 전망이다.

이를 위해 데블레 씨가 단두대를 점검했고, 모든 준비가 완료된 상태이다.

뤼팽은 별안간 도발적인 표정을 지으며 고개를 번쩍 치켜들었다.
"아르센 뤼팽의 공범들이라! 아르센 뤼팽의 공범들을 처형한다 이 말이지! 거참 대단한 구경거리겠군! 또 얼마나 많은 사람이 구름 떼처럼 몰려들꼬! 하지만 이거 미안해서 어쩌나. 막(幕)은 결코 오르지 않을 텐데! 상부(上府)의 지시에 따라 그날 공연은 쉬기로 했는데 어떻게 하나요? 물론 상부라면 나, 아르센 뤼팽이고 말이야!"
그는 한층 오기를 부려가며 가슴팍을 주먹으로 두드렸다.
"내가 바로 상부란 말이다!"
정오가 되자 리옹에서 보낸 르발뤼의 전보가 또 도착했다.

잘돼감.
물건은 전혀 훼손 없이 도착할 것임.

오후 3시, 클라리스가 깊은 잠에서 깨어났다.

그녀의 입에서 첫 번째로 나온 말은 이것이었다.

"내일 맞죠?"

뤼팽은 아무 대꾸도 하지 않았다. 하지만 그의 표정이 워낙 차분한 데다 미소까지 담고 있어서, 그녀는 왠지 모든 일이 이 남자의 의지대로 순조롭게 정리될 것이라는 느낌과 함께, 엄청난 평온함에 잠겨 드는 것이었다.

오후 4시 10분, 둘은 마침내 집을 나섰다.

프라스빌의 비서는, 상관한테서 전화 연락을 받았다며, 집무실로 두 사람을 안내한 뒤 잠시 기다리라고 했다.

5시 15분 전. 이윽고 정각 5시가 되어서야 프라스빌은 허겁지겁 문을 박차고 달려 들어오면서 냅다 소리부터 질렀다.

"명단 가지고 왔습니까?"

"네."

"주십시오."

프라스빌은 손을 불쑥 내밀었으나, 클라리스는 벌떡 일어섰을 뿐, 아무 반응도 보이지 않았다.

잠시 여자를 바라보던 프라스빌은 그제야 주춤주춤 의자에 앉았다. 상황 파악이 끝난 것이다. 그동안 숱한 우여곡절을 겪으면서 클라리스 메르지가 도브레크를 추적해온 것은 단순히 증오심과 복수 때문이 아닌 것이다. 또 다른 강력한 동기가 그녀를 몰아쳤던 것……. 이제 손안에 들어온 종잇장을 그녀는 결코 아무 조건 없이 내놓지는 않을 터였다.

"좀 앉으시지요."

얘기부터 차근차근 들어보겠다는 표시를 하며 그는 의자를 권했다.

프라스빌은 깡마른 체격에다 얼굴은 울퉁불퉁했는데, 눈꺼풀을 자주 깜박이고 입술을 심하게 일그러뜨리곤 하는 버릇이 왠지 미덥지가 못하고 불안을 안겨주는 인상이었다. 경시청 내부에서도 워낙 실수가 잦고 업무에 서툰지라, 주위 사람들이 매번 뒤치다꺼리를 하느라 평판이 그리 좋지 않은 인물이었다. 이를테면 특별한 업무 때문에 기용하고는 이내 적당히 위무(慰撫)해서 내쫓을 수 있을 만한 그렇고 그런 타입이라고나 할까.

어쨌든 클라리스는 다시 자리에 앉았다. 하지만 여전히 무반응으로 일관하자, 프라스빌이 답답한 듯 이렇게 내뱉었다.

"이보시오, 말씀 좀 하시지요. 솔직하게 털어놔 보세요. 나도 터놓고 말하자면, 우리 모두가 그 문서에 목을 빼고 있단 말입니다."

뤼팽에게서 이미 세부적인 행동 지침까지 지시받은 바 있는 클라리스는 순순히 넘어갈 태세가 전혀 아니었다.

"그쪽에서 무작정 목을 빼고 있는 거라면, 유감스럽게도 우리 사이에 의견 일치가 반드시 이루어지리라는 보장이 없군요."

프라스빌은 은근히 웃으며 대꾸했다.

"아, 물론 목을 빼노라면 얼마간 대가를 치를 각오도 있어야겠지요!"

"얼마간이 아니라 그 어떤 대가도 감당할 수 있어야죠."

마담 메르지는 깐깐한 태도로 바로잡았다.

"그야 대가 나름이겠지만, 적당한 한계만 지킨다면야 굳이 꺼릴 이유도 없겠죠."

"설사 그 한계를 넘는다 해도 대가는 치러져야 할 겁니다."

조금도 굽히지 않는 클라리스를 보고, 프라스빌은 다소 안달이 났다.

"하여튼 대체 무슨 일인지 어디 들어나 봅시다! 설명해보세요!"

"양해해주세요. 나로선 그저 당신이 이 문서에 얼마나 중요성을 느끼고 있는지 점검해볼 필요가 있었던 겁니다. 결국 즉각적인 거래로 결론이 날 수밖에 없지만, 그 전에……. 뭐랄까……. 내 기탁물의 진정한 가치를 반드시 확인하고 싶었던 거죠. 다시 말하지만, 만약 가치가 무진장하다면 거래는 반드시 그에 걸맞은 엄청난 대가를 전제로 해야 한다는 겁니다."

"일단 알겠소이다!"

프라스빌은 신경질적으로 대꾸했다.

"그렇다면 이 일 전반에 따르는 내력을 이제 와서 굳이 거론할 필요도 없을뿐더러, 문서가 당신네 수중으로 넘어감으로써 얼마나 많은 재앙을 피할 수 있고, 또 얼마나 큰 이득을 취할 수 있는지에 대해서도 그냥 넘어가도 되겠지요?"

프라스빌은 잠자코 여자의 말을 듣고 있기도, 그에 대해 일일이 정중한 어조로 대꾸하기도 엄청 힘들어하는 눈치였다.

"당신의 그 모든 말에 전적으로 동감이외다! 됐습니까?"

"다시 한번 양해를 구합니다만, 우리 사이의 얘기는 명확히 할수록 좋습니다. 그래서 말씀인데, 아직 한 가지 더 분명히 해두어야 할 문제가 남았어요. 혹시 당신은 직권으로 일을 처리할 재량이 있으신지요?"

"그건 또 무슨 말입니까?"

"내 얘기는, 물론 당신이 지금 즉시 이번 일을 처리할 권한을 가지고 있느냐가 아니라, 이 일에 연루되어 있고 처리상에 실권을 쥔 사람들을 내 앞에서 확실히 대변하는 것인지 알고 싶다는 겁니다."

"그야 물론이오."

프라스빌은 힘주어 말했다.

"그럼, 내가 조건을 내걸고 난 한 시간 후에는 당신 측 답을 확인할 수가 있겠죠?"

"그렇소."

"그 답은 정부의 입장이라고 간주해도 되겠죠?"

"그렇소."

클라리스는 몸을 바짝 기울이면서 소리를 죽여 말했다.

"물론 엘리제 궁의 입장이겠고요?"

순간 프라스빌은 적잖이 당혹한 기색이었다. 그는 잠시 생각하더니 말했다.

"그렇소."

그제야 클라리스는 아주 못을 박듯이 이렇게 말하는 것이었다.

"이제 남은 부탁은 딱 하나, 내가 내놓을 조건이 아무리 이상하게 보여도 그 내막에 대해선 절대로 캐려 들지 않겠다는 약속을 당신 명예를 걸고 해주어야겠습니다. 조건은 조건 자체로만 이해해주십시오. 그에 대한 당신의 대답은 '된다'나 '안 된다', 둘 중 하나여야만 합니다."

"내 명예를 걸고 약속하지요."

프라스빌은 꽤 또박또박 대답했다.

클라리스는 잠시 감정이 복받쳐 오르는지 이전보다 훨씬 안색이 창백해졌다. 하지만 이내 진정을 되찾고는, 프라스빌의 눈동자를 똑바로 쏘아보며 이러는 것이었다.

"27인의 명단을 질베르와 보슈레의 사면과 맞교환하고 싶습니다."

"뭐, 뭐라고요?"

기겁을 한 프라스빌이 펄쩍 뛰다시피 했다.

"질베르와 보슈레의 사면이라니! 아르센 뤼팽의 공범들을 말이오?"

"그렇습니다."

"마리테레즈 별장 살인 사건의 진범들을 말이오? 내일 사형당하기로 되어 있는 자들을?"

클라리스는 더더욱 목소리를 높여가며 대답했다.

"네, 그래요! 바로 그 사람들요! 난 그들의 사면을 요구합니다!"
"그건 말도 안 됩니다! 대체 이유가 뭡니까? 왜 그래요?"
"이보시오, 프라스빌, 약속한 거 벌써 잊으셨나요?"
"아, 아……. 그렇군요. 하지만 워낙 예상치 못한 일이라……."
"왜죠?"
"왜라니요? 이유야 얼마든지 있지요!"
"무슨 이유가요?"
"이런, 생각 좀 해보시구려! 질베르와 보슈레는 사형수입니다!"
"도형수로 만들어버리면 그뿐입니다."
"불가능해요! 이미 그 사건은 엄청난 화제가 된 바 있습니다. 그들은 아르센 뤼팽의 부하들이에요. 판결이 어떻게 났는지는 온 세상이 다 알고 있단 말입니다."
"그게 어때서요?"
"어때서라니요? 한번 내려진 재판부의 결정에 반기를 들 수는 없는 노릇입니다."
"그걸 요구하는 건 아닙니다. 단지 사면권을 이용해서 형을 대체해주기를 바라는 겁니다. 사면권이라면 엄연히 법적인 사항 아닙니까?"
"하지만 사면위원회도 벌써……."
"그건 그렇죠. 하지만 아직 공화국 대통령이 남아 있습니다."
"역시 거부한 상태입니다."
"그거야 번복하면 돼요."
"불가능합니다!"
"왜죠?"
"명분이 없잖습니까?"
"명분은 필요 없어요. 사면권은 어디까지나 절대적인 고유 권한입니다. 그건 하등의 통제나 동기, 명분, 해명 없이 이행될 수 있는 걸로 알고 있습니다. 이른바 '군주의 특권'인 셈이죠. 대통령이 일단은 기꺼이 그걸 사용하길 바라거니와, 나아가 국가의 이익에 크게 이바지한다는 생각으로라도 나서주길 바랍니다."

"하지만 때가 너무 늦었습니다! 모든 게 이미 사형 쪽으로 맞춰진 상태라고요. 이제 불과 몇 시간 후면 형 집행이 이루어질 참인데……."

"방금 전에 당신은 한 시간이면 답을 제공하는 데 충분하다고 했습니다."

"이런 제기랄, 이건 너무도 무모한 짓이란 말이오! 당신의 요구는 도저히 감당 못할 반대에 부닥칠 거란 말이외다! 다시 말하지만, 불가능한 일입니다. 사실상 완전히 불가능해요!"

"그럼 결국 '안 된다' 이겁니까?"

"안 돼요! 안 됩니다! 절대로 안 돼요!"

"그렇다면 우리도 이쯤에서 물러날 수밖에 없군요."

여자는 슬그머니 문 쪽으로 다가가는 시늉을 했고, 므슈 니콜 역시 그녀 뒤를 따라나섰다.

아니나 다를까, 프라스빌은 펄쩍 뛰어 일어나 앞길을 막았다.

"어디를 가는 거요?"

"어머나! 우리 사이의 얘기는 이것으로 끝난 걸로 아는데요? 당신 판단에, 대통령께서도 이 유명한 27인의 명단을 별것 아닌 걸로 치부하신다면야……."

"가지 마시오."

그렇게 대뜸 내뱉고 나서, 문까지 열쇠로 굳게 잠그더니, 그는 고개를 약간 숙인 채, 방 안을 이리저리 서성대기 시작했다.

한편 그때까지 입 한 번 열지 않은 채, 철저히 자신의 존재를 지우고 있던 뤼팽은 속으로 이렇게 중얼거리고 있었다.

'불가피한 결말로 가기 위해서 거쳐야 할 우여곡절이 참으로 많기도 하군그래! 천재는 아니지만 그렇다고 바보도 아닌 저 프라스빌이 과연 철천지원수에 대한 복수의 기회를 단념할 것인가? 이런, 내가 지금 무슨 생각을 하는 거야? 도브레크를 나락으로 곤두박질치게 한다는 생각만으로도 잔뜩 입이 벌어질 참인데……. 자, 게임은 이긴 거나 다름없어!'

바로 그때였다. 프라스빌은 개인 비서가 있는 사무실 쪽 내부 문을 활짝 열고 큰 소리로 이렇게 말했다.

"므슈 라르티그, 엘리제 궁으로 전화를 넣어주시오! 일급 사안에 관해 보고드릴 게 있어 알현을 요청한다고 하세요."

그러고는 문을 닫자마자 클라리스에게 다가와 이러는 것이었다.

"여하튼 내가 할 수 있는 거라곤 당신 제안을 그대로 올리는 것뿐이오."

"일단 올리면 받아들이게 되어 있습니다."

기나긴 침묵이 흘렀다. 그러는 동안 클라리스의 얼굴에 하도 현저한 화색이 도는 터라, 프라스빌은 내심 놀라며 점점 더 호기심을 갖고 여자를 관찰하기 시작했다. 대체 무슨 수수께끼 같은 이유가 있어, 질베르와 보슈레 같은 자들의 구원을 클라리스가 저토록 원한단 말인가? 무슨 보이지 않는 끈이 그녀와 두 남자 사이를 연결하고 있는 걸까? 세 사람의 인생은 물론, 거기에 도브레크까지 더한 모두의 삶이 도대체 어떤 드라마로 서로 얽혔단 말인가?

뤼팽도 여전히 머리를 굴리고 있었다.

'아하, 여보게, 어디 끝까지 골머리를 혹사시켜보게나. 뭐 나오는 게 있나. 아, 만약 클라리스가 원하는 것처럼 질베르만 사면해달라고 했다면 자넨 틀림없이 눈치챘겠지. 하지만 거칠기 그지없는 보슈레까지 포함시켰으니……. 그자와 마담 메르지 사이에 대관절 무슨 관계가 있을 수 있겠는가. 아하, 이제 내가 나서야 할 시간인가 보군. 저것 봐, 날 바라보고 있잖아! 이미 나를 두고 속으로 혼잣말을 굴리고 있는 거야. 자, 그렇다면 일개 시골 가정교사에 불과한 이 니콜 선생께선 과연 어떻게 나가야 할 것인가? 클라리스 메르지에게 이토록 성심을 다하는 이유로는 대체 무엇이 적당할까? 난데없이 끼어든 이 친구의 진짜 성격은 어떠해야 할까? 젠장, 진작 고려해보지 않은 게 잘못이지. 미리 이런 상황을 예상했어야 하는 건데. 내 이 가면을 살짝 들어 올려야 할 상황을 말이야. 직접적인 이해관계도 없으면서 이런 일에 이토록 수고를 아끼지 않는 건 좀 부자연스럽거든. 아, 니콜 선생이 왜 질베르와 보슈레의 구명 운동에 나서야 할까? 왜?'

순간, 뤼팽은 슬그머니 얼굴을 돌리지 않을 수 없었다.

'어이쿠! 이런 맙소사! 저 공무원 양반의 두개골 속에 무슨 생각이 떠오른 모양이네! 뭔가 희미하면서도 심상치 않은 생각 말이야. 빌어먹을! 제발 니콜 선생의 모습에서 뤼팽 선생의 얼굴을 알아보지 못해야 할 텐데. 이거 정말 난처하게 됐군그래.'

한데 다행히도 새로운 상황이 불쑥 틈입했다. 프라스빌의 비서가 갑자기 문을 활짝 열고 들어와 대통령과의 면담 약속이 1시간 후로 잡혔다고 알려온 것이다.

"어떻게든 일이 추진은 될 것 같군요. 하지만 나도 역할을 제대로 해내기 위해선 먼저 좀 더 정확한 정보를 알아야 할 것입니다. 문서를 되도록 정확히 파악하고 있어야겠단 말입니다. 그래, 그게 도대체 어디에 있었던 겁니까?"

"역시 짐작했던 대로 수정마개 안에 있었습니다."

마담 메르지는 프라스빌을 똑바로 쳐다보며 대답했다.

"그 수정마개는요?"

"라마르틴 광장의 그의 집 서재 책상 위, 어느 물건 속에 숨겨져 있었습니다. 그러던 것을 며칠 전 도브레크 자신이 와서 가지고 가버렸지요. 일요일인 어제 내 손에 들어왔고 말입니다."

"대체 그게 뭐였습니까?"

"그냥 담뱃갑이었어요. 책상 위에 아무렇게나 방치되어 있던 메릴랜드 담뱃갑요."

프라스빌은 순간 아연실색하며 더듬더듬 중얼거렸다.

"아! 이런 세상에! 진작 알았다면! 그 메릴랜드 담뱃갑이라면 내가 수도 없이 만졌던 거였는데! 이런 멍청한!"

클라리스는 조용히 대꾸했다.

"다 지난 일입니다. 중요한 건 지금 그걸 찾아냈다는 사실이니까요."

프라스빌은 약간 뾰로통한 표정이었는데, 아마도 그걸 자신이 찾아냈더라면 얼마나 좋았을까, 꽤나 아쉬운 모양이었다.

"그러니까 현재 그 명단은 당신 수중에 있다는 말씀이죠?"

"그래요."

"가져오셨습니까?"

"네."

"좀 보여주시죠."

한데 클라리스가 다소 주저하는 듯 보이자, 다시 이러는 것이었다.

"오, 걱정하실 건 없어요! 그건 엄연히 당신 겁니다. 꼭 돌려드리지요. 다만 나로서도 웬만큼 확신도 없는 물건을 두고 교섭을 벌이긴 힘들다는 점을 이해해주셨으면 합니다."

프라스빌이 힐끗 보니, 클라리스와 니콜 씨가 눈빛으로 서로 의논을 하는 듯했다. 마침내 그녀가 말했다.

"여기 있습니다."

종이를 받아 든 프라스빌의 손이 몹시 떨고 있었다. 그는 한동안 유심히 훑어보고는 이내 이렇게 말했다.

"맞아요. 맞습니다. 분명 회계 관리인의 필체입니다. 알아보겠어요. 그리고 회사 사장의 서명도 맞고요. 이 붉은빛하며……. 이것 말고도 증거가 여럿 있습니다. 예컨대, 문서 왼쪽 상단 모서리가 약간 찢겨나간 것 말입니다."

그는 개인 금고를 열어 특별히 제작된 듯한 작은 상자를 꺼내더니, 그 속에서 작은 종잇조각을 집어 들고 바로 그 문서의 왼쪽 모서리에 갖다 대며 말했다.

"이것 보세요. 정확히 맞아떨어지지 않습니까? 이걸로 증거는 완벽한 셈입니다. 그래도 남은 게 있다면 이 타이프 용지의 재질을 확인해 보는 것뿐이랄까."

클라리스의 안색이 더없이 환해지고 있었다. 그동안 얼마나 극심한 심적 고통이 그녀를 괴롭혀왔던지, 아직도 그 얼굴에 저런 혈색과 생기가 남아 있다는 것이 신기할 정도였다.

프라스빌이 종이를 유리창에 바짝 갖다 대고 살펴보는 동안, 클라리스는 뤼팽을 돌아보며 속삭였다.

"오늘 저녁 당장, 이 사실을 질베르한테 알려야 한다고 말 좀 해줘요! 그 아이가 지금도 얼마나 힘들어하고 있겠어요!"

"알겠습니다. 당신은 그의 변호사를 따로 만나서 얘기를 전해주시오."

여자는 한술 더 떴다.

"그리고 내일 당장 질베르를 만나겠어요. 프라스빌이야 제멋대로 생각하라죠!"

"알겠소. 하지만 그보다 먼저 엘리제 궁의 승인을 얻어야 할 것이오."
"그거야 별 어려움은 없지 않을까요?"
"그렇지요. 방금 저자가 쉽사리 꼬리를 내린 것처럼 말입니다."
프라스빌은 여전히 돋보기를 사용해서 찢겨나간 종잇조각과 문서의 재질을 비교하고 있었다. 그러더니 다시 문서를 유리창에 대고 비춰보는가 하면, 상자 속에서 또 다른 타이프 용지 몇 장을 꺼내 그중 하나를 마찬가지로 쳐들고 비춰보는 것이었다.
"다 됐습니다. 이제야 완전히 확신이 서는군요! 미안합니다. 워낙 섬세함을 요하는 작업이라……. 여러 단계에 걸쳐 조사를 해보았는데……. 실은 몇 가지 의심되는 점이 있어서……."
"무슨……. 말씀인지?"
클라리스가 더듬더듬 중얼거렸다.
"잠깐만요. 그 전에 지시를 좀 할 게 있어서요."
그는 비서를 불러 말했다.
"지금 당장 대통령 관저에 전화를 넣으시오. 미안하지만 나 대신 사죄부터 하고 나서, 나중에 깨닫게 된 몇 가지 이유 때문에 면담이 불필요할 것 같다고 알리시오."
프라스빌은 문을 닫고, 아무렇지도 않게 책상 앞으로 돌아왔다.
클라리스와 뤼팽은 그저 어안이 벙벙한 표정으로 이 난데없는 반전(反轉)을 이해 못하겠다는 듯 그만 쳐다보고 있었다. 뭔가, 무슨 정신 나간 짓이란 말인가? 혹시 자기도 나름대로 술책을 부려보겠다는 건가? 일단 물건도 손에 들어왔겠다, 이제 와서 약속을 어기겠다는 건가?
하지만 프라스빌은 여자에게 문서를 내밀며 이러는 것이었다.
"가져가셔도 됩니다."
"가져가다니요?"

"도브레크에게 돌려주세요."

"도브레크에게?"

"아니면 그냥 태워버리시든지……."

"지금 무슨 말을 하는 겁니까?"

"내가 당신이라면 아예 태워버리겠다는 겁니다."

"그게 대체 무슨 말입니까? 어이가 없군요!"

"아뇨! 너무나 당연한 얘기지요."

"하지만 왜……. 이유가 뭡니까?"

"이유요? 설명해드리죠. 우리도 증거물로 몇 장 가지고 있지만, 27인의 명단은 어디까지나 운하 건설 회사 사장이 가지고 있던 타이프 용지 위에 작성된 것입니다. 아까 본 그 작은 상자 안에도 견본이 몇 장 있지요. 한데 그 견본에는 예외 없이 자그마한 로렌의 십자가 문양(프랑스 동부 로렌 지방에서 생산된 종이에 찍힌 마크—옮긴이)이, 제조될 때부터 아예 찍혀 나온답니다. 지폐나 종이에 흔히 찍히는 투명한 무늬라서, 그냥은 안 보이고 햇빛에 비춰보아야만 알 수 있지요. 근데 당신이 가져온 종이에는 로렌의 십자가 문양이 없어요."

순간, 뤼팽은 머리끝에서 발끝까지 온 신경이 경련을 일으키는 것만 같았다. 아울러 엄청난 충격을 받았을 클라리스 쪽으로는 감히 눈길을 돌릴 엄두조차 나지 않는 것이었다. 그저 이렇게 더듬대는 그녀의 목소리만 귓전에 쓸쓸히 부닥칠 뿐…….

"그, 그렇다면…… 결국…… 도브레크도…… 속았단 말인가요?"

"천만의 말씀입니다!"

프라스빌이 대뜸 소리쳤다.

"속은 건 바로 당신이에요! 도브레크는 진짜 명단을 가지고 있습니다. 죽어가는 사람의 금고에서 훔쳐낸 진짜 명단 말입니다."

"그럼 이건?"

"가짜지요."

"가짜라고요?"

"완전한 가짜입니다. 도브레크 그자의 기발한 속임수가 통한 셈이지요. 그가 고 반짝거리는 수정마개를 가지고 눈앞에서 하도 재주를 피우는 바람에, 그만 정신이 팔린 당신은 속에 뭐가 들었는지도 모른 채 덥석 껍데기만 손에 넣고 좋아한 것 같습니다. 사실 쓸모없는 휴지 조각만 그 안에 있을 뿐, 진짜 문서는 느긋한 그자의 손아귀에……."

프라스빌은 문득 말을 멈추었다. 클라리스가 마치 자동인형처럼 경직된 태도로 조금씩, 조금씩 다가오며, 멍한 표정으로 더듬대는 것이었다.

"그, 그럼……. 어떻게 할 생각인가요?"

"이봐요, 어떻게 하다니요?"

"거부할 건가요?"

"당연하죠. 나로선 달리 어쩔 수가 없……."

"아까 얘기한 교섭은 추진하지 않겠다는 건가요?"

"여보십시오! 이제 와서 그 교섭이 가능하다고 보십니까? 쓸모없는 종잇장 하나 믿고, 나는 도저히 그럴 수 없습니다."

"아……. 정녕…… 정녕, 그러지 않는다면…… 내일 아침에…… 이제 몇 시간 후에는, 아……. 질베르……."

이제 그녀의 얼굴은 마치 임종을 맞은 사람처럼 하얗게 질린 채 잔뜩 일그러지고 있었다. 눈동자는 퀭하게 열려 있었고 턱이 덜덜 떨리고 있었다.

뤼팽은 이제 막 그녀의 입에서 쏟아져 나올지도 모를 위험하고도 쓸데없는 말을 가로막으며, 허겁지겁 어깨를 부축해 끌고 나가려 했다.

하지만 사납기 그지없게 상대의 팔을 뿌리친 여자는, 넘어질 듯 넘어질 듯 두세 걸음을 더 다가가더니, 절망감인지 기세인지 모를 힘으로 프라스빌을 와락 붙잡고 이렇게 소리치는 것이었다.

"당장 교섭을 벌이세요! 지금 당장 시작해야 해요! 반드시! 반드시 질베르를 구해야만……."

"이것 보세요, 제발 진정하십시오."

순간, 여자는 귀청을 찢을 듯 까칠한 웃음을 터뜨리기 시작했다.

"아하하하하. 나더러 진정하라고! 내일 아침이면 질베르가……. 아, 안 돼, 너무 두려워. 정말 끔찍하다고. 이 비겁한 인간, 어떻게든 좀 해보란 말이야! 사면을 받아와요! 그래도 모르겠어요? 질베르…… 질베르는…… 바로 내 아들이란 말이에요! 내 아들! 내 아들요!"

프라스빌은 소스라치면서 버럭 외마디 소리를 질렀다. 날카로운 칼날이 번쩍하며 눈을 찡그리게 하는가 싶더니, 클라리스의 손이 바로 그녀 자신을 겨냥해 높이 치켜 올라가는 것이었다. 하지만 동작은 거기서 그쳤다. 니콜 씨가 잽싸게 팔을 낚아채 흉기를 빼앗고는, 여자를 꼼짝 못하게 제압한 뒤, 열에 들뜬 목소리로 으르렁댄 것이다.

"이게 무슨 미친 짓이오! 내가 구해내겠다고 그렇게 맹세했거늘…… 그 애를 위해서라도 살아야지요. 질베르는 죽지 않을 것이오. 내가 내 입으로 맹세한 이상, 그게 어디 타당하기나 한 일이겠소?"

"질베르……. 내 아들……."

클라리스는 거의 인사불성인 상태에서 처절하게 중얼거릴 뿐이었다.

니콜 씨는 하는 수 없이 덥석 끌어안다시피 하고는 손으로 여자의 입을 틀어막았다.

"그만! 그만 입 다물어요. 제발 그만하라니까. 질베르는 죽지 않는단 말이오!"

그는 감히 거역할 수 없을 카리스마로, 마치 다소곳한 아이를 다루듯, 갑자기 고분고분해진 여자를 끌고 문 쪽으로 다가갔다. 한데 문을 열고 나가는가 싶더니, 별안간 프라스빌 쪽으로 고개를 홱 돌리면서 강렬한 말투로 이렇게 내쏘는 것이었다.

"나를 기다리시오, 므슈! 그 27인의 명단에 아직 욕심이 있다면 말이오. 진짜 명단에 관심이 있으면 나를 기다리라 이 말이오. 앞으로 한 시간 후, 많아야 두 시간 후, 다시 올 테니, 그때 한번 얘기해봅시다."

아울러 클라리스에게는 이렇게 내뱉었다.

"그리고 마담, 좀 더 용기를 가져보시오. 질베르의 이름으로 명령하는 거요."

뤼팽은, 마치 인형처럼 클라리스를 옆구리에 끼우다시피 번쩍 든 채로, 복도와 계단을 따라 쿵쾅대며 걸어갔다. 파리 경시청의 두 개의 안마당은 물론 거리로 나올 때까지 그 자세 그대로였다.

한편 처음에는 깜짝 놀랐다가 영 뭐가 뭔지 모를 정도로 혼란스러웠던 프라스빌은, 차츰 냉정을 되찾고 생각을 정리하기 시작했다. 특히 그는, 처음엔 클라리스 곁에서 어려운 일에 닥쳤을 때 말벗처럼 매달릴 흔한 조언자로서의 단역에 만족하던 니콜 씨의 태도가 갑작스럽게 껍질을 깨고 나와, 지극히 권위적이고 강력한 모습으로 탈바꿈하는 것에 유념했다. 아까 그의 태도 속엔, 자신과 클라리스의 앞길을 가로막는 운명적인 장애물은 무엇이든 격파해나가겠다는 격한 패기와 배짱이 이만저만이 아니었다.

과연 요즘 세상에 그처럼 행동할 수 있는 존재라면?

순간, 프라스빌은 기겁을 하며 몸을 떨었다. 의문이 머릿속에 떠오르기가 무섭게, 너무나도 확실하게 여겨지는 답이 떨어졌던 것이다. 그러고 보니, 더없이 정확해 보이고 이론의 여지가 없어 보이는 증거들이 속속들이 뇌리에 되살아나는 것이었다.

아직도 프라스빌을 어리둥절하게 하는 건 단 하나! 니콜 씨의 얼굴은 그동안 사진을 통해서 뤼팽에 대해 알고 있는 얼굴과는 눈곱만치도 닮은 점이 없었던 것이다. 다른 신장, 다른 체격, 다른 얼굴 윤곽, 다른 입술 모양……. 이 외에도 눈빛, 혈색, 머리 색깔 등등, 유명한 협객의 인상착의에 관해 축적된 모든 정보와는 너무도 다른, 전혀 새로운 인물로 생각할 수밖에 없었다. 그러나 뤼팽의 장기 중의 장기가 무엇보다도 변신의 기적 같은 능력에 있다는 사실 또한 프라스빌은 잘 알고 있었다. 한마디로 의심의 여지가 없는 것이다.

프라스빌은 허겁지겁 집무실을 박차고 나섰다. 그리고 아무나 처음 마주친 치안국 반장 한 명을 붙들고 다짜고짜 물었다.

"지금 들어오는 길이오?"

"그렇습니다, 사무국장님."

"혹시 어떤 신사하고 부인 못 봤소?"

"봤습니다만, 몇 분 전 마당을 가로질러 가고 있더군요."

"그 남자의 얼굴을 다시 봐도 알겠소?"

"네, 알 수 있을 것 같습니다."

"됐소! 이제 낭비할 시간이 없어요, 반장. 형사 여섯 명을 대동하고 지금 당장 클리시 광장으로 가시오. 니콜 씨라는 자에 관해 탐문 수사를 벌이고 그자의 집을 감시하시오. 그럼 조만간 그자가 귀가할 거요."

"만약 귀가하지 않으면 어떡할까요?"

"즉시 수소문해서 체포하도록 하시오. 영장을 발부해주겠소."

프라스빌은 곧장 집무실로 돌아와 책상 앞에 앉아 서류에 어떤 이름 하나를 휘갈겨 썼다.

순간 반장은 기겁을 한 표정이 되었다.

"아니……. 분명 니콜이라고 하지 않았습니까?"
"그래서요?"
"한데 체포 영장에 웬 아르센 뤼팽 이름이?"
"아르센 뤼팽과 니콜 씨는 동일 인물입니다."

# 12
## 단두대

"반드시 구해내겠소! 반드시 구해낸단 말이오! 맹세하오. 내가 반드시 구해낼 것이오!"

자동차를 타고 가면서 뤼팽은 클라리스의 귀에다 대고 끊임없이 되뇌고 있었다.

하지만 클라리스는 아무 소리도 듣지 못하는 것 같았다. 외부에서 일어나는 모든 현상으로부터 일거에 의식을 단절시킨 죽음의 악몽만이 그녀의 가련한 정신을 사로잡고 있었다. 뤼팽은, 클라리스보다도 자기 자신에게 다짐을 하듯, 앞으로의 행동 계획을 줄줄이 늘어놓기 시작했다.

"아직 진 게 아니오. 아직은 아냐. 게임은 아직 희망이 있소. 엄청난 상수패가 하나 남아 있지. 전직 하원 의원인 보랑글라드가 도브레크에게 보냈다는 그 편지와 문서들 말이오. 니스에서 도브레크 그자 입으로 직접 언급했지 않소? 내가 스타니슬라스 보랑글라드에게서 그 모든 걸

사들일 거요. 값이야 부르는 대로 주면 될 테고. 그런 다음 함께 경시청으로 가서 프라스빌에게 이렇게 얘기하는 거요. '당장 대통령 관저로 달려가거라. 가서 마치 진짜인 것처럼 명단을 가지고 교섭을 벌여라. 그래서 질베르를 구해내라. 설혹 질베르의 목숨이 구해진 다음, 내일쯤 가서 명단이 가짜라는 게 들통이 나더라도 말이다. 어서, 서둘러라. 그래도 정 싫다면……. 보랑글라드의 편지와 서류 일체가 화요일인 내일 아침, 주요 일간지에 대문짝만하게 실릴 것이다. 그렇게 되면 그자가 체포되는 건 물론, 당일 저녁 프라스빌 당신도 무사하진 못할 것이다!' 이렇게 말입니다."

어느새 뤼팽은 손바닥을 연신 문지르며 혼잣말을 하기 시작했다.

"그래, 먹혀들 거야! 먹혀들 거라고! 아까 그자의 얼굴을 바라보면서 확실히 느꼈어! 도브레크의 지갑 속에서 보랑글라드의 주소도 찾아냈으니까. 자, 라스파이 대로로 가세나!"

목적지에 도착하자, 뤼팽은 혼자 자동차에서 내리자마자 쏜살같이 세 개 층을 뛰어 올라갔다.

한데 하녀 말이, 보랑글라드 씨는 집에 안 계시며, 다음 날 저녁을 들러나 오실 거라는 것이었다.

"지금 혹시 어디 계신지는 모릅니까?"

"런던에 계십니다."

다시 자동차에 올라탄 뤼팽은 한마디도 하지 않았다. 옆에 앉은 클라리스는 그런 뤼팽한테 역시 한마디도 묻지 않았다. 사실 지금 그녀는 아들의 죽음을 기정사실처럼 받아들인 채, 모든 것에 대해 그저 멍한 상태였던 것이다.

자동차는 클리시 광장에 가서야 멈추었다. 집에 들어서는 순간, 관리실에서 튀어나온 웬 사내 둘이 뤼팽을 스치고 지나쳤다. 골똘한 생각에 파묻히느라 뤼팽은 두 사람한테 그다지 주목할 수가 없었다. 물론 그들은 프라스빌이 집을 감시하라고 보낸 여러 형사 중 두 명이었다.

"전보 온 것 없나?"

"없습니다, 주인님."

아실의 대답이었다.

뤼팽은 아무렇지도 않은 듯 클라리스를 돌아보며 말했다.

"당연한 일이지요. 아직 7시밖에 안 됐으니까. 그들은 최소한 8~9시는 돼야 도착할 수 있을 겁니다. 프라스빌더러 좀 더 기다리라고 하면 됩니다. 전화해서 그러라고 해야겠어요."

통화가 끝나고 전화기를 내려놓는데, 문득 등 뒤에서 심상치 않은 신음 소리가 들렸다. 탁자 옆에 기대선 채 석간신문을 들여다보며 클라리스가 내뱉은 소리였다.

그리고 다음 순간, 여자는 가슴에 손을 갖다 대면서 비틀거리더니, 그만 쓰러지는 것이었다.

뤼팽이 길길이 소리쳤다.

"아실! 아실 어디 있나? 나 좀 도와주게. 우선 여자를 침대에 눕혀야겠어. 그리고 가서 벽장 속에 있는 약병을 가져오게. 4번이라고 적힌 약병일세. 마취제 말이야."

뤼팽은 칼끝으로 여자의 악다문 잇새를 벌리고는 약을 반병 정도 들이부었다.

"이제 내일이 돼야 이 가련한 여인이 잠에서 깨겠지. 일단 이렇게 해놓고."

부랴부랴 그는, 아직도 클라리스의 경직된 손에 잔뜩 구겨진 채 들려 있는 신문을 빼서 훑어보았다.

공범들을 극형에서 구하기 위한 아르센 뤼팽의 시도가 언제든 있을 수 있다는 가정하에, 질베르와 보슈레의 사형 집행에 대해서는 사상 유례가 없을 만큼 강력하고 빈틈없는 조치들이 취해지고 있다. 예컨대, 자정 이후부터는, 상테 감옥을 둘러싼 모든 거리마다 군 병력이 배치되는 실정이다. 현재 알려진 바로는, 교도소 장벽이 마주 보이는 아라고 대로의 광장에서 조만간 사형 집행이 있을 것이라고 한다.

우리가 최근 입수한 정보에 의할 것 같으면, 현재 두 사형수의 정신 상태는 다음과 같다. 늘 냉소적이던 보슈레는, 운명적인 종말을, 있는 오기 없는 오기 죄다 부려가며 호들갑스럽게 기다리는 입장이다. 그는 이렇게 말했다고 한다. "까짓, 그리 썩 기분 좋은 일은 아니지만, 어차피 치러야 할 거라면 담담하게 버티고 싶소이다." 그러고는 이렇게 덧붙였다고 한다. "죽는 거야 아무래도 상관없소. 다만 오싹한 건, 내 이 목이 떨어져 나간다는 사실이오. 아! 제발 내가 비명을 지를 틈도 없이 깨끗하게 저세상으로 갈 수 있을 비법이라도 하나 두목이 마련해준다면 좋으련만! 스트리크닌(중추신경 흥분제로서 소량은 신경 자극제로 쓰이나 양이 지나치면 사망에 이르는 독성을 가짐—옮긴이)이나 좀 보내주시구려, 두목!"

반면 질베르의 경우는 무척이나 차분한 편인데, 중죄 재판소에서 보여준 처참한 꼴을 생각할 때 참으로 이채로운 모습임에 틀림없다. 아마도 아르센 뤼팽의 막강한 위력을 철석같이 믿고 있는 눈치였다. 그는 이렇게 말했다고 한다. "두목은 만인이 지켜보는 가운데 내게 두려워하지 말라고, 당신이 함께 있다고 했습니다. 모든 걸 책임지겠다고요. 그래서 나는 두렵지 않습니다. 최후의 날, 최후의 시간이 와서, 심지어는 단두대 앞에 서는 바로 그 순간까지도 나는 그를 믿습니다. 그건 내가 두목이 어떤 사람인지 잘 알기 때문입니다! 그와 함께라면 두려울 건 아무것도 없습니다. 그는 약속한 건 반드시 지킵니다. 설사 내 목이 달아난다 해도, 그가 달려와 이전보다 더욱 단단하게 어깨 위에다 붙여놓을 것입니다. 아르센 뤼팽이 자기 부하 질베르를 죽게 내버려둔다고요? 오! 미안하지만, 배꼽을 잡고 웃을 일입니다!"

이러한 그의 열정 속에는 뭔가 고귀하게 느껴지는 순수함과 감동적인 면이 있는 게 사실이다. 과연 아르센 뤼팽이 이처럼 맹목적인 신뢰를 받을 만한 인물인지 자못 그 귀추가 주목되고 있다.

기사를 다 읽기가 무섭게, 뤼팽의 눈망울 가득 솟구치는 뜨거운 눈물이 희부옇게 앞을 가렸다. 그것은 측은한 마음뿐 아니라, 비통과 절망의 눈물이기도 했다.

아뿔싸, 아르센 뤼팽은 어린 질베르의 티 없는 신뢰를 받을 만한 인물이 못 되는 것이다! 물론 지금까지 살아오면서 그는 불가능한 과업을 숱하게 일궈왔다. 하지만 세상엔 불가능보다 더한 것을 해내야만 하는 상황이 있고, 운명보다 더 강해야만 하는 순간이 있는가 보다. 그런데 지금 뤼팽은 운명 앞에서 속수무책 당하고만 있으니……. 이번의 이 처절한 모험이 시작된 이후 오늘에 이르기까지 줄곧 뤼팽의 예측과는 상반되는 방향으로만 사건들이 꼬리를 물었고, 심지어는 엄연한 논리와도 늘 배치되는 결과로만 치달아왔다. 일례로 클라리스와 뤼팽은 같은 목표를 가지고 있으면서도 수 주 동안이나 서로 대결하면서 힘과 시간만 낭비해왔다. 그러다 기껏 힘을 합치기로 한 다음에는, 어이없는 재앙만이 연속적으로 들이닥쳤다. 자크가 납치되질 않나, 도브레크가 갑자기 사라지질 않나, 결국 두 연인의 탑에 감금된 그를 끄집어내자, 뤼팽이 단번에 중상을 입고 한동안 침대 신세만 졌는가 하면, 클라리스와 뤼팽 모두가 도브레크의 어처구니없는 농간에 휘말려 남프랑스다 이탈리아다 헤매고 다녔지 않은가! 그러고 나서는, 이제 겨우 그동안의 집념과 의지가 기적 같은 보답을 받아 황금 양털(그리스 신화에서 영웅 이아손으로 하여금 아르고스의 선원들을 이끌고 천신만고의 모험을 감행하게 했던 전설적인 보물—옮긴이)을 막 손에 넣었는가 싶더니, 그만 모든 것이 한순간에 수포로 돌아가고 만 것! 27인의 명단은 하찮은 휴지 조각보다 나을 것 없는 가짜에 불과했던 것이다.

"무기를 버리자꾸나! 이제 패배는 돌이킬 수 없는 것이다. 아무리 도브레크에게 복수하고, 그를 파멸시키려 해도 소용이 없어. 질베르가 저렇게 죽어가고 있으니, 정작 패배한 건 바로 내가 아닌가 말이다."

뤼팽은 울분에 사무쳤다기보다는, 이제 어쩔 수 없는 절망에 빠져 울고 또 울었다. 아, 질베르는 죽을 것이다! 그 자신 친자식처럼 아꼈고,

부하들 중 최고로 여겨왔던 바로 그 청년이 이제 몇 시간 후면 세상에서 영원히 자취를 감추는 것이다. 더 이상 손써볼 여지도 없다. 모든 수단이 바닥난 형편이다. 궁여지책으로 뭐라도 궁리를 해낼 엄두조차 나지 않는 상태이다. 사실 궁리한다고 무슨 뾰족한 수가 날까?

모든 범죄행위에 대해 언젠가는 사회가 그 대가를 묻기 마련이며, 속죄의 시간은 항상 찾아오기 마련이라는 것을 그 역시 모르는 바는 아니다. 누구나 죄를 저지르면 언젠가는 어떤 형태로든 징벌을 면할 수 없다는 사실 말이다. 하지만 하필 그 희생자가 아무 죄 없는 질베르라니! 전혀 저지르지도 않은 죄 때문에 한 가엾은 젊은이가 죽음으로까지 치달아야만 한다는 사실이 어찌 아니 끔찍스러운가 말이다! 그처럼 비극적인 양상 때문에 아르센 뤼팽은 자신의 무능함을 더더욱 뼈저리게 곱씹지 않을 수가 없었다!

사정이 그러한지라, 때마침 르발뤼에게서 당도한 전보를 대하면서도 뤼팽은 발끈하지도 않았다.

엔진에 이상이 생김.
차체도 많이 상했음.
수리에 시간이 오래 걸릴 예정.
내일 아침에나 도착할 수 있을 것임.

운명이 결정적으로 뤼팽의 패배를 선언했다는 마지막 증거가 바로 그런 식으로 당도했다는 생각뿐이었다. 이제는 고개를 쳐들고 저항할 생각일랑 꿈도 못 꿀 형편이었다.

그는 자고 있는 클라리스를 물끄러미 바라보았다. 모든 것을 잊은 듯한 저 모습, 아무것도 의식하지 못하는 저 평온한 잠이야말로 지금 뤼팽에겐 더없이 부럽게 보였다. 그는 갑자기 약물이 반쯤 남은 약병을 충동적으로 움켜잡고 홀짝 마셔버렸다.

그러고 나서 자기 방 침대에 쓰러져 하인을 불렀다.

"아실, 자네도 가서 눈이나 좀 붙이게. 그리고 어떤 일로도 나를 깨우지 말게."

"하지만 주인님. 질베르와 보슈레 문제는 어쩌실 작정이십니까?"

"아무것도……."

"그럼 그들은 그냥 죽는 겁니까?"

"죽는 거지."

그로부터 20분 후 뤼팽은 아련한 잠에 빠져들고 있었다.

밤 10시였다.

그날 밤, 교도소 주변 지역은 일대 혼잡을 겪고 있었다. 새벽 1시, 상테 가(街)와 아라고 대로, 그 밖에 교도소로 연결된 모든 주변 도로에 경찰들이 개미 떼처럼 깔려서 지나가는 사람들을 철저히 검문한 뒤에야 보내는 것이었다.

사실 비까지 억수같이 내리는 터라, 사람 목이 잘려나가는 끔찍한 광경을 즐겨 찾을 군중도 그리 많지는 않을 것 같았다. 특별 지침에 의해 역시 모든 카바레가 새벽 3시쯤 문을 닫아야 했고, 보도마다 보병 두 개 중대가 진을 쳤으며, 유사시를 대비해 대대급 병력이 별도로 아라고 대로를 점거하고 있었다. 그런 병력 사이로는 파리 시 경찰들과 관계 공무원들을 포함한 각종 비상 동원 인력이 눈에 불을 켠 채, 어슬렁거리고 있었다.

거리들이 서로 만나는 광장 한복판에는 기요틴이 묵묵히 세워지고 있었고, 가끔 그로 인한 음산한 망치 소리가 사람들의 귀를 두드렸다.

새벽 4시가 되자 비가 오는데도 제법 인파가 모여들었고, 흥청대는 소리도 심심찮게 들리기 시작했다. 조명용 램프가 밝혀졌고 장막도 걷혔다. 하지만 거리도 좀 떨어진 데다 방책까지 쳐져 있어 기요틴의 세세한 위용을 잘 알아볼 수 없자, 여기저기서 야유와 흥분 섞인 고함이 터져나오는 것이었다.

검은 복장을 한 사람들을 태운 자동차가 여러 대 줄지어 도착했다. 군중의 찬탄과 항의가 마구 뒤섞인 채 소란을 떠는 것을 파리 시 기마경찰대가 가까스로 분산시키면서 광장 주변으로 약 300여 미터 정도의 공간이 확보되었다. 그러자 즉시 두 개 중대가 일사불란하게 도열하는 것이었다.

순간 거대한 침묵이 전체를 압도했다. 막막하게만 느껴지던 암흑 속에서 희미한 백색 장벽이 서서히 드러나고 있었다.

웬일인지 비도 갑자기 멈췄다.

한편 장벽의 안쪽, 사형수가 수감된 감방이 위치한 복도 끄트머리에서는 검은 옷을 입은 사람들이 나지막한 목소리로 쑥덕거리고 있었다.

그중에서도 프라스빌은 연신 우려를 표명하는 검사와 얘기를 나누고 있었다.

"아닙니다. 천만에요. 아무 사고 없이 진행될 겁니다."

프라스빌의 강변에 검사는 여전히 불안한 듯 다그쳐 물었다.

"무슨 미심쩍은 상황 보고는 없습니까? 사무국장님?"

"없습니다. 다름 아니라 우리가 뤼팽을 붙잡아두고 있기에, 그런 보고가 있을 리 없지요."

"뤼팽을 붙잡아두다니, 그럴 리가요?"

"정말입니다. 현재 그의 은신처가 어디인지를 알고 있어요. 클리시 광장에 위치해 있는데 현재 우리가 철저히 봉쇄하고 있지요. 그는 어제 저녁 7시쯤 귀가해서 여태껏 두문불출이랍니다. 게다가 그가 두 공범을 구하기 위해 마련했던 계획에 대해서도 알고 있지요. 다행히 마지막 순간에 모든 게 수포로 돌아가 버렸지만 말입니다. 그러니 이제는 아무것도 두려워할 필요가 없습니다. 모든 게 법대로 처리될 것입니다."

그 얘기를 가만히 듣고 있던 질베르 측 변호사가 대꾸했다.

"아마도 언젠가는 바로 그 점을 유감으로 생각하게 될 것이오."

"아니, 그럼 선생은 당신 고객의 결백을 진심으로 믿는단 말이니까?"

"그 어느 때보다 확고하게 믿습니다, 검사님. 지금 결백한 남자 하나가 죽는 겁니다."

검사는 입을 다물었다. 그리고 잠시 후, 무엇보다 자신의 생각에 대한 답이 내려진 듯, 이렇게 고백하는 것이었다.

"하긴 이번 사건은 놀랄 만큼 빠른 속도로 다루어진 감이 없진 않소이다."

변호사는 목멘 듯한 목소리로 연신 같은 말만 되풀이하고 있었다.

"죄 없는 사람이 죽어가고 있다고요."

어쨌든 처형 시각은 한 발 한 발 다가왔다.

먼저 보슈레부터 시작했다. 교도소장이 감방 문을 열게 했다.

보슈레는 침대에서 벌떡 일어났고, 두려움으로 휘둥그레진 눈동자를 두리번거리며 감방 안으로 불쑥 들어선 난데없는 사람들을 훑어보았다.

"보슈레, 우리는 오늘 당신에게……."

순간 그는 거칠게 말을 막으며 중얼거렸다.

"닥치시오! 닥치란 말이오! 아무 말 하지 마요. 안 그래도 무슨 일인지 다 아니까. 자, 갑시다."

마치 되도록 빨리 끝내고 싶어 하는 것 같았다. 그만큼 그는 평소에 마음의 준비를 단단히 해두고 있었던 것이다. 단, 누가 그 일에 관해 말을 해오는 것만큼은 질색이었다.

"아무 말 하지 마시오. 뭐요? 고해성사를 하라고? 턱도 없는 소리요. 나는 사람을 죽였고, 그래서 나도 죽임을 당할 뿐이오. 규칙이 그런 것이지. 그걸로 더 이상의 볼일은 없는 거요."

그런데 어느 한순간, 멈칫하더니 이렇게 묻는 것이었다.

"잠깐! 내 동료도 함께 갑니까?"

그리고 질베르 역시 그와 같은 시각에 형장으로 향한다는 것을 전해 듣자, 잠시 멈칫하더니, 주위 사람들을 두리번거리며 뭔가 입을 떼려는 듯 주춤주춤하는 것이었다. 그러다 결국 어깨를 한 번 으쓱하고는, 이렇게 중얼거리고 말았다.

"그게 낫겠지. 함께 저지른 일이니까. 함께 당하는 거야."

한편 질베르는 사람들이 그의 감방 안에 들이닥쳤을 때, 이미 잠에서 깨어 있었다. 침대에 앉은 채 입회인들이 하는 얘기를 가만히 듣고 있던 그는 가까스로 일어나려다가, 마치 누군가 마구 흔들어대기라도 하듯 머리끝에서 발끝까지 심하게 비틀거리더니, 다시 털썩 주저앉으며 흐느끼는 것이었다.

"아, 가엾은 어머니……. 가엾은 내 어머니……."

그는 입에서 우물우물 어머니를 찾으며 울먹였다.

여태껏 한 번도 비친 적 없는 그 어머니라는 존재에 대해 누군가 물으려 하자, 갑자기 그는 눈물을 뚝 그치면서 이렇게 소리쳤다.

"난 사람을 죽이지 않았소. 난 죽기 싫습니다. 난 죽이지 않았단 말이오!"

"질베르, 용기를 가져야 합니다."

"알아요. 압니다. 하지만 난 사람을 죽인 적이 없어요. 한데 내가 왜 죽어야 한단 말입니까? 맹세컨대 난 죽이지 않았어요. 죽이지 않았다고요. 난 죽고 싶지 않아요. 죽이지 않았어요. 아……. 이러는 게 아니에요."

그다음에는 이가 덜덜거리는 바람에 하는 말을 제대로 알아들을 수 없을 정도였다. 마침내 그는 정해진 절차를 순순히 받아들이기 시작했고, 고해성사를 했으며, 미사를 드렸다. 이제 좀 안정된 듯했고, 거의 얌전하다고 볼 수 있는 태도로 마치 수줍어하는 어린애처럼 그는 이렇게 중얼거렸다.

"어머니에게 저를 용서해달라고 말씀드려야 할 텐데……."

"당신 어머니 말이오?"

"네, 내 말을 신문에 실어주기만 하면 아마 이해하실 겁니다. 내가 사람을 죽이지 않았다는 걸 잘 아실 테니까요. 그래도 지금까지 어머니에게 잘못한 일들, 그랬을지도 모를 모든 일에 대해 용서를 구하고 싶습니다. 그리고……."

"그리고 또 뭡니까, 질베르?"

"'두목'께서 내가 결코 믿음을 잃지 않았다는 사실을 알아주셨으면 합니다."

그러면서 그는 입회인들을 하나하나 찬찬히 살펴보았다. 혹시라도 전혀 못 알아보게 변장한 '두목'이 그중 어딘가에 섞여 있어서, 언제라도 후닥닥 자신을 안고 이곳을 빠져나갈 준비를 하고 있지 않을까 기대하는 눈치였다.

그는 거의 종교적 경건함에 가까운 태도로 차분하게 중얼거렸다.

"그래요, 지금 이 순간에도 나는 믿고 있답니다. 그도 아마 잘 알고 있을 거예요. 결코 나를 이대로 죽도록 내버려두지 않을 거라는 걸 확신합니다. 확신해요."

누구든 그의 집요하게 고정된 시선을 보았다면, 필시 그가 뤼팽을 보고 있으며, 주변에서 어슬렁대며 금세라도 자기가 있는 곳까지 파고들 틈을 노리는 뤼팽의 그림자를 감지하고 있다고 여겼을 것이다. 이 세상 그 어떤 것도 팔다리가 꽁꽁 묶인 구속복 차림의 이 젊은이 모습보다 가슴을 아프게 할 만한 광경은 없을 것이었다. 수많은 사람의 감시 속에서, 이미 가차 없는 사형집행인의 손안에 떨어진 것이나 다름없는, 그러면서도 악착같이 희망을 버리지 않는 가엾은 청년의 모습 말이다.

고통 때문에 가슴이 저리는가 하면 눈물이 앞을 가려 제대로 볼 수조차 없었다.

"가엾은 녀석!"

누군가 중얼대는 소리가 새어나왔다.

심란한 것은 다른 사람들과 마찬가지인 프라스빌도, 특히 클라리스를 머릿속에 떠올리며 나지막이 맞장구를 쳤다.

"그래요, 가엾은 녀석이지요!"

질베르의 변호사는 노골적으로 울면서 옆에 있는 아무나 붙잡고 닥치는 대로 이렇게 되뇌고 있었다.

"죄 없는 사람이 죽어가고 있습니다."

하지만 결국 운명의 시간은 왔고, 모든 준비는 마무리되었다. 모두 감방을 나서기 시작했다.

두 그룹이 복도에서 자연스레 합류했다.

보슈레는 질베르를 힐끔 보더니 이렇게 이죽거렸다.

"거봐라, 애송아, 두목이 우릴 버렸지 않느냐!"

그러고는 프라스빌 말고는 그중 누구도 이해 못할 다음과 같은 말을 재빨리 중얼거리는 것이었다.

"아마도 저 혼자 수정마개의 이득을 독차지하고 싶었던 거지."

일행은 계단을 내려가서, 의례적인 수속을 밟기 위해 기록실 앞에 잠시 멈추었다. 그러고 나서 교도소 마당들을 지나갔는데, 그 자체가 끝없는 고문처럼 지겹고 끔찍했다.

마침내 활짝 열린 정문 출입구에 다다르자, 희미하게 비쳐 드는 조명 속에서 내리는 빗줄기와 거리, 가옥들의 윤곽, 그리고 더 멀리 무거운 적막 한가운데서 부글거리는 듯한 군중의 아우성 소리가 을씨년스럽게 펼쳐지는 것이었다.

일행은 장벽을 따라 천천히 걸어서 대로와 만나는 곳까지 나아갔다.

이제 조금만 더 가면 된다. 한데 문득 보슈레가 걸음을 멈추는 것이 아닌가! 뭔가 본 것이었다! 순간, 질베르 역시 고개를 푹 떨군 채, 그 자리에 허물어질 것처럼 다리가 풀렸다. 부속 사제는 십자가에 입을 맞추기를 연신 권유하면서 사형집행인의 조수들과 더불어 얼른 청년을 부축했다.

다름 아니라 저만치 기요틴이 떡 버티고 서 있었던 것이다.

질베르는 벌벌 떨며 중얼대기 시작했다.

"안 돼요, 안 돼. 난 싫습니다. 난 죽이지 않았어요. 도와주세요! 살려줘요!"

그야말로 허공으로 덧없이 흩어지는 단말마의 외침이라고나 할까?

사형집행인이 동작으로 신호를 했다. 즉시 여러 억센 손이 보슈레를 붙들었고, 번쩍 들다시피 한 채, 빠른 걸음으로 질질 끌고 갔다.

바로 그때였다. 그처럼 처참한 광경이 벌어지는 가운데 한 발의 총성, 느닷없는 총성이 맞은편 건물로부터 솟구치는 것이었다!

보슈레를 끌고 가던 조수들이 흠칫 걸음을 멈추는 것은 당연했다.

한데 그들의 억센 팔 사이에 거의 짐짝처럼 들리다시피 한 몸뚱어리가 순간 앞으로 푹 거꾸러지는 것이 아닌가!

"무슨 일이야? 대체 어떻게 된 거냐고?"

"총에 맞은 것 같아."

조수들이 웅성대는 가운데 언뜻 보니 보슈레의 이마에서 붉은 선혈이 마구 분출하면서 얼굴을 더럽히고 있었다.

그 와중에도 그의 입에서는 부들부들 어지러운 중얼거림이 새어나오고 있었다.

"이거야. 바로 이거……. 정확히……. 명중이라고! 고마워요, 두목. 고마워. 이젠 목이 잘리지 않아도 되겠지. 고마워요, 두목. 아, 정말 멋진 친구라니까."

그러자 일시에 공황 상태에 빠진 사람들 사이에서 느닷없는 고함 소리 하나가 튀어나오는 것이었다.

"마무리를 지어라! 저 위로 어서 올려!"

"하지만 이미 죽었소!"

"어서 올리라니까. 끝을 봐야 해!"

알고 보니 사법관들과 경찰 간부들이 모여 있는 곳에서 특히 소란이 극에 달했는데, 그들 모두가 저마다 목청껏 지시를 퍼부어대고 있었다.

"형을 집행하란 말이야! 정의는 끝까지 가야만 해! 절대로 물러서면 안 된단 말이야! 그건 비겁한 짓이라고! 형을 집행해버려!"

"하지만 이미 죽었다잖아요!"

"상관없어! 법이 명한 건 반드시 시행되어야 한다! 어서 형을 집행해!"

두 명의 경호원과 경찰들이 질베르를 감시하는 가운데, 부속 사제는 완강히 저항했다. 하지만 조수들은 시체를 거칠게 짊어진 채 기요틴을 향해 기어코 다가가는 것이었다.

사형집행인도 쉰 목소리로 황망하게 소리치고 있었다.

"어서어서! 빨리 데려오라고! 그다음 다른 놈도 있잖아. 서둘러 처치해야……."

하지만 그는 자신이 하던 말조차 다 '처치'하지 못했다. 두 번째 총성이 날카롭게 허공을 갈랐고, 그는 제자리에서 핑그르르 도는가 싶더니 그 자리에 쓰러지는 것이었다. 다만 그러면서도 악착같이 고래고래 악을 쓰고 있었다.

"괜찮다. 어깨에 맞았을 뿐이야. 계속 진행해라. 다른 놈도 어서!"

그러나 사형집행인마저 총에 맞는 것을 보자 조수들은 누가 먼저랄 것도 없이 비명을 지르며 줄행랑치기 시작했다. 덕분에 기요틴 주위로는 누구 하나 접근하려는 사람이 없었다. 그중에서 유일하게 냉정을 잃지 않고 있던 경시청장은 날카로운 목소리로 연신 지시를 내리면서 부하들을 불러 모았다. 그리고 사법관들과 경찰 간부들, 사형수와 부속 사제를, 마치 일거에 괴멸된 패잔병들처럼, 방금 빠져나온 교도소 구내로 허둥지둥 몰아붙이는 것이었다.

그러는 동안 경찰관들과 형사들, 군인들은 위험에 아랑곳하지 않고 떼 지어서 문제의 건물로 몰려갔다. 그곳은 맨 아래층에 상점이 두 개 자리 잡고 있는 아담하고 낡은 4층짜리 건물이었다. 사실 처음 총성이 난 직후, 그곳 3층의 여러 창문 중 한 곳에서 웬 남자가 손에 장총을 들고 매캐한 연기 사이로 모습을 드러낸 것이 일부 사람들에게 포착되었다.

물론 이쪽에서도 권총으로 응수하긴 했지만 턱없는 수준이었다. 사내는 오히려 느긋하게 탁자 위에 올라가 어깨에 차분하게 거총(据銃)까지 하고서 목표를 겨누더니, 두 번째 총격을 가했던 것이다.

그러고는 곧장 안쪽으로 사라졌다.

미리 가게 문을 닫도록 한지라 아래층에선 아무리 초인종을 눌러도 반응이 없었다. 하는 수 없이 완력으로 문을 부수고 들어가는 수밖에.

일행은 다짜고짜 계단으로 쇄도했는데, 얼마 못 가 문득 눈앞의 장애물이 앞길을 막았다. 다름 아니라 2층 계단 어귀에 안락의자며 침대, 가구들이 빼곡히 쌓여 있어서 그것을 모두 치우고 통로를 확보하기 위해 4~5분 정도가 족히 소요되는 것이었다.

물론 지금 같은 상황에서 4~5분이라는 시간을 허비하다 보면 추적은 아예 물 건너간 것이나 다름없는 일이었다. 아니나 다를까, 겨우 길을 뚫고 2층에 올라서자, 저 위쪽에서 이렇게 외치는 소리가 조롱하듯 들려왔다.

"이쪽이라네, 친구들! 아직 열여덟 계단이 남았어! 고생시켜서 정말 미안하이!"

그 소리에 일행은 어찌나 약이 오르는지, 3층을 거쳐 모두 열여덟 계단을 단숨에 달려 올라갔다. 한데 기껏 4층에 다다르자, 저만치 천장에 사다리를 기대고 누군가 뚜껑 문을 밀치며 지붕 밑 다락방으로 잽싸게 숨어드는 것이 아닌가! 우르르 달려갔지만, 이미 도망자는 사다리를 거두고 뚜껑 문을 닫아버린 뒤였다.

그날 벌어진 전대미문의 소란은 사람들 기억 속에 뚜렷한 각인을 남기기에 부족함이 없었다. 모든 신문이 연이어서 대서특필했고, 거리마다 신문팔이 소년들이 뛰어다니며 소리를 질러대는 가운데, 도심 전체가 그 일에 대한 분개와 은근한 호기심으로 온통 들썩이고 있었다.

그러나 무엇보다도 소란이 극에 달한 곳은 다름 아닌 파리 경시청이었다. 건물 전체가 폭탄이 터진 듯 아수라장이었고, 편지다 전보다 전화다, 쉴 새 없이 쇄도해 북새통도 그런 북새통이 없을 지경이었다.

결국엔 오전 11시, 경시청장의 집무실에서 비공식 회의가 열리기에 이르렀다. 프라스빌도 참석한 그 자리에서 치안국장은 지금까지 조사된 사항들을 보고했는데, 대체로 다음과 같은 내용이었다.

사건이 일어나기 전날 밤, 자정 조금 못 미친 시각에 아라고 대로의 건물에 누군가 초인종을 울렸다. 가게 뒤편, 1층 구석에서 잠을 자던 관리인 여자는 자동 개폐 장치를 작동시켜 문을 열어주었다.

그러자 웬 사내가 잠자는 곳까지 와서 또 문을 두드리는 것이었다. 그는 자신을 경찰에서 파견 나온 사람이라고 소개하며, 다음 날 있을 사형 집행과 관련한 급한 일 때문에 용건이 있다는 것이었다. 무심코 문을 연 관리인 여자는 눈 깜짝할 사이 재갈이 물리고 손발이 묶인 신세가 되었다.

그로부터 10분 후, 2층에 살던 어느 부부 역시 같은 사람에 의해 똑같은 꼴을 당했고, 각각 1층의 텅 빈 점포 속에 따로따로 감금되고 말았다. 4층의 세입자도 비슷한 곤욕을 치른 것은 마찬가지였다. 단, 소리 없이 안으로 침입한 사내에 의해 자기 방에 감금된 것만 빼고 말이다. 그렇게 해서, 유일하게 아무도 살지 않았던 3층에 터를 잡은 문제의 사내는 이제 건물 전체의 주인이나 다름없었다.

"저런, 저런……. 생각보단 시시한걸!"

경시청장은 약간은 쓰라린 기분으로 웃음을 터뜨리며 한마디 했다.

"아무튼 날 놀라게 한 건, 너무도 쉽사리 도망쳤다는 거요."

"경시청장님, 일단 새벽 1시부터 놈이 그 건물의 주인이나 마찬가지였다면, 사건이 발생한 5시 정도까지는 웬만한 퇴로는 다 만들어놓았을 겁니다."

"결국 그 퇴로라는 것은?"

"다름 아닌 지붕이죠. 그 지역은 이웃하는 거리의 건물들 사이가 그리 멀리 떨어지지 않은 편입니다. 문제의 건물도 바로 옆 글라시에르가(街)의 인접 건물과 기껏해야 폭이 3미터, 높이가 1미터 정도밖에 차이가 나지 않습니다. 즉, 그 정도의 간격만 해결할 수 있으면 여기저기를 건너다니는 건 문제도 아니라는 얘기죠."

"그래서?"

"그래서 놈은 지붕 밑 다락방에 오르도록 되어 있는 사다리를 떼어내 일종의 구름다리로 활용했던 겁니다. 일단 그렇게 해서 옆 건물로 건너가고 나서는 천창(天窓)을 통해 안에 사람이 없는 곳을 골라 슬그머니 잠입한 뒤, 호주머니에 손을 찔러 넣고 잔뜩 시침을 떼며 밖으로 빠져나온 것이죠. 보나 마나 치밀하게 사전 준비가 되었을 도주임에 분명하며, 전혀 방해받지 않고 너무도 손쉽게 성공한 것으로 여겨집니다."

"하지만 우리 쪽에서도 만반의 대비책이 있었지 않소?"

"경시청장님이 지시하신 모든 것이 그대로 빈틈없이 수행되었지요. 어제저녁만 해도 무려 세 시간 동안이나 경찰들이 주변 건물들을 샅샅이 헤집고 다니며, 혹시라도 수상한 자가 숨어 있지 않나 수색을 단행했습니다. 그렇게 해서 마지막 남은 건물까지 확인을 마친 후, 즉시 거리 일대를 통제하도록 조치했지요. 한데 그사이 몇 분도 채 안 되는 시간에 놈이 스며든 것으로 보입니다."

"완벽하군! 보아하니 당신 역시 이 사건에 대해 짚이는 바가 확실한 모양이구려. 그 수수께끼 같은 녀석이 아르센 뤼팽 맞지요?"

"두말하면 잔소리지요! 처음엔 그자의 또 다른 공범은 아닐까 생각하기도 했습니다. 하지만 이내 생각이 바뀌었죠. 그만큼 치밀한 계획을 세우고 그 정도로 대담하게 해치울 수 있는 존재는 역시 아르센 뤼팽, 그자 말고는 없습니다."

"그렇다면……."

경시청장은 혼잣말로 중얼거리면서 천천히 프라스빌 쪽을 돌아보았다. 그는 이내 이렇게 말을 이었다.

"그렇다면 말이오, 므슈 프라스빌. 당신이 얘기한 그 사람 말인데……. 치안국장의 동의하에 당신이 어제저녁부터 클리시 광장의 아파트에 붙잡아놓고 있다는 그 사람은……. 결국 아르센 뤼팽이 아니란 얘기요?"

"경시청장님, 그 점만큼은 추호의 의혹도 없는 진실입니다."

"그렇다면 간밤에 그곳을 벗어나는 걸 왜 체포하지 못했단 말이오?"

"그곳을 벗어난 적이 없습니다."

"어허! 그럼 문제가 복잡해지는걸."

"경시청장님, 사실은 아주 간단합니다. 아르센 뤼팽의 흔적이 묻어나는 다른 많은 건물들이 그러하듯, 그곳 역시 이중 출입구가 설치되어 있는 겁니다."

"그럼 그걸 모르고 있었단 말이오?"

"실은 파악하지 못하고 있었습니다. 좀 전에 그곳을 들러서 조사해본 다음에야 알게 되었습니다."

"그래, 현재 그 안에는 아무도 없던가요?"

"없었습니다. 오늘 아침, 아실이라고 하는 하인이 뤼팽과 함께 머물던 어느 여인을 데리고 나갔답니다."

"여인이라니, 누구 말이오?"

프라스빌은 눈에 띄지 않게 망설이다가 대답했다.

"이름은 모릅니다."

"그럼 아르센 뤼팽이 어떤 이름으로 그곳에 살고 있었는지는 알겠지요?"

"네, 이름은 므슈 니콜, 문학사(文學士) 자격으로 자유직 교수입니다. 이게 그의 명함입니다."

프라스빌이 말을 마치기가 무섭게, 경비원이 들어오더니 지금 엘리제 궁에서 경시청장님을 급히 찾고 있다고 알렸다. 현재 그곳엔 총리께서도 와 계신다는 것이었다.

"곧 가겠네."

그는 그렇게 말한 뒤, 잇새로 이렇게 중얼거렸다.

"질베르 건을 논의하자는 거겠지."

그러자 프라스빌은 용기를 내어 냉큼 물었다.

"경시청장님, 그가 사면될 거라고 생각하십니까?"

"천만의 말씀! 간밤의 도발은 더더욱 좋지 않은 결과만 초래할 뿐이오. 내일 동이 트자마자 질베르는 대가를 톡톡히 치러야 할 겁니다."

이때, 경비원이 프라스빌에게 웬 명함 한 장을 슬쩍 건넸고, 그것을 본 프라스빌은 소스라치게 놀라며 자기도 모르게 중얼거렸다.

"맙소사! 정말 뻔뻔스러운 작자인걸!"

"무슨 일이오?"

경시청장이 묻자, 이 일만큼은 자신이 끝까지 책임지고 몰아붙일 생각인 프라스빌은 아무렇지도 않은 듯 대답했다.

"아, 아무것도 아닙니다. 아무것도……. 그냥 누가 갑자기 찾아왔다기에……. 곧 결과를 보고드리겠습니다."

그는 계속해서 황당하다는 표정으로 우물거리면서 자리를 물러났다.

"정말이지……. 보통 뻔뻔한 작자가 아니로군. 정말이지 보통이 아니야."

그의 손에 들려 있는 명함에는 이렇게 새겨져 있었다.

므슈 니콜

자유직 교수, 문학사(文學士)

# 13
## 마지막 싸움

자신의 집무실로 돌아온 프라스빌을 기다리고 있는 것은, 대기실 벤치에 우두커니 앉아 있는 니콜 선생이었다. 언제나처럼 구부정한 등과 병약해 뵈는 기색이었고, 면포 우산과 쭈글쭈글한 모자, 외짝 장갑도 예전 그대로였다.

순간, 혹시 뤼팽이 또 다른 니콜 씨라도 급조해서 보내진 않았을까 걱정하던 프라스빌은 속으로 중얼거렸다.

'분명 그자 맞아. 저렇게 혼자 여길 찾아온 걸 보면 틀림없이 아직도 자기 변장술이 통한다고 보는 거야. 뻔뻔한 놈!'

그는 일단 집무실로 들어가 문을 닫고는 비서를 불렀다.

"므슈 라르티그, 지금 내가 이 방에 들이려는 사람은 무척 위험한 존재요. 아마 이 방을 나가면서 곧바로 수갑을 차야 할지도 모를 인물입니다. 그러니 일단 그자를 들여보낸 다음, 재빨리 필요한 모든 조치를 취해놓으시오. 형사 10여 명을 동원해서 대기실과 당신 방에 배치하도록 하세요. 그다음 지시는 간단합니다. 호출 벨이 울리자마자 권총을 들고 모두 들이닥쳐서 단번에 에워싸는 겁니다. 알겠죠?"

"네, 사무국장님."

"무엇보다 신속함이 제일 중요합니다. 단번에 밀고 들어와서 권총을 들이대야만 합니다. 일말의 빈틈도 있어선 안 됩니다, 알았죠? 자, 그럼 니콜 씨를 들여보내세요."

혼자가 되자 프라스빌은 책상 위에 장치된 호출 벨 단추를 잡다한 종이들로 덮어 가렸고, 여러 권 쌓아놓은 책들 뒤로는 큼직한 권총 두 자루를 숨겼다.

'자, 이제 한번 붙어보는 거야. 만약 명단을 가져왔으면 그걸 취할 것이고, 안 가져왔다면 그자를 취하는 거다. 물론 가능한 한 둘 다 취하는 게 최고지만 말이야. 뤼팽과 27인의 명단을 한나절에 포획한다? 그것도 오늘 아침처럼 엄청난 사건이 일어난 직후에? 그렇게만 된다면 내 앞길 창창해지는 건 문제도 아니지.'

그런 생각을 굴리고 있는데, 노크 소리가 났다.

"들어오시오!"

프라스빌은 그렇게 소리침과 동시에 자리에서 벌떡 일어나 손님을 맞이했다.

"어서 오십시오, 므슈 니콜."

니콜 씨는 수줍은 표정으로 주춤주춤 안으로 들어선 뒤, 권하는 의자 끄트머리에 살짝 엉덩이만 걸친 채, 이렇게 입을 열었다.

"제가 이렇게 다시 온 것은……. 어제 이야기를 마저 하기 위해서입니다. 제가 좀 늦었는데, 양해하시길……."

"잠깐만 실례해도 될까요?"

프라스빌은 얘기를 듣다 말고 자리에서 일어나 건넌방으로 가서 비서에게 이렇게 속삭였다.

"므슈 라르티그, 아까 잊은 건데, 부근 복도와 계단들도 철저히 감시하라고 해주시오. 혹시 패거리가 포진해 있을지도 모르니까."

다시 자리에 돌아온 프라스빌은, 아주 흥미로운 대화를 느긋하게 경청하겠다는 듯, 될수록 편하게 자세를 취한 채, 이렇게 운을 뗐다.

"방금 뭐라고 하셨던가요, 므슈 니콜?"

"어젯밤에 온다고 해놓고 공연히 기다리게 해서 죄송하다고요. 여러 가지 발목을 붙드는 일이 있어서 그만……. 무엇보다 마담 메르지도 그렇고……."

"아, 네……. 당신이 가까스로 부축해야 했으니까요."

"실제로 밤새도록 곁에서 돌봐야 했답니다. 아시다시피 그 불행한 여인은 굉장히 낙담했답니다. 아들인 질베르가 이제 곧 죽을 운명이니 왜 안 그렇겠어요! 게다가 그게 어디 보통 죽음입니까! 우리로선 기적밖에는 바랄 게 없었습니다. 불가능한 기적 말입니다. 나는 어쩔 수 없다고 단념하고 있었지요. 왜 안 그랬겠습니까? 아시다시피 워낙 액운이 겹치다 보면, 자연스레 주눅이 들기 마련이지요."

프라스빌은 날카롭게 꼬집듯 말했다.

"하지만 이곳을 나가면서 당신 계획은 무슨 수를 써서라도 도브레크의 비밀을 갈취해내겠다는 거였지 않습니까?"

"그랬죠. 하지만 현재 도브레크는 파리에 없습니다."

"저런……."

"그게 아니라, 지금 자동차로 실어 오는 길이거든요."

"그럼 자동차도 가지고 계십니까, 므슈 니콜?"

"급히 필요할 때만 사용하고 있습니다. 아주 구닥다리 고물이지요. 좌우간 그는 지금 자동차 여행을 톡톡히 하고 있답니다. 실은 커다란 여행용 트렁크에 처박힌 채, 차 지붕에 실려서 하는 여행이지만요. 한데 애석하게도 그놈의 자동차가 형이 집행된 다음에야 도착한다지 뭡니까! 그래서……."

천연덕스럽게도 그렇게 얘기하는 니콜 씨를 프라스빌은 벌써부터 아연실색한 얼굴로 바라보고 있었다. 만약 이 인물의 정체에 관한 확신이 어떤 이유에서건 조금이라도 흔들렸다 해도, 지금 도브레크를 다룬 얘기는 그 모든 것을 말끔히 잠재워줄 만했다. 누구를 여행용 트렁크에 집어넣어 자동차 지붕 위에 싣고 돌아다니다니! 오로지 뤼팽만이 그 같은 엉뚱한 짓을 저지를 수 있으며, 뤼팽만이 그런 작태를 저렇게 뻔뻔한 얼굴로 털어놓을 수 있을 것이었다!

"그래서요? 어떻게 하기로 했나요?"

"다른 방법을 모색하기로 했죠."

"예컨대?"

"사무국장님, 내가 보기엔 당신도 그게 뭔지 지금쯤 잘 알고 계시리라 보는데요."

"네?"

"맙소사! 처형장에 안 계셨습니까?"

"있었지요."

"그렇다면 보슈레와 사형집행인이 둘 다 호되게 당하는 꼴을 보셨을 텐데요. 하나는 치명상을 입었고, 다른 하나는 살짝 다치기만 했고요. 당신이 생각하기에도 그건 분명히……."

"아니, 지금, 오늘 아침 총격을 가한 게, 당신이라는 걸 고백하는 겁니까?"

프라스빌은 어이가 없는 표정으로 더듬댔다.

"이것 보세요, 사무국장 나리, 잘 좀 생각해보십시오. 내게 달리 선택의 여지가 있었겠습니까? 27인의 명단은 당신이 검사해본 결과 가짜임이 판명되었고, 진짜를 소지하고 있는 도브레크는 처형이 끝난 뒤 몇 시간 후에나 이곳에 도착할 테고…… 결국 질베르의 목숨을 구하고 사면을 노리기 위해선 형 집행을 당분간이라도 늦추는 방법밖에 없지 않겠느냐고요."

"그거야 그렇지만……."

"왜 안 그렇겠습니까? 보슈레라는 아주 못되고 독하기 이를 데 없는 불한당을 처치하고, 사형집행인도 가볍게 상처를 입히는 것으로, 나는 그 일대를 완전한 아수라장으로 만들어버렸지요. 덕분에 질베르의 처형 자체가 사실상 도저히 불가능한 상황이 되었고, 결국 나는 천금 같은 몇 시간을 번 셈이지요."

"그렇군요."

프라스빌은 멍청한 표정으로 중얼거렸고, 뤼팽은 계속해서 말을 이어갔다.

"요컨대, 그렇게 함으로 해서 정부와 대통령, 그리고 나 자신은 이 문제에 대해 좀 더 맑은 시각으로 진지하게 접근할 여유가 생긴 것입니다. 다 떠나서, 죄가 없는 결백한 젊은이 하나가 사형을 당한다고 생각해보십시오! 무고한 자의 목이 잘려나간단 말입니다! 과연 그걸 두고 보아야겠습니까? 아니죠! 어떠한 대가를 치르고서라도 막아야 하는 일입니다. 뭔가 행동을 해야만 했고, 그래서 한 겁니다. 자, 어떻게 생각하십니까, 사무국장님?"

프라스빌의 머릿속에선 온갖 생각이 난무하기 시작했다. 특히 이 작자가 어찌나 뻔뻔스럽게 나오는지, 계속 그에게 휘말리다간 과연 니콜이 진짜 뤼팽인지 아닌지 의혹을 가질 만도 하다는 생각이 빙글빙글 맴도는 것이었다.

"이보시오, 므슈 니콜. 한데 내 생각에는 말입니다, 150보 거리에서 죽이고 싶은 자를 정확히 쏘아 죽이고, 상처만 입히고 싶은 자에겐 정확히 상처만 입히려면, 대단한 솜씨를 가져야 한다고 보는데요."

"조금 훈련을 했지요."

니콜 씨는 극히 겸손한 태도로 대꾸했다.

"게다가 당신의 그 계획은 어제오늘 세웠다기보다는 꽤 오랜 모색의 결과로 보입니다만……."

"천만에요! 이제 보니 잘못 생각하고 계시군요! 그건 지극히 즉흥적인 발상이었습니다! 사실 내 하인, 아니 정확히 말하면 클리시 광장의 아파트를 빌려준 내 친구의 하인이 아니었다면 엄두도 못 낼 일이었답니다! 그가 잠자던 나를 억지로 깨워서 한다는 말이, 자기가 옛날에 아라고 대로의 그 작은 상점에서 점원으로 일했던 적이 있다는 거예요. 한데 거기는 세입자가 비교적 적은 편이라면서, 가엾은 질베르의 목이 달아날 바로 그 시간에 뭔가 해볼 만한 일이 있지 않겠느냐는 겁니다! 내 생각에도, 이대로 있다간 정말 마담 메르지가 죽어버릴 것 같더라고요."

"아……. 정말입니까?"

"틀림없어요. 그 충직한 하인의 생각에 나 역시 후끈 달아오른 것도 사실 그 때문이었습니다. 그런데 막상 걸리는 게 바로 당신이더란 말입니다!"

"내가요?"

"왜 아니겠습니까? 당신은 공연히 남을 의심해서 부하 10여 명을 내 집 문 앞에다 심어놓지 않으셨나요? 그 때문에 비상계단을 타고 다섯 층이나 거슬러 올라가, 다시 하인 전용 통로를 거쳐 이웃집으로 빠져나와야 했답니다. 쓸데없는 고생만 한 셈이지요!"

"그건 유감입니다, 므슈 니콜! 다음번에는……."

"오늘 아침도 그래요. 8시쯤, 도브레크를 실어 올 자동차를 기다리는데, 도무지 클리시 광장에서 발을 뗄 수가 없는 겁니다. 혹시 내가 안 보는 사이, 자동차가 덮어놓고 경찰이 우글대는 집 정문 앞에 떡하니 설까 봐 말입니다. 당신네 사람들이 이 일에 섣불리 끼어들다간 만사가 수포로 돌아갈 게 아니겠습니까? 자칫 잘못하면 질베르와 클라리스 메르지의 목숨은 그걸로 끝장나는 셈이지요."

"하지만 그 뭐랄까…… 우리 모두에게 고통스러운 '그 일'은 기껏해야 하루나 이틀, 길어야 사흘 정도밖에는 연기가 불가능할 겁니다. 결정적으로 상황을 변화시키려면, 아무래도……."

"진짜 명단이 필요하다 이거죠?"

"바로 그렇습니다. 하지만 당신은……."

"명단을 가지고 있습니다."

"진짜 명단 말입니까?"

"진짜 명단입니다. 그 누구도 부인 못할 진짜지요."

"로렌의 십자가 문양도 있고요?"

"로렌의 십자가 문양도 있습니다."

프라스빌은 잠시 입을 다물었다. 자기보다 엄청나게 우월한 상대와의 한판 대결이 이제 본격적으로 펼쳐질 거라고 생각하자, 격렬한 감정에 갑자기 목이 메었던 것이다. 아르센 뤼팽……. 저 강력하기 그지없는 아르센 뤼팽이 지금 더없이 평온하고 침착한 태도로 초지일관 목표를 향해 나오고 있다. 마치 모든 무기는 자신이 차지하고, 상대는 완전히 무장해제가 되어 있다는 듯 더없이 태연자약하게 말이다.

프라스빌은 정면으로 받아치기는커녕 한껏 위축된 어조로 이렇게 물었다.

"그럼, 도브레크가 내놓았다는 얘긴가요?"

"도브레크가 내놓았다기보다는, 내가 빼앗은 거죠."

"아, 결국 무리를 하셨군요?"

"맙소사, 천만의 말씀이오!"

니콜 씨는 빙그레 웃으면서 말했다.

"사실 나로서도 모든 걸 각오는 하고 있었답니다. 우리의 도브레크 선생이, 양식(糧食) 삼아 몇 방울 떨구어주는 클로로포름에 의지한 채, 전속력으로 달려온 트렁크 속에서 드디어 해방되는 순간, 이쪽에서도 곧바로 전투 개시가 가능하도록 모든 마음의 준비를 갖추고 있었단 말입니다. 오, 하찮은 고문 따위를 말하는 게 아닙니다. 공연히 지저분한 고통을 안겨다 줄 필요는 없지요. 그런 게 아닙니다. 그저 죽음이면 충분하죠. 기다란 바늘 끝을 정확히 심장 부위에 갖다 댄 채, 부드럽고 조용하게, 조금씩, 조금씩 밀어 넣는 겁니다. 다른 건 필요 없어요. 단지 그 바늘 끝이면 족합니다. 마담 메르지가 책임지고 그걸 밀어 넣을 계획이었죠. 이해하시겠죠? 자고로 죽음을 앞둔 자식을 둔 어미의 심정이란 물불 가리지 않는 법이지요! '말해, 도브레크, 말하지 않으면 찌른다. 말 못하겠다고? 좋아, 그럼 일단 1밀리미터만 밀어 넣지. 그리고 1밀리미터 더…….' 그럼 결국에는 바늘의 섬뜩한 느낌에 심장이 박동을 멈추는 때가 오기 마련이지요. 그래도 바늘은 여전히 1밀리미터씩 전진할 겁니다. 아! 장담하건대 천하의 독종(毒種)도 불지 않을 수가 없지요! 우린 어서 그렇게 해야겠다는 마음에 안달을 내면서 그가 깨어나기만을 기다렸답니다. 한번 머릿속에 그림을 그려보세요. 클로로포름 냄새가 진동하는 가운데, 그 악당 녀석이 꽁꽁 묶인 채, 맨가슴을 드러내고 소파에 늘어져 있는 모습을 말입니다! 그의 호흡이 점점 빨라지는군요. 제대로 정신이 돌아오는 징조이지요. 입술이 움직입니다. 그러면 어느새 클라리스 메르지의 추궁이 시작되지요. '나다. 클라리스야. 이 나쁜 놈아, 그래, 실토를 하겠느냐?' 그녀는 도브레크의 가슴 위에 우선 손가락을 지그시 갖다 댑니다. 마치 그 속에 자그마한 짐승이 숨어 있기라도 하듯, 팔딱거리는 심장 부위에 말입니다. 문득 나를 돌아보며 이러는군요. '이자의 눈……. 눈 말이에요. 여태껏 검은 안경 때문에 전혀 보지 못했거든요. 그걸 한번 보고 싶네요.' 사실 나 또한 궁금합니다. 그자의 눈동자를 본 적이 없었거든요. 질겁을 할 그자의 존재 자체로부터 튀어나올 비밀의 전모를, 말로 듣기 이전에, 왠지 눈동자를 통해서 읽고 싶습니다. 네, 정말이지 보고 싶군요. 슬슬 흥분이 되는걸요. 막상 그자의 눈을 보면, 지금까지 답답하게 앞을 가리던 모든 장막이 일거에 찢겨나갈 것 같은 기분입니다. 글쎄요, 무슨 예감이랄까, 엄청난 진리에 대한 심오한 직관 같은 것 말입니다. 코안경은 이미 어디로 달아났는지 없고, 시커멓고 두꺼운 안경만 낀 상태로군요. 난 가차 없이 그걸 벗겨버립니다! 순간, 갑작스러운 빛에 눈이 부시듯, 너무도 당혹스러운 광경에 충격을 받고 나는 그만 턱이 빠져라 웃어대는 겁니다! 우하하하하하. 어쩔 수 없어요! 손가락 하나 이렇게 까딱하자, 으랏차! 그만 그의 왼쪽 눈알이 툭 튀어나오는 걸 어쩝니까? 우하하하하하 하하."

니콜 씨는 얘기하다 말고 정말로 턱이 빠져라 웃어대기 시작했다. 이제 그는 수줍음이나 타는 시골 서생의 모습이 더 이상 아니었다. 그 대신, 자신이 체험한 장면을 극성스럽게 떠벌려가며 놀랍도록 생생하게 재연해내는 호탕한 사내가 버티고 서 있는 것이었다. 앞에 있는 사람을 전혀 의식하지 않고 요란스레 웃어젖히는 그 소리를 프라스빌은 다소 거북한 심정으로 듣고 있었다.

"으랏차! 그렇지! 멍멍아, 어서 튀어나와! 옳지! 우하하하하. 하긴 눈이 두 개일 필요도 없지. 하나면 충분하잖아? 으랏차차! 어어, 조심! 클라리스! 양탄자에 굴러가는 저것 좀 봐요! 어어, 조심하라니깐. 도브레크의 눈알이란 말이오! 어쩜 확 물어버릴지도 모른다오!"

니콜 씨는 방 안을 돌아다니면서, 마치 바닥에 굴러다니는 무엇을 쫓는 시늉을 하고는, 다시 자리에 앉았다. 그리고 이번엔 호주머니에서 진짜 무엇을 꺼내 공처럼 손안에서 이리저리 굴리더니, 공중으로 훌쩍 던져 올렸다 낚아채고는, 냉큼 조끼 호주머니 속에 집어넣고 선언하듯 이렇게 내뱉는 것이었다.

"이름하여 도브레크의 왼쪽 눈알이올시다!"

프라스빌은 대경실색 그대로였다. 도대체 지금 이자가 무슨 소릴 하는 건가? 이 기이하기 이를 데 없는 작자가 무슨 수작을 벌이는 것인가? 얼굴이 백지장처럼 창백해진 프라스빌이 겨우 입을 떼었다.

"대체 그게 다 무슨 소리요?"

"내가 보기엔, 충분히 설명된 것 같은데요! 너무도 자연스러운 일이랍니다! 이미 얼마 전부터 나도 모르게 머릿속에 품어오던 가설에도 정확히 부합하고 말이죠! 저 사악한 도브레크가 교묘하게 따돌리지만 않았어도 벌써 밝혀냈을 일이지요! 그래요! 한번 잘 생각해보십시오. 문득 이런 생각이 나의 뇌리를 스치더라 이겁니다. '그놈의 명단이 도브레크의 소지품 어디에서도 발견되지 않는다면, 필시 그자가 걸친 옷 어딘가에 있을 텐데. 그러나 아무리 뒤져봐도 옷에도 없고……. 그럼 혹시 좀 더 깊숙한 어딘가, 더 안으로……. 이를테면 그자의 몸속 어딘가에……. 있는 건 아닐까?'"

"눈알 속에라도 박혀 있다 이겁니까?"

프라스빌은 설마 하는 마음에 농담 삼아 던지듯 말했다.

"그자의 눈알 속! 사무국장님, 방금 정확한 말씀을 하셨습니다!"

"뭐, 뭐라고요?"

"그자의 눈알 속이라고 했습니다. 사실 그건 이번처럼 우연히 깨달을 게 아니라, 애당초 논리적인 추론을 밟아 머릿속에 들어왔어야 할 진실입니다. 그 이유는 이렇습니다. 도브레크는 어느 영국인 기술자에게 보낸 편지에서, '누구도 알아차릴 수 없도록 수정의 내부를 파놓아달라고' 요청한 바 있습니다. 한데 우연히 클라리스 메르지가 그 편지를 읽게 되자, 도브레크는 이참에 아예 모든 추적을 따돌릴 궁리를 하게 된 겁니다. 그래서 견본에 맞춰서 '속이 빈' 수정마개를 만들게 했고, 바로 그걸 찾느라 지난 몇 달 동안 당신과 나, 우리 모두가 고생을 한 거지요. 결국 내가 담뱃갑 속에서 그걸 끄집어내기에 이르렀고 말입니다. 사실 그때 바로 나섰어야 하는 건데……."

"그때 바로 나서다니요?"

프라스빌이 잔뜩 목을 빼고 묻자 니콜 씨는 가까스로 웃음을 참으며 말했다.

"그때 바로 나서서 도브레크의 눈알을 공략했어야 했다 이 말입니다! '내부를 파내서 난공불락의 은닉처로 만들어 놓은' 바로 이 눈알을 말입니다!"

그러면서 니콜 씨는 호주머니 속에서 다시금 아까의 그 물건을 꺼내, 이번에는 탁자에 대고 몇 차례 두드려댔다. 한데 뭔가 단단한 물체가 부딪치는 소리가 나는 것이었다. 그제야 프라스빌이 넋 나간 듯 중얼거렸다.

"의안(義眼)이었군그래!"

"하하하하, 바로 그렇습니다!"

니콜 씨는 활짝 웃으며 소리쳤다.

"의안이랍니다! 뭐, 별것 아니에요! 그저 평범한 물병 마개를 그 사기꾼은 자신의 죽은 눈알 구멍에다 끼워 넣고 다녔던 겁니다! 그냥 보통 물병 마개죠. 뭐 수정마개라고 해도 상관은 없습니다. 중요한 건 그 자가 이번에는 시커먼 안경을 두 개씩이나 겹쳐 쓰고 그걸 철저히 보호해왔다는 사실입니다. 그 안에는 물론 도브레크의 모든 작태를 가능하게 해왔던 부적이 얌전히 들어 있고 말입니다."

프라스빌은 고개를 숙이고 손으로 얼굴을 가려서 붉게 상기된 안색을 가렸다. 이제 27인의 명단이 거의 손아귀에 들어온 것이다. 바로 눈앞에, 저 탁자 위에 그것이 있다. 애써 흥분을 가라앉히고 나서, 그는 아무렇지도 않은 듯 말했다.

"그 안에 정말 명단이 있단 말이죠?"

"적어도 내가 추정하기론 그렇습니다."

니콜은 자신 있게 말했다.

"네? 추정을 하다니요?"

"아직 열어보지는 않았거든요. 그럴 영광은 당신 몫으로 남겨두려고요."

프라스빌은 천천히 팔을 뻗어 물건을 쥐고 가만히 들여다보았다. 눈동자, 홍채, 각막까지, 과연 혹할 정도로 사람의 안구(眼球)를 그럴듯하게 모방한 수정 덩어리였다. 가만히 보니 뒤쪽에 움직여 열 수 있는 부분이 있었다. 안구의 내부는 역시 공간이 마련되어 있었고, 돌돌 만 종이가 들어가 있었다. 프라스빌은 얼른 그것을 꺼내 펼치더니, 이름이나 필체, 서명 등에는 별로 신경을 쓰지 않고, 팔부터 치켜들어 창문으로 새어 드는 빛에 종이를 이리저리 비춰보는 것이었다.

"로렌의 십자가가 있지요?"

니콜 씨가 떠보듯 물었다.

"있군요. 이건 영락없이 진짜 명단입니다."

그렇게 중얼거리면서 프라스빌은 계속 팔을 치켜든 채로, 다음 행동을 어떻게 할 것인가 머리를 굴리고 있었다. 그러더니 종이를 다시 돌돌 말아 그 작은 수정함 속에 밀어 넣고는, 호주머니 속에 냉큼 집어넣는 것이었다.

가만히 바라만 보던 니콜 씨가 한마디 했다.

"이제는 믿으시는 거죠?"

"여부가 있겠습니까!"

"그럼 이제 합의가 이루어진 겁니까?"

"합의가 이루어졌습니다."

한동안 아무 말 없이, 두 사람은 서로 안 그런 척하면서 상대를 유심히 관찰하고 있었다. 니콜은 그러면서도 대화가 이어지기를 기다리는 표정이었다. 반면 프라스빌은 책상 위에 쌓아놓은 책들 뒤로 한 손은 권총에, 다른 손은 호출 벨 단추에 지그시 갖다 대고 있었다. 그의 가슴은 지금 자신의 막강한 입장에 대한 도취감으로 마구 뛰고 있었다. 이제 명단의 주인이자, 뤼팽을 마음껏 요리할 수 있는 승리자가 되어 있는 것이다!

'꼼짝이라도 하면 총을 겨누면서 사람을 부를 것이고, 그래도 도발을 해오면 쏜다.'

그렇게 속으로 중얼거리고 있는데, 니콜 씨가 불쑥 입을 열었다.

"사무국장님, 이제 우리 사이에 합의도 보았겠다, 남은 건 당신이 한시바삐 서둘러주는 것밖엔 없겠군요. 형 집행이 내일로 예정되어 있지요?"

"내일이죠."

"그럼 아예 여기서 기다리기로 하죠."

"뭘 말입니까?"

"엘리제 궁의 대답 말입니다."

"아! 누가 그 대답을 가져오기로 되어 있나 보죠?"

"네, 바로 당신이죠."

프라스빌은 뻔뻔스럽게 고개를 천천히 가로저었다.

"므슈 니콜, 그렇게 나만 믿고 있지 마십시오."

순간 니콜 씨는 어리둥절한 표정으로 반문했다.

"네? 좀 자세히 설명해주시겠습니까?"

"생각이 바뀌었단 말입니다."

"그게 다입니까?"

"그게 다입니다. 일이 돌아가는 걸 볼 때, 특히 어젯밤 사건 이후로는, 질베르에게 득 될 일을 시도하기가 거의 불가능해졌습니다. 게다가 엘리제 궁을 상대로 이 같은 교섭을 벌인다는 건, 그 모양새가 아무래도 일종의 공갈이나 협박으로 비칠 우려가 큰데, 나로선 그런 일에 결코 뛰어들고 싶지가 않군요."

"그렇다면 할 수 없군요. 좋으실 대로 할 수밖에. 어제는 없었던 조심성이, 좀 늦은 감은 있지만, 오늘에야 당신 가슴에 찾아든 셈이라 이거군요. 알겠습니다. 아무튼 우리 사이의 계약은 깨진 거나 같으니, 이제 그 27인의 명단은 돌려주실까요?"

"그건 뭐하게요?"

"당신 말고 다른 중개자에게 의뢰를 해볼까 해서요."

"소용없습니다. 질베르는 이제 틀렸어요."

"천만에요! 천만의 말씀입니다! 내 생각엔, 어제 일로 인해 그를 부당하게 물고 늘어졌던 다른 공범 한 명이 목숨을 잃었으니, 이젠 오히려 사면을 베푼다 해도 사람들이 정당하고 인간적인 선처라고 생각할 겁니다. 그러니 어서 명단을 돌려주십시오."

"안 됩니다."

"어허, 저런……. 선생 기억력은 보기보다 형편없군요. 아니면 정신이 가끔 깜빡하는 건가요? 어제 한 약속을 아예 깡그리 잊으셨단 말입니까?"

"어제 한 약속은 어디까지나 므슈 니콜을 상대로 한 거죠."

"오, 그래요? 그럼 지금 나는 누구죠?"

"그걸 꼭 내 입으로 말해야겠습니까?"

니콜 씨는 대답 대신, 갑자기 웃음을 터뜨렸다. 마치 얘기가 묘하게 돌아가는 모습이 못내 재미있다는 눈치였다. 프라스빌은 상대가 보이는 이런 난데없는 유쾌함이 여간 신경 쓰이지가 않았다. 그는 권총 손잡이를 움켜쥔 채, 당장 사람을 부를 것인가 고민하기 시작했다. 니콜 씨는 의자를 책상 앞으로 바짝 당겨 앉더니, 널려 있는 서류 더미 위에 팔꿈치를 괴고 상대를 똑바로 쏘아보며 뇌까렸다.

"그러니까 지금 그 말은, 내가 누구인지 잘 알면서도 이런 장난 짓거리를 나를 상대로 벌일 만큼 그대 배포가 두둑하다 이 말이오, 므슈 프라스빌?"

"나도 그 정도는 되는 사람이오."

프라스빌은 가슴이 철렁하는 것을 가까스로 견디며 중얼댔다.

"그건 결국 그대가 나를 아르센 뤼팽……. 뭐 이름 그대로 합시다. 아르센 뤼팽이라고 생각하면서도, 내가 그대의 포승줄에 순순히 두 손 두 발 다 내놓을 만큼 어리석고 멍청하리라고 본다는 얘기인데?"

"한데 이를 어쩌죠? 도브레크의 눈알은 여기 이렇게 있고, 또 그 안에 27인의 명단이 얌전히 잠자고 있는걸! 그것 없이 당신이 무슨 일을 할 수 있는지 나 또한 자못 궁금한걸요?"

프라스빌은 수정알이 들어 있는 자신의 조끼 주머니를 손으로 툭툭 건드리며 비아냥거렸다.

"내가 무얼 할 수 있겠느냐고?"

"그렇소이다! 이제 부적이 당신을 보호해주지 못할 테니, 당신은 그저 혈혈단신 이곳 경시청 한복판에 떨어진 사내에 불과할 뿐이오. 그것도 저 문 뒤에 장정 10여 명이 버티고 있고, 당장이라도 신호만 내리면 수백 명의 경찰이 들이닥칠 바로 이곳에 말이오."

니콜 씨는 그저 어깨를 한 번 으쓱하더니, 딱하다는 눈빛으로 프라스빌을 물끄러미 바라보았다.

"이보시오, 사무국장 나리. 지금, 일이 어떻게 돌아가고 있는지 알기나 하는 거요? 아무래도 당신 역시 그놈의 명단 때문에 머리가 돌아버린 것 같군그래. 명단을 일단 손에 쥐어보니까, 갑자기 정신 상태가 도브레크나 알뷔펙스 수준으로 곤두박질친 모양이야. 그 몹쓸 종이쪽지를 당신 상관한테 즉시 제출해서 이 모든 치욕과 혼란의 씨앗을 없애버릴 갸륵한 생각일랑 당신 머릿속에 도무지 들어갈 틈이 없는 것 같구려. 아니지, 아니야. 일순 검은 유혹이 당신 눈을 흐리게 하고 있어. 그래서 혼미한 정신으로 이렇게 생각하는 거라고. '그게 여기 이 호주머니 속에 있다. 이것만 있으면 나는 전능한 신이야. 이것만 있으면 난 한없이 부자고, 무지막지한 권력을 휘두를 수가 있어! 이걸 한번 사용해봐? 질베르와 클라리스 메르지를 죽게 내버려둬? 저 멍청한 뤼팽을 이참에 잡아 가두고, 하늘이 내려준 기막힌 기회를 확 붙잡아봐?' 이렇게 말이지."

그는 이제 프라스빌에게 몸을 기울인 채, 지극히 다정하게 타이르는 듯한 목소리로 속삭이는 것이었다.

"그러지 마세요, 선생. 그러면 못씁니다."

"안 될 이유가 있을까?"

"그야 그래봤자 당신에게 득 될 게 전혀 없기 때문이지!"

"오, 그래요?"

"그렇소이다. 정 고집을 부리시겠다면, 방금 내게서 강탈해간 그 27인의 명단을 한번 훑어보시지요. 특히 그중 세 번째 이름을 주의 깊게 들여다봐요."

"세 번째 이름이라?"

"바로 당신 친구들 중 한 명의 이름이지요."

"누구 말이오?"

"전직 하원 의원 스타니슬라스 보랑글라드!"

"그, 그런데?"

다소 흔들리는 듯 프라스빌이 말을 더듬었다.

"그런데라니? 바로 그 보랑글라드의 구린 뒷구멍을 조금이라도 캔다면 그와 함께 시커먼 이득을 만지작거린 배후 인물 이름도 백일하에 드러날 텐데……."

"그, 그게 대체 누구일 거란 말이오?"

"그야, 루이 프라스빌이지!"

"지, 지금 무슨 헛소리를 하는 거요?"

프라스빌은 계속해서 더듬거렸다.

"헛소리가 아니라 충고하는 거요. 당신이 만약 내 가면을 벗기겠다면, 당신의 그 가면 역시 오래 버틸 수만은 없다는 얘기지. 한데 그 가면 뒤의 얼굴은 그다지 어여뻐 보이진 않거든."

프라스빌이 벌떡 일어섰고, 니콜 역시 주먹으로 책상을 쾅 치면서 소리쳤다.

"자, 선생, 이제 바보짓은 그만하시지! 이 일로 두 사람이 실랑이를 벌이는 데만 이미 20분이 지났소이다! 그거면 됐소. 이제 결론을 내릴 때란 말이오! 우선 그 권총부터 내려놓고. 아직도 그따위 장난감으로 나를 겁줄 수 있다고 생각하다니, 내 참! 좌우간 빨리 얘기를 끝냅시다. 난 아주 바쁜 사람이오!"

그러고는 프라스빌의 어깨를 손으로 짚으며 또박또박 잘라 말했다.

"만약 지금으로부터 한 시간 내에 당신이, 서명이 담긴 사면령 문건을 손에 들고 대통령 관저에서 돌아오지 않는다면……. 그리고 그로부터 또 10분 후, 나, 아르센 뤼팽이 깨끗하고 무사한 몸으로 이 건물을 빠져나가지 못한다면, 파리의 주요 신문사 네 곳에 일제히 네 통의 편지가 배달될 것이오! 스타니슬라스 보랑글라드와 당신이 서로 교환했고, 오늘 아침 바로 그 스타니슬라스 보랑글라드가 내게 팔아넘긴 편지들 중 고르고 고른 몇 통이 말이오. 자, 여기 당신 모자하고 지팡이하고 외투가 있소. 어서어서! 난 기다리고 있을 테니."

참으로 기막히고도 또한 충분히 이해할 만한 상황이었다. 프라스빌은 도무지 조금만치도 저항하거나 버텨볼 구실을 찾을 수가 없었다. 이 아르센 뤼팽이라는 인물의 규모와 능력이 순식간에 통째로 가슴 깊이와 닿는 느낌이었다. 아울러 지금까지 믿어온 것처럼, 보랑글라드의 편지는 벌써 파기되었을 것이며, 최소한 자신도 함께 물려 들어갈 것을 각오하면서까지 문제의 편지들을 넘겼을 리 없다고 강변함으로써, 뭔가 트집을 잡을 엄두 역시 나지 않았다. 그렇다. 그는 단 한 마디도 입 밖으로 내지 못한 채, 그 어떤 힘으로도 빠져나갈 수 없는 궁지에 몰렸다는 것을 깨달았다. 이제는 굴복하는 길밖에 없었고, 그는 그 길을 순순히 따랐다.

"지금으로부터 딱 한 시간 후요."

니콜 씨가 다시 한번 주지시켰다.

"지금으로부터 한 시간 후……."

프라스빌은 완전히 고분고분한 태도가 되어 중얼거리더니, 문득 이렇게 짚고 넘어가는 것이었다.

"질베르가 사면되는 대가로 그 편지들은 내게 돌려주시겠지요?"

"아니요."

"아니라니요? 그 편지는 쓸모도 없을 텐데……."

"편지들은, 나와 내 친구들이 질베르를 결정적으로 자유의 몸이 되게 해준 다음, 두 달 후에야 당신 손에 들어갈 것이오. 물론 미리 알 만한 사람의 지시에 의해 질베르에 대한 감시가 소홀해진 틈을 타서 진행될 일이오만……."

"그거면 되는 거요?"

"아니, 아직 두 가지 조건이 더 남아 있소."

"뭡니까?"

"첫째, 수표로 4만 프랑을 즉시 내놓을 것!"

"4만 프랑이라니!"

"보랑글라드가 내게 편지들을 판 값이오. 당연히 그건……."

"알았소! 그다음은 뭐요?"

"둘째, 앞으로 6개월 후에 당신의 지금 그 자리에서 자진 사퇴할 것!"

"사퇴라니! 이유가 뭐요?"

니콜 씨는 대단히 근엄한 자세로 말을 이었다.

"왜냐면 자고로 파리 경시청 중에서도 가장 으뜸에 속하는 요직 중 하나에 양심이 떳떳지 못한 인물이 계속 앉아 있다는 건 결코 바람직하지 못하니까. 당신은 당신 몫의 성공이 자연스레 부여해줄 다른 자리나 알아보는 게 좋겠다는 생각이오. 하원 의원이라든가 장관, 아니면 아예 건물 관리인 같은 일자리 말이오. 하지만 경시청 사무국장은 안 돼요. 암, 안 되고말고! 그처럼 역겨운 경우가 또 어디 있겠소."

프라스빌은 잠시 생각에 잠겼다. 지금 같아선 만사 제쳐놓고 당장에 상대를 없애버릴 수만 있다면 더없이 황홀할 텐데……. 하지만 어쩌겠는가?

마침내 그는 문 쪽으로 걸어가 비서를 불렀다.

"므슈 라르티그!"

그리고 목소리를 한층 낮춰서 뭔가 속삭였지만, 니콜 씨가 못 알아들을 정도는 아니었다.

"므슈 라르티그, 경찰들은 해산시키시오. 실수가 있었소. 그리고 내가 없는 동안 아무도 집무실에 발을 들여놓지 못하게 하시오. 손님 혼자서 기다리게 해야 합니다."

프라스빌은 니콜 씨가 건네는 모자, 지팡이, 외투를 차례로 걸치고 집어 든 뒤, 그대로 나갔다.

닫힌 문에다 대고 뤼팽은 이렇게 중얼거리고 있었다.

"정말 잘하신 거요, 므슈. 내가 아낌없이 칭찬해드리리다. 따지고 보면 나도 너무 노골적으로 빈정대고 지나치게 거칠게 군 면이 없진 않았지요. 하지만 어쩌겠소! 이런 유의 일일수록 다소 과감하게 나서야 얘기가 되는 법! 자고로 적은 단번에 압도해야 그다음이 술술 풀리거든. 단순히 순진한 발상만 가지고 대하다 보면 저런 인간들은 한도 끝도 없이 기어오르기 마련이지. 자, 뤼팽, 고개를 쳐들어라! 자넨 침해받은 도덕의 수호자가 된 거야! 자네가 이룬 일에 자부심을 가지라고! 그러니 이제 두 다리 쭉 뻗고 잠이나 푹 자두게나. 그만하면 충분히 이긴 셈이니까."

프라스빌이 돌아왔을 땐 뤼팽이 어찌나 깊이 잠들어 있는지, 어깨를 마구 두드려야 할 정도였다.

"잘됐습니까?"

뤼팽이 눈을 비비며 물었다.

"됐습니다. 사면령이 곧장 발령될 겁니다. 여기 서면으로 약조까지 받아왔소."

"4만 프랑은?"

"여기 수표요."

"좋소. 그럼 이제 당신에게 고맙다고 할 일만 남았구려."

"그럼, 편지는?"

"스타니슬라스 보랑글라드의 편지는 이미 명시한 조건에 따라 인도될 것이오. 하지만 일단 감사의 표시로, 신문사에 보내려던 편지들만큼은 지금 당장 당신에게 내줄 수도 있겠군요."

"아! 그럼 지금 그걸 가지고 있단 말입니까?"

"그야 처음부터 당신이 내 말에 순순히 응할 걸 알고 있었으니까요!"

그는 모자 안감에 핀으로 고정시킨 꽤 묵직한 봉투 하나를 빼냈다. 무려 다섯 개의 붉은 봉인으로 굳게 입을 다문 그 봉투를 니콜 씨는 선뜻 내밀었고, 프라스빌은 냉큼 받아 주머니 속에 쑤셔 넣었다.

니콜 씨가 한마디 더 했다.

"사무국장님, 언제 또 당신을 뵐 수 있을지 모르겠습니다. 만약 그동안 내게 연락하실 일이 있으면 『르 주르날』지에 작은 광고 한 줄이면 족할 겁니다. 수신자는 물론 므슈 니콜이고요. 자, 그럼 이만……."

그렇게 물러났다.

혼자가 되자, 프라스빌은 마치 지독한 악몽에서 갑자기 깨어난 기분이었다. 꿈을 꾸는 동안, 전혀 통제가 되지 않는 지리멸렬한 행동만 실컷 하던 악몽에서 말이다. 냅다 호출 벨을 울려서 아무한테라도 답답한 심정을 발산하려던 찰나, 노크 소리가 요란하게 들렸고, 이어서 경비원

하나가 득달같이 들어왔다.

"무슨 일이오?"

"사무국장님, 지금 도브레크 하원 의원께서 급히 좀 뵙자고 하십니다!"

"도브레크가!"

순간 화들짝 놀라는 프라스빌.

"도브레크가 이곳에 와 있다니! 어서 들여보내시오!"

하지만 지시가 떨어지기도 전에 이미 도브레크는 문을 들어서고 있었다. 그뿐만 아니라, 후닥닥 프라스빌의 코앞까지 들이닥치는 것이었다. 옷차림은 엉망이고 한쪽 눈은 붕대로 가린 채, 넥타이도 셔츠 칼라도 없이 헐떡거리며 가쁜 숨을 몰아쉬는 몰골이, 방금 어디선가 도망쳐 나온 모양이었다. 그는 다짜고짜 통통한 두 손으로 프라스빌의 멱살을 움켜쥔 채 소리쳤다.

"명단 가지고 있지?"

"그렇다."

"대가는 물론 치렀겠지?"

"그렇다."

"질베르의 사면인가?"

"그렇다."

"이미 결정된 건가?"

"그렇다."

도브레크는 약이 올라 온몸을 들썩거렸다.

"이런 바보 같은 놈! 멍청이! 결국은 그렇게 해주다니! 물론 나에 대한 원한 때문이겠지? 그래, 이제 내게 복수할 셈인가?"

"그야 기꺼이 하고말고, 도브레크. 니스의 내 애인 기억하지? 오페라

극장 무용수 말이네. 이제 자네가 휘둘릴 차례야."

"그래 감옥이라도 보내겠다는 건가?"

"그럴 필요까지도 없지. 자넨 망했어. 명단이 없는 자네는 스스로 허물어지게 되어 있거든. 난 그 광경을 그저 보고 즐기면 그뿐이지. 이게 바로 나의 복수일세."

도브레크는 연신 씩씩거리며 내뱉었다.

"흥, 과연 그럴까! 아마 날 병아리 목 분지르듯 할 수 있다고 보는 모양이지? 내가 방어할 능력도 없고, 이빨도 발톱도 다 빠져버렸다고 생각하는 모양이야. 이봐, 풋내기 친구, 내가 쓰러지더라도 혼자선 안 쓰러져. 누구라도 함께 물고 늘어질 거야. 바로 자네, 스타니슬라스 보랑글라드의 동업자인 프라스빌 선생 말이지. 스타니슬라스 보랑글라드가 내게 넘겨줄 알뜰한 증거들은 자네를 지금이라도 당장 철창 속에 처박히게 만들걸! 아, 자넨 내 손아귀에 있어! 그 편지들만 있으면 자네 역시 끝장이야! 그러니 도브레크 하원 의원의 운은 아직 다한 게 아니라고. 뭐가 그리 우습나? 편지가 없을 것 같아서 그래?"

프라스빌은 어깨를 한 번 으쓱한 뒤 말했다.

"물론 편지야 있지. 하지만 보랑글라드에게 있는 건 아니지."

"무슨 소린가?"

"오늘 아침, 두 시간쯤 전에 보랑글라드가 그것들을 4만 프랑에 팔아버렸거든. 내가 똑같은 값을 주고 되샀고 말이야."

순간 도브레크는 배꼽을 잡고 웃어댔다.

"크하하하! 이런 멍청이가 또 있나! 4만 프랑이라니! 4만 프랑을 줬단 말인가? 27인의 명단을 두고 자네와 담판을 벌인 그 니콜인가 뭔가 하는 작자에게 말이지? 내가 그 니콜 씨의 진짜 이름을 알려줄까? 그잔 바로 아르센 뤼팽이란 말일세!"

"알고 있네."

"그렇겠지. 하지만 이 멍청아, 이건 모르고 있겠지! 내가 방금 스타니슬라스 보랑글라드의 집을 다녀오는 길인데, 그자는 이곳 파리를 떠난 지 벌써 나흘째란 말일세! 허허, 거참 재미있군! 한낱 폐품 휴지 더미를 4만 프랑에 사다니! 어쩜 저렇게 바보 같을 수가!"

그렇게 제멋대로 실컷 떠들어댄 후, 도브레크는 망연자실한 프라스빌을 남겨둔 채, 껄껄거리며 방을 나갔다.

정녕 아르센 뤼팽은 편지를 가지고 있지 않았단 말인가! 그처럼 배짱을 떵떵 부리면서 프라스빌을 위협하고 명령하면서 가지고 놀듯 다룬 모든 작태가, 그럼 한낱 코미디, 허풍이었다는 말인가!

"아니야. 아니라고. 그럴 리가 없어. 여기 이렇게 분명 봉인된 봉투잖아. 이제 열어보기만 하면 된다고!"

그러면서도 감히 열어볼 엄두는 나지 않았다. 그는 공연히 봉투를 만지작거리고, 들었다 놨다 무게를 가늠하는가 하면, 눈앞에 바짝 갖다 대고 들여다보았다. 이미 어느 정도 눈치를 챘는지, 막상 개봉을 한 후 새하얀 백지 네 장만 가지런히 접혀 있는 것을 보고도 더 이상 놀라지 않았다.

그는 속으로 이렇게 중얼거렸다.

'그래, 지금 내겐 아무 힘도 남아 있지 않다. 하지만 그렇다고 다 끝난 건 아니야.'

사실이 그랬다. 뤼팽이 그토록 대담하게 나올 수 있었던 것은 문제의 편지들이 분명 존재하기 때문이며, 스타니슬라스 보랑글라드로부터 그것을 사들일 의향이 있었기 때문이다. 하지만 현재 보랑글라드는 파리에 없고, 뤼팽은 그것을 손에 넣는 데 아직은 성공하지 못한 상황! 따라서 프라스빌이 해야 할 일은, 어떻게 해서라도 뤼팽보다 한발 앞서 보랑글라드와 접촉한 뒤, 어떤 대가를 치르더라도 그 위험한 편지들을 먼저 손에 넣는 것이다.

누구든 먼저 손을 뻗치는 자가 승리자가 되는 셈이다.

프라스빌은 즉시 모자를 쓰고 외투를 걸친 후, 지팡이를 움켜쥐고 밖으로 나가 자동차에 올라탔다. 차는 곧장 보랑글라드의 숙소로 향했다. 그곳에 도착하자마자 관리인으로부터 전해 들은 첫마디는, 전직 하원의원께서 당일 저녁 6시경 런던에서 돌아오실 예정이라는 것이었다.

지금 시각은 오후 2시.

오후 5시, 그는 경찰관 30~40명을 대동하고 노르 역으로 가서 대합실과 개찰구 여기저기에 좌우로 빈틈없이 감시 인력을 배치해두었다.

그렇게 하고 나서야 그는 안도의 한숨을 내쉬었다.

만약 이런 상황에서 니콜 씨가 보랑글라드에게 접근하는 것이 발견되면, 이번에야말로 가차 없이 뤼팽이 체포되는 것이다. 아울러 만전을 기하기 위해서, 뤼팽이라고 추정되거나 그의 끄나풀이라고 의심되는, 조금이라도 수상쩍은 사람은 무조건 잡아들이고 볼 작정이었다.

그래도 안심이 안 되는지, 프라스빌은 몸소 역구내를 이 잡듯 돌고 또 돌았다. 하지만 그날따라 미심쩍은 부분은 단 한 군데도 눈에 띄지 않는 것이었다. 그러던 중 6시 10분 전쯤, 함께 순찰을 돌던 형사반장 블랑숑이 대뜸 이러는 것이었다.

"저기 도브레크가 가네요!"

사실이었다. 난데없는 적의 등장에 경시청 사무국장은 욱하는 심정에서 당장에 체포해버릴까 생각했다. 하지만 무슨 명분으로 그런단 말인가? 무슨 권리로?

하긴 도브레크가 이곳 역까지 나섰다는 사실은 작금의 모든 사태 해결이 전적으로 보랑글라드 그자에게 달려 있다는 점을 더욱 확실하게 해주는 셈이니, 오히려 반가울 법도 했다. 분명 보랑글라드가 아직도 문제의 편지들을 소지하고 있음이렷다! 자, 과연 궁극적으로는 그것이 누구의 수중에 떨어지게 될까? 도브레크? 뤼팽? 아니면 프라스빌?

뤼팽은 이곳에 나타나지도 않았고, 그럴 수도 없을 것이다. 그런가 하면 도브레크는 편지를 두고 누구와 다툴 형편이 못 된다. 그렇다면 이제 남은 결론은 단 하나! 프라스빌이야말로 원래 자신의 손에서 나갔던 그 편지들을 다시금 회수하게 될 것이며, 그로써 도브레크와 뤼팽의 협박에서도 홀가분하게 벗어나, 자유로운 입장에서 그 둘 모두를 요리할 수가 있게 된다!

기차가 도착하고 있었다.

프라스빌의 사전 지시에 따라 플랫폼에는 일절 사람의 통행이 통제되어 있었다. 따라서 프라스빌 혼자 기차를 맞이했고, 그 뒤로 블랑숑 형사반장이 인솔하는 경찰 수 명이 따라나섰다. 마침내 기차가 정지했다.

아니나 다를까, 일등칸의 중간쯤 위치한 어느 객실 창문 앞에서 프라스빌은 보랑글라드의 얼굴을 단박에 알아보았다.

전직 하원 의원은 먼저 내린 다음, 손을 내밀어 함께 여행한 듯한 어느 나이 든 신사를 부축했다.

프라스빌은 득달같이 다가가자마자 대뜸 내뱉었다.

"할 말이 있네, 보랑글라드!"

순간, 용케 통제를 뚫고 플랫폼까지 달려든 도브레크도 불쑥 다가서며 외쳤다.

"므슈 보랑글라드, 당신의 편지는 잘 받았습니다. 당신 뜻대로 하기로 결정했어요!"

보랑글라드는 난데없이 달려드는 이 두 남자를 번갈아 바라보더니 이내 빙그레 웃었다.

"허허, 이거 내가 오기만을 간절히 기다리는 사람이 꽤 많은 모양이구려! 대체 무슨 일이오? 편지들 때문에 이러는 거는 같소만……."

"그렇다네!"

"그렇소이다!"

두 남자 다 침을 튀겨가며 대답했다.

한데 보랑글라드는 덤덤하게 잘라 말하는 것이었다.

"너무 늦었군."

"뭐? 무슨 소리요? 지금 무슨 말을 하는 겁니까?"

"벌써 팔렸다는 얘깁니다."

"팔리다니! 누구에게?"

보랑글라드는 함께 내린 노신사를 가리키며 말했다.

"바로 이분한테 말일세. 이 일로 인해 기꺼이 먼 거리를 오갈 만큼 편지의 가치가 충분하다고 판단하신 이 신사분에게 말이야. 글쎄, 이분이 아미앵까지 나를 찾아오시지 않았겠나?"

모피 코트의 깃을 귀까지 올리고 지팡이에 구부정하게 의지한 채, 점잖은 노인은 일행에게 느긋한 눈인사를 던졌다.

'뤼팽이다! 틀림없어. 뤼팽이야!'

재빨리 머리를 굴린 프라스빌은 언제든 부름에 응할 준비가 되어 있는 형사들 쪽을 힐끔 보았다. 바로 그때였다. 노신사가 이렇게 입을 여는 것이었다.

"그랬지요. 그 편지들은 두 사람분의 왕복표하고 몇 시간 정도의 기차 여행을 할 만큼 충분한 가치가 있다고 느꼈소이다."

"두 사람분이라고 하셨습니까?"

"그렇소이다. 하나는 내 것이고, 다른 하나는 내 친구 것이지요."

"친구라면?"

"네, 좀 전에 헤어졌지요. 불과 몇 분 전에 복도를 거슬러 열차 앞 칸 쪽으로 내빼듯 달려가는 것이 뭐가 되게 급한 모양이더이다."

그제야 프라스빌은 사태를 정확히 깨달았다. 뤼팽은 주도면밀하게도 공범 한 명을 대동한 모양이었다. 만약의 사태가 발생하더라도 정작 중요한 편지는 그 공범이 가지고 도망칠 수 있도록 말이다. 이젠 정말이지 철저하게 패배한 게임이나 마찬가지였다. 뤼팽은 먹잇감을 확실하게 제 손아귀에 확보한 셈. 이제는 확실히 고개를 숙이고 승자가 내거는 조건을 받아들이는 길밖에는 없었다.

"좋소이다, 선생. 때가 되면 다시 보도록 합시다. 자네도 잘 있게, 도브레크! 어떻게든 소식은 닿을 걸세."

그러고는 잠시 보랑글라드를 한쪽으로 데려가서 이렇게 속삭였다.

"보랑글라드 자네 지금 무척 위험한 도박을 하고 있는 걸세."

"맙소사, 뭘 보고 그런 말을 하는 건가?"

전직 하원 의원도 지지 않고 응수했다.

두 사람은 그렇게 먼저 떠났고, 플랫폼에는 도브레크와 노신사만 침묵 가운데 꼼짝 않고 서 있었다.

마침내 노신사가 먼저 입을 열었다.

"이보게, 도브레크, 이젠 잠에서 깨어나지 그러나. 왜, 클로로포름 생각이 더 있는 건가?"

도브레크는 주먹을 불끈 움켜쥔 채, 이를 부드득 갈았다.

그 꼴을 물끄러미 바라보면서 노신사는 이렇게 말했다.

"아하, 이제야 나를 알아보는 모양이군그래. 그렇다면 몇 달 전에 우리 사이에 있었던 담판도 기억하고 있겠지? 내가 라마르틴 광장의 자네 집에 찾아가 질베르를 도와달라고 청했던 그때 일 말이네. 내가 이렇게 말했지. '그만 무기를 거두고, 질베르를 구해주게. 그러면 자네를 가만히 놔두겠네. 만약 그렇지 않으면, 그 27인 명단을 빼앗을 것이네. 그럼 자넨 망해'라고 말이야. 자, 이제 보니 자넨 정말 망한 것 같군그래! 훌륭하신 뤼팽 선생한테 섣불리 까불면 바로 그렇게 되는 법일세! 언젠가는 가진 것 하나 없이 빈털터리로 이 세상에서 완전히 퇴출된다는 것을 명심해야 하네. 자, 이번 일로 자네는 크게 한 수 배웠을 거야! 아차, 자네 지갑 돌려주는 걸 깜빡할 뻔했네! 지갑이 좀 가벼워진 건 이해하게나. 그 안에는 상당한 액수의 지폐 다발 말고도, 가구 창고 영수증도 끼여 있던걸. 자네가 내게서 회수해간 앙기앵의 가구들을 재어놓은 곳 말이네. 아무래도 자네가 그걸 직접 처분하는 수고만큼은 내가 덜어주어야겠다는 생각이 들더군. 아마 지금쯤 그 일도 정리됐을 것이네. 오오, 내게 고마워할 필요는 없네. 뭐 별것 아니었으니까. 잘 있게, 도브레크. 그리고 참, 자네 눈깔……. 혹시라도 다른 병마개를 구하기 위해 몇 푼이라도 필요하면 내가 도와줌세. 아듀(Adieu), 도브레크."

노신사는 총총히 멀어져 갔다.

그렇게 한 50보쯤 걸어갔을까, 한 발의 총성이 허공을 가르고 솟구쳤다.

노신사는 얼른 뒤를 돌아보았다.

도브레크가 이미 자신의 머리에 총알을 박아 넣은 뒤였다.

"데 프로푼디스(De Profundis. "깊은 구렁 속에서……"라는 의미. "깊은 구렁 속에서 부르짖사오니, 주여 내 기도를 들어주소서"라는 위령기도의 첫 구절을 가리킴. 죽은 도브레크의 영혼을 위로하는 뤼팽의 여유와 멋이 드러나는 대목—옮긴이)……".

뤼팽은 그렇게 나지막이 중얼거리면서, 모자를 살짝 들어 올렸다.

그로부터 한 달 뒤, 사형에서 종신 강제 노동형으로 감형된 질베르는 기아나(남미의 북동부 해안에 있는 프랑스령. 1946년까지 종신 유형지로 잘 알려져 있었음—옮긴이)로 압송되기 하루 전, 일 드 레(대서양 연안의 섬—옮긴이)에서 탈출에 성공했다.

아직까지 그 탈출의 경위는 수수께끼에 가려져 있으나, 아라고 대로에서의 충격 사건과 마찬가지로, 아르센 뤼팽의 명성에 일조한 것은 물론이다.

뤼팽은 내게 이번 모험의 여러 단계를 자세히 이야기해준 뒤, 이렇게 덧붙였다.

"요컨대, 이제까지 그 어떤 사건들도 이번의 이 지독한 모험에서처럼 날 고생시키고 힘들게 한 경우가 없었다네. 글쎄 뭐랄까, 사람이 살아가면서 결코 용기를 잃어서는 안 된다는 걸 적나라하게 보여준 이번 사건을 나는 '수정마개 사건'이라 부르고 싶네. 자그마치 6개월 동안의 불운과 실수, 암중모색과 실패의 연속을 나는 아침 6시부터 저녁 6시까지, 꼬박 12시간 만에 모조리 만회해버린 셈이지. 물론 그 12시간은 내 인생 전체를 통해 볼 때 가장 멋지고 영광스러운 시간이었고 말일세."

"그럼 질베르는 어떻게 되었나?"

"현재 알제리에서 앙투안 메르지라는 자신의 진짜 이름으로 농사를 지으며 잘 살고 있지. 영국 처녀와 결혼도 했고, 아들도 하나 낳았는데, 이름을 아르센이라고 지었다는군그래. 요즘도 아주 쾌활하고 다정다감한 편지를 종종 보내오고 있지. 이것 보게, 오늘도 한 장 왔어."

두목님도 정직하게 사는 즐거움을 알 수만 있다면 얼마나 좋을까요!

아침에 눈을 뜨면 하루의 기나긴 노동이 기다리고 있고, 밤에는 뻐근

한 피로감과 함께 잠자리에 드는, 이 뿌듯한 기분을 말이에요. 하긴 두목도 모르는 건 아니겠죠? 아르센 뤼팽도 비록 보편적이진 않지만 나름대로 그러한 삶을 특별한 방식으로 살고 계실 테니까요. 부디 최후의 심판 날에 그의 선행들이 책 한 권을 가득 채워서 나머지는 모두 용서가 될 수 있으면 해요.

사랑해요, 두목.

"착한 아이야."

뤼팽은 깊은 생각에 잠긴 표정으로 덧붙였다.

"마담 메르지는 어떤가?"

"막내아들 자크와 잘 살고 있지."

"다시 만나본 적은 있나?"

"아니."

"저런!"

뤼팽은 잠시 머뭇거리는 듯하다가, 히죽 웃으면서 말했다.

"여보게 친구, 자네 눈에 내가 당장 우습게 보일 만한 비밀 한 가지 털어놓을까? 자네도 알다시피 나한테는 세상 물정 모르는 순진한 초등학생 같은, 다소 감상적인 데가 있지 않나. 실은 그날 하루 종일 일어난 일들을 보고하기 위해 밤에 클라리스 메르지를 찾아갔네만—물론 일부는 그녀 역시 알고 있었지—그때, 내 가슴 깊숙이 두 가지 느낌이 확 치밀더군. 하나는 그녀를 향한 내 감정이 생각했던 것보다 훨씬 강렬한 무엇이라는 느낌. 다른 하나는 그럼에도 불구하고 나를 향한 그녀의 감정에는 여전히 일말의 거부감과 의구심, 원망 같은 게 가시지 않았다는 느낌 말이네."

"저런! 대체 이유가 뭔데?"

"이유가 뭐라니? 그야 클라리스 메르지는 정말 정직하고 깨끗한 여인이고 나는……. 나는 그저 아르센 뤼팽이니까 그렇지."

"아뿔싸!"

"그렇다네. 설사 호감 가는 건달이고 기사도적인 데가 있는 정열적인 도둑이며, 근본적으로는 결코 나쁜 사람이 아니라 해도……. 올곧은 심성과 단정한 성품을 지닌 진짜 정직한 여인이 보기에는, 난 그저, 뭐랄까……. 그냥 깡패일 뿐이지."

순간, 나는 그가 내심 안고 있는 상처가 저렇게 말하는 것보다 훨씬 쓰라릴 거라는 사실을 충분히 짐작할 수 있었다.

"그러니까 결국 그 여자를 사랑했군그래?"

내가 넌지시 묻자 그는 농담조로 대꾸했다.

"심지어 나로선 결혼해달라고 청한 거나 다름없었지. 안 될 것도 없지 않은가? 아들도 구해주었겠다. 한데……. 가만히 생각해보니까 말일세, 갑자기 확 깨더구먼! 문득 둘 사이가 서먹서먹해지는 거야. 그 후로는……."

"그 후론 잊었나?"

"오, 그야 당연하지. 물론 대단히 어려운 일이었지! 그래서 생각다 못해 둘 사이에 아예 넘을 수 없는 장벽을 세운다는 기분으로 다른 사람과 결혼을 해버렸지."

"아니 뭐라고? 그럼 뤼팽 자네가 결혼을 했다는 말인가?"

"세상 그 무엇보다도 합법적이고 명실상부한 결혼을 했지. 그것도 프랑스 제일가는 명문가이자 엄청난 지참금의 소유자와 말이네. 아니, 자넨 그럼 그 일을 모르고 있었단 말인가? 아마 들어볼 만한 얘기일걸!"

뤼팽은 신이 나서 얘기를 늘어놓기 시작했다. 부르봉콩데가(家)(부르봉 왕가에서 파생된 명문 가문—옮긴이)의 여식이자 현재는 마리 오귀스트라는 이름으로 도미니크 수녀원의 종신 수녀로 있는, 앙젤리크 드 사르조방돔과 결혼하게 된 경위를 말이다(「아르센 뤼팽의 결혼」이라는 제목으로 1912년에 『주세투』에 연재된 단편. 훗날 『아르센 뤼팽의 고백』에 수록됨—옮긴이).

하지만 처음 몇 마디를 늘어놓다 말고, 갑자기 재미가 없어졌는지 입을 꾹 다무는 것이었다. 한동안 그는 골똘히 생각에 잠겼다.

"왜 그러나, 뤼팽?"

"뭘? 아, 아닐세."

"하지만…… 그것 보게, 괜히 웃고 있지 않은가. 또 그 도브레크의 의안 때문에 웃는 건가?"

"허허, 천만에."

"그럼 대체 왜 그런가?"

"별거 아니라니까. 그냥 갑자기 기억이 나서……."

"기분 좋은 기억인가 보지?"

"그렇다네! 기분 좋은 기억이지. 감미롭기까지 해! 일 드 레의 난바다에서 고기잡이배를 띄우고 클라리스와 내가 함께 질베르를 데리고 나오던 바로 그날 밤이었다네. 우린 배의 후미에서 단둘이 있었지. 그래 기억나. 나는 계속해서 뭔가 주절대고 있었다네. 마음속에 담아두었던 모든 말을 말이야. 그런 다음…… 그런 다음 온통 마음 설레는 침묵이 자리 잡았지."

"그래서?"

"그래서 그 여자를 꽉 품에 안았는데……. 음, 오래는 아니고, 아주 잠깐 말일세. 하기야 시간이 문제인가! 맹세컨대, 그때 그 여자는 단지 감사를 표하는 어미도 아니고 다정한 친구도 아니었어. 그냥 여자…… 당황해서 가녀리게 떠는 한 여인이었다고."

그러고는 또다시 히죽거리며 이러는 것이었다.

"한데 다음 날 곧장 떠나더라고. 다시는 날 안 보겠다고 생각했나 봐."

잠시 침묵하던 뤼팽은 마지막으로 혼잣말처럼 이렇게 중얼거렸다.

"클라리스…… 클라리스…… 언젠가 내가 지치고 삶에 환멸을 느끼는 그날, 그대를 만나러 가리다. 아라비아풍의 그 아담한 집으로…… 그 하얀 집…… 클라리스 그대가 나를 기다릴 집으로 말이오. 나를 기다리고 있을 거라 믿으오."

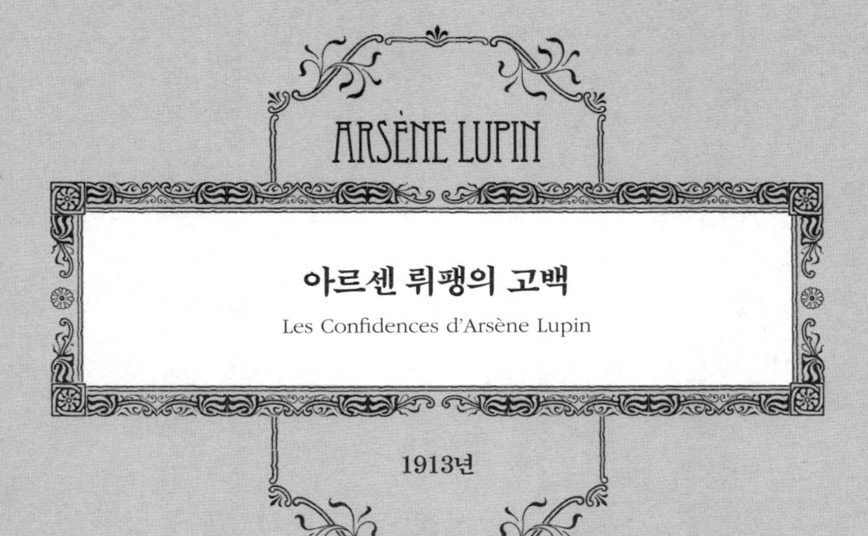

ARSÈNE LUPIN

# 아르센 뤼팽의 고백

Les Confidences d'Arsène Lupin

1913년

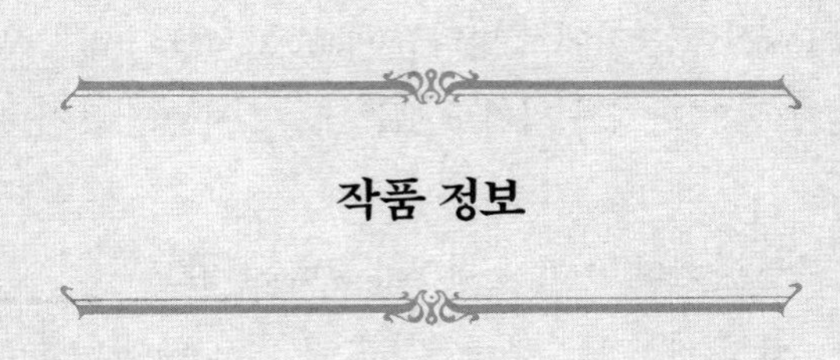

## 작품 정보

『아르센 뤼팽의 고백(Les Confidences d'Arsène Lupin)』은 1911년 4월부터 마누엘 오라치(Manuel Orazi)의 삽화와 함께 『주세투』에 연재되기 시작한 단편들을 피에르 라피트 사에서 하나의 옴니버스 단편집으로 묶어 1913년 6월에 이르러 출판하였다. 즉, 단행본 출간 시기는 『수정마개』보다 늦었어도 작품 대다수는 그보다 먼저 집필되었다는 얘기다. 그래서인가, 『기암성』과 『813』, 『수정마개』에서 복잡다단하고 심각한 면모를 강하게 어필한 우리의 주인공이 『아르센 뤼팽의 고백』에서는 『괴도신사 아르센 뤼팽』의 경쾌하고 유연한 본령으로 돌아온 듯하다. 실제로 사건들의 시간적 배경 역시 『813』은 물론 『기암성』보다 이전이다. 초판본만 10,000부를 찍을 만큼 이 책에 대한 대중의 기대는 대단했다. 개개의 작품수준도 뛰어나, 「그림자 표시」와 특히 「붉은 실크 스카프」의 경우 에드거 앨런 포의 단편들에 필적하는 걸작으로 극찬을 받았다. 아르템 파야르(Arthème Fayard) 사에서 발간하는 잡지 『투슈 아투(Touche à Tout)』에는 피에르 발다뉴(Pierre Valdagne)라는 일급 문학평론가의 호평이 실려 화제가 되기도 했는데, 그 전문(全文)을 옮겨본다.

모리스 르블랑 씨의『아르센 뤼팽의 고백』을 읽고…….

모리스 르블랑 씨의 아르센 뤼팽 신간을 읽고 나서 나는 경이로운 느낌을 받았다. 무엇보다 주인공의 천재성이 작렬하는 사건들의 얼개가 인간의 상상력이 도달할 수 있는 최고의 독창성과 정연함을 보여주고 있다.

이번 아르센 뤼팽의 영웅담을 읽으면서 우리는 마치 난해한 문제를 앞에 놓고 엄격한 추론과 새로운 착상을 거듭한 끝에 찬란한 해법에 이르고야 마는 수학자의 심정을 경험하게 된다. 전작(前作)에서와 같은 거대한 모험과는 달리 서로 독립된 소규모 사건들로 이루어진 이번 작품에서 우리는 자신의 천재성과 대담함, 간교함과 고뇌를 최고의 경지까지 밀고 나가는 아르센 뤼팽과 만나게 된다.

사실 그 하나하나가 두꺼운 책으로 엮일 수 있을 만한 주제들을 가지고 이토록 간결한 구성의 단편들로 소화해내는 걸 보면, 모리스 르블랑 씨는 분명 고갈되지 않을 엄청난 재능의 작가임에 틀림없다. 그만큼『아르센 뤼팽의 고백』의 각 에피소드들은 무척 강력한 매력을 풍기고 있으며, 그중 몇몇은 에드거 앨런 포를 연상시킬 만큼 강렬한 전율을 느끼게 해준다.

특히「붉은 실크 스카프」와「배회하는 죽음」같은 단편들은 신비스럽고 으스스한 매력을 가득 담고 있다. 무엇보다도 강조하고 싶은 점은, 이러한 모든 이야기들을 모리스 르블랑 씨는 참으로 유연하고도 생생한 언어로 실감나게 풀어놓았다는 사실이다. 요즘 그의 인기가 하늘을 찌르고 책을 낼 때마다 엄청난 성공을 거두는 데에는 다 그만한 이유가 있

『아르센 뤼팽의 고백』 1918년 개정판

다는 생각이 든다.

피에르 발다뉴, 『투슈 아 투』 1913년 8월

사실 이 단편집에는—지금까지 뤼피놀로그(lupinologue. 뤼팽연구가)들이 간과한 듯한—번역과 관련한 흥미로운 사연이 담겨 있다. 1912년 런던 '밀스 앤 분(Mills and Boon)' 출판사는 대륙에서 엄청난 인기를 누리고 있는 모리스 르블랑의 신작 단편들에 대한 번역출판권을 사들이고, 당대 걸출한 번역가 알렉산더 테이셰이라 데 마토스(Alexander Teixeira de Mattos. 1865~1921)를 내세워, 『아르센 뤼팽의 고백(The

알렉산더 테이셰이라 데 마토스 번역『아르센 뤼팽의 고백』. 1912년 '밀스 앤 분' 출판사

Confessions of Arsène Lupin)』이란 제목의 책을 출간한다. 여기엔 1년 전인 1911년『주세투』에 발표된 르블랑의 단편 여섯 작품과 함께, 아직 프랑스에선 미발표 상태인 즉, 연재날짜가 1913년인「백조의 자태를 지닌 여인(Edith Swan-Neck)」과「지푸라기(The Invisible Prisoner)」가 포함되어 있었다. 그뿐만 아니라 이 책에 수록된「뤼팽의 결혼(Lupin's Marriage)」도,「아르센 뤼팽의 결혼(Le mariage d'Arsène Lupin)」의 연재시점이 1912년 11월과 12월임을 고려할 때, 어쩌면 프랑스보다 영국에서 먼저 소개된 것일 수 있다. 더욱 놀라운 건, 이 첫 영역판 단편집이 프랑스 초판본에는 없는 작품 하나를 더 수록했다는 사실인데(「암염소 가

죽옷을 입은 사나이」), 이와 관련한 사항은 해당 작품 정보에 소개하기로 한다.

요컨대 이런 사정들은 우선 작가 모리스 르블랑에 대한 외국의 관심이, 미발표 원고마저 욕심낼 만큼, 유럽 전역으로 빠르게 확산되고 있었다는 매우 뚜렷한 물증으로 인용될 만하다. 동시에, 원작의 단편집 제목이 영역판 제목('The Confessions of Arsène Lupin')을 그대로 따왔다고밖에 볼 수 없다면, 이는 역수입(逆輸入)의 전형이 되는 셈이니, 번역이 원작을 앞지르는 흔치않은 사례로 기억될 만도 하다. 알렉산더 테이셰이라 데 마토스는 영어, 독일어, 프랑스어, 네덜란드어, 덴마크어에 두루 능통한 실력자인 데다, 1904년부터 꾸준히 영역해온 모리스 마테를링크(Maurice Maeterlinck)가 1911년 노벨문학상을 수상함으로써 번역가로서의 주가 또한 그만큼 치솟았을 것으로 추정이 가능하다.[1] 특히 그는 '루티션 소사이어티(Lutetian Society)'라는 일종의 번역결사체를 만들어, 텍스트의 성격에 따라 축약과 삭제가 만연하던 당시 번역풍토를 타파하고 검열에 굴복하지 않는 '완역(完譯)운동'을 전개하여 번역가로서의 신망이 두터웠기에, 영역판 단편집이 먼저 나오고 이를 토대로 원작의 단편집이 기획, 출간되는 상황이 크게 이상하진 않다.[2] 그렇다면 르블랑과 테이셰이라 데 마토스의 관계는 작가와 번역가로서 지속적인 의미부여를 할 만한 성격이었을까? 테이셰이라 데 마토스가 1907년부

---

1) 포르투갈 혈통의 네덜란드인인 그는 마테를링크의 '공인번역가(official translator)'로서 1919년까지 모두 스물다섯 작품을 영어로 번역했다.

2) 테이셰이라 데 마토스가 이끄는 '루티션 소사이어티'는 '파리협회'라는 의미로, "훼손되지 않은 영문(英文)으로는 결코 구해볼 수 없을 대륙작가들의 대표적인 걸작들을 무삭제완역"을 통해 지식인 사회가 공유함으로써 문화혁신에 이바지함을 "대의(大義, cause)"로 삼았다. 처음 선정한 타깃은, 이미 삭제와 누락 번역으로 얼룩진 에밀 졸라의 여섯 작품. 그것들을 재번역을 통해 원상회복하는 것이 일차 목표였다. 빅토리아 시대의 경직된 윤리관에서 미처 벗어나지 못한 영국 사회에 졸라의 급진적 소설이 완역의 길로 들어선 계기는 그렇게 해서 마련된다.

터 1924년까지 뤼팽 시리즈를 포함해 모리스 르블랑의 소설 총 열여섯 작품을 번역한 걸 보면, 충분히 '그렇다'고 보아도 좋을 것이다.

# 1
## 거울놀이

“뤼팽, 내게 얘기 좀 해주게나.”

“허어, 대체 뭘 얘기해달라는 말인가? 내 인생에 대해선 죄다 알고 있을 텐데!”

뤼팽은 내 서재의 소파 위에 나른하게 늘어진 채 대꾸했고, 나는 발끈하듯 외쳤다.

“알긴 누가 안단 말인가! 그저 신문에 실린 자네의 잡다한 글을 통해 이런 사건에 얽혔다가 저런 일을 추진하기도 했다는 둥, 뭐 그런 정도만 알고 넘어갔지. 정작 자네가 거기서 어떤 역할을 했는지, 사건 배경이랄까, 결국 어떻게 결말이 났는지 하는 건 전혀 모른다네.”

“쳇, 별 재미도 없는 일들뿐인걸.”

“재미가 없다니, 니콜라 뒤그리발의 부인에게 자네가 선사한 5만 프랑어치 선물이 말인가? 세 폭의 그림에 얽힌 수수께끼를 풀어낸 자네의 신비스러운 방법이 재미가 없다고?”

그제야 뤼팽은 마지못한 듯 중얼거렸다.

"하긴 정말 묘한 수수께끼였지. 그 일은 왠지 '그림자 표시'라고 이름 붙이고 싶네만……."

나는 내친김에 계속 몰아붙였다.

"사교계에서의 인기는 또 어떻고! 바람둥이 아르센이 저지르고 다닌 온갖 스캔들 말일세! 그리고 자네가 남몰래 행한 선행들도 마찬가지이네! '결혼반지', '어느 부랑자의 죽음' 등등, 내 앞에서 자네가 슬쩍 흘리고 지나가버린 이야기가 어디 한둘인가? 뤼팽 이 친구야, 대체 언제까지 그렇게 시침만 떼고 있을 셈인가? 자, 큰맘 먹고 어디 한번 속 시원히 털어놓아 보시게."

때는, 이미 유명해진 뤼팽이 아직은 그의 가장 끔찍한 격전을 치르기 전, 그러니까 '기암성'이랄지 '813' 같은 엄청난 모험에 뛰어들기 전이었다. 아직은 프랑스 제왕(諸王)의 수 세기에 걸친 보물을 제 것으로 삼는다거나, 독일 카이저(皇帝)의 바로 코앞에서 유럽을 도둑질할 생각일랑은 꿈도 꿔보지 못한 채, 좀 더 소박하고 이해할 만한 잔재주를 부리는 데 만족하던 시절이라고나 할까? 천성적으로도 그렇지만, 그저 취미 삼아 그때그때 선행과 악행을 경쾌하게 뿌리고 다니면서 일상에 울고 웃는 돈키호테의 나날…….

여전히 묵묵부답인 그에게 나는 연거푸 채근했다.

"뤼팽, 제발 부탁일세!"

한데 엉뚱하게도 그가 대뜸 이러는 것이었다.

"여보게, 연필 한 자루하고 종이 한 장 가져와 보게."

나는 이제 곧 그의 열정과 공상이 고스란히 담겨 있을 생애의 몇 장을 베껴 적을 행복한 생각과 더불어, 맙소사! 그 어마어마한 과정과 설명을 조목조목 옮겨야 한다는 부담감이 동시에 느껴졌다.

"준비됐는가?"

"준비됐네."

"적게나. 19, 21, 18, 20, 15, 21, 20."

"뭐, 뭐라고?"

"적으라지 않았는가."

이제 그는 소파에 바로 하고 앉은 채, 열린 창문 쪽을 무심히 바라보며 손가락으로는 동양산(產) 궐련을 돌돌 굴리고 있었다.

그는 여전히 알쏭달쏭한 숫자들만 뇌까렸다.

"적으시게. 9, 12, 6, 1……."

잠시 중단하더니 다시 이어졌다.

"21."

그리고 또 잠시 동안 뜸을 들이다가 말했다.

"20, 6……."

아니, 정신이 어떻게 되기라도 했단 말인가? 나는 그의 얼굴을 찬찬히 들여다보았다. 그의 눈빛은 방금 전처럼 무심하지가 않고 차츰차츰 골똘해지고 있었다. 마치 허공 속에서 뭔가 주의를 끌어당기는 대상을 눈길로 좇듯이 말이다.

그는 다시금 각각 약간의 간격을 두면서 숫자를 내뱉었다.

"21, 9, 18, 5……."

창문이래봤자, 오른편으로 파란 하늘 한 조각과 더불어, 맞은편에 덧창까지 꼭꼭 닫힌 어느 낡은 호텔의 전면밖에 달리 보이는 것이라곤 없었다. 그나마 수년 전부터 늘 보아오던 광경에서 달리 눈에 띄는 점이라곤 눈을 씻고 찾아봐도 보이지가 않았다.

"12, 5, 4, 1……."

불현듯 나는 무슨 영문인지를 깨달았다. 적어도 그런 느낌이었다. 그러면 그렇지, 저 빈정대는 듯한 가면 뒤로 그토록 합리적인 지성을 갖춘 뤼팽 같은 존재가 쓸데없는 숫자 놀음 따위에 아까운 시간을 낭비할 리가 있겠는가! 그렇다, 틀림없다. 그는 지금 맞은편 낡은 건물, 한 3층 높이의 거무튀튀한 벽면에 간헐적으로 들이치는 햇살의 반사광을 세고 있는 것이었다.

"14, 7……."

햇빛은 몇 초 동안 자취를 감추더니, 다시금 규칙적인 간격을 두고 건물 벽면을 수차례 두드린 다음, 또 잠잠해졌다.

나는 본능적으로 그 횟수를 셌고, 이내 큰 소리로 외쳤다.

"다섯!"

"이제야 자네도 간파했군그래! 다행일세!"

뤼팽이 히죽 웃으며 말했다.

그는 곧장 창가로 다가가 고개를 내밀었다. 광선이 정확히 어느 방향에서 들이치는지를 살피려는 것이었다. 잠시 그렇게 바깥을 두리번거리던 뤼팽은 다시 소파로 돌아와 눕더니 내게 말했다.

"자, 이제 자네 차례네. 한번 세어보게나."

애당초 이 기발한 인간이 하도 확신에 찬 태도로 이런 엉뚱한 행동을 하는지라, 나는 그대로 따르지 않을 수 없었다. 아울러 무슨 등대 신호이기나 한 듯, 벽면 위에 규칙적으로 나타났다가 사라지는 광선의 움직임이 나 또한 궁금한 것도 사실이었다.

햇살이 내 방 창문들을 통해 길쭉하게 비쳐 들어오는 것으로 미루어 볼 때, 그 반사 광선은 우리가 있는 거리 이쪽으로부터 뻗어나가는 것이 분명했다. 아마도 누군가 이쪽 건물 어딘가에서 창문을 열었다 닫았다 하거나, 자그마한 손거울로 햇빛을 반사시키며 장난을 치는 모양이었다.

나는 더 이상 이처럼 싱거운 짓거리에 신경을 쓰고 있기가 짜증스러워졌고, 이내 참지 못해 이렇게 외쳤다.

"웬 어린애가 장난을 치나 보지!"

하지만 뤼팽은 눈 하나 깜짝하지 않고 이러는 것이었다.

"그러지 말고 계속해보게!"

하는 수 없이 셈은 계속되었다. 나는 숫자들을 줄줄이 늘어놓았다. 태양은 수학적인 정확성을 동반한 채, 내 눈앞에서 여전히 그 수수께끼 같은 유희를 반복했다.

한참 만에 뤼팽이 말했다.

"자, 어떤가?"

"맙소사, 이제야 끝났나 보이. 벌써 몇 분째 잠잠한걸."

우리는 한동안 잠자코 기다렸다. 더 이상 빛이 장난을 부리지 않을 눈치라, 나는 농을 던지듯 말했다.

"아무래도 시간만 낭비한 것 같구먼. 기껏 고생해서 얻은 거라곤 종이 위에 너저분하게 늘어선 쓸데없는 숫자들뿐이라고!"

하지만 뤼팽은 의자에서 꼼짝 않고 이렇게 말했다.

"이보게 친구, 미안하지만 그 숫자들을 이번에는 알파벳으로 죄다 바꿔주겠나? A는 1, B는 2, 이런 식으로 말일세."

"그건 또 무슨 실없는 장난인가?"

"실없어 보이기는 하겠지. 하지만 사노라면 어디 실없어 보이는 짓 하는 게 한두 번인가. 까짓, 한 번 더 하는 셈 치게나."

나는 이번에도 별수 없이 한심한 고역에 골몰했다. 한데 그렇게 해서 처음 만들어지는 글자가 있었으니, 바로 S-U-R-T-O-U-T('쉬르투'. 즉 '특히'라는 뜻—옮긴이)가 아닌가!

나는 깜짝 놀라 소리쳤다.

"어럽쇼, 말이 되네! 웬 단어가 되는걸!"

"계속해보게."

나는 같은 식으로 숫자를 알파벳으로 치환해갔고, 그럴수록 단어들은 점차 제 모습을 갖추면서 늘어서기 시작했다. 그리고 얼마 지나지 않아 놀랍게도 어엿한 의미를 띤 문장이 주르르 펼쳐지는 것이었다.

잠시 후, 뤼팽이 내게 던지듯 물었다.

"다 됐는가?"

"음, 다 된 것 같으이. 몇 군데 철자가 맞지 않는 부분이 있군그래."

"그 점은 너무 신경 쓸 필요 없을 것이네. 자, 어디 천천히 읽어보게나."

결국 나는 불완전하나마 다음과 같은 문장을 또박또박 소리 내서 뤼팽에게 읽어주었다.

특히

위험으로부터 도마(도망)치고

고격(공격)을 피하며

저(적)의 힘에 맞설 때는

최대한 시중(신중)을 기해야만 하며…….

나는 그만 웃음을 터뜨렸다.

"자, 이상이네! 드디어 빛의 정체가 드러났어! 한데 눈이 부셔서 그런지 뭐가 뭔지 모르겠는걸! 어떤가, 뤼팽. 자네라면 설마 웬 엉터리가 주절댄 것 같은 이런 난데없는 충고 따윈 별것 아니겠지?"

하지만 뤼팽은 여전히 상대를 무시하는 듯한 침묵을 그대로 유지한 채, 조용히 의자에서 일어나 내 손에서 종이를 집어 들었다.

순간, 왠지 모르게 내 눈길이 추시계에 가 닿았다. 바늘은 5시 18분을 가리키고 있었다.

뤼팽은 손에 종이를 쥔 채로 가만히 서 있었고, 그 바람에 나는 그 젊디젊은 얼굴을 모처럼 마음 놓고 관찰할 수 있었다. 거기엔 제아무리 눈치 빠른 사람이라고 해도 미처 종잡을 수 없을 섬세한 표정 변화가 무수히 스쳐 지나가고 있었는데, 그런 자유자재의 표정이야말로 그의 장기(長技) 중의 장기라고 할 만한 것이었다. 분장의 도움 없이도 저처럼 맘먹은 대로 탈바꿈하는 얼굴을 그때그때마다 알아보려면 과연 어디에 초점을 들이대야 하는 걸까? 대체 어떤 단서를 붙들고 늘어져야, 한순간의 뉘앙스조차 뭔가 결정적인 표정으로 화해버리는 듯한 저 얼굴을 진정 안다고 말할 수 있겠는가 말이다! 하긴 내가 알고 있는 한결같은 단서가 하나 있기는 하다. 다름 아니라 어딘가 골똘히 주의력을 집중할 때면 으레 이마 한복판을 파고드는 자그마한 십자형 주름이 그

것이다. 당시 뤼팽의 얼굴을 찬찬히 관찰하면서 내 눈에 들어온 것도 바로 그 깊은 십자형 주름이었다.

한참 있다가 그는 종이를 내려놓더니 이렇게 중얼거렸다.

"간단하군그래!"

순간, 5시 반의 종소리가 울렸다.

"뭐? 벌써 파악했단 말인가? 고작 12분밖에 안 지났는데!"

그는 어리둥절해하는 나는 개의치 않고, 방 안을 이리저리 서성이다가 담배를 한 대 피워 물며 말했다.

"미안하지만 렙스타인 남작에게 전화를 좀 해서, 내가 오늘 밤 10시쯤 찾아뵙겠노라고 해주겠나?"

나는 더욱 깜짝 놀라며 물었다.

"렙스타인 남작이라면……. 저 유명한 남작부인의 바깥양반 되는 사람 말인가?"

"그렇지."

"심각한 일인가?"

"아주 심각하다네."

도무지 영문을 모르면서도 어쩌지 못하는 심정으로 나는 전화번호부를 뒤적이면서 전화기를 집어 들었다. 한데 바로 그 순간, 뤼팽이 단호하게 나를 제지하더니, 시선은 여전히 종이 위에 고정시킨 채 이러는 것이었다.

"아니야, 가만히 있게. 미리 기별을 해봤자 소용없을 거야. 그보다 더 시급한 일이 있다네. 뭔가 기묘하면서 내 홍미를 끌어당기는 일이지. 대체 이 문장은 왜 중간에서 이렇게 끝난 걸까? 도대체 왜……."

그는 갑자기 지팡이와 모자를 집어 들고 던지듯 말했다.

"가세나! 내 생각이 틀리지 않다면 이건 필시 즉각적인 해결이 절실한 사건일 것이네. 아무래도 내 예감이 맞으리라는 확신이 드네."

"대체 무슨 일인가?"

"아직까지는 확실히 안다고 말할 수 없는 일이네."

계단에서 그는 내 팔짱을 끼더니 또 이렇게 말했다.

"내가 아는 거라고 해봐야 모든 사람이 다 알고 있는 수준일세. 렙스타인 남작은 이름난 경마(競馬) 팬이자 재정가이기도 하지. '에트나'라고 하는 그의 애마(愛馬)가 올해의 더비 뎁솜(영국의 더비 경(卿)이 만든 유명한 경마 시합으로, 런던 근방 엡솜에서 5월 말에 개최됨—옮긴이)과 롱샹(프랑스의 유명한 경마장—옮긴이)의 그랑프리를 휩쓸었지 않은가. 그의 아내는 화려한 치장과 눈부신 금발 머리, 광적인 사치로 아주 유명하지. 한데 그녀가 한 보름 전쯤, 300만 프랑에 달하는 남작의 재산과 나중에 사들이기로 하고 잠깐 맡아둔 다이아몬드와 진주를 비롯한 베르니 공주의 보석 세트를 몽땅 싸가지고, 글쎄 도망을 쳤다지 않은가! 남작은 곧장 사람을 부려서, 지난 2주 동안 그녀의 족적을 찾아 프랑스는 물론 온 유럽을 이 잡듯 뒤지고 다녔다네. 그녀는 가는 곳마다 금은보화를 뿌리고 다니는 타입이라, 추적 자체가 그리 어렵지는 않았다고 하더군. 하지만 웬일인지 매 순간 잡을 뻔하다가 놓치기만을 부지기수로 해왔다는 거야. 그러던 중, 드디어 그저께, 우리의 나무랄 데 없는 형사이신 가니마르께서 그동안 축적된 증거들을 바탕으로 어느 여자 여행객을 벨기에의 한 대형 호텔에서 낚아채기에 이르렀다네. 한데 나중에 알고 보니, 잡힌 여자는 넬리 다르벨이라고 하는 악명 높은 화류계 여자였다는 게 아닌가. 물론 남작부인의 행방은 더더욱 아리송하게 되었고 말이네. 답답한 마음을 견디지 못한 렙스타인 남작은, 아내를 찾아주는 대가로 아예 포상금 10만 프랑을 내걸고, 전액을 공증인 손에 맡기기까지 했다지. 한편 베르니 공주에게 진 빚을 변제하기 위해, 그는 자신의 경주마 전체를 몽땅 팔아넘기는가 하면, 오스만 대로에 소재한 호텔과 로캉쿠르의 성채도 매각해버렸다는군그래."

"그래서 들어온 금액은 내일쯤 지체 없이 베르니 공주의 수중에 들어갈 거라고 신문에서도 그러더군. 한데 말일세, 자네가 방금 훌륭하게 요약한 그 사연과 지금의 이 수수께끼 같은 문장이 서로 무슨 상관인지 도통 모르겠는걸?"

내가 뤼팽의 말에 덧붙이듯이 묻자, 그는 선뜻 대답을 못하는 눈치였다.

우리는 함께 내가 거주하는 거리를 한 150~200여 미터 걸어갔다. 그렇게 보도를 따라 걷다가 그는 문득 세입자가 득실거릴 것 같은 어느 낡은 구조의 건물을 유심히 관찰하기 시작했다.

"내 계산에 따르면, 아까 우리가 본 햇빛 신호는 이 건물로부터 나온 것이 분명하네. 아직 창문이 열린 채로 있는 저곳 말이야."

"4층 말인가?"

"그렇지."

그는 관리인에게 다가가 물었다.

"혹시 이곳 세입자 중 렙스타인 남작과 관계있는 사람 없습니까?"

"웬걸요, 있고말고요!"

친절한 관리인 여자는 신기하다는 듯 뤼팽의 얼굴을 바라보며 대답했다.

"남작의 집사이자 개인 비서인 라베르누 씨가 이곳에 산다우. 내가 그 집 일을 좀 해주고 있어서 잘 알아요."

"그분을 좀 뵐 수 있을까요?"

"만나보시려우? 한데 그 딱한 양반이 몸이 몹시 안 좋은데……."

"아픕니까?"

"한 보름 됐지요. 남작부인이 말썽을 일으킨 직후부터 그랬어요. 바로 다음 날 몸에 열이 많은 상태로 귀가했는데, 그대로 자리에 드러눕더이다."

"그렇다면 지금쯤 일어날 만도 할 텐데?"

"아, 그거야 나도 모르죠."

"모르다니요? 그 집 일을 하고 있다면서요?"

"모를 수밖에요. 의사가 절대로 방에 들어가지 못하게 했는걸요. 아예 내게서 열쇠까지 빼앗아가 버렸답니다."

"아니, 열쇠까지? 대체 누가 말입니까?"

"그야 의사지요. 하루에도 두세 번씩 꼭꼭 들러서 직접 간병을 하고 있지요. 방금도 한 20분 됐나, 건물을 빠져나갔답니다. 허연 수염에다 안경을 낀, 아주 꼬부랑 노인이지요. 아니, 어디로 가시게요?"

이미 계단 쪽으로 달려가기 시작한 뤼팽이 버럭 외쳤다.

"좀 올라가 봐야겠습니다. 안내를 해주십시오! 4층 왼쪽이지요?"

여자는 뤼팽을 허둥지둥 따라나서면서도 연신 한숨을 내쉬며 어쩔 줄 몰라 했다.

"허어, 이러면 안 되는데. 게다가 열쇠도 없단 말입니다. 의사가 그만……."

셋은 그렇게 나란히 세 개 층을 달려 올라갔다. 층계참에 이르자 뤼팽은 관리인 여자의 만류에도 불구하고 호주머니 속에서 뭔가 꺼내 문의 열쇠 구멍에 밀어 넣었다. 문은 즉시 열렸고, 우리는 안으로 들어갔다.

어둠침침하고 자그마한 방 저만치, 반쯤 열린 문틈으로 새어 드는 빛이 느껴졌다. 뤼팽은 부리나케 그곳으로 달려갔고, 문턱에서 그만 소스라치게 놀란 듯, 소리를 질렀다.

"이런 제기랄! 너무 늦었어!"

그런가 하면 관리인 여자는 마치 기절이라도 하듯, 그 자리에서 무릎을 털썩 꿇는 것이었다.

마지막으로 방 안에 들이닥친 내 눈앞에는, 웬 남자 하나가 반쯤 벌거벗은 채 양탄자 위에 널브러져 있는 것이 들어왔다. 다리가 잔뜩 오그라들어 있었고, 팔도 심하게 뒤틀린 상태였으며, 거의 살가죽뿐인 얼굴은 창백하기 이를 데 없었다. 끔찍한 표정을 그대로 담은 채 퀭하게 열려 있는 두 눈과 역겹도록 일그러진 입술이 도저히 눈 뜨고 볼 수 없는 몰골이었다.

뤼팽은 몸뚱어리를 신속하게 검사한 뒤 내뱉었다.

"죽었군."

나는 발끈하듯 외쳤다.

"하지만 어떻게 말인가? 핏자국도 없질 않은가?"

뤼팽은 반쯤 풀어 헤쳐진 흰색 셔츠 가슴팍에 난 두세 방울의 붉은 흔적을 가리키며 대답했다.

"핏자국이야 여기 있지. 이것 보게. 누군가 한 손으로는 목을 움켜쥐고, 다른 손으로는 이렇게 심장에 일침을 놨을 것이네. 상처가 거의 눈에 띄지 않는 걸 보면, 그래, 더도 덜도 말고 '딱 한 방에 침을 놨을' 거야. 구멍으로 봐서는 아주 기다란 바늘을 사용한 듯한걸."

그는 시체 주위로 양탄자가 깔린 바닥을 이리저리 훑어보았다. 하지만 라베르누 씨가 햇빛으로 장난을 치는 데 사용했을 자그마한 손거울 하나 외에는, 주의를 끌 만한 어떤 것도 발견되지 않았다.

한편 저 혼자 훌쩍거리면서 사람들에게 도움을 청하려던 관리인 여자에게 뤼팽이 득달같이 달려들며 와락 밀치더니 이러는 것이었다.

"쉿! 닥치시오! 내 말 잘 들어요. 사람을 부르는 건 좀 이따가 하시오. 그 전에 지금 하는 말을 잘 듣고 대답해봐요. 대단히 중요한 문제입니다. 라베르누 씨는 이 동네에 친구가 한 명 있지요? 같은 거리 오른편에 사는 사람 말입니다. 아마 아주 절친한 사이일 겁니다만?"

"네."

"카페에서 매일 저녁 만나다시피 하는 친구죠. 서로 삽화가 실린 신문 따위를 돌려보는 등 말이죠."

"그래요, 맞습니다."

"그자의 이름이 뭐죠?"

"므슈 뒬라트르라고 하는데요."

"주소는요?"

"이 거리 92번지입니다."

"한마디만 더 묻겠습니다. 당신이 얘기한 그 흰 수염에 안경 낀 구부정한 노(老)의사가 이곳에 드나든 지 오래됐습니까?"

"아뇨, 실은 나도 잘 알지 못하는 사람이었어요. 그러고 보니, 라베르누 씨가 몸져누운 바로 그날에도 이곳에 왔답니다."

뤼팽은 더 이상 아무 말도 하지 않은 채, 나를 다시 이끌고 계단을 내려와 밖으로 나오자마자, 오른쪽으로 접어들었다. 그렇게 해서 내가 사는 아파트 건물마저 그대로 지나친 다음, 네 개 번지수를 더 지나가 92번지 건물 앞에 이르러 멈춰 섰다. 지붕이 나지막한, 아담한 건물이었는데, 1층 공간을 차지하는 포도주 상점의 주인인 듯한 남자가 입구 통로 옆으로 난 상점 문턱에서 마침 담배 연기를 뻐끔거리고 있었다. 뤼팽은 대뜸 므슈 뒬라트르라는 사람이 집에 있는지부터 물었다.

"뒬라트르 씨는 출타 중입니다만……. 반 시간 정도 되었을 거요. 무척이나 흥분한 것 같았는데, 평상시와는 다르게 자동차까지 잡아타고 휭하니 나섭디다."

"그럼 물론 모르시겠군요?"

"행선지 말입니까? 뭐 굳이 숨길 것도 없습니다. 운전기사에게 아주 대놓고 큰 소리로 이러던걸요. '파리 경시청사로 갑시다!'라고 말이죠."

뤼팽은 즉시 택시를 소리쳐 불렀고, 뭔가 생각을 재정리하는 듯하더니, 혼잣말처럼 이렇게 중얼거렸다.

"너무 서두르고 있어. 그래봤자 소용없을 텐데."

그는 다시 뒬라트르 씨가 떠난 이후 아무도 찾아온 사람이 없었는지 물었다.

"있지요. 허연 수염에 안경 낀 노신사 한 분이 뒬라트르 씨 방으로 올라갔다가, 금세 내려오더이다."

"대단히 감사합니다, 므슈."

뤼팽은 마침내 인사를 꾸벅하고는 돌아서서 길을 걷기 시작했다.

그러는 내내 잔뜩 심각한 표정에다, 내게는 한마디도 건네지 않았다. 문제가 매우 어렵게 꼬여가고 있으며, 지금까지 확신을 갖고 추진해왔다고 생각한 길이 예상외로 상당히 어두컴컴하다고 느끼는 것이 분명했다.

아니나 다를까, 이윽고 그의 입에서 이런 고백이 불쑥 튀어나오는 것이었다.

"세상엔 골똘히 생각하는 것보다 순발력 있는 직관을 적용하는 게 훨씬 더 필요한 사건들이 있다네. 바로 이번 사건이 그런 경우일 거야."

우리는 어느새 대로변으로 나와 있었다. 뤼팽은 도서관 자료 열람실에 들러 지난 보름 동안의 신문들을 한참이나 들춰보았다. 그러면서 이따금 이렇게 중얼대는 것이었다.

"그래, 맞아. 비록 하나의 가설이긴 하지만, 모든 게 이걸로 설명되는군. 한데 이처럼 모든 문제를 해명할 수 있는 가설치고 진실에서 먼 경우가 거의 없거든."

어둠이 깔리고 우린 어느 아담한 레스토랑에서 저녁 식사를 했는데, 그때부터 뤼팽의 얼굴이 점차 밝아지는 것이 느껴졌다. 동작 하나에서부터 이전보다 다분히 안정되어 보였고, 그만의 쾌활함과 생기가 돌아와 있었다. 레스토랑에서 나와 렙스타인 남작의 거처를 향해 오스만 대로를 걸어가는 동안, 그야말로 특별한 일을 앞둔 뤼팽, 뭔가 행동에 나설 채비를 갖추고 일전을 불사할 각오가 되어 있는 뤼팽의 모습을 나는 확인할 수 있었다.

마침내 쿠르셀 가(街)를 얼마 앞둔 지점부터 우리의 걸음걸이가 다소 늦춰졌다. 렙스타인 남작은 이 거리와 포부르 생토노레의 중간쯤, 왼편에 위치한 3층짜리 호텔에 살고 있는데, 건물 전면이 여러 종류의 기둥들과 여인상주(女人像柱)들로 화려하게 장식되어 있었다.

"멈추게!"

뤼팽이 갑작스레 소리쳤다.

"무슨 일인가?"

"내 가설을 뒷받침해주는 증거가 하나 더 나타났어."

"증거라니? 난 도통 모르겠는걸."

"내가 알고 있으니, 걱정 말게나."

그러고는 옷깃을 바짝 치켜세우고 중산모를 한껏 눌러쓴 뒤, 이렇게 내뱉었다.

"빌어먹을, 이거 싸움이 꽤나 거칠겠는걸! 자넨 이제 그만 들어가서 잠이나 자게. 내일 죄다 얘기해주지. 내가 그때까지 살아 있다면 말이지만."

"뭐, 뭐라고?"

"굉장한 도박을 하는 셈이니까. 만에 하나 잘못되면 체포는 기본이고, 최악의 경우엔 목숨까지 내놓을 수도 있거든! 다만……."

그는 내 어깨를 와락 붙들고는 덧붙였다.

"세 번째 경우에는 말일세, 자그마치 200만 프랑을 거머쥘 수가 있지. 일단 그게 내 수중에 떨어지고 나면, 정작 무엇을 할 수 있을지 알게 될 것이네. 잘 자게, 친구. 만에 하나 앞으로 보지 못하게 된다면……."

그러면서 이렇게 읊조리기 시작했다.

> 내 묘지 위에 버드나무 한 그루 심어주오.
>
> 그 흐느끼는 잎새들이 맘에 든다오.

나는 곧장 그와 헤어졌다. 그러고 나서 3분 뒤—이제부터 하는 얘기는 물론 다음 날 그가 털어놓은 얘기를 그대로 전하는 것이지만—뤼팽은 렙스타인의 호텔 초인종을 누르고 있었다.

"남작님 계십니까?"

하인은 난데없는 불청객을 놀란 표정으로 살피며 대답했다.

"계십니다만, 지금은 방문객을 맞는 시간이 아닌데요."

"남작님께서 혹시 집사 라베르누가 살해된 사실을 아시는지요?"

"물론입니다."

"그렇다면 남작님께 바로 그 문제로 찾아온 사람이 있다고 말씀드려 주시겠습니까? 매우 화급한 일이라고요."

그러자 저 위쪽으로부터 목소리가 들렸다.

"올라오시게 하게나, 앙투안."

단호한 음성으로 내뱉은 지시에 따라 하인은 뤼팽을 2층으로 안내했다. 방문은 활짝 열려 있었고, 문턱에는 신문 지상에서 사진을 봐 이미 얼굴은 알고 있던 한 신사가 우두커니 서 있었다. 저 유명한 여인의 남편이자 그해 가장 날리는 경주마인 '에트나'의 소유자, 렙스타인 남작이었다.

매우 큰 키에다 각진 채 떡 벌어진 어깨, 말끔히 면도한 얼굴, 다소 애수가 깃든 눈빛에도 불구하고 거의 웃는 듯한 다정다감한 표정이 무척이나 인상적인 용모였다. 복장으로 말할 것 같으면, 한눈에 봐도 우아한 재단 솜씨가 드러나는 웃옷에다 갈색 벨벳 조끼를 받쳐 입고, 넥타이에는, 뤼팽의 탁월한 감식안으로 볼 때, 대단한 값어치가 나갈 것이 분명한 진주 장식이 달려 있었다.

그는 창문이 세 개 있고, 거창한 서가와 초록색 정리함들, 접이식 뚜껑 달린 책상과 금고가 구비된 널찍한 서재로 손님을 안내했다. 방에 들어서자마자 남작은 눈에 띄게 친절한 태도로 물었다.

"알고 계신 게 많은 듯하오만?"

"그렇습니다, 남작님."

"가엾은 라베르누의 살해 사건에 관해서 말입니까?"

"그렇습니다. 아울러 부인 되시는 분에 대해서도 알고 있습니다."

"아니, 그게 정말이오? 그럼 어서 얘기 좀 해보십시오. 부탁입니다!"

그는 부랴부랴 의자를 내밀었고, 뤼팽은 자리에 앉자마자 입을 열었다.

"남작님, 상황이 심각합니다. 되도록 간단히 말씀드리겠습니다."

"아, 어서요, 어서! 본론으로 들어갑시다!"

"그럼 단도직입적으로 간략히 말씀드리지요. 보름 전부터 라베르누는 주치의에 의해 일종의 연금 상태에 들어가 있었습니다. 한데 그는, 뭐라고 해야 할까요, 일종의 통신수단을 활용하여 바깥세상을 향해 일련의 신호를 보냈는데, 그 일부가 우연히 내 눈에 포착됐고, 그래서 이렇게 사건 전반에 걸쳐 추적을 해오게 된 겁니다. 그 같은 신호를 보내던 중 누군가에게 발각된 라베르누가 살해된 현장도 방금 다녀왔고요."

"그나저나 누가 그런 짓을 저질렀을까요? 대체 누가?"

"주치의가 한 짓입니다."

"그자 이름이 뭡니까?"

"그건 모릅니다. 하지만 평소 라베르누 씨와 서신 왕래가 잦았던 친구인 될라트르 씨는 틀림없이 그 이름을 알고 있을 겁니다. 게다가 죽기 전까지 라베르누 씨가 보내던 신호의 정확한 의미도 알고 있을 거예요. 끝까지 기다리지도 않고, 자동차에 올라타 곧장 파리 경시청으로 직행한 걸 보면 알 수 있습니다."

"대체 왜? 무엇 때문에 그랬을까요? 그래서 결국 어떻게 됐답니까?"

"남작님, 결국엔 그렇게 해서 지금 이 호텔은 완전 포위되었답니다. 이 방 창문 아래로는 경찰관 열두 명이 서성대고 있고요. 이제 날이 밝자마자 그들은 정식으로 법적 절차를 밟아 안으로 들이닥쳐 용의자를 체포할 겁니다."

"아니, 그럼 라베르누의 살해범이 이 호텔 안에 숨어 있기라도 하다는 말입니까? 내 하인들 중 한 명이기라도 하다는 말인가요? 천만에요, 그럴 리가 있습니까! 당신은 분명 의사가……."

"남작님, 분명히 아셔야 할 것은, 라베르누의 비밀을 경시청에 알리려고 달려갔을 당시 될라트르 씨는 친구가 살해당한 사실을 전혀 몰랐다는 점입니다. 따라서 될라트르 씨의 행동은 전혀 다른 데 목적을 둔 것이었습니다."

"다른 목적이라면?"

"남작부인의 실종 사건에 대한 제보이지요. 라베르누가 될라트르에게 신호를 보낸 내용은 바로 그에 관련한 것이었습니다."

"뭐라고요? 그렇다면 내 아내를 찾아냈다는 말인가요? 대체 지금 어디 있답니까? 내게서 강탈해간 돈은 어떻게 됐고요?"

그렇게 외치는 렙스타인 남작의 목소리는 필요 이상으로 격앙되어 있었다. 그는 벌떡 일어나 뤼팽에게 다그치듯 외쳤다.

"이보시오, 선생! 어디 계속해보시오, 어서! 더 이상 뜸들이지 말고 말이오!"

뤼팽은 다소 주저하는 듯, 천천히 말했다.

"그게 그러니까……. 음……. 설명이 쉽지는 않군요. 워낙 서로 완전히 다른 관점에서 얘기를 하고 있어서……."

"무슨 말인지 당최 모르겠소이다."

"남작님께서 모르고 계실 리가 없을 텐데요. 현재 알려진 바로는—

신문을 조회해보니 그렇더군요—렙스타인 남작부인께선 당신의 거의 전 사업에 관해 세세한 부분까지 꿰뚫고 있으며, 저기 저 금고 비밀번호를 알고 있는가 하면, 당신의 유가증권 전부를 묻어둔 크레디 리요네 금고도 열 수 있다고 되어 있지요."

"그렇소이다."

"그리고 지금으로부터 보름 전 어느 밤, 당신이 클럽에 가 있는 동안, 미리 증권들을 몽땅 현금화해둔 렙스타인 남작부인은 큼직한 여행 가방 안에 당신의 돈과 베르니 공주의 보석 모두를 꾸려 넣고 이곳을 빠져나간 걸로 되어 있지요?"

"그렇소."

"그 후론 아무도 그녀를 본 사람이 없고요?"

"물론이오."

"근데 거기엔 그럴 수밖에 없는 훌륭한 이유가 있답니다."

"그게 뭡니까?"

"바로 렙스타인 남작부인이 살해당했기 때문이지요."

"살해당하다니! 내 아내가? 당신 미쳤구먼!"

"틀림없이 살해당했습니다. 그것도 집을 나갔다던 바로 그날 밤에 말이지요."

"다시 말하지만 당신 정말 미쳤어! 현재 엄연히 남작부인의 족적을 꼼꼼히 뒤밟고 있는데, 어찌 살해당했다고 하는 거요?"

"그건 다른 여자의 족적일 뿐입니다."

"다른 여자라니?"

"살인자의 공범 말입니다."

"하면 그 살인자가 대체 누구란 말이오?"

"보름 전, 이 호텔 안에서 담당하는 위치상 라베르누가 사건의 진실을 알고 있다는 걸 이미 눈치채고는 발설 못하도록 그를 감금한 다음, 온갖 협박을 가해왔던 자이지요. 아울러 라베르누가 친구에게 신호를 보내는 걸 발견하고는, 그 자리에서 비수로 심장을 찔러 잔인하게 살해한 자이기도 합니다."

"그렇다면 아까 말한 그 의사가?"

"그렇습니다."

"대체 그 의사가 누구냐니깐? 그처럼 제멋대로 나타났다 사라졌다 하면서, 어둠 속에서 살인을 두 건이나 저지르고도 무사한, 극악무도한 악당이 대체 누구냔 말이오?"

"정말 모르시겠습니까?"

"전혀요!"

"정녕 알고 싶습니까?"

"당연하죠! 어서 말이나 해보시오, 어서! 그자가 어디 숨어 있는지 알고 있소?"

"네."

"이 호텔에 있습니까?"

"그렇습니다."

"그럼 바깥의 경찰들도 바로 그자를 노리고 있는 셈이로군요?"

"맞습니다."

"내가 아는 사람이오?"

"그렇습니다."

"대체 누구요?"

"바로 당신입니다!"

"뭐, 뭐라고! 내가!"

이렇게 되면 결국 뤼팽이 남작을 대면한 지 미처 10분도 되지 않은 상황에서, 이미 두 사람의 극한 대결이 펼쳐지기 시작한 셈이다. 그만큼 뤼팽의 도발은 격렬하고 확고한 것이었다.

그는 다시 반복했다.

"가짜 수염을 붙이고 안경을 걸치고는, 노인네처럼 구부정하게 꾸민 바로 당신입니다. 요컨대 렙스타인 남작, 바로 당신이, 남이 조금도 눈치 못 챌 상당한 이유를 가지고, 이 모든 음모를 조작해낸 것입니다. 만약 그렇지 않다면 도저히 설명이 안 돼요. 반면 당신이 평소에도 골치 아플 뿐인 아내를 제거하고 다른 여성과 수백만 프랑을 독차지하기 위해 살인이라는 방법을 택했고, 그 사실을 눈치챈 집사 라베르누마저 결정적인 증거인멸 차원에서 살해했다고 가정하면, 모든 게 그렇게 잘 맞아떨어질 수가 없거든."

한편 얘기 초반부터 상대에게 잔뜩 몸을 기울인 채, 말 한마디 한마디를 긴장하며 주워듣던 남작은, 이내 자세를 바로 하고는, 진짜 정신이상자라도 대하는 것처럼 뤼팽을 흘겨보는 것이었다. 그뿐만 아니라 상대가 말을 마치기가 무섭게, 그는 두세 걸음 뒤로 물러나면서 마치 뭔가 내뱉으려는가 싶더니, 이내 생각이 바뀌었는지 벽난로로 걸어가 부리나케 호출 벨을 울렸다.

뤼팽은 꼼짝 않고 은근한 미소를 지으며 다음의 반응이 어떨지를 기다렸다.

마침내 하인이 들어섰고, 남작이 말했다.

"이젠 자도 되겠네, 앙투안. 이 신사분은 내가 배웅해드리지."

"그럼 집 안을 소등해도 될까요?"

"현관은 켜둔 채로 두게나."

앙투안이 물러나자, 남작은 책상에서 권총 한 자루를 꺼내 뤼팽에게 다가오더니, 호주머니 속에 무기를 집어넣고는 매우 조용하게 얘기를 시작했다.

"이건, 물론 거의 그럴 리는 없지만, 당신이 진짜로 미친 사람일 경우를 대비해 최소한 조심하는 것뿐이니, 이해하십시오. 그래요, 당신은 분명 미친 사람은 아닐 거요. 다만 나로선 알 수 없는 어떤 목적을 가지고 이곳까지 찾아와서, 지금 이렇게 엉뚱하기 그지없는 모함을 내 앞에서 퍼붓고 있는 이유가 정말이지 궁금하기 짝이 없구려."

한데 남작의 목소리가 금세 흔들리는가 하면, 애수가 깃든 눈동자는 어느새 눈물로 촉촉해지는 것이 아닌가!

뤼팽은 움찔하지 않을 수 없었다. 뭔가 착오가 있었던 걸까? 몇 가지 사소한 단서를 근거로 했을 뿐 대부분 직관에 힘입어 세운 가설이, 결국 터무니없는 오류에 불과하단 말인가? 그럼에도 불구하고 한 가지, 뤼팽의 의구심을 유난히 끌어당기는 것이 있었다. V 자(字)로 깊게 파인 남작의 조끼 깃 언저리, 넥타이를 고정시킨 핀 끝에 시선이 가 닿자, 그 심상치 않은 길이가 왠지 예사롭지 않게 다가오는 것이었다. 더구나 황금으로 만들어진 삼각 몸체가 전체적으로 예리한 비수의 날처럼 매서운 것이, 전문가의 손에 쥐어지면 그대로 가공할 흉기가 될 법했다.

뤼팽의 눈에는 아무래도 그 멋진 진주 장식이 달린 넥타이핀이야말로 저 가엾은 라베르누 씨의 심장을 관통한 무기처럼 보이는 것이었다.

그는 조용히 중얼거렸다.

"당신 정말 만만치 않은 사람이로군요, 남작."

하지만 상대는 무슨 뜻인지 모르겠다는 표정으로, 자신이야말로 뭔가 해명을 요구할 입장이라는 듯, 고압적인 침묵을 고수하고 있었다. 아닌 게 아니라 하도 태연자약한 태도로 나오는지라, 아르센 뤼팽은 여간 곤혹스러운 것이 아니었다.

"맞아, 정말이지 대단한 사람이야. 남작부인은 그저 당신이 지시한 그대로 유가증권들을 몽땅 현금화했고, 공주의 보석들도 구입하기로 하고서 빌려다 놓았을 뿐이야. 물론 그날 밤 여행 가방을 든 채 이 호텔을 빠져나간 사람도 당신의 공범인 엉뚱한 여자일 뿐이고, 우리의 가니마르 형사 나리로 하여금 유럽 전역을 떠돌며 자신을 뒤쫓게 만든 것 역시 당신의 그 여자 친구라는 게 확실하지. 한데 그 기막힌 작전도 결국 내 날카로운 촉수에 걸려들었단 말이거든! 하긴 그 여자가 겁낼 게 뭐겠어? 추적당하고 있는 건 어디까지나 남작부인인데 말이야. 게다가 당신이 현상금으로 만 프랑이나 내걸었겠다, 사람들이 남작부인이 아닌 엉뚱한 자기를 찾아 나설 리도 없을 게 아닌가 말이야! 공증인의 손에 맡겨진 따끈따끈한 만 프랑이라니, 정말이지 멋진 발상이 아닌가! 그 때문에 제아무리 날고뛰는 경찰이라도 온통 눈이 어두워져 허둥댈 게 뻔한 일. 그처럼 공증인에게까지 정식으로 현상금 만 프랑을 내걸고 자기 부인을 찾는 한 어엿한 신사가 설마 거짓을 꾸며댔으리라고 누가 감히 상상하겠는가 말이야! 이제 모두가 남작부인의 행방을 쫓는 데 혈안이 될 거고, 그동안 당신은 느긋하게 일을 착착 진행할 수 있었겠지. 최고의 경주마들과 부동산들을 최상의 가격대로 처분하고 서서히 도주 준비를 하면서 말이야! 세상에…… 재미있어! 정말 재미있다고!"

하지만 남작은 눈 하나 깜빡하지 않았다. 그는 전혀 동요하는 기색 없이 이렇게 물었다.

"당신은 누구시오?"

뤼팽은 느닷없이 웃음을 터뜨렸다.

"푸하하하! 지금 이런 상황에서 그게 뭐가 대수겠소이까? 그저 운명이 보낸 사신(使臣)이라 해둡시다! 그냥 당신을 파멸시키기 위해 어둠 속에서 불쑥 솟아난 존재라고 쳐요!"

그렇게 내뱉으면서 뤼팽은 자리에서 벌떡 일어나 남작의 어깨를 부

여잡고 또박또박 끊어 말했다.

"아니면 자네를 구하러 왔을지도 모르지. 내 말 잘 듣게나, 남작! 자네 부인이 만들어온 수백만 프랑과 공주의 거의 모든 보석, 그리고 자네 부동산과 경주마를 처분해서 오늘 들어온 액수 전부가 지금 현재 자네의 수중에 있는 것 다 알고 있네. 아마도 저 금고 안에 고이 보관되어 있겠지. 이제 도주 준비가 완료된 셈이랄까? 오호라, 저기 벽걸이용 휘장 뒤에 자네의 가죽 가방 한쪽이 보이는군그래. 책상 위의 서류들도 가지런히 정돈되어 있고 말이야. 아마 오늘 밤 안으로 감쪽같이 사라져버릴 생각이겠지. 오늘 밤, 알아볼 수 없게 변장을 하는 등 만반의 준비를 갖추고서, 정부(情婦)와 재회하기로 했을 거야. 아내를 살해하게 만들 정도로 대단한 요부인 넬리 다르벨, 가니마르가 벨기에에서 체포한 바로 그 여장부 말이지. 한데 단 하나 예기치 못한 장애물이 나타난 거야. 바로 라베르누의 기발한 고발 덕분에 자네의 집 앞에 몰려든 열두 명의 경찰관 말일세. 다시 말해 자넨 제대로 걸려든 셈이지! 바로 그런 상황에서 내가 자네를 구하러 온 거라고. 이제 전화 한 통만 하면, 새벽 3~4시쯤 내 친구 스무 명이 달려와 저 장애물들을 깨끗이 제거해줄 것이네. 열두 명의 경찰관을 말끔히 잠재운 다음, 자넨 쥐도 새도 모르게 자취를 감춰버릴 수가 있어. 단 조건이라면, 물론 자네에겐 아무것도 아니겠지만, 보석과 수백만 프랑에 달하는 자네의 그 검은 재산을 좀 나누는 것뿐이지. 어떤가, 이만하면 해볼 만하지 않은가?"

뤼팽은 남작에게 바짝 다가선 채 대단히 위압적인 자세로 말했고, 남작은 이에 대해 이렇게 중얼거렸다.

"아, 이제야 조금 이해가 되는군. 일종의 협박을 하시겠다?"

"협박이든 아니든, 자네가 부르고 싶은 대로 부르게나. 어쨌든 자넨 내가 정한 대로 따를 수밖에 없을 테니까. 단, 혹시라도 내가 순순히 나와주리라고는 기대 말게. 하시라도 이런 생각일랑은 말라는 거야. '이 깔끔한 신사 역시 경찰이 두려워서라도 아마 고심깨나 해야만 할걸. 만약 내가 단호히 거절하면서 강하게 나가면, 그도 철창신세를 각오하지 않을 수 없을 거야. 따지고 보면 우리 둘 다 덫에 걸린 야수 꼴이나 다름없을 테니까 말이야.' 뭐 이런 생각 말이지. 오호, 천만의 말씀이야. 암, 천만의 말씀이고말고! 나로 말할 것 같으면, 이런 상황에서 빠져나가는 건 그야말로 기본이라고. 문제가 되는 건 오로지 자네 하나뿐이야. 돈이냐 목숨이냐, 둘 중 하나를 골라야 할걸! 자, 딱 절반으로 나누는 거야. 그게 싫다면 단두대 신세를 지는 수밖에! 어때, 친구?"

바로 그때였다. 남작의 몸이 들썩하는가 싶더니, 어느새 빼 든 권총에서 불이 번쩍하는 것이 아닌가!

하지만 이미 그 정도 공격은 예상한 지 오래다. 벌써부터 남작의 얼굴에 불안한 기색이 감돌면서, 차츰차츰 분노와 두려움으로 흡사 야수처럼 표정이 일그러지는 것이, 조만간 이 같은 도발을 감행할 거라고 훤히 들여다보였던 것이다.

연거푸 두 번이나 발사된 총알을 뤼팽은 옆으로 날렵하게 몸을 날려 피함과 동시에, 남작의 무릎을 다리로 걸어 쓰러뜨렸다. 하지만 남작 역시 기를 쓰고 다시 몸을 추슬렀고, 둘은 이내 서로의 몸을 악착같이 부둥켜안은 채, 거칠고도 숨죽이는 몸싸움을 전개했다.

뤼팽이 순간적으로 가슴 부위에 통증을 느낀 것은, 싸움이 시작된 지 얼마 지나지 않아서였다.

"아! 이런 빌어먹을……. 라베르누처럼, 넥타이핀으로……."

그는 결사적으로 몸을 곧추세운 채, 남작의 목을 졸라 완전히 제압하기에 이르렀다. 그러더니 승리자로서 한껏 으스대는 투로 이렇게 내뱉는 것이었다.

"어리석은 놈! 이렇게 대뜸 패를 까발리지만 않았어도 내가 다소 느슨하게 게임을 풀어갈지도 모를 일인 것을……. 겉은 그런대로 점잖은 신사이면서, 알고 보니 순 뚝심 덩어리야! 하마터면 감쪽같이 속을 뻔했어. 어쨌든 잘 걸렸어! 자, 순순히 웃으면서 어서 그 핀이나 내놓으시지. 허어, 웃으라고 했지, 언제 인상 쓰라고 했나? 내가 너무 세게 졸라서 그런가? 저런! 이 양반이 아예 죽기로 작정했나? 아니면 좀 얌전히 굴어야지. 그렇지, 손목에다 가느다란 끈만 좀 묶으면 되네. 어때 그 정도야 괜찮겠지? 맙소사, 정말 우린 죽이 잘 맞는군그래! 이거 대단히 감동적인걸! 알다시피 난 자네에게 호감이 많은 사람이야. 자, 이제 그만 실례해야겠네, 친구!"

뤼팽은 반쯤 몸을 일으키면서 온 힘을 다해 상대의 복부를 한 차례 가격했고, 남작은 헉 하는 외 마디 비명과 함께 그대로 정신을 잃었다.

"합리적이지 못한 태도를 보이면 어떤 꼴이 되는지 잘 알았겠지, 애송이 친구? 나는 분명 자네 몫으로 절반을 용인해준다고 했지. 더 이상은 도저히 봐줄 수 없어. 물론 그것도 자네한테서 뭔가 나올 경우 얘기지만. 결국 중요한 건 그거잖아? 자, 대체 보물은 어디에 숨겼을까? 금고 안일까? 빌어먹을, 이거 만만치 않겠는걸. 그나마 밤새도록 뒤질 시간이 있다는 게 다행이지."

그는 남작의 옷 호주머니 속에서 열쇠 꾸러미를 꺼내 우선 벽걸이용 휘장 뒤에 가려져 있는 가방을 조사했다. 그리고 돈과 보석이 없음을 확인하고는 곧장 금고로 다가갔다.

순간, 멈칫하는 뤼팽. 어디선가 소리가 들리는 것이었다. 하인들일까? 아냐, 그럴 리가 없어! 그들이 거하는 곳은 4층의 지붕 밑 다락방이 아닌가. 그는 바짝 긴장한 채 귀를 기울였다. 소리는 분명 저 아래쪽으로부터 들려오고 있었다. 아뿔싸, 불현듯 뤼팽의 뇌리를 스치는 무엇이 있었다. 지금 저 소리는 두 발의 총성을 들은 바깥의 경찰들이 날이 밝기를 기다리지 못하고 대문을 두드리는 소리였던 것이다.

"제기랄! 이거 완전히 진퇴양난(進退兩難)이로군! 이제 막 고생한 보람을 찾으려는 이때 하필 우리의 씩씩한 친구들이 들이닥칠 게 뭐람? 자, 뤼팽, 침착해야지! 뭘 해야 하는지 차근차근 생각을 정리해보자고! 우선 암호를 모르는 저 금고를 최소한 20초 내에 여는 게 문제라 이거지. 이만한 일에 허둥대서야 말이 되는가! 자, 암호가 모두 몇 글자로 이루어졌지? 네 글자?"

뤼팽은 저 아래 사람들이 부산을 떠는 소리에 귀를 기울이면서 깊은 생각에 잠겨 들었다. 그리고 우선 문부터 이중으로 잠근 뒤 다시 금고 앞으로 돌아왔다.

"네 개의 숫자……. 네 개의 글자……. 네 개의 글자……. 아, 누구 좀 도와줄 사람 없을까? 약간의 힌트라도? 아, 그래 맞아. 라베르누가 있었지! 오죽하면 목숨을 걸고 그런 신호 방법을 고안해냈을까. 세상에, 나도 참 바보지! 그래, 맞아! 바로 그거야! 이거 정말 흥분되는군. 이봐, 뤼팽, 지금부터 열까지 속으로 세면서 자네의 그 지나치게 날뛰는 심장부터 좀 진정시켜야겠네. 만약 그렇게 계속 날뛰다가는 제명을 다 못 살겠어!"

뤼팽은 천천히 열을 셌고, 그에 따라 날뛰던 가슴도 어느새 안정되었다. 그제야 그는 금고 앞에 무릎을 꿇고 앉아 네 개의 단추를 조심스레 눌렀다. 그런 다음 곧바로 열쇠 꾸러미에서 열쇠를 하나하나 시험하기 시작했다.

"매사 삼세번이라고 했던가. 이번에는 제대로 들어맞을 거야."

뤼팽은 세 번째 열쇠를 열쇠 구멍에 밀어 넣으며 중얼거렸다.

"그렇지! 돌아가는군! 열려라, 참깨!"

아닌 게 아니라 철커덕 자물쇠 돌아가는 소리가 경쾌하게 들렸다. 문짝이 덜컹 흔들렸고, 뤼팽은 열쇠 꾸러미를 빼내면서 문을 열었다.

"자, 드디어 수백만 프랑이 고스란히 굴러들어 오는 순간일세! 렙스타인 남작, 지난 앙금은 훌훌 털어버리게나!"

한데 바로 다음 순간, 뤼팽은 소스라치게 놀라며 뒤로 훌쩍 물러섰다. 두 다리가 후들후들 떨렸고, 벌벌 떠는 손아귀 안에서 열쇠 꾸러미가 음산하게 쩔렁거렸다. 20초, 30초가 지나도록 저 아래에서 들려오는 소란스러운 소리와 호텔 전체를 발칵 뒤집을 기세로 울려대는 초인종 소리에도 불구하고, 뤼팽은 너무나도 충격적이고 끔찍스러운 광경 앞에서 망연자실 꼼짝 못하고 있었다. 반쯤 벌거벗겨진 한 여인의 몸뚱어리가 마치 짐짝처럼 반으로 접히듯 욱여넣어져 있는 것이 아닌가! 축축한 금발 머리는 을씨년스럽게 늘어져 있고……. 온통 시뻘건 선혈로 얼룩진 몰골!

"남작부인이다! 남작부인이야! 오! 끔찍해라!"

뤼팽은 흡사 최면에서 깨어난 듯 그 자리에서 벌떡 일어나 살인자의 얼굴에 침을 뱉고는 구둣발로 냅다 걷어차 버렸다.

"이, 지독한 악당 같으니라고! 천하의 지저분한 녀석! 당장에 단두대에서 목을 잘라도 시원찮을 놈."

그렇게 으르렁대는 사이, 위층에서는 아래의 경찰관들에게 소리쳐 대답하는 소리가 점점 떠들썩해지고 있었다. 계단을 우당탕 뛰어 내려가는 소리와 함께, 이제는 퇴각해야 할 시간이라는 느낌이 강하게 들었다.

하지만 그렇다고 당황한 것은 아니었다. 아까 렙스타인 남작과 대화를 나누는 동안에 느낀 것이지만, 너무도 태연자약한 상대의 태도로 미루어보건대, 이미 특별한 탈출로가 확보되어 있는 것이 틀림없다. 경찰의 포위망을 무사히 벗어날 수 있을 것이라는 확신이 없었다면, 남작이 어떻게 그처럼 무모한 싸움을 걸어올 수 있었겠는가?

뤼팽은 곧장 옆방으로 건너갔다. 아니나 다를까, 경찰이 건물 안으로 들이닥치는 바로 그 순간, 정원을 면한 그 방 창문을 통해 뤼팽은 발코니를 넘어 빗물받이 홈통을 붙잡고 무사히 내려갈 수가 있었다. 계속해서 건물을 에둘러 나아가자, 정면에 관목들로 가려진 담벼락이 나타났다. 역시 관목 뒤쪽으로 자그마한 쪽문이 감춰져 있었고, 가지고 있던 열쇠 중 하나로 어렵지 않게 열리는 것이었다. 거기서부터 안뜰을 하나 가로질러 건너서 별채의 텅 빈 방들을 지나친 다음, 곧장 포부르 생토노레 가(街)로 나오는 데는 불과 몇 분밖에 걸리지 않았다. 물론 그와 같은 비밀 통로가 있다는 사실을 경찰은 전혀 눈치채지 못하고 있었다.

뤼팽은 그날 밤의 끔찍했던 광경을 세세히 내게 얘기해준 뒤, 이렇게 외쳤다.

"그래, 자넨 렙스타인 남작에 대해 어떻게 생각하나? 정말이지 역겨운 인간 아닌가! 하여간 사람이란 겉만 보고는 모를 일이라니깐! 분명히 얘기하건대, 진짜로 점잖은 티가 물씬 풍기는 작자였거든!"

하지만 정작 궁금한 점이 따로 있었던 나는 주춤주춤 물었다.

"그런데 말일세, 그 수백만 프랑은 어떻게 됐나? 공주의 보석들도 말이야?"

"그야 금고에 얌전히 있었지. 꾸러미가 있는 걸 틀림없이 확인했거든."

"그래서?"

"그래서라니? 그냥 얌전히 놔두었지."

"그럴 리가!"

"허허, 진짜라니까! 하기야 경찰이 들이닥칠까 걱정됐다느니, 갑자기 극도로 예민한 조심성이 발휘되었노라고 그럴듯하게 둘러댈 수도 있겠지. 하지만 진실은 그보다 훨씬 단순해. 지극히 산문적이지. 그냥 냄새가 지독했거든!"

"뭐, 뭐라고?"

"그렇다니까. 그 관(棺)인지 금고인지 모르게 되어버린 상자 안에서 엄청 역겨운 냄새가 풍겼다 이 말일세. 맙소사, 난 도저히 참을 수가 없었네. 저절로 고개가 돌아가더라니까. 아마 1초만 더 그 상태 그대로 있었다면, 골치가 빠개졌을 것이네. 생각해보면 정말 한심한 노릇이었지. 아무튼 그 일로 내 손에 떨어진 건 이 넥타이 핀 하나가 전부일세. 하긴 이 진주 장식 하나만 해도 최소한 3만 프랑은 값어치가 나갈 걸세. 물론 그렇다 하더라도 지금 생각해보면 속이 쓰리는 건 사실이지. 참으로 어이없는 일이 아닌가 말이야!"

나는 내친김에 궁금한 점을 더욱 다그쳐 물었다.

"하나만 더 묻겠네. 그 금고 암호 말일세."

"그게 어때서?"

"대체 그걸 어떻게 알아냈는가?"

"오! 그거야 아주 쉬운 일이지. 왜 진작 알아채지 못했을까 놀랄 정도였다니까!"

"어서 말해보게나."

"암호는 그 가엾은 라베르누가 보내온 교신 내용 속에 고스란히 들어가 있었다네."

"뭐라고?"

"왜, 그가 보내온 신호의 몇몇 철자에 오류가 있었던 거 기억하나? 바로 그 틀린 철자 속에 비밀이 있었던 거지."

"틀린 철자라?"

"기발한 발상이었지! 일부러 맞춤법을 틀리게 했으니까. 생각해보게. 남작의 집사이자 비서인 자가 과연 그 정도 글자의 맞춤법을 틀릴 수 있을까? 그는 '도망치다(fuir)'에서 'e'를 하나 더 붙였고(fuire), '공격(attaque)'이라는 단어에서 't'를 하나 빼먹었는가 하면(ataque), '적(ennemies)'이라는 단어 역시 'n'을 하나 빠뜨렸고(enemies), '신중(prudence)'이라는 단어는 아예 'e' 대신 'a'를 집어넣어 'prudance'로 잘못된 철자를 만들어냈단 말일세. 처음부터 그 점이 내게는 대단히 의아스러웠네. 그래서 그 잘못된 철자 넷을 모아 이리저리 궁리를 해보니까, 글쎄 '에트나(ETNA)'라는 단어가 만들어지는 게 아니겠나! 바로 그 유명한 경주마의 이름 말일세!"

"그럼 애당초 그 단어 하나로부터 모든 게 시작됐단 말인가?"

"결국 그런 셈이지! 그 단어 덕분에, 연일 신문 지상에 오르내리던 렙스타인 사건 추적에 비로소 나도 발을 들여놓은 것이고, 바로 그 단어에 가장 중요한 금고의 비밀이 감춰져 있다고 가정하게 된 것이지. 생각해보게. 라베르누는 금고 속의 끔찍한 내용물에 관해 알고 있었을 테고, 그런 입장에서 바로 남작을 고발하지 않았는가 말이야. 창문을 통해 그처럼 기발한 햇빛 교신 방법을 주고받을 수 있었던 것도, 아마 카페에서 죽치고 앉아 신문의 암호 퀴즈 따위를 함께 풀어대던 같은 동네 친구가 있었기에 가능하다고 충분히 추정할 만했지."

그제야 나는 이마를 치며 소리쳤다.

"헛, 그것참! 간단하긴 간단하네!"

"아주 간단한 일이지! 아울러 이번 사건을 통해서 우리는 다시 한번 다음과 같은 진리를 명심해야 될 것이야. 자고로 범죄를 해결하는 데에는, 제반 사실을 꼬치꼬치 따지거나 답답한 추리에 골몰하는 따위의 부

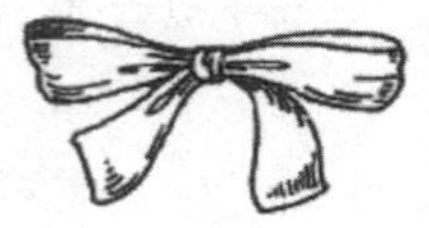

질없는 짓거리들보다 훨씬 강력하고 유효한 방법이 있다는 것 말일세. 즉, 누차 얘기하지만, 직관(直觀)! 그리고 예외적인 지성(知性)! 자랑은 아니네만 아르센 뤼팽이 두루 가지고 있는 이 두 가지 장점이야말로 범죄 해결의 비결이라 아니할 수 없지."

# 2
## 결혼반지

이본 도리니는 아들을 따뜻하게 포옹하면서 얌전히 지내라고 타일렀다.

"도리니 할머니께서는 아이들을 그리 좋아하지 않는 거 너도 잘 알고 있겠지? 그런데도 널 오라고 하셨으니, 말 잘 듣는 아이라는 걸 꼭 보여 드려야 한다."

그리고 이번엔 가정교사에게 말했다.

"프롤라인, 저녁 식사가 끝나는 대로 데리고 와야 합니다. 백작님은 집에 계시겠죠?"

"네, 부인. 지금 서재에 계십니다."

혼자가 되자마자 이본 도리니는 아들의 모습을 지켜보기 위해 창가로 다가갔다. 아니나 다를까, 아이는 건물 밖으로 나서자마자 여느 때와 다름없이 고개를 들어 입맞춤을 보냈다. 그런데 가정교사가 느닷없이 아이의 손을 낚아채는 것이 아닌가! 이본이 보기에도 놀랄 정도로

난폭한 동작이었다. 그녀는 창밖으로 잔뜩 몸을 내밀면서 아이가 대로 모퉁이로 접어드는 것을 지켜보았는데, 마침 근처 자동차에서 웬 사내가 내리더니 아이에게 다가오는 것이었다. 그 사내는—멀리서 봐도 남편이 신뢰하는 하인 베르나르라는 것을 쉽게 알 수 있었다—아이의 팔을 냉큼 붙들고 자동차에 태우더니 가정교사도 마저 태운 뒤, 운전기사에게 급히 떠나라고 지시를 내렸다.

이 모든 일이 이루어지는 데에는 10초도 미처 걸리지 않은 듯했다.

기겁을 한 이본은 얼른 자기 방으로 가 되는대로 옷가지를 집어 든 뒤, 문 쪽으로 내달았다.

한데 문이 밖에서 잠겨 있을 뿐만 아니라, 하필 열쇠도 수중에 없는 것이었다.

여자는 다시 허겁지겁 규방 쪽으로 달려갔다.

하지만 그쪽 문도 잠겨 있는 것은 매한가지였다.

순간 그녀의 머릿속에 떠오른 것은 남편이었다. 지난 수년간 단 한 번도 웃어본 적이 없는 음울한 그 얼굴, 오로지 증오와 원한만을 그득 담고 있는 그 인정사정없는 눈빛…….

'그이 짓이야! 그이 짓이라고! 그이가 아이를 데려간 거야. 아! 끔찍해라!'

속으로 그렇게 되뇌면서 여자는 문에다 대고 주먹질과 발길질을 미친 듯이 해대는가 하면, 이번엔 벽난로 쪽으로 달려가 호출 벨을 울려대기 시작했다.

그 정도면 건물 전체가 요란한 벨 소리로 떠나갈 만했으며, 곧이어 하인들이 들이닥칠 법도 했다. 아마도 길거리에서까지 사람들이 몰려들지도 모를 일이었다. 여자는 악착같은 심정으로 호출 벨을 누르고 또 눌렀다.

잠시 후, 자물쇠 돌아가는 소리. 갑자기 문이 활짝 열렸다. 백작이 규방 문 앞에 떡하니 버티고 서 있었다. 아니나 다를까 어찌나 무서운 표정을 짓고 있는지, 이본은 순간적으로 몸서리를 쳤다.

백작은 천천히 다가와, 여자로부터 한 대여섯 걸음을 두고 멈춰 섰다. 그녀는 안간힘을 다해 몸을 움직여보려고 했으나 도무지 꼼짝할 수가 없었고, 그렇다고 뭔가 말을 하려 해도 그저 입술만 비죽거리거나 알아들을 수 없는 신음 소리만 튀어나올 따름이었다. 완전한 낭패감과 더불어 죽음에 대한 생각이 그녀의 정신을 송두리째 뒤집어엎었다. 무릎이 후들거리는가 싶더니, 여자의 몸이 그만 힘없는 신음 소리와 함께 허물어지듯 쓰러졌다.

백작은 득달같이 달려와 여자의 목덜미를 부여잡았다.

"닥치고 있어. 아무 소리 말고. 시키는 대로 하는 게 좋을 거야."

나직이 깐 목소리였다.

여자가 별다른 저항을 하지 않는 것을 확인하고서야, 백작은 움켜쥐었던 손을 풀며 호주머니 속에서 미리 준비해둔 길이가 제각각인 헝겊띠를 꺼냈다. 단 몇 분 만에 여자는 손목이 단단히 결박되었고, 양팔도 몸에 바짝 묶인 채, 긴 의자 위에 내동댕이쳐지고 말았다.

규방은 어느새 어둠침침해져 있었다. 백작은 전등불을 켜고, 이본이 평소에 편지들을 정리해둔 뚜껑 달린 소형 책상 앞으로 다가갔다. 순순히 열리지 않는 뚜껑을 무쇠 꼬챙이로 억지로 연 뒤, 그는 모든 서랍을 깡그리 비워내고는 몇 가지 서류만 상자에 하나 가득 담았다.

"시간 낭비만 한 건가? 시시껄렁한 편지들밖에 없네. 당신한테 불리한 증거는 하나도 없어. 칫! 그래도 내 아들을 내가 데리고 있는 데엔 변함이 없을 거야. 내 장담하건대, 절대로 놔줄 수 없어."

그는 심술궂게 이죽거렸다.

이윽고 방을 나서다 말고 그는 문턱에서 하인 베르나르와 마주쳤다. 둘은 소리를 죽인 채 한동안 쑥덕거렸는데, 그중 하인이 내뱉는 몇 마디가 이본의 귀로 흘러 들어왔다.

"보석 세공인한테서 답장을 받았습니다. 그는 언제라도 도울 태세가 되어 있는 것 같습니다."

그러자 백작이 대꾸했다.

"일은 내일 정오까지 연기되었네. 방금 어머니한테서 전화가 왔는데, 몸이 편찮으셔서 그 전에 당도하시기가 힘들다는 거야."

그다음으로 이본의 귀에 들려온 것은, 자물쇠가 철컥하며 돌아가는 소리와 남편의 서재가 위치한 1층으로 멀어져 가는 발소리가 전부였다.

여자는 한참 동안을 옴짝달싹 못한 채, 무기력하게 나뒹굴어 있었다.

머릿속은 온통 뒤죽박죽인 가운데, 이따금 덧없이 스치고 지나치는 몇몇 상념만 마치 불꽃처럼 뇌리를 뜨겁게 달구었다. 자신에 대한 도리니 백작의 파렴치한 행동, 온갖 협박과 위협, 이혼을 노리는 비열한 술책 등등이 머릿속을 헤집고 돌아다녔다. 그러고 보니 뭔가 심상치 않은 음모가 그녀만 따돌린 채 차근차근 진행 중이라는 생각이 드는 것이었다. 하인들이 주인 지시에 의해 다음 날 밤까지 모두 휴가를 떠나고 없질 않나, 가정교사가 백작의 지시와 베르나르의 공조로 아이를 납치하질 않나……. 이러다간 정말로 자식과 생이별을 하지 말라는 법도 없어 보였다.

"내 아들! 아, 내 아들아!"

그녀는 필사적으로 소리를 질러보았다.

고통이 복받친 상태에서, 그녀는 온 신경과 근육을 동원해서 사지(四肢)를 뻗어보았다. 그나마 오른쪽 손이 조금이나마 자유롭게 움직일 수 있었다.

순간, 엄청난 희망이 등골을 타고 짜릿하게 몰려들었고, 그때부터 천천히 탈출을 향한 몸부림이 조금씩, 조금씩 시작되었다.

매우 더디고 지루하게 시간이 흘러갔다. 우선 손목을 묶고 있던 매듭을 충분히 느슨하게 만드는 데 엄청난 시간이 소요되었고, 손이 완전히 풀린 다음에도, 양팔과 가슴을 한데 묶고 있는 매듭을 해체하고, 정강이를 옭아맨 끈을 푸는 데는 그보다 훨씬 더 오랜 시간이 걸려야 했다.

하지만 아들 생각을 하며 끈질기게 버텼고, 마침내 추시계의 종소리가 여덟 번을 울림과 동시에 마지막 매듭을 제거하는 데 성공했다. 드디어 자유의 몸이 된 것이다!

여자는 벌떡 일어서자마자 창가로 달려가 창문 손잡이를 돌렸다. 누구든 지나가는 사람에게 도움을 청할 생각이었다. 때마침 저쪽 보도 위에 경찰관 한 명이 순찰을 도는 중이었다. 한데 얼른 상체를 내밀고 소리를 지르려는 찰나, 차가운 밤공기가 얼굴을 때리면서 퍼뜩 정신이 드는 것이었다. 소리를 지른 이후에 벌어질 모든 사태, 일대 소란이 일 테고 공권력으로부터의 부산한 수사와 신문 절차가 이어질 것이라는 생각이 뇌리를 스치면서, 불현듯 아들의 안위에 대한 걱정이 뒤통수를 때리는 것이 아닌가! 맙소사! 아이를 되찾기 위해선 과연 어찌해야 한단 말인가? 어떻게 해야 이곳을 벗어날 수가 있단 말인가? 조금만 소리가 나도 곧장 백작부터 들이닥칠 텐데……. 그럴 경우, 정말 울컥하는 마음에서 무슨 짓을 저지를지…….

여자의 머리끝에서 발끝까지 극심한 경련이 가르고 지나갔다. 그 가련한 머릿속에서 죽음에 대한 공포와 함께 아들 생각이 정신없이 회오리치는 동안, 여자는 목이 멘 소리로 이렇게 중얼거릴 뿐이었다.

"도와주세요! 도와주세요!"

문득 제 소리에 놀란 사람처럼 입을 다문 여자는 다시금 나지막한 목소리로 이러는 것이었다.

"도와주세요! 도와주세요!"

이상한 것은, 그렇게 중얼거리면서 마치 그녀의 머릿속에 무언가 어렴풋한 생각이 몽실몽실 피어오르는 듯했고, 구원의 손길을 기다리는 것도 그리 막연하게 느껴지지만은 않는다는 사실이었다. 잠시 동안 눈물을 훌쩍이는 가운데에도 여자는 어느새 깊은 생각 속에 빠져들고 있었다. 그러다가 문득 그녀의 팔이, 이를테면 기계적으로 뻗어서 가 닿은 곳은 뚜껑 달린 책상 위에 가지런히 세워진 소형 책꽂이였고, 여자는 거기서 차례대로 책을 집어 들어 무심코 책장을 펼쳐보기 시작하는 것이었다. 그렇게 네 권의 책을 펼쳤다가 다시 꽂은 뒤, 다섯 번째 책을 펼쳤을 때였다. 문득 그 사이에서 떨어져 나온 한 장의 명함에는 이런 문구가 새겨져 있었다.

> 오라스 벨몽
> 루아얄 가(街) 사교 클럽

순간 여자의 머릿속에선, 수년 전 바로 그곳 사교 모임에서 사내가 난데없이 속삭여준 묘한 말이 떠오르는 것이었다.

> 만약 조금이라도 위험에 처해서 도움이 필요하게 되거든,
> 제가 이 책 사이에 끼워둔 명함을 지체 없이 우편으로 부쳐주십시오.
> 언제 어느 때라도 만사를 제쳐놓고 달려가겠습니다.

아, 그 얼마나 묘한 뉘앙스를 풍기면서 슬그머니 이 말을 흘렸던가! 그러면서도 그렇게 속삭이는 그 남자의 태도는 더없이 강인한 확신에 차 있고, 불굴의 패기와 박력으로 똘똘 뭉쳐 있었지.

느닷없이 안으로부터 치밀어 오르는 걷잡을 수 없는 충동에, 이본은 역시 기계적인 동작으로 기송관(氣送管. 에어슈터라고도 하며 튜브 내의 공기 압력을 통한 우편 수송 방법—옮긴이) 속달우편용 봉투를 꺼내 명함을 집어넣고 봉인한 다음, 겉에다 **오라스 벨몽, 루아얄 가(街) 사교 클럽**이라고 적었다. 그러고는 곧장 반쯤 열린 창가로 다가갔다. 밖을 슬쩍 내다보니 아까 그 경찰관이 여전히 어슬렁거리고 있었다. 여자는 운에 맡기는 심정으로 봉투를 냅다 던졌다. 혹시라도 운 좋게 봉투가 저 경찰의 눈에 띄게만 된다면, 누가 흘린 거라 여기고 알아서 부쳐주겠지 하는 생각뿐이었다.

하지만 그렇게 하면서도 그 자체가 얼마나 무모한 행동인지 이본은

똑똑히 인식하고 있었다. 그것이 제대로 주소를 찾아 들어가기를 바라는 것도 정신 나간 생각이거니와 설사 들어간다 해도 남자가 그야말로 '언제 어느 때라도 만사를 제쳐놓고' 달려와 주길 바라는 것 역시 언어도단이 아닌가 말이다!

지푸라기라도 붙잡는 심정으로 너무나 허겁지겁 서둘렀기 때문일까, 갑작스럽게 밀려오는 피로감이 전신을 휘감기 시작했다. 이본은 비틀비틀 안락의자에 기대는가 싶더니, 그대로 기진맥진 쓰러지고 말았다.

그렇게 한동안 시간이 흘러갔다. 겨울 저녁의 음산한 기운이 흐르는 가운데 이따금 자동차 지나다니는 소리만 거리의 정적을 흔들고 있었다. 추시계의 종소리는 한 치의 오차도 없이 정해진 시각을 알렸고, 반수 상태에 빠진 여자는 몽롱한 가운데에도 그 소리를 일일이 세고 있었다. 문득 건물의 각 층마다 들려오는 제각각의 소음이 어지러이 느껴졌고, 그 안에서 남편이 저녁 식사를 마친 다음, 이 방문 앞까지 올라왔다가, 다시 서재로 내려갔다는 것을 간파할 수 있었다. 그럼에도 불구하고 워낙 모든 것이 희미한 의식 상태에서 부유(浮游)하는지라, 여자는 남편이 혹시라도 들이닥칠 것에 대비해 원래대로 긴 의자 위에 누워 있어야 한다는 생각조차 하지 못하고 있었다.

자정을 알리는 열두 차례의 시계 종소리가 울렸다. 그리고 이어서 30분을 알리는 종소리. 그리고 새벽 1시……. 글자 그대로 아무 생각도, 저항할 힘도 없이, 이본은 그저 자신에게 닥쳐올 그 어떤 사태든 막연히 기다리는 처지였다. 지금 그녀의 머릿속에서는 아들과 자기 자신이, 마치 지독히도 고난을 겪은 뒤 이제 더는 고통스러울 것도 없는 두 모자상(母子像)처럼 서로를 다정하게 얼싸안은 모습으로 떠오르고 있었다. 한데 별안간 어떤 악몽이 그 모든 것을 흐트러뜨리고 마는 것이었다. 누군가 그 두 사람을 거칠게 떼어놓는 가운데, 여자는 발작적으로 울부짖고 헐떡거리는데…….

후다닥 몸을 일으키는 이본. 방금 문의 열쇠 구멍에서 열쇠 돌아가는 소리가 들렸다. 아무래도 비명 소리를 듣고 백작이 납시려는 모양이었다. 이본은 뭔가 방어할 만한 무기가 없을까 두리번거렸다. 바로 그 순간, 문이 활짝 열어젖혀짐과 동시에 그녀의 눈앞에 펼쳐진 광경은 마치 있을 수 없는 기적이 송두리째 현현(顯現)하는 것만큼이나 놀라웠다.

"다, 당신은……."

한 남자가 걸어 들어오고 있었다. 망토와 실크해트를 옆구리에 낀 채, 날렵한 몸매에 우아하기 그지없는 풍채로 다가오는 젊은이의 모습을 이본은 단박에 알아보았다. 다름 아닌 오라스 벨몽, 바로 그였던 것이다!

"당신이로군요!"

여자는 다시 한번 확인하듯 되뇌었다.

남자는 꾸벅 인사를 하며 말했다.

"죄송하게 됐습니다, 부인. 당신의 편지가 뒤늦게 도착해서 그만……."

"아, 이럴 수가! 정말 당신인가요? 어떻게 이럴 수가!"

당혹스러워하는 여자 앞에서 남자는 무척이나 의외라는 듯 말했다.

"당신의 부름에 달려오겠다고 내가 약속하지 않았던가요?"

"아, 네. 하지만……."

"그래서 이렇게 온 겁니다."

남자는 빙그레 웃으며 말했다.

그는 이본이 힘겹게 풀어 헤친 헝겊 끈들을 눈으로 더듬으며 고개를 끄덕였다.

"누군지는 몰라도 별로 점잖지 못한 방법을 사용했군요. 도리니 백작이죠? 아예 감금을 해둔 모양이로군요. 한데 어떻게 기송관 속달우편으로? 아, 창문이 있었군요. 저런, 다시 제대로 닫아놓아야죠!"

그러면서 남자가 요란하게 창문을 밀어 닫는 바람에, 이본은 기겁을 했다.

"아니, 그러다가 사람들이 들으면 어떡해요?"

"돌아다녀 봤는데, 이 건물은 텅텅 비었습니다."

"하지만……."

"당신 남편은 10분 전에 외출했어요."

"어디로 갔나요?"

"모친이신 도리니 백작부인 댁에 갔답니다."

"그걸 당신이 어떻게 아시나요?"

"오, 그야 어렵지 않죠. 그에게 전화가 한 통 들어갔을 테고, 나는 이 거리와 대로가 만나는 길모퉁이에서 그 결과를 기다리기만 하면 됐으니까 말입니다. 역시 예견했던 대로 백작은 부리나케 하인을 대동하고 집을 나서더군요. 나는 곧장 특수 열쇠를 사용해서 문을 따고 들어왔지요."

그는 마치 살롱에서 별 시답지도 않은 잡담을 늘어놓듯, 아무렇지도 않게 그 모든 얘기를 하고 있었다. 또다시 갑작스러운 불안에 사로잡힌 이본이 이렇게 물었다.

"하지만 사실이 아니잖아요? 그의 어머니가 아픈 게 아니죠? 그럼 결국 그이가 곧 돌아올 거 아니겠어요!"

"물론 백작은 지금부터 길어야 45분 안에는 자신이 속았다는 걸 깨닫게 될 겁니다."

"그러니 어서 함께 여길 벗어나요. 다시 이곳에서 붙잡히고 싶지 않아요. 난 아들을 만나봐야 해요."

"잠깐만……."

"잠깐만이라니요! 저들이 내 아이를 납치해간 걸 모르신단 말인가요? 이러다가 그 애한테 무슨 일이라도 생기면……."

여자는 잔뜩 일그러진 표정에 부들부들 떨다시피 하면서도 벨몽의 만류하는 손길을 애써 뿌리치려 했고, 벨몽은 지극히 부드럽고 공손하게 여자를 앉힌 다음, 몸을 기울인 채 진지한 어조로 입을 열었다.

"내 말 잘 들으세요, 부인. 지금은 한시가 급한 때입니다. 무엇보다도 먼저 이 점을 명심하십시오. 우린 6년 전에 모두 네 번 만난 적이 있습니다. 바로 이곳 응접실에서의 네 번째 만남에서 나는 당신에게, 뭐랄까요, 너무 감정이 복받친 상태에서 이야기를 했고, 당신은 그런 나의 방문을 달갑게 여기지 않았지요. 그 후로 우리는 서로 마주친 적이 없습니다. 하지만 나에 대한 당신의 신뢰는 당시 내가 책갈피 사이에 꽂아둔 명함을 고이 간직하고 있을 정도로 강했고, 6년이 지난 지금 결국 다른 누구도 아닌 이 몸을 당신 곁으로 불러들이기에 이른 것입니다. 나는 지금 당신에게 바로 그 같은 신뢰를 한 번 더 요구하고 있는 겁니다. 그러니 무조건 내 말을 따르십시오. 여기 이렇게 만사를 제쳐두고 달려온 것과 똑같이, 앞으로 어떤 상황이 닥치더라도 나는 반드시 당신을 도울 것입니다."

친근한 어조 속에서도 힘 있는 음성으로 타이르는 오라스 벨몽의 침착한 태도는 젊은 여인의 마음을 차츰 진정시켜갔다. 아직은 여리기 그지없는 심리 상태였지만, 이 남자의 앞에서는 왠지 푸근한 안정감이 새록새록 샘솟는 기분이었다.

잠시 후, 사내는 말을 이었다.

"두려워하지 마십시오. 도리니 백작부인은 뱅센 숲 가장자리에 살고 있습니다. 당신 남편이 용케 자동차를 잡아타고 온다 해도, 4시 15분 전에는 돌아오기 힘들 겁니다. 지금은 2시 35분이고 말입니다. 약속하건대 정확히 3시에는 이곳을 벗어나 당신 곁으로 아들을 돌려보내 드리겠습니다. 하지만 모든 사안을 꿰뚫기 전까지는 나 역시 절대로 이곳을 뜰 수가 없습니다."

"그럼 내가 대체 어찌해야 하나요?"

"묻는 말에 대답을 해주셔야 합니다. 명명백백하게 말입니다. 앞으로 여유는 20분이에요. 더도 덜도 아니고 딱 적당한 시간이지요."

"그럼 어서 질문하세요."

"당신은 백작이, 이를테면 범죄 계획을 품고 있다고 생각하십니까?"

"아뇨."

"그럼 단지 당신 아들 때문입니까?"

"그래요."

"결국 당신과 이혼하고 나서, 당신이 이 집에서 쫓아낸 옛 친구 중 한 명과 결합하려고 아들을 납치했다는 건가요? 아, 제발 부탁인데, 돌리지 말고 솔직히 대답하셔야만 합니다. 이미 어느 정도까지는 세상이 다 아는 사실이거니와 다른 것도 아닌 당신 아들이 걸린 문제인 만큼 부끄러움이나 주저함일랑은 송두리째 버리셔야 합니다. 자, 말해보세요. 당신 남편에게 다른 여자가 있는 거죠?"

"네."

"한데 그 여자는 돈이 없고, 당신 남편 역시 파산한 상태라, 모친인 도리니 백작부인에게서 주어지는 부양금(扶養金)과 당신 아들이 두 명의 삼촌한테서 상속받은 짭짤한 재산의 수익금밖에는 이렇다 할 가진 게 없는 형편일 겁니다. 따라서 그 수익금을 독차지하기 위해서는 당연히 아들을 떠맡는 게 좋겠지요. 그 유일한 방법이 바로 당신과의 이혼이고 말이죠. 어때요, 내 말이 틀렸습니까?"

"모두 맞아요."

"한데 당신이 거부하기 때문에 아직까지 그러지를 못하고 있는 것이죠?"

"네, 그리고 시어머님께서도 워낙 독실한 신자이시라, 이혼에는 반대하고 있답니다. 도리니 백작부인께서 이혼을 허락하는 경우란 오로지……."

"오로지 뭡니까?"

"여자의 행실에 문제가 있다는 게 증명될 경우죠."

벨몽은 어깨를 한 번 으쓱하고는 이렇게 말했다.

"그렇다면 그가 당신이나 당신 아들을 해코지할 가능성은 전무한 셈이군요. 법적으로 보나 그 자신의 이해관계로 따져보나, 뭐니 뭐니 해도 가장 강력한 장애물에 부닥친 셈이니까요. 바로 정숙한 여인의 절개(節槪) 말입니다. 하긴 그럼에도 불구하고 지금의 이 느닷없는 짓으로 봐선, 분명 싸움을 걸고는 있습니다만……."

"무슨 뜻이죠?"

"자고로 백작 같은 인간이, 그토록 주저하면서도 거의 가능성이 희박한 이런 작태를 벌일 땐, 소위 믿을 만한 무기를 가지고 있거나, 적어도 그렇게 믿고 있다는 걸 의미합니다."

"믿을 만한 무기라면?"

"그건 나도 모릅니다. 하여간 그런 게 있긴 있을 거예요. 만약 그렇지 않다면 당신 아들을 납치하는 일 따윈 저지르지 않았을 겁니다."

이본은 단박에 절망적인 기분에 휩싸였다.

"끔찍해라. 그이가 대체 무슨 짓을 했을까요? 대체 무슨 꿍꿍이속을 가지고 있기에!"

"잘 생각해보십시오. 기억을 되살려보세요. 혹시 그가 억지로 부수고 연 이 책상 속에 당신한테 불리하게 작용할 만한 편지 같은 건 없었습니까?"

"전혀요."

"아니면 그가 당신을 위협하던 말 가운데 혹시 단서가 될 만한 얘기라도?"

"없었어요."

"그래도…… 그래도, 뭔가 있었을 텐데……."

벨몽은 안타까운 표정으로 중얼거렸다.

"백작에게 혹시 마음을 터놓고 지낼 만한 친구는 없습니까?"

"없어요."

"어제 그를 보러 집에 온 손님도 없었나요?"

"전혀 없었습니다."

"그럼 당신을 결박하고 가두었을 당시 그가 혼자였단 말입니까?"

"그때는 그랬어요."

"그다음에는요?"

"그다음에는 하인이 문간에서 함께했는데, 둘이서 보석 세공인 얘기를 하는 게 들리더군요."

"그 얘기가 전부였습니까?"

"그리고 다음 날, 그러니까 오늘이 되겠군요. 도리니 백작부인이 그 전에는 당도할 수 없다면서 정오까지 무슨 일을 연기해야 한다고 했어요."

벨몽은 잠시 생각에 잠기더니 물었다.

"지금 그 대화 내용 중에, 뭐든 좋으니, 당신 남편의 계획을 암시할 만한 점을 도저히 못 찾겠습니까?"

"아……. 모르겠어요."

"당신의 보석들은 어디 있나요?"

"남편이 다 팔아버렸답니다."

"그럼 하나도 남아 있지 않다는 건가요?"

"네."

"반지 하나도?"

여자는 손가락을 펴 보이며 말했다.

"남은 건 이것 하나뿐이에요."

"결혼반지입니까?"

"사실, 이 반지는……."

여자는 차마 말을 잇지 못하고 있었다. 잠시 후, 벨몽이 보기에도 한껏 상기된 얼굴로 여자는 겨우 이렇게 더듬댔다.

"아……. 아니야, 그럴 리가 없어. 그럴 리가 없다고. 이건 모르고 있을 거야."

벨몽은 놓치지 않고 다그쳐 물었고, 한동안 불안한 표정으로 입을 다물고 있던 이본은 마침내 나지막한 목소리로 이렇게 말했다.

"이건 결혼반지가 아니랍니다. 꽤 오래전 일인데, 하루는 방 벽난로 위에 잠깐 결혼반지를 놔둔다는 것이 그만 떨어뜨린 적이 있어요. 한데 암만 찾아도 도무지 어디로 굴러갔는지 찾을 수가 없는 거예요. 하는 수 없이 몰래 똑같은 걸로 주문을 했지요. 이 반지는 바로 그렇게 해서 새로 구한 겁니다."

"진짜 결혼반지에는 결혼 날짜가 새겨져 있었겠죠?"

"네, 10월 23일요."

"지금 끼고 계신 그 반지에는요?"

"여긴……. 아무 날짜도 없어요."

벨몽은 여자가 적잖이 거북해하면서 뭔가 주저하는 기색이 역력한 것을 보고 다그쳤다.

"부탁입니다. 내게는 아무것도 숨기지 말아주십시오. 지금껏 냉정하고 논리적으로 잘 얘기를 나눠왔지 않습니까? 부디 앞으로도 계속 그런 식으로 해주길 바랍니다."

여자는 여전히 불안한 기색으로 물었다.

"정말 그럴 필요가 있을까요?"

"분명히 말씀드리지만, 지극히 세부적인 정보도 나름대로 중요할 수 있습니다. 일단 모든 사실을 알고 나면 해결의 실마리도 충분히 잡을 수 있을 거예요. 자, 어서요. 한시가 급합니다."

이윽고 여자는 고개를 꼿꼿이 세운 채 말했다.

"하긴 뭐 숨길 것도 없어요. 그땐 정말이지 내 인생에서 가장 힘들고 비참했던 시절이었답니다. 남편에게 버림받은 여자가 흔히 그렇듯, 집에서는 온갖 굴욕을 당하면서도, 사교계에서는 입에 발린 찬사와 유혹, 수상쩍은 덫으로 늘 둘러싸이기 마련이었죠. 그때가 기억납니다. 실은 결혼 전에 나를 지극히 흠모하던 남자가 하나 있었어요. 그 사람의 애정이 이루어지기는 애당초 불가능하다는 걸 난 이미 짐작하고 있었는데, 그 후 저세상 사람이 되고 말았답니다. 나는 반지에다가 은밀히 그 남자의 이름을 새겨 넣고, 마치 부적처럼 지니고 다녔지요. 물론 이미 다른 남자의 여자가 되어 있었기에, 내게 사랑 같은 감정은 없었어요. 하지만 마음 깊숙한 곳에서 일종의 색 바랜 추억 같은 것이, 이를테면 상처를 부드럽게 어루만져 줄 무엇이 둥지를 틀고 있었나 봅니다."

여자는 어느덧 침착하게 자신의 속내를 털어놓았고, 벨몽은 그 얘기에 추호도 거짓이란 없음을 믿어 의심치 않았다. 한동안 침묵이 지속되자, 여자는 다시금 불안한 기색을 드러내며 중얼거렸다.

"혹시, 남편이……."

벨몽은 여자의 손을 쥐고 금반지를 찬찬히 바라보면서 말했다.

"문제는 바로 이 반지에 있습니다. 어쩐 일인지 모르겠지만, 당신 남편은 반지가 바뀐 걸 알고 있습니다. 이제 정오가 되면 그의 모친이 당도하겠죠. 그럼 당신 남편은 바로 증인이 보는 앞에서 당신에게 반지를 빼보라고 요구할 겁니다. 그렇게 해서 결국 어머니의 허락을 받아내 이혼을 성사시키려는 속셈이지요. 도저히 움직일 수 없는 불륜의 증거를 포착한 셈일 테니까요."

여자는 즉시 신음 소리를 내뱉었다.

"아……. 이젠 다 틀렸군요! 난 끝났어요!"

"오히려 그 반대입니다! 일단 그 반지를 내게 주십시오. 그럼 정오 전까지 10월 23일 날짜가 새겨진 같은 반지를 보란 듯이 대령하겠습니다. 그래서……."

벨몽은 문득 말을 멈추었다. 쥐고 있던 여자의 손이 별안간 싸늘해지는가 싶어서, 언뜻 눈을 들어보니 여자의 얼굴이 백지장처럼 창백해져 있는 것이 아닌가!

"무슨 일입니까? 대체 왜 그래요?"

여자는 절망적인 목소리로 두서없이 지껄이기 시작했다.

"그게 아니에요! 정말 끝장이란 말이에요! 반지를 뺄 수가 없답니다! 이젠 너무 꽉 끼어서 빼낼 수가 없어요! 아시겠어요? 워낙 신경도 쓰지 않던 거라, 그저 그러려니 했는데……. 이제 이 반지가 더없는 증거라니! 아, 이를 어쩌면 좋아! 이것 보세요. 이젠 손가락의 일부가 되어버리다시피 한걸요. 아예 살갗을 파고든 것 같다고요! 어쩔 수가 없어요. 도저히 어떻게 해볼 도리가 없다고요!"

여자는 낑낑대며 억지로 반지를 당겨보았지만 허사였다. 오히려 피부만 벌겋게 부어올라, 더더욱 빠지기 어려워질 뿐이었다.

여자는 어떤 끔찍한 생각이 들었는지 목이 멘 소리로 더듬거렸다.

"아, 맞아요! 기, 기억이 나는군요. 어느 날 밤이었어요. 그날따라 악몽에 시달리고 있었는데, 누군가 방에 들어오는 것 같았어요. 아, 그이였어요! 틀림없이 그이가 내게 약을 먹여 억지로 잠들게 한 거였다고요! 내 반지를 한참 들여다보더군요. 분명히 자기 어머니 앞에서 반지를 빼 보이려 들 거예요. 아, 이제야 모두 알겠어요. 그 보석 세공인이라는 사람……. 그자가 내 손에서 반지를 잘라낼 거예요. 아, 그것 봐요. 나는 이제 끝장이라고요."

여자는 얼굴을 두 손에 파묻고는 처량하게 흐느껴 울기 시작했다. 마침내 추시계의 종소리가 한 번 울렸고, 이어서 두 번, 그리고 또 한 번 울렸다. 이본은 벌떡 일어나 외쳤다.

"드디어 때가 됐군요! 이제 곧 그이가 올 거예요. 3시라고요. 어서 여길 도망쳐요."

그러고는 후닥닥 외투를 걸친 다음 부랴부랴 문을 향해 달려갔다. 하지만 벨몽은 얼른 그 앞을 가로막더니 완강한 어조로 말했다.

"당신은 떠나면 안 됩니다."

"하지만 내 아들이……. 아들을 보고 싶단 말이에요! 그 애를 데려와야만 해요."

"어디 있는지 알기나 하고 그러는 겁니까?"

"아……. 여길 나가고 싶어요."

"그럴 수 없습니다! 그랬다간 다 망칩니다!"

남자는 여자의 팔목을 단단히 붙들었다. 하지만 워낙 몸부림을 치는지라, 벨몽은 아예 기를 꺾기 위해 한층 더 거칠게 잡아채야 했다. 그뿐

만 아니라, 여자를 다시 긴 의자로 끌고 와 눕히고는, 뭐라고 훌쩍대든 아랑곳하지 않고, 이전처럼 헝겊 띠로 팔다리를 다시 묶기 시작했다.

그러면서 벨몽은 이렇게 말했다.

"그러면 모든 걸 망쳐버린단 말입니다! 당신이 사라지면 누가 당신을 구한 게 됩니까? 누가 문을 따고 들어왔겠느냐고요? 가뜩이나 의심을 받는 처지에서, 오해를 살 게 뻔하지 않습니까? 금세 구설수에 휘말릴 것이고, 당신 남편은 신이 나서 그 모든 걸 모친에게 고해바칠 겁니다! 대체 누구 좋으라고 그런단 말입니까? 이대로 도망치는 것은, 곧 이혼을 받아들이는 거와 같아요. 그 결과를 몰라서 이러는 겁니까? 여기 이대로 있어야 합니다."

여자는 계속해서 울부짖었다.

"두려워요. 두렵다고요. 이 반지가 날 괴롭혀요. 제발 빼주세요. 없애 달라고요. 아무도 찾지 못하도록, 제발요."

"마찬가지입니다. 당신 손가락에 있던 반지가 갑자기 사라진다면, 과연 누구의 소행으로 보겠습니까? 역시 누군가 있다고 생각할 겁니다. 안 될 말이지요. 용기 있게 정면 대응을 해야만 합니다. 내가 모든 걸 책임질 테니 두려워 말고요. 날 믿으세요. 내게 모든 걸 맡기란 말입니다. 내가 도리니 백작부인을 방해하여 면담 일정을 늦추든지, 아니면 부지런을 떨어서 정오 이전에 돌아오든지 간에, 어쨌든 당신 남편은 직접 당신 손가락에서 아무 문제가 없는 결혼반지를 빼내게 될 겁니다. 약속할게요. 당신 아들은 반드시 당신 품 안으로 돌아옵니다."

벨몽의 거듭된 다짐을 듣고 나서야 다소곳해진 이본은 순순히 포박을 받아들였다. 마침내 남자가 자리를 털고 일어났을 땐, 이전과 똑같이 여자의 팔다리가 묶여 있었다.

벨몽은 혹시라도 자신이 다녀간 흔적이 남아 있을까 봐, 방 안을 살샅이 훑어보았다. 그리고 다시금 여자에게 깍듯이 인사를 하면서 이렇게 중얼거리는 것이었다.

"아들을 생각하십시오. 무슨 일이 있어도 두려워해서는 안 됩니다. 내가 당신을 지키고 있어요."

이내 남자가 규방 문을 열고 닫는 소리가 들리더니, 마지막으로 바깥문 닫히는 소리가 여자의 귀에 들려왔다.

드디어 3시 반, 자동차 한 대가 집 앞에 멈춰 섰다. 아래층 문소리가 다시 요란하게 들렸고, 거의 눈 깜짝할 사이에 노기등등한 남편이 방 안으로 득달같이 들이닥쳤다. 그는 다짜고짜 여자에게 달려들어 여전히 묶여 있는지부터 확인한 다음, 손을 낚아채고 반지를 살폈다. 이본은 그만 혼절하고 말았다.

정신이 들었을 때, 여자는 얼마 동안이나 그 상태로 뻗어 있었는지 당최 종잡을 수가 없었다. 다만 대낮의 눈부신 햇살이 규방 안까지 쏟아져 들어오고 있었고, 몸을 뒤척이자 손발을 묶었던 끈이 끊어져 있는 것이 느껴졌을 뿐이다. 천천히 고개를 돌리는데, 물끄러미 내려다보고 있는 남편의 얼굴이 눈에 들어왔다.

"내 아들……. 내 아들을 보고 싶어요."

여자의 입에서 금세 신음 소리가 흘러나왔다.

반면 남편은 빈정대는 투가 비죽비죽 튀어나오는 목소리로 대꾸했다.

"오, 우리의 자식은 지금 안전한 곳에 있어요. 그리고 지금 문제는 아이가 아니라 바로 당신이라오. 현재 우리는 마지막으로 서로 대면하고 있는 거요. 아울러 매우 중대한 해명을 해야 할 처지에 놓여 있소. 분명히 말해두지만 우리 어머니가 보는 앞에서 해명이 있어야 할 것이오. 그렇다 해도 설마 당신이 별로 불편할 건 없겠죠?"

이본은 되도록 동요의 빛을 감추려고 애쓰면서 대답했다.

"전혀요."

"자, 그럼 어머니를 부를까?"

"그러세요. 그리고 오실 때까지 날 혼자 있게 내버려두세요. 어머님이 오실 때까지 나도 마음의 준비를 하고 있을 테니까."

"안됐지만 어머니는 이미 와 계신다오."

"네? 이곳에 계신단 말이에요?"

순간 적잖이 당황한 이본의 뇌리에는 오라스 벨몽이 한 약속이 퍼뜩 스치고 지나갔다.

"왜 그리 놀라는 거요?"

"그럼……. 지금 당장 시작하자는 얘기예요?"

"그렇소이다."

"도대체 왜죠? 왜 오늘 저녁이나 내일 하면 안 되는 거죠?"

백작은 선언하듯 잘라 말했다.

"오늘, 지금 당장 해야만 하겠소. 밤새 도저히 이해가 안 가는 괴이한 일이 발생했소. 누군가 틀림없이 나를 이곳에서 잠시나마 떨어뜨릴 심산으로 어머니 집까지 가게 만들었소. 그 때문에 부득이 해명의 시간을 이렇게 앞당기게 된 것이오. 자, 그 전에 뭔가 요기(療飢)할 게 필요하다면 말하시오."

"아녜요. 필요 없어요."

"그럼 이제 어머니를 모셔오겠소."

그는 곧장 이본의 방으로 향했고, 이본은 추시계를 힐끗 쳐다보았다. 바늘은 10시 35분을 가리키고 있었다!

"아!"

저도 모르게 몸서리가 쳐지면서 신음 소리가 새어나왔다.

10시 35분이라니! 구해주겠다던 오라스 벨몽의 약속은 이제 물 건너 간 것인가! 정녕 이 세상 그 누구도, 그 무엇도 이 가련한 여인의 운명을 구원해줄 수 없단 말인가! 지금 손가락에 끼고 있는 이 금반지를 사라지게 만들 기적이 일어날 턱이 없으니 말이다.

백작은 도리니 백작부인을 모시고 와서 의자를 권했다. 깡마르고 골격이 두드러진, 키 큰 노파였는데, 이본에게는 늘 적대적인 감정을 노골적으로 드러내곤 했다. 이번에도 역시 자기 며느리에게 눈인사 한 번 건네지 않음으로써, 현재 그녀가 질타의 대상이 되고 있다는 뜻을 적나라하게 내비쳤다.

부인은 자르듯 말했다.

"길게 얘기할 필요는 없을 것 같다. 간단히 말해, 내 아들이 주장하기로는……."

순간 백작이 대뜸 끼어들었다.

"주장하는 게 아닙니다, 어머니! 맹세코 사실을 있는 그대로 얘기하는 거예요. 지금으로부터 석 달 전 휴가철을 맞아, 이곳 규방 양탄자를 갈려고 하던 차에 융단 상인이 바닥 홈에 끼여 있던 반지를 발견했습니다. 제가 아내에게 준 결혼반지였지요. 바로 이 반지인데, 안쪽에 10월 23일이라는 날짜가 새겨져 있습니다."

백작부인의 눈이 휘둥그레졌다.

"그럼 네 아내가 끼고 있는 반지는……."

"진짜 대신에 아내가 새로 주문한 겁니다. 하인 베르나르가 내 지시를 받아 아주 끈질기게 조사한 결과, 지금 그가 살고 있는 파리 근교에서 아내가 거래한 보석 소매상을 마침내 찾아냈답니다. 그곳 주인은, 지금도 기꺼이 증언할 용의를 가지고 있습니다만, 당시 여자 손님이 반지 안쪽에 날짜가 아닌 웬 사람 이름을 새겨달라고 주문한 사실을 똑똑히 기억하고 있습니다. 그의 얘기가, 어떤 이름이었는지 자신은 기억하지 못하지만, 직접 반지를 만들었던 그곳 기술자는 아마도 기억할 거라더군요. 저는 즉시 도움이 필요하다는 편지를 보냈고, 바로 어저께 그자로부터 언제든 돕겠다는 답장이 왔습니다. 해서 오늘 아침 9시에 베르나르가 그자를 데리러 갔다 왔지요. 현재 두 사람 다 제 서재에서 기다리는 중입니다."

그러고는 이본 쪽을 홱 돌아보며 이러는 것이었다.

"미안하지만 당신이 지금 끼고 있는 그 반지 좀 빼줄 수 없겠소?"

여자는 대뜸 내뱉듯 대꾸했다.

"간밤에 나 몰래 반지를 빼내려고 할 때부터, 도저히 빠지지 않는다는 걸 알았으면서 왜 그래요!"

"그렇다면 아까 얘기한 그자를 올라오도록 해도 되겠군? 이럴 때 아주 요긴하게 쓸 수 있는 도구를 가지고 있거든."

"그러세요."

여자의 대답은 한숨 소리와 거의 구분이 되지 않았다.

이미 모든 걸 체념한 듯했다. 그녀는 일종의 환영(幻影)을 보듯, 떠들썩한 추문과 그에 따른 이혼, 그리고 법의 심판에 의해 남편에게 아이를 빼앗기는 장면을 머릿속에 차례차례 떠올렸다. 그러면서도 결국엔 기필코 아들을 빼돌려서, 함께 이 세상 끝으로 도망쳐, 둘만이 행복하게 살아보겠노라는 다짐을 하는 것이었다.

시어머니의 카랑카랑한 목소리가 찌르듯 들려왔다.

"참으로 경솔했구나, 이본!"

순간 이본은 오히려 이 기회에 모든 것을 사실대로 털어놓고, 자기편이 되어줄 것을 간청해볼까도 생각했다. 하지만 무슨 소용이랴! 저 지엄한 도리니 백작부인이 과연 이 가엾은 며느리의 결백을 믿어주리라고 어찌 장담하겠는가! 이본은 잠자코 입을 다물기로 했다.

얼마 안 있어 백작이 하인과 더불어 들어왔고, 그 뒤로 연장 통을 든 사내가 따라 들어왔다.

백작이 그에게 대뜸 물었다.

"자, 무슨 일인지는 알고 있겠죠?"

"네, 손가락에 꽉 끼어 빠지지 않는 반지를 절단하는 일이지요. 그 정도야 쉬운 일입니다. 그저 집게로 한 번……."

백작은 거칠게 말을 끊었다.

"지체 없이 반지 안쪽에 당신이 직접 새겨준 글자가 뭔지를 확인하는 겁니다!"

이본은 시계를 바라보았다. 11시 10분 전. 건물 어디선가 사람들이 다투는 듯한 소리가 어렴풋이 들렸고, 저도 모르게 일말의, 실낱같은 희망이 그녀의 마음을 스치고 지나갔다. 아, 어쩜 벨몽일지도……. 하지만 다시 같은 소리가 들리자, 창문 바깥에서 떠돌이 잡상인들이 지나가며 소란을 부린 데 지나지 않았음을 깨닫지 않을 수 없었다.

이제 모든 것이 끝난 거나 다름없었다. 오라스 벨몽은 그녀를 구하러 올 수 없는 것이다. 앞으로는 타인의 허망한 약속을 믿기보다는, 자신의 힘으로 아들을 지킬 수밖에 없다는 사실을 이본은 절감했다.

그녀는 찔끔 뒤로 물러났다. 사내의 지저분한 손을 보았고, 거기에 자신의 손을 맡겨야 한다는 사실 자체가 더없이 끔찍하게 느껴졌던 것이다.

사내 역시 흠칫 당황하며 어쩔 줄 몰라 했고, 백작은 즉시 아내를 나무랐다.

"이젠 마음을 정해야지!"

여자는 마침내 가녀리게 떠는 손을 내밀었고, 사내는 그것을 잡아 손

바닥이 위로 향하도록 뒤집어서 탁자 위에 올려놓았다. 절단기의 차가운 금속이 이본의 손가락에 느껴졌다. 그녀는 그저 죽고만 싶었다. 아예 매달리듯 죽음만을 생각했고, 언젠가 독약이라도 구해서, 자신도 모르는 사이, 깨지 않을 깊은 잠에 곯아떨어지고야 말리라 다짐했다.

작업은 신속하게 진행되었다. 날렵하면서도 단단한 강철 집게가 비스듬히 비집고 들어와 약간의 공간을 만든 다음, 반지를 단단히 물었다. 이윽고 이를 악다물며 사내가 한번 힘을 쓰자, 반지는 맥없이 툭하고 끊어졌다. 이젠 그 양끝을 벌려서 빼내기만 하면 되었고, 사내는 능숙한 솜씨로 여자의 손가락을 해방시켰다.

백작의 입에서 환호의 탄성이 터져나왔다.

"아, 드디어 진실이 밝혀지겠는걸. 우리 모두의 눈앞에서 증거가 제시되는 셈이야."

그는 허겁지겁 반지를 낚아채 그 안쪽에 새겨진 글씨를 살폈다. 순간, 외마디 비명 소리가 그의 입에서 튀어나왔다. 반지에는, 이본과 자신이 결혼한 바로 그 날짜, 10월 23일이 반듯하게 새겨져 있었던 것이다!

우리는 몬테카를로의 테라스에 나란히 앉아 있었다. 이야기를 마치자마자 뤼팽은 담배를 한 대 피워 물고는 푸른 하늘을 향해 느긋하게 연기를 내뿜었다.

내가 입을 열었다.

"그래서?"

"그래서라니?"

"당연하지 않은가? 얘기가 어떻게 끝났는가 말이네."

"얘기가 어떻게 끝나다니? 그게 다일세."

"허어, 이보게. 장난하는 건가?"

"천만에! 왜, 그 이야기만으론 부족하단 말인가? 부인은 위기를 모면했고, 아무 증거도 내보이지 못한 백작은 모친으로부터 심한 질책과 함께 이혼은 불가하며, 당장 아이를 돌려주라는 엄명만 들었지. 그게 다일세. 물론 그 후, 백작은 결국 자기 쪽에서 집을 나갔고, 오히려 여자는 열여섯 살이 된 아들과 더불어 행복하게 잘 살고 있다는군."

"그래, 그거야 이제 알겠네만……. 어떻게 부인이 위기를 모면했느냐 하는 것 말이네."

뤼팽은 느닷없이 웃음을 터뜨렸다.

"하하하, 친애하는 벗이여……."

(뤼팽은 이따금 기분이 동할 때면 기꺼이 나를 그런 식으로 부르곤 했다.)

"내 모험담을 풀어내는 데엔 자네 수완이 대단한 줄 알았는데, 어쩐 일로 그렇게 꼬치꼬치 따지고 들어야만 하는가! 솔직히 말해서 백작의 아내에겐 별로 설명하지 않아도 됐는데 말이네."

나 역시 빙그레 웃으며 대꾸했다.

"난 그런 자만심 따윈 없는 사람일세. 그러니 꼬치꼬치 따져 물어야만 하겠어."

뤼팽은 난데없이 5프랑짜리 동전을 꺼내서 손아귀에 그러쥐고는 말했다.

"자, 이 손안에 무엇이 있는가?"

"그야 5프랑짜리 동전이지."

그는 손바닥을 폈고, 5프랑짜리 동전은 온데간데없었다.

"자, 얼마나 쉬운 일인지 잘 알겠지? 남자 이름이 새겨진 반지를 정확히 집게로 끊어낸 다음, 보석 세공인이 정작 내보인 건 10월 23일이라는 결혼 날짜가 새겨진 다른 반지였다네. 지극히 간단한 마술 기법 중 하나인데, 다른 기술들과 마찬가지로 내겐 언제나 요긴하게 쓰이곤

하지. 이래 봬도 피크만(장 피크만은 당대의 유명한 마술사로, 모리스 르블랑은 어린 시절 루앙에서 그의 공연을 보고 매료된 적이 있음—옮긴이)과 6개월간이나 함께 일한 몸이네."

"그렇다면……."

"또 뭐 말인가?"

"그 보석 세공인은?"

"그야 당연히 오라스 벨몽이었지! 물론 바로 이 용감한 뤼팽 씨이고 말일세! 새벽 3시에 그 여인을 떠나오면서, 나는 남편이 귀가하기 직전 몇 분 동안을 이용해 그의 서재를 좀 둘러볼 수 있었다네. 책상 위에 보석 세공인이 써 보낸 편지가 있더군. 그래서 주소를 알아냈지. 나는 결국 금화 몇 닢으로 간단히 그의 자리를 대신하기로 했고, 미리부터 글씨를 새겨 넣고 절단까지 해둔 금반지를 챙겨서 부리나케 돌아온 것이네. 마침내 절체절명의 순간이 왔고, 내가 '수리수리 마수리, 얍!' 하자 백작은 멍하니 당하고만 있을 수밖에……."

"그것참, 기막히구먼!"

나는 감탄을 금치 못해 버럭 소리치고는, 이번엔 내 쪽에서 다소 농을 걸 듯 덧붙였다.

"그런데 말일세, 혹시 자네야말로 그 일에서 정작 속아 넘어간 사람이라는 생각은 안 드는가?"

"오, 누구한테 말인가?"

"백작의 아내한테 말이네."

"무슨 뜻인가?"

"허 참, 그 부적 삼아 새겨 가지고 다녔다는 이름 말일세. 그녀를 사랑해서 가슴앓이를 했다는 그 엉큼한 남정네 말이네. 그 모든 얘기가 어쩐지 좀 어색하거든. 자네가 제아무리 뤼팽이라 해도, 난 왠지 이번

만큼은 약간은 떳떳하지 못한 한 여자의 연애 사건에 자네가 농락당한 기분이 드는걸."

뤼팽은 나를 비스듬히 흘겨보며 대꾸했다.

"허어, 그렇지는 않네."

"그걸 어찌 장담하는가?"

"그녀가 설사 그 남자를 결혼 전에 알았고 결국 남자는 죽었다고 말함으로써 진실을 왜곡했다손 치세. 마음 깊은 곳에선 아직도 그 남자를 사랑하고 있다 치자고. 그렇다 해도 난 그녀의 사랑이 그야말로 이상적이고, 그 진실성엔 추호의 의심도 없다는 증거를 가지고 있다네."

"증거라면?"

"내가 직접 끊어서 지금도 간직하고 있는 그녀의 반지 얘기네. 여기 안쪽에 새겨진 글씨를 보게. 그녀가 누구의 이름을 새겨 가지고 다녔는지 좀 보라고."

그러면서 반지를 내밀었고, 나는 그 안을 살펴보았다.

오라스 벨몽

잠시 뤼팽과 나 사이에 침묵이 흘렀고, 나는 그의 얼굴 한구석에서 다분히 우울한, 어떤 감정 상태가 어른거리는 것을 읽을 수 있었다.

내가 먼저 입을 열었다.

"사실 이 얘기는 자네가 전부터 내게 여러 차례 암시를 해오던 걸로 아는데. 이제 와서 불쑥 털어놓은 특별한 이유라도 있나?"

"특별한 이유?"

그러면서 뤼팽은, 때마침 어느 젊은이의 팔을 붙든 채 우리 앞을 지나가는 아리따운 부인을 눈짓으로 슬쩍 가리켰다.

한데 그녀 쪽에서도 뤼팽을 알아보고는 살짝 인사를 보내는 것이 아닌가!

"바로 저 여자야. 아들과 함께 가는군."

뤼팽은 조용히 중얼거렸다.

"아니, 자네를 알아보지 않나?"

"내 변장이 아무리 뛰어나도 항상 날 알아보지."

"그나저나 티베르메닐 성관 도난 사건 이후로 경찰이 뤼팽과 오라스 벨몽이 동일 인물이라는 것을 기정사실화했을 텐데."

"그랬지."

"그렇다면 저 여자도 자네의 존재를 이미 알고 있다는 얘기가 아닌가?"

"그렇다네."

"그런데도 서슴없이 인사를 해?"

나도 모르게 그런 소리가 나왔다.

뤼팽은 대뜸 내 팔을 거칠게 잡아채며 대꾸했다.

"자넨 내가 그녀 앞에서도 뤼팽일 거라고 생각하는가? 그녀가 보기에도 내가 도둑에다 협잡꾼에다 한낱 불량배일 거라고 생각하느냔 말일세. 하긴 심지어 내가 살인도 불사할 만큼 막돼먹은 인간 망종(亡種)이라 해도, 아마 그녀는 내게 여전히 인사를 건넬 것이네."

"그건 또 왠가? 한때 자네를 사랑했기 때문에?"

"저런! 오히려 그 이유라면 나를 경멸할 구실이나 될 수 있겠지."

"그럼 뭔가?"

"내가 자기에게 아들을 돌려준 사람이기 때문일세!"

# 3
## 그림자 표시

"자네 전보를 받고 오는 길이네. 무슨 일인가?"

회색빛 콧수염에 밤색 프록코트 차림, 챙 넓은 모자를 쓴 한 신사가 집 안으로 들어서며 말했다.

만약 아르센 뤼팽이 오기를 기다리는 것이 아니었다면, 퇴역한 노병(老兵) 차림새의 그를 결코 알아보지 못했을 것이다.

나도 허겁지겁 대꾸했다.

"무슨 일이냐고? 오, 뭐 별일은 아니고, 그냥 좀 묘한 우연의 일치가 있어서. 워낙 수수께끼 같은 일을 꾸미는 건 물론이고, 시원스레 해결하는 데에도 자넨 일가견이 있지 않은가."

"그래서?"

"저런 급하기도 하지!"

"나를 이렇게 급히 오도록 할 만한 일이 못 된다면야 굳이 시간 끌 것 없지. 자, 어서 본론부터 꺼내놓게."

"알았네. 그럼 단도직입적으로 들어가지! 일단 지난주에 내가 구입한 이 그림 좀 보게. 센 강 좌안의 어느 퀴퀴한 상점에서 고른 건데, 작품은 한심스럽지만, 여기 이 종려나무 잎 장식이 아로새겨진 제1제정시대풍의 액자가 하도 맘에 들어선 산 걸세."

잠시 훑어보던 뤼팽이 말했다.

"정말 한심스러운 솜씨로군. 하지만 소재 하나는 그럴듯한걸. 고풍스러운 정원에 그리스풍의 열주들이 구비된 원형 건물하며, 해시계하고 연못, 르네상스식 지붕 잔해를 이고 있는 여기 이 우물하며, 계단과 돌의자 등등 제법 아기자기한 풍경이야."

"게다가 진품일세!"

내가 얼른 덧붙였다.

"작품이야 수작이든 졸작이든, 이 제정시대풍의 액자에서 단 한 차례도 떼어내진 적이 없다네. 작품이 그려진 날짜도 적혀 있지. 자, 여기 이 아래, 왼쪽을 자세히 보게나. 붉은 글씨로 15-4-2라고 적혀 있지? 물론 1802년 4월 15일을 의미하겠지."

"그렇군. 그래. 한데 아까 우연의 일치라고 한 것 같은데, 지금까지로 봐선 뭐가 그렇다는 건지……."

나는 미리 삼각대 위에 설치한 망원경을 창문 앞으로 가져가서, 거리 맞은편 건물 어느 작은 방의, 역시 활짝 열린 창문을 향해 정확하게 겨냥했다. 그런 다음 뤼팽을 가까이 불렀다.

그는 허리를 잔뜩 숙인 채, 망원경을 들여다보기 시작했다. 이 시간대 비스듬히 기울기 마련인 햇살은 맞은편 방 안을 훤하게 비추기 때문에, 아주 단순한 마호가니 가구들과 커다란 침대, 그리고 두툼하고 질긴 무명 커튼이 드리워진 아동용 침대가 한눈에 들어왔다.

"아! 똑같은 그림 아닌가!"

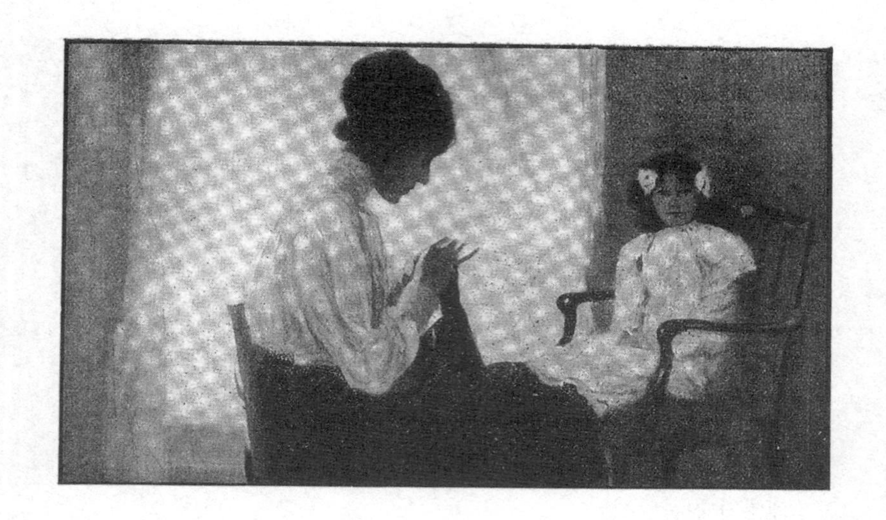

뤼팽의 입에서 금세 탄성이 터져나왔고, 나 역시 곧장 맞장구를 쳤다.

"정확히 일치하는 그림이지! 날짜도 있지? 붉은색 날짜가 보이지 않는가? 15-4-2라고 말일세."

"그렇군. 대체 저 방 임자는 누구인가?"

"어느 부인인데……. 글쎄 뭐랄까, 먹고살기 위해 고생깨나 하는 노동자라고 할 수 있지. 재봉 일을 하는데, 아이 하나와 자기 입에 풀칠하기도 빠듯한 모양이더구먼."

"이름이 뭐라던가?"

"루이즈 데르느몽. 내가 입수한 정보에 의하면, 그녀는 공포정치 시대에 기요틴에 희생당한 어느 총괄 징세 청부인의 증손녀라는군."

"앙드레 셰니에(1762~1794. 대혁명 이전, 계몽주의 시대의 최고 시인—옮긴이)와 같은 날 당했을 걸세. 그 당시 기록을 보면 그 에르느몽이라는 작자, 대단한 재산가로 되어 있지."

역사적인 지식이 해박하기 그지없는 뤼팽이 슬쩍 덧붙이고는, 고개를 들고 물었다.

"이거 참 흥미로운 일인걸. 여태껏 뭐하고, 왜 이제 와서 얘기를 하는 건가?"

"오늘이 바로 4월 15일이기 때문이네."

"그래서?"

"어제 관리인이 수다를 떠는 가운데 주워들은 건데, 4월 15일이 루이즈 데르느몽의 생활에서 대단히 중요한 위치를 차지하고 있다는 거야."

"정말인가?"

"보통 다른 날 같으면 언제나 재봉 일에 여념이 없고, 방 두 개를 말끔히 청소하는가 하면 공립 초등학교에서 돌아올 어린 딸을 위해 점심 준비를 할 텐데, 유독 4월 15일만 되면 만사 제쳐두고 오전 10시에 딸과 함께 외출해서 밤이 되어서야 집에 돌아온다는 거야. 지난 수년간 한결같이 말이네. 생각해보게. 내가 우연히 어느 낡은 그림에서 본 날짜가 또 하나의 같은 그림에도 정확히 기입되어 있을 뿐만 아니라, 역시 같은 날짜에 징세 청부인이었던 에르느몽가(家)의 자손이 규칙적으로 외출을 한다는 사실이 여간 이상하지 않은가 말일세."

뤼팽은 천천히 대꾸했다.

"음……. 과연 자네 말이 맞군그래. 이상해. 대체 외출은 어디로 한다던가?"

"그건 모르겠네. 아무에게도 말하지 않는다고 하더군. 워낙 말이 없는 성품이라나."

"그거 전부 확실한 정보겠지?"

"더없이 확실한 정보라네. 마침 증거가 나타나는군. 자, 저길 좀 보게나."

맞은편 방 안의 문이 활짝 열리더니, 한 일고여덟 살 정도 되어 보이는 여자아이가 들어서자마자 창가로 다가왔다. 그 뒤로 어떤 여자가 나타났는데, 키가 꽤 훤칠한 데다 부드러우면서도 어딘지 애수가 깃든 예쁘장한 얼굴이었다. 둘 다 무척 단순한 차림새였고, 그나마 엄마 쪽이 좀 더 우아한 티가 나도록 신경 쓴 흔적이 엿보였다.

"저것 보게. 이제 곧 외출할 모양이야."

내가 중얼거리는 가운데, 아니나 다를까 엄마가 아이 손을 붙잡고 방을 나서는 것이었다.

뤼팽은 덥석 모자를 집어 들며 던지듯 말했다.

"같이 갈 거지?"

하도 호기심이 발동해서 도저히 거절할 수가 없었던 나는 어느새 뤼팽과 더불어 계단을 내려가고 있었다.

거리로 나서자마자 문제의 여인이 빵 가게에 들어서는 것이 보였다. 그녀는 자그마한 빵 두 개를 사서, 이미 어느 정도 음식물을 담은 채 아이 손에 들려 있는 바구니 안에 넣었다. 가게를 나온 모녀는 외곽으로 뻗은 대로를 향해 걸어나갔고, 잠시 후 에트왈 광장에 도착했다. 계속해서 클레베 가도를 따라 두 사람은 파시 구역(파리 시내에서 오퇴유와 뇌일리와 더불어 아르센 뤼팽이 가장 자주 드나드는 구역임—옮긴이) 입구로 걸어갔다.

뤼팽은 대부분 숨죽인 채로 조용히 뒤를 밟았는데, 어찌나 전념을 하는지, 그것을 유발한 나 자신이 자랑스러울 정도였다. 아주 가끔, 그의 생각을 엿볼 수 있게 하는 말 한마디 한마디가 새어나올 때마다, 나는 그도 나처럼 여전히 오리무중 상태라는 것을 확인할 수 있었다.

루이즈 데르느몽은 레이누아르 가(街)를 통해 왼쪽으로 접어들었는데, 옛날 프랭클린(벤자민 프랭클린은 실제로 이곳 62번지 건물에서 피뢰침을 실험했음—옮긴이)과 발자크가 살았다는 그 평화롭고도 고풍스러운 거리 여기저기의 오래된 건물들과 검소한 정원들은 보는 이로 하여금 마치 시골에 온 듯한 기분이 들게 했다. 평지보다 약간 솟아오른 그곳 정상에서 저만치 내려다보면, 수많은 골목이 뻗어 내려간 지점에서 센 강이 유유히 흐르는 것을 볼 수 있다.

여자가 택한 골목길도 그중 하나로, 비좁고 꼬불꼬불 이어진, 인적이 드문 길이었다. 제일 처음 오른편으로는, 전면(前面)이 레이누아르 가로 향한 건물 한 채가 나타났고, 그에 이어서 곰팡이가 드문드문 피어 있는 높다란 담벼락이 죽 펼쳐져 있었다. 가만히 보니 버팀벽으로 든든히 지탱되어 있을 뿐만 아니라 깨진 병 조각들을 박아놓아서, 마치 옛날 요새와도 같은 분위기를 풍기고 있었다.

한데 한참을 걸어가던 모녀가 그 중간쯤에 이르자, 아치형으로 만들어진 나지막한 문이 하나 나타나는가 싶더니, 루이즈 데르느몽은 제법 묵직해 뵈는 열쇠로 문을 열어 딸과 함께 안으로 사라지는 것이었다.

"어쨌든 별로 숨길 것이 없는 모양일세. 여기까지 오면서 단 한 차례도 뒤를 돌아보지 않았어."

뤼팽이 말을 마치기가 무섭게 우리 뒤쪽에서 난데없는 발소리가 들렸다. 얼른 돌아보니 누더기 차림에 때가 꼬질꼬질한 늙은 남녀 걸인이 거적을 뒤집어쓴 채 다가오고 있었다. 놀랍게도 그들은 우리의 존재엔 전혀 신경 쓰지 않고 지나쳐갔고, 남자가 두 갈래로 된 배낭에서 아까 본 것과 같은 묵직한 열쇠를 꺼내 그 수수께끼 같은 문을 열더니, 마찬가지로 둘 다 안으로 사라지는 것이었다.

그뿐만이 아니었다. 곧이어 골목 끄트머리쯤 자동차 한 대가 멈추는 소리가 들려왔다. 더 이상 이래선 안 되겠다 싶었는지, 뤼팽은 나를 붙들고 한 50여 미터는 길을 내려와 움푹한 지점에 몸을 숨겼다. 언뜻 보니 아주 검은 눈동자에 새빨간 입술, 눈부실 정도의 금발이 눈에 확 띄

는 어느 아가씨가 장신구로 잔뜩 치장한, 제법 우아한 차림을 하고서 강아지 한 마리를 껴안은 채, 골목길을 따라 내려오는 것이었다. 아니나 다를까 그 여자 역시 바로 그 문 앞에 이르자 같은 식으로 열쇠를 사용해 열었고, 이내 안으로 사라져버렸다!

"이거 점점 재미있어지는군. 대체 저 사람들 서로 무슨 관계일까?"

뤼팽이 나지막이 속삭이는 가운데에도, 사람들의 행렬은 계속 이어지고 있었다.

비참해 보일 정도로 비쩍 마른 행색의, 자매처럼 닮은 나이 든 아낙네 둘, 호텔 급사 복장의 남자 하나, 보병대 하사 하나, 지저분하게 여기저기 누빈 모닝코트 차림의 뚱뚱한 남자 하나, 그 밖에도 창백하고 병색이 완연한 것이 아무래도 배곯는 일이 다반사로 보이는 아빠, 엄마, 아이 넷의 어느 노동자 가족……. 이 모든 인물 군상은 약속이나 한 듯, 저마다 바구니에 음식물을 싸 가지고 나타나 곧장 문 안으로 사라지는 것이었다.

"소풍이라도 가는 모양이야!"

내 말에 뤼팽도 맞장구를 쳤다.

"글쎄, 갈수록 점입가경(漸入佳境)이로군그래! 저 벽 뒤에서 무슨 일이 벌어지는지 알아야만 속이 편하겠는걸."

그렇다고 월장(越牆)을 한다? 불가능한 일이다! 그뿐만 아니라 골목길을 따라 죽 이어진 담 양쪽 끄트머리에 위치한 두 채의 건물에는 그 안쪽 세계를 엿볼 수 있는 어떠한 창문도 나 있지 않은 것이었다.

뤼팽과 내가 별 소득 없이 방법을 생각해내느라 골머리를 앓고 있는데, 문득 그 작은 쪽문이 반짝 열리더니, 노동자 가족 중 어린애 하나가 톡 튀어나왔다.

아이는 내처 달려 레이누아르 가까지 다다랐고, 잠시 후에는 물병 두

개를 가지고 돌아왔다. 아이는 문 앞에 이르러 그 큼직한 열쇠를 호주머니에서 꺼내느라, 들고 있던 물병을 잠깐 바닥에 내려놓았다.

바로 그때였다. 어느새 내 곁을 떠난 뤼팽은 마치 근처를 어슬렁거리며 산책하는 사람처럼, 느긋한 걸음걸이로 담벼락을 따라 접근하고 있었다. 그리고 아이가 마침내 안으로 들어선 다음 문을 밀어 닫으려는 찰나, 비호처럼 날아서 문의 자물쇠통에 단도 끄트머리를 살짝 끼워 넣는 것이었다. 그 바람에 자물쇠의 빗장이 완전히 맞물리지 않았고, 이젠 조금만 힘을 가하면 문짝이 슬그머니 열릴 수 있는 상태가 되었다.

"됐어!"

쾌재를 부르며 뤼팽은 일단 조심스럽게 고개를 들이미는가 싶더니, 놀랍게도 금세 문을 활짝 열면서 안으로 쑥 들어서는 것이었다. 나 역시 얼른 달려가 안으로 고개를 들이밀었다. 알고 보니 담벼락 한 10여 미터 뒤로 월계수 관목 숲이 장막처럼 우거져 있어서, 누가 문으로 드나드는 것을 안에서는 단번에 파악하기가 불가능한 상황이었다.

뤼팽은 숲 한복판에 몸을 숨기고 있었다. 나는 슬그머니 다가가 그와 마찬가지로 관목의 잔가지들을 살짝 헤쳐 그 너머를 염탐하기 시작했다. 그렇게 해서 눈앞에 펼쳐진 광경은 정말이지 예상을 훌쩍 초월하는 것이었다. 내 입에서는 저도 모르게 외마디 탄성이 터져나왔고, 뤼팽 역시 잇새로 이렇게 중얼거렸다.

"세상에! 이럴 수가 있나!"

창문 하나 없는 양쪽 건물들을 경계로 한껏 펼쳐진 공간 안에는, 내가 골동품 상점에서 구입한 바로 그 낡은 그림에 담긴 풍경이 고스란히 살아 숨 쉬는 것이 아닌가!

세부적인 부분까지 정확히 일치했다! 저만치 뒤쪽에는 제2의 담벼락을 배경으로 그림에서와 똑같은 그리스풍의 경쾌한 열주식 원형 건물이 버티고 있는가 하면, 중앙에는 마찬가지로 그림에서와 하나도 다르지 않은 돌의자들이 원형 계단을 사이에 두고 이끼가 덕지덕지 낀 포석의 연못을 굽어보고 있었다. 한편 왼쪽으로는, 역시 같은 우물이 정교하게 제작된 금속 지붕을 받치고 있었고, 그 바로 가까이엔 대리석 시판(時版)에 화살표 모양의 지침을 뽐내며 눈에 익은 해시계가 설치되어 있었다.

어쩌면 이다지도 똑같을까! 펼쳐진 광경의 유사점 외에도 신기한 점이라면, 뤼팽이나 내 머릿속에 낙인처럼 찍혀 있는 그림 속의 수수께끼 같은 날짜, 4월 15일이었다! 다시 말해서, 하고많은 날 중 하필 오늘 4월 15일, 서로 다른 연령과 사회계층에 속한 사람 10여 명이 굳이 그 의문의 날짜를 택해 파리의 이처럼 외진 구석을 찾아들었다는 사실이었다.

우리가 보고 있는 줄 아는지 모르는지, 그들 모두는 돌의자나 그 아래 원형 계단에 끼리끼리 모여 앉아 음식을 먹고 있었다. 우리가 줄곧 미행해온 이웃 모녀로부터 그리 멀지 않은 곳에는 노동자 가족과 거지 부부가 자리를 합친 상태였고, 호텔 급사 복장의 남자와 지저분한 모닝코트, 그리고 보병대 하사관과 비쩍 마른 두 자매도 잘게 썬 햄이랄지, 정어리 통조림, 그리고 그뤼예르산(産) 치즈 등등을 서로 나누고 있었다.

때는 오후 1시 30분. 거지와 뚱뚱보 신사가 파이프를 꺼내 물었다. 남자들은 그렇게 원형 건물 주변에서 담배를 피우기 시작했고, 여자들은 여자들대로 따로 모여들었다. 보아하니 모두 안면이 있는 모양이었다.

우리가 숨어 있는 장소로부터는 거리가 꽤 떨어진 편이라, 하는 얘기까지 알아들을 수는 없었지만, 얼른 보기에도 무척 화기애애한 대화를 나누고 있음이 분명했다. 특히 강아지를 데려온 아가씨는 인기가 제일인 듯, 어느새 사람들에게 에워싸인 채, 앙칼지게 짖어대는 강아지를 어루만지며 요란스레 수다를 떨고 있었다.

한데 갑자기 커다란 고함 소리와 함께 악을 써대는 소리가 들렸고, 남녀 할 것 없이 일제히 우물 쪽을 향해 허겁지겁 달려가는 것이 아닌가!

바로 그때쯤 우물 속에서 노동자 가족의 아이 하나가 불쑥 튀어나왔는데, 나머지 세 아이는 그 애의 허리띠에 쇠갈고리를 꿴 밧줄을 도르래를 이용해서 끌어 올리고 있었다.

남보다 역시 한 동작 빠른 하사관이 제일 먼저 아이에게 달려들었고, 뒤이어서 호텔 급사와 뚱뚱보 신사가 덮쳤으며, 거지 부부와 비쩍 마른 노(老)자매는 노동자 부부와 몸싸움을 벌이기 시작했다.

얼마 안 있어 우물에서 나온 아이는 너덜너덜해진 셔츠 한 장만 덩그러니 걸친 꼴이 되었다. 옷가지를 대부분 차지한 호텔 급사가 쏜살같이 내빼자, 하사관이 악착같이 따라붙어 겨우 반바지 하나를 빼앗았지만, 그나마 금세 비쩍 마른 노자매 중 한 명의 극성에 내주어야 했다.

"전부들 미쳤나 봐!"

내가 어안이 벙벙한 표정으로 중얼거리자, 뤼팽은 고개를 설레설레 흔들었다.

"아닐세. 그게 아니야."

"아니 그럼, 저들이 왜 저러는지 자넨 뭔가 짚이는 바라도 있단 말인가?"

급기야는 처음부터 중재자로 자처하는 듯한 태도의 루이즈 데르느몽에 의해서 소란은 일단락되었다. 모두들 다시금 삼삼오오 자리를 잡아 앉았지만, 극도로 흥분한 몇몇 사람의 서먹한 반응 때문에 이제는 서로 아무 말 없이 축 늘어져 있을 뿐이었다.

그러고도 한참이 흘렀다. 다소 짜증스럽고 배도 고파진 나는, 레이누아르 가까지 혼자 걸어가 먹을 것을 조금 구해왔고, 우리는 여전히 눈앞에 펼쳐지는 불가해한 코미디를 관망하며 허기를 때웠다. 시간이 흐를수록 그들은 더욱더 우울해지는 분위기였고, 잔뜩 움츠린 채 의기소침한 상태로, 골똘한 상념에 빠져드는 눈치였다.

"저기서 잠이라도 자려는 걸까?"

나는 난감한 마음으로 중얼거렸다.

그러던 중, 오후 5시가 되어오자 지저분한 모닝코트 차림의 뚱뚱보 신사가 문득 시계를 꺼내 보았다. 그러자 너도나도 흉내라도 내는 것처럼 각자의 시계를 들여다보는 것이 아닌가! 마치 저들에게 엄청 중요한 어떤 사건이 일어나기를 불안하게 기다리는 것 같았다. 그러나 아무 일도 일어나지 않았고, 뚱뚱보 신사는 낭패라는 듯 제스처를 취한 다음, 자리를 털고 일어나면서 모자를 눌러쓰는 것이었다.

그와 더불어 졸지에 애도와 슬픔의 분위기가 전체에 확산되었다. 비쩍 마른 두 노자매와 노동자의 아내는 아예 그 자리에 털썩 무릎을 꿇고 성호까지 긋는가 하면, 강아지를 데려온 아가씨와 거지 아내는 서로를 부둥켜안고 흐느껴 울었다. 루이즈 데르느몽 역시 예외는 아니어서, 딸을 와락 끌어안는 동작이 여간 애처로운 것이 아니었다.

"우리도 이만 가세나."

뤼팽이 속삭였다.

"소풍이 끝난 걸까?"

"그렇다네. 이젠 우리가 달아나야 할 때야."

우린 무사히 그곳을 벗어났다. 레이누아르 가 꼭대기에 이르러 뤼팽은 왼쪽으로 방향을 틀더니, 나를 밖에 남겨둔 채, 아까 그 울타리 안을 굽어볼 수 있는 첫 번째 건물로 들어갔다.

거기서 관리인과 잠시 얘기를 나눈 다음, 그는 다시 나와 합류해 자동차를 잡아탔다.

"튀랭 가(街) 34번지!"

그곳 1층은 공증인 사무실이었는데, 도착하자마자 우리는 발랑디에 선생이라고 하는 무척이나 사근사근하고 나이 지긋한 신사의 환대를 받았다.

뤼팽은 스스로를 퇴역 육군 대위 자니오라고 소개했다. 그러면서 실은 구미에 맞는 집 한 채를 지을까 하는데, 누군가 레이누아르 가 근방의 어느 부지 얘기를 해주더라는 것이었다.

"하지만 그 부지는 매물이 아닌데요!"

발랑디에 선생이 불쑥 말했다.

"아, 한데 소문에는……."

"아니에요. 아닙니다."

공증인은 곧장 일어나 서랍장에서 뭔가 꺼내 와 우리에게 보여주었다. 순간 나는 아연실색하지 않을 수 없었다. 그것은 내가 사놓은 그림, 그리고 루이즈 데르느몽의 집에도 있는 바로 그 그림과 똑같은 그림이었다.

"선생이 말씀하신 그 부지는 흔히들 에르느몽 장원(莊園)이라고 부르는 곳인데, 이 그림에 묘사된 그대로 아닙니까?"

"정확히 그대로군요."

"이곳은 공포정치 시대에 처형당한 에르느몽이라는 총괄 징세 청부인의 드넓은 부동산 중 극히 일부에 해당합니다. 그 자손들이 팔 수 있는 것부터 조금씩, 조금씩 팔아버린 끝에, 마지막 남은 땅뙈기가 바로 이곳이지요. 앞으로도 이곳만큼은 불분할(不分割) 공유지로 아마 영원히 남을 겁니다. 다만……."

공증인은 말을 하다 말고 객쩍은 웃음을 터뜨렸다.

"다만 뭡니까?"

놓칠 리 없는 뤼팽이 다그쳐 물었다.

"허허, 아주 재미난 이야기가 하나 있긴 한데……. 저는 이따금 엄청난 자료를 뒤적여가며 재미 삼아 그 이야기를 파고들곤 하지요."

"우리도 좀 알면 안 되겠습니까?"

"안 되다니요, 원 별말씀을……."

발랑디에 선생은 오히려 흥미진진한 이야기를 풀어낼 수 있게 돼서 신이 나는 모양이었다.

누가 재촉하기도 전에 기다렸다는 듯 그의 얘기가 시작되었다.

"대혁명이 발발하자마자 루이 아그리파 데르느몽은 제네바에 있는 아내와 딸 폴린을 만난다는 핑계로 포부르 생제르맹의 개인 호텔 문을 닫고, 하인들도 몽땅 해직시켜버렸답니다. 그러고는 지극히 헌신적인 늙은 하녀를 제외한 그 누구에게도 알려지지 않은 파시의 아담한 주택에 아들 샤를과 함께 정착합니다. 그곳에서 근 3년간을 거의 숨어 지내다시피 했는데, 어느 날 점심 식사를 마치고 낮잠을 즐기던 중 늙은 하녀가 득달같이 방으로 뛰어들 때까지만 해도, 그는 결코 발각되는 일은 없을 것이라 생각하고 있었지요. 한데 하녀 얘기는 그게 아니었습니다. 거리 끄트머리쯤에서 잔뜩 무장한 순찰대가 난데없이 나타났는데, 필시 이쪽을 향해 다가오는 것 같더라는 거였죠. 루이 데르느몽은 즉각 필요한 준비를 갖추기 시작했고, 순찰대가 문을 두드릴 때쯤엔 정원으로 난 문을 통해 사라질 수 있었답니다. 아들에겐 혼비백산한 목소리로 이렇게 외치면서 말입니다. '저들을 좀 지체시켜다오. 딱 5분만 말이다.' 그나저나 정말 그대로 내뺄 생각이었을까요? 아니면 막상 그러려다 보니 정원의 출구마저 몽땅 점거당해 있다는 걸 깨달았기 때문일까요? 한 7~8분이 지나자, 그는 마치 아무 일 없었다는 듯 돌아와, 퍼붓는 질문에 얌전히 응하는가 하면 순찰대를 스스럼없이 따라가는 것이었습니다. 아들인 샤를 역시 겨우 열여덟 살밖에 안 된 몸인데도 끌려갔고요."

"그게 언제 일입니까?"

"혁명력(革命曆) 제2년 제르미날 26일 일이었지요(혁명력이란 1789년 프랑스 대혁명이 발발한 후 제1공화국(1792~1804)이 선포되면서 시행된 새로운 역법(曆法)으로서, 혁명력 제2년이란 곧 1794년을 말하며, 제르미날(germinal)은 파종월(播種月)이라는 뜻으로, 3월 중순에서 4월 중순에 해당함—옮긴이). 다시 말해서……."

발랑디에 선생은 잠시 말을 끊더니, 벽에 걸린 달력을 눈길로 더듬고는 이렇게 외쳤다.

"아이고, 그게 바로 오늘이로군요! 4월 15일, 그러니까 총괄 징세 청부인의 체포 기념일이라고나 할까요!"

"그것참 묘한 우연의 일치로군요. 당시 시대가 시대인 만큼 체포된 이후에 엄청난 곤욕을 치렀겠죠?"

뤼팽이 의미심장한 표정으로 되묻자, 공증인은 빙그레 웃으며 대꾸했다.

"오, 여부가 있겠습니까! 그로부터 석 달 뒤인 테르미도르(테르미도르(thermidor)는 열월(熱月)이라는 뜻으로 7월 중순에서 8월 중순에 해당함—옮긴이) 초에 결국 단두대에 오르는 신세가 돼버렸죠. 감옥에 수감된 아들 샤를을 완전히 따돌린 상태에서, 가문의 전 재산은 국가에 몰수당했고요."

"물론 대단한 재산이었겠죠?"

"웬걸요! 바로 그 문제가 만만치 않았습니다. 실제로는 어마어마한 규모였을 그 집 재산이 도무지 어디로 증발해버렸는지 종잡을 수가 없는 거예요. 포부르 생제르맹의 호텔은 혁명 발발 직전 어느 영국인에게 매각되었고, 지방에 소재한 온갖 성채와 영지, 보석과 증권, 예술 소장품이 하나같이 처분된 것으로 나왔답니다. 국민의회(1792년에 발족된 프랑스 혁명 의회—옮긴이)도, 그 후의 집정 내각(1795~1799. 다섯 명의 집정관으로 조직된 프랑스 혁명 내각—옮긴이)도 그에 관한 좀 더 세밀한 추적을 진행했지만, 아무런 소득이 없었다는군요."

"그래도 파시의 가옥은 남아 있지 않았습니까?"

"파시의 가옥은, 에르느몽의 체포를 지시한 파리 혁명정부(1789~1795—옮긴이) 대표자 브로케 씨가 아주 헐값으로 사들였지요. 한데 브로케 씨는 그곳의 모든 출입구를 봉쇄하고 담을 요새화하고는 그 안에 칩거해버렸다는군요. 그뿐만 아니라, 출감한 샤를 데르느몽이 나타나자 권총을 쏴대며 접근조차 허용하지 않았다지 뭡니까. 곧장 소송을 건 샤를은 맥없이 패하고 나서, 오히려 막대한 비용만 부담하게 되었고요. 브로케라는 인물은 정말이지 인정사정도 없고 고집이 보통 아닌 자였나 봅니다. 한번 그 집을 사들인 이후, 워낙 완강하게 지키는 바람에 보나파르트의 지원이 없었다면 아마도 샤를은 영영 그것을 되찾지 못했을 겁니다. 그래서 마침내 1803년 2월 12일, 브로케 씨가 모든 걸 비우고 깨끗이 물러나자, 샤를의 기쁨은 이루 형언할 수 없을 정도였다고 해요. 하여간 그간의 온갖 시련 때문에 머리가 이상해진 건 아닐까 할 정도로 난리였다고 합니다. 심지어는 되찾은 그 집 문 앞에 도착하자, 미처 문도 열지 않은 상태에서 혼자 노래를 부르고 덩실덩실 춤까지 추었다지 뭡니까. 아닌 게 아니라 그 후 실제로 정신이 약간 이상해졌다고 합니다."

뤼팽은 나직이 중얼거렸다.

"그랬겠지. 그래, 그 후론 어떻게 됐답니까?"

"그의 어머니와 누이 폴린(그녀는 제네바에서 사촌 중 한 명과 혼인을 올렸는데)은 둘 다 얼마 안 가 죽었기 때문에, 늙은 하녀와 더불어 단둘이 파시의 저택에서 살았다고 합니다. 이렇다 할 사건 없이 그렁저렁 살아가던 중, 1812년 느닷없이 깜짝 놀랄 만한 사태가 벌어졌답니다. 다름 아닌 늙은 하녀가 임종의 자리에서 미리 부른 증인 두 명에게 참으로 괴이한 얘기를 하더라는 겁니다. 즉, 대혁명 초기에 총괄 징세 청부인이 황금과 돈이 가득 든 자루를 여럿 들고 파시의 저택으로 왔는데, 체포되기 수일 전 그게 감쪽같이 없어졌다고 말입니다. 그 전에도 사실, 문제의 보물이 정원의 원형 건물과 해시계, 그리고 우물 중 어딘가에 감춰져 있다는 얘기를 샤를 데르느몽에게서 전해 들었다는 겁니다. 그 증거라면서 하녀는 아직 액자도 갖춰지지 않은 그림 세 장을 보여줬는데, 총괄 징세 청부인이 감옥에서 일일이 그린 후, 아내와 아들, 그리고 딸에게 각각 한 장씩 전해달라고 지시했다는군요. 하지만 재물의 유혹에 눈이 어두워 하녀와 샤를은 작당을 해서 입을 다물기로 한 거랍니다. 그 후 벌어진 일은, 아까 말씀드렸다시피, 소송이 정식으로 제기되었고, 우여곡절 끝에 마침내 집을 되찾았으며, 샤를의 광증이 시작되었고, 하녀 혼자서 악착같이 찾아보았지만 결국 보물을 찾는 데엔 실패했다고 합니다."

"요컨대 문제의 보물은 여전히 그곳 어딘가에 있다는 얘기로군."

뤼팽이 중얼거리자 발랑디에가 대뜸 외쳤다.

"앞으로도 그럴 것이고요! 다만…… 다만 당시 분명 뭔가 낌새를 챘을 브로케 씨가 미리 손을 쓰지 않았다면 말입니다만. 아, 물론 가능성은 희박합니다. 브로케 씨는 가난 속에서 비참하게 생을 마감했거든요."

"하녀가 고백을 한 후론 어떤 일이 일어났습니까?"

"사람들이 몰려와 너도나도 보물찾기에 들어갔죠. 폴린의 자식들이 제네바에서 몰려들었고, 나중에 알게 된 일이지만 몰래 결혼한 샤를의 자식들까지 가세했답니다. 좌우간 조금이라도 상속권이 있다고 생각되는 사람들은 너 나 할 것 없이 이 일에 매달렸다는군요."

"샤를 본인은요?"

"샤를은 완전히 은둔한 채 살아갔다고 합니다. 자기 방에서 한 발짝도 나오지 않았다고 해요."

"전혀 말입니까?"

"사실 꼭 그런 건 아닙니다. 한데 바로 그 점이 이 일에서 무척 특이한 점이긴 해요. 그야말로 1년에 딱 한 차례, 샤를 데르느몽은 마치 무의식의 인도를 받아 그러는 것처럼, 자기 아버지가 걸어갔던 대로 똑같은 길을 밟아 정원을 가로질러 걸어가서는, 여기 이 그림에 보이는 원형 건물 계단 위에 잠시 앉았다가, 다시 우물 둘레의 돌 위에 앉아 있곤 했다는 겁니다. 그러다가 정확히 5시 27분이 되자, 벌떡 일어나 집 안으로 들어갔다고 하는데, 1820년 그가 임종을 맞기 직전까지 이 괴상망측한 연간 나들이를 단 한 차례도 거르지 않았다고 하네요. 한데 1년에 단 하루인 바로 그날이, 하필 아버지가 체포된 4월 15일이었다지 뭡니까!"

이 기이한 대목에서는 발랑디에 선생조차 자신의 이야기에 다소 긴장이 되는지, 더는 들떠 보이지 않았다.

잠시 생각에 잠기던 뤼팽이 물었다.

"샤를이 죽은 다음엔 무슨 일이 있었습니까?"

공증인은 이제 제법 엄숙한 태도로 이야기를 재개했다.

"그가 죽었을 때니 벌써 100년 가까이 됩니다만, 샤를과 폴린 남매의 자손들은 4월 15일의 그 나들이 행사를 줄곧 지켜오고 있답니다. 처음 몇 해 동안은 만나기만 하면 악착같은 수색이 반드시 수반되었다고 하더군요. 그 정원의 단 한 뼘도 그냥 지나쳐버린 데가 없고, 흙 한 줌도 아마 파헤쳐지지 않은 구석이 없었을 겁니다. 하지만 지금은 다 끝난 일이죠. 이젠 거의 찾는 일을 포기한 상태입니다. 그저 이따금, 아무 생각 없이, 돌 하나를 들춰본다거나, 우물 안을 들여다보는 정도이지요. 모두들 그 가엾은 광인이 생전에 그랬던 것처럼, 원형 건물 계단에 우두커니 앉아서, 역시 멍하니 뭔가 기다리곤 할 뿐이랍니다. 이를테면 가문의 비극이라고 할 만한 일이죠. 지난 100여 년 동안, 아비에게서 자식으로 줄줄이 이어지는 모든 혈족이, 글쎄요, 뭐랄까, 삶의 원동력을 상실한 상태라고나 할까요? 더 이상 용기도 의욕도 없는 상태 말입니다. 그저 덮어놓고 기다리는 거죠. 4월 15일이 되기만을 멍하니 기다리다가, 급기야 1년에 한 번 그날이 오면 또다시 뭔가 기적이 일어나지 않을까 하루 종일 기다리는 겁니다. 그렇게 살아가다가 결국엔 모두가 극심한 빈곤 속에서 허덕일 따름이지요. 이곳에서 터를 잡고 일해온 우리 선임자들도 줄곧 그 부동산과 관련한 일을 맡아오는 중입니다만, 처음에는 그곳 집을 팔아서 좀 더 유익한 투자 겸 새로 집을 세웠고, 정원도 여기저기 조금씩 거래를 주선해왔답니다. 하지만 유독 이 그림에 그려진 구역만큼은 저들이 죽기를 각오하고 손대려 하지 않는 거예요. 그야말로 만장일치로 말입니다. 폴린의 직계 후손인 루이즈 데르느몽을 위시해서, 샤를 쪽 후손에 해당하는 거지 부부와 노동자 가족, 호텔 급사, 서커스의 무희 등등이 하나도 빠짐없이 말입니다."

또다시 약간의 침묵이 뒤를 이었고, 마침내 뤼팽이 떠보듯 물었다.

"그럼 당신 생각은 어떻습니까, 발랑디에 선생?"

"나는 거기에 아무것도 없다는 생각입니다. 도대체 나이가 들어 정신이 가물가물해진 한낱 늙은 하녀의 횡설수설에 무슨 신뢰성이 있다고 그 난리란 말입니까? 대체 미친 사람의 변덕이 뭐가 그리 대수냔 말입니다! 무엇보다도 총괄 징세 청부인이 정말 엄청난 재화를 모아두었다면 일찌감치 어딘가에서 발견되었을 거라고 생각하지 않나요? 이처럼 한정된 공간 안에 뭔가 그렇게 꼭꼭 숨겨둘 수 있었다면, 그건 대단한 보물이기보단 그저 하찮은 서류 뭉치나 노리개 정도이겠죠."

"하지만 똑같은 그림들을 그려서 물려준 건?"

"그래요, 그건 좀 이상하죠. 하지만 단지 그것만으로 실제 보물이 있다는 충분한 증거가 될 수 있을까요?"

뤼팽은 대답 대신 공증인이 꺼내 온 그림에 고개를 파묻고 한참을 훑어보더니, 던지듯 물었다.

"아까 그림이 모두 세 장이라고 했지요?"

"그렇습니다. 여기 있는 이건 샤를의 후손들이 내 선임자 한 분께 기증한 것이고, 또 하나는 루이즈 데르느몽이 소장하고 있지요. 마지막 남은 하나의 행방은 묘연한 상태입니다."

뤼팽은 내 쪽을 한번 힐끗 본 다음, 계속 물었다.

"그리고 모든 그림에 똑같은 날짜가 기입되어 있다 이거죠?"

"그렇습니다. 샤를 데르느몽이 죽기 얼마 전, 모두 액자를 갖춰주면서 기입한 걸로 알고 있지요. 15-4-2라는 숫자로 말입니다. 1794년 4월에 아버지가 체포되었으니까, 분명 혁명력 제2년 4월 15일을 의미하는 게 틀림없는 셈이죠."

"아! 그렇겠군요! 특히 2라는 숫자의 의미는……."

그는 잠시 생각에 잠겨드는가 싶더니, 덧붙여 물었다.

"질문 한 가지만 더 해도 되겠습니까? 혹시 그 가문 사람 이외에 이 문제를 풀어보겠다고 공개적으로 나선 이는 아무도 없나요?"

순간, 발랑디에 선생은 양팔을 번쩍 치켜들며 소리쳤다.

"맙소사, 말도 마십시오! 그런 게 다 공증인으로서 골치 아픈 부분이랍니다! 1820년부터 1843년에 이르기까지 우리 선임자들 중 한 분인 튀르봉 선생이 소위 상속인 집단에 의해 무려 열여덟 차례나 그곳 파시로 불려갔습니다. 사정인즉 그동안 온갖 협잡꾼과 점쟁이, 광신도가 저마다 문제의 보물을 찾아내겠노라며 몰려들었다지 뭡니까! 이래서는 안 되겠다 싶어 결국에는 하나의 원칙을 세우게 되었죠. 상속인이 아닌 외부인이 수색에 참여할 경우, 사전에 반드시 일정 금액을 기탁해야 한다는 것입니다."

"얼마 정도를 말입니까?"

"5000프랑입니다. 만약 수색에 성공을 거둘 경우에는, 보물의 3분의 1을 넘겨받기로 하고 말이죠. 물론 실패할 경우에는 고스란히 기탁금 전액이 문중(門中)의 재산으로 돌아가게 되는 겁니다. 그렇게 하고 나서야 좀 잠잠해졌죠."

"그렇다면 5000프랑 여기 있소."

공증인이 펄쩍 뛰었다.

"네? 지금 뭐라고 하셨습니까?"

뤼팽은 호주머니에서 당장 지폐 다섯 장을 꺼내 덤덤하게 탁자 위에 펼쳐놓으며 되풀이해 말했다.

"여기 5000프랑의 기탁금을 내놓겠다고 했소. 미안하지만 영수증이나 발부해주시고, 에르느몽 문중 인사들에게는 내년 4월 15일을 기해 한 사람도 빠짐없이 파시에 모이도록 통보해주십시오."

공증인의 표정은 그야말로 대경실색 그 자체였다. 하긴 뤼팽의 깜짝쇼에 이력이 난 나조차도 적잖이 놀랄 수밖에 없었다.

"그거 진심이십니까?"

발랑디에 선생이 더듬더듬 물었다.

"진심이고말고요."

"다시 한번 말씀드리지만, 공증인으로서 저의 견해는 분명히 밝혀드린 바 있습니다. 보물에 관한 모든 이야기는 사실 어떤 확실한 근거도 없다는 것 말입니다."

"한데 내 생각은 그와는 다릅니다."

공증인은 이제 아예 제정신이 아닌 사람 쳐다보듯 뤼팽을 가만히 들여다보았다. 그리고 이내 결심이 선 듯, 펜을 손에 쥐고 인지(印紙)가 붙은 종이 위에 계약서를 작성하기 시작했다. 예비역 육군 대위 자니오의 기탁금에 관한 사항과 보물 발견 시 전체의 3분의 1을 그의 몫으로 보장한다는 내용으로 말이다.

그러고 나서 이렇게 덧붙이는 것이었다.

"만약 도중에 생각이 바뀌시거든, 가급적 일주일 전에는 말씀해주시기 바랍니다. 이번 계약 건은 그때까지 통보하지 않는 걸로 하겠습니다. 그래야 그 가엾은 사람들이 미리부터 공연한 희망에 들뜨지 않을 수 있을 테니까요."

"그러지 말고 당장 오늘 통보하셔도 괜찮습니다, 발랑디에 선생. 그렇게 해야 앞으로 한 해를 희망차게 보낼 수 있을 테니까요."

그 말을 끝으로 뤼팽과 나는 사무실을 나왔다. 밖으로 나서자마자 내가 외쳤다.

"아니, 뭔가 알고 한 행동인가?"

"나 말인가? 전혀……. 그리고 바로 그 점에 재미가 있는 거라네."

"이보게, 무려 100년을 찾아도 안 되는 일이었네!"

"문제는 찾는 게 아니라, 생각을 하는 것이네. 그리고 앞으로 생각할 시간이 무려 365일이나 남아 있어! 이건 너무도 많은 시간이야. 오히려 제아무리 재미있는 문제라 해도 그 정도 기간이면 생각하다 까먹을 우려까지 있다네. 혹시 내가 깜박하더라도 자네가 나서서 좀 상기시켜주길 바라네. 어떤가, 그래줄 수 있겠지?"

아닌 게 아니라 그 후로 몇 달 동안을 나는, 더 이상 별다른 신경조차 쓰지 않는 것 같은 뤼팽에게 수차례에 걸쳐서 그 보물 문제를 상기시켜주었다. 그러던 중 한동안 그를 보지 못했던 기간이 있었다. 나중에 안 것이지만, 그 기간 동안 뤼팽은 아르메니아로 여행을 떠났고, 거기서 '붉은 술탄'에게 대항한 끔찍한 투쟁을 전개해서, 결국 폭군의 실각을 이끌어냈다고 했다(여기서 '붉은 술탄'은 실제로 오스만제국을 강압적으로 다스리던 압둘하미드 2세(1842~1918)를 가리킨다. 워낙 피를 좋아해서 '붉은 술탄'이라는 별명까지 붙은 그는 숱한 아르메니아인을 학살하다가, 1909년 동생의 모반에 의해 실각한다. 이 단편이 발표된 당시 파리에선 그의 보석 소장품들이 떠들썩한 경매에 부쳐져서 화제가 되었다—옮긴이).

그 와중에도 나는 그가 내게 남긴 주소지로 줄기차게 소식을 전했고, 이웃 여자, 루이즈 데르느몽에 관해 여기저기서 얻어들은 정보를 꽤 많이 제공할 수 있었다. 즉, 수년 전 한 부유한 젊은 남자에 대해 그녀가 품었던 사랑의 감정과 여자를 사랑했으나 가족의 반대에 부닥쳐 결국 등을 돌리고 만 그 남자, 그로 인해 여자가 빠졌던 실의의 나날과 그럼에도 불구하고 딸과 함께 꿋꿋이 살아나갔던 용기 있는 생활상 등등…….

하지만 뤼팽에게선 그에 대한 어떤 답장도 오지 않았다. 과연 제대로 받아 읽기나 한 걸까? 아무튼 정해진 날짜는 점점 다가오고 있었고, 워낙 다사다난(多事多難)한 인생을 사는 그인지라, 혹시라도 약속된 날까지 돌아오지 못하는 것은 아닐까 하는 걱정에 나는 속절없이 시달리고 있었다.

드디어 4월 15일 아침이 밝았고, 내가 점심 식사를 마칠 때까지도 뤼팽은 나타나질 않고 있었다. 12시 15분. 하는 수 없이 나 혼자서라도 파시로 향할 수밖에 없었다.

골목길로 들어서자마자 문가에 서 있는 노동자 가족의 네 아이와 맞닥뜨렸다. 잠시 후, 아이들에게 이끌려 발랑디에 선생이 허겁지겁 달려 나와 나를 맞이했다.

"자니오 대위님은요?"

다짜고짜 그가 소리쳤다.

"여기 없습니까?"

"아뇨, 그렇지 않아도 목이 빠져라 기다리고 있는 중입니다."

아니나 다를까, 공증인 주위로 낯익은 얼굴들이 삼삼오오 모여들기 시작했는데, 1년 전과 같은 어둡고 의기소침한 표정은 찾아볼 수 없었다.

발랑디에 선생이 나를 보고 말했다.

"모두 들떠 있답니다. 다 내 잘못이지요. 어쩌겠습니까! 당신 친구가 워낙 강한 인상을 심어놔서 나도 모르게 그만 이 선량한 사람들에게 섣부른 확신만 불어넣어 주고 말았으니……. 아무튼 그 자니오라는 대위, 정말 웃기는 양반이로군요."

이제 와서 난들 어쩌겠는가! 대위와 관련한 그의 질문에 대해, 나는 다소 과장된 대답을 두서없이 늘어놓았고, 상속자들은 저마다 고개를 끄덕이며 경청하는 것이었다.

그중 루이즈 데르느몽이 문득 중얼거렸다.

"만약 그 사람이 안 오면 어떻게 하죠?"

"그야 5000프랑을 우리끼리 나누는 거지 뭐!"

거지가 불쑥 대꾸했다.

그야 할 수 없는 노릇! 루이즈 데르느몽이 툭 던진 질문 하나가 전체 분위기에 찬물을 끼얹은 것은 사실이었다. 모두의 표정이 일순 일그러졌고, 불안의 기운이 전체의 머리 위를 짓누르는 느낌이었다.

오후 1시 반. 깡마른 두 자매가 기력이 빠지는지 털썩 주저앉았다. 그러자 이번엔 지저분한 모닝코트의 뚱보 신사가 버럭 화를 내며 공증인에게 시비를 걸었다.

"꼴좋수다, 발랑디에 선생! 모두가 당신 책임이오. 반강제로라도 대위를 데리고 왔어야 하는 것 아니오? 순 허풍쟁이 아닌가 말이야, 쳇!"

그러면서 내 쪽도 슬쩍 한번 째려보았는데, 호텔 급사 역시 덩달아 나를 겨냥한 욕설을 구시렁대기 시작했다.

바로 그때였다. 문가에 나가 있던 아이들 중 하나가 불쑥 고개를 들이밀며 이렇게 소리치는 것이었다.

"누가 와요! 오토바이를 타고 있어요!"

아닌 게 아니라 담 너머로 엔진 소리가 요란하게 들려오고 있었다. 보아하니 무시무시한 속도로 골목길을 치달아오는 모양이었다. 오토바이는 문 앞에서 급정거했고, 한 사내가 훌쩍 내려섰다.

먼지가 뽀얗게 한 겹 내려앉은 너머로 암청색 복장과 날카롭게 주름이 선 바지, 검은 중절모와 잘 닦인 반장화 등등 차림새만 봐도 그저 범상한 나그네 같지는 않았다.

"자니오 대위는 아닌 것 같군요!"

주춤주춤 사람을 위아래로 살피던 공증인이 소리쳤으나, 뤼팽은 불쑥 손을 내밀면서 호기 있게 내뱉었다.

"대위 맞소이다! 자니오 대위 맞아요. 단지 콧수염만 깎았을 뿐. 발랑디에 선생, 여기 당신이 서명한 영수증이 있소."

그러고는 아이 하나를 붙잡아 이렇게 이르는 것이었다.

"지금 당장 택시 정류장으로 달려가서 차를 한 대 잡아 레이누아르가에 대기시켜놓아라. 어서어서! 2시 15분에 급한 약속이 있다."

일부에서 곧장 항의의 제스처를 보이자, 자니오 대위는 슬쩍 시계를 보면서 덧붙였다.

"저런! 이제 겨우 2시 12분 전밖에 안 된 걸 가지고! 15분쯤은 뿌듯하게 남았네그려. 아, 피곤한데! 특히 배가 출출해!"

하사관이 부랴부랴 가지고 있던 군수용 빵을 내밀었고, 사내는 그걸 한입 보기 좋게 물더니 털썩 주저앉아 이렇게 말했다.

"어쨌든 양해하십시오, 여러분. 마르세이유발(發) 특급열차가 그만 디종과 라로슈 사이에서 탈선하는 바람에……. 10여 명 정도가 사망하고 부상자도 속출해서 구호를 하느라 시간이 지체될 수밖에 없었소이다. 그나마 다행으로 화물칸에서 오토바이를 발견했기에 망정이지……. 발랑디에 선생께선, 미안하지만 오토바이 임자를 나중에라도 찾아주셨으면 하오. 핸들에 아마 꼬리표가 아직 붙어 있을 것이오. 아, 꼬마가 벌써 왔네! 그래 자동차는 어쨌느냐? 레이누아르 가에 대기시켜놨다고? 잘했어!"

그는 다시금 시계를 보았다.

"허허, 이거 더 이상 시간 낭비할 수가 없군그래."

나는 호기심 가득한 눈으로 사내를 바라보았다. 하물며 그곳에 모인 에르느몽가(家)의 상속인들 심정이야 오죽했으랴! 내가 뤼팽한테 품고 있는 확신 같은 것이, 이 자니오 대위를 바라보는 그들 마음속에 있을 리 만무할 터. 당연히 그들의 인상은 있는 대로 찌푸려지고 하얗게 질려 있었다.

자니오 대위는 천천히 왼쪽 방향으로 걸음을 옮겨 해시계로 다가갔다. 튼튼한 남자의 반신상이 받치고 있는 대리석 시판은 세월의 풍파로 닳을 대로 닳아 있어, 시각을 표시하는 선들은 희미하게 분간할 수 있을 뿐이고, 그 위로 날개를 활짝 펼친 큐피드상(像)이 시곗바늘 역할을 하는 기다란 화살을 멋들어지게 들고 있었다.

대위는 한 1분 정도 아무 말 없이 시판을 지켜보더니, 이렇게 말했다.

"누구 칼 있습니까?"

어디선가 2시를 알리는 시계 종소리가 울렸다. 바로 그 순간, 화살의 그림자가 햇살을 가득 안은 대리석 시판의 거의 중앙을 가르고 지나가

는 금을 따라 길게 늘어졌다.

대위는 누군가 건네준 단도 끄트머리로 석판의 균열에 끼인 이끼와 지의류(地衣類), 모래 등을 세심하게 긁어내기 시작했다.

그렇게 가장자리에서 한 10여 센티미터까지 긁어갔을까, 마치 단도 끝이 어떤 장애물에 걸린 것처럼 멈추더니, 그는 엄지와 검지를 사용해 뭔가 집어내 손바닥으로 문질러 닦아낸 다음, 공증인에게 내보이며 말했다.

"보세요, 발랑디에 선생. 항상 뭔가 나오기 마련입니다!"

적어도 호두 크기만 한 것이, 대단히 정교하게 커팅 된 다이아몬드였다!

대위는 아무렇지도 않게 작업을 재개했다. 금세 또다시 뭔가 걸렸고, 처음 것과 마찬가지로 투명하고 눈부신 두 번째 다이아몬드가 나타났다.

계속해서 세 번째, 네 번째 보석이 꼬리를 문 채 대위의 단도 끝에 걸려 나오고 있었다.

그렇게 1분여간, 깊이 15밀리미터 정도로 균열을 따라 죽 파헤치는 가운데, 대위의 손에는 같은 크기의 다이아몬드 열여덟 개가 차례차례 쥐어졌다.

해시계 주위에 몰려든 사람들 가운데 그 누구도 소리를 지르거나 움직거리는 자가 없었다. 일종의 정신적인 충격에 의한 마비 상태가 상속인들을 옴짝달싹 못하게 만들고 있었다. 제일 먼저 그나마 중얼거린 것은 뚱뚱보 신사였다.

"맙소사, 맙소사……."

이어서 하사관의 신음 소리.

"오, 대위님. 대위님……."

두 자매는 아예 혼절이라도 하듯 주저앉았고, 강아지를 안은 아가씨는 무릎을 꿇고 난데없는 기도문을 외웠다. 호텔 급사는 두 손으로 머리를 틀어쥔 채, 마치 술 취한 사람처럼 비틀비틀……. 루이즈 데르느몽은 그만 울음을 터뜨렸다.

그렇게 얼마가 지났을까, 겨우 진정을 되찾은 사람들이 감사의 뜻을 표하려고 했을 때는, 이미 자니오 대위가 자리를 뜬 뒤였다.

내가 뤼팽에게 그 일에 관해 물어볼 기회를 가진 것은 그로부터 수년이 지난 뒤였다. 그는 기꺼이 모든 것을 털어놓기 시작했다.

"아, 그 열여덟 개의 다이아몬드 말인가? 세상에! 그런 것 하나 해결하려고 서너 세대(世代)에 걸쳐 골머리를 앓았다니. 먼지만 좀 떨어내면 고스란히 찾아낼 수 있는 것을 말일세!"

"대체 어떻게 알아낸 건가?"

"알아낸 게 아니라, 생각을 좀 했을 뿐이라네. 아니, 뭐 이렇다 할 생각을 할 필요도 사실 없었지. 처음부터 나는 그 모든 사안이 근본적인 어떤 문제 하나로 좌지우지되고 있다는 사실에 주목했다네. 바로 시간(時間)의 문제 말이지. 샤를 데르느몽은 아직 정신이 말짱할 때 세 장의 그림에 날짜를 기입해 넣었네. 얼마 후 그는 정신병에 시달리면서도, 가끔 제정신이 돌아올 때마다 매년 한 차례씩 그 오래된 정원 한가운데로 나아갔지. 아울러 정확히 같은 시각, 5시 27분이 되면 어김없이 거길 떠났고 말이야. 한번 돌이킬 수 없이 헝클어진 그자의 두뇌에 그런 식의 질서를 바로잡아 준 게 과연 무엇이었을까? 그 가엾은 광인(狂人)을 1년에 단 한 차례 예측 가능하게 움직여준 초자연적인 힘이 과연 무엇이었겠느냔 말일세. 그건 두말할 것도 없이, 총괄 징세 청부인이 남긴 그림의 해시계가 표방하는 본능적인 시간의 관념이라 이거지! 다시 말해 태양 주위를 1년 주기로 한 바퀴씩 도는 지구의 움직임이 샤를 데르느몽을 정해진 날짜에 파시의 정원으로 끌어낸 것이네. 아울러 낮 동안의 회전 역시 정해진 시각, 즉 태양이 더 이상의 햇살을 정원에 쏟아내지 않게 될 무렵에 그자를 자연스럽게 거기서 쫓아낸 것이고 말일세. 요컨대 해시계의 시판은 그 모든 것의 상징이나 다름없는 셈이지. 그래서 난 처음부터 거길 파헤쳐야겠다고 생각한 것이라네."

"하지만 어떻게 정확한 시각을 알아냈느냔 말일세."

"그야 그림을 보면 간단히 떠오르지. 샤를 데르느몽처럼 그 시대를 산 사람은 제2년 제르미날 26일이라든가, 아니면 아예 1794년 4월 15일이라고 적지, 제2년 4월 15일이라고는 적지 않는 법이네(즉, 혁명력과 태양력을 섞어서 표기하지 않는다는 뜻—옮긴이). 지난 100여 년간 왜 그 점을 사람들이 미처 간파하지 못했는지 의문이네."

"그렇다면 그림에 표기된 2라는 숫자는 제2년이 아니라, 2시를 뜻하는 거란 말인가?"

"두말하면 잔소리지! 요컨대 이렇게 된 거라네. 대혁명과 더불어 신변에 위협을 느낀 총괄 징세 청부인은 우선 자신의 전 재산을 황금과 돈으로 바꾸기 시작했지. 그것도 모자라, 그는 용의주도하게도 그것들을 또다시 보관이 용이한 열여덟 개의 다이아몬드 덩어리로 바꾸었다네. 아니나 다를까 순찰대가 은신처를 덮치자 그는 다이아몬드를 가지고 일단 정원으로 도피했지. 과연 어디에 이 엄청난 보물을 숨길 것인가? 그런 고민 속에서 우연히 해시계에 시선이 쏠렸을 것이네. 때는 오후 2시. 큐피드의 화살 그림자가 대리석 균열을 따라 길게 늘어지는 걸 보고, 그는 마치 계시처럼 그 속을 파헤쳐 열여덟 개의 다이아몬드를 쑤셔 넣고는 유유히 헌병들을 따라나서게 된 것이지."

"하지만 그림자가 그 균열에 일치하는 건 매일 2시면 어김없이 일어나는 일이지 결코 4월 15일에만 있는 일은 아니지 않은가?"

"이보게 친구, 그자의 정신 상태가 정상이 아니었다는 사실을 잊지 말게. 그저 아무 이유 없이 4월 15일에 집착한 것일 뿐일세."

"정 그렇다면, 1년 전 수수께끼를 풀었을 때부터 자넨 아무 때나 그곳을 침범해 다이아몬드를 훔쳐낼 수도 있지 않았는가?"

"그야 일도 아니었겠지. 실제로 다른 경우였다면 난 조금도 망설이지 않고 그렇게 했을 것이네. 하지만 저 딱한 사람들한테는 왠지 그러고 싶지가 않았어. 마음이 측은해지는 걸 어쩌겠나. 뤼팽이라는 작자가 이다지도 어리석은 친구라는 걸 이번 기회에 자네도 잘 알아두게. 마음씨 착한 천사처럼 갑자기 나타나서 사람들을 깜짝 놀라게 해주고 싶은 마음 때문에, 종종 바보 같은 짓을 저지르고 마는 이 못난 사람을 말일세."

"웬걸, 이 사람아! 따지고 보면 그리 바보짓도 아니지 뭘 그런가! 다이아몬드가 무려 여섯 덩어리라네! 에르느몽가의 상속인들이 기꺼이 희사(喜捨)하기로 한 계약서가 있질 않은가!"

그렇게 쾌재를 부르는 나를 가만히 바라보던 뤼팽이 느닷없이 웃음을 터뜨렸다.

"푸하하하. 자네 모르고 있었군그래! 에르느몽 가문의 기꺼운 마음들이라……. 거참 대단하더군. 이보게 친구, 바로 다음 날 이 선량한 자니오 대위께서 얼마나 많은 적에게 둘러싸인 줄 아시는가? 무엇보다 먼저 그 깡마른 노자매 두 분하고 뚱보 신사가 완강한 거부권을 행사하시던걸. 계약서? 자니오 대위가 애당초 존재하지도 않았다는 걸 증명하는 게 얼마나 쉬운 일인데, 그깟 계약서가 무슨 소용이겠는가! '자니오 대위라……. 대체 어디서 솟아난 건달이야? 어디 한번 해보라지.' 뭐 그러면 끝나는 것 아닌가?"

"그것참……. 루이즈 데르느몽은 뭐라던가?"

"그녀만큼은 그 같은 배은망덕한 태도를 단호히 반대하더구먼. 하지만 뭘 어쩌겠나? 역시 부유해졌겠다, 잃었던 연인을 되찾게 되자 그만 흐지부지할 수밖에. 그 후로는 소식 한 번 못 들어봤다네."

"그래서 어떻게 했나?"

"법적으로 약점을 안은 만큼 내 쪽에서 굽히고 들어가는 수밖에. 그 중에서 가장 보잘것없고 자그마한 다이아몬드 한 조각에 만족하기로 했지. 그러니 자네도 이웃을 돕는 데 전력을 다하게나!"

뤼팽은 잇새로 익살맞게 구시렁댔다.

"아! 감사 따위를 기대하는 게 터무니없는 짓이지. 점잖은 사람들이 그나마 양심을 갖고 좋은 일 하는 그 자체로 만족하는 게 얼마나 다행한 일인가 말이야!"

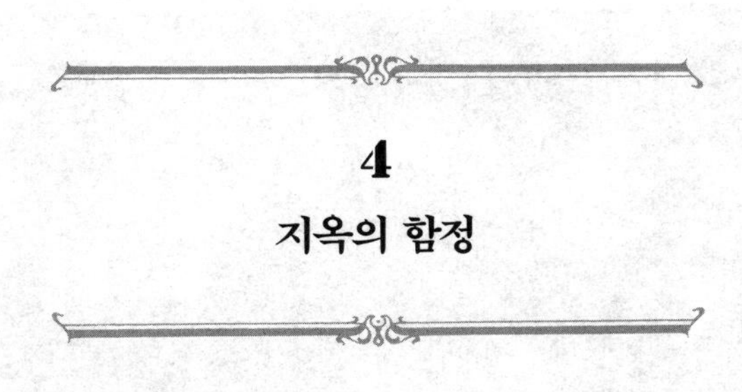

# 4
# 지옥의 함정

경마가 끝나고 사람들이 홍수처럼 관중석을 지나 바로 코앞을 지나쳐가자, 니콜라 뒤그리발은 얼른 윗도리 안주머니에다 손을 갖다 댔다. 옆에 있던 아내가 그것을 보고 말했다.

"무슨 일이에요?"

"항상 불안해 죽겠어. 이 돈 때문에 말이야! 이러다가 자칫 잘못하면……."

여자는 한숨을 내쉬며 중얼거렸다.

"도무지 당신을 이해 못하겠어요. 그 많은 돈을 꼭 그렇게 몸에 지니고 다니다니! 우리의 전 재산이잖아요! 그만하면 버느라고도 충분히 고생했건만……."

"맙소사! 사람들이 이 지갑 속에 그런 돈이 있는 걸 알까?"

"그걸 말이라고 해요? 지난주에 보내버린 하인 녀석도 그걸 알고 있다고요. 안 그러니, 가브리엘?"

여자가 투덜대자 곁에 바짝 붙어선 웬 젊은이가 대꾸했다.

"그래요, 숙모."

뒤그리발 부부와 조카인 가브리엘은 경마장의 단골손님이라 그곳에 늘 장사진을 치는 관람객들에겐 두루 잘 알려져 있었다. 뒤그리발은 불그스레한 혈색에 통통한 몸집을 한, 사람 좋은 인상이었고, 마찬가지로 약간 비대한 몸집의 부인은 다소 천박해 뵈는 얼굴에 언제나 닳고 닳은 자두 빛 비단 드레스 차림이었다. 반면 아직 새파란 젊은이는 비쩍 마른 데다 창백한 얼굴, 새까만 눈동자에 약간 곱슬곱슬한 금발 머리를 하고 있었다.

부부는 보통 경기가 진행되는 내내 자리를 뜨지 않았다. 삼촌 대신 경마 대기장을 기웃거리며 경주마들을 꼼꼼히 살펴보고, 기수와 마부들 사이를 이리저리 돌아다니며 당일 경기에 대한 정보를 주워 모으는

가 하면, 관람석과 마권 판매소를 오가며 판돈을 거는 일은 전적으로 가브리엘의 몫이었다.

그날은 부부에게 꽤 운이 좋은 편이었는지, 주변에 앉은 손님들이 보기에 벌써 세 번이나 젊은이가 뒤그리발에게 돈을 가져다주고 있었다.

다섯 번째 경기가 끝나자, 뒤그리발은 담배를 한 대 피워 물었다. 순간, 벨트를 바짝 졸라맨 밤색 모닝코트 차림에 끝을 뾰족하게 다듬은 희끗한 턱수염을 한 어느 신사가 천천히 다가오더니 은밀한 목소리로 말을 건넸다.

"혹시 시계를 도둑맞지 않았습니까?"

그러면서 그는 사슬 장식을 갖춘 금시계를 내보이는 것이었다.

뒤그리발은 흠칫 놀랐다.

"오, 맞아요. 맞습니다. 제 것입니다만……. 보세요, 제 이름 이니셜이 새겨져 있잖습니까. N. D. 니콜라 뒤그리발(Nicolas Dugrival)이라고 말입니다."

그와 동시에 그는 질겁을 하며 자기도 모르게 또 윗도리 안주머니에 손을 갖다 댔다. 지갑은 무사했다.

그는 무척이나 당황하며 말했다.

"아, 다행이군요. 그나저나 어떻게? 누가 이런 짓을 했는지 아시나요?"

"네, 우리가 잡아두었습니다. 지금 서(署)에 있지요. 저를 따라오시겠습니까? 몇 가지 조사할 점이 있습니다."

"한데 실례지만 누구신지?"

"므슈 들랑글이라고 합니다. 치안국 형사이지요. 이곳 안전 관리 요원인 마르켄 씨에겐 이미 통보해두었습니다."

니콜라 뒤그리발은 형사와 함께 관람석을 에둘러 파출소로 향했다.

아직 한 50보 정도 남겨두었을까, 누군가 허겁지겁 형사에게 다가와 이렇게 말했다.

"시계를 훔친 녀석이 불기 시작했습니다. 아무래도 패거리 전체가 걸려든 것 같아요! 마르켄 씨가 마권 판매소 앞에서 기다리시라고 합니다. 거기서 4동(棟) 주변을 감시해달라고 말입니다."

언뜻 보니 마권 판매소 앞은 사람들로 장사진이었다. 들랑글 형사는 짐짓 못마땅한 듯 투덜댔다.

"멍청한 친구 같으니. 하필 저런 데서 기다리랄 게 뭐야. 대체 누구를 감시하라는 거지? 마르켄 씨는 도대체 이렇게밖에 못하나."

그는 밀어닥치는 인파를 거칠게 헤치며 나아갔다.

"젠장! 팔꿈치로 버텨서라도 혹시 지갑 같은 거 있으면 조심하십시오. 이런 식으로 자칫 당할 수가 있는 겁니다, 므슈 뒤그리발."

"도무지 뭐가 뭔지 모르겠군요."

"오! 원래 이자들 하는 짓이 이렇습니다! 늘 어리둥절하다 당하게 되어 있지요. 하나가 무심코 당신 발을 밟는 척하고, 다른 누가 지팡이로 시야를 가리면, 세 번째 친구가 당신 지갑을 슬쩍하는 식이지요. 세 차례의 동작이면 만사가 끝나 있는 겁니다. 이렇게 얘기하는 나 역시 피해를 본 적이 있어요."

그는 문득 말을 멈추더니 이내 노기 띤 음성으로 내뱉었다.

"도저히 안 되겠습니다. 여기서 죽치고 있다간 큰일 나겠어요! 웬 사람이 이렇게 많을꼬? 도무지 못 견디겠네. 아, 저기 마르켄 씨가 손짓을 하고 있군요. 잠깐만 실례하겠습니다. 여기서 꼼짝 말고 기다리십시오."

그는 거칠게 어깨싸움을 하며 인파를 헤치고 빠져나갔다.

니콜라 뒤그리발은 잠시 눈으로 뒤를 좇았으나 그나마 이내 놓치자,

자못 불안한 심정으로 사람들을 피해 한쪽으로 비켜섰다.

그렇게 몇 분이 지나갔고, 여섯 번째 경마가 막 시작될 즈음, 아내와 조카가 자신을 찾아 헤매는 것이 뒤그리발의 시야에 포착되었다. 그는 지금 들랑글 형사와 안전 관리 요원이 서로 의논을 하는 중이라고 설명했다.

"돈은 그대로 있죠?"

아내가 대뜸 물었다.

"그야 물론……. 더욱이 형사와 함께 딱 붙어 있다시피 한걸!"

그러면서 그의 손은 어느새 윗도리 한쪽을 더듬고 있었다. 순간, 호주머니 속에 손을 집어넣은 채 그의 입에선 느닷없는 비명이 터져나왔고, 거의 동시에 마담 뒤그리발 역시 기겁을 하며 더듬대는 것이었다.

"어머나! 대, 대체 무슨 일이에요?"

"없어졌어. 지갑이……. 50장 있던 게 감쪽같이 사라졌다고!"

"설마! 그럴 리가요!"

"정말이야! 저 형사……. 사기꾼……. 바로 그놈이……."

마침내 여자는 고래고래 소리를 지르기 시작했다.

"도둑이야! 남편이 소매치기를 당했어요! 5만 프랑을 도둑질당했다고요! 이젠 망했어. 도둑이에요, 도둑!"

순식간에 경찰관들이 에워쌌고, 일행을 파출소로 인도해갔다. 뒤그리발은 완전히 넋이 나간 상태로 질질 끌려가다시피 했고, 아내는 연신 가짜 형사 욕을 해대며, 두서없이 저주를 퍼부어댔다.

"어서 그자를 찾아주세요! 빨리 붙잡아야 합니다! 밤색 모닝코트에……. 뾰족한 턱수염을 길렀어요. 아, 이렇게 감쪽같이 당하다니! 무려 5만 프랑이나……. 이를 어쩌면 좋아. 어머나! 여보! 당신 지금 뭐 하는 거예요?"

여자는 갑자기 남편을 향해 달려들었다. 하지만 이미 때는 늦은 뒤……. 뒤그리발은 권총을 꺼내 자신의 관자놀이에 갖다 댔고, 곧장 총성이 울렸다. 맥없이 쓰러지는 뒤그리발…….

이 일로 인해 신문 지상에서 얼마나 떠들어댔는지 지금도 사람들은 진저리를 치고 있다. 모두 입을 모아 경찰의 태만과 무능함을 신랄하게 공박했다. 소매치기가 벌건 대낮에 사람들이 숱하게 오가는 공공장소에서, 그것도 버젓이 형사 노릇을 해가며 선량한 시민의 호주머니를 유린할 수 있다는 사실을 어찌 받아들일 수 있단 말인가?

마담 뒤그리발은 비명에 죽은 남편의 미망인으로서 애끓는 오열과 피맺힌 인터뷰를 통해 그 같은 신문 지상의 논쟁에 적극 뛰어들었다. 사건 현장에서 쓰러진 남편의 사체 앞에 우뚝 선 채 한쪽 팔을 치켜들고 복수를 다짐하는 그녀의 모습을 어느 신문기자가 용케 사진에 담아, 그것이 또한 화제가 되기도 했다. 사진 안에는 이만치 비켜선 채 역시 증오의 표정을 짓고 있는 조카 가브리엘의 모습도 잡혀 있었다. 당연히 그 역시 나지막하지만 강단이 느껴지는 몇 마디 말로 범인 추격과 색출에 대한 의지를 천명한 것은 물론이다.

그런가 하면 바티뇰 가(街)에 있는 그들의 남루한 거처도 속속들이 보도가 되었고, 살아갈 방도를 일순간 잃어버린 처지를 안타깝게 여긴 어느 스포츠 신문에선 그들을 돕기 위한 기부금 행사를 주관하기도 했다.

한편 수수께끼처럼 나타났다 종적을 감춘 들랑글이라는 사내에 대해서는 완전 오리무중이었다. 그 바람에 무고한 용의자 두 명이 체포되었다가 곧 풀려나는 촌극이 빚어지기도 했고, 그 외에도 몇 가지 단서가 제기되었다가 이내 무효화되었다. 그러는 와중에 몇몇 이름이 용의

선상에 올랐는데, 아니나 다를까 이번에도 역시 아르센 뤼팽이라는 이름이 최종적으로 거론되었고, 이는 곧장 저 유명한 도둑의 반박 전문을 촉발하는 계기가 되고 말았다. 사건 발생 6일 후 뉴욕발(發)로 한 신문사에 보내진 전보의 내용은 다음과 같다.

궁지에 몰린 경찰 측의 터무니없는 모략에 대해 가열한 분노를 표방하는 바임.

불행한 희생자들에게 삼가 조의를 표하며

아울러 그들에게 5만 프랑의 조의금을 전달하기 위한 필요한 조치를 취해줄 것을

나의 담당 은행가에게 의뢰함.

실제로 이 전보가 신문 지상에 공개된 바로 다음 날, 누군가 마담 뒤그리발의 집 문을 두드리고는 두둑한 봉투 하나를 건넸다. 물론 봉투 안엔 5만 프랑어치의 지폐가 들어 있었고 말이다.

하지만 이런 획기적인 조치에도 불구하고 구설수는 좀처럼 수그러들 줄 몰랐다. 그런가 하면 또 다른 사건 하나가 다시 엄청난 소동을 몰고 왔다. 이틀 뒤, 마담 뒤그리발과 가브리엘이 사는 건물에 거주하는 다른 세입자들이 새벽 4시경 끔찍한 비명 소리에 단잠을 깼던 것이다. 너나 할 것 없이 부랴부랴 달려갔고, 어느 이웃 주민이 밝혀준 촛불에 의지해 관리인이 억지로 문을 따서 들어간 곳에는 뜻밖의 광경이 펼쳐져 있었다. 우선 가브리엘이 자기 방에 손목과 발목이 결박당하고 재갈이 물린 채 널브러져 있는가 하면, 바로 옆방에는 마담 뒤그리발이 가슴에 끔찍한 상처를 입은 상태로 피를 쏟고 있었던 것이다! 그녀는 맥없이 중얼거리고 있었다.

"돈……. 모두 가져갔어. 모두 다……."

그러고는 이내 기절했다.

대체 무슨 일이 벌어진 걸까?

가브리엘이 진술한 바로는—정신을 차린 마담 뒤그리발도 조카의 진술을 거들었는데—난데없이 괴한 두 명이 침입하는 바람에 잠에서 깼고, 곧장 사지를 꽁꽁 묶이고 재갈을 물게 되었다는 것이다. 너무 어두워서 얼굴은 보지 못했지만, 숙모가 그들과 몸싸움을 벌이는 소리만큼은 똑똑히 들렸다고도 했다. 엄청난 몸싸움이었다고, 마담 뒤그리발은 술회했다. 놈들은 분명 장소를 훤히 꿰뚫고 있는 듯했으며, 어떻게 파악했는지 돈을 보관하던 작은 장으로 곧장 쇄도했다는 것이다. 마담 뒤그리발이 비명을 질러대며 격렬하게 저항했지만, 결국 그들은 돈다발을 낚아챘고, 현장을 벗어나다 말고 여자에게 팔뚝을 물린 자가 일격을 가하고는 유유히 빠져나갔다고 했다.

"어디로 해서 빠져나갔다는 겁니까?"

"내 방문을 통해 나갔으니, 아마 현관으로 도주했겠죠."

"그럴 리가요! 만약 그랬다면 관리인이 못 봤을 리 없죠."

사실 바로 그 점이 의문이긴 했다. 괴한이 침입했다지만 대체 어디로 들어와서 어디로 나갔다는 말인가? 그렇게 제멋대로 드나들 수 있는 구멍이 당최 없질 않은가! 그렇다면 혹시 같은 건물의 세입자들 중 누가? 하지만 치밀한 조사 결과 그런 가정은 터무니없는 것임이 곧 밝혀졌다.

그렇다면?

이런 유의 사건을 도맡아온 형사반장 가니마르의 얘기 역시 이번처럼 당혹스러운 경우는 처음 접해본다는 것이었다.

"상당히 뤼팽다운 데가 있긴 하지만, 뤼팽은 아니야. 암, 아니고말고. 이번 일의 이면엔 뭔가 묘한, 어딘지 석연치 않은 구석이 있단 말이거든. 게다가 만약 뤼팽이라면 뭐하러 한 번 보냈던 5만 프랑을 다시 빼앗아가겠는가 말이야! 또 하나 골치 아픈 문제는, 경마장에서의 첫 번째 사건과 이번 사건 사이에는 무슨 관계가 있을까 하는 점이지. 하여튼 모든 게 오리무중이야. 솔직히 이런 경우는 내게 드물지만, 왠지 수사를 해봤자 별 소득이 없을 것 같은 예감이 들어. 아무래도 나로선 손을 뗄 수밖에 없을 것 같군그래."

반면 수사판사는 악착같이 물고 늘어질 태세였다. 아울러 신문기자들 역시 사법당국의 노력에 잔뜩 힘을 실어주었다. 영국의 유명한 탐정 한 사람도 기꺼이 해협을 건너왔다. 그런가 하면 평소 추리소설을 하도 좋아해 머리가 약간 이상해진 어느 미국인 졸부는 처음으로 사건 해결의 실마리를 제시하는 자에게 막대한 포상금을 내놓겠다고 제안해왔다. 하지만 6주가 별 소득 없이 지나가면서, 대다수 의견은 가니마르 쪽으로 기울었고, 수사판사마저 기진맥진 백기(白旗)를 드는 것이었다. 그만큼 사건을 에워싸고 있는 어둠은 시간이 흐를수록 더더욱 두꺼워져만 갔다.

한편 미망인 뒤그리발 여사는 조카의 헌신적인 보살핌 덕분에 상처를 빠르게 회복할 수 있었다. 아침이면 제일 먼저 숙모를 식당의 창가에 있는 안락의자에 앉힌 다음, 집 안 청소를 했고, 그것이 끝나면 곧장 음식을 만드는 식이었다. 기꺼이 나서겠다는 관리인 여자의 도움도 마다한 채, 혼자 그렇게 식사를 준비하곤 했다.

경찰의 조사와 특히 언론의 거듭되는 인터뷰 요청에 지친 나머지, 숙모와 조카는 웬만한 방문객은 무조건 사절했다. 심지어는 못 말리는 수다로 뒤그리발 부인을 곤혹스럽게 만들곤 하는 관리인 여자 역시 되도록 안에 들이지 않았다. 하지만 그녀는, 가끔 관리실 앞을 지나치는 가브리엘을 볼 때마다 호들갑스럽게 달려와 이러는 것이었다.

"므슈 가브리엘, 조심해야겠어요! 누군가 두 사람을 계속 감시하고 있다고요. 어젯밤에도 내 남편이 당신네 창문을 기웃거리던 사람 하나를 발견했답니다."

그러면 가브리엘의 대답은 늘 이런 식이었다.

"쳇! 경찰일 거예요. 맘대로 하라죠!"

그러던 어느 날 오후, 한 4시쯤 되었을까, 길 저 끄트머리에서 두 사람의 채소 행상인 사이에 격렬한 말다툼이 벌어지고 있었다. 때마침 무료하던 관리인은 둘이 서로 내뱉는 욕설이나 감상할까 하는 마음에 곧장 관리실을 뛰쳐나갔다. 그런데 바로 그 직후, 나무랄 데 없는 회색빛 정장에 중키의 한 젊은 남자가 그림자처럼 건물 안으로 스며들어 쏜살같이 계단을 뛰어오르는 것이었다.

4층에 이르러 그는 초인종을 울렸다.

당장 대답이 없자, 연거푸 벨을 눌렀다.

비로소 문이 열린 것은 세 번째 벨 소리가 울렸을 때였다.

남자는 모자를 벗으며 물었다.

"마담 뒤그리발 계십니까?"

"마담 뒤그리발께선 아직 몸 상태가 안 좋으셔서 손님을 맞을 수가 없습니다."

현관에 버티고 선 가브리엘이 잘라 말했다.

"반드시 드려야 할 말씀이 있는데요."

"제가 그분 조카이니, 전해드리지요."

"그러죠 뭐. 마담 뒤그리발께서 당하신 절도 행위에 관한 아주 귀중한 정보가 우연히 제 손에 들어와서 말씀인데, 집 안을 제가 직접 조사해서 몇 가지 세부적인 사항을 파악했으면 한다고 좀 전해주십시오. 이런 유의 조사 활동에 상당히 익숙한 터라, 아마 부인께 적잖은 도움이 되어드릴 수 있을 거라고 말입니다."

가브리엘은 남자를 잠시 살펴보며 생각을 해보더니 말했다.

"그런 문제라면 아마 숙모도 승낙하실 겁니다. 이리 들어오시죠."

가브리엘은 식당 문을 열어 손님에게 길을 터준 뒤, 다소곳하게 한쪽으로 비켜섰다. 한데 남자가 문턱을 막 넘어서려는 찰나, 가브리엘이 팔을 번쩍 치켜들더니 남자의 오른쪽 어깨 위에 난데없는 칼침 세례를 놓는 것이 아닌가!

그와 거의 동시에 식당 안에서는 요란한 웃음소리가 터져나왔다.

"명중이다! 잘했어, 가브리엘! 하지만 죽을 정도로 찌른 건 아니겠지?"

안락의자에서 떨치듯 일어서며 뒤그리발 부인이 외쳤다.

"그렇지는 않을 거예요, 숙모. 날도 가는 데다 온 힘을 다 쏟진 않았거든요."

불의의 일격을 당한 남자는 무시무시하게 창백해진 얼굴로 팔을 뻗으며 비틀거리고 있었다.

미망인은 날카롭게 빈정대기 시작했다.

"어리석은 놈! 넌 함정에 걸려든 거야. 재수 옴 붙은 거지! 여기서 네놈을 얼마나 오래 기다렸는지 아나? 자, 이놈아, 어서 고꾸라져라! 그렇게 버티기 지겹지도 않니? 어차피 자빠질 텐데 말이다. 그렇지! 우선 그렇게 이 여장부 앞에서 한쪽 무릎부터 꿇고……. 그래, 그다음 무릎도 꿇어야겠지. 호호, 말을 참 잘 듣는 편이로구나! 우당탕! 이제야 허물어지시는군! 아! 하느님, 이 꼴을 우리 가엾은 그이가 보아야 하는 건데! 자, 가브리엘, 이제 슬슬 시작하자꾸나!"

여자는 곧장 자기 방으로 건너가서 옷가지가 가지런히 걸려 있는 거

울 달린 옷장 문을 활짝 열어젖혔다. 그리고 옷장 속 벽을 마찬가지로 활짝 밀어젖히자 문처럼 열리면서 옆 건물에 위치한 다른 방이 나타나는 것이었다.

"가브리엘, 어서 힘을 합해 저놈을 옮기자. 물론 앞으로 잘 돌봐야 하고 말이야. 당분간은 지극히 귀중하신 몸이나 같으니까."

아침이 밝자 남자의 의식이 돌아왔다. 그는 눈을 뜨고 주변을 둘러보았다.

칼침을 맞았던 방보다 훨씬 넓은 방이었는데, 몇몇 가구가 구비되어 있고, 두꺼운 커튼이 창문을 온통 가리고 있었다.

하지만 아주 어두컴컴한 것은 아니었기에, 바로 가까이 의자에 앉은 채 자신을 골똘히 바라보고 있는 가브리엘 뒤그리발의 얼굴은 충분히 분간할 수 있었다.

"아! 자넨가. 애송이치고는 솜씨가 괜찮더구먼! 그만하면 예리하면서도 단호한 칼 솜씨야."

그렇게 내뱉고 나서 남자는 곧장 또다시 잠이 들었다.

그날 이후로 며칠간, 남자는 수차례 간헐적으로 의식을 회복했는데, 그때마다 날렵한 입술에 강단 어린 검은 눈빛을 반짝이면서 자신을 지켜보는 청년의 창백한 얼굴과 마주쳤다.

"그렇게 쳐다보고 있으니 겁나는걸! 날 없앨 생각이라면 어려워 말고 결행하게. 허허, 농담일세! 원래 나라는 사람한테 죽음이란 늘 익살스러운 세상사(世上事)나 마찬가지거든. 한데 그러고 있는 자넬 보니 왠지 죽는다는 것도 제법 으스스해지는걸! 어험, 그럼 이만 난 실례하겠네. 잠이나 좀 더 코해야겠어."

이처럼 아무리 남자가 온갖 너스레를 떨어대도, 가브리엘은 마담 뒤그리발의 지시에 따라 지극한 정성을 다해 환자의 동태를 살폈다. 덕분에 이젠 신열도 거의 사라지고 우유와 죽을 들 수 있을 정도가 되었다. 아울러 그렇게 기력이 점차 회복되면서 허풍 가득한 농담 또한 심해져갔다.

"여기선 회복기의 환자에게 언제 첫 외출을 허가해주는 거야? 물론 자동차는 대기해놓았겠지? 하하, 농담일세, 이 친구야! 자넨 이렇게 보니 뭔가 나쁜 짓을 저지르려고 잔뜩 벼르고 있는 철부지 꼬마 같군그래! 자, 이 아저씨한테 한번 재롱 좀 떨어보지."

그러던 어느 날, 잠에서 깨어나자 왠지 무척 갑갑한 느낌이 들었다. 얼마간 뒤척인 끝에 남자는 자는 동안 누군가 팔다리는 물론 몸통까지 침대에 꽁꽁 묶어놓았다는 것을 깨달았다. 한데 그 끈이라는 것이 가느다란 철사여서 몸을 조금만 움직여도 살갗을 파고드는 아픔이 느껴지는 것이었다.

그는 또다시 대차게 너스레를 떨기 시작했다.

"아! 이건 또 무슨 게임인가? 닭이라도 잡으려나 보지? 자네가 날 이렇게 만들었나, 가브리엘 천사 나리? 그런 거라면, 제발 자네가 쓸 칼날은 되도록 깨끗하게 씻은 다음 들이대게나! 부디 소독 처리까지 해서 말이야."

하지만 그런 허풍도 자물쇠가 철컥하고 돌아가는 소리에 중단되었다. 잠시 후, 맞은편 문이 열리면서 드디어 마담 뒤그리발이 모습을 드러냈다.

그녀는 천천히 다가와 의자에 앉더니, 호주머니 속에서 권총을 꺼내 장전한 다음, 침대 머리맡 탁자에 가만히 올려놓았다.

남자는 또다시 떠벌리기 시작했다.

"흠, 이제 이 괴상한 연극도 대단원의 막을 내릴 때가 왔나 보군. 배신자라도 처형하는 장면인가? 이젠 여성 배우의 연기를 감상할 차례인가 보군. 미(美)의 여신께서 납셨어. 거참 영광인걸! 마담 뒤그리발, 이왕이면 얼굴은 상하지 않게 처단해주시구려."

"닥쳐라, 뤼팽."

"아! 그럼 알고 있었던 건가? 냄새도 잘 맡으셔요."

"닥치래도!"

그녀의 목소리엔 어딘지 엄숙한 기운이 묻어났고, 남자는 자기도 모르게 입을 다물었다. 그리고 모처럼 두 감시자를 번갈아 자세히 살펴보았다. 전체가 퉁퉁하고 불그스레한 마담 뒤그리발의 얼굴은 윤곽선이 섬세하고 창백한 조카의 얼굴과 무척 대조를 이뤘으나, 둘 다 결연한 표정인 것만은 마찬가지였다.

미망인은 남자 위로 몸을 숙인 채 물끄러미 바라보며 말했다.

"내가 던지는 질문에 대답할 준비는 되었느냐?"

"여부가 있겠소?"

"그럼 정신 똑바로 차리고 잘 들어라."

"얼마든지 들어드리리다."

"뒤그리발이 호주머니 속에 돈다발을 지니고 다니는지 어떻게 알았느냐?"

"하인이 하도 떠벌리고 다니는 통에……."

"우리 집에서 일하던 어린 녀석 말이로군, 그렇지?"

"그렇소."

"우선 뒤그리발의 시계를 슬쩍한 뒤 돌려주는 척해서 신뢰를 끌어낸 것도 바로 너지?"

"그렇소."

여자는 울화가 치미는 것을 간신히 억누르며 말을 이었다.

"어리석은 놈! 대단히 어리석은 놈이야! 내 남편을 저 꼴로 만들어놓고도 세상 끝까지 도망쳐 숨어버리기는커녕 뤼팽입네 하면서 감히 파리를 활보해! 내가 바로 죽은 자를 앞에 두고 반드시 살인자를 찾아 복수하겠다고 맹세한 걸 잊었단 말이냐?"

"하긴 바로 그 부분이 놀랍소이다. 어떻게 나를 의심하게 된 거요?"

"그걸 말이라고 하나? 그야 당연히 네놈이 스스로 불었기 때문이지."

"내가?"

"물론이야. 그 5만 프랑 말이다."

"아, 그거. 그냥 선물한 거였는데……."

"그래, 경마 경기가 있던 바로 그날 자신이 마치 미국에 있었던 것처럼 꾸미려고 전보까지 쳐가며 내게 보내도록 지시한 바로 그 선물 말이다. 쳇, 선물이라고? 구실 한번 그럴듯하군! 너는 한 가엾은 사람의 목숨을 앗아갔다는 생각에 마음이 조금은 찔렸던 거야. 그래서 생각 끝에 잃어버린 돈을 불쌍한 과부에게 몽땅 되돌려주기로 한 거지. 그것도 공개적으로 말이야. 그야 물론 구경꾼들도 있겠다, 잘난 척하기 좋아하는 삼류 배우인 네가 한바탕 떠벌리지 않을 수 있었겠느냐고! 어쨌든 거기까진 그럴듯했어! 한데 문제는 말이야, 뒤그리발한테서 훔쳐낸 지폐를 그대로 돌려주었다는 점이지! 그야말로 멍청해도 한참 멍청한 짓이었어. 뒤그리발과 나는 항상 지폐 번호를 적어두곤 했거든. 한데 넌 어리석게도 훔친 돈다발을 그대로 보냈단 말이야! 이제 네가 얼마나 멍청한 짓을 했는지 알겠느냐?"

뤼팽은 너털웃음을 터뜨렸다.

"허허, 거참 말을 막 하시는군그래. 미안하지만 그 일에 난 책임 없소이다. 나는 다른 지시를 내렸건만……. 어찌 됐든, 모든 게 내 탓이라고 할 수밖에…….”

“거봐, 이제 실토하는군! 그 돈다발을 보낸 건 곧 너의 도둑질은 물론 너의 파멸에 도장을 찍은 거나 같은 셈이지. 이제 남은 건 네놈을 찾아내는 일이었어. 찾아낸다? 아니, 그보다 더 나은 방법이 있었지. 뤼팽을 찾아 나서는 게 아니라, 제 발로 걸어 들어오게 하는 것 말이야! 그야말로 멋진 생각 아니겠어? 바로 내 귀여운 조카님 머릿속에서 나온 생각이지. 걔는 나만큼이나 너를 증오할 뿐만 아니라, 너에 관해 쓰인 모든 책을 줄줄이 독파해서 널 아주 훤히 알고 있거든. 네놈의 그 못 말리는 호기심과 가만히 앉아 있지 못하는 성미, 수수께끼를 찾아다니는 취향과 남이 엄두도 못 내는 일에 호기를 부리며 뛰어드는 버릇 등등 말이야. 그뿐만 아니라 너의 그 겉만 번지르르한 거짓 호의(好意)와 자신의 피해자에게 악어의 눈물을 흘리는 그 유치한 감상주의도 손바닥 들여다보듯 하고 있지. 그래서 한 편의 연극을 꾸미기로 한 거야! 두 도둑 이야기를 만들어낸 거지. 5만 프랑을 또다시 도둑맞았다고 말이야! 아, 맹세컨대, 내 손으로 직접 나 자신을 찔렀을 때 난 하나도 아프지 않았어. 그리고 조카와 난 아주 즐거운 마음으로 네가 나타나기만을 기다렸지. 물론 내 방 창문 아래를 어슬렁거리며 동정을 살피는 네놈의 패거리를 죄다 내려다보면서 말이야. 너는 여지없이 나타나야만 했을 테니까. 가엾은 미망인에게 뤼팽이 돌려준 5만 프랑의 돈이 웬 어중이떠중이 손에 또다시 갈취되었다는 걸 도저히 용납할 수 없었겠지, 안 그래? 뭔가 수상쩍은 냄새를 맡고 직접 와보지 않을 수가 없었던 거야. 그만 네 잘난 허영심 때문에 이렇게 오지 않고는 배길 수 없었던 셈이지!”

미망인은 귀에 거슬릴 정도로 날카롭게 웃어 젖혔다.

“오호호호호, 어때 이만하면 된통 한 방 먹은 거 아닌가? 천하에 둘도 없는 뤼팽께서, 왕초 중에 왕초께서 말이야! 감히 범접할 수도 없고, 신출귀몰 포착할 수도 없는 귀신같은 존재가 이렇게 한낱 아녀자와 풋내기가 쳐놓은 함정에 걸려들고 말다니! 그것도 아주 고스란히 꼼짝 못하게 말이야! 손발이 꽁꽁 묶이고 보니 허약해도 이렇게 허약해빠진 친구가 없군그래."

여자는 온몸을 부들부들 떨면서 기뻐 어쩔 줄 모르는 것 같았다. 그리고 마치 눈에서 먹잇감을 놓치지 않는 야수처럼 방 안을 이리저리 서성대면서 줄곧 포로를 째려보는 것이었다. 뤼팽은 그처럼 증오심과 잔인성으로 똘똘 뭉친 존재를 본 적이 없는 것 같았다.

마침내 여자가 툭 내뱉었다.

"수다는 이쯤 해두지."

감정을 추스른 다음, 다시 침대 머리맡에 돌아온 여자는 이번엔 전혀 다르게 한껏 목소리를 깐 채, 이렇게 또박또박 말했다.

"이봐, 뤼팽. 지난 12일 동안, 난 너의 호주머니 속에 있던 서류들을 통해서 아주 유익한 정보를 꽤 많이 끌어냈다. 네가 벌인 모든 일과 작전, 가짜 이름들과 네 패거리 조직, 파리와 다른 곳에 네가 소유하고 있는 모든 거처 말이야. 심지어 그중 가장 은밀하달 수 있는 한 곳에는 내가 직접 가서 각종 서류와 장부들, 거기에 적힌 네 재정적 수단의 자세한 내력을 훤히 파악할 수 있었지. 그래서 얻은 게 뭘까? 음, 그리 나쁘진 않더군. 여기 수표 네 장을 가져왔어. 각각 다른 이름 네 개로 서로 다른 은행에 개설해놓은 구좌의 수표책들에서 뜯어 온 거야. 보면 알겠지만 장당 내가 1만 프랑을 기입해놓았어. 그 이상은 위험할 수도 있을 테니까. 자, 어서 서명을 하실까."

뤼팽은 대뜸 빈정대는 투로 대꾸했다.

"어렵쇼! 이거야말로 공갈 협박이 따로 없구먼! 점잖으신 부인이 해도 너무해."

"왜, 기가 막히나 보지?"

"여부가 있겠소."

"어때, 이만하면 임자를 만난 셈이겠지?"

"그 이상이올시다! 요컨대 내가 떨어진 이 함정은……. 그래, 이 정도면 지옥의 함정이라고 할 만하지. 이 지옥의 함정이 만들어지기까지는 어느 가엾은 미망인의 갸륵한 복수심뿐만 아니라 재산을 불리려는 꼼꼼하고 거무튀튀한 욕심도 한몫했다 이건가?"

"당연하지."

"허어, 대단하십니다그려! 그러고 보니 뒤그리발 씨도 혹시?"

"바로 맞혔어, 뤼팽. 하긴 이제 와서 감출 필요가 없겠지. 알고 나면 네 마음도 좀 위로가 될 테니까. 그렇다, 뤼팽. 뒤그리발도 너와 같은 물에서 노는 사람이었어. 오, 뭐 그리 대단한 건 아니었고. 우린 보잘것없는 좀도둑에 불과했으니까. 그저 여기저기서 몇 푼씩 긁어모으는 정도이지. 특별히 우리가 훈련시킨 가브리엘이 경마장 여기저기를 다니며 가끔 두툼한 지갑을 수거해오기도 하지만 말이야. 어쨌든 그럭저럭 한몫 챙겼고, 이내 이 바닥에서 훌훌 손을 털 계획이었지."

"그랬으면 좋았을걸!"

뤼팽이 기가 차다는 표정으로 내뱉었다.

"누가 아니래나! 하여튼 이런 얘기를 네 앞에서 줄줄이 늘어놓는 이유는, 나도 결코 만만한 상대는 아니라는 걸 네가 알았으면 하기 때문이야. 허튼수작 부리지 말라 이거지. 누가 도와주길 바라는 것도 꿈 깨. 지금 이곳은 내 방과 직접 통해 있는데, 그 출입구는 세상 아무도 모르게 되어 있지. 여긴 뒤그리발이 특별히 마련한 장소야. 주로 이곳에서 친구들과 모임을 가지곤 했지. 그가 일할 때 쓰는 온갖 도구와 변장용품……. 심지어는 보시다시피 전화기까지 갖춰져 있지. 그러니 선부른 희망일랑 아예 버리는 게 좋아. 너의 패거리 역시 이쪽에서 널 찾으려는 건 포기한 상태나 마찬가지야. 우리가 전혀 다른 방향으로 슬쩍 단서를 흘려놓았거든. 말하자면 넌 완전히 망한 꼴이라고. 이제 상황이 좀 이해되는가?"

"그런 것 같구먼."

"자, 그렇다면 어서 서명하실까?"

"서명만 하면 풀어주는 거요?"

"먼저 돈부터 만지고 나서."

"그다음엔?"

"그다음엔 내 영혼을 걸고 맹세컨대 넌 자유의 몸이 되는 거야."

"왠지 믿음이 가지 않는걸."

"그렇다고 다른 뾰족한 수도 없을 텐데?"

"하긴 그렇군. 어디 수표나 이리 주시지."

여자는 뤼팽의 오른손을 풀어주고 펜을 쥐여주며 말했다.

"네 개의 수표가 각각 다른 이름 앞으로 되어 있다는 걸 명심해. 따라서 필체도 각각 달라야 한다고."

"걱정 마시게나."

뤼팽은 능숙하게 서명을 해나갔고, 미망인은 조카를 돌아보며 덧붙였다.

"가브리엘, 지금이 10시이니까, 내가 만약 정오까지 돌아오지 않으면 이 치졸한 작자가 기어이 날 물먹인 걸로 알아라. 그럼 즉시 머리통을 날려버려. 여기 네 삼촌이 죽을 때 사용한 권총을 놔두고 가마. 여섯 발의 총알 중 다섯 발이 남아 있을 거다. 그 정도면 충분하겠지."

수표를 쥔 여자는 콧노래를 흥얼거리며 방을 빠져나갔다.

한동안 적막이 흐른 뒤, 뤼팽이 혼잣말처럼 중얼거렸다.

"이런 식으로 개죽음당할 순 없어."

그는 잠시 눈을 감고 있더니, 별안간 가브리엘을 향해 버럭 소리쳤다.

"얼마면 될까?"

한데 상대가 못 알아듣는 듯하자, 짜증을 내며 이러는 것이었다.

"이봐, 얼마면 되겠느냐고? 대답하란 말이다! 우린 둘 다 서로 같은 직업을 가지고 있다. 나도 훔치고 너도 훔치지. 우린 모두 훔치며 살아가고 있어. 그럼 서로 도우며 살아야 하는 것 아냐? 응? 어때? 우리 함께 도망칠까? 내 자네를 위해 조직에 자리 하나를 마련해주지. 아주 화려한 자리로 말이야. 얼마면 좋겠는가? 1만? 2만? 전혀 개의치 말고 자네 몸값을 정하란 말이네. 돈은 충분하니까 말이야."

하지만 전혀 미동도 하지 않는 청년의 맹한 얼굴을 보자 울화통이 불쑥 치솟기만 했다.

"아! 대답할 리가 없지! 자넨 뒤그리발 집안이 그토록 좋단 말인가? 이봐, 내 말 잘 들어보게. 만약 날 풀어만 준다면……. 이런 젠장, 대답 좀 하란 말이야!"

역시 소용이 없었다. 게다가 언뜻 바라본 청년의 눈빛 속에는 이미 느낀 바 있는 잔혹하기 그지없는 표정만 더해가고 있었다. 그런 자를 어떻게 구워삶을 수 있을 것인가?

"빌어먹을! 여기서 이렇게 끝낼 순 없어! 아, 제발……."

그는 마지막으로 철사 줄을 끊기 위해 몸을 있는 대로 경직시키면서 악을 써봤지만, 끔찍한 비명만 내지른 뒤, 침대 위에 축 늘어질 뿐이었다.

잠시 후 그는 이렇게 힘없이 중얼거리고 있었다.

"그래, 저 과부가 한 말이 맞아. 난 이제 망했다. 더 이상 어떻게 할 수가 없어. 데 프로푼디스(De Profundis. 위령기도의 첫 구절. 뤼팽이 잘 쓰는 라틴어 구절 중 하나로, 『수정마개』에서 자살한 도브레크를 두고도 이처럼 중얼거리는 대목이 나옴—옮긴이), 뤼팽…….”

그렇게 15분이 금세 흘러갔고, 이어서 30분이 마저 흘렀다.

그제야 가브리엘은 의자에서 일어나 천천히 다가왔다. 그는 눈을 감은 채 잠든 사람처럼 완만하게 호흡을 하는 뤼팽을 가만히 바라보고 있었다. 순간, 느닷없이 눈을 번쩍 뜨면서 이렇게 뇌까리는 뤼팽.

“내가 잔다고 생각진 말게나, 애송이. 이런 시간에 잠이나 자고 있을 순 없지. 오로지 생각을 할 뿐이네. 하긴 그럴 수밖에 없지, 안 그래? 해서 말이네만, 난 앞으로 벌어질 일들을 좀 생각해봤네. 그에 관해서 나 나름대로 약간의 이론도 가지고 있지. 자네도 알다시피 난 윤회론자일세. 하지만 그걸 자네한테 설명하려면 보통 시간이 걸리는 게 아니겠어. 어쨌거나, 애송이……. 우리 이승에서 서로 작별을 고하기 전에 어디 악수라도 한번 할 수 있을까? 안 된다고? 그럼, 이만 아듀. 건강 조심하고 오래오래 살게나, 가브리엘.”

뤼팽은 다시금 눈을 감고 입을 다물었다. 그렇게 마담 뒤그리발이 당도할 때까지 꼼짝 않고 있었다.

미망인이 허겁지겁 방 안에 들이닥친 것은 정오가 조금 지나서였다. 그녀는 무척이나 흥분한 기색으로 다짜고짜 조카에게 소리쳤다.

“돈을 찾았다! 어서 여기를 뜨자. 아래에 있는 자동차 안에서 나중에 보자꾸나.”

“하지만…….”

“이제는 네가 이자를 맡지 않아도 돼. 나 혼자 해결하겠다. 하지만 네 마음이 정 이 망나니 녀석의 괴로워하는 얼굴을 보고 싶어 한다면야……. 그놈 좀 이리 내봐!"

가브리엘은 지체 없이 권총을 건넸고, 미망인은 이렇게 덧붙였다.

"우리 신상에 관련한 서류들은 몽땅 태워버렸지?"

"네."

"자, 그럼 됐다! 이제 이자 문제만 처리하고 나서 그대로 튀는 거야. 총성을 듣고 이웃 사람들이 놀랄 텐데, 나중에 들이닥쳐도 이 두 집은 텅텅 비어 있어야 한다."

그녀는 침대로 다가와 내뱉듯 말했다.

"어때, 준비는 됐는가, 뤼팽?"

"준비가 되다 못해 안달이 날 지경이라네."

"내게 뭐 권하고 싶은 말은 없고?"

"전혀……."

"그렇다면……."

"잠깐 한마디만 하지."

"해봐."

"저승에서 내가 만약 뒤그리발과 마주치게 되면 당신 몫으로 무슨 얘기를 해주어야 할까?"

여자는 그저 어깨를 한 번 으쓱한 다음, 뤼팽의 관자놀이에 총구를 들이댔다.

"좋았어, 아줌마! 무엇보다 손이 떨리면 못써요. 장담하건대 절대 당신은 아프지 않을 거요. 어때, 마음의 준비는 되셨소? 누가 숫자라도 불러주는 게 낫겠지? 하나, 둘, 셋……."

미망인은 방아쇠를 지그시 당겼고, 차가운 금속성 소음이 철커덕 울렸다!

"그건가? 그게 다야? 죽음이란 바로 이런 건가 보지? 거 이상하군.

난 또 죽음이 삶과는 아주 다른 거라고 잔뜩 기대했는데."

또다시 방아쇠를 당겼지만 결과는 마찬가지였다. 가브리엘은 얼른 숙모로부터 권총을 낚아채 검사해보더니 외쳤다.

"아! 이런……. 누군가 총알을 모두 빼놨어요."

숙모와 조카는 잠시 멍하게 서 있었다.

"이, 이럴 리가? 대체 누가 이런 짓을? 형사가? 아니면 수사판사?"

여자는 차마 입이 떨어지지 않는지 한동안 더듬대더니, 문득 소리를 죽여 다급하게 중얼거렸다.

"쉿, 조용! 무슨 소리가 들려."

모두가 귀를 바짝 기울였고, 여자는 현관 쪽으로 달려갔다. 그리고 잠시 후, 일을 그르친 데다 앞으로의 사태에 대한 걱정으로 잔뜩 상기된 얼굴이 되어 돌아왔다.

"아무도 아니야. 이웃 주민들이 모두 나가고 없는 것 같아. 조금은 시간 여유가 있는 셈이지. 아, 뤼팽! 아무래도 네놈이 이미 수를 써놓은 모양이로구나. 가브리엘, 가서 칼을 가져오너라!"

가브리엘은 허겁지겁 방을 나섰고, 미망인은 분한 듯 발을 굴렀다.

"맹세했단 말이다! 넌 죽었어야 해, 이놈아! 뒤그리발에게 맹세를 했단 말이다. 게다가 매일 아침저녁으로 그 맹세를 얼마나 되새겼는지 아느냐? 그래, 내 기도를 들어주시는 하느님 앞에서 무릎을 꿇고 맹세하고 또 해온 몸이다! 복수는 나의 당연한 권리와도 같단 말이다! 아, 하지만 뤼팽, 이제 더는 까불지 못할 것이야. 빌어먹을! 보아하니 겁이 좀 나는 모양이로군. 겁을 먹었어! 그래……. 겁먹고 있는 게 눈에 보여! 가브리엘, 얘야, 어서 이리 좀 와보아라. 저 인간 눈을 좀 봐라! 입술 좀 보라고. 벌벌 떨고 있잖니. 아하, 겁쟁이로구먼! 가브리엘, 어서어서 칼을 가져오라니까!"

순간 혼비백산한 표정으로 달려온 젊은이는 이렇게 소리쳤다.

"어디 갔는지 없어요! 방에 놔두었는데 감쪽같이 없어졌다고요! 도대체 어찌 된 건지 모르겠어요!"

"그래? 그거 오히려 잘됐구나! 잘됐어! 내 손으로 직접 처리할 수 있어서 더 좋아!"

미망인 뒤그리발 여사는 반쯤 정신 나간 사람처럼 길길이 날뛰었다. 그러고는 보기 흉하게 경련을 일으키는 열 손가락에 잔뜩 힘을 주고 뤼팽의 목을 와락 움켜쥐는 것이었다. 뤼팽은 잠시 헐떡거리더니 이내 정신을 잃었다.

순간, 창문 쪽에서 요란한 굉음과 함께 유리창 하나가 박살 나는 것이 아닌가!

"뭐, 뭐야? 무슨 일이야?"

미망인이 벌떡 몸을 일으키며 더듬대자, 평소보다 훨씬 더 창백해진 가브리엘도 우물쭈물 중얼거렸다.

"모르겠어요. 대체 어찌 된 영문인지……."

"도대체 어느 놈이 감히!"

미망인은 이를 부드득 갈았다.

그러면서도 그 자리에 꼼짝 않고 앞으로 또 어떤 사태가 닥칠지 기다리는 것이었다. 한 가지 무엇보다 당혹스러운 점은, 주변 바닥을 아무리 둘러보아도 유리창을 깨고 날아들었을 무엇이 전혀 눈에 띄지 않는다는 사실이었다. 틀림없이 돌멩이나 뭐 그런 종류의 묵직한 물체에 부닥쳐 유리가 깨져나간 것이 분명해 보였는데 말이다.

잠시 후, 여자는 침대 밑과 서랍장 아래를 살펴보았다.

"아무것도 없어."

마찬가지로 가구 밑을 이리저리 훑어보던 조카도 허겁지겁 맞장구를 쳤다.

"여기도 마찬가지예요."

여자는 다시 의자에 앉아 숨을 고르더니 중얼거렸다.

"아, 큰일이다. 나로선 힘이 달리는구나. 저걸 좀 마무리해다오."

"실은 저도 무서워요."

"하지만……. 하지만 해내야만 해. 맹세했지 않니."

미망인 뒤그리발 여사는 안간힘을 쓰듯 힘겹게 의자에서 일어나 또 다시 뤼팽에게 다가갔고, 역시 부들부들 떨리는 손으로 남자의 목을 움켜쥐었다. 하지만 가늘게 실눈을 뜬 채 여자의 창백하게 질린 얼굴을 보고 있던 뤼팽은, 그녀에겐 살인을 저지를 힘이 없다는 걸 단박에 알아차렸다. 이미 몇 차례 살해 시도가 난관에 부닥치는 가운데, 뤼팽이라는 인물은 그녀에게도 하나의 건드릴 수 없는 신성한 대상처럼 되어 있었던 것이다. 뭔가 정체를 알 수 없는 신비로운 힘이 모든 공격으로부터 이 남자를 철저히 보호하고 있으며, 벌써 세 번씩이나 불가해한 방식으로 그의 목숨을 구해준 셈이니, 앞으로 어떤 죽음의 덫을 쳐놓고 기다린다 해도 그는 귀신같이 위기를 모면할 거라는 막연한 생각이 여자의 뒤통수를 후려치는 것이었다.

여자는 뤼팽을 향해 나지막이 속삭였다.

"지금 내 꼴이 우습게 보이겠지?"

"천만에, 내가 지금 당신 입장이라도 아마 겁을 집어먹고 당황해 있을걸!"

"사기꾼 같으니라고! 아마 지금도 누가 자기를 구해줄 거라 생각하고 있겠지? 자기 친구들 말이야? 어림도 없어, 이 친구야!"

"그거야 나도 잘 알고 있지. 날 지켜주는 사람은 친구들이 아니야. 아니, 그 누구도 나를 지켜줄 수 없지."

"그래?"

"그렇지. 한데도 당신을 그토록 소름 끼치게 만드는 무엇이 분명 있지. 신기하기 그지없는 기적과도 같은, 환상적인 그 무엇이 말이야."

"흥, 정말이지 못 말리겠군! 어디 얼마나 더 그렇게 유유자적하나 볼까?"

"나도 앞으로 내가 어떻게 달라질지 무척 궁금한걸그래."

"조금만 더 두고 봐!"

여자는 잠시 생각에 잠기더니 조카에게 말했다.

"어떻게 했으면 좋겠니?"

"다시 꽁꽁 묶어놓고, 우린 이만 피하죠."

생각해보면 잔혹한 처방이었다! 다시 말해서 이 같은 난공불락의 밀실에 이대로 처박아둔다는 것은 가장 끔찍한 죽음, 즉 굶어 죽는 길로 뤼팽을 내모는 것과 같았던 것이다.

하지만 미망인은 고개를 가로저었다.

"아니야. 이대로 놔두면 틀림없이 뭔가 구원의 발판을 마련할 거야. 그보다 좋은 방법이 있어."

그러면서 난데없이 전화기를 들고 통화 요청을 하는 것이었다.

"822-48번, 부탁합니다."

그리고 잠시 후.

"여보세요, 치안국이죠? 가니마르 형사반장 거기 계십니까? 아, 20분 후에나 통화 가능하다고요? 이런……. 그럼, 들어오시는 대로 마담 뒤그리발이 남겼다고 하고 말씀 좀 전해주시겠습니까? 네, 마담 니콜라 뒤그리발요. 즉시 저의 집으로 와주셨으면 한다고 전해주십시오. 오셔서 거울 장의 내벽을 마치 문처럼 밀어 열면, 다른 쪽으로 비밀 방 두 개가 연결되어 있다고 해주세요. 그중 한 곳에 결박당한 채 누워 있는 남자가 하나 있을 텐데, 그자가 바로 도둑이자 뒤그리발의 살인범입니다. 아, 그렇게 말씀드리면 알아들으실 겁니다. 아 참, 그 사람 이름을 잊었군요. 아르센 뤼팽입니다!"

미망인은 거기까지만 말하고 곧장 수화기를 내려놓았다.

"자, 어떠냐, 뤼팽? 하긴 이런 식의 복수도 나쁘진 않지. 뤼팽 사건의 심리 과정을 느긋하게 지켜보면서 포복절도할 웃음을 터뜨리는 것도 나쁘진 않을 거야! 자, 가브리엘, 이제 우린 가자."

"네, 숙모!"

"잘 있어라, 뤼팽! 이제 우린 더 이상 볼 일이 없을 거야. 아예 외국으로 갈 거거든! 그 대신 네가 감옥에 들어가 있으면 종종 봉봉 사탕이라도 좀 보내주지."

"초콜릿도 좀 보내주세요, 아줌마! 우리 함께 먹자고요!"

"잘 있어라!"

"또 봐요!"

미망인은 철사 줄에 꽁꽁 묶여 있으면서도 조금이라도 질세라 맞받아치는 뤼팽을 남겨둔 채, 조카를 데리고 밖으로 나갔다.

뤼팽은 즉시 한쪽 팔을 움직여 결박을 풀어내려고 모색해보았다. 하나 처음 시도부터 이 철사 줄을 제거할 만큼의 기력이 지금 자신에게는 남아 있지 않다는 사실을 실감하지 않을 수 없었다. 이미 신열과 고통으로 기진맥진한 몸뚱어리를 갖고, 저 가니마르가 이곳에 들이닥칠 때까지 고작해야 20~30여 분 남은 시간 동안 무얼 어떻게 할 수 있을지 막막했다.

실제로 현재 친구들의 도움을 기대할 상황도 아니었다. 세 번씩이나 구사일생으로 살아나긴 했지만, 그것은 친구들의 개입 때문이 아니라 정말이지 기막힌 우연의 결과였던 것이다. 하긴 그마저도 아니었다면,

친구들이 그대로 있지 않고 벌써 뤼팽을 구출해냈을지도 모르는 일이지만 말이다.

아무튼 지금은 그 어떤 희망이든 고려할 수 없는 상황이었다. 가니마르는 이리로 달려올 것이고, 꼼짝없이 묶여 있는 뤼팽을 발견할 것이다. 이건 불가피한 일이다. 이미 기정사실이나 다름없다.

앞으로의 사태를 생각하자 뤼팽은 속이 다 뒤집어지는 것 같았다. 벌써부터 오랜 숙적의 빈정대는 소리가 귓가에 맴도는 듯했다. 상황이 종료될 다음 날이면 이 믿을 수 없는 소식에 대놓고 터져나올 사람들의 웃음소리도 환청처럼 들리는 듯했다. 차라리 한 무리의 형사들과 긴박감 넘치는 추격전에다 격투라도 벌이고서 붙잡힌다면 모르되, 이렇게 미리부터 얽혀서 옴짝달싹 못하는 꼴로 고스란히 붙잡힌다는 것은 너무도 부끄럽지 않은가! 평소에는 그토록 타인들의 실수와 패배를 비웃고 조롱하던 그였지만, 지금은 이 뒤그리발 사건에 임했던 태도의 어리석은 측면, 한낱 과부가 조작한 지옥 같은 함정에 걸릴 정도로 어리숙하고 멍청했던 점, 그리고 무엇보다도 이렇게 잘 요리된 음식처럼 차려져 경찰에 '제공'되어야만 하는 자신의 처지가 가슴 깊이 저며오는 것이었다.

"빌어먹을 과부 같으니라고! 차라리 간단하게 내 목을 졸라 죽이지 그랬나."

마침내 뤼팽은 맥없이 투덜거렸다.

문득 어떤 소리에 뤼팽은 귀를 기울였다. 누군가 옆방에서 이쪽으로 걸어오고 있었다. 가니마르일까? 아니다. 아무리 서둘렀다고 해도 벌써 이곳에 도착했을 리는 없다. 게다가 가니마르와는 어쩐지 움직이는 느낌이 다른 것 같다. 그자는 저렇게 얌전히 문을 열지는 않는다. 순간,

뤼팽의 뇌리에는 좀 전까지 모두 세 번에 걸쳐 기적처럼 목숨을 건진 일이 퍼뜩 스치고 지나쳤다. 과연 진짜로 누군가 있어서 과부의 살의(殺意)로부터 세 번이나 뤼팽을 구해준 것이었을까? 그래서 이번 역시 도우러 오는 것일까? 만약 그런 거라면 대체 누가?

아닌 게 아니라 누군가 침대 뒤쪽으로 다가와 허리를 숙이고 있었는데, 반듯하게 누운 뤼팽의 시야에는 전혀 들어오지를 않는 것이었다. 단지 철사 줄에 부딪치는 집게 소리와 더불어 몸이 조금씩 자유로워지고 있다는 느낌뿐. 맨 먼저 가슴께가 후련해졌고, 그다음 양팔이, 마지막으로 두 다리가 자유스러워졌다.

어떤 목소리가 들려온 것은 바로 그때였다.

"옷부터 입으세요."

뤼팽은 미지의 인물이 몸을 일으키는 것과 때를 맞춰, 기진맥진한 상체를 반쯤 일으키며 중얼거렸다.

"대체……. 누구시오?"

순간 뤼팽은 소스라치게 놀라지 않을 수 없었다.

침대 바로 옆에는 얼굴을 반쯤 가린 레이스 베일에 온통 검은 드레스를 걸친 한 여인이 다소곳이 서 있는 것이 아닌가! 언뜻 보기에도 매우 젊고 우아하면서 날씬한 몸매의 여인이었다.

"누, 누구시오?"

뤼팽은 더듬거리며 재차 물었다.

"빨리 빠져나가야 합니다. 시간이 급해요."

대답 대신 여자가 다그치자, 뤼팽은 안간힘을 쓰며 말했다.

"나도 그러고 싶소이다! 하지만 기운이 없어요."

"이걸 들이켜보세요."

여자는 우유를 한 잔 따라 건넸고, 그 틈에 레이스가 살짝 걷히면서

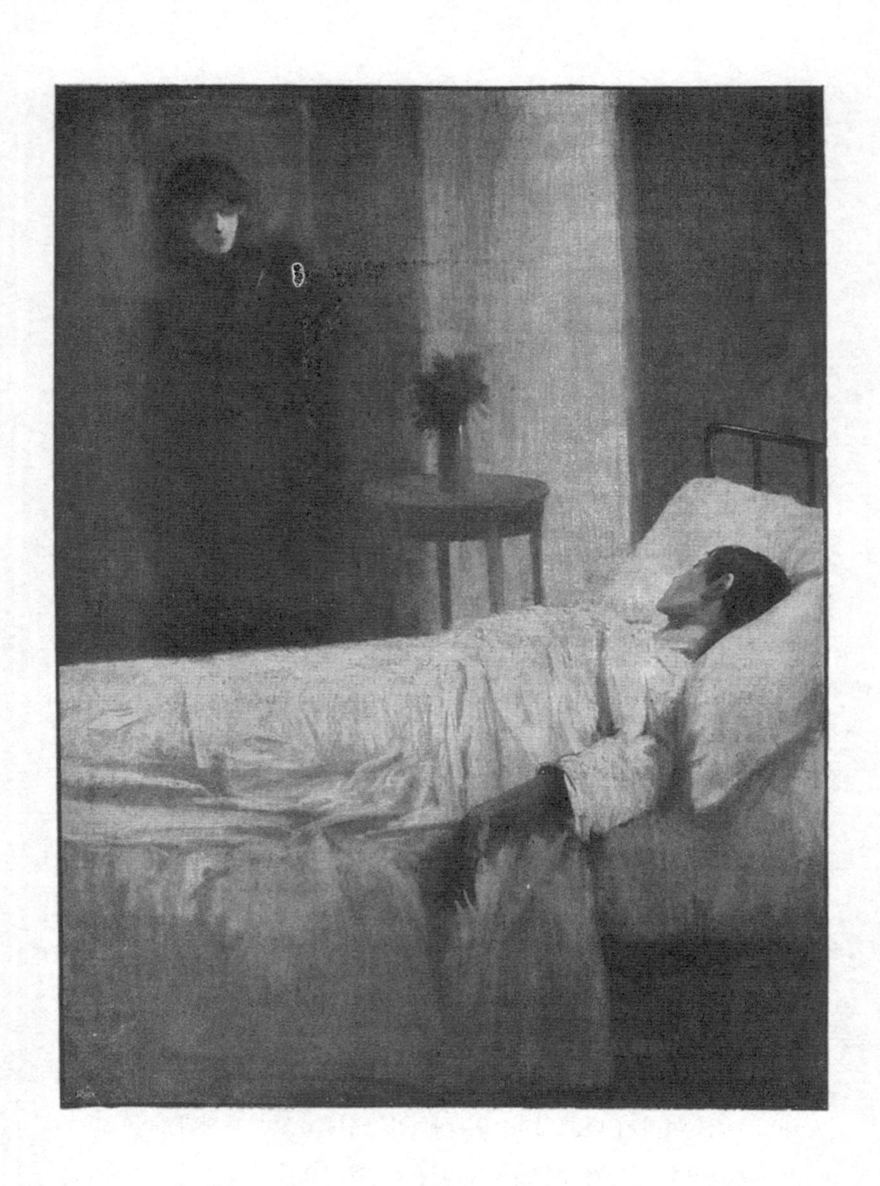

그 안의 얼굴 일부가 드러났다.

순간, 뤼팽은 펄쩍 뛰며 소리쳤다.

"아니, 너, 너는!"

여자의 얼굴은 다름 아닌 가브리엘의 그것을 빼다 박은 듯 닮아 있는 것이었다! 그 섬세하고 단아한 윤곽선과 백지장 같은 창백함, 강건하면서 긴장감을 느끼게 하는 저 입술……. 서로 남매지간이라 해도 그 정도로 닮을 수는 없어 보였다. 두말할 것도 없이 두 사람은 동일 인물임에 틀림없었던 것이다. 설마 가브리엘이 여장(女裝)을 하고 나타났을 리는 만무하고……. 뤼팽은 지금 곁에 서 있는 사람이 분명 여성이고, 자신을 증오해 마지않으면서 어깨에 칼침까지 선사해준 그 청년 역시 실은 여성이었다는 강한 직감이 들었다. 결국 뒤그리발 부부는 자신들의 일을 좀 더 수월하게 하기 위해 조카를 사내아이처럼 분장시키고 훈련시켜왔던 것이다.

"다, 당신은……. 아, 누가 감히 짐작이나 했을까?"

아직도 뤼팽은 충격이 채 가시지 않는 모양이었다.

여자는 빈 잔에다 이번엔 자그마한 약병의 내용물을 조금 따르더니 건네며 말했다.

"강심제예요."

순간 뤼팽은 혹시 독약은 아닐까 하는 생각에 주저했고, 그것을 간파한 여자가 덧붙였다.

"당신 목숨을 구한 게 바로 나입니다."

"그래요. 그랬군요. 총알을 빼낸 게 바로 당신이었죠?"

"네."

"칼을 숨긴 것도요?"

"여기 내 호주머니 속에 있지요."

"당신 숙모가 내 목을 누르고 있을 때, 유리창을 깬 것도 당신이고요?"

"이 탁자 위에 있던 문진(文鎭)을 바깥으로 던졌지요."

"한데 대체 왜? 이유가 뭡니까?"

갈수록 어안이 벙벙해진 뤼팽이 다그쳐 묻자, 여자는 조용히 잘라 말했다.

"이걸 마셔요."

"그렇다면 당신은 내가 죽기를 바란 게 아니었단 말입니까? 그러면서 처음에 칼침은 왜 놓은 겁니까?"

"마시라니까요."

뤼팽은 갑자기 자기도 모르게 여자 말을 그대로 믿고는 단숨에 잔을 들이켰다.

여자는 곧장 창가 쪽으로 비켜주며 다그치듯 말했다.

"어서 옷을 입으세요. 서둘러야 합니다."

뤼팽은 시키는 대로 했고, 이내 다시금 비틀거리다가 의자에 쓰러지듯 주저앉는 바람에 여자가 얼른 달려와 부축해야만 했다.

"시간이 얼마 없습니다. 어서 여기를 떠나야 해요! 제발 기운 좀 차리세요."

여자는 사내가 자신의 어깨에 의지할 수 있도록 몸을 수그리고 낑낑대며 문가로, 그리고 계단으로 이끌고 나갔다.

뤼팽은 마치 꿈속에서 걷듯, 걷고 또 걸었다. 지난 2주 동안 시달리던 끔찍한 악몽에 이어서 이 세상 모든 것이 기분 좋게 뒤죽박죽인 기이하고도 감미로운 꿈속을 하염없이 걷고 있는 기분이었다.

한데 문득 어떤 생각 하나가 뇌리를 스침과 동시에, 그만 대차게 웃음이 터져나오는 것이었다.

"푸하하하하, 딱한 가니마르! 정말이지 억세게도 운 없는 친구가 아닌가! 아, 내가 체포되는 현장을 나도 구경할 수만 있다면 무슨 짓이든 하겠는데…….”

여자의 믿어지지 않을 기력에 의지해서 계단을 다 내려온 뤼팽은 곧장 거리로 나갔고, 자동차에 태워졌다.

“갑시다.”

여자가 운전기사에게 던지듯 말했다.

오랜만에 탁 트인 공기와 심한 움직임으로 정신이 얼얼해진 뤼팽은 어디를 어떻게 통해서 가는 것인지 거의 감지할 수가 없었다. 이윽고 그가 가끔씩 돌아가며 머물되 평소엔 하인만 배치해놓는 여러 숙소 중 한 곳에 도착하자 그나마 제정신을 차릴 수 있었는데, 여자는 하인에게 대뜸 이렇게 지시를 내렸다.

“자넨 나가 있게.”

아울러 자신도 막 나가려는 것을 뤼팽은 옷자락을 와락 붙들며 다급하게 물었다.

“아니……. 이대로 가면 안 되지요. 먼저 자초지종을 좀 들어야겠소이다. 대체 나를 왜 구해준 거요? 당신 숙모 모르게 돌아온 겁니까? 나를 구해준 이유가 대체 뭡니까? 그저 불쌍해서 그런 거요?”

하지만 여자는 침묵으로 일관하면서 가슴을 펴고 고개를 바짝 치켜든 자세로, 강인하면서도 어딘지 수수께끼 같은 분위기를 여전히 고수할 뿐이었다. 다만 이전과 약간 다른 점이라면 그 잔혹해 보이기만 하던 입술 선(線)이 왠지 다소 서글프게 느껴지는 것이었다. 그러고 보니 그 아름다운 검은 눈동자 속에서도 일말의 우수(憂愁)가 배어나고 있었다. 뤼팽은 여느 때와 마찬가지로 논리적인 이해 이전에, 어렴풋한 직관의 힘으로 그녀의 내부에서 일어나고 있는 일을 간파하기 시작했다. 그는 다짜고짜 여자의 손을 덥석 붙잡았으나, 여자는 증오심과 거부감이 느껴지는 동작으로 펄쩍 뛰다시피 손을 빼며 뒤로 물러나는 것이었다. 뤼팽이 다시 손을 붙들려 하자, 이번엔 여자가 버럭 소리를 질렀다.

"내버려두세요! 놓으란 말이에요! 당신을 증오하고 있다는 걸 모르겠어요?"

두 사람은 한동안 아무 말 없이 마주 보고 있었다. 뤼팽도 적잖이 당황한 상태였으나, 여자는 그 창백하던 얼굴이 난데없이 벌겋게 물들 정도로, 온통 당혹스러운 감정에 휘말린 채 부들부들 떨기까지 하는 것이었다. 뤼팽이 부드럽게 말했다.

"당신이 나를 증오한다면 죽게 내버려두었어야 합니다. 어렵지도 않은 일이었어요. 왜 그렇게 하지 않은 거죠?"

"왜냐고요? 왜냐고 물으셨어요? 그걸 내가 알아야 한다고 생각하나요?"

여자의 얼굴이 일그러지고 있었다. 느닷없이 여자의 두 손이 얼굴을 가렸고, 뤼팽은 손가락 사이로 두 줄기 눈물이 새어나오는 것을 똑똑히 보았다.

갑작스럽게 감정이 복받쳐 오른 뤼팽은 하마터면 애정 어린 말이라도 몇 마디 내뱉을 뻔했다. 마치 잘못된 삶의 길을 헤매는 어린 소녀를 격려하며 올바른 길로 이끌듯, 보통이라면 따뜻한 위로와 자상한 충고를 은근히 베풀어줄 법도 했던 것이다.

하지만 이 상황에서 자신의 입으로 그처럼 덤덤하고 점잖은 충고를 늘어놓기에는 어딘지 어울리지 않는다는 것을 뤼팽은 잘 알고 있었다. 그의 머릿속에는 지금, 자기 손에 상처 입은 한 사내를 밤새도록 침대 머리맡에서 간호하는 한 여인의 모습이 떠오르고 있었다. 지독한 원수이면서도 그 용기와 호쾌함, 인간 됨됨이에 완전히 매료된 나머지, 불쑥불쑥 치미는 원한과 증오심에도 불구하고 세 번씩이나 충동적으로 그의 목숨을 구할 수밖에 없었던 한 여인의 안타까운 마음이 비장하게 다가오는 것이었다.

워낙 예상치 못한 묘한 일이라, 뤼팽의 당혹감은 이루 말할 수 없었다. 여자는 남자에게서 시선을 떼지 않은 채 천천히 문가로 뒷걸음질을 치고 있었으나, 이번에는 도저히 손을 뻗어 붙들 엄두가 나지 않았다.

문 앞에 도달한 여자는 고개를 약간 숙이며 살짝 미소를 지은 뒤, 그대로 사라져버렸다.

뤼팽은 즉시 호출 벨을 울렸고, 하인이 들어서자 허겁지겁 내뱉었다.

"아까 그 여자를 따라가 보게. 아, 아니야. 그냥 놔두게. 아무래도 그게 낫겠어."

뤼팽은 한참 동안이나 깊은 생각에 잠겨 있었다. 젊은 여인의 형상은 좀처럼 그의 머릿속에서 떠날 기미를 보이지 않고 있었다. 하마터면 목숨까지 잃었을지 모르는 그 처절하고 흥분되면서도 기이하기 이를 데 없는 사건을 그는 처음부터 찬찬히 곱씹기 시작했다. 그러고는 탁자 위의 거울을 들고, 그야말로 환난과 고초에도 불구하고 그다지 상하지 않은 자신의 말끔한 얼굴을 약간은 우쭐한 기분으로 오랫동안 들여다보면서 이렇게 중얼거리는 것이었다.

"나 참, 잘생긴 게 뭔지!"

# 5
# 붉은 실크 스카프

그날 아침도 여느 때와 다름없는 시각, 법원 청사로 출근하기 위해 집을 나서면서 형사반장 가니마르는 페르골레즈 가(街)를 따라 저만치 앞서 걸어가는 어떤 사람의 묘한 동작을 예의 주시하고 있었다.

남루한 차림에다 11월임에도 불구하고 밀짚모자를 쓴 그자는 매 50보 내지 60보를 걸어갈 때마다, 때론 신발 끈을 고쳐 매는 척, 때론 떨어뜨린 지팡이를 줍는 척, 이런저런 핑계를 만들어가면서 허리를 숙이는 것이었는데, 가만히 보니 그때마다 호주머니 속에서 난데없는 오렌지 껍질 조각을 꺼내 보도(步道) 가장자리에 슬금슬금 놓아두는 것이었다.

하긴 아무도 주목할 필요 없는 그저 유치한 장난이거나 단순한 괴벽일 수도 있었다. 하지만 가니마르가 누구인가! 매사 그대로 스쳐 지나가는 법이 없고, 무엇이든 그 내밀한 사연을 읽어내야만 직성이 풀리는 끈질긴 감시자 중의 감시자가 아니던가! 그는 즉시 의문의 사내를 뒤쫓

기로 했다.

한데 사내가 오른쪽으로 방향을 틀어 그랑드아르메 가도(街道)로 들어서는 순간, 왼편으로 늘어선 건물들을 따라 걸어가던 열두어 살 정도의, 웬 불량기가 다분해 보이는 소년과 서로 신호를 주고받는 것이 가니마르의 시야에 포착되었다.

그로부터 20여 미터를 더 가서 사내는 몸을 숙여 바짓단을 걷어 올렸고, 어김없이 그 자리엔 오렌지 껍질 조각이 남겨져 있었다. 한데 바로 그 순간, 맞은편 소년도 걸음을 멈추더니 분필 조각으로 바로 옆 건물에다 동그라미를 그리고 그 속에 가위표를 하는 것이었다.

그 후에도 두 사람은 계속해서 나란히 산책을 이어갔고, 1분쯤 지나자 또다시 멈춰 섰다. 사내는 이번엔 땅에 떨어뜨린 핀을 주움과 동시에 오렌지 껍질 조각을 떨구었고, 소년은 담벼락에 두 번째 동그라미

속 가위표를 그었다.

형사반장은 제멋대로 그르렁거리며 속으로 중얼거렸다.

'젠장! 이거 대단히 기대되는걸. 대체 저 작자들 지금 무슨 엉뚱한 짓을 꾸미고 있는 거야?'

어쨌든 두 수상쩍은 '작자들'은 프리드란트 가도와 포부르 생토노레를 연거푸 거치면서 그 밖엔 별다른 주목할 만한 짓 없이 기이한 유람을 계속했다.

사내와 소년이 함께 호흡을 맞춘 듯 연출하는 이중 작업은 알고 보니 거의 규칙적인 간격을 두고, 이를테면 조직적으로 수행되고 있는 것이었다. 다만 분명한 것은, 정작 분필로 표시할 집을 선택하는 것은 바로 오렌지 껍질을 담당한 사내였고, 그로부터 신호가 발생하는 것을 확인한 연후에야 소년은 분필 작업에 착수한다는 사실이었다.

한마디로 철저하게 호흡이 맞아떨어지는 셈이었으며, 그런 만큼 형사반장의 호기심은 극대화되는 것이었다.

마침내 보보 광장에 이르자 사내가 멈칫했다. 이내 결심이 선 듯, 그는 몸을 숙여 바짓단을 두 차례 접었다 폈다 반복했다. 그것을 본 소년은, 내무부 청사 앞에서 보초를 서고 있는 병사를 마주 보고 보도 가장자리에 주저앉아 포석 위에 동그라미 안의 가위표를 두 개 그려 넣는 것이었다.

엘리제 궁 앞에서도 같은 의식이 수행되었고, 총리 관저의 보초 앞으로 이어진 보도에는 세 개의 표시가 그려졌다.

뭔가 알 수 없는 상황에 직면할 때마다 이젠 어김없이 영원한 숙적 뤼팽을 머릿속에 떠올리곤 하는 가니마르는, 당혹감으로 얼굴까지 창백해진 채 중얼거렸다.

"뭐하자는 거야? 대체 뭐하자는 거냐고?"

아마 조금만 더 진행했더라면 그 두 '작자'의 목덜미를 잡아채다가 당장 강제 조사에 들어갔을지도 모른다. 물론 그런 무모한 짓을 저지를 만큼 어리숙하지는 않지만 말이다. 게다가 오렌지 껍질을 흘리는 사내가 문득 담배를 한 개비 꺼내 불을 붙이자, 맞은편의 소년 역시 담배 꽁초를 입에 물더니, 분명 불을 빌리려는 의사가 뻔한 태도로 사내에게 접근하는 것이었다.

둘은 그렇게 몇 마디 얘기를 나누었다. 그러다가 별안간 소년이 상대에게 뭔가 쑥 내밀었는데, 적어도 가니마르가 생각하기에는, 케이스까지 갖춘 권총처럼 보이는 물체였다. 둘은 물건을 앞에 두고 머리를 맞댄 채 뭔가 모의하는 듯했고, 벽을 등지고 선 사내는 모두 여섯 차례에 걸쳐 호주머니에 손이 들어갔다가 나오면서, 흡사 탄환을 장전하는 듯한 동작을 취하고 있었다.

일이 끝나자 그들은 왔던 길을 돌아서 쉬렌 가(街)로 접어들었는데, 주의를 끌지도 모를 것을 각오하면서까지 바짝 미행하던 가니마르의 눈에 어느 낡은 건물 현관으로 들어가는 두 사람이 포착되었다. 그곳은 4층과 5층만 제하고 모든 층의 창문이 덧창으로 꼭꼭 닫혀 있었다.

가니마르는 득달같이 뒤를 따라 건물로 접근했다. 마차가 드나들 수 있는 대문 앞에 다다르자, 널찍한 정원 저편으로 도장공(塗裝工) 간판이, 그 왼쪽으로는 계단 골조가 보였다.

그는 부랴부랴 계단을 올라갔고, 2층밖에 안 되었는데도 저 위쪽으로부터 마치 무엇을 두드리는 것처럼 요란한 소리가 귀청을 때리는 것이었다.

마침내 마지막 층계참에 다다르자 문이 활짝 열려 있었다. 슬그머니 들어서서 바짝 귀를 기울이자 필시 서로 다투는 듯한 소리가 들려왔고, 가니마르는 지체 없이 소리 나는 쪽으로 내달렸다. 한데 막상 현장에 들이닥치려다 보니 아까 그 오렌지 껍질 흘리는 사내와 불량기 가득한 소년이 각자 의자를 들고 바닥을 사정없이 내리치고 있는 것이 아닌가!

그뿐만 아니라 바로 그 순간, 제3의 인물이 옆방 문을 활짝 열어젖히며 나타나는 것이었다. 나이는 한 스물여덟에서 서른 정도, 짧게 깎은 구레나룻에 안경을 꼈고, 아스트라칸 모피 실내복에, 이를테면 러시아 정도의 외국인 같은 풍모를 지닌 젊은이였다.

"봉주르, 가니마르!"

그렇게 인사를 건네는가 하면 이상한 짓을 하고 있던 두 사람에게도 한마디 했다.

"그간 고마웠네, 친구들. 결과가 아주 만족스러워. 여기 약속했던 대가!"

100프랑짜리 지폐를 쥐여주며 둘 다 밖으로 내보낸 뒤, 두 개의 문을 연거푸 닫는 것이었다.

"여보게 가니마르, 우선 좀 양해를 구해야겠네. 실은 아주 급히 할 얘기가 있어서……."

그렇게 말하며 악수를 건넸지만 상대가 아직도 어안이 벙벙한 표정으로 머뭇거리는지라, 남자는 잔뜩 인상을 찌푸리며 외쳤다.

"이해를 못하는가 보군. 하지만 아주 간단한 일인데. 자네를 만나야 할 절박한 이유가 있다니까. 그래도 모르겠나?"

그러더니 있지도 않은 상대의 대답에 대꾸하듯 내처 몰아쳤다.

"저런, 그건 아니지, 이 친구야! 만약 내가 편지를 쓰거나 전화를 걸었다면 자넨 아마 오지 않았을 거야. 아니면 또 부대라도 이끌고 왔겠지. 한데 나는 자네와 단둘이 만나고 싶었거든. 생각 끝에 아까 그 두 용사(勇士)를 파견해서 자네와 마주치게만 만들면 될 거라고 판단했지. 그냥 오렌지 껍질을 뿌리고 다니고 분필로 여기저기 표시를 해서 이곳

까지만 따라오게 하면 될 거라고 말이야. 허어, 왜 그러나? 몹시 놀란 얼굴이군그래. 아직도 날 못 알아보는 거 아닌가? 뤼팽, 아르센 뤼팽일세. 기억을 되살려보게나. 그 이름으로 뭐 생각나는 게 없나 보지?"

"이 짐승 같은 놈……."

가니마르는 이를 악물었다.

뤼팽은 다소 실망한 기색을 보이면서도, 어디까지나 다정다감한 목소리로 말했다.

"화를 내는 건가? 그렇군, 눈에 다 쓰여 있어. 물론 뒤그리발 사건 때문이겠지? 나를 잡아갈 때까지 그 자리에 꼼짝 않고 기다려야 했다 이건가? 제기랄! 내가 아마도 깜빡한 모양이지! 다음번엔 내 약속하지."

"우라질 녀석!"

가니마르는 여전히 으르렁댔다.

"역시 자네가 즐거워할 줄 알았지! 실제로 늘 이렇게 생각하곤 했다네. '가니마르 그 친구, 하도 오랫동안 못 봐서, 아마 내 목에 와락 달려들 거야!'라고 말이야."

가니마르는 아직 이렇다 할 움직임은 없었으나 처음의 멍한 충격에서는 다소 벗어난 듯했다. 주위를 이리저리 둘러보고 뤼팽을 한 번 쓱 쳐다보는 가니마르의 얼굴에는 정녕 상대에게 달려들 것인지를 가늠하는 것이 훤히 들여다보였다. 마침내 마음을 진정시키기로 했는지 그는 의자를 잡아 털썩 주저앉았다. 어디 상대의 얘기부터 들어보자는 투였다.

"말해보게! 바쁜 몸이니 객설은 사양하고!"

그제야 뤼팽도 슬슬 얘기를 풀어나갔다.

"바로 그거야! 자, 이제 툭 터놓고 얘기를 나눔세. 이만큼 조용한 장소도 찾기 힘들지. 그저 외곽의 낡은 호텔이지만, 주인인 로슐로르 공작은 거의 살지 않고 이 층에 한해 내게 임대해주었을 뿐 아니라, 어느 도장업자에게는 부속 건물에 대한 용익권(用益權)을 허용해준 상태이지. 요컨대 이곳에서 나는 지극히 편리하고 비슷비슷한 숙소를 몇 채 가지고 있는 셈이나 마찬가지라네. 비록 이렇게 러시아 대귀족 같은 외모를 갖추고 있지만, 여기서 나는 전직 장관 므슈 장 도브뢰이로 통하고 있지. 알다시피 쓸데없는 주의를 되도록 끌지 않으려고 일부러 어중이떠중이 죄다 둘러대는 직업을 골랐다네."

"지금 그게 대체 나랑 무슨 상관인가?"

가니마르는 짜증스러운 목소리로 가로막았다.

"그건 그래. 이거 내가 또 너무 지껄인 모양이군, 바쁜 사람 앞에 두고. 미안하이. 그리 오래 걸리진 않을 걸세. 한 5분? 자, 이제 곧 시작하지. 담배 한 대 피우겠나? 싫다고? 좋아, 나도 관두지."

뤼팽은 자세를 바로 하고 의자에 앉은 다음, 탁자를 손가락으로 두드리면서 생각에 잠기더니, 이렇게 입을 열었다.

"때는 바야흐로 1599년 10월 17일, 쾌청하고도 더운 어느 날……. 어때, 잘 듣고 있는 거지? 아무튼 1599년 10월 17일……. 그나저나 굳이 앙리 4세의 치세로까지 거슬러 올라가 퐁뇌프 다리의 연대기에 관한 자료를 자네 앞에 줄줄이 늘어놓을 필요가 과연 있을까? 아니지, 자네가 프랑스 역사에 대해 해박할 리가 없으니, 공연히 머리만 아프게 할 거야. 그저 간밤 새벽 1시경, 한 사공이 센 강 좌안의 퐁뇌프 다리 마지막 교각을 지나쳐가는 순간, 분명 저 위에서 강 속 깊숙이 겨냥하고 던진 웬 묵직한 물건이 뱃머리 쪽에 털썩하고 떨어졌다는 사실만 얘기해두지. 그의 강아지가 요란스레 짖으며 달려나가기에, 사공은 주춤주춤 뱃머리 쪽으로 가보았지. 한데 그 강아지가 신문지 조각으로 둘둘 만 웬 물건들을 입으로 마구 물어뜯으며 흩어놓고 있는 게 아니겠나. 그는 다행히 물에 떨어지지 않은 것들을 조심스레 주워 담아 선실로 돌아와 하나하나 검사해보았다네. 한데 그 결과가 상당히 흥미진진했고, 공교롭게도 그의 친구 중 한 명이 나와 관계가 있어서 그 사실이 즉각 내 귀에까지 들어오게 된 거라네. 그래서 오늘 아침에 결국 그 물건들이 내 손에 들어오게 됐는데, 바로 여기 이것들일세."

그러면서 뤼팽은 웬 잡동사니들을 탁자 위에 주르륵 늘어놓았다. 먼저 신문지 조각들이 지저분하게 흩어졌고, 뚜껑에 기다란 끈이 달려 있는 큼직한 수정 잉크병, 작은 유리 조각, 넝마가 다 된 부드러운 판지 상자, 그리고 끄트머리에 통통한 술 장식이 매달린 진홍빛 비단 조각 등등.

"이것들이 바로 우리의 증거품들이네. 물론 그 멍청한 강아지 녀석 때문에 물에 떨어진 다른 물건들도 손에 넣을 수 있었다면 문제 해결이 훨씬 쉬워졌을지도 모르지. 하지만 내가 보기엔, 조금만 깊이 생각하고 지성을 발휘한다면 이것만으로도 충분한 성과를 끌어낼 수 있을 것이네. 바로 그 점에서 자네의 실력이 필요한 거야. 자, 어찌 생각하는가?"

가니마르는 묵묵부답이었다. 그는 비록 뤼팽의 수다를 가만히 듣고는 있지만, 거기에 뭐라고 대꾸를 한다든가 고개를 끄덕이는 등 여하한 제스처를 취해 상대의 말에 반응을 보이기엔 자존심이 허락하지 않는 것이었다.

하지만 뤼팽은 형사반장의 무뚝뚝한 침묵은 아랑곳하지 않는다는 듯 얘기를 계속했다.

"아무래도 우리가 전적으로 의견 일치를 보고 있는 모양이군. 결국 이 모든 증거품이 말해주는 사건의 골자는 다음과 같다고 할 수 있네. 어젯밤 9시에서 자정 사이, 품행이 다소 튀는 한 아가씨가 칼침을 맞고 목이 졸려 죽음을 맞이했는데, 가해자는 경마 사교계의 신사로 잘 차려입었고 외알박이 안경을 걸쳤으며, 피해자인 여성과는 범행 직전에 카페에서 에클레르(속에 커스터드 크림을 채운 막대 모양 과자의 일종—옮긴이)와 머랭그(설탕과 계란 흰자위로 만든 크림 과자의 일종—옮긴이) 세 개를 들었다."

뤼팽은 거기까지 얘기한 뒤, 담배를 한 대 피워 물고 가니마르의 소맷부리를 지그시 쥐며 말했다.

"허허, 형사 양반, 보아하니 기가 차는 모양이로군! 필시 경찰의 추리 분야에서는 이와 같은 솜씨 발휘가 금기시되어 있다고 생각한 모양이지. 하지만 틀렸어. 뤼팽은 그야말로 소설 속의 탐정이 하듯, 추리를 가지고 노는 수준이란 말씀이야. 증명을 해 보이라고? 그거야 땅 짚고 헤엄치기지."

그러면서 앞에 놓인 물건들을 그때그때 적절히 지목하며 얘기를 이어가는 것이었다.

"자, 잘 보게. 우선 어젯밤 9시라는 점(이 신문 조각을 잘 들여다보면 어제 날짜인 데다 '석간신문'이라는 글자가 보이지. 게다가 여기 노란색 띠 일부가 붙어 있는데, 그건 정기 구독자에게 밤 9시 이후에나 발송되는 우편물임을 말해주고 있지). 그리고 밤 9시 이후에 잘 차려입은 신사라는 점(미안하지만 이 깨진 유리 조각을 자세히 들여다봐주겠나? 가장자리 일부에 외알박이 안경테가 남아 있지. 자고로 외알박이 안경이라면 귀족적인 취향을 가진 신사들의 단골 애용품이 아닌가 말이야!). 그다음, 이 잘 차려입은 신사는 제과점에 들어갔다는 점(여기 이 말랑말랑해진 판지 상자를 좀 보게. 머랭그와 에클레르에서 묻어난 크림이 보이지? 그것들은 대개 이런 상자에 담지). 과자 상자를 구비한 외알박이 안경의 신사는 어떤 여성과 만났는데, 이처럼 진홍빛 실크 스카프를 걸칠 정도면 품행이 다소 튀는 여자임에 틀림없지. 일단 여자를 만난 사내는 아직은 알 수 없는 어떤 이유로 우선 칼침을 놓았고, 그다음으로 이 스카프를 이용해 목을 졸랐지(형사반장, 돋보기를 들이대고 잘 살펴보게. 이 붉은 비단 천

위에 좀 더 진한 얼룩이 여기저기 눈에 띌 것이네. 저쪽은 피 묻은 칼을 닦은 자리이고, 이쪽은 피 묻은 손자국이 엉겨 붙은 자리이지). 일단 범행을 저지른 뒤, 사내는 흔적을 남기지 않기 위해 호주머니 속에서 허겁지겁 뭔가 꺼내 공작을 벌이기 시작했지. 첫째, 정기 구독을 하고 있는 신문지를 꺼냈어. 제목을 보면 알겠지만, 바로 여기 이 경마 신문 말이네. 둘째, 말채찍용 끈으로 판명된 바로 이 끈을 꺼냈지(이 두 가지만을 보더라도 이자가 얼마나 경마에 미쳐 있고, 말이라면 사족을 못 쓸 위인인지 추리가 가능하지). 그런 다음, 여자와 실랑이를 벌이면서 그만 테가 부러져버린 외알박이 안경 파편 조각들을 수거했지. 또한 가위로(오려진 자국을 보면 알 수 있을 것이네) 스카프의 피 묻은 부위를 잘라냈어. 나머지 부분은 희생자의 경직된 손아귀에 단단히 붙잡혀 있었을 테고 말이야. 아울러 과자 상자는 마구 구겨서 동그랗게 만들었고, 그 밖에도, 이를테면 칼처럼, 센 강 속에 영원히 가라앉아야 할 증거품들을 신문지에다 총총히 싼 뒤, 잘 가라앉게 하기 위해 마지막으로 큼직한 수정 잉크병을 매단 것이네. 그러고는 현장을 곧장 떴지. 잠시 후, 우연히 센 강을 따라 흘러가던 어느 사공의 거룻배 위에 문제의 꾸러미가 떨어진 것이라네! 어험! 자, 어떻게 생각하나?"

뤼팽은 지금까지의 일장 연설이 상대의 심중에 어떤 영향을 미칠지 자못 궁금한 마음으로 가니마르의 얼굴을 천천히 살펴보았다. 하지만 형사는 여전히 입을 다물고 있었다.

뤼팽은 느닷없이 웃음을 터뜨렸다.

"우하하하하! 자네 꽤나 놀란 모양이야! 아마 마음 한구석이 찜찜한 모양이지? '이 고약한 뤼팽이란 작자가 스스로 알아서 사건을 처리하고 살인자를 추적해서 뭔가 뜯어낼 게 있으면 뜯어낼 것이지, 왜 내게 떠맡기려 하는 걸까?' 뭐, 이런 식으로 생각하는 건가? 하긴 그럴 수도 있겠지. 하지만 말일세, 내가 이러는 데엔 그럴 만한 이유가 있다네. 우선 난 시간이 없어. 요즘 처리할 일이 너무 많거든. 런던과 로잔에 절도 건수가 각각 하나씩 있고, 마르세유에는 아이 한 명을 바꿔치기할 일이 있고, 또 죽음의 위협을 받고 있는 어느 아가씨를 구하는 일도 있거든. 그 모든 걸 거의 한꺼번에 처리해야 한단 말이야. 그래서 생각해봤지. '이 사건은 우리의 가니마르에게 맡기면 어떨까? 이미 절반 정도는 해결을 본 거나 같으니, 그라도 너끈히 해낼 수 있을 거야. 이 정도면 많이 도와준 셈 아니겠어! 그도 이 기회에 유명해질 수 있고 말이야!' 그래, 쇠뿔도 단김에 빼랬다고, 아침 8시가 되자마자 그 '오렌지 껍질 사내'을 자네한테 곧장 파견한 것이라네. 결국 예상대로 자넨 낚싯밥을 물었고, 9시가 되자 여기 이곳으로 팔딱거리며 올라오게 된 거란 말일세."

뤼팽은 자리에서 일어나 형사 쪽으로 살짝 몸을 숙이되 두 눈은 똑바로 응시한 채 말했다.

"자, 이상이네. 얘기는 끝났어. 아마 조만간 이번 사건의 희생자 신원은 밝혀질 것이네. 발레 무용수나, 아니면 카페 콩세르의 가수쯤 되겠지. 또 하나, 아마도 범인은 퐁뇌프 다리 근처나, 적어도 센 강 좌안에 살고 있을 가능성이 커. 무엇보다도 여기 모든 증거품이 고스란히 제공되어 있네. 자네에게 주는 선물이라고나 할까? 그러니 열심히 한번 해보게. 단, 이 스카프 조각은 당분간 내가 맡아 가지고 있겠네. 전체를 맞추고 싶을 땐, 희생자의 목에 감긴 나머지 부분을 수거해서 언제든 내게 가지고 오게. 앞으로 한 달 후 오늘, 그러니까 오는 12월 28일 오전 10시에 다시 보기로 하지. 반드시 기다리고 있겠네. 오, 걱정할 필요는 없어. 이건 진지하게 말하는 거네. 전혀 장난이 아니야. 날 믿고 수사를 강행해도 손해 볼 것 없다고. 아 참, 또 한 가지 무척 중요한 게 있네. 그 외알박이 안경을 붙잡을 때 반드시 확인해야 할 게 있어. 범인은 왼손잡이라네! 자, 그럼 잘 가게. 행운을 비네!"

뤼팽은 그 자리에서 핑그르르 한 바퀴 돈 다음, 가니마르가 미처 마음을 정하기도 전에 쏜살같이 문밖으로 사라졌다. 형사는 후닥닥 달려갔으나, 알 수 없는 장치 덕분에 꿈적도 하지 않는 문손잡이만 확인했을 뿐이다. 그가 안간힘을 써서 손잡이를 돌려 여는 데만 10여 분, 마찬가지로 건넌방 문손잡이를 돌려 여는 데 또다시 10여 분이 걸렸다. 거기에다 계단을 허겁지겁 달려 내려갔을 때는 아르센 뤼팽의 그림자조차 밟을 희망은 아예 날아가 버린 뒤였다.

솔직히 말해 꼭 그럴 욕심이 있었던 것은 아니었다. 벌써부터 뤼팽은 가니마르의 마음 깊숙이, 원래 그에 대해 품고 있던 두려움과 앙심에 더해, 도저히 부인할 수 없는 찬탄의 심정이 가미된 이상야릇한 기분을 불어넣어 주었다. 그뿐만 아니라 자신이 아무리 노력하고 집요한 수사를 펼쳐도 방금 목도한 정도의 성과를 거두지는 못할 거라는 생각이 어쩔 수 없이 드는 것이었다. 가니마르가 뤼팽의 뒤를 쫓는 것은 반은 직책상의 의무와 반은 오기 섞인 자존심 때문이거니와 추적을 하면서도 늘 이 막강한 기만자(欺瞞者)한테 끊임없이 농락당하고, 언제든 비웃을 준비가 되어 있는 대중 앞에서 망신거리가 될 각오를 해야만 했다.

사실, 이 붉은 스카프에 관한 이야기는 참으로 기묘하게 다가왔다. 흥미로운 구석도 한두 군데가 아니지만, 일단 너무나 터무니없게 느껴지는 것이었다. 뤼팽이 줄줄이 늘어놓은 해명은, 언뜻 보기에 그럴듯하긴 했지만, 과연 좀 더 치밀한 조사를 진행하는 가운데 얼마나 버틸 수 있을지는 의문이었다.

가니마르는 속으로 중얼거렸다.

'그럴 리가……. 몽땅 허풍일 뿐이야. 아무 근거도 없는 가설과 추론의 쓰레기 더미일 뿐이라고! 도저히 받아들일 수 없어!'

그렇게 어느새 오르페브르 36번지가 가까워졌을 땐, 이미 가니마르의 마음은 그 사건을 없던 것으로 치겠다는 쪽으로 기울고 있었다.

한데 치안국으로 들어서자마자 맞닥뜨린 동료 한 명이 이러는 것이었다.

"국장님 봤나?"

"아니."

"자넬 당장 오라고 하셨는데!"

"아, 그래?"

"빨리 가보게나."

"어디 계신데?"

"베른 가(街)에 계시네. 간밤에 벌어진 살인 사건 때문일세."

"아! 피해자는?"

"나도 잘은 몰라. 무슨 카페 콩세르 여가수인 것 같던데."

가니마르는 이렇게 구시렁댈 수밖에 없었다.

"젠장! 젠장!"

그로부터 20분 후, 그는 지하철을 내려 베른 가로 향하고 있었다.

알고 보니 피해자는 연극계에서 제니 사피르(사파이어—옮긴이)라는 별명으로 알려진 여자로, 소박한 아파트 3층에 살고 있었다. 가니마르는 경관의 안내를 받아 처음 두 개의 방을 지나 치안국장인 뒤두이 씨와 법의학자, 그 밖에 수사를 맡은 사법관들이 모여 있는 곳으로 들어섰다.

처음 현장을 대하자마자 가니마르는 소스라치게 놀라지 않을 수 없었다. 디방에 축 늘어져 있는 죽은 여자의 사체 중에서도 붉은 비단 조각을 움켜쥐고 있는 두 손이 눈에 들어왔던 것이다! V 자(字) 모양으로 목이 파인 블라우스 위로 환히 드러난 어깻죽지에는 피맺힌 두 군데 상처

가 선명했고, 잔뜩 일그러진 얼굴은 이미 시커멓게 변한 채, 사건 당시의 끔찍한 고통을 그대로 말해주고 있었다.

방금 조사를 끝낸 법의학자가 입을 열었다.

"우선 정리된 결과만 말씀드리자면, 피해자는 먼저 두 차례 단도로 찔렸고, 그다음 목이 졸렸습니다. 직접적인 사인(死因)은 질식으로 보입니다."

'젠장! 젠장!'

뤼팽의 말을 고스란히 기억하고 있는 가니마르가 다시금 속으로 구시렁댔다.

한편 수사판사는 다른 의견을 내놓았다.

"하지만 목에서는 피하출혈의 흔적이 전혀 없지 않소?"

"교살(絞殺)은 현재 피해자 목에 감겨 있는 실크 스카프로 행해졌을 가능성이 큽니다. 저항하는 가운데 피해자의 손과 목에 그대로 감긴 채 일부만 찢겨나간 셈이죠."

"그럼 나머지 부분은 왜 현장에 없는 거죠?"

"아마도 혈흔이 묻어서 가해자가 어딘가로 치웠을 겁니다. 자세히 보면 가위로 서둘러 자른 흔적을 찾을 수 있습니다."

'젠장! 젠장!'

가니마르는 잇새로 세 번째 구시렁댔다. 현장에 있지도 않았으면서 그놈의 뤼팽은 어쩜 이리도 훤히 내다보고 있단 말인가!

수사판사의 질문이 계속 이어졌다.

"동기가 무엇일까요? 자물쇠도 망가져 있고, 장롱도 뒤죽박죽입니다. 무슨 정보라도 있습니까, 므슈 뒤두이?"

잠자코 있던 치안국장은 비로소 입을 열었다.

"일단 하녀의 증언을 종합해볼 때, 하나의 가설을 내세울 수 있을 따름입니다. 피해자는 원래 노래 솜씨는 별로였고 미모(美貌)로 한몫하는 타입이었답니다. 한데 2년 전 러시아 여행을 갔다가 그곳 어느 궁정 인사로부터 받은 엄청난 사파이어를 가지고 돌아왔다는군요. 그날 이후로 사람들이 그녀를 제니 사피르라 불렀고, 그녀 역시 자신이 받은 선물을 무척이나 자랑스러워하면서도 만일의 경우을 생각해서 잘 걸치고 다니지는 않았다고 합니다. 해서 말씀인데, 혹시 그 사파이어가 범행 동기가 아닐까 생각합니다."

"보석이 어디 있는지 하녀는 알고 있었습니까?"

"아뇨, 그건 본인 외엔 아무도 모르고 있었습니다. 방이 이렇게 어질러져 있는 걸 보면 가해자 역시 모르고 있었던 것 같고요."

"일단 하녀를 조사해보는 게 순서이겠군요."

마침내 수사판사가 말했다.

뒤두이 씨는 문득 형사반장을 한쪽으로 데리고 가더니 이렇게 속삭였다.

"자네 안색이 왜 그런가, 가니마르? 무슨 일이 있는 건가? 뭔가 짚이는 점이라도 있어서 그러나?"

"아, 아닙니다, 국장님."

"거 유감이로군. 우리 치안국에 뭔가 화끈한 실적이 있어야 할 텐데. 벌써 이와 유사한 범죄가 미결인 채로 남아 있는 게 한둘이 아닐세. 이번만큼은 어떻게든 범인을 색출해야만 해. 그것도 신속하게 말이야."

"쉬운 일은 아닙니다, 국장님."

"반드시 해내야만 해. 이보게, 가니마르. 하녀 얘기로는, 제니 사피르가 대단히 정돈된 사생활을 하고 있었는데, 한 달 전부터인가 극장에서 돌아오는 시간에 맞춰, 그러니까 밤 10시 30분쯤 누군가 집으로 자주 찾아와 자정까지 머물다 갔다는 거야. 제니 사피르 얘기론 그자가 사교계 인사인데, 자기랑 결혼하려고 했다는군. 또한 관리인 여자 말로는, 그 신사가 항상 드나들 때 남의 눈에 띄지 않도록 극도로 조심했다고 하네. 특히 관리실 앞을 지나칠 때엔 옷깃을 세우고 모자도 푹 눌러 쓰더라는 거야. 그런가 하면 제니 사피르 역시 남자가 당도하기 훨씬 전부터 하녀를 되도록 멀리 내쳤다는군. 우선 그 사교계 인사인가 뭔가 하는 작자부터 찾아 나서야겠어."

"하지만 어떤 흔적도 남기지 않았잖습니까?"

"전혀 없지. 분명한 건, 우리가 상대해야 할 범인이 대단히 강력한 놈이거니와 주도면밀하게 범죄를 저질렀고, 무사히 빠져나갈 가능성도 꽤 크다는 사실이네. 반면 그런 놈을 잡아들여야 우리의 명예도 그만큼 오르는 셈이지. 자네만 믿겠네, 가니마르."

"아, 그야 절 믿으셔야죠, 국장님. 아무렴, 두고 보세요. 두고 보세요. 하긴 하는데……. 다만……."

뒤두이 씨는 가니마르의 무척이나 당황하는 모습을 보며 적잖이 놀랐다.

가니마르는 여전히 횡설수설했다.

"다만 말입니다, 다만 솔직히 말씀드려서……. 국장님, 제 말은……. 솔직히 말해서……."

"솔직히 뭘 말인가?"

"아, 아닙니다. 두고 보죠, 국장님. 두고 봅시다."

가니마르가 끝내 하려던 말은 바깥에 나와서야 터져나왔다. 그것도 약이 잔뜩 올라, 혼자 발을 동동 구르면서 말이다.

"다만 범인을 체포해도 완벽히 내 방식대로 할 거라는 얘기야! 그 얄미운 놈이 제공하는 정보는 단 하나도 마음에 두지 않을 거라고! 아, 제기랄, 안 돼."

뤼팽에게 욕설을 퍼부어대면서, 그리고 결국 이 사건에 연루되고 그것을 맡아 처리할 수밖에 없다는 생각을 하면서, 그는 거리를 하염없이 걷고 있었다. 온통 부글부글 끓는 머릿속을 헤집으며 생각을 정리하려고 애썼고, 지리멸렬하게 흩어져 있는 여러 사실 가운데 그 누구도 감지하지 못하고 심지어 뤼팽조차 눈여겨보지 못했지만, 자신을 성공으로 이끌 만한 결정적 단서는 없을까 끙끙대는 것이었다.

그는 한 포도주 가게에서 점심을 때운 다음 다시 거닐었는데, 갑자기 아차 하며 가슴이 덜컹 내려앉는 것이었다. 자신도 모르게 어느새 와 있는 곳이 쉬렌 가 초입, 불과 몇 시간 전에 뤼팽이 자신을 유인했던 바로 그 건물 입구가 아닌가! 의지보다 더 강력한 어떤 힘이 가니마르를 다시금 이곳으로 오게 만든 것이었다. 결국 궁극적인 해결책은 이곳에 있다는 뜻인가! 이곳에 진실의 모든 요소가 숨어 있었다는 얘기인가! 아무리 거부를 해도, 뤼팽의 주장과 계산은 너무도 명료하고 정확했으며, 그 놀라운 선견지명은 상대의 마음 깊숙한 곳까지 뒤흔들기 충분한 것이었다. 마침내 가니마르는 원수가 이끌어놓은 바로 그 지점에서부터 사건을 떠맡아가지 않을 수가 없었다.

이제 그는 더 이상의 거리낌 없이 세 개 층의 계단을 단숨에 걸어 올라갔다. 문은 잠겨 있지 않았고, 탁자 위에 늘어놓았던 증거품도 손대지 않은 채 그대로였다. 가니마르는 서둘러 그것들을 호주머니 속에 챙겼다.

사실 이제부터야말로 그는 도저히 복종하지 않을 수 없는 주인의 뜻에 따라 비로소 머리를 굴리고, 좀 더 체계적인 행동에 들어간 셈이었다.

용의자가 사는 곳이 퐁뇌프 다리 근방임을 인정한 이상, 일단은 그 다리로부터 베른 가에 이르는 길목 어딘가에서 그날 밤 과자를 판매한 제과점을 찾는 일이 급선무였다. 조사는 그리 오래 걸리지 않았다. 생라자르 역 근처, 한 제과점이 형태나 재료로 볼 때 가니마르가 가지고 있는 증거품과 동일한 과자 상자를 전시해놓고 있었다. 게다가 점원 여자 얘기가 전날 밤 한 신사가 과자를 사 갔는데, 모피 웃옷의 깃을 잔뜩 치켜세운 데다가 외알박이 안경까지 착용하고 있었다는 것이었다.

'됐어, 일단 제일 중요한 단서는 확인된 셈이로군. 용의자는 무엇보다 외알박이 안경의 신사이렷다!'

가니마르는 속으로 쾌재를 불렀다.

그는 이제 신문 조각들을 애써 짜 맞춰서 어느 신문 가게 상인한테 보여줬고, 이내 그것이 『튀르프 일뤼스트레(競馬畵報)』라는 확인을 얻어 냈다. 그는 즉각 그 신문사를 찾아가서 정기 구독자 명단을 조회했다. 그중에서도 퐁뇌프 다리 근방, 특히 뤼팽이 얘기한 대로, 강의 좌안에 거주하는 모든 고객의 이름과 주소를 발췌했다.

그는 일단 치안국으로 돌아와 인원 대여섯 명을 새로 차출하여 필요한 지시와 함께 현장으로 급파했다.

저녁 7시, 파견된 인원 중 마지막으로 돌아온 형사가 기쁜 소식을 전해왔다. 『튀르프』지를 구독하고 있는 므슈 프레바이유라는 인물이 오귀스탱 제방에 위치한 어느 건물에 사는데, 전날 밤 모피 외투를 입고 외출하면서 관리인 여자로부터 우편물과 『튀르프 일뤼스트레』지를 받아 챙겨, 자정쯤에야 귀가했다는 것이다.

가장 중요한 것은, 그 프레바이유 씨가 외알박이 안경을 착용했다는 사실! 물론 경마장 단골손님이며 자신이 타거나 임대해주기도 하는 말들을 다수 소유하고 있다는 것이었다.

조사가 너무도 신속히 이루어졌고, 그 결과 또한 뤼팽이 예견한 바에 너무도 부합하는지라, 가니마르는 적잖이 당황했다. 다시금 뤼팽의 어마어마한 수완을 인정하지 않을 수 없었다. 길다면 긴 인생을 살아왔건만, 아직까지 그처럼 총명하고 예리하며 날렵한 정신의 소유자를 본 적이 없었다.

마침내 그는 뒤두이 씨에게 면담을 요청했다.

"모든 준비가 끝났습니다, 국장님. 영장을 발부해주십시오."

"뭐, 뭐라고?"

"체포할 준비가 끝났습니다, 국장님."

"제니 사피르의 살인 용의자를 알아냈다는 얘긴가?"

"네."

"아니, 어떻게? 한번 설명해보게."

가니마르는 약간 찜찜한 기분이 들어 얼굴이 붉어졌지만, 의연한 척 대답했다.

"실은 우연히 알아낸 겁니다. 용의자는 센 강에다 모든 증거물을 던져버렸는데, 그중 일부가 수거되어 제 손에 전달됐습니다."

"전달되다니, 누구한테서 말인가?"

"앙갚음이 두려워 이름 밝히기를 거부하는 어느 사공입니다. 하여튼 모든 필요한 단서가 제 손안에 있습니다. 나머지 일은 땅 짚고 헤엄치기나 같았지요."

형사반장은 지금까지 자신이 조사해온 바를 풀어놓기 시작했다.

마침내 뒤두이 씨가 감탄 어린 표정으로 외쳤다.

"아니 그 모든 걸 자넨 우연이라고 했는가? 뭐, 땅 짚고 헤엄치기라고? 내가 보기엔 자네 경력 중에서도 최고의 수확인걸! 어디 자네가 도맡아서 끝까지 해결해보게, 가니마르 형사!"

가니마르는 사건을 마무리하는 데에 박차를 가했다. 그는 당장 부하들을 이끌고 오귀스탱 제방에 도착해, 문제의 건물 주변에 배치했다. 관리인 여자 말이, 세입자가 밖에서 식사를 하고, 대부분 집에 들른다는 것이었다.

밤 9시가 조금 못 된 시각, 창가에 기대선 관리인 여자가 신호를 보냈고, 가니마르는 곧장 휘파람을 불었다. 아니나 다를까, 실크해트에 모피 외투를 껴입은 어느 신사가 센 강을 따라 보도를 걸어오더니, 곧장 차도를 건너 건물로 향해 오고 있었다.

가니마르가 슬그머니 따라붙었다.

"므슈 프레바이유인가요?"

"그렇습니다만. 당신은?"

"나로 말하자면, 당신을……."

하지만 말을 채 마칠 겨를도 없었다. 문득 어둠 속에서 장정 몇몇이 튀어나오는 것을 보자마자 프레바이유는 건물을 등지고 멈칫 물러나더니, 낯선 상대를 잔뜩 경계하며 덧문까지 모두 닫힌 건물 1층 상점 문 쪽으로 뒷걸음질을 치는 것이었다.

"물러서시오! 난 당신들을 모르오!"

그의 오른손이 묵직해 뵈는 지팡이를 휘두르는 동안, 등 뒤로 돌아간 왼손은 문손잡이를 찾아 더듬거리는 것 같았다.

저러다가 후닥닥 무슨 비밀 통로라도 이용해서 달아나는 것은 아닐까 하는 걱정이 가니마르의 뇌리를 퍼뜩 스쳤다.

그는 천천히 접근하면서 말했다.

"자, 조용히 해결하자. 너는 포위됐다. 순순히 항복하시지."

한데 프레바이유가 휘두르는 지팡이를 움켜잡았다고 느낀 바로 그 순간, 뤼팽이 마지막으로 내뱉은 얘기가 문득 생각나는 것이 아닌가! 범인은 왼손잡이라는 사실! 프레바이유의 등 뒤로 돌아가 있는 왼손은 다름 아닌 권총을 쥐고 있었던 것이다.

일촉즉발로 상대의 동작을 감지한 가니마르는 잽싸게 몸을 숙였다. 두 발의 총성이 울렸지만, 다행히 아무도 쓰러뜨리진 못했다.

프레바이유의 턱에 가니마르의 일격이 가해진 것은 바로 다음 순간이었다. 밤 9시, 용의자는 파리 경시청 유치장에 수감되었다.

가니마르의 명성이 수직 상승하는 것은 당연했다. 경찰이 서둘러 발표한 놀랄 만큼 신속한 체포 소식과 그에 동원된 지극히 간단명료한 방법들은 형사반장 가니마르를 일약 유명 인사로 발돋움시키기에 전혀 부족함이 없었다. 프레바이유에게는 그간 미해결된 모든 혐의점들이 부가되었고, 언론은 가니마르의 활약에 연일 지면을 할애했다.

초기에는 조사가 활발하게 진행되었다. 우선 진짜 이름이 토마 드로크인 프레바이유는 이전에도 여러 차례 사법당국과는 불편한 관계에 있었다는 사실이 확인되었다. 아울러 그의 거처를 가택 수색한 결과, 확고부동하게 새로운 증거물이라곤 볼 수 없지만, 문제의 꾸러미를 묶었던 끈과 유사한 실꾸리가 발견되었고, 피해자의 상처와 비슷한 상처를 유발할 만한 단도도 찾아냈다.

그러나 수사 8일째 되는 날부터 상황은 완전히 다른 양상으로 급변하는 것이었다. 그때까지만 해도 일체 묵비권을 주장하던 프레바이유가 변호사가 입회한 가운데 너무도 간명한 알리바이를 내미는 것이 아닌가! 즉, 범행이 일어난 당일 밤, 자신은 폴리베르제르(1862년에 설립된 몽마르트르의 유명한 뮤직홀—옮긴이)에 있었다는 것이다.

아닌 게 아니라, 그의 턱시도 호주머니 속에서 공연 프로그램과 좌석표가 발견되었는데, 둘 다 그날 저녁 시간대임이 확인되었다.

"조작된 알리바이일 뿐이야!"

수사판사는 즉각 반박했다.

"그럼 반증을 해보시오!"

프레바이유도 맞섰다.

이윽고 대질신문이 이어졌고, 제일 먼저 제과점 점원이 외알박이 안경의 신사를 알아볼 것 같다고 증언했다. 베른 가의 관리인 여자 역시 제니 사피르를 찾아오던 신사를 마찬가지로 알아볼 것 같다고 했다. 하지만 그 이상 확실하게 알아본다고 증언하는 사람은 없었다.

결국 예심은 확고한 기소를 가능하게 할 만한 정확한 증거라든가 든든한 근거를 찾지 못한 채, 헛돌기만 할 뿐이었다.

마침내 수사판사는 가니마르를 불러 이러한 고충을 털어놓았다.

"더 이상 진행할 수가 없소이다. 기소는 아무래도 불가능할 것 같소."

"하지만 혐의를 확신하지 않습니까? 결백하다면 왜 체포 당시 저항을 했겠습니까?"

"아마도 괴한의 습격을 당하는 줄 알았겠지요. 게다가 그자는 제니 사피르를 본 적도 없다고 합니다. 우리도 그를 꼼짝 못하게 할 만한 증언을 전혀 대지 못하고 있는 실정이오. 아울러 도둑맞았다는 문제의 사파이어를 그의 집 어디에서도 찾을 수가 없어요."

"그건 다른 곳도 마찬가지입니다."

가니마르가 발끈하자, 수사판사가 덧붙였다.

"맞소이다. 하지만 그렇다고 해서 그를 기소할 순 없어요. 이보시오, 므슈 가니마르. 지금 우리에게 가장 절실한 게 무엇인지 아시오? 바로 붉은 스카프의 나머지 부분이라오."

"나머지 부분이라니요?"

"그렇소. 살인범이 그걸 일부러 오려서 가지고 갔다면, 틀림없이 그 부분에 자신의 피 묻은 손자국이 찍혀 있기 때문 아니겠소?"

가니마르는 차마 대답이 나오지 않았다. 이미 수일 전부터 사건이 이런 식으로 치달을 것을 어느 정도 예상한 터라 더 그랬다. 더 이상의 증거가 없는 상황이었던 것이다. 그 실크 스카프가 있어야지만 프레바이유의 유죄를 확고부동하게 입증할 수가 있었다. 사실 지금 가니마르는 억지로라도 유죄를 입증해야 할 처지였다. 체포의 수훈자요, 또한 그만큼 책임이 막중해진 입장으로서, 이미 극악무도한 범죄자의 강력한 응징자로 유명세를 떨치기 시작한 이 마당에, 만약 프레바이유가 무사히 풀려난다면 그 이상 웃음거리가 없을 것이었다.

한데 불행하게도 유일하고 절실한 증거물이 다름 아닌 아르센 뤼팽의 호주머니 속에 들어 있다니! 대체 그걸 무슨 수로 손에 넣는단 말인가?

발등에 불이 떨어진 심정으로 가니마르는 눈에 불을 켰다. 새로 전면 조사를 진행했고, 베른 가 근방에서 하얗게 밤을 새웠으며, 프레바이유의 일상을 정밀하게 재구성하면서 형사 10여 명을 풀어 사라진 사파이어 수색에 총력을 기울였다. 하지만 만사가 소용없었다.

드디어 12월 27일, 수사판사는 법원 복도에서 가니마르를 불러 세웠다.

"그래, 므슈 가니마르, 무슨 새로운 소식이라도 있습니까?"

"없습니다, 수사판사님."

"그렇다면 사건을 포기해야겠소."

"하루만 더 여유를 주십시오."

"이유가 뭡니까? 문제는 나머지 스카프 조각인데, 그걸 찾아낼 수 있겠소?"

"내일까지 확보하겠습니다."

"내일요?"

“그렇습니다. 다만 이미 증거물로 제출된 부분을 제게 맡겨주십시오.”

“그걸로 뭘 하시게?”

“그게 있어야 나머지 부분도 찾아낼 수 있습니다.”

“알겠소.”

그렇게 해서 수사판사와 함께 집무실로 들어갔다 나온 가니마르의 손엔 붉은 비단 천이 쥐어져 있었다.

‘빌어먹을! 어쨌든 나머지 부분을 손에 넣어야만 해! 아, 그러려면 우선 뤼팽 선생께서 약속대로 만나줘야 할 텐데.’

그렇게 속으로 중얼거리면서도 가니마르는 뤼팽에게 그 정도 대담성이 있다는 것은 의심하지 않았다. 정확히 말해, 사실 바로 그 점이 자못 마음에 걸렸다. 대체 뤼팽은 무슨 이유로 가니마르를 다시 보자고 했던 것일까? 만나기로 미리 약속을 정한 진짜 속셈은 무엇일까?

한편으론 울화통이 터지고 다른 한편으론 무척 불안한 마음에, 그는 가능한 한 조심하기로 작정했다. 우선 그가 펴놓았을지 모를 기발한 계략에 속아 넘어가지 않기 위해, 아울러 기회가 닿는다면 내친김에 이 유명한 숙적마저 엮어 넣기 위해서 말이다. 그렇게 해서 이미 하루 전날부터 밤새도록 쉬렌 가의 낡은 건물을 면밀히 염탐해, 정문 말고는 퇴로가 없다는 것을 확인하고, 위험천만한 임무에 대해 부하들에게 충분히 주의를 준 뒤, 형사반장 가니마르는 뤼팽이 지정한 12월 28일 드디어 격전의 장소로 발걸음을 내디뎠다.

그는 부하들을 건물 바로 앞 카페에 배치했다. 신호는 간단명료했다. 만약 4층 창문 앞에 자신이 모습을 드러내거나 한 시간 후에도 돌아오지 않으면 무조건 건물로 들이닥쳐 누구든 빠져나오려는 자를 덮치기로 한 것이다.

마지막으로 가니마르는 권총을 점검했고, 호주머니 속에서도 손쉽게 발사할 수 있는지 확인해보았다. 그는 천천히 계단을 오르기 시작했다.

한 달 전, 자신이 빠져나올 때와 하나도 다르지 않은 집 안 상태를 보고 그는 적잖이 놀랐다. 손잡이도 망가진 상태 그대로였고, 문도 활짝 열린 채 그대로였다. 우선 안방 창문이 거리로 면하고 있음을 확인한 다음, 나머지 세 방을 차례로 둘러보았다. 아무도 없었다.

약간 우쭐한 마음도 없지 않아 그는 이렇게 중얼거렸다.

"뤼팽 선생께서 겁이 나셨나?"

"어리석긴……."

바로 뒤에서 그에 대한 대꾸가 즉각 튀어나왔다.

홱 돌아서자 문가에는 도장공들이 흔히 입는 푸른색 긴 작업복 차림의 늙은 노동자가 서 있었다.

"뭘 그리 두리번거리나? 날세, 뤼팽. 오늘 아침부터 도장업자 가게에서 일을 하고 있었지. 지금은 휴식 시간이라서 올라와 본 것이네."

그는 잠시 유쾌하게 미소를 지으며 가니마르를 바라보더니 이내 이렇게 외쳤다.

"맞아! 자네와 만나기로 한 시간이지! 빌어먹을, 자네 10년 인생보다 내겐 이 짧은 휴식 시간이 훨씬 값지지만, 그래도 난 자넬 좋아하니까! 그래, 생각은 좀 해봤는가? 기막히게 짜 맞춰졌지? A에서 Z까지 완벽하게 맞추지 않았는가 말이네. 결국 내가 사건을 확실하게 이해했지? 스카프의 수수께끼를 시원하게 꿰뚫지 않았는가 말이야? 그래 내가 뭐랬나, 내 추리 솜씨에는 일말의 빈틈도 없다고 했지? 고리 한 군데 빠진 곳 없이 완벽한 사슬처럼 말이야. 과연 놀라운 지성(知性)의 개가(凱歌)라고나 할까! 더없이 완벽하게 사건을 재구성해냈지! 이미 발생한 사건을 구석구석 파헤쳤을 뿐 아니라, 범죄 발생부터 증거를 찾아 자네가 이곳에 오기까지 그야말로 빈틈없이 예견해버린 이 엄청난 직관력이라니! 기적과도 같은 선견지명이 아닌가 말일세! 그래 스카프는 가져왔나?"

"반은 가져왔다. 자넨 가져왔나?"

"여기 있지. 자, 맞춰볼까?"

둘은 가지고 온 스카프를 탁자 위에 나란히 펼쳐놓았다. 과연 가위질한 부분이 서로 완벽히 일치했고, 색깔 또한 동일했다.

"이걸로 다 끝난 건 아닐세. 스카프에 핏자국이 있는지도 확인해야 할 거야. 자, 이리로 오게, 가니마르. 여긴 햇빛이 충분치가 않아."

뤼팽은 가니마르를 데리고 마당 쪽에 위치한 좀 더 밝은 옆방으로 자리를 옮겨, 유리창에 헝겊을 갖다 댔다.

"자, 보게나."

그는 가니마르에게 자리를 내주며 말했다.

형사반장은 하마터면 기쁜 나머지 탄성을 내지를 뻔했다. 다섯 손가락과 손바닥 자국까지 선명하게 찍혀 있는 것이었다. 이거면 이제 증거는 확실한 셈! 범인은 제니 사피르를 칼로 찌른 피 묻은 손으로, 바로 이 스카프를 움켜쥐고 또다시 피해자의 목을 조른 것이다.

뤼팽이 한마디 덧붙였다.

"여기 찍힌 게 왼손이라서 전에 자네한테 그 점을 주지시킨 것이네. 별로 놀랄 일도 아니지. 그러니 부디 나를 자네보다 월등한 지력(知力)의 소유자로 인정은 하되, 마법사 따위로 취급해 두려워하진 말게나."

가니마르는 허겁지겁 비단 천 조각을 호주머니 속에 욱여넣었다.

뤼팽은 호탕하게 말했다.

"그래그래, 그건 엄연히 자네 것이지. 자네에게 도움이 된 것으로 나는 족하네! 자, 어떤가, 아무런 속임수도 없었지? 그저 순수한 호의(好意)가 다이지. 친구가 친구한테, 남자 대 남자로 베푸는 호의 말일세. 근데 말이야, 호기심이 생겨서 말이네만……. 나머지 비단 조각도 좀 볼 수 없겠나? 경찰에서 보관해온 그것 말일세. 오, 걱정은 말게. 잠깐 보고 돌려줄 테니까."

뤼팽은 가니마르가 가져온 나머지 붉은 실크 스카프 끄트머리의 술 장식을 이리저리 만지작거리면서 주절거리기 시작했다.

"거참 정교한 솜씨로군. 과연 여자의 섬세한 손재주가 돋보여! 자네 혹시 이 사실은 조사해봤나? 제니 사피르는 손재주가 대단히 뛰어난 여자였다네. 그래서 자기가 쓰는 모자며 옷가지를 직접 만들기도 했지. 한데 바로 이 스카프도 그녀 작품이란 말씀이야. 물론 난 첫눈에 그걸 알아봤다네. 자네한테만 기꺼이 얘기하는 거네만, 워낙 호기심이 강한 터라 방금 자네가 집어넣은 비단 조각을 꼼꼼히 조사해봤지. 한데 그 술 장식 안에서 성인(聖人)의 모습이 새겨진 메달이 나오지 않겠나! 아마 그 가엾은 여자가 액땜 삼아 거기 넣어가지고 다녔던 모양이야. 그럴듯한 사실 아닌가, 가니마르?"

형사반장은 잔뜩 긴장한 채, 상대에게서 눈을 떼지 않고 있었다. 뤼팽은 아랑곳하지 않고 계속 떠벌렸다.

"그래서 난 생각했지. '오호라, 그렇다면 경찰이 피해자의 목에서 발견했을 나머지 부분의 술 장식도 조사해보면 재미있겠는걸!' 결국 이렇게 내 손에 들어온 나머지 천 조각에도 마찬가지의 술 장식이 달려 있을 게 아니겠느냐 이거지. 글쎄……. 그 안엔 무엇이 또 숨어 있을까 하고 말이야. 이것 보게. 정말 교묘하게 만들어졌지? 그리 복잡하지도 않아! 그저 나무로 깎아 만든 올리브 열매 모양의 자그마한 통 주위로 붉은 실타래를 배배 꼬아 감으면 되는 거야. 당연히 통 속은 칼로 깎아내서 비어 있는 거지. 아까 말한 것처럼 부적이라도 집어넣을 수 있게 말이야. 까짓 내키면 뭐 보석 같은 거라도 넣어둘 수 있겠지. 이를테면……

사파이어라도…….”

순간, 뤼팽의 손은 눈 깜짝할 사이에 실타래를 풀어 헤치더니, 올리브 열매 모양의 나무통 속에서 잽싸게 무엇을 꺼냈다. 그리고 어느새 엄지와 검지 사이에 순도와 커팅 면에서 거의 완벽에 가까운 새파란 보석을 집어 들고 이리저리 살펴보는 것이었다.

“자, 어떤가, 친구?”

고개를 슬쩍 들고 바라보자, 바로 코앞에서 반짝거리는 영묘(靈妙)한 보석에 잔뜩 매료되어 두 눈이 휘둥그레진 채, 창백하게 질려 있는 형사반장의 얼굴이 눈에 들어왔다. 아마도 모든 것이 철두철미한 계략에 의해 지금 이 자리까지 오게 되었음을 이제야 깨닫는 모양이었다.

“짐승 같은 놈…….”

처음 마주쳤을 때의 적개심을 고스란히 되살리며 가니마르가 잇새로 중얼거렸다.

두 사내가 서로 한 치의 빈틈도 없이 맞서는 상황.

“그걸 내놓아라!”

가니마르가 내뱉었다.

뤼팽은 천 조각을 쓱 내밀었다.

“사파이어도!”

가니마르가 명령조로 다시 일갈했고, 뤼팽이 중얼거렸다.

“어리석긴…….”

“당장 내놓지 않으면…….”

가니마르가 여전히 으르렁대자 이번엔 뤼팽도 버럭 소리쳤다.

“그러지 않으면 어쩌겠다는 거냐? 멍청한 자식! 그럼 내가 공연히 알짜 사건을 네게 의뢰했다고 생각했단 말인가?”

“그걸 내놓으란 말이다!”

"대체 나를 뭘로 아는 건가? 지난 4주 동안 난 자넬 마치 얼간이처럼 다루어왔어! 이보게, 가니마르, 좀 머리를 굴려봐. 지난 4주 동안 자넨 한 마리 강아지처럼 내가 이끄는 대로 따라온 거란 말이다. 가니마르, 이리 온. 아저씨한테 와야지. 멍멍아, 이리 온. 옳지, 한번 일어서 봐! 그러면 맛있는 거 주지! 하면서 말이다."

가니마르는 끓어오르는 분노를 간신히 억누르면서 오로지 단 하나, 바깥에 대기 중인 부하들을 불러올 생각만 하고 있었다. 하지만 현재 방의 위치가 거리 쪽이 아닌 마당 쪽을 향하고 있는지라, 그는 슬금슬금 옆방과의 사잇문 쪽으로 움직여가려고 애썼다. 그러더니 어느 한순간, 후닥닥 내달려 거리 쪽을 향한 창문 하나를 와장창 깨뜨리는 것이었다.

뤼팽은 눈 하나 깜짝하지 않고 계속 뇌까렸다.

"아무래도 자네를 비롯해 그쪽 사람들은 모두 바보 천치인가 보네! 애당초 천 조각을 손에 넣었을 때부터 누구 하나 그걸 면밀히 조사해 본다든지, 혹은 왜 그 아가씨가 하필 스카프를 움켜쥐고 놓지 않았는지 의문을 품은 사람이 없다니. 단 한 놈도 말이야! 너희들 하는 짓이란 늘 그렇게 주먹구구식이야! 생각도 없고 뭐 하나 내다보는 면이 없어."

어쨌든 목적을 달성한 형사반장은 뤼팽이 잠시 고개를 돌리는 틈을 타, 휙 몸을 돌려 바깥으로 나가는 문손잡이를 움켜쥐었다. 하지만 바로 그 순간, 그의 잇새로 낭패감이 서린 욕지거리가 튀어나왔다. 손잡이가 꿈쩍도 않는 것이었다.

뤼팽은 배꼽이 빠져라 박장대소했다.

"우하하하하하하, 그렇게는 안 되지! 역시 전혀 앞을 내다보지 못하고 있어! 자네가 함정을 쳐놓았을진대, 내가 그걸 냄새 맡지 못했으리라 생각한 건가? 이 방으로 건너오면서도 내가 왜 자네를 일부러 여기까지 유인하는지, 또 각방의 문손잡이에 특수 잠금장치가 설치되어 있다는 점, 전혀 생각을 못하고 있었나 봐! 어떤가, 솔직히 아무 생각도 없었지?"

가니마르는 완전히 이성을 잃고 소리쳤다.

"아무 생각도 없다고?"

그러면서 후닥닥 호주머니에서 권총을 빼 들어 상대를 정면으로 겨누는 것이었다.

"손 들어!"

하지만 뤼팽은 떡 버티고 선 채, 어깨를 한 번 으쓱하며 이렇게 내뱉었다.

"자네 또 실수하는 거네."

"다시 말한다. 손 들라니까!"

"자네의 그 도구는 말을 듣지 않을 걸세."

"뭐?"

"자네 집 가정부인 카트린 할멈이 바로 내 사람일세. 오늘 아침 자네가 카페오레를 들고 있는 동안, 그녀가 미리 탄약통에 물을 흠뻑 묻혀놨지."

가니마르는 울컥하는 몸짓으로 권총을 다시 호주머니에 처넣더니, 뤼팽을 향해 달려들었다.

하지만 뤼팽의 극히 효율적인 발길질이 가니마르의 허벅지에 명중하면서 선공(先攻)은 싱겁게 제지당하고 말았다.

"오호라, 그래서 어쩌시게?"

서로의 옷깃이 거의 스칠 듯 접근한 상태에서 뤼팽이 이죽거렸다. 이제 둘의 눈초리는 애당초 치고받기 위해 마주친 적수처럼 불꽃이 튀었다.

하지만 이렇다 할 격투가 일어난 것은 아니었다. 지난 시절 참담한 패배를 경험한 것이 어디 한두 번인가! 무용한 공격과 전광석화 같은 적의 반격에 대한 기억이 가니마르로 하여금 무모한 시도를 못하게 하는 것이었다. 더 이상 어찌할 도리가 없다는 사실을 형사반장은 실감하고 있었다. 하긴 뤼팽과 일대일로 격돌했을 때 승리를 장담할 수 있는 존재가 과연 얼마나 될 것인가!

뤼팽은 갑자기 다정다감한 목소리로 이렇게 말했다.

"어떤가, 그냥 얌전히 있는 게 아무래도 낫겠지? 게다가 한번 곰곰이 생각 좀 해보게나. 이번 사건 해결이 자네에게 가져다줄 이득을 말일세. 명예와 차후 승진에 대한 확실한 보장은 물론, 훗날 안락한 노후 전망도 기대할 수 있지 않겠는가 말이야. 그거면 됐지, 사파이어도 찾고 뤼팽의 모가지도 바라는 건 좀 심하지 않을까? 더구나 이 뤼팽이 자네의 목숨을 구해준 걸 감안하면 더더욱 그렇지. 사실이 그래. 프레바이유가 왼손잡이라는 걸 누가 자네에게 귀띔해주었지? 그에 대한 보답을 자넨 이런 식으로 하는 건가? 결코 세련된 태도라고는 볼 수 없네, 가니마르. 자넨 정말이지 날 실망시키고 있어."

줄기차게 입을 놀리면서도 뤼팽은 가니마르와 마찬가지로 부지런히 머리를 굴리고 있었고, 천천히 문 쪽으로 다가가고 있었다.

상대가 도망치려 한다는 것을 가니마르는 읽고 있었다. 순간적으로 막아야겠다는 생각이 앞섰는지, 그는 무작정 앞을 가로막았는데, 거의 동시에 돌진해오는 적의 머리 공격을 복부 한복판에 강타당하고는 그만 맞은편 벽에까지 나뒹굴고 마는 것이었다.

눈 깜짝할 사이에 뤼팽은 용수철 장치를 움직여 문손잡이를 돌렸고, 반쯤 문을 연 뒤, 대차게 웃어 젖히면서 빠져나갔다.

그로부터 20여 분이 지난 뒤, 가니마르는 겨우 몸을 추스르며 부하들과 합류했는데, 그중 한 명이 이러는 것이었다.

"도장공들이 점심 식사를 하러 건물로 우르르 들어서는데, 한 명이 오히려 밖으로 나오면서 편지 한 장을 건네더군요. 그러면서 우리 두목에게 전해달라는 거예요. 그래서 두목이라니 누구 말이냐고 했죠? 한데 벌써 저만치 멀어져 가는 겁니다. 아마 반장님한테 전하라는 것 같아요."

"이리 내게."

가니마르는 서둘러 봉투를 뜯었다. 무척이나 서둘러 휘갈긴 글씨로 이렇게 적혀 있었다.

> 다음부턴 사람 말을 너무 쉽게 믿지 말라는 뜻에서 한마디 하겠네.
> 누가 자네 권총의 탄약통이 젖어 있다고 하거든,
> 자네가 아무리 신뢰하는 사람이고,

설사 자기가 아르센 뤼팽만큼 똑똑한 사람이라고 내세우더라도,

결코 거기에 먹혀들지 말게나.

일단 무조건 한번 당겨보는 거야!

그래서 만약 그 누군가가 핑그르르 돌아 거꾸러진다면 자넨 그제야 깨닫게 되겠지.

첫째, 탄약통은 멀쩡하다!

둘째, 카트린 할멈은 대단히 성실한 가정부이시다!

그럼 언젠가는 그분도 한번 뵐 기회가 있길 바라며, 이만 건투를 비네.

아르센 뤼팽

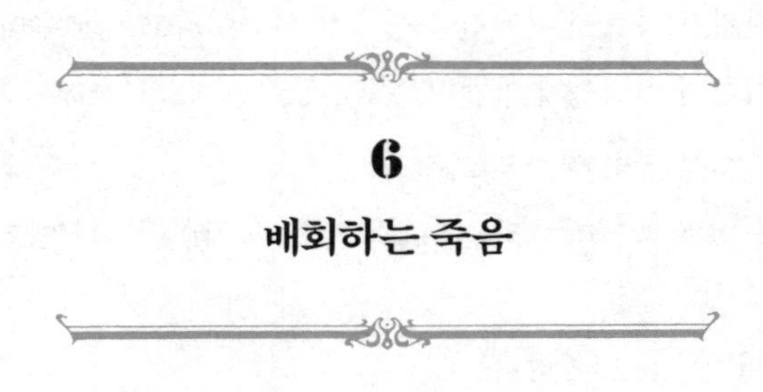

# 6
## 배회하는 죽음

성벽을 따라 걷다 보니 아르센 뤼팽은 맨 처음 출발한 지점에 돌아와 있었다. 어딜 봐도 비집고 들 만한 틈새는 없는 것이 확실했다. 다시 말해서 모페르튀의 드넓은 영지로 들어가기 위해서는 안쪽에서 단단히 빗장이 채워진 작은 쪽문을 통하거나 문지기의 별채가 바로 옆에서 지키고 있는 중앙 철책 문을 거치는 수밖에 없었다.

"좋다! 정 그렇다면 비상수단을 쓰는 수밖에!"

그렇게 중얼거리면서 뤼팽은 오토바이를 숨겨둔 덤불숲 속을 헤치고 들어가, 좌석 밑에 둘둘 말아두었던 가벼운 밧줄 꾸러미를 풀어내 미리 점찍어둔 장소로 다가갔다. 길에서 멀리 떨어지고 숲 가장자리에 접한 이곳에는 안쪽 정원의 키 큰 나무들이 담벼락을 넘볼 정도로 치솟아 있었다.

뤼팽은 밧줄 끄트머리에 돌멩이를 매단 후, 담 너머 튼튼한 나뭇가지를 겨냥해 힘껏 던졌다. 그렇게 해서 가지에 걸린 밧줄을 타고 벽을 넘

은 다음, 그는 나무줄기를 타고 내려와 정원의 부드러운 풀밭 위에 사뿐히 안착했다.

때는 겨울이었다. 녹지(綠地)의 굴곡 너머, 앙상한 잔가지들 사이로 저 멀리 아담한 모페르튀 성곽이 한눈에 들어왔다. 눈에 띄지 않기 위해 주의하면서 그는 전나무 사이로 몸을 감췄고, 망원경을 사용해 음산한 성채의 벽면을 찬찬히 살펴보았다. 모든 창문이 닫혀 있을 뿐 아니라, 정교한 덧문으로 하나같이 차단되어 있었다. 겉만 봐서는 사람이 전혀 살지 않는 분위기였다.

"빌어먹을, 그리 썩 기분 좋은 곳은 아니로군. 내 삶의 대미를 장식할 만한 곳은 못 돼."

뤼팽은 잇새로 중얼거렸다.

한데 오후 3시를 알리는 종소리가 울리자, 1층의 문들 중 하나가 테

라스 쪽으로 살며시 열리면서 검은색 망토를 걸친 매우 야윈 여자의 실루엣이 슬그머니 나타났다.

여자는 테라스를 이리저리 거닐다가, 주위로 몰려드는 새들에게 빵 조각을 던져주곤 했다. 그런 다음 중앙 잔디밭 쪽으로 뻗은 돌계단을 내려오더니, 오른쪽 오솔길을 통해 죽 걸어나오는 것이었다.

망원경 속에 비친 여자의 행보는 분명 뤼팽이 있는 곳으로 접근해오고 있었다. 보아하니 키가 훤칠하고 금발이었으며, 우아한 자태에 무척 젊은 아가씨였다. 그녀는 길에 거치적거리는 죽은 관목의 잔가지들을 재미 삼아 꺾거나 이따금 12월의 창백한 햇살을 바라보며 경쾌한 걸음걸이로 걷고 있었다.

뤼팽과의 거리가 3분의 2 정도 되는 지점까지 다가왔을 때였다. 느닷없이 개 짓는 소리가 들리는가 싶더니, 근처의 오두막으로부터 덩치 큰 덴마크산(産) 맹견 하나가 뛰쳐나오다가 묶여 있는 쇠사슬 끝에 걸려 벌떡 일어서는 것이었다.

아가씨는 잠시 멈칫했을 뿐, 필시 늘 일어나는 것이 틀림없는 이 정도 일엔 개의치 않는 듯, 그대로 지나쳐갔다. 개는 뒷발로 일어선 채, 목이 잠길 만큼 악을 써대며 더더욱 큰 소리로 짖어대고 있었다.

그대로 한 30~40보는 걸었을까, 여자는 다소 짜증이 나는지, 문득 뒤를 돌아보며 신경질적으로 손짓을 해댔다. 덴마크 개는 펄쩍펄쩍 뛰면서 일단 집으로 기어들었다가는, 견딜 수 없다는 듯 다시금 와락 뛰쳐나왔다. 여자의 입에서 겁에 질린 비명이 터져나오는 것은 당연했다. 덩치 큰 맹견은 우악스럽게 훌쩍 뛰어오르더니, 이내 끊어져버린 쇠사슬을 덜그럭거리며 이쪽으로 쏜살같이 달려오는 것이 아닌가!

여자는 죽어라 달리고 또 달리면서, 도와달라고 고래고래 소리를 지르기 시작했다. 그러나 얼마 못 가 개의 맹렬한 기세에 따라잡힐 처지

가 되고 말았다.

마침내 기운이 달리는지 호들갑스럽게 넘어졌고, 사나운 짐승의 거품 문 주둥이가 그 위로 막 덮치려는 찰나…….

요란한 총성 한 방이 허공을 가르고 울렸다! 개의 몸뚱어리는 경기(驚氣)를 일으키듯 한 차례 허공으로 훌쩍 솟아올랐고, 곧바로 땅바닥에 널브러졌다. 녀석은 발톱으로 바닥을 마구 긁어대면서 거칠게 몸부림을 치는가 싶더니, 이내 단말마의 가쁜 숨소리와 함께 끙끙거리다가, 잠시 후 희미해지는 신음과 더불어 축 늘어지고 말았다.

언제든 다시 발사할 태세로 권총을 겨눈 채 달려온 뤼팽의 입에서 짤막한 말 한마디가 새어나왔다.

"죽었군!"

창백한 얼굴의 아가씨는 아직도 후들후들 떨리는 몸을 가까스로 일으켰다. 그녀는 난데없이 나타나 자신의 목숨을 구해준 이 낯선 남자를 찬찬히 들여다보며 이렇게 중얼거렸다.

"고맙습니다. 너무 무서웠어요. 조금만 늦었어도……. 아무튼 정말 감사합니다, 므슈."

뤼팽은 깍듯하게 모자를 벗으며 대꾸했다.

"소개하겠습니다, 마드무아젤. 폴 도브뢰이라고 합니다. 자초지종을 설명하기 이전에 우선 잠시만……."

그는 개의 사체 위로 몸을 숙여, 쇠사슬이 끊긴 부분을 면밀하게 살펴보더니 잇새로 이렇게 중얼거렸다.

"역시 그랬군! 내가 생각했던 대로야. 빌어먹을! 이거 일이 급하게 됐는걸. 좀 더 일찍 도착했어야 했어."

그는 다시 여자에게 다가와 다급하게 말했다.

"마드무아젤, 우리에겐 시간이 얼마 없습니다. 이 정원에 내가 있다는 사실은 자칫 문제를 일으킬 수 있어요. 남의 눈에 들키면 곤란합니다. 특히 당신과 관련해서 말입니다. 혹시 저 성 안에서 아까 내가 쏜 총소리를 듣진 않았을까요?"

여자는 이미 흥분을 가라앉힌 듯 또박또박 대답을 했는데, 글자 그대로 담대한 품성을 잘 드러내는 어투였다.

"그렇지는 않을 겁니다."

"아버님께선 성안에 계시지요?"

"아버진 벌써 몇 달 전부터 앓아누워 계신답니다. 게다가 아버지가 계신 방은 성의 반대편에 있어요."

"하인들은요?"

"마찬가지로 반대편에서 일하고, 숙식도 거기서 해결합니다. 아무도 이쪽으로 올 일은 없어요. 여길 거니는 건 아마 이 성에서 나뿐일 겁니다."

"그럼 이렇게 나무숲 속에 숨어 있으면 더더욱 본 사람이 있을 리 없겠군요?"

"그럴 겁니다."

“그럼 당신과 마음 놓고 이야기해도 되겠습니까?”

“물론이에요. 하지만 도무지 영문을 모르겠군요.”

“차차 알게 될 겁니다.”

그는 좀 더 가깝게 다가가 얘기를 시작했다.

“단도직입적으로 말하겠습니다. 지금으로부터 나흘 전, 마드무아젤 잔 다르시외는…….”

“바로 접니다.”

여자는 생긋 웃으며 말했다.

“마드무아젤 잔 다르시외는 베르사유에 사는 마르센린이라는 이름의 친구 앞으로 편지 한 장을 썼지요.”

순간 여자는 깜짝 놀라며 물었다.

“아니, 그걸 어떻게 아세요? 다 쓰기도 전에 찢어버린 편지인데…….”

“찢어서 길가에 던져버렸지요. 성에서 방돔에 이르는 길에 말입니다.”

“그래요, 그때 산책을 하고 있었거든요.”

“바로 그 쪽지들이 수거돼서 다음 날 내 손에 들어오게 되었답니다.”

“그렇다면……. 그걸 죄다 읽으셨나요?”

잔 다르시외는 약간 거북해하며 물었다.

“그렇습니다. 어쩔 수 없이 무례를 저지르게 되었습니다만, 후회하지는 않습니다. 덕분에 당신을 이렇게 구하게 되었으니까요.”

“저를 구하신다니요? 무엇에서 구한다는 거죠?”

“죽음에서입니다.”

이 짤막한 말을 뤼팽이 어찌나 간명하게 끊어 말했는지, 여자는 순간 부르르 몸서리를 쳤다.

“죽음의 위협 같은 건 못 느꼈는데요?”

“아닐 겁니다, 마드무아젤. 지난 10월 말경, 당신이 매일 앉아 시간을 보내곤 하던 테라스의 벤치에서 독서를 할 때, 때마침 기둥 상단 장식의 석재 한 덩어리가 갑자기 떨어졌죠. 그게 몇 센티미터만 빗나갔어도 당신은 어디가 바스러져도 크게 바스러졌을 겁니다."

"하지만 그건 우연히……."

"그런가 하면 11월 어느 맑은 달밤에, 당신은 채소밭을 가로질러 걷고 있었지요. 그때 어디선가 날아든 난데없는 총알이 당신 귓가를 스쳐 지나갔습니다."

"그건……. 제 생각엔……."

"그리고 지난주, 정원을 가로질러 흐르는 개천의 수면으로부터 2미터 정도 위에 설치된 나무다리를 당신이 건너가고 있는데, 갑자기 다리가 무너졌지요. 당신이 곤두박질치지 않고 근처에 비어져 나온 나무뿌리를 부여잡은 건 정말이지 기적이나 다름없었습니다."

잔 다르시외는 애써 웃음을 지으려고 했다.

"그렇긴 하지만, 마르센린에게 쓴 편지에선 그 모든 게 우연의 일치일 거라고 한 것 같은데요."

"아닙니다, 마드무아젤. 아니에요. 물론 그와 같은 일이 한 번 일어났다면 우연일 수 있겠죠. 두 번까지도 봐주겠습니다. 하나 그 이상이라면! 이 세상 그 누구라도, 그처럼 유별난 상황 속에서 비슷한 성격의 사건이 세 번씩이나 일어나는 걸 우연의 일치로 받아들일 사람은 없습니다. 바로 그래서 나는 당신을 구하기 위해 뛰어들어도 괜찮겠다고 생각한 겁니다. 아울러 내가 비밀리에 개입해야지만 유효할 거라고 봤기 때문에, 정문을 통해 들어오지 않고 굳이 이런 식으로 숨어든 것이고요. 당신 말마따나 이번에도 조금만 늦었더라면 큰일 날 뻔했습니다. 방금 전에도 누군가 당신을 또다시 공격한 것입니다."

"설마! 정녕 그렇게 생각하세요? 아, 그럴 리가……. 도저히 믿을 수 없어요."

뤼팽은 개의 목에 감겨 있던 쇠사슬을 집어 들고 보여주며 말했다.

"마지막 고리를 잘 살펴보십시오. 누군가 줄질을 해놓은 게 분명합니다. 그렇지 않다면 이렇게 쉽게 끊어질 사슬이 아니지요. 더구나 줄질한 흔적도 명확하지 않습니까?"

그제야 잔의 얼굴이 창백해지면서 두려움으로 일그러졌다.

"하지만 대체 누가 이런 짓을? 아, 무섭군요. 남한테 해를 끼친 적이라곤 없는데. 그러고 보니 당신 말이 옳은 것 같네요. 더구나……."

여자는 떨리는 목소리로 이렇게 덧붙였다.

"더구나 이제 생각하니, 아버지 역시 같은 위협에 시달리는 게 아닌가 걱정됩니다."

"아버지도 공격당한 적이 있습니까?"

"아뇨, 일단 방에 틀어박혀 계시니까요. 하지만 지금 앓고 계신 병이 좀 이상해서요. 전혀 힘을 못 쓰시고, 걷지도 못하세요. 게다가 마치 심장이라도 멎으려는 것처럼 종종 질식 증상에 시달리고 계세요. 아! 끔찍해라!"

뤼팽은 지금이야말로 압도적인 위치에서 이야기를 풀어갈 수 있다고 판단했고, 곧장 이렇게 말했다.

"걱정 마십시오, 마드무아젤. 일단 내 말에 절대적으로 따르기만 하면 일이 제대로 잘 풀릴 것입니다."

"네, 알겠어요. 저도 그러고 싶어요. 하지만 너무 무서운 일이군요."

"부디 믿음을 잃지 마십시오. 그리고 내가 하는 말에 항상 귀를 기울이세요. 우선 몇 가지 정보가 필요합니다."

뤼팽은 차례차례 궁금한 사항들을 짚어갔고, 잔 다르시외는 또박또박 성심껏 대답해주었다.

"저 짐승은 한 번도 풀어 놓인 적이 없었죠?"
"전혀요."
"누가 기르는 개입니까?"
"문지기요. 날이 저물 무렵에 항상 먹이를 주지요."
"그럼 결국 문지기는 물릴 걱정 없이 개한테 접근할 수 있겠군요?"
"그런 셈이죠. 워낙 사나운 녀석이라 오로지 문지기만 접근할 수 있답니다."
"평소 그자를 의심할 만한 구석은 없나요?"
"오, 전혀요! 밥티스트가 그럴 리가요! 절대로 그렇지 않습니다!"
"누구 다른 사람은요?"
"아무도 없어요. 우리 집 하인들은 모두 충직한 사람들입니다. 다들 저를 극진히 대하고 있고요."
"성안에 혹시 친구들은 있습니까?"
"없어요."
"형제는요?"
"없습니다."
"그럼 오직 아버지밖에는 보호해줄 사람이 없는 셈이군요?"
"그런 셈이죠. 지금은 비록 저런 상태이시지만요."
"혹시 그간 겪었던 이상한 일들에 관해 아버지께 얘기한 적이 있나요?"
"네, 하지만 얘기 안 할 걸 한 거였어요. 우리 집 주치의인 게루 박사께서 아버지 심기를 조금도 흐트러뜨리지 말라고 했거든요."
"어머니는 어디 계십니까?"
"어머니에 대한 기억은 없어요. 16년 전에 돌아가셨답니다. 그러고 보니 정확히 16년이 되는군요."

"실례지만 그때 당신 나이가?"

"다섯 살이 채 못 됐지요."

"그때도 여기 살았습니까?"

"그때는 파리에 살았어요. 어머니가 돌아가신 바로 이듬해 아버지께서 이 성을 사들이셨죠."

뤼팽은 잠시 침묵을 지키더니 이렇게 마무리했다.

"마드무아젤, 좌우간 고맙습니다. 일단 그 정도면 충분히 알겠습니다. 게다가 지금으로선 이렇게 오래 함께 있는 건 좋지가 않군요."

"그나저나 문지기가 이 개를 조만간 발견할 텐데 어떡하죠? 누가 죽였다고 할까요?"

"당신이 죽였다고 하십시오, 마드무아젤. 방어하려다 보니 어쩔 수 없었다고요."

"하지만 제겐 무기가 없는걸요."

뤼팽은 지그시 웃으며 말했다.

"있는 것처럼 믿게 해야 합니다. 녀석을 죽였을 만한 사람이 당신뿐이기 때문에, 당신이 죽인 걸로 해야만 해요. 그러면 사람들은 다 그렇게 믿게 될 겁니다. 중요한 건 나중에 내가 성을 방문할 때, 뭔가 수상쩍은 낌새를 눈치채게 해선 안 된다는 겁니다."

"성을요? 성에 오실 거예요?"

"글쎄요, 어떻게 접근해야 할진 아직 모르겠지만……. 아무튼 가긴 갈 겁니다. 당장 오늘 밤에요. 하여간 다시 말하지만, 마음 푹 놓고 계십시오. 모든 걸 내가 책임지겠습니다."

잔은 남자의 확고하고 선의에 찬 태도에 안심이 되는지 가만히 바라보며 이렇게 말했다.

"그럴게요."

"그럼 됐습니다! 자, 오늘 밤에 봅시다."

"네, 오늘 밤……."

여자는 멀어져 갔고, 뤼팽은 그 뒷모습이 성곽의 모퉁이로 사라질 때까지 눈으로 좇다가 중얼거렸다.

"귀여운 여자야. 한데 불행을 당해서 유감이로군. 그나마 앞으론 이 용감한 아르센 뤼팽이 불철주야 보살필 테니 다행이지."

누구와 마주칠 걱정이 별로 없다는 걸 알았음에도 뤼팽은 잔뜩 경계를 늦추지 않은 채, 정원 구석구석을 돌아다니며 살폈고, 바깥에서 보아둔 대로 채소밭으로 이르는 쪽문을 찾아보았다. 그런 다음 그곳의 빗장을 풀고 열쇠까지 챙기고는, 성벽을 따라 죽 걸어서 처음 건너온 나무 있는 데까지 이르렀다. 그로부터 2분 후, 그는 오토바이에 올라타 있었다.

모페르튀 마을은 성곽과 거의 인접해 있었다. 뤼팽은 여기저기 수소문한 끝에, 게루 박사의 거처가 성당 바로 옆인 것을 알아냈다.

그는 초인종을 눌렀고, 진찰실로 안내되었다. 폴 도브뢰이라고 자신을 소개한 그는 현재 파리 쉬렌 가에 살고 있으며, 치안국과 내용을 밝힐 수 없는 비공식 업무 관계를 맺고 있다고 했다. 그러면서 찢긴 편지 조각들을 통해 마드무아젤 다르시외의 생명을 위협하는 일련의 사건들에 대한 정보를 입수하고 곧장 달려오는 길이라고 운을 뗐다.

늙은 시골 의사로서 잔을 돌볼 책임을 맡고 있는 게루 박사는 뤼팽의 설명을 듣자마자, 그 같은 사건들이라면 필시 모종의 음모에 의한 것이라는 점을 순순히 인정했다. 아울러 매우 상기된 표정으로 이 방문객을 극진히 대우했고, 끝끝내 저녁 식사를 들고 가라며 붙잡았다.

두 사람은 오랫동안 대화를 나누었고, 마침내 날이 어두워지자 둘 다

자리를 털고 일어나 함께 성을 방문했다.

박사는 곧장 2층에 위치한 환자 방으로 올라가, 젊은 동료 의사를 한 명 데려왔는데 자신은 잠시 휴식을 취할 겸 환자를 잠깐 동안 자기 대신 맡아 돌볼 수 있게 하겠다며 양해를 구했다.

뤼팽은 방에 들어서자마자 침대 머리맡에 앉아 있는 잔 다르시외와 눈이 마주쳤다. 그녀는 멈칫 놀라는 표정이었다가, 박사의 지시에 따라 방에서 나갔다.

그렇게 해서 뤼팽이 지켜보는 가운데 약간의 진찰이 시작되었다. 다르시외 씨는 고통으로 무척 야윈 얼굴에다 신열에 들뜬 눈동자를 퀭하니 뜨고 있었다. 요즘 들어 그는 특히 심장 쪽의 고통을 자주 호소하고 있었다. 일단 청진이 끝난 다음, 환자는 잔뜩 겁먹은 표정으로 박사에게 이것저것 물어보았는데, 대답은 모두가 환자의 마음을 안심시키는 내용 일색이었다. 전부 자신을 기만하고 있다고 생각하는 그는 잔에 대해서도, 자기 딸이 또 다른 사건들을 가까스로 모면했다고 말했다. 박사의 부인에도 불구하고 그는 여전히 마음을 놓지 못하겠다는 표정이었다. 그의 바람은 당장 경찰에 알려서 조사에 착수하도록 하는 것이었다.

하지만 그렇게 안달을 하다 보면 어느새 기진맥진해져서, 제풀에 그만 곯아떨어지고 마는 것이었다.

복도로 나오자마자 뤼팽은 박사를 붙잡고 물었다.

"박사님, 정확한 견해를 알고 싶습니다. 다르시외 씨의 병이 수상쩍은 원인에 의한 거라고 보십니까?"

"무슨 말씀이오?"

"예컨대 어떤 적의를 품은 자가 있어서 아버지와 딸을 동시에 위협한다든가 말입니다."

게루 박사는 그러한 가정에 적잖이 놀라는 기색이었다.

"글쎄요, 그러고 보니 이번 병은 이따금 비정상적인 면모를 보이긴 합니다! 예컨대 다리가 거의 마비 상태에 있는 건 필시……."

박사는 잠시 생각에 잠기더니 목소리를 한껏 낮춰 이렇게 말했다.

"독극물의 결과일 수도……. 한데 과연 어떤 종류의 독극물이냐가 문제인데……. 그러면서도 이렇다 할 중독 증상은 눈에 띄지 않거든. 어, 뭐하는 겁니까? 왜 그래요?"

둘이 얘기를 나누는 곳은 2층 작은 간이식당 앞이었는데, 거기서 잔은 아버지 곁에 박사가 있는 틈을 타 재빨리 저녁 식사를 들려던 중이었다. 한데 반쯤 열린 문을 통해 그 안을 살피던 뤼팽의 눈에 잔에 든 무엇을 홀짝이고 있는 그녀의 모습이 예사롭지 않게 느껴졌던 것이다.

뤼팽은 득달같이 안으로 달려 들어가 잔을 든 여자의 팔을 낚아챘다.

"지금 마시는 게 뭡니까?"

화들짝 놀란 여자는 더듬더듬 말했다.

"차를 좀 우려낸 건데요."

"한데 왜 그걸 마시면서 인상을 찌푸린 거죠?"

"글쎄요, 아마도……."

"아마도 뭡니까?"

"왠지 맛이……. 좀 씁쓸한 것 같아서……. 하지만 그건 내가 여기에 약을 섞었기 때문일 거예요."

"약이라니요? 무슨 약 말입니까?"

"저녁 먹을 때마다 몇 방울씩 함께 복용하는 약이에요. 의사 선생님이 처방해준 약인데……. 안 그래요, 게루 박사님?"

게루 박사가 얼른 대답했다.

"그렇지. 하지만 그 약에는 맛이 하나도 없는데. 벌써 보름째 복용하는 중이니 너도 잘 알 텐데 그러는구나. 씁쓸한 맛이 나다니, 처음 먹는 것도 아니잖니?"

"하긴 그래요. 이번에는 왠지 맛이 좀……. 아, 벌써 입술이 타들어오는 것 같아요."

게루 박사는 허겁지겁 잔의 내용물을 한 모금 마셔보았다.

그리고 금세 뱉어내더니 이렇게 소리쳤다.

"아, 퉤! 이럴 수가!"

뤼팽도 얼른 약이 들어 있는 병을 집어 들고 살펴보았다.

"낮 동안에 약병을 어디다 두었습니까?"

하지만 잔은 대답할 수 있는 상황이 아니었다. 그녀는 한 손을 가슴에 댄 채, 눈꺼풀을 파르르 떨면서 창백해진 얼굴 가득 극심한 고통의 표정을 짓는 것이었다.

"아……. 아파요. 아파……."

여자의 입에서는 연신 신음이 새어나오고 있었다.

두 남자는 부랴부랴 여자를 둘러업고 그녀 방으로 데려가 침대 위에 뉘었다.

"토사제(吐瀉劑)가 필요할 것 같습니다."

뤼팽의 말에 박사가 다급하게 지시했다.

"찬장을 열어보시오. 구급상자가 있을 것이오. 있지요? 거기 작은 유리병들 중 하나를 꺼내요. 네, 바로 그겁니다. 그리고 더운물도 좀…… 쟁반 위에 있어요."

아울러 호출 벨 소리를 듣고, 특별히 잔을 시중들도록 되어 있는 하녀가 헐레벌떡 달려왔다. 뤼팽은 일단 다르시외 양이 알 수 없는 증상에 시달리고 있다고 설명했다.

다시금 간이식당으로 돌아온 뤼팽은 찬장과 선반 등 이곳저곳을 살펴보았고, 아래 주방으로 내려가, 의사의 지시를 받고 왔다며 다르시외 양의 식단을 조사하기 시작했다. 그러면서 표 안 나게 은근슬쩍 요리사와 하인들, 그리고 마침 안에서 식사 중이던 문지기 밥티스트에게 일일이 말을 붙여보는 것이었다.

다시 2층으로 올라오던 그는 중간에 박사와 마주쳤다.

"어떻습니까?"

"지금 자고 있습니다."

"위독한가요?"

"아니요. 다행히도 마신 양이 한두 모금에 불과했어요. 그러고 보니 오늘만 해도 두 번이나 당신이 그녀의 목숨을 구한 셈입니다. 어쨌든 약병을 분석해보면 뭔가 나오겠지요."

"해봤자 뻔할 겁니다. 독살 시도가 있었던 게 틀림없어요."

"하지만 누가?"

"그건 모르죠. 다만 이 모든 일을 꾸미고 있는 놈은 성안의 일상이 어떻게 돌아가는지 훤히 꿰뚫고 있는 자임에 틀림없습니다. 이곳을 제 맘대로 헤집고 다니면서 개의 사슬에 줄질을 하고 음식에다 독약을 섞어 넣을 수 있는 자입니다. 한마디로 자신이 제거하려는 대상의 일상생활을 그대로 따라서 살아가고 있는 셈이지요."

"아! 그럼 이번 같은 위협이 다르시외 씨에게도 예외가 아니라는 말씀이로군요!"

"물론입니다."

"그렇다면 하인들 중 하나일까요? 물론 생각할 수 없는 일입니다만……. 뭐 짚이는 점이라도 있습니까?"

"그런 건 없습니다. 나도 아는 게 거의 없는 실정이에요. 지금 말할 수 있는 건, 사태가 무척 심각하고, 아마도 최악의 상황까지 고려해야

한다는 사실입니다. 박사님, 이곳에는 죽음이 떠돌아다니고 있어요. 성 전체를 배회하는 죽음이 언제 어느 때 목표를 거머쥘지 모른다 이겁니다."

"그럼 어찌해야 한단 말이오?"

"예의 주시하는 길밖에 없지요. 다르시외 씨의 병환이 우려된다는 걸 핑계 삼아, 아예 이곳 간이식당에서 잠을 자는 게 좋을 것 같습니다. 그러면 부녀(父女)의 방 모두에서 가까운 곳에 진을 치는 셈이니까요. 일단 그렇게 되면, 유사시 사태를 즉각적으로 접수할 수 있을 겁니다."

그렇게 해서 두 사람은 간이식당 안에 안락의자 하나를 놓고, 번갈아가며 잠을 청하기로 했다.

그러나 실제로 뤼팽은 두세 시간밖에는 잠을 자지 않았다. 그리고 한밤중, 몰래 방을 빠져나와 성안을 샅샅이 순찰 돈 다음, 중앙 철책 문을 통해 밖으로 나왔다.

오전 9시경, 그는 오토바이를 타고 파리에 도착했다. 오는 도중 미리 전화를 해서 불러낸 두 동료가 기다리고 있었다. 그렇게 셋이 힘을 합쳐, 뤼팽이 벌써부터 생각해둔 조사 활동을 하루 종일 벌였다.

저녁 6시, 뤼팽은 부랴부랴 귀환 길에 올랐는데, 나중에 내게 고백한 바로는, 평생 그처럼 무모하게 자기 목숨을 걸다시피 한 적이 없다는 것이었다. 그도 그럴 것이, 전조등마저 제대로 밝혀주지 못할 만큼 안개가 짙은 12월의 어둑한 도로를 미친 듯한 속력으로 질주했다는 것이다.

아직 열린 채 그대로인 철책 문에 당도하자마자 그는 훌쩍 오토바이에서 뛰어내려 성채로 달려가, 겅중겅중 2층으로 뛰어 올라갔다.

간이식당엔 아무도 없었다.

그는 노크도 없이 조용조용 잔의 방으로 들어가 보았다.

"아, 여기들 계셨군요!"

박사와 잔이 가까이 앉아 얘기를 나누고 있는 것을 보자 한꺼번에 안도의 한숨이 터져나왔다.

워낙 침착한 줄 알고 있던 사내가 무척 상기된 표정으로 헐떡이는 것을 보고, 불안한 듯 박사가 물었다.

"무슨 일이오? 뭐 새로운 소식이라도?"

"아닙니다. 별일 없어요. 여기는요?"

"여기도 마찬가지요. 방금 다르시외 씨를 살펴보고 나오는 길입니다. 하루 종일 상태가 꽤 좋았고, 식사도 아주 왕성하게 했어요. 보시다시피 잔 역시 원래의 아름다운 안색을 되찾았고 말입니다."

"그럼 여길 떠나셔야겠군요."

"떠나다니요? 그럴 순 없어요!"

당장에 여자가 발끈하자, 뤼팽은 아예 발까지 구를 정도로 안달을 하며 외치는 것이었다.

"그래야만 합니다!"

잠시 후, 그는 가까스로 감정을 추스르며 몇 마디 사과의 말을 흘렸다. 한 3~4분 정도 아무 말 없이 깊은 생각에 잠겨 있는 그를 박사도 잔도 감히 방해할 엄두를 내지 못했다.

이윽고 뤼팽은 여자를 향해 말했다.

"내일 이곳을 떠나셔야 합니다, 마드무아젤. 한 1~2주면 됩니다. 베르사유에 산다는 그 친구분께 데려다드리겠습니다. 오늘 밤 채비를 하십시오. 하인들을 비롯한 모두에게 다 알리세요. 다르시외 씨한테는 박사님이 잘 말씀해주실 겁니다. 물론 이번 여행이 당신의 안전에 불가피하다는 점을 조심스럽게 이해시킬 거고요. 게다가 기력이 회복되는 대로 그곳에서 부녀가 합류할 수 있도록 하겠습니다. 자, 이제 알겠죠?"

여자는 뤼팽의 위압적이면서도 부드러운 목소리에 완전히 지배당한 듯 대답했다.

"알겠어요."

"자, 그럼 어서 서두르십시오. 방에서 한 발짝도 나오지 말고요."

한데 여자가 문득 몸서리를 치며 발끈하는 것이었다.

"하지만 오늘 밤은……."

"걱정 마십시오. 조금만 위험이 있어도 박사님과 내가 달려올 것입니다. 아주 가볍게 세 번 노크하기 전까지는 누구에게도 문을 열어줘선 안 됩니다."

잔은 즉시 호출 벨을 울려 하녀를 불렀다. 박사는 곧장 다르시외를 보러 건너갔고, 그사이 뤼팽은 간이식당에서 허기를 때웠다.

20분 뒤 박사가 와서 말했다.

"다 됐습니다. 다르시외 씨는 별다른 반응을 보이지 않더군요. 실은 자신도 마음 한구석에선 딸을 멀리 떠나보내는 게 좋을 거라고 생각하는 모양입디다."

둘은 함께 성 밖으로 나왔다.

철책 문에 다다르자 뤼팽은 문지기를 불러냈다.

"문을 닫아도 좋소. 만약 다르시외 씨께 무슨 일이 있으면 즉각 우리를 부르러 오시오."

모페르튀의 성당에서는 10시를 알리는 종소리가 울리고 있었다. 검은 구름 사이로 이따금 비어져 나오는 달빛이 들판을 오히려 무겁게 짓누르고 있었다.

두 사람은 아무 말 없이 한 100여 보를 걸어갔다.

그렇게 마을로 거의 다가갔을 때였다. 뤼팽이 문득 박사의 팔을 부여잡고 이렇게 말했다.

"멈춰요!"

"무슨 일입니까?"

박사가 깜짝 놀라자, 뤼팽은 또박또박 끊어 말했다.

"이번 일에 관해서 내 계산이 정확하고, 내가 생각한 게 그리 엉뚱하지 않다면 말이지만, 오늘 밤, 다르시외 양은 살해당할 겁니다."

"뭐, 뭐라고 했소?"

박사는 펄쩍 뛰며 더듬거렸다.

"그러면서 왜 나온 겁니까?"

"틀림없이 우리의 일거수일투족을 감시하고 있을 범인이 거사(擧事)를 늦추지 않게 하기 위해서죠. 게다가 그의 마음대로가 아니라 우리가 선택한 시간대에 범행을 시도하게 만들기 위해서입니다."

"그럼, 다시 성으로 돌아가는 겁니까?"

"물론입니다. 다만 각자 다른 경로를 통해서 돌아갑니다."

"알았소. 빨리 서두릅시다."

"잠깐, 내 말을 잘 들으세요!"

뤼팽의 목소리는 좀 더 가라앉아 있었다.

"쓸데없는 얘기로 시간 낭비하지 맙시다. 우선 놈의 감시부터 따돌리는 게 순서입니다. 그러기 위해선 일단 이 길로 집으로 돌아가십시오. 그러고 나서 몇 분 동안은 꼼짝 말고 있어야 합니다. 더 이상 미행당하지 않는다는 확신이 서면 그때 다시 나오세요. 채소밭으로 통하는 쪽문이 나올 때까지 성벽을 왼편으로 따라서 접근하세요. 여기 문 열쇠가 있습니다. 성당 종소리가 11시를 알리면, 문을 조용히 따고 들어가 곧장 성채 뒤편의 테라스를 향해 걸어가세요. 다섯 번째 창문이 아마 느슨하게 닫혀 있을 겁니다. 창문 발코니를 넘어 들어가는 건 일도 아닐

겁니다. 일단 다르시외 양의 방에 들어가면 빗장을 걸어 잠그고 꼼짝하지 마십시오. 알겠습니까? 무슨 일이 있어도 두 사람 다 꼼짝하면 안 됩니다. 아까 보니 다르시외 양이 그곳 화장실 창문을 반쯤 열어둔 것 같던데, 맞지요?"

"그렇소. 환기 문제 땜에 내가 그런 습관을 붙여놓았죠."

"바로 그리로 범인이 들어올 겁니다."

"그럼 당신은?"

"나 역시 그리로 들어갈 거고요."

"도대체 놈이 누군지는 아는 겁니까?"

뤼팽은 잠시 머뭇거리더니 대답했다.

"아뇨, 모릅니다. 하여튼 우리 모두 곧 알게 될 겁니다. 그리고 부탁입니다만, 침착해야 합니다. 무슨 일이 일어나도 꼼짝 말고 입도 뻥긋하면 안 됩니다."

"알겠습니다."

"그걸론 부족해요, 박사. 맹세할 수 있겠습니까?"

"맹세하리다."

그렇게 말한 뒤, 박사는 곧장 집으로 향했다. 뤼팽도 즉시 바로 옆 구릉으로 올라가서 성채의 2, 3층 창문들이 바라보이는 곳에 자리를 잡았다. 그중 몇몇은 불이 밝혀져 있었다.

얼마나 기다렸을까, 창문이 하나둘 깜깜해졌다. 뤼팽은 박사가 간 반대 방향으로 길을 잡아 오른쪽으로 꺾어 성벽을 따라 걸어갔다. 마침내 전날 오토바이를 숨겨두었던 근처 잡목 숲에까지 이르렀다.

드디어 11시를 알리는 종소리가 울려 퍼졌다. 뤼팽은 박사가 채소밭을 가로질러 성채로 접근해 갈 만큼의 시간을 꼼짝 않고 기다렸다.

"자, 이제 그쪽은 정리가 됐고……. 뤼팽, 드디어 출동하는 거다! 놈은 아마도 지체 없이 결행하려고 들 거야. 빌어먹을, 제시간에 당도해야 할 텐데."

그렇게 중얼거리면서 그는 처음 했던 것처럼, 나뭇가지를 하나 골라 성벽을 기어 올라갔고, 우거진 잔가지들 사이에 몸을 숨겼다.

한데 바로 그 순간, 귀가 쫑긋하면서 낙엽 밟는 소리가 귓전을 스치는 것이 아닌가! 아니나 다를까, 저만치 아래 한 30여 미터 떨어진 곳에서 웬 사람 그림자가 어른대는 것이었다.

'젠장! 이거 큰일이군. 놈이 냄새를 맡은 모양이야!'

그렇게 속으로 중얼거리는데, 때마침 구름 속 달빛이 살짝 얼굴을 내밀며 지나갔다. 뤼팽은 상대가 거총(据銃)을 하고 있는 것을 똑똑히 알아보았다. 후닥닥 땅으로 뛰어내려 도망치려는 찰나, 요란한 총성 한 방과 함께 가슴 부위로 화끈거리는 통증이 치미는가 싶더니, 뤼팽은 외마디 비명을 내지르며 가지에서 가지로 우지끈 추락하기 시작했다. 마치 죽은 몸뚱어리처럼…….

한편 게루 박사는 아르센 뤼팽이 지시한 대로, 다섯 번째 창문턱을 넘어 들어가 더듬더듬 2층으로 기어 올라갔다. 잔의 방문 앞에 도착해 세 번 약하게 노크를 하자 슬그머니 문이 열렸고, 곧장 안으로 들어가 빗장부터 잠갔다.

박사는 그대로 옷을 입은 채 있는 잔에게 나직이 말했다.

"침대에 누워 있어라. 자는 척해야만 해. 으……. 방이 꽤 썰렁하구나. 화장실 문은 열어두었니?"

"네, 닫을까요?"

"아니다. 그대로 둬. 누가 그리로 들어올 테니까."

"누가 들어오다니요?"

잔은 소스라치게 놀라며 물었다.

"그래, 틀림없이 그럴 거야."

"그게 누군데요?"

"나도 모른단다. 하여튼 누군가 성채 안에 숨어 있는 것 같다. 아니면 정원일지도……."

"아……. 무서워요."

"무서워할 건 없어. 널 보호하려는 사내는 대단한 사람 같더구나. 섣불리 일을 처리할 사람 같지는 않았어. 분명 지금쯤 부근 어딘가에 매복해 있을 거다."

박사는 침대 머리맡의 등을 끄고 창가로 다가가 커튼을 살짝 젖혔다. 2층 벽을 따라 갑갑하게 빙 둘러쳐져 있는 쇠시리 때문에 정원의 먼 곳밖에는 보이지가 않았다. 그는 다시 침대 쪽으로 돌아왔다.

불안감 속에 흐르는 몇 분이 두 사람에게는 마치 영원처럼 길게만 느껴졌다. 멀리 마을에서 울리는 시계 종소리도 밤의 답답한 소음 속에 파묻혀 지극히 어렴풋하게만 들릴 뿐이었다. 두 사람은 신경을 잔뜩 곤두세운 채 귀를 기울이고, 또 기울였다.

"소리 들었니?"

문득 박사가 속삭였다.

"네."

잔은 침대 위에 앉은 채 대답했다.

"누워 있어라. 누워 있어. 이제 오는가 보다."

잠시 후 박사는 잔뜩 숨죽여 말했다.

아니나 다를까, 건물 외벽에 무언가 달그락 부딪치는 소리가 들리더니, 정체를 알 수 없는 일련의 희미한 소음이 연이어 들려왔다. 얼마 안 있어 화장실 쪽 창문이 살짝 열리는지, 차가운 공기가 갑작스레 방 안을 휘감아 돌았다.

사태는 지극히 간명했다. 이미 누군가 안으로 침입한 것이다!

박사는 떨리는 손으로 미리 준비해온 권총을 움켜잡았다. 하지만 아까 신신당부 지시받은 것이 생각나서 감히 꼼짝도 할 수 없었다.

방 안은 그야말로 칠흑처럼 캄캄했다. 당연히 침입자가 어디 어떻게 있는지는 눈으로 확인할 수 없고, 다만 어림짐작으로 가늠할 뿐이었다. 보이지 않는 침입자의 동작, 양탄자 바닥 위로 지그시 밟는 걸음걸이를 느낌으로 좇는 가운데, 문득 누군가 방의 바로 문턱에 와 있다는 것이 느껴졌다.

분명한 것은 지금 침입자가 멈춰 서 있다는 사실이었다. 그는 침대에서 한 다섯 걸음 정도 떨어진 어딘가에 똑바로 선 채, 아마도 뭔가 망설이는 듯, 어둠 속을 예리한 시선으로 쑤셔대고 있는 것이 틀림없었다.

잔의 손은 박사의 손안에 쥐어진 채, 식은땀으로 온통 젖어서 벌벌 떨고 있었다.

박사의 나머지 손은 권총을 잔뜩 그러쥐고서 손가락은 지그시 방아쇠에 갖다 댄 상태였다. 비록 맹세는 한 몸이지만, 결정적인 순간이 닥치면 결코 망설이지 않겠노라고 박사는 다짐하고 있었다. 침대 끄트머리 자락이라도 손만 댔단 봐라, 그대로 한 방 먹일 테니까.

침입자는 한 발 더 다가섰다가, 다시 멈췄다. 이처럼 한 치 앞도 분간 못할 어둠과 끝없는 적막 속에서 상대를 간파하려고 서로 애쓴다는 사실 자체가 끔찍스럽게만 여겨졌다.

대체 이 야심한 시각에 불쑥 튀어나온 자가 누구란 말인가? 대체 어떤 놈이기에……. 무슨 억하심정으로 죄 없는 처자(處子)를 이다지도 노리는 것이며, 도대체 무슨 일을 꾸미는 것인가?

잔과 박사는 엄청난 공포감에 사로잡혀 있으면서도 오로지 침입자의 정체를 두 눈으로 확인하고 싶은 마음뿐이었다.

놈은 다시 한 걸음을 내디딘 다음 또다시 멈췄다. 주위의 어둠 속에서 서서히 놈의 실루엣이 더욱 짙게 나타났고, 한쪽 팔을 서서히 들어 올리는 것이 느껴졌다.

그에 따라 시간은 지극히 느린 속도로 흘러가고 있었다.

그러던 어느 한순간, 놈의 오른편 뒤쪽에서 느닷없이 딸깍하는 소리와 함께 날카로운 광선이 뿜어져 나오는 것이 아닌가! 아울러 침입자의 얼굴이 별안간 환하게 밝혀지는 것이었다.

제일 먼저 비명이 터져나온 것은 잔의 입에서였다. 바로 앞에, 시퍼런 단도를 쥔 손을 높이 치켜든 채 똑바로 서 있는 사람은……. 다름 아닌 그녀의 아버지였던 것이다!

순간, 불이 꺼짐과 동시에 요란한 총성이 허공을 가르며 지나갔다. 박사가 결국 방아쇠를 당긴 것이다.

"빌어먹을! 쏘지 마시오!"

곧이어 귀청을 찢을 듯한 고함 소리와 함께 어디선가 뛰쳐나온 뤼팽이 두 팔로 박사를 끌어안았다.

"방금 보았죠? 보았느냐고요? 들어봐요. 달아나고 있잖소!"

헐떡거리는 박사를 계속 부둥켜안으며 뤼팽이 내뱉듯 말했다.

"달아나게 내버려두시오. 그편이 나아요!"

뤼팽은 다시 전등 스위치를 켜면서 곧장 화장실로 달려가 침입자가 빠져나간 것을 확인했다. 그는 조용히 돌아와 램프에 불을 붙였다.

잔은 침대에 누운 채 창백한 얼굴로 기절해 있었고, 박사는 안락의자에 주저앉아 몸을 잔뜩 수그리고 알아들을 수 없는 말을 중얼대고 있었다.

뤼팽은 지그시 웃으며 말했다.

"이봐요, 진정하시오. 그렇게 속 썩일 거 없어요. 다 끝났습니다."

"그녀의 아버지가……. 아버지가……."

노(老)의사의 입에서는 연신 신음 소리가 새어나오고 있었다.

"이것 보세요, 박사. 마드무아젤 다르시외가 편찮은가 봅니다. 좀 살펴주세요."

더 이상 아무 말 없이 뤼팽은 화장실 쪽으로 가, 창문을 넘어 외벽의 쇠시리를 딛고 섰다. 역시 사다리가 기대어져 있었다. 쏜살같이 그것을 타고 내려간 뒤, 벽을 따라 한 스무 보쯤 걷다 보니 줄사다리가 늘어져 있는 것이 눈에 띄었다. 뤼팽은 그것을 기어 올라가 마침내 다르시외 씨의 방으로 들어갔다. 안은 텅 비어 있었다.

그는 속으로 중얼거렸다.

'오호라! 아예 도망친 걸 보니, 이 양반 상황이 좋지 않게 돌아간다고 판단한 모양이군. 잘 가시랄 수밖에……. 물론 문도 단단히 걸어 잠갔겠지? 역시나……. 우리의 환자분이 선량한 박사를 보기 좋게 물먹이고 야심한 밤에 맘 푹 놓고 일어나, 발코니에 줄사다리까지 동원해서 일을 꾸민 거였어. 괜찮은 발상이야, 다르시외 선생!'

그는 빗장을 풀어 문을 열고 곧장 잔의 방으로 돌아왔다. 박사는 뤼팽을 보더니 다짜고짜 간이식당으로 데리고 나와 이렇게 말했다.

"지금 자고 있으니, 깨우지 맙시다. 워낙 충격을 받아서 회복되려면 시간이 필요할 것이오."

뤼팽은 물병에서 물 한 잔을 따라 벌컥벌컥 들이켜고는, 느긋하게 의자에 앉아 말했다.

"내일도 아마 모습을 드러내지 않을 겁니다."

"무슨 소립니까?"

"그는 내일도 모습을 드러내지 않을 거라 이 얘기요."

"왜죠?"

"우선 마드무아젤 다르시외가 아버지한테 그리 큰 애정을 보일 것 같지가 않군요."

"그야 당연하죠! 한번 생각해보시오. 아비가 자기 딸을 죽이려 하다니! 더구나 지난 몇 달간, 네 번, 다섯 번, 여섯 번을 연거푸 끔찍스러운 짓을 되풀이해 시도했소! 잔처럼 여린 마음을 가진 처녀로서 그보다 더 절망하게 할 만한 일은 아마 없을 것이오. 그 자체로 얼마나 끔찍한 기억이겠소?"

"아마 깡그리 잊을 겁니다."

"그렇지 않을 거요."

"잊을 겁니다, 박사. 이유야 아주 간단하죠."

"어디 말해보시오!"

"잔은 다르시외 씨의 딸이 아니니까요!"

"뭐, 뭐라고요?"

"그녀는 놈의 딸이 아니라고 했습니다."

"그게 대체 무슨 소립니까? 다르시외 씨가 그럼……."

"다르시외 씨는 그녀의 의붓아버지일 뿐이오. 잔은 친아버지가 세상을 뜬 직후 태어난 사생아입니다. 잔의 어머니는 이름이 똑같은 남편 사촌과 재혼을 했고, 바로 그 이듬해에 자신도 곧장 세상을 떠났지요. 물론 죽기 전에 딸을 지금의 다르시외 씨에게 맡겼고 말입니다. 그는 잔을 즉시 외지(外地)로 데리고 나가서 바로 이 성채를 사들였지요. 그런 다음, 이 지역에 전혀 연고가 없는 걸 이용해 잔을 자기 친딸처럼 소개하고 다닌 겁니다. 잔은 자신의 그 같은 탄생 배경에 대해서는 깜깜할 수밖에 없었던 거죠."

박사는 여전히 어리둥절한지 더듬거렸다.

"그, 그게 정말이오?"

"이미 나는 하루 종일 파리 시청을 뒤지고 다녔습니다. 호적계 서류들을 샅샅이 조사했고, 공증인만도 두 명씩이나 만나고 다녔지요. 모든 증명 서류를 다 조회한 이상, 더는 의심의 여지가 없는 분명한 사실입니다."

"하지만 그렇다고 지금까지의 만행이 설명되는 건 아니지 않소?"

뤼팽은 단호하게 내뱉었다.

"설명되고도 남죠. 애당초 내가 이 사건에 휘말린 처음부터 다르시외 양의 한마디가 모든 조사 방향을 결정지었습니다. 그녀는 어머니가 돌아가셨을 때 자기가 다섯 살쯤 됐다고 하더군요. 그럼 현재 다르시외 양의 나이는 스물한 살, 즉 성년이 막 되려는 때입니다. 나는 즉각, 바로 그 점이야말로 중요한 핵심이라고 생각했지요. 다름 아닌 성년이라는 사실에서 많은 게 해명된다 이 말입니다. 과연 친어머니의 상속인으로서 다르시외 양의 재정적 상황이 어떠했을까요? 물론 나는 아버지 생각은 조금도 하지 못했습니다. 자고로 지금과 같은 사태는 쉽게 상상할 수 있는 게 아닐뿐더러 무기력하게 병석에 누워 신음하는 다르시외 씨의 그럴듯한 연극을 감안해보면 말입니다."

"진짜로 아프긴 아팠어요."

박사가 대꾸했다.

"바로 그 점이 모든 의심을 불가능하게 만들었던 셈이죠. 더구나 나는 처음에 그자야말로 범행의 표적이 아닐까 생각했을 정도이니까요. 심지어 두 부녀를 해침으로써 이득을 볼 만한 사람이 인척 중 누구 없을까 생각했답니다. 한데 파리를 다녀온 뒤 모든 진실이 명확해진 겁니다. 다르시외 양이 친어머니로부터 상속받을 막대한 재산에 대한 용익권을 다름 아닌 그녀의 의붓아버지가 틀어쥐고 있더라 이거죠. 아울러 다음 달이면 공증인 입회하에 문중(門中) 회의가 파리에서 열리기로 되어 있더군요. 결국 그때가 되면 다르시외 씨는 파산하는 거나 다름없는 셈이죠."

"따로 떼어놓은 재산도 없었답니까?"

"있긴 있었죠. 하지만 잘못된 투기 때문에 몽땅 날린 상태였죠."

"맙소사! 하지만 잔이 그에게서 균이 재산 용익권을 거두어들이지는 않았을 텐데요."

"바로 그 점이 박사께서 잘 모르고 있는 부분이올시다. 나도 사실 찢어진 편지 조각을 통해서 알게 된 내용이지만 말이오. 다르시외 양은 베르사유에 사는 친구의 오빠를 사랑하고 있었습니다. 당연히 다르시외 씨는 둘 사이의 결혼을 극구 말렸고—그 이유는 이제 아시겠지만—잔은 결혼을 위해 성년이 되기만을 기다리고 있었죠."

"그랬군요. 그렇게 되면 빼도 박도 못하고 전 재산을 잃는 셈이로군요."

"완전 파산이지요. 결국 유일한 구원책은 의붓딸의 죽음뿐이었고, 그렇게 되면 자신이 유일한 상속자가 되는 셈이었죠."

"맞아요! 물론 그 과정에서 일말의 의혹도 없어야겠고요."

"당연하죠. 그래서 그동안의 모든 음모를 꾸며왔던 겁니다. 어디까지나 잔의 죽음이 사고로 보여야만 했으니까 말입니다. 아울러 내가 다르시외 양의 임박한 출발을 그에게 알려주라고 당신에게 부탁한 것 역시, 사태를 일거에 해결하기 위함이었습니다. 일단 일이 그렇게 되자, 그로서는 더 이상 병자입네 하면서 야밤을 틈타 정원이나 복도를 어슬렁댄다든가 오랫동안 절치부심한 계략을 통해 한 방을 노리는 걸로는 양이 차지 않게 된 겁니다. 바야흐로 즉각적인 행동에 나서야만 하게 된 거죠. 당장에, 준비고 뭐고 다 제쳐둔 채, 손에 무기를 들고 달려들지 않을 수가 없었던 겁니다. 난 그가 무모한 결단을 내리리라는 데에 추호도 의심이 없었고, 결국 올 것이 오고야 만 것이죠."

"그나저나 그도 상황이 심상치 않다는 걸 의심해봤을 만도 한데요?"

"실제로 그랬습니다. 특히 나에 대해선 대단히 의심했지요. 내가 오늘 밤에 돌아올 것까지 넘겨짚어서, 전에 한 번 월장을 한 지점에서 감시하고 있었을 정도이니 말입니다."

"그래서 어떻게 됐나요?"

뤼팽은 씩 웃으며 말했다.

"그래서 그만 놈이 쏜 총에 가슴이 명중되는 고역을 치렀답니다! 혹은 이 두둑한 지갑이 명중됐다고 해야 하나……. 자, 보세요. 대단한 구멍이 뚫렸죠? 난 그만 진짜 죽은 사람처럼 나무에서 곤두박질쳤답니다. 그는 유일한 훼방꾼이 제거된 걸로 알고 즉시 성채로 향했고요. 그러고도 두어 시간가량을 성채 주변에서 배회하더군요. 그러더니 결국 결심이 섰는지, 창고에서 사다리를 가져 나와 창가에 기대 세우더군요. 이젠 그의 뒤를 밟기만 하면 되겠다 싶었죠."

박사는 잠시 생각하더니 말했다.

"그렇다면 사전에 놈을 덮칠 수도 있었단 얘기 아닙니까? 한데 왜 잔의 방에까지 들이닥치도록 놔둔 겁니까? 잔에게 얼마나 큰 위험인지 알면서……. 안 그래도 됐을 것을……."

"천만에요! 반드시 겪어야 할 일이었습니다! 그러지 않았다면 다르시외 양은 결코 진실을 수긍하려 들지 않았을 겁니다. 범인의 얼굴을 직접 두 눈으로 확인해야만 했어요. 그녀가 잠에서 깨어나면 상황을 잘 설명해주십시오. 그럼 회복도 한층 빨라질 겁니다."

"하지만 다르시외 씨는……."

"그가 사라진 건 좋을 대로 설명해주시면 됩니다. 어디 멀리 떠나버렸다든가, 아니면 확 미쳐버렸다든가……. 물론 당분간 찾아보기도 하겠죠. 하지만 아마 그에 관해서는 앞으로 어떤 소식도 들을 수 없을 겁니다."

박사는 마침내 고개를 끄덕이며 이렇게 중얼거렸다.

"그래요. 그렇군요. 당신 말이 맞소이다. 하여튼 이 모든 일을 당신은 정말이지 놀라운 솜씨로 해결해냈소. 잔에게 당신은 생명의 은인인 셈입니다. 그러고 보니 나 역시 당신께 뭐든 보답을 해야 할 처지인 듯합니다만? 아 참, 치안국과 관련 있는 일을 하신다고 했죠? 당신의 용기와 활약을 칭찬하는 편지라도 써드릴까요?"

뤼팽은 웃음을 터뜨렸다.

"하하하하, 그야 고마울 따름이지요! 그런 편지라면 내게 아주 유익할 거외다. 그럼 내 직속상관인 가니마르 형사반장 앞으로 한 장 써주시구려. 아마 쉬렌 가에 사는 자신의 귀염둥이, 폴 도브뢰이가 아직도 신나는 활약으로 주목받고 있다는 걸 알면 매우 기뻐할 겁니다. 그렇지 않아도 최근에 그의 지시를 받아 대단한 한 건을 건졌거든요. 아마 당신도 들어서 알고 계실 겁니다, 붉은 스카프 사건이라고……. 아, 훌륭하신 가니마르 씨가 이 사실을 알면 얼마나 즐거워할지!"

# 7

## 백조의 자태를 지닌 여인

“이보게, 아르센 뤼팽. 가니마르 형사에 대해서 정확히 어떤 생각인가?”

“아주 좋게 생각하고 있다네, 친구.”

“아주 좋게라고? 한데 왜 기회만 있으면 그를 우스꽝스럽게 농락하려 드는 건가?”

“일종의 악습이지. 나도 늘 후회하고 있네. 하지만 어쩌겠나? 그게 세상 돌아가는 이치인걸. 여기 착실한 경찰 나리가 있다고 치세. 질서를 수호하고, 온갖 불한당으로부터 우리를 지켜주며, 심지어는 선량한 대중이자 전혀 낯모르는 타인을 위해 자신을 희생하는 용감한 친구들이 무수히 있다고 쳐. 한데 우리 대중이란 늘 그에 대한 보답으로 신랄한 조소와 경멸만을 그들에게 돌려주곤 하지. 어리석은 작태가 아닐 수 없어.”

“그거 듣던 중 반가운 소리로구먼, 뤼팽. 자네 마치 선량한 부르주아처럼 얘기하는군그래."

"그럼 내가 누구라고 생각했나? 비록 남의 재산에 대해선 약간 특별한 입장을 취하고는 있지만, 솔직히 말해 그게 내 재산이 되고 나면 생각이 완전 뒤바뀌기 마련이지. 아무렴, 누구도 감히 내 것에 손대면 안 된다 이거지. 만약 그럴 경우엔 나도 길길이 날뛸 것이야. 오, 내 지갑, 내 가방, 내 시계……. 안 되지. 안 되고말고! 이보게 친구, 나는 지극히 보수적인 생각과 소박한 금리생활자의 본능을 가진 사람이라네. 모든 전통에 대한 경외심과 권위를 존중하는 마음을 지니고 있어. 바로 그래서 나는 늘 가니마르에게 감사하고, 높이 평가하는 것이라네."

"그래도 경의(敬意)까지는 아니겠지?"

"웬걸, 대단한 경의를 표하다마다! 치안국 사람들 모두의 특징이기도 한 불굴의 용기를 갖춘 건 물론이고, 무척 진지하고, 결단력 있으며, 명석한 혜안(慧眼)과 판단력을 소유한 사람이 바로 가니마르일세. 나는 그가 사건을 맡아 대단한 활약을 펼치는 걸 무수히 보아왔네. 그는 분명 대단한 인물이야. 그런 뜻에서, 자네 혹시 사람들이 '백조의 자태를 지닌 여인의 사연'이라고 부르는 사건에 대해 알고 있는가?"

"사람들이 아는 만큼은 알고 있네."

"다시 말해 전혀 모른다는 얘기로군. 그 사건이야말로 내가 가장 심혈을 기울였고, 조심을 다했으며, 수수께끼와 신비감을 가장 많이 두르고, 침착하게 작전을 꾸려갔던 사건이라 할 수 있네. 진짜 수학적이고 엄격한, 한 판의 지적(知的)인 체스 게임 같았다고나 할까? 그럼에도 불구하고 가니마르가 마침내 그 정교하게 얽힌 실타래를 풀어내 보였지. 사실상 그 덕분에 오늘의 경시청에서도 진상을 알게 된 거라네. 장담하건대 그리 만만한 진상은 결코 아니었지."

"어디 나도 좀 알 수 있을까?"

"물론이지. 조만간……. 내가 시간이 좀 나면 말이야. 하지만 오늘 밤은 곤란하다네, 브뤼넬리 양이 오페라극장에서 춤을 추거든. 내가 자리를 지키지 않은 걸 그녀가 보면 얼마나 실망하겠는가!"

하지만 그 후로도 뤼팽과의 만남은 드문드문 이루어졌을 뿐이다. 게다가 자기 맘이 내키는 대로 어렵게, 어렵게 이야기를 내비치는 바람에, 나는 오랜 시간을 두고 그가 흘리는 고백의 편린들을 꾸준히 주워 모아야만 했다. 그렇게 하다 보니, 어느덧 차츰차츰 사건의 각 단계와 그 전모를 상세히 재구성해낼 수가 있게 되었다.

되도록 사실만을 간추려 기술하되, 저 아련한 기억 속을 더듬어보면, 사건의 발단은 다음과 같았다.

지금으로부터 3년 전, 브레스트에서 출발한 열차가 렌 역에 도착하면서(브레스트와 렌 모두 프랑스 서북 지방 브르타뉴에 속한 도시—옮긴이), 그곳에 아내와 함께 타고 있던 브라질의 갑부, 스파르미엔토 대령이 임차한 화물칸 문이 부서져 있는 것이 발견되었다.

망가진 화물칸은 당시 장식용 융단 묶음들을 가득 싣고 있었는데, 그중 궤짝 하나가 뜯긴 채 내용물이 사라지고 없었다.

스파르미엔토 대령은 즉각 철도 회사를 상대로 소송을 제기했고, 어마어마한 손해배상을 청구했다. 이번 도난 사건으로 인해 전체 태피스트리의 소장 가치가 크게 하락했다는 것이 이유였다.

경찰은 신속하게 조사에 착수했고, 회사 측에서도 상당 액수의 배상을 약속했다. 그로부터 2주 후, 우편 행정 당국에 의해 개봉되어 알려진 한 장의 편지를 통해, 도난 사건은 아르센 뤼팽의 지시하에 이루어졌다는 것과 사라진 물품 꾸러미가 다음 날 북아메리카로 보내질 예정임이 확인되었다. 그리고 바로 그날 밤, 생라자르 역의 수하물 보관소에 방치된 한 트렁크 안에서 문제의 태피스트리가 발견되었다.

결국 아르센 뤼팽의 이번 작전은 실패로 끝난 셈. 당연히 낙담한 뤼팽은 스파르미엔토 대령에게 보낸 한 전언에서 자신의 오기와 심술을 누가 봐도 명확한 표현으로 토로하기에 이른다.

> 이번에는 사려 깊게도 하나만 건드렸으나, 다음번엔 열두 개를 가져가도록 하겠소이다.
>
> 내 말을 명심하는 게 이로울 것이외다.
>
> A. L.

한편 스파르미엔토 대령은 몇 달 전부터, 프장드리 가(街)와 뒤프레누아 가(街)가 만나는 모퉁이의 아담한 정원을 갖춘 어느 호텔에 묵고 있었다. 그는 떡 벌어진 어깨에 검은 머리, 햇볕에 그은 얼굴에다 단아한 차림새의 남자였다. 그의 아내는 대단한 미색을 갖춘 영국 여자였는데, 워낙 몸이 허약한 데다 이번 도난 사건으로 적잖은 충격을 받은 상태였다. 사건이 발생한 첫날부터 아예 그녀는 이번 기회에 물건들을 헐값으로라도 팔아 치우자고 남편을 졸라댈 정도였다. 하지만 그 같은 여자의 변덕에 귀를 기울이기에는, 너무도 강단 있고 고집스러운 성격의 대령이었다. 그는 단 하나의 물품도 팔기는커녕 온갖 수단을 가리지 않고 언제 있을지 모르는 도난 사건에 대한 방비에 더더욱 만전을 기할 뿐이었다.

우선 정원을 면한 건물 정면에만 신경을 쓸 수 있도록, 1층과 2층을 막론하고 뒤프레누아 가로 향한 모든 창문에 바리케이드를 쳤다. 그뿐만 아니라, 보안 전문 업체의 도움을 받아, 태피스트리가 걸려 있는 방의 창문마다 주인만 그 위치를 알 수 있도록 은밀한 장치를 설치해서,

조금만 접촉이 있어도 온 건물의 전등과 벨이 작동하게끔 조치를 취해 놓았다.

그런가 하면 대령과 거래하는 보험회사에서는, 만약을 대비해서 자사(自社)가 차출한 인원 세 명을 밤새 1층에 배치시키지 않으면, 이번 일에 대해 진지한 책임을 질 수 없다며 난색을 표하는 것이었다. 결국 보험회사의 뜻에 따라, 평소 뤼팽에 대한 앙심이 대단하고 경험이 풍부한 전직 형사 세 명이 차출되기에 이르렀다.

그 밖에, 집 안의 하인들에 관해서는 워낙 오랜 기간 함께 살아온 사람들이라 대령 자신이 보증하기로 했다.

이처럼 건물 전체를 요새화하는 만반의 준비가 끝나자, 대령은 일종의 개막식 삼아 대규모 연회를 베풀었고, 특정 계층의 귀부인, 언론인, 예술 비평가와 호사가를 포함해, 평소 그가 교류하던 두 개 그룹의 인사들을 대거 초대했다.

아니나 다를까, 모두가 정원의 철책 문을 통과하면서부터 왠지 잘 꾸며진 감옥으로 들어가는 느낌이 들었다. 일단 계단 아래에 배치된 전직 형사 세 명이 초대장을 일일이 검사했고, 그것도 모자라 잔뜩 인상을 찌푸린 채 위아래로 훑어보기 일쑤였다. 심하게 말해서, 여차하면 몸수색과 지문 채취까지 요구할 기세였다.

2층에서 손님을 맞은 대령은 이 모든 절차에 대해 웃으면서 양해를 구했고, 태피스트리의 안전을 위해 자신이 고안한 모든 조치를 뿌듯한 마음으로 설명하는 것이었다.

그러면 그의 아내는 금발 머리에 창백한 얼굴, 유연한 몸매에 다소 우수에 젖은 듯한 분위기와 젊고 우아한 자태를 갖춘 채, 남편 곁에 다소곳이 서 있는 것이었다. 그녀의 매력에는, 운명의 시달림에 체념으로 맞서는 사람들에게서나 볼 수 있는 신비스러움이 은은하게 깔려 있었다.

초대된 손님이 모두 입장하자, 비로소 정원 철책 문과 현관문이 육중하게 닫혔다. 일행은 이중으로 엄폐된 문을 거쳐 중앙 전시실로 안내되었는데, 그곳 창문들 역시 쇠창살이 빽빽하게 가로지른 데다 덧창까지 일일이 설치되어 있었다. 그리고 바로 거기가 문제의 태피스트리 열두 장이 전시된 곳이었다.

실로 비할 데 없는 걸작들이었다! 마틸드 왕비(1053년, 장차 정복자 윌리엄이 되는 노르망디 공 기욤과 결혼해, 결국 영국 왕비가 됨—옮긴이)의 솜씨라고 간주되는 저 유명한 바이외 태피스트리에서 영감을 얻어(바이외(Bayeux) 태피스트리는 프랑스 칼바도스 도(道) 바이외에서 발견된 벽걸이용 마제(麻製) 장식 융단이며, 너비가 50센티미터, 길이가 약 70미터에 이름. 노르망디 공의 잉글랜드 정복에 관한 설화가 약 72개의 장면으로 나뉘어, 여덟 가지 빛깔의 털실로 수놓아져 있는데, 원래는 더 길었던 것으로 보임—옮긴이), 잉글랜드 정복의 역사를 묘사하는 작품들이 즐비하게 걸려 있었다. 16세기, 정복자 기욤을 수행했던 군인의 자손이 주문해서, 아라스(프랑스 북부에 위치한 도시로, 15~16세기 전 유럽 태피스트리 제작의 중심지였음—옮긴이)의 유명한 직조공인 제앙 고세에 의해 제작된 그것들은 400년이 지난 후에야 브르타뉴 지방의 어느 오래된 저택에서 발견된 것이었다. 그 사실을 전해 들은 대령은 즉시 교섭을 벌여서 5만 프랑에 물건을 사들였는데, 현재 가치는 그 열 배까지 치솟았을 것으로 추정되고 있다.

하지만 열두 작품 중에서도 가장 빼어난 걸작은, 헤이스팅스의 사상자들 가운데서 색슨족 최후의 왕이자 연인인 해럴드의 시체를 찾아 헤매는 '백조의 자태를 지닌 이디스(Édith au Cou de Cygne)'를 묘사한 태피스트리였다(헤이스팅스는 노르망디 공 기욤에 의해 1066년 영국이 정복당했을 때 최후의 전투가 벌어진 전장. 원문에서 '백조의 목을 가진(au Cou de Cygne)'이라는 수식어는 전통 서구 사회에서 미인을 일컫는 관용적 표현으로, 여기서 얘기하는 유명한 장면은 19세기 당시 루이 조제프 뒤코르네(1806~1856)나 프랑수아 쇼메(1850~1935) 같은 프랑스 화가에 의해 자주 그려지던 유명한 주제이기도 함—옮긴이). 마틸드 왕비의 작품에는 빠져 있는 장면이 묘사되어 있다 해서 가장 독창적이라고 평가받는 이 태피스트리가 바로 아르센 뤼팽이 훔쳤다가 운 좋게 원주인 곁으로 돌아온 작품이었다.

바로 이 작품이 담고 있는 소탈한 선(線)의 아름다움과 아스라이 바랜 색조의 묘미, 인물 군상의 생동감 넘치는 모습과 장면의 섬뜩한 애수 앞에서 모든 구경꾼은 열광하지 않을 수 없었다. 불행한 왕비 이디스는 마치 너무 무거워 고개가 숙여진 백합처럼, 무릎을 꿇은 모습이었고, 그 새하얀 의상은 나른한 몸매를 그대로 드러내고 있었다. 또한 길고 섬세한 두 손은 두려움과 애원의 마음을 가득 담은 채 앞으로 쭉 뻗은 상태였고, 이 세상 가장 서글프고 절망적인 미소가 그녀의 옆얼굴을 더없이 애처롭게 빛내고 있었다.

"감동적인 미소로군요. 오묘함이 가득 배어 있는 미소입니다. 대령, 흡사 저 미소는 마담 스파르미엔토의 미소를 연상시키는군요."

그곳에 모인 비평가들 중 한 명의 논평을 사람들은 숨죽여 경청하고 있었다.

"사실 닮은 점은 그것 말고도 여럿 있습니다. 저 우아한 목덜미의 선(線)과 섬세한 손, 신비스러운 실루엣과 저 전형적인 자태……."

대령도 한마디 거들었다.

"실은 나도 그런 닮은 점들 때문에 이 작품들을 구매하기로 결심한 거였습니다. 아울러 또 다른 이유를 들라면, 정말이지 우연찮게도 내 아내 이름 역시 이디스라는 사실입니다. 이 작품을 본 이후로 나는 아예 아내를 '백조의 자태를 지닌 여인'이라 부르곤 하지요."

그리고 싱긋 웃으며 이렇게 덧붙이는 것이었다.

"물론 유사점은 거기서 끝나야겠지요. 내 아내 이디스가 저 역사 속의 비련의 여주인공처럼, 연인의 시체를 찾아 헤매는 일이 있어선 안 되니까요. 아, 신께 감사할 일이지. 난 이렇게 살아 있고, 결코 죽고 싶은 마음은 없답니다! 단, 이 태피스트리가 몽땅 사라지는 경우만 아니라면 말이지만. 이런, 내가 공연한 소리를 지껄이고 있군요."

그는 멋쩍게 웃고 말았지만 분위기는 그 말 때문에 다소 썰렁해져 버렸다. 그뿐만 아니라 그날 이후에도, 어쩌다 그때의 이야기가 사람들 입에 오르내릴 때면, 항상 어색한 침묵이 자리 잡곤 하는 것이었다. 아무튼 당시 거기 모인 사람들은 무어라 할 말을 잃은 채 머쓱하게 서 있었다.

누군가 그런 분위기를 반전시킬 요량이었는지, 불쑥 농담을 던졌다.

"대령도 해럴드라는 이름으로 불린 적은 없나요?"

이에 대해 대령은 여전히 쾌활한 미소를 지으며 대꾸했다.

"오, 전혀요! 나는 그런 이름이 없을 뿐만 아니라, 색슨족 왕하고 닮지도 않은걸요."

나중에 모든 사람이 한결같이 기억하는 바이지만, 그때 대령의 말이 끝나기가 무섭게, 창문 쪽(오른쪽인지 가운데인지, 이 점만큼은 각자의 얘기가 분분한데)에서 난데없이 날카롭고도 단조로운 벨 소리가 울리는 것이었다. 동시에 마담 스파르미엔토가 남편의 팔을 붙잡고 비명을 질렀다.

"무슨 소리야? 어떻게 된 거냐고?"

대령이 고함을 치자, 손님들은 일제히 창문 쪽으로 고개를 돌렸다.

"이게 대체 무슨 일이지? 도무지 이해가 안 되는군! 나 말고는 아무도 벨이 어디 붙어 있는지 모르는데."

그리고 어느 한순간—이에 대해서도 만장일치의 증언이 이루어졌는데—건물 구석구석 온통 암흑천지로 변함과 동시에, 모든 자명(自鳴) 장치들이 귀청이 떨어져 나가도록 울려대는 것이었다!

불과 몇 초 동안이긴 했지만, 현장은 완전히 아수라장이 되고 말았다. 여자들은 소리를 질러댔고, 남자들은 꿈쩍도 않는 문들을 주먹으로 마구 두드려댔다. 서로서로 부딪치고 넘어지면서, 밟고 밟히는 사태까지 벌어졌다. 흡사 폭탄이라도 터지거나 불이라도 난 것처럼, 모두가 공포에 질려 아우성을 치는 상황이었다. 그러다가 어느 순간, 대령의 벽력같은 호령이 일거에 소란을 멈추게 했다.

"조용히 하시오! 모두 움직이지 마시오! 내가 다 책임지겠소! 차단기는 저쪽 구석에 있소이다! 바로 저기요!"

대령은 사람들 사이를 헤치고 걸어가 전시실 한쪽 구석으로 다가갔다. 그러자 갑자기 전등 불빛이 환하게 켜졌고, 그에 따라 요란스레 울리던 벨 소리도 뚝 끊어지는 것이었다.

한데 갑작스레 환해지면서 어이없는 광경이 모든 이의 눈길을 기다리고 있는 것이 아닌가! 우선 두 명의 귀부인이 혼절해 있었는데, 그중 마담 스파르미엔토는 남편의 팔에 매달리다시피 한 채, 무릎을 꿇고 거의 죽은 듯했다. 아울러 남정네들은 저마다 넥타이가 풀어 헤쳐지고 파랗게 질린 얼굴들이 마치 전쟁터를 방불케 하는 분위기였다.

"태피스트리는 그대로입니다!"

누군가 소리쳤다.

사실 무엇보다도 그것들이 사라지는 것이야말로 이런 변괴(變怪)의 당연한 결과요, 또 그래야 앞뒤가 그럴듯하게 해명될 것이기에, 사람들은 어리둥절한 반응이었다.

아닌 게 아니라 사람들만 아우성이었지, 물건은 뭐 하나 어질러진 것이 없었고, 벽에 걸려 있던 몇몇 값나가는 그림들도 그 자리 그대로였다. 건물 전체가 들썩일 정도의 소란이 일었고 온통 암흑천지인 가운데, 전직 형사들도 누구 하나 들락거렸다는 것을 감지할 수 없었다.

대령이 말했다.

"자명 장치가 설치된 창문은 이곳 전시실뿐이고, 그 작동 원리 또한 나밖에 아는 사람이 없는 데다, 난 그걸 건드리지도 않았어요."

사람들은 불안한 마음을 애써 무마하려는 듯 떠들썩하게 웃음을 터뜨렸다. 물론 모두 어정쩡한 웃음이었고, 이처럼 엉뚱한 상황에서 호들갑을 떤 것이 다소 겸연쩍은 듯 마지못해 웃는 실소(失笑)였다. 어쨌든 왠지 불안하고 기분 나쁜 분위기가 지배해버린 이런 장소는 이제 더 이상 있을 필요가 없다는 듯, 저마다 부산을 떨며 자리를 뜨기 시작했다.

다만 두 명의 기자만이 자리를 지켰고, 대령은 우선 이디스부터 하녀들의 손에 맡긴 뒤, 그들과 합류했다. 그렇게 셋이 전직 형사들과 더불어 조사에 착수했지만, 뭐 하나 눈에 띄는 징표를 발견할 수는 없었고, 그제야 대령은 샴페인 마개를 뽑았다. 그로부터 한 시간이 더 흐른 뒤에야—정확히 말해 오전 2시 45분—두 기자가 떠났고, 대령도 자기 방으로 들었으며, 세 전직 형사 역시 원래 배정된 1층 숙소로 물러갔다.

그런 다음 정해진 순서에 따라 차례대로 보초를 섰는데, 일단 깨어 있는 것이 기본이고, 그다음 정원부터 순찰을 돌아서 마지막에 전시실까지 둘러보도록 되어 있었다.

이 같은 약속은 대부분 정확하게 준수되다가 단지 졸음이 밀려드는 오전 5시에서 7시까지만 지켜지지 않았다. 아무도 순찰을 돌지 않았던 것이다. 하지만 그땐 이미 밖은 환해진 상태였다. 게다가 자명 장치가 아까처럼만 가동된다면 설사 곯아떨어졌다 해도 깨지 않을 장사가 없는 것이다.

그런데 오전 7시 20분, 그중 한 명이 그나마 일어나 전시실 문을 열고 모든 덧창을 밀어 열자 열두 개의 태피스트리가 감쪽같이 사라지고 없는 것이었다!

맨 처음 사태를 목격한 전직 형사와 그 동료들은 즉각 경보를 울리지 않았다고 해서 엄청난 비난을 감수해야 했다. 그들은 대령에게 알리지도 않고 그렇다고 경찰서에 전화도 하지 않은 상태에서 이것저것 임의로 조사를 시작했던 것이다. 하긴 그 정도쯤 지체한다고 해서 경찰의 작업에 과연 얼마나 지장을 초래한 것인지는 의문이지만 말이다.

아무튼 8시 반이 되어서야 대령에게 사실이 통보되었다. 그는 마침 옷을 차려입고 막 외출을 하려던 참이었다. 처음 그는 그다지 충격을 받은 것 같지 않게 제법 자신을 잘 추스르는 듯 보였다. 그러나 얼마 못 가서 초인적인 자제 노력도 제풀에 허물어졌고, 의자 위에 무너지듯 주저앉아 잠시 동안 극도의 절망 상태에 빠져드는 것이었다. 평소 워낙 혈기 넘치던 남자였기에, 순식간에 망연자실해 있는 모습은 정말이지 보기 안타까울 정도였다.

마침내 정신을 가다듬고 전시실로 건너온 그는 텅 빈 벽면을 눈으로 더듬더니 탁자 앞에 앉아 편지 한 장을 급하게 휘갈겨 쓴 뒤, 봉투에 넣고 봉인했다.

"자, 이걸 좀 전해주시오. 내가 지금 급한 약속이 있어서 그러오. 경찰서장 앞으로 보내는 편지입니다."

그는 전직 형사들이 지켜보는 가운데 또 이렇게 덧붙였다.

"감 잡히는 바가 있어서 써본 글이오. 뭔가 짚이는 게 있어요. 나도 나대로 일을 진행시켜야겠소이다."

그러고는 부랴부랴 달려나갔는데, 나중에 전직 형사들 증언으로는 몹시 당황한 태도였다는 것이다.

몇 분 뒤 경찰서장이 도착했고, 편지가 전해졌는데, 그 내용인즉 다음과 같았다.

> 내 사랑하는 아내가 나로 인해 겪게 될 고통을 용서해주길 바랍니다. 마지막 순간까지 그녀 이름은 내 입가에서 맴돌 것입니다.

결국 극도로 예민해진 신경이 신열마저 불러일으키는 가운데 하룻밤을 꼬박 샌 이튿날, 스파르미엔토 대령은 그렇게 광기에 사로잡혀 자살을 시도하려는 것이었다. 과연 그럴 용기가 있을 것인지, 아니면 마지막 순간에라도 이성을 차릴 것인지는 아무도 알 수가 없었다.

어쨌든 이 사실은 곧장 마담 스파르미엔토에게 전달되었다.

사람들이 온통 나서서 대령의 족적을 찾아 헤매는 동안 그녀는 두려움에 벌벌 떨며 기다리고 또 기다렸다.

그러다 오후 늦게야 빌다브레에서 전화 한 통이 걸려왔다. 터널 출구 쯤에서 기차 한 대가 지나간 다음, 처참하게 뭉개진 웬 남자의 시체 한 구가 발견되었는데, 얼굴은 도저히 알아볼 수가 없었다고 했다. 한데 호주머니에서도 신분증 하나 나오지 않은 이 남자의 차림새가 대령의 그것이라는 것이었다.

저녁 7시, 마담 스파르미엔토는 자동차로 빌다브레에 당도했다. 역사(驛舍)의 한 내실로 안내된 뒤, 바로 눈앞에서 덮개를 거둬내자, '백조의 자태를 지닌 여인'의 눈에 남편의 시체가 처절하게 들어왔다.

상황이 그러할진대 뤼팽에 대한 신문 평이 좋을 리 만무했다.

어떤 냉소적인 시평란(時評欄) 필자는 일반적인 여론을 요약한다며 이렇게 적고 있었다.

앞으로 조심하길 바란다! 지금까지 우리 모두가 그에게 아낌없이 베풀던 호의와 공감은 이런 유의 사건 몇 개만 터져도 순식간에 날아가 버릴 테니 말이다. 뤼팽의 악행이란 오로지 썩어빠진 은행가나 독일인 거물급 인사들, 뒤가 구린 외국계 졸부들, 그리고 악덕 회사를 상대로 행해졌을 때만이 용인된다는 것을 명심하길 바란다. 그리고 무엇보다 살인은 절대 금물이다! 도둑의 손은 모르되, 살인마의 손은 사절이다! 비록 이번 사건에서 직접 살인을 한 것은 아니라 해도, 분명 이 죽음의 책임은 그에게 있다. 그에게선 이미 피비린내가 진동하고, 그의 가문(家紋)은 벌써 붉게 물들어 있다.

게다가 이디스의 창백하게 질린 얼굴이 불러일으키는 동정심으로 인해 일반 대중의 분노와 격정은 날로 악화되고 있었다. 거기다 전날 전시실에 초대되었던 사람들의 입을 통해 그날 저녁의 인상 깊었던 사건들이 속속들이 알려지자, 이 영국인 여자를 둘러싸고 일종의 후광이 형성되는 것이었다. 즉, '백조의 자태를 지닌 왕비'의 사연으로부터 비극적인 색채를 듬뿍 퍼 담은 후광 말이다.

하지만 그날 절도 행각이 일어난 귀신같은 방식에 대해서만큼은 누구라도 감탄을 금치 못하는 분위기였다. 당황한 경찰이 서둘러 사건 전말을 해명한 것은 고작 이런 식이었다. '애당초 전직 형사들이 확인한 바로는, 전시실의 창문 세 개 중 하나가 활짝 열려 있었다는데, 뤼팽과 그 일당이 그리로 드나들었다는 것을 어찌 의심할 수 있겠는가?'

언뜻 보면 그럴듯한 가설이었다. 하지만 여전히 문제는 남는다. 첫째, 정원의 철책 문을 넘어서 누구의 눈에도 띄지 않고 어떻게 오갈 수 있었을까? 둘째, 정원을 가로지른 후, 사다리를 설치하면서 어떻게 아무런 흔적을 남기지 않을 수 있을까? 셋째, 덧문과 창문을 모두 열면서 건물의 자명 장치와 조명 장치를 전혀 건드리지 않다니, 과연 어떻게 그럴 수가 있겠는가?

따라서 대중의 손가락질이 세 전직 형사에게 쏠리는 것은 당연했다. 하는 수 없이 수사판사가 나서서 그들에 대한 신문을 장시간 벌였고, 사생활까지 파헤치고 나서야, 지극히 단호한 태도로 혐의점이 전혀 없음을 공포(公布)할 수 있었다.

한편 사라진 태피스트리들에 관해서는, 그 무엇도 되찾을 수 있으리라는 생각을 하기 어렵게 했다.

이처럼 암담한 시점에 혜성처럼 등장한 인물이 있었으니, 다름 아닌 형사반장 가니마르였다! 그는 보석관 사건과 더불어 소냐 크리슈노프의 죽음 이후(이 사건은 「아르센 뤼팽, 4막극」에서 다루어지며, 소냐 크리슈노프라는 이름은 『기암성』 「정면 대결」과 『813』 「살인마의 정체」에서도 뤼팽의 회상 장면 중 등장함—옮긴이), 왕년 뤼팽의 공범이었던 자들로부터 거둬들인 더할 나위 없이 확고한 단서들을 통해 인도 깊숙이까지 대도(大盜)의 족적을 추적해 들어갔다가, 물론 허탕을 치고 나서 최근 돌아온 참이었다. 영원한 적수가 자신을 또다시 비참하게 우롱한 데다 하필 머나먼 극동(極東)까지 헤매 다니게 만든 것이 바로 이번 태피스트리 사건을 아무 방해 없이 획책하기 위해서였다고 생각한 가니마르는, 돌아오자마자 아예 보름간의 휴가를 신청한 뒤, 그 길로 마담 스파르미엔토를 찾아가 남편의 복수를 다짐했던 것이다.

하지만 이디스는 이미 복수라는 것 자체가 고통에 대해 별 위안이 되지 못하는 지경에 와 있었다. 남편의 장례식이 있던 날 밤, 그녀는 세 전직 형사를 돌려보냈고, 참혹한 과거를 연상시킬 만한 모든 주변 인물을 다 내친 채, 하인 한 명과 늙은 가정부 한 명만을 거두기로 한 상태였다. 모든 것에 무관심한 마음으로 방에만 처박혀서 그녀는 가니마르

가 제멋대로 떠벌리고 돌아다니도록 그저 내버려둘 따름이었다.

가니마르는 우선 1층에 터를 잡고 치밀한 조사에 들어갔다. 수차례에 걸쳐 조사를 되풀이했고, 동네 전체에 종횡무진 탐문 수사를 진행했으며, 호텔 건물의 구조와 부지를 연구하는가 하면 20~30번에 걸쳐 모든 자명 장치를 가동해보았다.

마침내 보름이 다 지나가자 그는 휴가의 연장을 요청했다. 당시 치안국장이었던 뒤두이 씨는 몸소 그를 보러 찾아왔는데, 하필 사다리 끝에 꼴사납게 올라가 있는 그를 보게 되었다.

그때만 해도 형사반장은 수사가 별다른 진전을 보이지 않는다고 힘없이 고백했다.

한데 다음다음 날, 다시 그곳에 들른 뒤두이 씨는 제법 의미심장한 표정으로 있는 가니마르와 맞닥뜨리게 되었다. 한 꾸러미의 신문지가

앞에 펼쳐져 있었는데, 질문을 퍼부어대자 그의 입에서 중얼중얼 얘기가 흘러나오는 것이었다.

"아직은 모르겠습니다, 국장님. 정말 모르겠어요. 다만 어떤 생각 하나 때문에 골치가 빠개질 정도입니다. 한데 그게 너무도 터무니없는 거예요! 게다가 사태를 시원스레 해명해주기는커녕 오히려 복잡하게 만든단 말입니다."

"그래서 어쩔 셈인가?"

"국장님, 조금만 더 참아주십시오. 조금만 더 그냥 놔둬주세요. 조만간 불쑥 전화를 드리겠습니다. 그러면 즉시 자동차에 올라타 1초도 낭비하면 안 될 겁니다. 결정적인 실마리가 풀렸다는 뜻일 테니까요."

그렇게 해서 또다시 48시간이 흘러갔고, 어느 아침, 뒤두이 씨 앞으로 드디어 간략한 전보 한 장이 날아왔다.

릴로 갑니다.

가니마르

'대체 거긴 가서 뭘 한다는 거야?'

치안국장은 속으로 중얼거렸다.

한나절이 아무 소식 없이 지나갔고, 그다음 날도 마찬가지였다.

하지만 뒤두이 씨는 믿는 바가 있었다. 그는 자기 부하 가니마르를 누구보다 잘 알았다. 이 노회(老獪)한 경관이 결코 아무 이유 없이 광분하는 인간은 아니라는 것을 정확히 꿰뚫고 있었던 것이다. 만약 가니마르가 뭔가 하려 든다면, 그건 그럴 만한 동기가 있다는 뜻이다.

아니나 다를까, 바로 당일, 뒤두이 씨는 전화 한 통을 받게 되었다.

"국장님 맞습니까?"

"가니마르 자넨가?"

둘 다 조심성으로 한몫하는 타입이라, 혹시라도 상대를 혼동할까 봐 극도로 긴장하는 눈치였다. 비로소 안심한 가니마르가 서둘러 말했다.

"열 명만 긴급 동원 요청합니다. 부디 국장님도 함께 오십시오."

"어디인가?"

"지금은 건물 1층입니다만, 뒤쪽, 정원 철책 문에서 기다리겠습니다."

"곧 가겠네. 차로 가야겠지, 물론?"

"당연하죠. 한 100여 보 떨어뜨려 세워두십시오. 그리고 가볍게 휘파람만 불면 문을 열어드리겠습니다."

가니마르가 지시한 대로 일이 진행되었다. 자정이 조금 지난 시각, 건물 위층의 모든 불이 꺼진 뒤, 그는 거리로 빠져나와 뒤두이 씨 앞에 섰다. 간략한 밀담이 끝나자 경찰관들이 가니마르의 지시에 따라 일사불란하게 움직였다. 치안국장과 형사반장은 둘이 함께 소리 없이 정원을 가로질러 극도로 조심하며 안으로 들어섰다.

"그래 뭔가? 지금 행한 조치가 다 무슨 뜻인지 말해보게. 이건 마치 우리가 무슨 좀도둑처럼 보이지 않는가 말이야."

뒤두이 씨의 농(弄)에 가니마르는 웃지도 않았다. 그러고 보니 가니마르가 이렇게 흥분하고 불안한 목소리로 말하는 것을 예전엔 본 기억이 없었다.

"무슨 새로운 소식이라도 있긴 있는 건가?"

"그렇습니다, 국장님. 이번에야말로! 정말이지 믿어지지 않을 정도입니다. 하지만 결코 틀리진 않을 거예요. 마침내 모든 진실을 알아냈답니다. 아무리 허무맹랑해 보여도 엄연한 진실이라고요. 다른 가능성은 없습니다. 이거면 이거지, 다른 건 없어요."

그러면서 가니마르는 이마 위로 흐르는 땀을 연신 닦아냈고, 뒤두이 씨도 그럴수록 다그쳐 물어댔다. 마침내 노(老)형사는 물을 한 잔 들이켜고 나서, 마음을 가라앉히며 얘기를 시작했다.

"뤼팽이란 놈, 그동안 한두 번 나를 엿 먹인 게 아닙니다."

"이보게, 가니마르! 단도직입적으로 요점만 정리해서 말하는 게 어떤가? 대체 무슨 일이냐고?"

뒤두이 씨가 끼어들자, 가니마르는 발끈하며 말했다.

"아닙니다, 국장님. 지금까지 내가 거쳐온 서로 다른 과정을 상세히 아셔야 합니다. 미안하지만, 불가피한 일이니 귀담아들어 주십시오."

그는 계속 말을 이어나갔다.

"다시 말해서 놈은 그동안 나를 여러 차례 골탕 먹였지요. 그야말로 온갖 파란곡절을 겪게 만들었답니다. 지금까지 놈과 혈투를 벌이는 가운데 나는 늘 한 수 아래로 패하고 말았지만……. 최소한 놈이 벌이는 게임과 그 전략에 대해서 숱한 경험과 지식을 쌓게 된 것도 사실입니다. 그러다 보니 이번 태피스트리 사건에 관해서는 모든 복잡한 사안이 대번에 다음 두 가지 문제로 집약되더군요. 첫째, 뤼팽은 절대 자신의 행위가 어디로 귀결될지 모르는 채 행동하지는 않는다. 따라서 태피스트리를 도둑맞으면 스파르미엔토 씨 역시 자살을 결행하리라는 걸 모를 리 없었을 것이다. 한데 워낙 피를 싫어하는 그가 그럼에도 불구하고 태피스트리를 훔쳤다."

"50만~60만 프랑이라는 값어치면 그 정도야 얼마든지 무시할 수 있는 것 아닐까?"

"그건 아닙니다, 국장님. 다시 말하지만, 수백만 프랑이 눈앞을 맴도는 상황이라 해도, 뤼팽은 살인은커녕 자기 스스로 어떤 죽음의 직접적인 원인이 되는 건 절대 사양하는 녀석입니다(이 단편이 쓰인 시점은 『수정 마개』보다 이전임. 즉, 도브레크의 자살 앞에서 의연한 포즈를 취하는 뤼팽은 이후에나 등장하는 모습임—옮긴이). 바로 이것이 첫째 요점입니다. 그다음 둘째, 도대체 첫날 개막식 연회 중간에 왜 그처럼 요란한 소동이 일어났는가 하는 점입니다. 틀림없이 사람들을 놀라게 해서, 일을 벌이기 전에 당분간 불안과 공포의 분위기를 형성하기 위한 것이 아닐까? 그러지 않았으면 탄로 났을지도 모를 진실로부터 사람들의 주의력을 돌리려고 말입니다. 어떻습니까, 국장님?"

"도무지 모르겠는걸."

"하긴 그리 명확한 건 아니지요. 사실 이렇게 문제를 짚어내면서도 나 자신 역시 뭔가 뚜렷하게 떠오르는 건 없습니다. 그러면서도 왠지 이번엔 제대로 방향을 잡고 있다는 느낌이 들어요. 네, 그래요. 그날의 소동은 뤼팽이 사람들의 주의를 돌리려고 일부러 일으킨 게 분명합니다! 이를테면 뤼팽 자신에게 돌리려고 말입니다! 결국 그렇게 함으로써 정작 사건을 조종하는 인물은 베일에 싸이게 되는 셈이죠."

그제야 뒤두이 씨는 슬그머니 넘겨짚었다.

"공범이 있었단 말인가? 손님 중에 섞여 있던 공범이 자명 장치를 작동시키고……. 모두가 자리를 뜬 다음, 다시 호텔로 잠입해 들어올 수 있었다?"

"저런, 저런……. 국장님도 이제 슬슬 감이 잡히는 모양이로군요! 분명한 사실은, 태피스트리가 건물 안으로 은밀하게 잠입한 누군가에 의해서는 도저히 그렇게 감쪽같이 사라질 수 없기에, 필시 건물 내부에 있었던 사람의 소행으로 없어졌다는 점입니다. 아울러 손님 명단을 조사하고, 그들 각자를 개인적으로 신문해본 결과……."

"어떻게 됐다는 말인가?"

"그게 말입니다, 세 전직 형사가 손님들이 들어오고 나갈 때 일일이 명단을 확인했는데, 예순세 명에 이르는 손님 모두가 한 사람도 빠짐없이 현장에 있다가 고스란히 나갔다는 겁니다. 그런고로…….”
“그럼 하인이?”
“아니죠.”
“그럼 전직 형사들이?”
“아닙니다.”
“그렇다면……. 그렇다면……. 애당초 내부자의 소행이라는 얘긴데…….”
국장은 안달이 나는지 연신 혼잣말처럼 중얼거리고 있었다.
덩달아 몸이 달아오르는 형사반장이 마침내 단호하게 소리쳤다.
“도저히 부인할 수 없는 사실입니다! 전혀 이론의 여지가 없어요! 내가 진행해온 그간의 모든 수사를 종합한 결과 똑같은 확실성에 도달하더라 이겁니다! 내 안의 확신이 점점 커져가던 어느 날 불현듯 다음과 같은 깜짝 놀랄 만한 단정적인 결론에 척 도달하더라 이거예요. ‘이론상으로도 현실적으로도, 도둑질은 애초에 호텔 안에 거주하던 공범의 도움으로 성사된 것이다. 혹은 공범조차도 없는 상태에서 이루어졌든지.’”
“말도 안 돼!”
뒤두이 씨는 난색을 표하며 손사래를 쳤다.
“말은 안 되죠. 하지만 그처럼 말도 안 되는 말을 입으로 내뱉는 바로 그 순간, 진실이 내 안에서 솟구쳤답니다!”
“뭐라고?”
“음……. 물론 아직은 어둠침침하고 애매모호한, 불완전한 진실일지는 몰라도, 그 가냘픈 실마리를 계속 부여잡고 따라가다 보면, 기필코 끝을 볼 수 있을 거라고 확신합니다. 어떻습니까, 이해가 되시는지요?”
뒤두이 씨는 한동안 말이 없었다. 가니마르가 경험했던 정신 상태가 그의 내부에서도 슬슬 일어나고 있는 모양이었다. 한참 후, 그가 이렇게 중얼거렸다.

"만약 손님들도 아니고 하인들도, 또 그 전직 형사들도 아니라면 더는 남는 사람이……."

"있지요! 누군가 아직 있습니다."

뒤두이 씨는 마치 한 방 얻어맞은 사람처럼 흠칫하더니, 덜덜 떨리는 목소리로 중얼거렸다.

"저, 저런……. 그, 그럴 수가……. 도저히 있을 수 없는 일이네."

"왜요?"

"이보게, 좀 생각을 해봐."

"그러지 말고 계속 말씀해보시죠. 어서요."

"오……. 아니야. 그럴 리가……."

"어서 말씀해보시라니까요!"

"그럴 리는 없어! 말도 안 돼! 스파르미엔토가 뤼팽의 공범이라니!"

그제야 가니마르는 히죽 웃으며 말했다.

"바로 그겁니다! 아르센 뤼팽과 한패라 이거지요. 그런 식이라면 모든 게 자연스레 설명됩니다. 한밤중, 전직 형사 셋이 아래층에서 보초를 서는 동안……. 아니, 어쩜 자고 있었을지도 모르죠. 스파르미엔토 대령이 그 전에 샴페인을 권했으니까요. 아, 물론 평범한 샴페인은 아니었겠죠. 아무튼 대령은 살그머니 태피스트리를 거둬다가 감시를 받지 않는 거리로 면한 3층 자기 방 창문을 통해 빼돌렸던 겁니다. 그 아래층 창문들은 모두 가로막혀 있었으니까요."

뒤두이 씨는 잠깐 생각하는 듯하더니, 이내 어깨를 으쓱하며 말했다.

"인정할 수 없는 일이네."

"대체 왜죠?"

"왜냐니! 만약 대령이 아르센 뤼팽과 한패라면 왜 일을 성공시키고도 자살을 했겠는가?"

"그가 자살했다고 누가 그럽니까?"

"뭐라고? 그가 시체로 발견된 걸 모르는가?"

"아까도 말씀드렸듯이, 뤼팽에게는 남을 죽게 하는 일이란 있을 수 없습니다."

"하지만 사실이 그런 걸 어쩌겠나! 스파르미엔토 부인도 다 인정하는 사실일세."

"그렇게 나오실 줄 알았습니다. 나 역시 그 문제로 보통 골치를 썩인 게 아니니까요. 그 대목에서는 나도 갑자기 한 사람을 상대하는 것이 아니라, 무려 셋을 한꺼번에 상대해서 해결을 보아야만 했습니다. 첫째, 도둑질을 한 아르센 뤼팽. 둘째, 그의 공범인 스파르미엔토 대령. 셋째, 시체. 하느님 맙소사! 무려 3 대 1의 싸움이었다 이 말입니다! 그나마 그 정도가 다행이었죠."

그러면서 가니마르는 문득 신문 꾸러미 하나를 턱 내놓고는, 그중 한 장을 펼쳐서 보여주는 것이었다.

"기억하실 겁니다. 일전에 한 번 이리로 오셨을 때 내가 열심히 신문을 들추고 있었죠. 그때 나는 국장님이 내세운 사실과 관련 있으면서도 동시에 내 가설을 확증할 만한 사건이 혹시 있나 눈에 불을 켜고 찾았습니다. 자, 이 단평 기사를 좀 읽어보시죠."

뒤두이 씨는 신문을 건네받고 소리 높여 읽기 시작했다.

릴에 주재하는 우리의 통신원으로부터 최근 한 기이한 사건 하나가 타전되어왔다. 그곳 시체공시소(신원 미상인 시체의 신원 확인을 위해 당분간 시체를 공시하는 기관—옮긴이)에서 어제 아침 시체 한 구가 사라졌다. 그 시체는 바로 전날 증기차 바퀴에 깔려 사망한 신원 미상의 남자 시체였다. 현재 시체가 어디로 증발했는지에 대해서는 온갖 억측만 난무하는 실정이다.

뒤두이 씨는 금세 깊은 생각에 잠겼다가, 조용히 물었다.

"그럼……. 자네 생각은 어떻다는 말인가?"

"그렇지 않아도 방금 릴에서 돌아오는 길입니다만, 그곳에서 조사한 내용은 추호도 의혹의 여지가 없는 것이었습니다. 우선 시체가 사라진 시점은 스파르미엔토 대령이 연회를 베푼 바로 그날 밤과 정확히 일치했습니다. 시체는 곧장 빌다브레까지 자동차로 운반되었고, 그곳을 지나는 기차 철도와 그리 떨어지지 않은 지점에서 자동차는 저녁까지 대기하고 있었습니다."

"요컨대 터널 근처라 이 말이군."

"바로 그 근처이지요."

"그럼 결국 거기서 발견된 시체가 다름 아닌 시체공시소에서 사라진 바로 그 시체라는 얘기인데. 스파르미엔토 대령의 옷이 입혀진 채로 말이야."

"정확히 그렇습니다."

"그렇다면 정작 스파르미엔토는 살아 있다 이건가?"

"지금 이렇게 얘기하는 국장님이나 나와 마찬가지로요."

"하면 대체 뭐하러 이 모든 소동을 일으킨 거란 말인가? 맨 먼저 태피스트리 하나가 도난당했고, 다시 되돌려놓은 뒤에, 이번에는 아예 열두 개를 몽땅 다 들어낸 이유가 대체 뭐냔 말일세. 그리고 개막 연회 때의 그 소동은 또 뭐고? 대체 이 모든 일이 무슨 의미가 있느냔 말이야? 자네의 얘기는 도저히 성립되지가 않네, 가니마르."

"그렇게 보이는 건 국장님 역시 처음 나처럼, 도중에 생각을 자꾸 멈추기 때문입니다. 애당초 기이한 사건이었습니다. 지금보다 더 터무니없어 보이고 기이한 곳까지, 더 깊이 몰아쳐 가야 하는 겁니다. 그래선 안 된다는 이유라도 있습니까? 원래 아르센 뤼팽이 개입된 사건 아니던가요? 그와 대결할라치면 항상 터무니없고 기이하기 이를 데 없는 사태를 각오해야 하는 것 아닙니까? 천하의 정신 나간 듯한 가설도 고려해야 하는 것 아니냐고요! 말이야 바른말이지, 사실 '정신 나간' 게 절대로 아니지요. 내가 주장하는 내용은 오히려 놀랄 만큼 논리적이고 지극히 간단명료합니다. 공범이라고요? 자고로 공범을 두면 둘수록 옆길로 새기 쉽습니다. 오, 공범이라니요. 자기 스스로 직접 나서서, 자기만의 방식대로 일을 처리하는 게 더 자연스럽고 편리한데 뭐하러 공범이 필요하겠습니까!"

"지금 대체 무슨 말을 하려는 건가? 무슨 얘기야? 무슨 뜻이냐고?"

뒤두이 씨는 자기가 말할 때마다 스스로 더욱더 놀라기라도 하듯, 점점 더 안색이 파랗게 질리고 있었다.

반면, 가니마르는 다시금 히죽거리며 말했다.

"어떻습니까, 숨이 막힐 것처럼 흥분되지요? 국장님이 이곳에 오셨을 때, 한창 골머리를 싸매고 있던 나 역시 그랬답니다. 아주 소스라치게 놀라서 어안이 벙벙했을 정도라고요. 하지만 내가 누굽니까? 그 작자와는 한두 번 부닥친 게 아니지요. 나는 그 작자가 어떤 짓까지 저지를 수 있는지 훤히 꿰뚫고 있답니다."

"아, 그럴 리가! 설마 그럴 리가!"

뒤두이 씨는 나지막한 소리로 연신 중얼거렸다.

"충분히 가능한 일이죠. 오히려 지극히 논리적이고 정상적인 발상입니다. 마치 저 성삼위일체(聖三位一體)의 교리(성부(聖父) · 성자(聖子) · 성령(聖靈)의 세 위격이 하나의 실체인 하느님 안에 존재한다는 가톨릭의 교리—옮긴이)처럼 간단명료해요! 즉, 단 한 사람 안에 세 가지 존재가 화신(化身)해 있더라 이겁니다! 아마 세 살배기 아이라도 소거(消去)의 원리에 따라 단 1분 안에 풀 수 있는 문제일 겁니다. 우선 시체부터 지웁시다. 그럼 남는 게 스파르미엔토와 뤼팽이지요. 자, 이제 스파르미엔토를 지우는 겁니다."

"뤼팽만 남게 되는군."

치안국장이 거들듯 중얼거렸다.

"그렇죠! 뤼팽만 고스란히 남는 겁니다. 뤼팽……. 단 두 글자만 말이죠! 그 멀쩡한 브라질 껍데기를 홀라당 벗겨낸 뤼팽 말입니다! 한동안 잠잠했던 뤼팽은 6개월 전부터 스파르미엔토 대령으로 탈바꿈했고, 브르타뉴 지방을 두루 돌아다니다가 우연히 열두 개의 태피스트리가 발견되었다는 소식을 접한 겁니다. 그는 그 모두를 아낌없이 사들였고, 다시 그중 가장 아름다운 하나에 대한 절도 사건을 계획했지요. 다름 아닌 자기 자신, 즉 뤼팽에 대한 사람들의 관심을 부추김과 동시에 스파르미엔토에게는 대중의 주목이 살짝 비켜가게 만들기 위해서 말입니다. 결국 어안이 벙벙해 있는 대중 앞에서 뤼팽 대 스파르미엔토, 스파르미엔토 대 뤼팽의 대결을 떠들썩하게 연출했고, 화려한 개막 연회를 벌여서 손님들의 혼을 빼놓았습니다. 그리고 모든 상황이 무르익었다는 판단하에, 뤼팽으로서는 스파르미엔토의 태피스트리를 훔쳐내고, 스파르미엔토로서는 그 뤼팽의 희생 제물이 되기로 결정했지요. 그는 도저히 의심할 수 없는 죽음을 내세워 친구들과 대중으로부터 애도의 정을 이끌어냈고, 이 엄청난 사업의 이윤 모두가 자기 뒤에 남을 어느 한 인물에게 자연스럽게 돌아가도록 한 겁니다."

거기서 가니마르는 잠시 얘기를 멈추고는 치안국장의 눈을 가만히 들여다보더니, 또박또박 한마디 한마디에 힘을 줘가며 말을 이었다.

"자기 뒤에 처량하게 남을 한 미망인에게 말입니다."

"마담 스파르미엔토 말인가?"

"당연하죠. 자고로 이처럼 복잡다단한 일을 꾸미는 데에는 끝에 가서 뭔가 중요한 이득이 있을 것이기 때문이지요."

"그 이득이라는 건 미국이나 다른 곳에 뤼팽이 그 태피스트리를 매각해서 생기는 이득을 말하는 것 같은데……."

"바로 그렇습니다. 한데 그 매각을 스파르미엔토 대령이 직접 할 수도 있었지요. 아마 더 좋은 조건으로 잘해낼 수도 있었을 겁니다. 한데 문제는 그런 데 있지 않았어요."

"문제가 그런 데 있지 않다니?"

"생각해보십시오. 스파르미엔토는 엄청난 절도 사건의 희생자입니다. 그가 죽은 뒤에는 미망인이 남아 있고요. 결국 미망인에게 모든 게 돌아가게 되어 있지요."

"매각해서 생기는 이득 말고 또 뭐가 있단 말인가?"

"뭐라니요? 태피스트리가 엄청난 액수의 보험에 가입된 사실을 잊으셨습니까?"

그제야 뒤두이 씨는 아연실색한 표정이 되었다. 사건의 전모가 그 진짜 의미를 두르고 단번에 시야 가득 들어차는 느낌이었다. 그는 자기도 모르게 중얼거렸다.

"그래……. 그런 거로군. 대령이 태피스트리에 보험을 걸어놓았지."

"세상에! 그것도 이만저만한 액수가 아닙니다!"

"얼마나 되는가?"

"무려 80만 프랑이랍니다!"

"80만 프랑!"

"그렇다니까요! 자그마치 다섯 개의 보험회사에 가입해놓은 상태입니다."

"그게 다 마담 스파르미엔토에게 돌아간단 말인가?"

"이미 어제 15만 프랑을 손에 쥐었고, 오늘도 내가 없는 사이에 20만 프랑을 거머쥐었습니다. 나머지 금액도 이번 주 중으로 연차(連次) 지급될 예정이고요."

"맙소사! 그럼 벌써 손을 썼어야……."

"뭘 어떻게 말입니까? 내가 자리를 비운 틈을 타 미리미리 계산을 끝낸걸요. 그나마 돌아오는 길에 우연히 보험회사 사람과 마주쳐 그 같은 사실을 알게 된 겁니다."

치안국장은 한동안 넋이 나간 표정으로 입을 열지 못하더니, 마침내 중얼거렸다.

"어처구니가 없구먼!"

가니마르도 고개를 끄덕이며 맞장구를 쳤다.

"그렇죠. 보통내기가 아닙니다. 그리고 솔직히 말해서 대단한 놈이지요. 그 계획이 성공하기 위해서는 최소한 4~5주 동안은 어느 누구도 스파르미엔토 대령의 역할에 대해 일말의 의혹도 품게 해서는 안 됐을 겁니다. 대중의 분노와 공권력의 수사가 오로지 아르센 뤼팽, 그 한 사람에게만 집중될 수 있도록 해야 하죠. 아울러 궁극적으로는 고통에 신음하는 미망인의 처량한 모습만이 사람들의 뇌리에 남도록 해야 합니다. '백조의 자태를 지닌 여인'이라는 전설적인 아름다움과 감동의 이미지로서 말이죠. 그래야 보험회사 측 인사들로서도 사회적으로 주목받는 그 유명한 고통의 주인공을 달래기 위해 기꺼이 거액을 희사할 수 있지 않겠습니까! 결국 그렇게 되었고요."

두 남자는 서로 가까이 붙어 앉은 채, 한동안 서로를 멀뚱멀뚱 바라보았다.

치안국장이 불쑥 물었다.

"한데 그 여자의 정체는 대체 뭔가?"

"소냐 크리슈노프입니다!"

"소냐 크리슈노프라니?"

"보석관 사건 때 내 손에 붙잡혔다가, 뤼팽이 빼돌린 러시아 여자 말입니다."

"그게 사실인가?"

"물론이죠. 처음에는 나 역시 다른 모든 사람과 마찬가지로 뤼팽의 농간에 휘말려, 정작 그 여자한테는 별다른 주의를 기울이지 못했답니다. 한데 이 사건에서 그녀의 위치를 간파하고 나서야 새록새록 기억이 되살아나는 겁니다. 아하, 영국 여자로 변신한 소냐로구나 하고 말이죠! 아마도 여배우들 중에서 가장 교활하면서도 순진한 여자가 바로 소냐일 겁니다. 뤼팽을 향한 사모의 정 때문에 제 목숨까지도 초개처럼 버릴 수 있을 여자이니까요."

"수고했네, 가니마르."

뒤두이 씨가 감탄의 눈빛을 숨기지 않고 말했다.

"또 있습니다, 국장님."

"아, 그래 뭔가?"

"뤼팽의 늙은 유모입니다."

"빅투아르 말인가?"

"마담 스파르미엔토가 미망인 역할을 열심히 하는 동안, 자신은 요리사로 내내 일해왔더군요."

"허허, 가니마르 정말 대단하네!"

"그게 다가 아닙니다."

이제 뒤두이 씨는 아예 펄쩍 놀라는 기색이었다. 가니마르는 떨리는 손을 내밀어 치안국장의 손을 덥석 붙잡았다.

"그 정도 사냥감만 가지고 내가 국장님을 귀찮게 할 거라고 생각하셨습니까? 소냐와 빅투아르라고요? 쳇! 걔들은 언제든지 마음 내킬 때 요리하면 됩니다."

"그렇다면?"

이미 뒤두이 씨는 형사반장의 흥분된 심정을 어느 정도 이해하고 있었다.

"한번 맞혀보십시오, 국장님!"

"그가 여기 있단 말인가?"

"여기 있습니다."

"어디 숨어 있나?"

"천만에요, 숨다니요. 그저 변장을 하고 있답니다. 하인으로 말이죠."

뒤두이 씨는 아예 옴짝달싹 입도 뻥긋할 수가 없었다. 뤼팽의 대담무쌍함에 도저히 질리지 않을 수가 없었던 것이다.

가니마르는 빈정대는 투로 말을 이었다.

"바야흐로 성삼위일체가 제4의 인물에 의해 좀 더 풍요로워진 셈이라고나 할까요? 아마도 '백조의 자태를 지닌 이디스'가 실수를 할까 봐 걱정이 됐나 봅니다. 주인이 곁을 지켜야 할 필요가 있었겠지요. 결국 배짱 좋게도 다시 이곳에 나타난 겁니다. 지난 3주 동안 그자는 내 조사 현장을 배회하면서, 어떻게 진행되어가나 예의 주시해왔답니다."

"정녕 그자를 자네가 알아보았단 말인가?"

"세상에 변장한 뤼팽을 알아보는 사람은 없습니다. 워낙 도저히 꿰뚫을 수 없는 변장술의 소유자 아닙니까? 게다가 그가 감히 나타나리라고는 꿈에도 생각할 수가 없었죠. 그런데 간밤에 계단 어두운 곳에 숨어서 소냐를 감시하다가, 빅투아르가 하인에게 뭔가 쑥덕거리는 걸 우연히 들게 되었답니다. 한데 그 노파가 글쎄 하인더러 '얘야……' 하고 부르는 게 아니겠습니까! 빅투아르가 뤼팽을 부를 때 늘 그런 호칭을 쓰지요. 바로 이거다 하는 생각이 들더군요!"

그토록 추적을 해왔음에도 여전히 신출귀몰하는 적의 난데없는 출현에 뒤두이 씨도 흥분되는 모양이었다.

"이번에야말로 독 안에 든 쥐로군! 이번만큼은 반드시 붙잡자고. 더 이상 도망칠 순 없을 걸세."

"물론입니다. 그 자신도 나머지 두 여자도 마찬가지입니다."

"모두 지금 어디 있는가?"

"소냐와 빅투아르는 3층에 있고, 뤼팽은 4층에 있습니다."

한데 별안간 걱정스러운 표정을 지으며 뒤두이 씨가 물었다.

"아까 태피스트리를 도둑맞을 때 그쪽 창문들을 통해 밖으로 빠져나갔다고 하지 않았는가?"

"그랬지요."

"그렇다면 뤼팽도 그리로 달아날 수 있다는 얘기 아닌가? 뒤프레누아 가 쪽으로 창문이 나 있을 테니 말일세."

"그럴 경우를 대비해서 물론 조치를 취해놓았지요. 아까 국장님이 도착했을 때, 이미 경관 네 명을 그쪽으로 난 창문 아래에 배치했습니다. 누구든 창문으로 빠져나오는 자가 있으면 가차 없이 사격하라고요. 처음엔 공포탄을, 다음엔 실탄을 말입니다."

"이보게, 가니마르. 자네 정말 만반의 준비를 갖춰놓았군그래! 자, 그럼 이제 동트기만을 기다리면 되겠어."

"기다리다니요, 국장님! 항상 신중을 기해야 한다는 둥, 늘 필요한 절차와 시기를 신경 써야 한다는 둥……. 지금은 모조리 한심한 발상일 뿐입니다. 과연 그자가 얌전히 기다려준답니까? 뤼팽 특유의 수법을 들고 나오면 그땐 어떡할까요? 오, 절대로 안 되지요! 공연히 부산 떨 거 없습니다. 지금 당장 덮치면 그만이에요!"

가니마르는 안달이 나는지 잔뜩 달아오른 얼굴로 후다닥 뛰쳐나가더니, 정원을 가로질러 경찰 여섯 명을 즉각 안으로 들였다.

"준비 다 끝났습니다, 국장님! 총을 소지한 경찰들이 지금쯤 뒤프레누아 가 쪽 창문을 잔뜩 겨누고 있을 겁니다. 자, 시작합시다."

그러는 동안 약간의 소음이 일었는데, 건물 안에 거주하는 사람이라면 모두 감지했을 법한 소리였다. 뒤두이 씨는 어쩐지 마지못해 내몰리는 기분이었지만, 이내 마음을 정했다.

"좋아! 시작하지!"

일단 결정이 내려지자, 작전은 일사천리로 진행되었다.

브라우닝 권총으로 무장한 여덟 명의 사내는 별로 조심하는 기색도 없이 계단을 뛰어 올라갔다. 오로지 뤼팽이 적절한 방어 수단을 취하기 전에 덮치는 것만이 문제였다.

"열어라!"

마담 스파르미엔토가 머무는 방문 앞에 도착하자마자 가니마르가 버럭 소리를 질렀다.

덩치 큰 경찰 한 명이 어깨로 우지끈 들이받자 문은 힘없이 열렸다.

방에는 아무도 없었다. 빅투아르의 방도 사정은 마찬가지였다.

"모두 위로 올라간 모양이다! 뤼팽과 함께 있는 거야. 모두 정신 바짝 차리도록!"

가니마르는 경찰들을 향해 외치고는, 다시 우르르 4층을 향해 들이닥쳤다. 한데 놀랍게도 지붕 바로 밑을 점하고 있는 그 방문이 활짝 열려 있는 데다 역시 텅텅 비어 있는 것이었다. 그뿐만 아니라 알고 보니 건물 전체가 개미 새끼 한 마리 얼씬하지 않는 것이었다.

"이런 제기랄! 대체 어떻게 된 거야?"

이를 바득바득 갈고 있는 가니마르에게 뒤두이 씨의 부르는 소리가 들렸다. 방금 3층으로 다시 내려간 치안국장의 눈에, 여러 창문 중 하나가 잠겨 있지 않고 살짝 닫혀 있는 것이 발견된 것이었다.

"이것 보게. 역시 이리로 도망친 거야. 태피스트리를 빼돌린 것과 마찬가지라고. 내가 말했지 않은가. 뒤프레누아 가 쪽으로 말일세."

치안국장의 지적에 가니마르는 발끈하며 대꾸했다.

"하지만 그쪽은 사람이 지키고 있다고요! 총을 쐈을 텐데……."

"인원을 배치하기 전에 달아난 모양이지."

"국장님께 전화했을 때만 해도 모두 각자 방에 있는 걸 확인했습니다!"

"그럼 아마 자네가 정원 쪽에서 나를 기다리는 동안 도망쳤나 보네."

"하지만 그땐 딱히 그럴 이유가 없었지 않습니까? 왜 하필 오늘 이 시간에 도망친단 말입니까? 내일이나 다음 주, 아니 보험금이나 몽땅 챙긴 다음에 떠나는 게 순리 아닙니까?"

사실 이유가 없는 것은 아니었다. 가니마르는 문득 탁자 위에서 자신의 이름이 적힌 편지 한 통을 발견하고, 내용을 읽고 나서야 비로소 그 사실을 깨닫게 되었다. 편지는 마치 흡족한 서비스를 받고 난 주인이 시종을 위해 발부한 신원보증서 같은 어투로 다음과 같이 쓰여 있었다.

아래 서명한 나, 괴도신사이자 전직(前職) 대령이고, 전직 하인이자, 전직 시체이기도 한 아르센 뤼팽은, 이 호텔에 머무는 기간 동안 가니마르라는 인물이 자신의 탁월한 역량을 충분히 선보였음을 보증하는 바입니다. 어떠한 단서도 주어지지 않는 악조건 속에서, 그는 정말 모범적이고도 헌신적인, 그리고 열정적인 행위를 통해 내 계획의 일부를 저지했고, 보험회사로 하여금 45만 프랑이라는 돈을 절약할 수 있게 해주었습니다. 나는 이 같은 그의 활약을 높이 치하하되, 아래층 전화가 소냐 크리슈노프의 방에 설치된 전화와 연결되어 있다는 걸 눈치채지 못한 점은 너그러이 보아 넘기기로 했습니다. 결국 그는 치안국장에게 전화를 함으로써, 그와 동시에 내게도 전화해 즉시 도망치라고 귀띔해준 꼴이 되었지만 말입니다. 오, 물론 지금까지의 활약상과 그가 거둔 승리를 퇴색시키기에는 어림없는, 하찮은 잘못에 불과합니다.

어쨌든 그를 향한 나의 아낌없는 찬사와 생생한 애정을 이렇게 글로나마 전하는 바입니다.

아르센 뤼팽

# 8
## 지푸라기

그날, 저녁 어스름이 서서히 밀려드는 오후 4시쯤, 구소 영감은 자신의 네 아들과 더불어 사냥에서 돌아오고 있었다. 다섯 명 모두가 훤칠한 키에 당당한 체격을 하고, 햇빛과 대기(大氣) 안에서 구릿빛으로 그은 얼굴들이었다.

아울러 다섯 명 모두 퉁퉁한 목 위로 자그마한 머리와 좁은 이마, 가느다란 입술과 새의 부리처럼 생긴 매부리코 등등, 한마디로 드세기만 할 뿐 그리 호감이 갈 만한 인상은 아니었다. 아니나 다를까, 주위 사람들은 항상 그들을 두려워했고, 그들 역시 돈벌이에 악착같고 엉큼했으며 늘 기만 섞인 태도로 사람들을 대했다.

에베르빌의 영지를 에워싼 낡은 성벽 앞에 다다르자, 구소 영감은 작지만 듬직한 문짝을 열고 아들들이 모두 지나갈 때까지 기다렸다가 묵직한 열쇠로 잠갔다. 그는 아들들을 따라 과수원을 가로질러 길게 뻗은 길을 걸어갔다. 여기저기 드문드문 가을 낙엽을 떨군 아름드리나무들

과 끼리끼리 모여 있는 전나무 등이, 지금은 구소 영감의 농지가 자리 잡은 옛 장원(莊園)의 흔적을 보여주고 있었다.

"어머니가 장작에다 불 좀 지펴놨으면 좋겠다!"

아들 하나가 소리치자, 곧장 아버지의 대답이 돌아왔다.

"물론이지. 자, 봐라. 벌써 연기가 피어오르지 않니!"

잔디밭 저 끄트머리에 주요 숙소와 함께 부속 건물들이 보였고, 그 위로는 마을 성당의 종탑이 하늘에 낮게 깔린 채 흘러가는 구름을 뜬금없이 찔러대고 있었다.

"총에서 탄알은 빼놨겠지?"

구소 영감이 묻자 맏이가 대답했다.

"제 건 아니에요. 새매가 나타나면 대가리를 쏘아 잡으려고 하나 넣어두었거든요."

그러고는 자기 실력을 자랑할 요량으로 동생들에게 던지듯 말했다.

"저기 저 버찌나무의 작은 가지를 잘 봐라! 단방에 맞힐 테니까."

한데 그 가지에는, 봄부터 그곳에서 팔을 벌린 채 이파리 없는 잔가지들을 보호하고 있는 허수아비 하나가 매달려 있었다.

맏아들은 거총을 하고 방아쇠를 당겼다.

허수아비는 우스꽝스러운 꼴로 거꾸러지면서 낮은 곳의 좀 더 굵은 가지 위로 추락했다. 처량한 몰골로 가지 위에 걸려 엎어진 채, 큼지막한 모자를 쓴 헝겊 얼굴과 건초로 속을 넣은 팔다리가, 나무 근처를 돌아 목재 도랑으로 흘러들도록 되어 있는 샘 위로 꼴사납게 대롱거리고 있었다.

모두들 웃음을 터뜨렸고, 아버지도 박수를 쳐주었다.

"잘 쐈다. 그렇지 않아도 신경이 쓰이던 참이었는데. 식사를 하다가도 고개만 쳐들면 저 멍텅구리 같은 놈이 항상 보여서 말이야."

집에서 기껏해야 20여 미터 정도 남았을까, 갑자기 아버지가 걸음을 멈추며 말했다.

"어라? 이건 또 뭐야?"

형제들도 마찬가지로 걸음을 멈추고는 잔뜩 귀를 기울였다.

이윽고 그중 하나가 중얼거렸다.

"집 쪽에서 나는 소리예요. 안방 쪽인 것 같은데."

그러자 또 하나가 더듬대며 거들었다.

"누가 우는 소리 같은걸. 집에는 어머니밖에 없을 텐데!"

바로 그때였다. 별안간 귀청을 찢는 듯한 끔찍한 비명 소리가 터져나오는 것이 아닌가! 다섯 명은 누가 먼저랄 것도 없이 소리가 나는 방향으로 내달렸다. 또 한 번 비명이 솟구쳤고, 곧이어 다급하게 부르는 소리가 들렸다.

"여기 가요! 우리가 간다고요!"

제일 앞서 달리는 맏아들이 냅다 소리쳤다.

문을 통하려면 돌아가야 했기에, 아들은 주먹으로 창문을 깨뜨리고 곧장 부모 방으로 뛰어들었다. 그 바로 옆방은 구소 부인이 주로 머무는 규방이었다.

아들은 바닥에 널브러진 채 얼굴에 피가 뒤범벅되어 있는 어머니를 보고는 경악을 금치 못했다.

"맙소사! 아버지! 아버지!"

구소 영감이 허겁지겁 들이닥치며 외쳤다.

"뭐야, 엄만 어디 계시느냐? 아! 세상에! 이런 일이! 대체 누가 이랬소?"

여자는 뻣뻣한 팔을 뻗으면서 더듬거렸다.

"어, 어서 쫓아가요! 이쪽으로! 이쪽으로 갔어요! 난 괜찮아요. 그저 좀 긁혔을 뿐이에요. 빨리 쫓아가요! 돈을 가져갔단 말이에요!"

그 순간, 아버지와 아들들은 펄쩍 뛰었다.

특히 구소 영감은 아내가 가리킨 문 쪽으로 비호같이 내달리며 고래고래 악을 쓰는 것이었다.

"돈을 가져갔단다! 돈을 가져갔대! 도둑이다, 도둑!"

한편 나머지 아들 셋은 복도 끄트머리로 내달리며 호들갑을 떨었다.

"봤다! 봤다고!"

"나도 봤어! 계단으로 올라갔어!"

"아냐! 이쪽이야. 다시 내려갔단 말이야!"

우왕좌왕 발을 구르는 소리가 마룻바닥을 뒤흔들었다. 마침내 복도 끝으로 달려간 구소 영감의 눈에 현관문에 달라붙어 낑낑대며 열려고 하는 한 사내가 포착되었다. 그 문만 열면 성당 광장을 통해, 곧장 마을의 거미줄 같은 골목길로 도망칠 수 있을 판이었다.

불시에 들켜버린 사내는 자제심을 잃은 듯 구소 영감을 우당탕 들이받아 쓰러뜨린 뒤, 덮쳐드는 맏아들을 용케 피해 네 아들의 추적을 가까스로 뿌리치며, 다시 복도를 돌아나와 안방을 통해 부서진 창문을 박차고 사라져버렸다.

아들들 역시 잔디밭을 가로질러 어둠이 몰려드는 과수원을 따라 끈질기게 추적을 계속했다.

"놈은 이제 독 안에 든 쥐야! 도망갈 구멍이 없거든. 그렇다고 저 높다란 성벽을 타고 넘을 수도 없을 테고. 아! 놈은 이제 끝장이라고! 나쁜 놈!"

구소 영감은 화끈거리는 가슴팍을 문지르며 구시렁댔다.

때마침 읍내에 나갔다 돌아오는 두 하인에게도 그는 다짜고짜 장총을 쥐여주며 호들갑을 떨었다.

"만약 그놈이 집 쪽으로 접근하는 것 같으면 가차 없이 쏴버려! 가차 없이 말이야!"

그는 각자의 위치를 정해주었고, 수레가 드나드는 철책 문이 잘 잠겨 있는지 확인한 후에야, 아내에게 도움이 필요하다는 사실이 퍼뜩 생각났다.

"그래 좀 어떻소, 임자?"

여자는 대뜸 묻기부터 했다.

"그자는 어떻게 됐어요? 붙잡았나요?"

"응, 걱정 마요. 애들이 지금쯤 요절내고 있을 테니까."

그제야 다소 맘이 놓이는지, 럼주를 한 모금 들이켜고 나서 여자는 구소 영감의 부축을 받으며 침대 위에 몸을 눕혔고, 비로소 자초지종을 얘기하기 시작했다.

얘기는 간단했다. 거실의 등(燈)에 전부 불을 붙인 뒤, 남자들이 오기를 기다리며 창가에 앉아 뜨개질을 하고 있는데, 문득 규방 쪽에서 가벼운 소리가 들리더라는 것이다.

'고양이인 모양이야.'

그렇게 생각하며 조심조심 가보았는데, 그만 돈을 숨겨둔 옷장 문이 활짝 열려 있는 것이 아닌가! 여자는 허겁지겁 다가갔고, 선반 쪽을 등지고 숨어 있던 괴한과 맞닥뜨린 것이었다.

"대체 놈이 어디로 들어온 거요?"

구소 영감이 물었다.

"제 생각엔 현관문을 통해 들어온 것 같아요. 거기 문은 잠가두지 않잖아요?"

"그래, 그자가 당신에게 달려들었단 말이오?"

"그자가 아니라 내가 달려든 셈이에요. 그자는 한결같이 도망치려고만 했으니까요."

"그럼 그대로 놔뒀어야지!"

"아니, 어떻게요! 돈은 어떡하고요!"

"그때 벌써 돈을 가지고 있더란 말인가?"

"그럼요! 그놈 손에 돈뭉치가 들려 있는 걸 봤거든요! 차라리 내가 죽는 게 낫지. 아, 그냥 붙들고 늘어졌죠."

"무장하고 있진 않던가?"

"나보다 나을 것도 없었어요. 무기라면 그저 손톱과 치아 정도랄까. 이걸 좀 보라고요. 그놈이 물어뜯은 거예요. 나는 버럭 비명을 질렀고, 냅다 애들을 불렀죠. 하긴 늙은이가 어쩌겠어요. 놔줄 수밖에 없었죠."

"아는 놈이었소?"

"그런 것 같아요. 트레나르 영감 같았어요."

"그 뜨내기 영감탱이가? 아뿔싸! 그러고 보니 나도 얼굴을 알아볼 것 같군그래. 맞아, 트레나르 영감이었어. 그렇지 않아도 한 사흘 전부터 집 주변을 괜히 어슬렁거린다 했는데……. 아, 그놈의 영감탱이, 틀림없이 돈 냄새를 맡은 거야! 아, 트레나르 그 작자, 어디 두고 보라지! 일단 흠씬 두들겨 패준 다음에 곧장 철창신세를 지게 만들 테다! 어떻소, 임자, 이제 좀 일어날 수 있겠소? 이웃 사람들 좀 불러봐요. 가서 헌병대에 신고를 해달라고 말이야. 그래, 공증인 자식 놈한테 시키면 되겠구먼! 자전거를 가지고 있으니까 말이야. 망할 놈의 트레나르 영감, 줄행랑을 놨다 이거지! 늙은이가 아직 다리 힘은 남은 모양일세! 그것참, 토끼 고기를 구워 먹었남?"

그는 앞으로 펼쳐질 일대 소동이 달가운 듯 대차게 웃어 젖혔다. 하긴 무슨 걱정이겠는가? 이 세상에 그런 뜨내기 부랑자가 도망칠 가능성은 전무해 보였다. 그 영감탱이는 조만간 붙잡혀 혼쭐이 나는 것은 물론이고 영락없이 철창신세를 질 운명인 것이다.

농장주는 장총을 집어 들고 두 하인과 합류했다.

"별일 없었나?"

"아직은 잠잠합니다."

"이제 조만간 시끄러워질 걸세. 놈이 귀신 곡할 재주라도 넘어 저 성벽 바깥으로 내빼지 않는 한 말이야."

이따금 서로를 부르는 네 아들의 외침 소리가 어렴풋이 들려왔다. 필시 트레나르 영감은 생각보다 교활하게 피해 다니는 모양이었다. 하지만 구소 형제 같은 혈기 왕성한 젊은이들을 상대로 과연 얼마나 오래 버티겠는가!

형제 중 한 명이 아주 낙담한 표정으로 터벅터벅 걸어와 이렇게 자기 생각을 털어놓은 것은 얼마 지나지 않아서였다.

"당장 길길이 열을 내봤자 소용없을 것 같아요. 날이 어두워지고 있어요. 놈은 어딘가 깊숙이 숨어들었을 거고요. 아무래도 내일 두고 봐야 할 것 같습니다."

"내일이라니! 너 정신 돌았니?"

물론 구소 영감은 버럭 소리를 질렀다.

한데 뒤이어 숨을 헐떡이며 나타난 맏이 역시 동생과 같은 의견을 내놓는 것이었다. 하긴 도둑이 사방 벽으로 가로막혀 마치 감옥과도 같아진 이 영지 내부에 아직은 있을 터, 내일까지 못 기다릴 이유도 없어 보였다.

"젠장! 내가 직접 찾아보겠다. 누구 등불 좀 비추어라!"

마침내 구소 영감이 내뱉듯 말했다.

한데 바로 그때 헌병 세 명과 더불어, 소식을 듣고 달려온 마을 청년들이 잔뜩 몰려들었다.

보아하니 헌병반장은 대단히 꼼꼼한 사람이었다. 우선 자초지종부터 차근차근 챙긴 다음, 한동안 심사숙고하다가, 다시 네 형제를 따로따로 일일이 신문했고, 또 그 각각의 증언 내용을 곰곰이 검토하는 것이었다. 그렇게 해서 부랑자가 영지 구석으로 달아났고, 몇 차례 시야에서 사라지다가 결국에는 '까마귀 언덕'이라고 불리는 장소 부근에서 자취를 감췄다는 얘기를 듣고는, 한참을 생각에 잠기더니 이렇게 결론을 내리는 것이었다.

"기다리는 게 낫겠습니다. 공연히 이 캄캄한 밤중에 번잡하게 추적을 강행하다가는, 트레나르 영감이 우리 사이를 얼마든지 헤집고 다닐 수 있을 겁니다."

농장주는 어깨를 으쓱하고는, 연신 구시렁대면서도 어쩔 수 없이 수긍할 수밖에 없었다. 한편 헌병반장은 부하들의 감독하에, 마을 청년들과 구소 형제들을 적절히 나누어 감시조를 구성했고, 성벽을 벗어나게 해줄지 모를 집 안의 사다리들을 모두 수거해 잠가둔 뒤, 식당에다 임시 상황 본부를 차렸다. 거기서 구소 영감과 단둘이 오래 묵은 브랜디를 한 병 앞에 놓고 꾸벅꾸벅 졸기로 한 셈이었다.

밤은 고요하기 이를 데 없었다. 두 시간에 한 번꼴로 순찰을 돌면서, 반장은 각 감시조의 위치를 점검했다. 경계 신호는 어디서도 터지지 않았다. 트레나르 영감은 구멍 속에서 꿈쩍도 않을 기세인 모양이었다.

그러다가 동틀 무렵이 되어서야 슬슬 사냥이 시작되었다.

무려 네 시간을 쉼 없이 수색이 이루어졌다.

네 시간 동안, 5헥타르에 이르는 영지를 샅샅이 뒤지고 훑고 파헤쳤으며, 장정 스무 명이 촘촘히 대오를 갖추고서 덤불숲이며 잡초 더미, 낙엽들을 닥치는 대로 막대기로 쑤시고 두드려댔다. 그러나 트레나르 영감은 여전히 오리무중이었다.

"아! 이거야 원 너무하네!"

구소 영감이 투덜대자, 헌병반장이 대꾸했다.

"아닌 게 아니라, 도저히 이해가 안 되는군요."

실제로 이해가 안 가는 상황이었다. 그나마 잎사귀가 붙어 있던 오래 묵은 월계수와 참빗살나무마저 집요하게 두드려댄 나머지, 장원의 거의 모든 나무가 앙상한 가지를 드러낸 상태였다. 그렇다고 주변에 무슨 집이나 창고가 있는 것도 아니요, 그야말로 개미 한 마리 숨어들 구석이 없었던 것이다.

성벽으로 말하자면, 반장 자신이 면밀히 조사한 결과, 사다리 없이 뛰어넘는 것은 절대로 불가능했다.

오후에는 수사판사와 검사 대리의 입회하에 다시금 전반적인 조사가 재개되었다. 하지만 결과가 나아진 것은 하나도 없었다. 게다가 사건

자체가 사법관들에게는 영 의심스럽게만 보였는지, 나중에는 노골적으로 불편한 심기를 드러내더니, 심지어 이렇게 말하는 것이었다.

"이것 보세요, 구소 영감님. 당신 아들들과 당신이 정말 무슨 착각을 한 건 아닙니까?"

영감은 금세 얼굴이 상기되면서 버럭 소리를 내질렀다.

"그럼 내 마누라는 어떻게 된 거요? 그 깡패 녀석한테 목이 졸린 것도 착각을 한 거라 이겁니까? 여기 상처가 난 걸 좀 보시오!"

"그렇군요. 하지만 대체 그 깡패가 어디 있느냐 이 말입니다."

"이곳에 있어요! 성벽 내부 어딘가에 있단 말입니다!"

"그렇다면 어디 계속해서 찾아보십시오. 우린 단념하겠습니다. 분명한 사실은, 누군가 이 영지 내부에 숨어 있었다면, 벌써 찾아냈을 거라는 점입니다."

이에 대해 구소 영감은 고래고래 악을 썼다.

"좋소이다. 이 늙은이가 직접 잡아 보이리다! 결코 내게서 6000프랑을 도둑질해가고도 무사할 순 없소이다! 무려 6000프랑이오! 암소 세 마리에다가 밀 수확한 것, 그리고 사과까지 몽땅 판 돈이란 말이오! 그렇지 않아도 마을금고에 갖다 넣으려고 1000프랑짜리 여섯 장을 고이 모셔둔 건데……. 신께 맹세컨대 반드시 그걸 되찾고야 말 거요!"

"그럼 잘된 일이고요. 건투를 빌겠습니다."

그렇게 내뱉으며 수사판사는 검사 대리와 헌병대원을 이끌고 자리를 떴고, 이웃 주민들 역시 수군거리면서 모두 물러갔다. 그렇게 오후 느지막이 남은 인원은 구소 가족과 농장 일꾼 단 두 명뿐이었다.

구소 영감은 앞으로 어떻게 할 계획인지 설명하기 시작했다. 즉, 낮에는 수색을 하고 밤에는 감시를 한다는 것. 시간이 얼마가 걸리든 이와 같은 작전을 끊임없이 반복 시행한다. 생각해보라! 트레나르 영감도 어디까지나 사람이다. 그리고 사람인 이상 먹고 마셔야 살 것이 아닌가! 어느 정도는 버티겠지만, 결국에는 먹을 것을 찾아 기어나오고야 말 일!

"어쩌면 호주머니 속에 약간의 빵 조각을 넣어두었을지도 모르고, 야밤을 틈타 나무뿌리라도 캐 먹는지는 모르지. 하지만 마실 것 만큼은 별수가 없을 거야. 샘이 하나 있긴 한데, 영악하게도 그쪽으로 접근만 하라지!"

그렇게 말한 뒤, 바로 그날 저녁부터 아예 자신이 직접 샘터 감시에 나서는 것이었다. 세 시간이 지난 후, 맏아들이 교대를 했고, 집 안에서는 서로가 놀라지 않도록 사방에 불을 환하게 밝힌 채, 하인들과 나머지 형제들이 서로 번갈아 보초를 서면서 틈틈이 잠을 청했다.

그런 식으로 보름 동안의 밤이 단조롭게 흘러갔다. 그런가 하면 그 보름 동안 낮에는 구소 할멈과 두 부자(父子)가 보초를 서는 가운데, 나머지 다섯 명은 에베르빌 장원에 대한 능동적인 수색에 매진했다.

요컨대 보름 밤낮을 통틀어 아무런 소득이 없었지만, 농장주의 기세는 수그러들 줄 몰랐다.

마침내 그는 인근 도시에 살고 있는 전직 치안국 형사를 끌어들였다.

전직 형사는 일주일 동안을 꼬박 와서 머물렀다. 물론 트레나르 영감은 발견되지 않았고, 앞으로라도 발견의 실마리가 될 만한 여하한 단서도 찾을 수 없었다.

"히야, 이거 너무한걸. 그놈의 망나니가 분명 있긴 있는데……."

그는 현관문 앞에 버티고 선 채, 적에 대한 저주 섞인 욕설을 걸쭉하게 늘어놓기 시작했다.

"무식한 놈 같으니라고! 돈을 게워내느니 차라리 구멍에 틀어박혀 굶어 죽겠다는 거냐? 정 그렇다면 실컷 뒈져버려라! 이 더러운 자식아!"

그러자 구소 할멈 역시 잔뜩 목청을 세우며 날카롭게 질러대는 것이었다.

"감옥에 가는 게 그리도 두렵더냐? 돈만 내놓으랄 수밖에, 그럼 홀가분하게 보내줄 텐데."

하지만 트레나르 영감으로부터는 아무런 대답도 들려오지 않았고, 노부부의 목만 허망하게 잠겨갔다.

지긋지긋한 나날이 지나갔다. 구소 영감은 어느덧 불면증과 신열에 시달리는 신세가 되어 있었고, 아들들은 무척 신경질적이고 호전적이 되어, 장총을 잠시도 놓지 않은 채, 오로지 부랑자의 처단만을 생각하게 되어버렸다.

마침내 마을에서도 사람들이 모였다 하면 에베르빌 장원 얘기가 입에 오르내렸고, 처음에는 지역의 화제였던, 이른바 구소 사건이 이내 신문 지면을 장식하는 화젯거리가 되었다. 한데 도청 소재지나 수도로부터 기자들이 몰려오면, 웬일인지 구소 영감은 하나같이 퉁명스러운 태도로 돌려보내곤 하는 것이었다.

"다들 돌아가시구려! 당신네들 일에나 신경 써요! 난 내 일이 바쁜 몸이오! 당신들하고는 상관이 없다니까!"

그렇게 소리치면 기자들은 머뭇머뭇 어쩔 줄을 몰라 했다.

"하지만 구소 영감님……."

"날 내버려두라니까!"

그러고는 바로 코앞에서 문을 쾅 닫아버리는 것이었다.

이제 트레나르 영감이 에베르빌의 성벽 안에 숨어든 지 4주가 되었다. 구소 일가(一家)는 여전히 고집스럽게 수색을 계속했지만, 날이 갈수록 점점 희망이 엷어지고 있음을 부인할 수가 없었다. 마치 그 하루하루가, 노력을 수포로 되돌리고 마는 수수께끼 같은 장애물이라도 되는 것처럼 느껴졌다. 어느 순간부터 돈을 되찾지 못할 거라는 생각이 그들 마음속에 뿌리내리기 시작했다.

그러던 어느 날 아침 10시, 자동차 한 대가 마을 광장을 전속력으로 가로지르다가 갑작스러운 고장을 일으키며 멈춰 섰다.

운전기사는 한참을 들여다보더니 아무래도 수리하는 데 상당한 시간이 소요될 것 같다고 했고, 차주(車主)는 아예 주막에서 허기나 때우며 기다리기로 했다.

구레나룻을 짧게 다듬은 얼굴이 제법 호감 가는 젊은 신사였는데, 주막에 자리를 잡고 앉자마자 사람들과 스스럼없는 대화를 나누기 시작했다.

얘기 중에 구소가(家) 얘기가 섞이는 것은 당연했다. 여행에서 방금 도착한 길이라 처음 듣는 얘기인데, 무척이나 흥미가 느껴지는 모양이었다. 그는 세세한 부분까지 설명을 구했고, 스스로 반론을 제기하는가 하면, 주막의 같은 테이블에서 음식을 먹던 사람들과 여러 가지 가설을 놓고 토론을 벌이는 것이었다. 그러더니 마침내 이렇게 외쳤다.

"쳇! 그렇게 복잡한 문제는 아닌 것 같소이다! 이런 유의 일에 이력이 난 편이라……. 내가 현장에 있었다면 그냥……."

그 말을 듣고 주인은 대뜸 이렇게 대꾸했다.

"지금이라도 늦지 않았습니다! 구소 영감과는 내가 아는 사이니……. 아마 거절하지는 않을 겁니다."

교섭은 단숨에 이루어졌다. 때마침 구소 영감도 외부인의 개입을 그다지 꺼리지 않을 정신 상태에 있었던 것이다. 무엇보다 부인이 적극적이었다.

"그분더러 오라고 하세요."

식대를 지불한 뒤, 신사는 운전기사에게 수리가 끝나는 대로 대로 상에서 자동차를 시험해보도록 지시하며 이렇게 말했다.

"한 시간 내에 수리가 끝나야 하네. 더는 안 돼. 딱 한 시간이라고!"

그러고 나서야 그는 구소 영감의 집을 방문했다.

농장에 들어서면서부터 그는 거의 말을 하지 않았고, 성벽을 따라 손님을 안내하면서 주로 구소 영감이 이것저것 정보를 늘어놓는가 하면, 작은 문 앞에 이르러서는 묵직한 열쇠로 문을 열어 보이며 그간 진행해온 수색 작전에 대해 세세하게 떠벌리는 것이었다. 그러는 가운데 영감의 마음 한구석에서는 자기도 모르게 희망의 불씨가 서서히 지펴 오르고 있었다.

이상한 것은, 이 낯선 젊은이가 당최 말이 없을 뿐만 아니라, 거의 듣는 것 같지도 않다는 사실이었다. 그저 무심한 눈빛으로 이곳저곳을 둘러볼 뿐. 한 차례 답사가 끝난 뒤, 걱정스러운 얼굴로 구소 영감이 물었다.

"자, 어떠시오?"

"뭐가요?"

"뭘 좀 아시겠습니까?"

젊은이는 잠시 아무 대답도 하지 않더니, 마침내 이렇게 말했다.

"전혀요. 아무것도 모릅니다."

농장주는 양팔을 하늘을 향해 치켜들면서 외쳤다.

"맙소사! 하긴 당신이라고 뭘 알 수 있겠소! 이 모든 건 그저 겉치레일 뿐, 내가 한번 솔직히 말해볼까요? 그놈의 트레나르 영감은 지금쯤 어느 구멍 속에 처박힌 채 썩어 문드러져 있을 거요. 물론 돈다발도 함께 썩고 있겠지. 아시겠소? 내 말이 틀림없을 겁니다!"

하지만 젊은 신사는 조용히 말했다.

"단 하나 흥미로운 점이 있습니다. 일단 어둠이 내려서 운신이 자유로워지면, 그 부랑자는 그럭저럭 먹을 것을 취하며 연명할 수 있었을 겁니다. 다만 마실 것이 문제인데요."

"마실 것만큼은 절대적으로 불가능합니다! 불가능해요! 마실 거라곤 이곳 전체를 통틀어 여기 이 샘물밖에 없는데, 그나마 매일 밤 하루도 거르지 않고 보초를 세워두고 있어요."

"샘의 발원지는 어디입니까?"

"발원지가 바로 여깁니다."

"그럼 저절로 못을 이룰 만큼 수압(水壓)이 강하다는 얘긴데……."

"그렇소이다."

"그럼 못에서 흘러넘친 샘물은 어디로 흘러듭니까?"

"여기 이 관(管)이 보이죠? 이게 땅 밑으로 이어져서 집에까지 닿도록 되어 있습니다. 주방에서 쓸 물을 대고 있는 셈이죠. 즉, 이곳에서 달리 물을 마실 기회는 있을 수 없다는 말이지요. 우리가 지키는 데다 집과의 거리는 20여 미터에 달하니 말입니다."

"지난 4주 동안 비는 안 왔습니까?"

"이미 말한 대로, 단 한 차례도 안 왔습니다."

신사는 천천히 샘에 다가가 유심히 살펴보았다. 땅 위로 솟아난 채, 나무판자를 몇 개 잇대어 만들어놓은 도랑으로는 맑은 샘물이 천천히 흘러들고 있었다.

"물 깊이가 30센티미터도 채 안 되는 것 같은데, 그렇지 않습니까?"

젊은 신사는 그렇게 말하면서 근처 잡초 덤불에서 지푸라기를 하나 집어서 물속에 수직으로 집어넣었다. 한데 그러느라 몸을 잔뜩 수그리던 차에, 문득 하던 짓을 멈추고 주위를 두리번거리는 것이었다.

"아! 거참 재미있는 일이로군!"

마침내 그는 웃음을 터뜨렸다.

"뭐요? 무슨 일입니까?"

구소 영감은, 마치 그 비좁은 나무판자들 사이에 웬 사람이 누웠기라도 하듯, 바짝 다가가 몸을 기울이며 더듬더듬 물었다.

그러자 이번엔 구소 할멈마저 안달이 나 다그쳐 묻는 것이었다.

"뭐예요? 그자를 봤어요? 어디 있어요, 어디?"

낯선 손님은, 그러나 연신 히죽거리면서 던지듯 대꾸했다.

"물속에 있는 것도, 땅 밑에 있는 것도 아니외다!"

그는 농장주와 부인, 그리고 네 아들이 재촉하는 가운데 집 쪽으로 향했다. 젊은이가 이리저리 오가는 대로 휩쓸려 따라다니던 주막 주인과 그곳 사람들도 함께 자리했다. 모두 다 젊은 신사가 공개할 놀라운 사실을 마른침을 잔뜩 삼키며 기대하는 눈치였다.

사내는 계속 즐거운 표정을 지으며 입을 열었다.

"내가 생각한 건 이렇습니다. 문제의 그 작자는 필시 갈증을 해소해야만 했을 겁니다. 한데 이 샘물밖에 목을 축일 만한 구석이 없으니……."

그러자 즉각 구소 영감이 투덜거리며 나왔다.

"이봐요, 이봐! 만약 그랬다면 우리가 봤을 겁니다."

"밤이었죠."

"그럼 소리라도 들었을 거예요. 게다가 바로 옆에서 감시를 하고 있었는데, 설마 못 봤을까 봐요?"

"그자도 가까이 있었습니다."

"그럼 정녕 그자가 이 샘물을 마셨을 거란 말이오?"

"그렇습니다."

"아니, 어떻게 말입니까?"

"뭐 그렇다고 얼굴을 파묻고 마신 건 아니고……. 약간 떨어져서요."

"떨어져서 무엇으로 마십니까?"

"바로 이겁니다."

그러면서 낯선 손님은 아까 주웠던 지푸라기를 쓱 내미는 것이었다.

"자, 보십시오! 음료용 빨대입니다. 보시다시피 그 길이가 심상치 않지요. 실제로 세 개의 지푸라기 대롱을 한데 이어 붙인 것입니다. 아까 지푸라기 덤불에서 내가 직접 주운 것입니다. 명백한 증거물이지요."

"맙소사! 그걸로 무얼 증명한다는 겁니까?"

구소 영감은 여전히 안달을 내며 소리쳤다.

신사는 이번엔 일렬로 늘어선 총가(銃架)에서 가벼운 소총 하나를 집어 들며 물었다.

"장전은 되어 있나요?"

"네, 참새잡이 할 때 즐겨 사용하는 총입니다. 새 사냥용 소형 납 탄을 쓰지요."

막내의 대답이었다.

"좋아요. 하긴 곡식 낟알 몇 개만으로도 충분하니까."

그렇게 말하는 신사의 얼굴이 일순 엄숙해졌다. 그는 갑자기 농장주의 팔뚝을 부여잡고 위압적인 목소리로 이렇게 끊어 말했다.

"구소 영감, 내 말을 잘 들으시오. 아시다시피 나는 경찰과 아무 관련이 없는 사람이오. 아울러 저 불쌍한 노인네를 굳이 경찰에 넘기고 싶진 않소. 이미 4주간이나 굶주림과 공포에 시달려온 몸일 거요. 그 정도면 충분한 벌을 받은 셈이오. 그러니 당신과 아들들이 내게 약속해주었으면 하오. 그에게 어떤 위해도 가하지 않고 순순히 쪽문 열쇠를 쥐여주기로 말이오."

"돈만 고스란히 내놓는다면 그렇게 하리다!"

"그야 물론이지요. 그럼 약속한 겁니다?"

"약속했습니다."

신사는 과수원 입구 문턱에 자세를 바로잡고 섰다. 그는 갑자기 거총을 한 다음, 샘을 굽어보며 서 있는 버찌나무 쪽을 겨냥했다. 이윽고 총성이 울렸고 꺼칠한 비명 소리가 터져나왔다. 그런데 벌써 한 달 전부터 나뭇가지 위에 걸쳐져 있던 허수아비가 땅바닥으로 곤두박질치더니, 주춤주춤 일어나 곧장 걸음아 날 살려라 줄행랑을 치는 것이 아닌가!

잠시 멍청하게 서 있던 사람들 속에서 일제히 환호성이 터져나왔다. 거추장스러운 넝마 조각들을 잔뜩 껴입은 데다 영양실조로 거동이 원활하지 못한 도망자가 뒤쫓아온 팔팔한 아들들에게 붙잡히는 것은 금방이었다. 물론 낯선 손님은 부리나케 뒤따라가 자칫 있을지 모를 젊은 아들들의 거친 행동을 만류했다.

"그 손 떼시오! 그자는 이제 내가 맡기로 했소! 누구도 함부로 손댈 수 없소이다. 어떠시오, 트레나르 영감, 내가 쏜 탄환 땜에 볼기짝이 상한 건 아니오?"

누더기 조각을 이어 붙인 바지 속에 지푸라기를 꽉꽉 채운 두 다리, 온통 헝겊으로 꽁꽁 싸매다시피 한 머리, 몸통, 팔 등등, 영감은 아직도 영락없는 허수아비 인형의 몰골이었다. 사실 그 꼴이 어찌나 우스꽝스러운지 사람들은 웃음을 참느라 연신 쿡쿡거리는 것이었다.

젊은 신사가 머리를 감은 붕대를 풀어주자, 열에 들뜬 눈동자가 퀭하게 자리 잡은 데다 형편없이 헝클어진 채 해골 같은 얼굴 여기저기 덕지덕지 달라붙은 회색빛 수염이 지저분하게 모습을 드러냈다.

마침내 더 이상 참기 힘든 웃음보가 왁자지껄 터져나왔다.

"돈을 찾아! 지폐 여섯 장을 찾으라고!"

농장주의 고함 소리가 그에 뒤섞여 간간이 들려왔다.

사실 두 영감이 서로 부닥치지 않도록 미리부터 거리를 띄워놓기로 한 터였다.

"잠깐만 기다리시오! 그건 반드시 돌려드릴 테니까. 그렇죠, 트레나르 영감?"

그는 헝겊 조각과 지푸라기가 뒤엉키며 옭아맨 모든 매듭을 단도로 차근차근 끊어주면서 쾌활하게 말했다.

"이보시오, 영감. 당신 참으로 감동적이구려! 대체 어떻게 이렇게까지 할 수가 있었소? 이거야말로 귀신같은 수완이 있거나, 아니면 너무도 겁이 나 정신이 돌아버렸기에 가능한 일 아니겠소? 결국 첫날밤 잠시 수색이 미루어진 틈을 타, 이 누더기 속에 들어온 것이겠죠? 과연 괜찮은 생각이었어요! 누가 허수아비에 대해 생각이나 할 수 있었겠소? 늘 나뭇가지에 걸려 있는 허수아비에 그 누가 신경이나 쓰겠느냔 말이오! 하지만 영감, 정말이지 이만저만한 고생이 아니었겠소! 배를 깔고 매달려서 팔다리를 축 늘어뜨린 자세라니! 하루 종일을 어떻게 그러고 있었소? 정말 지옥 같은 자세였을 텐데. 게다가 조금이라도 움직일 경우, 들킬까 봐 조마조마했을 마음은 또 어떻고! 어디 그것뿐이겠소? 혹시라도 졸다가 떨어지면……. 먹고 마시는 건 또 어떻게 하고. 드문드문 보초가 어슬렁거리는 걸 느꼈을 테고, 그들의 총구가 얼굴에서 1미터도 채 안 되는 거리를 왔다 갔다 하는 것도 보았을 텐데. 아이고, 맙소사. 하지만 무엇보다도 압권이었던 건 바로 당신이 사용한 지푸라기 대롱이었소! 그 지경에서도 옷 속의 지푸라기를 누구한테 들킬세라 조심조심 빼내서, 그걸 또 한데 이어 붙인 뒤, 정확히 아래 맑은 샘물 속에 박아 넣고 벌벌 떨면서도 한 방울 한 방울 홀짝거렸을 걸 생각하면……. 정말이지 찬탄의 소리가 저절로 터져나올 수밖에 없소이다! 브라보, 트레나르 영감님!"

그러고는 우물우물 소리를 죽여 이렇게 덧붙이는 것이었다.

"음, 그나저나 당신 냄새 한번 정말 지독합니다. 그러고 보니 한 달 가까이 전혀 씻지를 못한 거죠? 다른 건 몰라도 물 하나만큼은 실컷 사용할 수 있었을 텐데 말입니다, 후후. 자, 여러분! 이제 이 사람을 넘겨줄 테니 알아서 해보세요. 난 우선 이 손 좀 씻어야겠습니다."

구소 영감과 네 아들은 말이 떨어지기가 무섭게 먹잇감에 달려들었다.

"어서 빨리 내 돈 내놔!"

비록 심신 모두 녹초가 된 상태였지만, 부랑자 노인은 그래도 깜짝 놀라는 척할 힘은 남아 있는 모양이었다.

하지만 농장주는 전혀 개의치 않고 더욱 거세게 다그쳤다.

"더 이상 그런 바보 같은 연극은 집어치워! 지폐 여섯 장만 내놔. 어서!"

"뭐? 뭘 달라는 거요?"

트레나르 영감은 연신 더듬댈 뿐이었다.

"돈 말이야, 돈! 당장 내놓지 못해!"

"돈이라니, 무슨?"

"지폐 말이야, 지폐!"

"지폐라니?"

"아주 지긋지긋하게 굴려고 작정을 한 모양이로군! 얘들아, 너희가 좀 거들어야겠다."

우르르 몰려든 네 젊은이는 영감을 패대기친 뒤, 옷이라고 걸친 누더기를 갈기갈기 찢고 벗겨내면서 가차 없는 몸수색을 단행했다.

하지만 아무것도 나오는 것은 없었다.

"도둑 중에서도 아주 독종이군그래! 대체 돈은 어떻게 한 거냐?"

구소 영감이 닦달을 해댔다.

하지만 그럴수록 부랑 노인의 놀란 표정은 더욱 실감 나게 변해가는 것이었다. 그는 끝끝내 이렇게 허둥대기만 할 뿐이었다.

"내게 뭘 원하는 거요? 도, 돈이라니? 돈이라면 내겐 3수(sou. 프랑스의 옛 화폐단위. 오늘날의 15상팀에 해당함—옮긴이)밖에 없는걸."

그러면서도 휘둥그레진 눈은 자신의 옷가지에서 좀처럼 떨어지지 않은 채, 영문을 모르겠다는 표정으로 일관하는 것이었다.

구소 영감의 분통 터지는 심정도 더 이상 참는 한계를 벗어날 수밖에 없었다. 어쩔 수 없이 대차게 한 대 가격했지만, 그렇다고 상황이 호전될 기미는 보이지 않았다. 이번에는 허수아비 속으로 탈바꿈하기 이전에 돈을 감췄다고 생각한 구소 영감이 고래고래 소리를 질렀다.

"대체 어디다 숨겼느냐, 이 도둑놈아? 어딘지 말해! 과수원에 숨겼나?"

"돈이라니요?"

여전히 멍청한 표정으로 일관하는 부랑 노인의 얼굴…….

"그렇다, 돈 말이다, 돈! 어딘가 파묻은 모양인데……. 만약 어디서든 나오지 않으면, 두고 봐! 네놈은 골로 갈 줄 알아라. 증인도 수두룩하게 있어! 여러분 모두! 그리고 이 신사분 말이야."

그러면서 구소 영감은 왼쪽으로 30~40보 정도 떨어진 샘가에 있을 낯선 손님을 향해 고개를 확 돌렸다. 한데 거기서 유유히 손을 씻고 있어야 할 신사의 모습이 온데간데없이 안 보이는 것이 아닌가!

"그 양반 떠났는가?"

허겁지겁 묻자 누군가 대답했다.

"아닌데……. 좀 전에 담배를 피워 물더니 과수원 쪽으로 어슬렁거리며 들어가던데."

"아, 그렇겠지! 이놈을 찾아준 것처럼 돈도 마저 찾아주려는 거야."

구소 영감의 말에 누군가 또 대꾸했다.

"아니면……."

"아니면 뭐? 대체 무슨 말을 하려는 건가? 무슨 생각을 하는 거냐고? 어서 속 시원히 말해보든지!"

농장주가 답답한 듯 다그치자, 말을 하려다 말고 남자는 잔뜩 의혹에 잠긴 표정으로 입을 다무는 것이었다. 바로 그 순간 그곳에 모인 모든 촌부의 머릿속에선 같은 생각이 안개처럼 부옇게 피어오르고 있었다. 애당초 낯선 이방인으로서 에베르빌을 지나치다가 우연찮게 자동차 고장을 일으킨 것하며, 주막 사람들과 격의 없이 얘기를 트면서 은근히 이것저것 묻고 다닌 것, 마침내 영지까지 들어와 서슴없이 행동하던 모습, 이 모든 것이 어쩐지 미리부터 계획된 행동같이 여겨지는 것이었다. 이미 신문 지상을 통해 사건의 전모를 환히 꿰뚫고는, 마치 기막힌 사업거리에 달려들듯 현장으로 달려온 전문 절도범의 수법이 뚜렷하게 떠올랐다.

"대단해! 아까 우리가 다 보는 앞에서 늙은이의 몸을 뒤지다가 슬쩍 돈을 챙긴 거야."

주막 주인이 마침내 내뱉자, 구소 영감이 황망히 더듬거렸다.

"그, 그럴 리가……. 집 쪽으로 나가는 거면 사람들 눈에 띄었을 테고……. 아니면 과수원 안을 어슬렁거리든지……."

구소 할멈도 목이 멘 소리로 주춤주춤 이렇게 더듬댔다.

"그럼 혹시…… 저기…… 쪽문 쪽으로?"

"열쇠가 나한테 있는걸!"

"아까 잠시 보여주었잖아요?"

"그랬지만 다시 돌려받았어. 자, 이것 보라고!"

그러면서 호주머니에 손을 갖다 댄 순간, 구소 영감의 입에서 끔찍한 비명이 터져나왔다.

“으악! 하느님 맙소사! 열쇠가 없잖아! 열쇠를 날치기당했어!”

그는 즉각 내달렸고, 그 뒤를 아들들과 사람들이 뒤따랐다.

헐레벌떡 중간쯤 달려갔을까, 언뜻 자동차 엔진 소리가 들렸다. 틀림없이 그 낯선 이방인의 차였다. 이럴 줄 미리 내다보고 운전기사에게 이처럼 멀찌감치 대로(大路) 상으로 나와 기다리라고 한 것이었다.

숨이 턱에까지 차면서 가까스로 문 앞에 당도한 구소가(家) 사람들을 기다리고 있는 것은, 헐어빠진 나무 문짝 위에 붉은 벽돌 조각으로 휘갈겨 쓴 다음과 같은 글자였다.

아르센 뤼팽

이로써 구소가 사람들이 제아무리 길길이 날뛰고 울분을 토해도, 트레나르 영감이 돈을 훔쳤다는 것을 법적으로 증명하기는 불가능했다. 오히려 스무 명의 증인이 부랑 노인에게서는 아무것도 나오지 않았노라고 입을 모았을 따름이다. 영감은 단지 몇 달간의 징역으로 모든 것을 모면하게 되었다.

물론 그에게 그 정도쯤은 아무것도 아니었다. 그리고 석방되자마자 매 사사분기(四四分期)마다 며칠, 몇 시, 어느 길가, 어디에 가면, 매번 금화 3루이(1928년까지 1루이는 20프랑에 해당함—옮긴이)를 발견할 수 있을 거라는 통보를 비밀스럽게 전달받았다.

하긴 아사(餓死) 직전까지 갔던 트레나르 영감으로선 그나마 횡재가 아니겠는가!

# 9
# 아르센 뤼팽의 결혼

므슈 아르센 뤼팽은

부르봉콩데가(家) 공주 마드무아젤 앙젤리크 드 사르조방돔과의 혼례를 삼가 아뢰오며, 생트클로틸드 성당에서 거행될 결혼식에 부디 참석하셔서 앞날을 축복해주시길 부탁드립니다.

드 사르조방돔 공작은

여식(女息)인 부르봉콩데가(家) 공주 앙젤리크와 므슈 아르센 뤼팽과의 혼례를 삼가 아뢰오며, 부디…….

장 드 사르조방돔 공작은 부들부들 떨리는 손에 들린 글귀를 차마 끝까지 읽어 내려갈 수 없었다. 분노로 얼굴이 창백해진 채, 그는 마르고 길쭉한 온몸 가득 부르르 몸서리를 치는 것이었다.

그는 딸에게 두 장의 종이를 불쑥 내밀며 말했다.

"봐라! 내 친구들한테 이런 것이 배달되었다고 하는구나! 어제부터 온 거리마다 이 얘기를 안 하는 사람이 없다고 한다. 그래, 이런 치욕스러운 일에 대해 앙젤리크, 네 생각은 어떠니? 네 가엾은 엄마가 아직도 살아 있다면 과연 뭐라고 했겠느냔 말이다!"

앙젤리크 역시 아버지를 닮아 깡마르고 훤칠한 몸매에, 마찬가지로 울퉁불퉁한 골격과 건조한 체질이었다. 나이는 서른셋, 언제나 검은 모직 옷을 입고, 늘 소심하며, 어디 가서도 눈에 잘 안 띄는 타입인 그녀는, 머리가 너무 작은 데다 양쪽으로 잔뜩 눌린 것처럼 납죽해서, 돌출한 콧날이 마치 그러한 비좁은 얼굴 형태에 대한 반발처럼 느껴지는 인상이었다. 하지만 그녀의 얼굴을 결코 못생겼다고 할 수 없는 것은, 그 두 눈동자가 담고 있는 부드럽고도 진지한 눈빛, 한번 제대로 보면 잘

잊힐 것 같지 않은, 다소 우수 어린 강렬한 눈빛 때문이었다.

아버지가 하는 말을 들으며, 현재 어떤 성격의 질책이 자신에게 쏟아지고 있는지 깨달은 그녀의 얼굴은 일단 수치심으로 발갛게 물들어갔다. 하지만 아무리 아버지가 엄하게만 대하고, 때로는 독선적이고 부당하게 대한다 해도, 언제나 아버지를 아끼는 마음이 절실한 그녀는 다소곳이 이렇게 대답했다.

"오! 제 생각에는 그저 장난이라고 봐요. 그리 신경 쓸 필요는 없을 것 같아요."

"장난이라고? 모든 사람이 다 수군거리는데도? 벌써 오늘 아침만 해도 열 개의 신문이 이 혐오스러운 편지를 실은 데다 빈정대는 투의 논평까지 첨가했단 말이다! 모두들 우리 혈통과 조상들, 우리 가문(부르봉 콩데가는 부르봉 왕가에서 파생된 명문 가문임—옮긴이)의 돌아가신 유명 인사들을 거론해가며 난리들이다. 모두들 이 문제를 진지하게 받아들이는 분위기란 말이다!"

"하지만 그렇다고 곧이곧대로 믿는 사람도 없을 거예요."

"그야 당연하지! 하지만 그래도 우린 파리의 웃음거리가 되고 있어."

"내일이면 다들 생각조차 하지 않을 거예요."

"얘야, 내일이면 앙젤리크 드 사르조방돔이라는 이름이 필요 이상으로 사람들 입에 오르내렸다고 사람들이 기억할 거야. 아! 대체 감히 이런 짓을 한 파렴치한이 어떤 놈인지 알기만 한다면……."

바로 그때, 공작의 개인 시종인 이야생트가 들어와 전화가 왔다고 알렸다. 여전히 분이 가시지 않은 상태로, 공작은 거칠게 수화기를 잡아들었다.

"네? 뭡니까? 네, 드 사르조방돔 공작이오."

전화 속의 목소리는 이렇게 말하고 있었다.

"공작님과 마드무아젤 앙젤리크에게 사과드립니다. 이번 일은 제 비서의 실수였습니다."

"당신 비서?"

"그렇습니다. 그 통지서들은 제가 당신께 사전 의뢰할 기안(起案)에 불과했던 겁니다. 그런 것을 불행히도 제 비서가 그만……."

"대체 선생은 누구시오?"

"저런, 공작님께선 제 음성을 못 알아보십니까? 미래의 사윗감 목소리를 못 알아보시다니요!"

"뭐라고?"

"아르센 뤼팽이올시다!"

공작은 그만 의자에 털썩 주저앉았다. 그의 얼굴은 어느새 납빛이 되어 있었다.

"아르센 뤼팽……. 기어이 그자가……. 아르센 뤼팽……."

앙젤리크의 입가에 살짝 미소가 스치고 지나갔다.

"그것 봐요, 아버지. 단순히 장난이라고 했잖아요. 그냥 허튼 장난질일 뿐이에요."

하지만 다시금 분통이 터지는지, 공작은 크게 제스처를 취하면서 방안을 서성대기 시작했다.

"법적 대응을 해야겠어! 그따위 작자가 나를 능멸하는 건 도저히 용납할 수 없단 말이야! 세상에 아직 정의라는 것이 있다면 이대로 가만히 있지는 않을 거야!"

순간, 또다시 이야생트가 들어와서, 이번에는 명함을 두 장 내밀었다.

"쇼투아? 르프티? 모르는 사람이네."

"둘 다 기자들이랍니다, 공작님."

"무슨 용건이라던가?"

"그게 저, 이번 결혼에 관해 공작님과 얘기를 나누고 싶다고……."

공작은 버럭 소리를 질렀다.

"당장 문밖으로 내쫓게나! 그리고 관리인에게 앞으로 내 호텔에는 그따위 버르장머리 없는 놈들은 절대로 들이지 말라고 전하시게!"

순간 앙젤리크가 멈칫멈칫 끼어들었다.

"아버지, 제발……."

"얘야, 넌 그만 들어가 있어라. 그러기에 진작 사촌들 중 한 명과의 결혼을 승낙했더라면 이런 지경까진 오지 않았을 거 아니니!"

한편 바로 그 당일 저녁, 문전박대를 당한 두 기자 중 하나가 자사 신문 1면에다, 바렌 가(街)의 고색창연한 사르조방돔가(家) 저택을 쳐들어갔던 일에 관해 다소 과장된 필치를 휘두르면서, 늙은 귀족 나리의 길길이 날뛰는 모습을 신나게 묘사해버렸다.

다음 날 또 다른 신문에는, 자기 말로 오페라극장 복도에서 기자에게 붙잡혔다는 아르센 뤼팽의 인터뷰 기사가 실렸는데, 거기서 그는 다음과 같이 한술 더 뜨고 있었다.

나 역시 장래의 장인어른이 분개하시는 데에 충분히 공감하고 있습니다. 문제가 되고 있는 그 통지서를 그렇게 섣불리 발송한 것은 분명 오류였으며, 비록 내 책임은 아니지만, 기꺼이 공개적으로 사과의 말씀을 드리는 바입니다. 한번 생각 좀 해보십시오! 우선 결혼 날짜가 아직 정해지지 않았습니다! 장인어른께선 5월 초로 하자고 하십니다만, 내 약혼녀와 나는 그때는 너무 늦은 감이 있다는 입장입니다. 앞으로도 6주를 더 기다려야 한다니요!

사실 이번 사건이 좀 특별하게 다가오는 이유와 가문의 친지들이 특히 재미있어하는 데에는, 늘 자기 생각과 원리에 철두철미, 비타협적이고 자만심으로 똘똘 뭉친 공작의 성격이 큰 몫을 차지했다. 방돔가(家)(11세기 때부터 유래한 프랑스 최고의 명문 백작 가문—옮긴이)와 혼인한 후, 바스티유 감옥에서 10년간을 버틴 끝에야 루이 15세가 새로 부여한 작위를 수락할 정도로 고집이 셌던 사르조 남작(브르타뉴 지방은 원래 영국의 세력권이었다가 1532년에야 프랑스에 합병된 지역임. 요컨대 브르타뉴의 토착 귀족인 사르조 남작이 그 당시 부르봉 왕가의 체제에 쉽게 동화되지 못했음을 말하고 있음—옮긴이)의 증손자인 그는, 브르타뉴 지방 최고 가문의 마지막 후손답게, 앙시앵 레짐의 모든 기득권을 조금도 포기하지 않으려고 했다. 젊었을 적 그는 샹보르 백작(1820~1883. 부르봉 왕조 최후의 상속인—옮긴이)을 수행해서 자진 유배를 떠났을 정도였고, 나이가 들어서는, 사르조 가문 사람은 동류(同類)하고만 어울려야 한다는 이유로, 프랑스 하원 의석조차 거부한 바 있다.

그러니 이런 소동이 그에게 얼마나 충격을 가져다주었을지는 불 보듯 뻔한 일이다. 그는 좀처럼 노여움을 가라앉히려 들지 않았고, 온갖 육두문자를 마다하지 않고 뤼팽을 욕했으며, 갖은 위협을 가할 것을 다짐하면서, 동시에 자기 딸에 대해서도 노발대발하는 것이었다.

"그것 봐라! 네가 벌써 결혼만 했던들……. 결혼 상대자가 없었던 것도 아니고……. 사촌들이 셋이나 줄을 섰지 않느냐! 뮈시, 당부아즈, 카오르슈 모두 다 귀족인 데다 인척 관계도 버젓하고, 그만하면 재산도 두둑하면서, 오로지 너와 혼인하기만을 아직까지 바라고 있다. 대체 왜 거부하는 거니? 아하, 그러고 보니 너는 감성적이고 꿈 많은 요조숙녀인데, 네 사촌들은 죄다 너무 뚱뚱하거나 너무 마르거나, 너무 우악스럽다 이거냐?"

사실 공작의 여식은 다소 몽상적인 데가 있었다. 어렸을 적부터 혼자 노는 일이 잦았던 그녀는, 대대로 물려 내려오는 서가에 언제나 가득 굴러다니던 고리타분한 옛 소설과 기사도 이야기를 읽으며 성장기를 보냈다. 결국 인생을 하나의 동화처럼만 보게 되었고, 아름다운 아가씨는 언제나 행복할 거라고 믿기에 이르렀다. 현실 속에서는 그럴수록 오지 않는 '왕자님'을 죽을 때까지 기다리기만 하는 것이 다반사임에도 불구하고 말이다. 더구나 사촌이라는 사내들은, 어머니가 남겨준 수백만 프랑의 지참금만을 노리는 것이 뻔한데, 뭐하러 결혼을 하겠는가 말이다! 그럴 바엔 차라리 이대로 꿈이나 꾸면서 노처녀로 사는 게 낫지.

그녀는 조용히 대답했다.

"그러다 병나시겠어요, 아버지. 이번에 이 우스꽝스러운 일은 그만 잊으세요."

하지만 어찌 쉽게 잊는단 말인가? 좀 잠잠해질라치면 매일 아침마다 신문에서 대하는 기사들이 바늘처럼 가슴을 콕콕 쑤셔대는 것을 어쩌겠는가 말이다! 그런가 하면 사흘 동안을 계속 이어서 엄청난 꽃다발이 아르센 뤼팽의 명함을 살짝 감춘 채 앙젤리크 앞으로 배달되어왔다. 공작은 친구가 와서 끌어내야만 겨우 단골 사교 클럽에도 고개를 내밀 정도였다.

"오늘 소식도 정말 기막히더군!"

"뭐 말인가?"

"뭐긴 뭐겠나? 자네 사윗감에 관한 엉터리 얘기 말일세! 아니, 그럼 여태 모르고 있었나? 자, 읽어보게."

므슈 아르센 뤼팽은 향후, 자신의 성(姓) 뒤에 아내의 성을 첨가해줄 것을 최고 행정재판소에 정식 청구하기로 했다. 즉, 앞으로는 이렇게 부르도록 말이다. 뤼팽 드 사르조방돔.

그다음 날 신문에는 또 이런 기사가 실렸다.

샤를 10세 이후 아직 폐기되지 않은 왕의 칙령에 입각해, 부르봉콩데 가(家)의 작위와 문장(紋章)을 그대로 지니고 있는 젊은 신부가 앞으로 잉태할 뤼팽 드 사르조방돔가의 맏아들은, 당연히 아르센 드 부르봉콩데 왕자로 불리어야 할 것이다.

그리고 또 그다음 날에 실린 다음과 같은 광고문.

그랑드 메종 의상실에서는 마드무아젤 사르조방돔의 결혼 예복을 공개합니다.

이니셜은 L. S. V.

그리고 얼마 후 신문 사이에 끼워 넣는 어느 전단지에는 공작과 딸과 사위가 테이블에 둘러앉아 사이좋게 카드 게임을 하고 있는 장면이 사진 처리되어 실려 있었다.

거기엔 날짜까지 요란스레 명시되어 있었는데, 바로 5월 14일!

결혼 서약에 관해서도 온갖 세부 사항이 제시되어 있었고, 뤼팽은 그 모두에 대해 놀랄 만큼 소탈한 태도를 보여주었다. 그는 아예 지참금의 액수조차 알지 못한 상태에서, 막말로 두 눈 딱 감고 서명을 할 것이라고 되어 있었다.

이제 노(老)귀족의 분노는 통제할 수 있는 범위를 훌쩍 초과했다. 뤼팽을 향한 그의 증오는 그야말로 병적인 수준으로까지 증폭되었고, 어려운 걸음을 무릅쓰고 몸소 파리 경시청 문까지 두드렸으나, 매우 조심해야 할 거라는 충고에 맞닥뜨렸을 뿐이다.

"그 작자는 우리가 잘 아는데 말입니다, 지금 당신을 상대로 그가 즐겨 사용하는 트릭을 한번 들이대 보고 있는 겁니다. 공작님, 이런 표현을 써서 죄송합니다만, 지금 그자는 당신을 '요리'하려는 참인 것 같으니, 함정에 빠지지 않도록 냉정해지셔야 합니다."

"트릭은 뭐고, 함정은 또 뭡니까?"

공작은 걱정스러운 표정이 되어 물었다.

"말하자면 당신을 주눅 들게 하고 겁을 주어서, 평상시 같으면 꿈도 꾸지 않을 행동을 저지르게 만들려는 속셈이란 말입니다."

"므슈 아르센 뤼팽은 내가 결코 딸을 주리라고는 기대하지 말아야 할 것이오!"

"그런 기대는 하지 않을 겁니다. 다만 당신이 뭐랄까……. 글쎄요, 실수를 저지르기를 기대하고 있을 겁니다."

"무슨 실수 말이오?"

"정확히 말해서, 그가 바라는 실수가 되겠지요."

"이것 보세요, 경시청장님, 대체 결론이 뭡니까?"

"공작님, 그냥 얌전히 집에 돌아가시거나, 아무래도 신경이 쓰인다면, 시골 같은 데로 내려가 당분간 흥분하지 마시고 조용히 쉬시는 게 좋다 이 말씀입니다."

결국 노귀족의 걱정과 우려는 더더욱 끓어오를 뿐이었다. 이제 뤼팽이라는 인물은 각계각층에 패거리를 거느리고 온갖 극악무도한 수단을 부리는 무시무시한 존재로 비치는 것이었다. 정말로 조심해야 할 것 같았다.

이후부터는 생활 자체가 도저히 편치 않았다.

시간이 흐를수록 그의 성격은 점점 더 까다로워지고 과묵해졌으며, 옛 친구들과의 교류도 대부분 끊어버렸다. 심지어는 서로 경쟁을 하다

보니 사이가 틀어져서 각자 마주치는 일이 없도록 따로따로 방문해오는 앙젤리크의 구혼자 세 명, 즉 뮈시와 당부아즈와 카오르슈마저 보지 않으려고 했다.

그런가 하면 이렇다 할 이유도 없이 집사와 마차꾼을 해고해버렸다. 그러면서도 혹시나 아르센 뤼팽의 사람들이 잠입할 것이 두려워 다른 사람들을 새로 구하지도 못했다. 따라서 그의 곁을 근 40여 년 지켜왔고, 누구보다도 신임이 두터운 이야생트 혼자서 마사(馬舍)와 서재를 발이 닳도록 왔다 갔다 해야만 했다.

하루는 제발 이성을 차렸으면 하는 마음으로 앙젤리크가 말했다.

"아버지, 도대체 아버지가 무엇을 두려워하는 건지 전 모르겠어요. 이 세상 그 누구도 이처럼 엉뚱한 결혼으로 절 내몰지는 못할 거예요."

"제기랄! 내가 두려워하는 건 그게 아니다."

"그럼 뭐죠?"

"그걸 내가 어떻게 아니? 납치가 될 수도 있고, 절도가 될 수도 있지! 뭐든 힘으로 도발을 해올 수도 있지 않겠니? 분명히 그 파렴치한은 무언가 준비하고 있을 거다. 지금 우리 주변에는 겹겹이 놈의 첩자가 깔려 있을 거야!"

그러던 어느 날 오후, 다음과 같은 기사에 붉은 크레용으로 밑줄이 그어져 있는 신문이 그의 앞으로 배달되어왔다.

> 결혼 전야식이 오늘 밤 호텔 사르조방돔에서 열린다. 극소수 인사들만 초청되어 행복한 선남선녀의 앞날을 축복해줄 이번 연회는 매우 은밀하게 치러질 예정이다. 마드무아젤 드 사르조방돔의 결혼 증인이 될 라 로슈푸코리무르 왕자와 샤르트르 백작에게 므슈 아르센 뤼팽은, 기꺼이 지원을 아끼지 않겠다고 나선 두 분의 신랑 측 인사를 소개할 예정

인데, 다름 아닌 경시청장과 상테 교도소장이 그들이다.

이것은 해도 너무했다. 그로부터 10분 후, 공작은 이야생트를 시켜 세 통의 기송관 속달우편을 보내도록 했다. 그리고 오후 4시, 앙젤리크가 보는 앞에서, 공작은 세 명의 사촌을 맞이했다. 뚱뚱하고 굼뜨며 창백한 안색의 폴 드 뮈시, 호리호리하고 붉은 안색에 소심한 인상의 자크 당부아즈, 자그마한 체구에 깡마르고 병색이 완연한 아나톨 드 카오르슈. 모두가 하나같이 볼품이나 품위라고는 눈을 씻고 찾아봐도 보이지 않는 노총각들이었다.

회합은 금방 끝났다. 알고 보니 공작은 이미 향후 모든 방어 활동 계획을 짜놓은 상태였으며, 단호한 어조로 그 전반부를 이렇게 제시했다.

"앙젤리크와 나는 오늘 밤 파리를 떠나 브르타뉴의 우리 영지에 은둔한다. 내 조카, 자네들 셋은 우리가 출발하는 것을 돕도록 한다. 당부아즈 자네는 제시간에 맞춰 자네 리무진으로 우리를 데리러 온다. 뮈시 자네는 역시 자동차를 몰고 와서 내 시종인 이야생트와 힘을 합해 짐을 책임져 준다. 그리고 카오르슈 자네는 오를레앙 역으로 미리 가서 반(브르타뉴 지방 모르비앙 도(道)의 주도(主都)—옮긴이)으로 향하는 10시 40분 열차 침대칸을 확보해놓는다. 이상, 다들 알겠지?"

그렇게 오후는 별다른 일 없이 저물어갔다. 그리고 혹시라도 밖으로 말이 새날 것을 걱정한 나머지, 저녁 식사가 끝나고 나서야 공작은 이야생트에게 트렁크와 여행용 가방에 싸 넣을 짐을 일러주었다. 여행에는 이야생트는 물론 앙젤리크의 하녀도 동반하기로 되었다.

밤 9시, 모든 하인은 주인의 지시에 따라 잠자리에 들었다. 밤 10시 10분 전, 준비를 막 끝낸 공작의 귀에 자동차 경적 소리가 들렸다. 관리인이 안마당 문을 열어주었고, 창문을 통해서 공작은 자크 당부아즈의

자동차를 알아보았다.

그는 곧장 이야생트에게 지시했다.

"곧 내려간다고 전해주게. 그리고 마드무아젤에게도 알리고."

한데 몇 분을 기다려도 이야생트가 돌아오지 않자, 공작은 슬그머니 방을 나섰다. 그러다가 층계참에 이르면서, 난데없이 복면을 하고 나타난 괴한 둘에게 그만 비명 한번 내지를 틈도 없이 사지가 결박되고 입엔 재갈까지 물리고 말았다. 둘 중 하나가 나지막한 목소리로 속삭였다.

"첫 번째 경고요, 공작 나리. 계속 파리를 떠날 고집이고, 내 뜻을 받아들이지 않을 생각이라면 점점 힘들어질 거요."

그러고는 같이 온 동료에게 이러는 것이었다.

"이자를 잘 키기고 있게. 나는 아가씨를 맡을 테니까."

바로 그 순간, 이미 또 다른 일당 두 명이 여자 방에 들이닥쳤고, 마찬가지로 재갈이 물린 채 앙젤리크는 아예 기절해서 안락의자 위에 축 늘어졌다.

하지만 누군가 코밑에서 흔들어대는 암모니아 냄새 때문에 곧장 정신이 들었다. 눈을 뜨자, 어깨 너머로 내려다보는 야회복 차림의 한 젊은 남자가 부드러운 미소와 함께 이렇게 속삭이는 것이었다.

"용서를 구합니다, 마드무아젤. 이 모든 사태가 다소 갑작스러운 데다 비상식적인 행동이라는 것 잘 압니다. 하지만 어떤 예기치 못한 상황에 휩쓸리다 보면 가끔 양심이 허락지 않는 일들을 하게도 되지요. 아무튼 사과드립니다."

그는 아주 부드러이 손을 붙잡아 당기더니, 큼직한 금반지를 여자의 손가락에 끼워주면서 이렇게 말했다.

"자, 이제 우린 약혼한 사이입니다. 이 반지를 당신에게 준 사람을 절

대로 잊지 마십시오. 그에게서 도망치지 않기를 부탁드립니다. 아울러 이곳 파리에 남아 그의 헌신의 증표(證票)들을 기대해주시기 바랍니다. 그를 믿으십시오."

그렇게 말하는 그 목소리가 어찌나 진중하고 점잖으면서도, 위엄이 묻어나고 또한 겸양이 배어나는지, 여자는 거부할 기운이 저절로 몸 밖으로 빠져나가는 느낌이었다. 이윽고 두 사람의 눈길이 서로 마주쳤다. 그의 속삭임이 이어졌다.

"정말 순수한 눈동자를 가지고 계시군요! 그런 눈길을 받으며 산다는 건 참 멋진 일일 겁니다. 자, 이제 그 두 눈을 감으십시오."

남자는 살그머니 뒤로 물러났고, 그 뒤를 동료들이 뒤따랐다. 이어서 자동차 출발하는 소리가 들렸고, 바렌 가의 호텔은 정신이 든 앙젤리크가 하인들을 부를 때까지 그윽한 침묵 속에 잠겨 있었다.

부랴부랴 달려온 하인들 눈에, 공작도, 이야생트도, 하녀와 관리인 부부도 모두 꽁꽁 묶여 있는 것이 발견되었다. 그 밖에 몇몇 값나가는 골동품과 공작의 지갑, 그의 보석들, 넥타이핀, 진주로 만든 단추들, 시계 등등 없어진 물건들도 더러 있었다.

물론 경찰에 곧장 신고가 들어갔다. 아침이 밝아오면서 알려진 사실은, 전날 밤 자동차를 타고 거리로 나선 당부아즈가 그만 자기 운전기사가 내리친 칼에 맞아 인적 없는 길가에 반쯤 죽어서 내버려졌다는 것이다. 그런가 하면 뮈시와 카오르슈에게는 공작의 전달 사항이라며, 모든 지시를 취소한다는 전화 메시지가 전해졌다는 것이었다.

그리고 다음 주, 더 이상 경찰의 조사도 아랑곳하지 않고, 수사판사로부터의 소환 조사에도 불응하는 데다, '바렌 가 도주 계획'에 관해 아르센 뤼팽이 언론에 올린 통신문조차 거들떠보지 않은 상태 그대로, 공작과 딸, 그리고 시종은 남몰래 반으로 향하는 완행열차를 잡아탔다.

그리고 어느 날 밤, 열차에서 내린 곳이 바로 사르조 소(小)반도를 굽어보는 옛 봉건영주의 고성(古城) 앞이었다. 공작은 즉시 브르타뉴 토박이, 진짜 중세 시대 봉신(封臣)들인 그곳 촌부들을 규합해, 이를테면 아르센 뤼팽에 대한 저항군을 조직하기 시작했다. 나흘째 되는 날 뮈시가 도착했고, 닷새째 되는 날엔 카오르슈가 합류했으며, 이레째 되는 날엔, 생각했던 것보다 그리 큰 상처는 입지 않은 당부아즈가 가담했다.

뤼팽을 따돌리고 일단 탈출에 성공한 공작은, 스스로 '후반전(後半戰)'이라 이름 붙인 계획의 절반을 주변에 공개하기 전에, 신중을 기하기 위해 일단 이틀을 묵묵히 더 기다렸다. 그리고 앙젤리크에게 받아쓰게 한 단호한 지령을 통해, 세 사촌을 모아놓고 앞으로의 계획을 설명해나갔다.

"지난 모든 일 때문에 나는 몹시 힘들고 괴롭다. 나는 이미 무모하기 이를 데 없다는 게 판명 난 그자에게 대항해서 피를 말리는 싸움을 개시한 상태이다. 이제 어떻게든 이 싸움을 끝내고 싶은데, 그러기 위해서는 단 한 가지 방법밖에 없다. 즉, 앙젤리크가 여기 이 사촌들 중 하나의 보호 아래 들어감으로써 이 아비의 짐을 벗게 해주는 길뿐이다. 따라서 앞으로 한 달 이내에 너는 뮈시나 카오르슈, 아니면 당부아즈의 아내가 되어야만 한다. 선택은 물론 자유다. 마음을 결정해라!"

그로부터 나흘 동안 앙젤리크는 처량하게 흐느껴 울면서 아버지에게 매달렸다. 하지만 소용이 있을 턱이 없었다. 아버지가 결코 뜻을 굽힐 리 없다는 것을 잘 아는 딸로서는, 무조건 수용하는 수밖에 다른 도리가 없는 것이다. 그리고 앙젤리크는 그렇게 했다.

"아버지가 저들 중 누구를 맘에 들어 하시든, 저는 아무도 사랑하지 않습니다. 그러니 이 사람과 함께하든 저 사람과 함께하든, 어차피 불행한 여자인 제가 무슨 상관을 하겠습니까!"

그러자 또다시 논란이 일었고, 공작은 끝끝내 딸에게 선택을 강요하는 것이었다. 하지만 그것만큼은 앙젤리크도 양보할 수 없었다. 마침내 공작은 그나마 재산이 조금 더 나아 보이는 당부아즈를 못 이기는 척하고 지목하기에 이르렀다.

동시에 포고문이 발표되었다.

한편 신문 지상을 연일 물들이면서 뤼팽에 의해 주도되던 언론 공세가 갑자기 잠잠해졌음에도 불구하고 불안하기는 마찬가지인 만큼, 드사르조방돔 공작은 오히려 성채 주변으로 경계를 배가시켰다. 적이 결정타를 준비 중이며, 자신에게 친숙한 수법을 총동원해서 이 결혼을 저지하려 들 것임은 불 보듯 뻔했다.

하지만 왠지 아무 일도 일어나지 않았다. 그저께도, 어저께도, 식이 거행되는 당일 아침까지도 조용했다. 결혼식은 그곳 시청에서 치러졌고, 혼인성사는 따로 성당에서 거행되었다. 그렇게 모든 것이 일사천리로 끝났다.

이제야 공작은 안도의 한숨을 내쉬었다. 딸의 슬픔에도 불구하고, 상황이 다소 버거운 듯 왠지 말이 없는 사위의 태도도 아랑곳하지 않은 채, 그는 마침내 화려한 승리를 거둔 직후의 장군처럼 흐뭇해하면서 두 손바닥을 연신 문질러대는 것이었다.

그는 이야생트에게 말했다.

"도개교(跳開橋)를 내리도록 하게! 모든 하객을 들이도록 해! 이제는 그 파렴치한을 더 이상 두려워하지 않아도 된다고!"

점심 식사를 마치고 나서 그는 손수 사람들에게 포도주를 따라주며 건배를 부르짖었다. 모두가 노래하고 춤추며 잔치를 실컷 즐겼다.

오후 3시, 그는 1층으로 들어갔다.

공작의 낮잠 자는 시간이었던 것이다. 그는 여러 방을 지나쳐 경호원 대기실(성채나 궁전에서 경호원들이 머무는 장소—옮긴이)로 건너갔다. 그런데 문턱을 넘기가 무섭게 제자리에 뚝 멈춰 선 그의 입에서 느닷없는 비명이 튀어나오는 것이 아닌가!

"이런, 깜짝 놀랐네! 대체 여기서 무얼 하는 건가, 당부아즈? 무슨 장난을 하는 건가?"

당부아즈는 여기저기 찢어지고 기운 더러운 윗도리에 짧은 바지의 브르타뉴 어부 복장을 한 채, 똑바로 서 있었다. 한데 옷이 왠지 너무 크고 헐거워 보이는 것이었다.

공작은 문득 섬뜩한 기분이 들었다. 눈을 휘둥그레 뜨고 한참을 들여다보는 낯익은 얼굴 어딘가에 아주 아득한 과거의 희미한 추억을 환기시키는 무엇이 어른거리고 있었다. 그는 갑자기 조망대 쪽 창가로 성큼성큼 다가가 소리쳐 불렀다.

"앙젤리크!"

"무슨 일이세요, 아버지?"

여자가 다가오며 대답했다.

"네 남편은 어디 있니?"

"저기요, 아버지."

그러면서 앙젤리크가 손가락으로 가리킨 곳에는, 약간 떨어진 채 담배를 피워대며 독서를 즐기고 있는 당부아즈의 모습이 있었다.

순간 공작은 한 번 휘청하더니, 무섭게 몸서리를 쳐대면서 안락의자에 그대로 쓰러져버렸다.

"아! 내가 미쳐가나 봐!"

그러자 눈앞의 어부 복장을 한 사내가 느닷없이 무릎을 꿇더니 이러는 것이 아닌가!

"절 좀 바라보세요, 삼촌! 절 못 알아보겠어요? 조카란 말이에요! 옛

날 바로 이곳에서 노는 저를 보고 삼촌이 자코라고 불렀잖아요! 잘 생각해보세요. 여기 이것 보세요, 이 흉터 말이에요!"

"그래……. 그렇구나. 이제야 알아보겠다. 너, 자크……. 하지만 저기 다른 사람은……."

공작은 머리를 두 손으로 쥐어뜯으며 중얼거렸다.

"아, 안 돼. 이럴 순 없어. 말 좀 해봐라. 도저히 모르겠어. 알고 싶지도 않아."

이 새로 온 손님이 우선 창문을 닫고 이웃 살롱으로 통하는 문도 닫는 동안 무거운 침묵이 방 안을 내리누르고 있었다. 그러고 나서 그는 멍한 상태에 빠진 노귀족에게 다가가 어깨를 슬쩍 건드려 깨웠다. 워낙 주절주절 얘기를 늘어놓는 것이 질색이라는 듯, 그는 단도직입적으로 대뜸 이렇게 말을 시작했다.

"삼촌께서도 기억하실 겁니다. 앙젤리크한테 청혼을 거절당한 이후로 제가 무려 15년 동안 프랑스를 떠나 있었다는 사실을요. 한데 지금으로부터 4년 전, 그러니까 일부러 떠났던 내 유배 생활 11년째 되던 해였어요. 당시 알제리 남단에서 터를 잡고 살던 나는 어느 아랍인 족장이 마련한 사냥에 참가했다가, 유머와 인간적 매력이 무척이나 돋보이는 어떤 사내를 알게 되었답니다. 기발한 재주와 용맹성, 냉소적이면서도 심오한 정신하며, 모처럼 대단한 친구를 사귀게 되었나 보다 했습니다. 당드레지 백작이라는 그 친구는 저와 함께 집에서 6주를 같이 지냈답니다. 그가 떠난 이후에도 우리는 아주 규칙적인 서신 왕래를 이어갔지요. 게다가 신문마다 스포츠나 사교란에 그의 이름이 오르는 걸 종종 보고 있었죠. 그러던 중 그가 돌아오기로 했고, 나는 그를 맞이할 준비에 한창이었습니다. 그때가 지금으로부터 석 달 전, 어느 저녁에 나는 말을 타고 산책을 하고 있었는데, 동행하던 아랍인 하인 둘이 난데없이 내게 달려들더니, 눈을 가리고 온몸을 결박하고는 7일 밤낮을 자동차로 어디론가 데려가는 것이 아니겠어요! 그렇게 황량한 길을 질주한 끝에 어느 내포(內浦)에 도착했는데, 괴한 다섯 명이 또 그들을 기다리고 있더군요. 마침내 그들은 대뜸 나를 짐짝처럼 들어 자그마한 증기선(蒸氣船)에 실었고, 그 즉시 닻이 올려졌습니다. 과연 그들은 누구였을까요? 날 납치해서 뭘 어쩌자는 것이었을까요? 도무지 종잡을 만한 단서가 하나도 없었습니다. 그들은 나를 십자형 창살이 가로지른 현창(舷窓) 너머 비좁은 선실에 가두었지요. 매일 아침 바로 옆 선실과 이쪽 사이에 난 작은 문을 통해서 내 간이침대 위에 빵 두어 파운드와 푸짐한 반합(飯盒), 포도주 작은 병 하나를 밀어 넣어주었고, 전날 남긴 음식을 빼내갔습니다. 이따금 밤중을 틈타 배가 멈춰 서면 으레 작은 보트 하나가 따로 떨어져 나갔다가 얼마 후 다시 돌아오는 소리가 들리곤 했어요. 아마도 그렇게 해서 식량을 조달하는 것 같았습니다. 그러고는 또다시 배가 출발하는 것이었는데, 전혀 서두르는 기색이 없는 게, 어디에 가 닿든 신경 쓰지 않고 유유자적 떠돌아다니는 세계 유람 관광선이라도 타고 있는 기분이었답니다. 가끔 나는 의자 위에 올라서서 현창을 통해 멀리 내다보이는 어렴풋한 해안선을 유심히 살펴보았지요. 하지만 너무도 희미해서 뭐 하나 식별할 수는 없었습니다. 아무튼 그렇게 몇 주 동안의 선상 여행이 지속되었어요. 한 9주째 된 어느 날 아침이었던가, 문득 음식이 들고 나는 문짝이 제대로 닫히지 않은 걸 발견하게 되었죠. 나는 혹시나 하는 마음에 살짝 밀어보았답니다. 마침 건너편 방에 아무도 없기에 나는 가까스로 팔을 뻗어 세면대 위에 있던 손톱 다듬기용 줄칼을 손에 넣을 수 있었습니다. 결국 2주 동안 끈질기게 애쓴 끝에 그 줄칼로 현창의 쇠창살을 자르는 데 성공했고, 여차하면 자른 창살을 뜯어내고 빠져나갈 수 있게 해놨습니다. 하지만 수영은 꽤 하는 편인데 반해, 그땐 이미 몸이 말할 수 없이 쇠약해진 상태였지요. 나는 하는 수 없이 배가 육지에 최대한 근접할 때를 기다려야 했습니다. 그러다가 바로 그저께, 뾰족한 망루들과 장중한 누대(樓臺)를 갖춘 이곳 사르조의 성곽이 아련한 석양 녘에 그 실루엣을 드러내는 걸 보고 어찌나 놀랐는지! 이 수수께끼 같은 여행의 목적지가 바로 이곳이었나 했지요! 밤새도록 배는 파도를 헤치며 나아갔습니다. 그리고 어제도 하루 종일 전진한 끝에 바로 오늘 아침, 최적의 거리까지 육지에 접근하게 되었답니다. 더구나 배가 들어서는 사이사이 바위섬들이 있는 덕택에 안전하게 헤엄쳐 나갈 수 있다고 생각했지요. 한데 막 현창을 빠져나가려는 찰나, 꼭 닫힌 줄로만 생각했던 음식 공급용 문짝이 저 혼자 덜커덩거리는 게 아니겠어요? 나는 호기심이 생겨 마지막으로 살짝 열어보았죠. 그리고 내 팔이 닿는 정도에 있던 소형 장 속에서 더듬더듬 웬 서류 한 묶음을 빼내게 되었답니다. 보아하니 나를 납치 감금하고 있는 이 괴한들에게 누군가 지시를 내린 편지들인 것 같았습니다. 그리고 한 시간 후, 마침내 현창을 빠져나가 바닷속으로 미끄러져 들어갈 때쯤에는, 나도 모든 사실을 알고 있는 상태였죠. 즉, 내가 납치된 이유가 무엇이며, 어떤 방법이 동원되었고, 그 궁극적인 목적이 어디 있으며, 지난 석 달간 드 사르조방돔 공작과 그의 여식을 상대로 진행된 몹쓸 음모에 관한 모든 것이 시원하게 밝혀졌던 겁니다. 하지만 불행하게도 그걸 저지하기에는 때가 너무 늦은 거예요. 배로부터 되도록 눈에 띄지 않으려고 군데군데 바위섬에 몸을 숨겨가며 헤엄을 쳤기 때문에, 내가 해안에 도착할 때는 이미 정오가 되어 있었답니다. 그 후론 다짜고짜 아무 오두막이나 하나 골라 들어가 어부가 걸치고 있던 옷가지를 서로 바꿔 입고 곧장 이리로 달려왔지요. 그러니까 벌써 3시가 되어 있는 거예요. 결혼식은 이미 아침나절에 거행되었고 말이죠."

노귀족은 얘기가 끝날 때까지 입 한 번 뺑긋 열지 않았다. 다만 난데없이 찾아든 이 사내의 눈을 똑바로 응시한 채, 점점 놀라워하는 마음으로 귀를 기울일 뿐이었다.

그러다가는 경시청장이 언젠가 자기에게 던진 경고가 불쑥불쑥 머릿속에 떠오르는 것이었다.

'당신을 요리하려는 겁니다, 공작님. 당신을 요리하려는 거예요.'

그는 목이 멘 소리로 다그쳤다.

"말해봐. 어서 얘기를 마저 해보란 말이다. 정말 답답하구나. 아직 영문을 모르겠어. 아, 두렵구나."

사내는 다시 말을 이었다.

"따지고 보면 그리 어렵지 않은 얘기예요. 간단히 말씀드리죠. 아까 말한 그 매력적인 친구가 집을 찾아왔을 때, 난 그만 경솔하게 몇 가지 속내를 털어놓았어요. 당드레지 백작은 그중에서 나름대로 몇몇 사실을 챙겼던 것 같습니다. 그중에서도 우선 내가 삼촌의 조카라는 사실과 비교적 삼촌이 나에 대해 별로 아는 게 없다는 사실을 주목한 모양입니다. 하긴 아주 어렸을 적에 내가 이곳 사르조 성을 떠난 데다가 그나마 이곳에 돌아와 몇 주 동안 머물며 앙젤리크에게 청혼했을 당시도 지금으로부터 15년 전 일이었으니 당연하죠. 그다음으로는, 내 모든 과거와 단절하기로 한 뒤, 어떤 서신 교환도 하지 않았다는 사실입니다. 마지막으로 그와 나 사이에는 어딘지 신체적인 유사점이 있는데, 그걸 잘만 하면 정말이지 놀랄 만큼 똑같이 보이게 만들 수가 있다는 점이었지요. 이상 세 가지 초점에 맞춰서 그의 계획이 짜였을 겁니다. 그는 미리 내 집의 아랍인 하인 둘을 매수해놓았고, 내가 알제리를 뜨게 되면 언제라도 자신에게 연락이 가도록 조치해놨습니다. 그런 다음 다시 파리로 돌아온 그는 곧장 내 이름과 외모로 둔갑을 했고, 삼촌 앞에 나타나 매 2주마다 한 번씩 뻔질나게 얼굴도장을 찍었던 거지요. 사실 내 이름도 그가 자신의 정체를 숨기고 나다니는 여러 가짜 이름 가운데 하나에 불과하답니다. 어쨌든 지금으로부터 석 달 전, 편지에 그가 썼듯이, 바야흐로 '열매가 익을 대로 익었다'고 판단한 그는, 일련의 신문 기사들을 통해 슬슬 작전을 시작했습니다. 그런가 하면, 혹시라도 그 신문들 중 하나가 알제리에 있는 내 손에까지 들어와 파리에서의 온갖 거짓 작태가 탄로 날까 우려한 나머지, 부하들을 시켜 나를 납치하게 한 것이지요. 어때요, 삼촌과 관련한 일도 이 자리에서 더 말씀드려야겠습니까?"

드 사르조방돔 공작은 전신을 부들부들 떨고 있었다. 여태껏 애써 외면해온 끔찍한 진실이 갑작스럽게 그 전모를 드러내면서 더없이 무시무시한 얼굴로 다가오는 것이었다. 그는 조카의 손을 덥석 부여잡으면서 절망적인 어조로 중얼거렸다.

"그자……. 뤼팽 맞지?"

"네, 삼촌."

"바로 그자한테……. 그자한테 방금 내 딸을 준 거 맞느냐고?"

"맞습니다, 삼촌! 자크 당부아즈라는 내 이름뿐만 아니라 삼촌의 딸을 훔친 자에게 방금 성대한 결혼식까지 베풀어주신 거예요. 이제 앙젤리크는 삼촌의 지시에 따라 합법적으로 아르센 뤼팽의 부인이 된 겁니다. 배 안에서 내가 확인한 편지만으로도 알 수 있어요. 그는 삼촌의 전 존재를 뒤흔들어놨습니다. 정신을 헷갈리게 했고, '깨어 있을 때나 꿈을 꾸고 있을 때나 사고(思考)를 완전히 포위'하는가 하면, 호텔에 난입해 도둑질까지 벌여 끊임없이 겁을 주는 바람에, 삼촌은 마침내 이곳까지 도망쳐왔던 거예요. 결국 그자의 위협과 수작에서 벗어났다고 생각하고는, 딸에게 서둘러 결혼 상대를 고르라고 다그치게 된 거지요. 뭐시와 당부아즈, 그리고 카오르슈 중에 한 명을 말입니다."

"하지만 걔는 또 왜 다른 애들은 관두고 하필 그자를 택했단 말이더냐?"

"그자를 택한 건 앙젤리크가 아니라 삼촌이었어요!"

"아, 정말 아무 생각 없이 그런 건데. 단지 좀 더 돈이 많다는 것 때문에……."

"아니죠. 아무 생각 없이 그러신 건 아닙니다. 은밀하고도 집요한 누군가의 조언이 알게 모르게 작용한 때문이에요. 삼촌 하인 이야생트 말이에요."

공작은 펄쩍 뛰었다.

"뭐! 무슨 소리냐? 이야생트가 그자와 공범이란 말이냐?"

"엄밀히 말해서 아르센 뤼팽의 공범이라고는 볼 수 없지요. 다만 이야생트 역시 당부아즈라고 믿었던 자의 공범 역할을 했다고 봐야 할 겁니다. 요컨대 그자가 이야생트를 살살 꼬드겨서, 결혼만 하게 되면 일주일 후에 10만 프랑을 떼어주겠다고 약속을 했거든요."

"아! 도적놈 같으니라고! 모든 걸 내다보고, 모든 걸 조작해놨어!"

"그 이상 완벽할 수가 없었죠. 일말의 의혹의 여지마저 방지하기 위해, 삼촌을 돕는 척하면서 스스로 상처까지 만들어 가졌을 정도이니까요."

"하지만 대체 왜 이런 일을 꾸몄단 말이야? 왜 이런 야비한 짓을 꾸민 거냐고?"

"삼촌, 앙젤리크가 가진 재산이 자그마치 1100만 프랑에 육박합니다! 파리에 있는 삼촌의 공증인은 다음 주에 그에 관한 모든 권리를 가짜 당부아즈에게 이양하도록 되어 있어요. 물론 그자는 즉시 권리를 행사해서 유유히 사라질 거고 말입니다! 일단 그것보다 시급한 문제는 삼촌이 오늘 아침 결혼 선물로 그자 앞에 50만 프랑어치의 무기명채권을 털 내놓았다는 사실입니다. 오늘 밤 9시에 그는 성 밖의 '장군 나무' 근처에서 그것을 공범 중 한 명에게 전달할 것이고, 내일 아침 곧장 파리에서 매각할 예정이랍니다."

순간 드 사르조방돔 공작은 자리에서 벌떡 일어섰다. 그는 격앙된 발걸음을 쿵쾅거리면서 방 안을 서성대기 시작했다.

"오늘 밤 9시라……. 어디 두고 보자. 두고 봐. 지금 당장 헌병대에 신고해야겠어."

"헌병대쯤은 아르센 뤼팽이 가지고 놉니다."

"당장 파리로 전보를 띄우자!"

"그래요. 하지만 당장에 50만 프랑어치 무기명채권은 어떡하고요? 이후에 일어날 소동을 생각해보세요, 삼촌. 특히 앙젤리크가 그 사기꾼이자 도적놈한테 시집을 갔다는 걸 세상이 알면……. 오, 안 됩니다! 안 돼요."

"그럼 어떻게 한단 말이냐?"

"어떻게 하다니요?"

이번에는 조카가 벌떡 일어나 온갖 종류의 총기류가 기대어 있는 총가(銃架)로 성큼성큼 다가가더니, 장총 한 자루를 빼내 노귀족 앞에 있는 탁자 위에 척 내려놓는 것이었다.

"바로 이겁니다, 삼촌! 황야를 헤매는 가운데, 바로 코앞에 야수(野獸)가 나타났는데 부랴부랴 헌병이나 찾고 있을 사람은 없지요. 어디까지나 무기를 빼 들고 즉시 해결을 볼 수밖에요. 만약 그러지 않으면 자신이 그 야수의 발톱에 당하게 되어 있으니까요."

"지, 지금 무슨 말을 하는 거냐?"

"바로 이 조카가 나서서 기꺼이 헌병 역할을 감당하겠다는 말씀입니다! 이를테면 법 집행을 간소화한다고나 할까요? 오늘이 호기이자 유일한 기회입니다. 저를 믿으세요. 야수가 죽으면 그때 가서 삼촌과 제가 아무도 모르게 감쪽같이 파묻어버리는 겁니다. 어디 한적한 구석에다가요."

"그럼……. 앙젤리크는 어떻게 하고?"

"나중에 모든 걸 알려주면 됩니다."

"그 애 신세는 그럼 어떻게 되는 건가?"

"일단은 하등 달라질 것 없죠. 법적으로 엄연히 내 아내로 남는 겁니다. 진짜 당부아즈의 아내로 말이죠. 그러고 나서 내일 나는 다시 알제리로 떠날 겁니다. 그렇게 되면 두 달 후에 자동적으로 이혼이 성립되고 말이죠."

그 말을 듣고 있는 공작의 얼굴은 백지장처럼 하얗게 질렸고, 눈은 충혈되었으며, 턱은 덜덜 떨고 있었다. 그의 입에서 이렇게 중얼거리는 소리가 새어나왔다.

"혹시 그 배의 다른 패거리가 네가 도망친 걸 그자에게 귀띔하진 않았을까?"

"내일 이전에는 힘들 겁니다."

"그래 어떻게 할 생각인가?"

"오늘 밤 9시, 아르센 뤼팽은 '장군 나무'로 가기 위해 틀림없이 옛 성벽을 따라 난 순시로(巡視路)로 들어설 겁니다. 그 길은 예배당의 폐허를 에둘러 가게 되어 있지요. 나는 바로 그 폐허 안에 숨어 있을 거고요."

"나도 가겠네."

드 사르조방돔 공작은 총가에서 사냥총을 꺼내 들며 내뱉듯 말했다.

때는 오후 5시를 지나고 있었다. 공작은 이후에도 한동안 무기를 점검하고 탄환을 다시 장전하면서 조카와 얘기를 나누었다. 어둠이 내리기 시작하자, 그는 캄캄한 복도를 통해 조카를 자기 방까지 데리고 와 후미진 곳에 숨겼다.

그렇게 초저녁 어스름은 아무 일 없이 지나갔다. 저녁 식사가 시작되었고, 공작은 시침을 떼고 있느라 애를 썼다. 이따금 그는 살짝살짝 곁눈질로 사위를 보았는데, 진짜 당부아즈와 정말이지 똑같이 닮은 그 얼굴에 속으로 혀를 내두르지 않을 수가 없었다. 혈색은 물론, 얼굴의 세밀한 윤곽, 심지어 머리를 자른 방식까지 그렇게 빼다 박을 수가 없었다. 다만 조금이나마 다른 점이라면 좀 더 날카로운 시선, 좀 더 강렬하고 반짝거리는 그 눈빛이었다. 그러고 보니 여태까지는 의식하지 못하고 지나쳐온 몇 가지 점이 공작의 눈에 속속 들어왔으며, 그 모두가 이 터무니없는 사기꾼의 본성을 폭로하는 것처럼 느껴지는 것이었다.

저녁 식사가 끝나자 모두 흩어졌다. 괘종시계는 8시를 알리고 있었다. 공작은 자기 방으로 올라가서 서둘러 조카를 데리고 나왔다. 그리고 10분 후, 두 사람은 손에 총을 움켜쥔 채, 어둠을 틈타 폐허를 헤집으며 들어서고 있었다.

한편 앙젤리크는 남편과 함께 성채의 왼쪽 익랑에 접한 망루 1층의 자기 숙소로 들어갔다. 한데 문턱을 넘어서기가 무섭게 남편이 이러는 것이었다.

"나는 잠시 산보나 하다 오겠소, 앙젤리크. 돌아올 때까지 기다려주겠지?"

"물론이죠."

여자의 대답이었다.

그 길로 남자는 애당초 자신이 머물던 2층으로 올라갔다. 혼자가 되자 그는 문을 열쇠로 걸어 잠근 뒤, 들판으로 향한 창문을 조용히 열고

몸을 내밀어 밖을 내다보았다. 40여 미터 저 아래 망루 발치에서 웬 그림자 하나가 서성이고 있었다. 휘파람을 불자, 마찬가지로 경쾌한 휘파람 소리가 화답을 해왔다.

그는 장롱 속에서 종이 뭉치로 불룩한 가죽 서류 가방을 얼른 꺼내, 검은 천으로 둘둘 말아 끈으로 질끈 동여맸다. 그러고 나서 탁자 앞에 앉아 이렇게 적기 시작했다.

그렇지 않아도 이 묵직한 증권 꾸러미를 들고 성 밖으로 나가기가 여간 위험한 게 아니었는데, 자네가 내 전갈을 받아서 매우 다행일세. 자, 여기 물건 보내네. 자네 오토바이를 전속력으로 몰아 내일 아침 브뤼셀로 떠나는 기차 시간에 맞춰 파리에 도착하게. 거기서 Z……에게 전달해주면 그가 곧장 매각에 들어갈 걸세.

A. L.

추신: 가다가 '장군 나무'에 들러서 친구들에게 내가 곧 합류할 거라고 일러주게. 지시할 내용도 좀 있고. 다 잘될 것이네. 이곳에 그 누구도 의심하는 사람은 없다네.

그는 편지를 꾸러미에 붙인 뒤, 창문을 통해 끈으로 내려주었다.

'됐어! 좀 더 안심이 되는군.'

그는 잠시 동안 방 안을 이리저리 서성대면서 벽에 걸린 두 개의 초상화에 미소를 던지며 중얼거렸다.

"오라스 드 사르조방돔, 프랑스 원수(元首). 그리고 대(大) 콩데(1621~1686. 프랑스 부르봉 왕가에서 파생된 명문가 콩데 가문의 가장 걸출한 인물로, 30년 전쟁을 비롯해 프롱드의 난 등을 거쳐, 루이 14세 치하에서까지 대장군으로 혁혁한 무공을 세움—옮긴이). 내 조상이시여, 여기 뤼팽 드 사르조방돔이 인사를 올립니다. 나 역시 그대들의 명성에 걸맞은 인물이외다."

드디어 시간이 다 되었고, 그는 모자를 쓰고 계단을 내려갔다.

그런데 때마침 1층 숙소에서 앙젤리크가 불쑥 나오며 황망한 표정으로 소리치는 것이었다.

"이것 보세요. 제발 부탁이에요. 차라리……."

그러더니 어안이 벙벙해진 남편만 덩그러니 남겨둔 채, 더 이상 아무 말도 않고 후닥닥 다시 안으로 들어가는 것이었다.

'어디가 아픈 거야. 결혼도 도움이 못 되는 모양이지.'

사내는 담배를 한 대 피워 물면서 속으로 생각했다. 사실 보통 같으면 충분히 당혹스러울 만한 일인데도 그는 왠지 별다른 중요성을 부여하지 않는 것이었다.

'가엾은 앙젤리크. 결국에는 이 모든 게 이혼으로 끝날 것을…….'

밖에는 어둠이 짙게 깔려 있었고, 하늘은 구름으로 잔뜩 찌푸려 있었다.

하인들이 일제히 성곽의 덧문들을 닫아걸기 시작했다. 공작이 식사 후에 곧장 잠자리에 드는 터라, 창문에는 이미 불빛이라곤 찾아볼 수 없게 되었다.

하지만 사내는 문지기 숙소를 지나쳐 도개교 쪽으로 다가가면서 말했다.

"문은 열어두시오. 한 바퀴 돌아보고 곧 돌아오겠소."

오른쪽으로 나타난 순시로는, 옛날 좀 더 넓게 이중으로 성곽을 에워쌌던 낡은 성벽을 따라 지금은 거의 붕괴되어버린 간이 통로로까지 이어져 있었다.

전체적으로 구릉을 싸고돌며 깎아지른 듯한 계곡 옆구리를 따라 뻗어 있는 그 길 왼편으로는 우거진 덤불숲이 형성되어 있었다.

'매복을 하기에는 안성맞춤인 곳이로군. 정말이지 살벌한 분위기인걸!'

그는 문득 무슨 소리를 들은 듯, 걸음을 멈추었다.

'음……. 별것 아니야. 그저 잎사귀들 부스럭대는 소리일 뿐…….'

그렇게 생각을 돌리는데, 별안간 돌멩이 하나가 깎아지른 듯한 암벽을 타고 데굴데굴 굴러떨어지다가 냅다 튕겨 올랐다. 하지만 이상하게도, 사내는 아무런 동요 없이 계속해서 걸음을 느긋하게 옮겨가는 것이었다. 생생한 바다 내음이 들판을 가르며 그에게 불어닥쳤고, 환희에 취해 그는 가슴 가득 그것을 들이마셨다.

'산다는 건 얼마나 좋은 일인가! 아직 젊은 데다 유서 깊은 명문가의

일원이 됐고, 어마어마한 재산까지 거머쥐었으니 더 이상 바랄 게 무어란 말이냐, 뤼팽 드 사르조방돔이여?'

문득 그리 멀지 않은 지점, 순시로를 몇 미터 정도 위에서 굽어보는 위치에, 주변보다 좀 더 짙은 음영이 드리워진 붕괴된 예배당의 잔해가 눈에 들어왔다. 때 아닌 빗방울이 추적추적 내리기 시작했고, 시계탑의 종소리가 9시를 알리고 있었다. 사내는 발걸음을 재촉했다. 약간 내리막길이 나타났고 다시금 오르막길로 이어졌다. 문득 사내는 또다시 걸음을 멈췄다.

어떤 손이 그의 손을 덥석 움켜잡았고, 사내는 움찔거리며 뒷걸음질을 쳤다.

방금 스쳐 지나치던 덤불숲으로부터 불쑥 나선 누군가 나지막한 목소리로 이렇게 속삭이는 것이었다.

"조용히 하세요. 아무 말도 마세요."

다름 아닌 아내, 앙젤리크라는 것을 사내는 금세 알아보았다.

"대체 여기서 뭐하는 거요?"

그가 묻자, 여자는 거의 알아듣기 힘들 정도로 소리를 죽여가며 중얼거렸다.

"당신을 노리고 있어요. 저쪽 폐허에서 장총을 가지고 숨어 있다고요."

"누가 말이오?"

"쉿!"

둘은 잠시 그 상태 그대로 꼼짝 않고 있었고, 마침내 여자가 속삭였다.

"저들도 움직이지 않고 있어요. 아마 내 소리를 듣지 못한 모양이에요. 어서 돌아가요."

"하지만……."

"날 따라와요."

워낙 단호한 어조인지라 사내는 더 이상 묻지 않고 따를 수밖에 없었다. 한데 바로 다음 순간, 여자가 갑자기 기겁을 하며 이러는 것이었다.

"뛰어요. 그들이 오고 있어요. 틀림없다고요."

아닌 게 아니라 어렴풋이 발소리가 들려오고 있었다.

여자는 우악스럽게 사내의 손을 움켜쥔 채, 여기저기 바위가 돌출해 있는 어두컴컴한 지름길을 전혀 망설임 없이 쏜살같이 내달리는 것이었다. 어떻게 달려왔는지, 놀랄 만큼 신속하게 벌써 도개교까지 와 있었다.

여자는 시침을 떼느라 사내와 팔짱을 낀 채 문 앞으로 다가갔다. 문지기가 게으른 인사를 보냈고, 두 사람은 안뜰을 가로질러 성채 내부로 진입했다. 여자는 성곽 모퉁이 망루까지 사내를 이끌고 갔다.

"들어가요."

여자의 말에 사내가 반문했다.

"당신 숙소로 말이오?"

"네."

하녀 둘이 기다리고 있었다.

여주인의 지시가 떨어졌고 그들은 즉시 자기들 숙소인 4층으로 물러갔다.

그와 거의 동시에 누군가 숙소로 직접 통하는 현관문을 요란하게 두드렸고, 곧이어 고함 소리가 들려왔다.

"앙젤리크! 앙젤리크!"

"아버지세요?"

여자는 흥분된 감정을 쓰다듬으며 대답했다.

"그래, 네 남편 거기 있니?"

"네, 방금 함께 들어왔는데요."

"잠깐 내가 할 얘기가 있다고 해라. 내 방으로 좀 와달라고 말이다. 급한 일이다."

"알았어요, 아버지. 곧 올라가라고 할게요."

그녀는 잠시 동안 귀를 기울이고 기다리더니 다시 남편을 세워둔 규방으로 와서 다급하게 말했다.

"아무래도 아버지가 멀리 떨어져 있을 것 같지는 않아요."

사내는 얼른 나갈 태세를 취하며 내뱉었다.

"내게 무슨 용건이 있나 보지."

"아버지는 지금 혼자 계신 게 아니에요!"

여자는 얼른 앞을 가로막으며 말했다.

"함께 있는 자가 누군데 이러는 거요?"

"자크 당부아즈 조카예요."

잠시 침묵이 흘렀다. 사내는 이 모든 행동의 진위를 파악하기 힘든 듯, 멀뚱한 표정으로 여자를 바라보았다. 하지만 이내 개의치 않겠다는 태도로 빈정대듯 내뱉는 것이었다.

"아하! 그 훌륭하신 당부아즈께서 납시셨다 이건가? 결국 모든 비밀이 탄로 나버렸단 얘긴가?"

"아버지는 이미 모든 걸 알아버렸어요. 둘이 나누는 얘기를 우연히 죄다 들었는데, 조카가 무슨 편지를 읽었다고 했어요. 사실 처음에는 당신에게 알려야 하나 망설였어요. 하지만 어떻게 해야 할지 곧 깨달았지요."

사내는 여자를 다시 한번 가만히 바라보았다. 하지만 이내 어색한 상황이 버거운 듯, 웃음을 터뜨리는 것이었다.

"허허허, 저런! 배 안의 내 친구들이 그럼 편지들을 태워버리지 않았단 말인가? 게다가 포로를 놓쳐버려? 바보 같은 자식들! 아! 혼자 일을 처리하지 않으면 늘 이렇단 말이거든. 할 수 없지 뭐! 일이 우습게 꼬였을 뿐이야. 당부아즈 대(對) 당부아즈라니! 그나저나 나를 더 이상 알아보지 못하면 어쩐다? 당부아즈조차 나를 자신과 혼동해버린다면 말이야, 우하하하."

별안간 그는 화장대 앞으로 가서 수건에다 비누와 물을 묻히더니, 순식간에 얼굴을 닦아내면서 화장을 지우고 머리 모양도 바꾸는 것이었다.

마침내 호텔 도난 사건이 일어났던 그날 밤, 앙젤리크의 눈에 비쳤던 바로 그 남자의 모습으로 돌아온 사내가 이렇게 말했다.

"다 됐소. 이제야 내 장인어른과 좀 더 허심탄회하게 얘기를 나눌 수 있겠구려!"

여자는 후닥닥 몸을 날려 문을 가로막으며 말했다.

"어딜 가시게요?"

"맙소사! 나를 기다리는 신사분들을 만나봐야지!"

"안 돼요! 갈 수 없어요!"

"왜 그러시오?"

"그들이 당신을 죽이면 어떡하게요?"

"나를 죽인다고?"

"지금 그걸 노리는 거라고요. 당신 시체는 어딘가에 파묻어버리겠죠. 누가 알겠어요?"

"그러라고 하죠 뭐! 그들 나름대로 일리가 있는 발상 아니겠소? 그렇다고 내가 나서지 않으면 결국 그들이 들이닥칠 거요. 그렇게 문을 막고 선다 해서 올 사람이 못 온답디까? 그러니 나가서 일을 끝내는 게 나아요."

“그러지 말고 날 따라오세요!”

앙젤리크의 어조는 거의 명령조였다.

그녀는 등불을 높이 치켜들고 자기 방으로 안내하더니 거울 장롱을 힘껏 밀었다. 숨겨진 바퀴를 타고 장롱이 스르르 옆으로 미끄러지자, 장식용 휘장이 나타났고, 그것마저 거두자 난데없는 문짝이 드러났다.

“오랫동안 사용한 적이 없는 비밀 문이에요. 아버지는 열쇠가 없어진 줄 알고 있지만……. 자, 여기 있어요. 내벽을 따라 이어진 계단을 내려가다 보면 이 망루 밑에까지 도달할 수 있을 거예요. 두 번째 문은 그냥 빗장만 열면 될 거고요. 거기만 통과하면 당신은 자유예요.”

사내는 흠칫 놀라는 표정이었다. 그제야 사내는 앙젤리크의 모든 행동이 무얼 의미하는지 알 것 같았다. 그리 어여쁜 편은 못 되지만 우수어린 매력이 듬뿍 담긴 그 얼굴 앞에서 사내는 일순 당혹스러울 뿐만 아니라, 어찌해야 할지 거의 갈피를 잡을 수가 없었다. 당연히, 더 이상 웃을 생각도 할 수가 없었다. 일종의 존경심이랄까, 약간의 회한(悔恨)과 호의(好意)가 뒤섞인 가슴 찡한 기분이 사내의 전신(全身)을 가르고 지나갔다.

“왜 나를 구해주는 겁니까?”

사내는 조용히 중얼거렸다.

“내 남편이니까요.”

그 말에 사내는 발끈했다.

“아니요. 천만에요. 나는 그저 이름만 훔쳤을 뿐입니다! 이런 결혼은 법이 인정하지 않을 겁니다!”

“아버지는 우리의 결혼이 그런 소란으로 비화하는 걸 원치 않을 거예요.”

“하지만 이건 내가 이미 다 내다보고 치른 일입니다! 그래서 당신 사

촌 당부아즈를 가까운 곳까지 일부러 데려다 놓은 거고요. 내가 사라지면 그가 당신 남편 자리에 들어설 수 있도록 말입니다. 만인 앞에서 당신이 결혼한 건 내가 아니라 바로 그자라고요!"

"교회의 권위 앞에서 내가 결혼한 건 바로 당신이에요."

"교회! 그깟 교회가 다 뭐람! 설사 교회라 해도, 얼마든지 타협의 여지가 있는 겁니다! 당신의 이 결혼은 얼마든지 파기될 수 있어요!"

"무슨 명분으로 그렇게 하죠?"

사내는 문득 입을 다물지 않을 수 없었다. 비록 자신한테는 사소하고 우스꽝스러울 따름이지만, 여자에게는 매우 중대한 모든 사안이 머릿속을 일시에 휘저어놓고 있었다. 그는 별수 없이 같은 말만 되풀이해 흘릴 뿐이었다.

"이거 큰일이네. 큰일이야. 예상했어야 하는 건데……."

그러다가 갑자기 무슨 생각이 떠오른 듯 손뼉까지 치며 냅다 소리쳤다.

"옳지! 바로 그거야! 내가 바티칸의 중요 인사들 중 한 명과 아주 절친한 사이라오. 아마 교황도 내 부탁이라면 거절을 못할 겁니다. 어떻게든 알현해보겠소. 모르긴 몰라도 내가 간절히 탄원하면 교황 성하(聖下)께서도 마음이 흔들릴 겁니다."

그렇게 말하는 태도로 보나 그 발상으로 보나 어찌나 순박하고 익살스러운지, 여자는 사내를 바라보며 웃음을 짓지 않을 수 없었다. 하지만 여전히 이렇게 중얼거렸다.

"나는 하느님 앞에서 당신의 아내입니다."

여자의 눈빛 속에는 그 어떤 적의(敵意)도 경멸도, 일말의 분노도 담겨 있지 않았다. 사내는 정말이지 그녀가 자신의 모습 속에서 도적이나 범법자의 정체를 보길 그만두고, 그야말로 사제(司祭)가 죽을 때까지 맺어준 한 남자의 모습만을 바라보기로 했다는 것을 충분히 느낄 수 있었다.

사내는 여자 앞으로 한 발짝 더 다가가 그녀의 깊은 눈동자를 가만히 들여다보았다. 처음에는 시선을 피하지 않던 그녀도 이내 얼굴이 발갛게 상기되었다. 사내는 그처럼 순박하면서도 고결하고 감동적인 얼굴을 예전엔 본 적이 없었다. 그는 파리에서 처음 속삭이던 바로 그날 밤처럼 그윽한 음성으로 말했다.

"오! 당신의 눈동자…… 고요하고 서글픈 그 눈동자…… 아, 얼마나 아름다운지!"

여자는 살그머니 고개를 숙이며 중얼거렸다.

"어서 떠나세요. 어서요."

왠지 자신도 잘 모를, 혼란스러운 감정이 지금 그녀의 전 존재를 뒤흔들고 있다는 것을 사내는 직감했다. 황당무계한 상상력과 늘 무언가 갈망하는 몽상적 기질, 그리고 케케묵은 독서로 다져진 이 노처녀의 복잡한 영혼 속에서, 그동안 천신만고의 사연을 거치는 가운데 서로 만나 오늘 같은 특별한 순간을 함께 맞이한 바로 이 사내의 모습은, 그야말로 바이런풍의 영웅이랄까, 지극히 낭만적이고 기사도적인, 아주 특별한 존재로 각인되는 중이었다! 생각해보라! 어느 날 밤, 그것도 숱한 장애를 뚫고서, 이미 그 대담무쌍함이나 너무도 유명한 활약상으로 전설이 되다시피 한 사내대장부가 난데없이 방으로 쳐들어와, 결혼반지를 여자의 손가락에 지그시 끼워주지 않았던가! 그것만으로도 「해적」이나 「에르나니」의 시대(「해적」은 바이런의 1814년 시 작품이고 「에르나니」는 빅토르 위고의 1830년 희곡 작품임. 둘 다 낭만주의를 대표하는 천재 작가의 작품으로 당대에 엄청난 반향을 불러일으켰음. 요컨대 여기서 '시대'란 낭만주의적 감성이 풍미했던 옛 시절을 의미함—옮긴이)에서나 볼 수 있을 격정적이고 신비스러운 연애가 아니던가 말이다!

사내는 일순 마음이 흔들리면서 자신도 모르게 격정에 사로잡혀 이렇게 소리치고 말았다.

"함께 떠납시다! 같이 달아나자고요! 오! 당신은 나의 배필이오. 나의 동반자입니다. 나의 고난과 환희를 함께 나눕시다. 강렬하면서 신비스럽고, 위대하면서 장렬한 인생을 함께하는 겁니다!"

그 순간 앙젤리크가 눈을 들었고, 그 깨끗하면서도 자부심에 넘치는 눈빛에 이번에는 사내의 얼굴이 발갛게 물들었다.

이런 식의 허풍을 펴부어대도 될 여자가 아니라는 느낌이 들었던 것이다. 사내는 머뭇머뭇 중얼거렸다.

"미, 미안하오. 여태껏 많은 잘못을 저질러왔지만, 지금보다 더 내 마음을 아프게 할 만한 짓을 한 기억이 없소. 나는 나쁜 사람이오. 당신 인생을 망쳐놨어."

하지만 여자는 부드럽게 대꾸했다.

"아니에요. 당신이야말로 내가 진정 가야 할 길을 가르쳐준 셈이에요."

그가 내처 질문하려는데, 여자는 이미 비밀 문을 활짝 열어 통로를 가리키고 있었다. 더 이상의 말이 오갈 수 없는 분위기였다. 사내는 그녀 앞에서 허리를 굽혀 인사한 뒤, 방을 빠져나갔다.

그로부터 한 달 후, 부르봉콩데가(家)의 공주인 앙젤리크 드 사르조방돔은 마리 오귀스트라는 이름의 수녀로서, 곧장 도미니크 수녀원에 자신을 가두어버렸다.

그녀가 종신서원식(式)을 하던 날, 수녀원의 원장 수녀 앞으로 봉인된 묵직한 봉투와 편지 한 장이 배달되었는데…….

"마리 오귀스트 수녀가 돌보는 불쌍한 이들을 위해서"라고 쓰인 편지와 함께 배달된 봉투 안에는 1000프랑짜리 지폐 500장이 들어 있는 것이었다!

# 결정판 아르센 뤼팽 전집 3

1판 1쇄 발행 2018년 7월 2일
1판 6쇄 발행 2024년 5월 1일

**지은이** 모리스 르블랑 **옮긴이** 성귀수
**펴낸이** 김영곤 **펴낸곳** (주)북이십일 아르테
**디자인** 김형균
**문학팀** 김지연 원보람 권구훈
**해외기획실** 최연순 소은선
**출판마케팅영업본부장** 한충희
**마케팅2팀** 나은경 정유진 백다희 이민재
**출판영업팀** 최명열 김다운 권채영 김도연
**제작팀** 이영민 권경민

**출판등록** 2000년 5월 6일 제406-2003-061호
**주소** (우 10881) 경기도 파주시 회동길 201(문발동)
**대표전화** 031-955-2100 **팩스** 031-955-2151

ISBN 978-89-509-7563-0 04860
978-89-509-7560-9 (세트)

아르테는 (주)북이십일의 문학 브랜드입니다.

**(주)북이십일** 경계를 허무는 콘텐츠 리더

---

## 결정판 아르센 뤼팽 전집 1권

괴도신사 아르센 뤼팽 | 뤼팽 대 홈스의 대결 | 아르센 뤼팽, 4막극

## 결정판 아르센 뤼팽 전집 2권

기암성 | 813 | 아르센 뤼팽의 어떤 모험 | 암염소 가죽옷을 입은 사나이

## 결정판 아르센 뤼팽 전집 3권

수정마개 | 아르센 뤼팽의 고백

## 결정판 아르센 뤼팽 전집 4권

호랑이 이빨

## 결정판 아르센 뤼팽 전집 5권

포탄 파편 | 황금삼각형

## 결정판 아르센 뤼팽 전집 6권

서른 개의 관 | 아르센 뤼팽의 귀환 | 여덟 번의 시계 종소리

## 결정판 아르센 뤼팽 전집 7권

칼리오스트로 백작부인 | 아르센 뤼팽의 외투 | 초록 눈동자의 아가씨

## 결정판 아르센 뤼팽 전집 8권

바네트 탐정사무소 | 부서진 다리 | 불가사의한 저택 | 바리바 | 이 여자는 내꺼야 | 에메랄드 보석반지

## 결정판 아르센 뤼팽 전집 9권

두 개의 미소를 가진 여인 | 아르센 뤼팽과 함께한 15분 | 강력반 형사 빅토르

## 결정판 아르센 뤼팽 전집 10권

백작부인의 복수 | 아르센 뤼팽의 수십억 달러 | 아르센 뤼팽의 마지막 사랑